Melania G. Mazzucco
Der Kuß der Medusa

SERIE PIPER

Zu diesem Buch

Als Norma frisch verheiratet neben ihrem gräflichen Gatten in einem eleganten Pariser Boudoir liegt, glaubt sie noch an eine glänzende Zukunft. Doch bald muß sie erkennen, daß ihre Ehe und ihr Alltag in Turin sie immer unglücklicher werden lassen. Erst als das geheimnisvolle Gauklermädchen, die stille Medusa, in ihre Dienste tritt, beginnt sie wieder zu leben. Doch je näher sich die beiden Frauen kommen, desto enger zieht sich die Schlinge um sie. Das Glück, zum ersten Mal aus ihrer Einsamkeit herauszufinden, kann in ihrer Umgebung und in ihrer Zeit – zu Beginn des 20. Jahrhunderts – nicht ungestraft bleiben. Zutiefst in seinem Stolz verletzt, beschließt Ehemann Felice, grausame Rache zu nehmen. Melania G. Mazzucco entwickelt diese dramatische Liebesgeschichte mit großer Präzision und Leidenschaft zu einem ungestümen Psychodrama, das einem opulenten Jugendstilgemälde gleicht.

Melania G. Mazzucco, geboren 1966, wurde bei Erscheinen ihres ersten Buchs »Der Kuß der Medusa« 1996 als literarische Sensation gefeiert. Ihr zweiter Roman, »Das Turmzimmer« (deutsch 2000), gewann 1998 den zweiten Preis beim wichtigsten italienischen Literaturwettbewerb, dem Premio Strega. Melania G. Mazzucco lebt in Rom.

Melania G. Mazzucco

Der Kuß der Medusa

Roman

Aus dem Italienischen von
Dora Winkler

Piper München Zürich

Ungekürzte Taschenbuchausgabe
Juni 2000

Titel der italienischen Originalausgabe:
»Il bacio della Medusa«

Umschlag: Büro Hamburg
Stefanie Oberbeck, Katrin Hoffmann
Umschlagabbildung: Adolphe-William Bouguereau
(»The Bathers«, 1884)
Foto Umschlagrückseite: Jerry Bauer
Satz: Friedrich Pustet, Regensburg
Druck und Bindung: Clausen & Bosse, Leck
Printed in Germany ISBN 3-492-23063-6

Inhalt

Prolog 7

Erster Teil

Erster Satz: Ein unfertiges Gesicht 23
Zweiter Satz: Ein Himmel von der Farbe des Nichts . 58
Dritter Satz: Kinderliebe (oder eine Blüte, die schnell vergeht) 111

Zweiter Teil

Erster Satz: Die Schwelle des Seins 177
Zweiter Satz: Der Horizont der Dinge 228
Dritter Satz: Der Rest ist, was geschieht 274
Vierter Satz: Die Insel der Seligen 318

Dritter Teil

Erster Satz: Ein kurzer Wahnsinn 349
Zweiter Satz: Gegenstimmen 399

Epilog 431
Nachtrag 442
Schritte im Schnee 444

Volgiti n'dietro e tien lo viso chiuso
che se 'l Gorgon si mostra e tu 'l vedessi,
nulla sarebbe di tornar mai suso

Wende dich ab, verhülle dein Gesicht!
wenn sich die Gorgo zeigt – und
schautest sie,
so wär's für immer aus mit deiner
Heimkehr.

Dante, Inferno, IX. Gesang

Prolog

Irgendwie haben sie etwas Rührendes, diese inzwischen in ihrer Genauigkeit so unerheblich gewordenen Diagramme, die für den Oktober 1905 den Verlauf der Niederschläge auf der Alpenkette aufzeichnen. Sie erwecken in einem das gleiche Gefühl der Ohnmacht und unbegründeten Überlegenheit, wie man es beim Durchblättern einer vergilbten Zeitung empfindet, in der für damals hochmoderne und inzwischen längst vergessene Produkte geworben wird, die gleiche Ratlosigkeit wie angesichts einer leeren Seite, die uns lockt und zugleich abweist.

Sebastiano Canuto, von 1902 bis 1906 als Direktor des Meteorologischen Observatoriums in Cuneo ein gewissenhafter Chronist der atmosphärischen Ereignisse, notierte in seinem Heft, daß in den Gebirgszonen der »großen Provinz« in den Lagen über tausend Meter Höhe am 5., 6. und 7. Oktober 1905 die Höchsttemperatur sieben und die niedrigste null Grad Réaumur betrug; es fielen zehn Zentimeter Schnee; am 9. Oktober drei Millimeter Regen bei Föhn, am 12. gab es Schneegestöber und Sturm auf den Pässen, so daß zeitweilig der Maddalenapaß für den Verkehr gesperrt wurde. Am 14. Oktober, einem Samstag, keine Eintragung. Wir schließen daraus, daß an jenem Tag die Sonne schien, und nehmen uns die Freiheit, uns vorzustellen: Frühnebel, auflockernde Bewölkung in den ersten Morgenstunden, in den Mittagsstunden heiter, früher Sonnenuntergang. Die

Sommerzeit, diese täuschende Verlängerung des Tageslichts, hatte man damals noch nicht eingeführt.

Der Meteorologe sammelt Angaben und Messungen, stellt Listen auf, vergleicht, archiviert. In ihrem hartnäckigen Bestehen auf Zahlen ist die Meteorologie aber ganz und gar nicht trocken, sondern eine dem Roman verwandte Disziplin: sie seziert auf der Suche nach den zyklischen Invarianten der Zeit die Innereien des täglichen Lebens. Sie ist eine schielende Wissenschaft, in einer Gegenwart verankert, die sie nicht verstehen kann, deren Untersuchung erst mit der Anhäufung von an sich bedeutungslosen Fragmenten Bedeutung erlangt. Sie analysiert Tage, die jahrhundertelang aufeinander folgen: Tage, die banal und doch einzigartig sind, unwiederholbar und doch einander merkwürdig gleichend; sie katalogisiert Ereignisse, erstellt Muster von Jahreszeiten, die sich langsam fortentwickeln (auch wenn die Varianten für das menschliche Auge nicht wahrnehmbar sind, eine Generation genügt nicht, um die Veränderung zu erfassen). Sie verfolgt Jahre, die schließlich in einen kontinuierlichen Strom von Millimetern Regen und Höchstwerten Réaumur zusammenfließen. Jeder Tag ist eine Fundgrube von Tatsachen, Hypothesen, Abläufen – in einem Wort: von Geschichten. Der Romanautor, der, ausgehend von einem Vorfall, einem Zeichen, einer Idee, Vorgänge wiedererschafft, der mit den Tatsachen kämpft, sie aufgreift, aufzählt, erfindet, leugnet, ist ein naher Verwandter des Meteorologen, sein Zwilling. Wie er betrachtet er die Ereignisse entweder aus zu großer Nähe und verliert dabei den Überblick oder aus zu großer Entfernung, wodurch sie letztendlich irrelevant werden. Jedes Bild will aus einem bestimmten Abstand gesehen werden; es gibt nur einen Punkt, von dem aus ein Gemälde sich in seiner Gänze darbietet, doch dieser Punkt muß jedesmal von neuem gefunden werden, er geht verloren, sobald der Museumsbesucher im Gedränge der ungeduldigen Menge einen Schritt in die eine oder andere Richtung tut. Dann ist da in perspektivischer Verzerrung nur noch ein wimmelnder Farbfleck, ein plötzlich überscharf auffallendes Detail oder unsere zufällige, verwischte Spiegelung im Glas.

Von jenem 14. Oktober 1905, der für die Protagonisten dieser Geschichte so bedeutsam werden sollte, sind wohl nur ein ehrerbietiger kleiner Artikel in einer Zeitung erhalten, die seit Jahrzehnten nicht mehr erscheint, und eine Daguerreotypie, die uns heute nostalgisch anmutet.

Die wenigen nicht einmal fett gedruckten Zeilen stehen ganz unten auf der dritten Seite von *Lo Stendardo*, einer extremistischen katholischen Lokalzeitung, die in Cuneo gedruckt wurde, der Kurie verbunden und in der Provinz nicht besonders verbreitet war. Die Auflage entsprach sowohl der geringen Anzahl von alphabetisierten Lesern als auch der politischen Einstellung des Herausgebers und der Leitartikler: die progressistische öffentliche Meinung zog den *Corriere Subalpino* vor, die gemäßigte die *Sentinella delle Alpi*. Die anonyme Mitteilung, einer heutigen Presseagenturnotiz vergleichbar, ist vielleicht diktiert worden, vielleicht auch von aufrichtiger Ehrerbietung motiviert: sie erschien am 13. Oktober 1905.

Eine freudige Nachricht für unsere Familie, denn wir rühmen uns, Herrn Felice Argentero Graf von Brezé, der unserem Blatt so oft sein Vertrauen und seine großzügigen Beiträge geschenkt hat, zu unseren treuen Lesern zählen zu dürfen. Morgen wird sich unser hoher Freund mit dem liebenswürdigen Fräulein Norma Boncompagni verehelichen, deren Bildung, Geist und Schönheit sie zu einer würdigen Gefährtin unseres ausgezeichneten Argentero machen. Trauzeugen in Kirche und Standesamt werden sein für den Bräutigam Silvano Morri de Peyre, für die Braut Rechtsanwalt Alessandro Magno Boncompagni. Dem glücklichen Paar sendet die Familie des Stendardo *ihre allerherzlichsten Glückwünsche und spricht ihre Dankbarkeit dafür aus, daß es beschlossen hat, das Ereignis in unseren Bergen zu feiern und dem freundlichen Dörfchen Bersezio eine so große Ehre zuteil werden zu lassen.*

Die unscheinbare Mitteilung hat sicher Beachtung gefunden: sie entsprach dem Brauch in solchen Fällen; und den bürgerlichen, papistischen und klerikalen Lesern der Zeitung, die aus geographischen Gründen im Abseits des gesellschaftlichen Lebens des *Regno d'Italia* standen, hat es bestimmt gefallen, über die Ereignisse bei den Adligen, den Grafen, Baronessen und anderen Herrschaften, die in der Gegend residierten oder sich vorübergehend dort aufhielten, auf dem laufenden gehalten zu werden.

Die Photographie löst noch zusätzliche Empfindungen aus, und das nicht nur als ergiebiges Fundstück für den passionierten Historiker der Kleidermoden, nicht nur als Werk eines geschätzten Photographen, dessen technisches Können und überraschende Modernität kürzlich wiederentdeckt worden sind, nicht nur als Dokument für die Kenner der subalpinen Patrizierfamilien, die darauf ihre Lieblinge wiederfinden. Eher vielleicht, weil sie wie alle Photographien ein Gefühl absoluter Jungfräulichkeit vermittelt, das nichts mit der physiologischen Jungfräulichkeit zu tun hat, die man vertragsgemäß von der jungen Braut in Weiß erwarten kann (und ebenso – auf Grund ihrer eigenen Geschichte – von den anderen abgebildeten Fräulein). Es ist eine kollektive, erhabene Jungfräulichkeit, die sie alle betrifft, die Unbeflecktheit der Zukunft gegenüber: Niemand kann voraussehen, was geschehen wird – oder vielleicht doch, aber für einen Augenblick denkt man nicht daran, ignoriert die Skepsis. Alle sind einen Augenblick lang voller Vertrauen in sich selbst und in ihr Leben, alle zeigen – noch immer – ein zuversichtliches, leicht dümmliches Lächeln, eine beeindruckende, fast erschütternde Unschuld. Das Objektiv ist ein großer Spiegel, und alle betrachten sich darin: sie geben sich ihm völlig hin, unbewußt entledigen sie sich aller Zweifel, aller Angst, und ihre Zukunft verdichtet sich in einem schwebenden Augenblick mit angehaltenem Atem – in der unvermeidlich zerstückelten Zeit, in der die Blende sich geschlossen und wieder geöffnet hat.

Es handelt sich um ein Rechteck von achtzehn auf dreißig Zentimeter, auf Pappe aufgezogen, sorgfältig verarbeitet – nur die untere linke Ecke ist durch einen Fettfleck etwas verwischt. Der Photograph war auf Gruppenaufnahmen im Freien spezialisiert oder vielmehr, wie der Titel eines seiner kleinen Aufsätze für Photoamateure (Paris 1897) lautet: *Portraits et groupes en plein air.* Sein größtes Geschick bestand darin, das natürliche Licht einzufangen und es in Beleuchtungseffekte zu verwandeln: in diesem Fall verleiht die strahlende Frühnachmittagssonne – zwei Uhr vierzig, wie die Kirchturmuhr anzeigt – der für die Aufnahme gestellten Szene ein gespenstisches, vergeistigtes Aussehen, das an ein Wachsfigurenkabinett erinnert. Das Gesicht der Braut leuchtet gleichsam überirdisch wie Perlmutt, die anderen sind von romantischer, leichenhafter Blässe: als stünden sie, trotz all ihrer großen Erwartungen an das Leben, schon für ihr Grabmedaillon Modell.

Die »Gruppe« setzt sich aus acht Personen zusammen: fünf Männer und drei Frauen in förmlicher, steifer Positur, wie es dem damaligen Geschmack entsprach. Die Männer tragen aufdringliche Schnurrbärte, Koteletten und stachelige Spitzbärte – wie Requisiten aus dem Fundus einer Laienschauspielgruppe –, die aber traurigerweise echt waren; viele schieben eine Hüfte vor, spreizen die Beine in der typischen militärischen Ruhestellung – Beine breit, Brust heraus. Von links nach rechts sind zu erkennen: Fräulein Emanuela Argentero, korpulent, um die Fünfzig, verschränkte Arme, unnachsichtiger Blick, zusammengekniffene Lippen, gezwungenes Lächeln, in einen wenig kleidsamen Kaschmirschal gehüllt; Carlo Ignazio Argentero, ein beleibter Riese, im Profil, da er gerade bewundernd oder vielleicht auch nur galant zur Braut hinübersieht, mit einem jovialen, extrovertierten Lachen; Graf Silvano Morri de Peyre, hochelegant, undurchdringlich, mit Routinelächeln; Graf Felice Argentero, der Bräutigam (ihn haben wir schon anderswo gesehen: als *Sportsman* des Monats prangt er mit Jägerhut auf der Titelseite der Aprilnummer 1908 des Jägerblatts *Diana*), über Vierzig, kräftig, verführerisch, auch neunzig Jahre später trotz des gewandelten männlichen Ideals immer noch attraktiv wirkend: weiße Gardenie im Knopfloch, Spazierstock mit Elfenbeinknauf in der rechten Faust, eindrucksvoll, martialisch, mit Schnurrbart und einer gewissen Körperfülle, vermittelt er den Eindruck von Gesundheit und Lebenskraft (er entspricht überhaupt nicht dem morbiden, farblosen, so literarisch faszinierenden wie klischeehaften Bild des Aristokraten), seine Hand umspannt mit festem Griff die schmale Taille der Braut; Fräulein Norma Boncompagni (soeben zur Gräfin Argentero verwandelt, doch vielleicht ist dieser Umstand noch zu frisch, als daß sie schon die ihrer Stellung gemäße Haltung einnehmen könnte), blutjung, zierlich, aber kurvenreich, wie es die Mode vorschreibt, wirkt vornehm und elegant und irgendwie entrückt, der auf den gekräuselten Haaren festgesteckte Schleier enthüllt den mit Lippenstift nachgezogenen halbgeöffneten Mund und lilienhaft helle Augen – sie wirkt verunsichert, fast verängstigt; Anwalt Alessandro Magno Boncompagni, ein blonder Landsknecht, kurzsichtig, mit düsterem, durchdringendem Blick: das schiefsitzende Pince-nez à la Cavour und der lässig geschlungene Krawattenknoten verstärken den Eindruck, daß es sich um einen Intellektuellen handelt, der seine Überlegenheit betonen möchte; Niccolò Amedeo Argentero, ein bartloser magerer Sechzehnjähriger mit blassem Lächeln, hat die gelangweilte

Miene seiner Generation aufgesetzt; Fräulein Sofia Argentero, grau, alterslos, statisch, schlägt schamhaft die Augen nieder: ihr Lächeln wirkt formell, aber nicht unaufrichtig.

Bei genauerem Hinsehen zeigt es sich, daß der Bräutigam einen maßgeschneiderten schwarzen Festtagsanzug trägt, dessen Schneider knauserig oder vielleicht auch nur optimistisch war, da die Jacke etwas zu eng wirkt, die Schöße nicht genau übereinander schließen und der letzte Knopf über dem Bauch spannt. Die Braut scheint direkt dem Journal *Les Modes* entstiegen: sie trägt ein bezauberndes Haute-Couture-Modell aus Paris, weißer Taft mit Kaskaden von gerafftem, mit Gold und Perlen besticktem Tüll darüber, Puffärmel, die an den Unterarmen schmal werden; an dem keuschen, eng anliegenden runden Kräglein sitzt eine Brosche, ein Tropfen aus Bernstein oder vielleicht Koralle – nicht zu vernachlässigende Accessoires sind die langen weißen Handschuhe und die Schühchen mit geschwungenem französischen Absatz. Boncompagni ist tadellos, aber schlicht gekleidet, er scheint nicht besonders viel Geld zu haben: der kurze Lodenumhang mit den Samtaufschlägen ist von einer Hausschneiderin neu gefüttert worden – oder vielleicht von der Hausmeisterin, dem Dienstmädchen oder sogar von seiner Schwester; keinesfalls hätte eine Berufsschneiderin die Ränder des Futters so weit vorstehen lassen –, und das Lackleder seiner Schuhe scheint abgenutzt. Carlo Ignazio Argentero ist in einen luxuriösen Pelz im russischen Stil gehüllt, etwas übertrieben für einen Oktobertag an der Stura, aber von unbestreitbarer Eleganz; außerdem trägt er, aus der Ausbuchtung seiner Westentasche zu schließen, eine goldene Uhr von beträchtlichem Gewicht. Niccolò Amedeo scheint in der Wahl seiner Kleidung keine besonders glückliche Hand zu haben: die Stile und Muster passen nicht zusammen, über der Weste bauscht sich eine Krawattenschleife, die unter einen gestärkten hohen, unbequemen und etwas lächerlichen Kragen gezwängt ist – er wirkt nicht wie einer, der viel in Gesellschaft geht. Die beiden Fräulein Argentero dagegen kümmern sich ostentativ nicht um die Mode: ihre strengen, noch nach dem Geschmack der späten neunziger Jahre geschnittenen Kleider und die häßlichen, mit künstlichem Klatschmohn und Mispeln aufgeputzten Toques aus Otterfell verweisen deutlich auf ein freudloses provinzielles Altjungferndasein, das noch dem neunzehnten Jahrhundert verhaftet ist. Der Bräutigam reckt den Unterkiefer vor und bedenkt seine frischgebackene Gemahlin mit einem ermutigenden, schützenden, seligen Lächeln. Sie drückt eine nicht genau erkennbare Blume an die Brust, vielleicht eine symbolträchtige Lilie. Sie ist im Dreiviertelprofil, den Blick wie zerstreut abgewendet von allen, die sie betrachten – dem Ehemann, dem Photographen oder vielleicht uns. In blendendes Weiß gekleidet, das auch einem besser ausgerüsteten Fachmann Probleme machen würde, hebt sie sich auf der Photographie wie ein leuchtender Schein zwischen den dunklen Anzügen der Männer ab. Die Gruppe steht vor einem zwei- oder mehrstöckigen weißen Gebäude: hinter dem Grafen unterscheiden wir die Buchstaben ICI und schließen daraus, daß es sich um das Municipio handeln muß, das Rathaus. Der schwarze Strich ist die Fahnenstange der italienischen Trikolore, von deren Stoff noch ein – vermutlich rotes – Dreieck zu sehen ist.

Und jetzt erst bemerkt man, daß sich hinter ihnen, neben ihnen, an den Rändern des vom Photographen komponierten Bildchens, aber doch mit erfaßt, fremde Elemente eingeschlichen haben: hagere, stachelige Gesichter, der Stiel einer rostigen Harke, die irgend jemand an der Hütte im Hintergrund abgestellt hat, die nackten Füße eines Kindes, ein zerbrochenes Karrenrad, das wie aus Holz geschnitzte Gesicht einer schwarzgekleideten Alten, eine knochige Hand, ein elender dürrer Köter, ein abgerissener Zeitungsfetzen in einer Pfütze, die schief in den Angeln hängende Tür eines Schuppens, hinter der sich ein dunkler Raum auftut – und in der rechten Ecke, auf einem Mäuerchen, durch die Bewegung etwas unscharf, ein ungefähr achtjähriges Mädchen mit dunklen zerzausten Haaren. Sie hat ein zerlumptes Kleid an, und ihre Füße stecken in Holzpantinen, die viel zu groß sind für die kleine Gestalt. Sie posiert nicht, im Gegenteil: sie muß sich gerade in diesem Augenblick bewegt haben und ist daher in einer zufälligen Gebärde festgebrannt, in der noch die wunderbare Natürlichkeit eines Schnappschusses erhalten ist. Sie hat einen Arm erhoben, vielleicht ruft sie jemanden. Die Gebärde des kleinen Mädchens verkehrt den Sinn der Komposition und verrät die erzwungene Bewegungslosigkeit der anderen, enthüllt die verborgene Arbeit des Photographen. Die Linie ihres Arms – der auf der gegenüberliegenden Seite die Parallele der offenen Schuppentür entspricht – bildet den Fluchtpunkt des Bildes, deutet eine Bewegung in Richtung auf das Unendliche an, auf den Horizont, der nicht zu sehen ist. Hinzu kommt, daß die acht Personen vor dem Rathaus zwar keine Notiz von ihr nehmen, sie aber sehr wohl von ihnen: man hat den Eindruck, daß ihr Zeigefinger (vielleicht ungezogen, frech) auf die Braut gerichtet ist und daß die Braut in ihrer zufälligen Wendung des Kopfes sie ansieht – daß sie einander ansehen. In diesem winzigen Splitter Zeit, in dem gefrorenen Augenblick zwischen dem Klicken des Auslösers und dem Sich-wieder-Öffnen der Blende, besiegelt durch ein befreiendes »Danke, die Herrschaften, Sie dürfen sich wieder bewegen«, ist diese Geschichte auf die Welt gekommen.

Am Anfang ist das Dunkel, die Stille, eine Kammer voller Dämpfe und das schwache gelbe Licht, das eine dunkle Platte beleuchtet (vielleicht eine mit Silbersalz und Bromidgelatine beschichtete Platte der Eastman Kodak), auf der sich in noch verworrenen Umrissen etwas abzeichnet. Der schöpferische Handwerker, der Photograph, der Bilder erschafft – aber natürlich auch derjenige, der mit Worten arbeitet, der Schriftsteller –, ist in der Dunkelkammer der Phantasie allein. Draußen ist es Tag, die Dinge sind, was sie sind. Drinnen ist es Nacht, und da ist nichts: nur eine flache Wanne, aus der Jodsulfat, Chromalaun und Schwefel dampfen und die Sicht vernebeln wie ein Vorhang, der sich nicht öffnen darf, da ist nur die Hoffnung, etwas erhascht zu haben – ein Phänomen, ein Ereignis, ein Zeichen, eine Wahrheit, ein Detail, eine Welt –, die Möglichkeit, die Unzufriedenheit. Die Erwartung. Der Photograph hantiert, tränkt, entwickelt, fixiert, tont ab, hängt auf, trocknet. Noch ist nichts zu unterscheiden, oder vielmehr genau das Gegenteil: noch verkörpern die dunklen Platten das All, kosmische Fragmente des Universums, Bruchstücke des Seins, nebulöse, ungeformte proteische Splitter, die eben dem ursprünglichen Chaos entrissen wurden. Dann tauchen auf dem Glas die belichteten Bilder auf und erschaffen, reproduzieren etwas, was irgendwo, wer weiß wo, bereits existiert. Das ist die Geburt. Jede Einzelheit, auch die unbedeutendste, die nur zufällig vom Objektiv erfaßt wurde, ist vollkommen scharf. Die Figuren haben Gestalt angenommen, Namen und Körper: sie haben nun Ort, Zeit und Stimme.

Nähern wir uns der Szene. Der Photograph hüpft vor seinen Modellen herum, unzufrieden, weil er sein künstlerisches Dilemma nicht zu lösen vermag: neben der zierlichen Braut (vielleicht wirkt sie nur so klein, weil die Familie Argentero traditionsgemäß besonders stattliche und große Gestalten hervorbringt) ragt der Graf empor, imposanter als vorgesehen, wie ein Pfeiler, eine dorische Säule, solide und rechteckig, eine dunkle Fläche, die die Sonnenstrahlen auf sich zieht und die Braut verblassen läßt. Der Künstler zerbricht sich den Kopf; er fürchtet, den typischen Fehler des Dilettanten zu begehen: dem Grafen und den anderen Männern den Kopf abzuschneiden. Die Argentero enthaupten? Die Zeit der Revolution ist seit langem vorbei. Er muß unbedingt das asymmetrische Brautpaar in Einklang bringen. Aber wie soll er die Gegensätze versöhnen? Schließlich kapituliert er, verzichtet auf Perfektion, entscheidet sich für eine Kompromißlösung, setzt das Stativ zurück. »Einen Augenblick! Nur einen Augenblick noch!« bittet er, fleht er, schreit er vielleicht. Er preßt das Auge wieder an den Sucher: der Bildausschnitt umfaßt jetzt nicht mehr nur die vorgesehene Gruppe, an den Ecken tauchen fremde Präsenzen auf, unschön, armselig – und zudem in der Technik unbewandert, sich als Stilleben, trockenes Blatt, Gegenstand zu gebärden. In dem magischen Augenblick, wenn der Auslöser die Zeit gefrieren läßt, wird einer von ihnen sich bewegen und das Gesamtbild verderben: ein bemerkenswertes Risiko für einen Photographen, der dafür bezahlt wird, einen unvergeßlichen Tag zu verherrlichen. Schließlich hat man von ihm ein offizielles Photo verlangt, würdig, in der Vitrine im Salon seinen Platz einzunehmen. Es soll weder malerisch noch veristisch, noch impressionistisch sein. Er ist auch nicht von irgendeiner Redaktion ausgeschickt worden, um eine anklagende Reportage über die Lebensbedingungen der niederen Klassen, die Wirtschaftskrise in den Bergen, den Alkoholismus, die Pellagra, den Kretinismus und andere soziale Mißstände zu machen. Man hat ein Hochzeitsphoto bestellt, mit dem Bräutigam, der Braut, den Trauzeugen und nächsten Verwandten, und alle sollen sich darauf gut getroffen finden – ein nie ganz leichtes Unterfangen. Als Sujet wurde ihm, wie einem Maler früherer Zeiten, aufgetragen: ein Graf aus Turin führt seine Verlobte ins Land seiner Vorfahren und vermählt sich ihr dort in einer nüchternen modernen Zeremonie. Das Thema ist nachgerade elementar, aber der Photograph haßt es, wenn etwas schnell, schlampig oder banal ist. Sein Stil zeichnet sich durch Gewähltheit aus: jedes Ding hat seine Würde und verdient die ihm angemessene Fokussierung; die Ausgewogenheit der – plastischen – Körper und der – immateriellen – Blicke ist das Geheimnis, das Licht das Instrument, der Pinsel; das Ganze ist kunstvoll, aber so, daß es natürlich scheint. »Geht dort weg«, brüllt er aufgeregt den Eindringlingen zu. Einige gehorchen, einige nicht: die Männer mit den borstigen Gesichtern lehnen an der Wirtshauswand und können nicht weiter zurücktreten. »Weg, weg da hinten«, brüllt er. Er wedelt mit den Armen, schweißüberströmt. Das kleine Mädchen hat verstanden, rührt sich aber nicht vom Fleck; ja, es steckt zwei Finger in die Mundwinkel und schneidet ihm eine Grimasse. Die Alte hört nichts. Der Junge zieht sich zurück, aber zu spät: sein schmutziger Fuß wird noch mit aufs Bild kommen. Der Hund ist entschuldigt, er versteht kein Italienisch. Der Photograph sieht nervös noch einmal hin, er versucht, sich in einen Beobachter hineinzudenken, der mit der Zeremonie nichts zu tun hat, und das Schauspiel bekommt eine andere Bedeutung, er tröstet sich: die Bauern und die Alte sind piemontesische Folklore (die Argentero sind stolz auf ihre Herkunft), der schwanzwedelnde Hund ist rührend (der Graf ist ein passionierter Hundeliebhaber), der kahlgeschorene kleine Junge wird sich noch rechtzeitig verziehen, das kleine Mädchen, das jetzt wieder anständig dasteht und keine Grimasse mehr schneidet, ist äußerst anmutig und bewegt sich vorläufig nicht. Wenn es so verharrt, kann es sich als ein zusätzliches Element ins Bild fügen, sozusagen als ein Vorzeichen der Fruchtbarkeit. Wer kann dem Künstler diese kleine Anspielung auf die unschuldigen Kinderchen vorwerfen? »Alle nicht mehr bewegen, bis ich es sage«, befiehlt er. Die Gruppe erstarrt, hält stoisch den Atem an. Fräulein Sofia putzt sich noch schnell die Nase, und in der Tat scheint sie auf der Photographie gerötete Nasenflügel zu haben, vielleicht auch rote Augen, sie hat offenbar eben erst geweint. Fräulein Emanuela – der das alles am meisten zuwider ist – fleht: »Beeilen Sie sich doch, das ist ja nicht auszuhalten!« Morri de Peyre – der Erfahrenste – zupft sich das Brusttüchlein zurecht und setzt sein bestrickendes Lächeln auf. Carlo Ignazio – offenbar der Witzbold der Gesellschaft – flüstert Norma etwas zu. Und da sie nicht lacht, weil sie keinen Sinn für Humor hat, weil sie ängstlich, schüchtern und nicht an die Scherze der Männer gewöhnt ist, sagt er zu ihr: »Entspannen Sie sich, kommen Sie schon, niemand wird Sie erschießen.« Felice, den der witzige Bruder amüsiert und dem die Unschuld seiner Frau Genugtuung bereitet, lächelt. Boncompagni rät ihm: »Lachen Sie nicht, das sieht auf Photographien nie gut aus.« (In der Tat ist er der einzige, der eine ernste Miene beibehält: er lächelt nicht, weil er sich für einen unglücklichen Intellektuellen hält, weil er wirklich nicht besonders glücklich ist, weil er es von Natur aus nie sein wird, vielleicht auch nur, weil er Hunger, Durst oder Eile hat.) Felice streift mit seinem Bein das von Norma, packt ungeduldig ihre Hüfte, die oberflächliche Berührung entzückt, erregt, rührt ihn (wie es sich gehört, ist er auf der Photographie der Zufriedenste, Strahlendste, Triumphierendste), er nutzt das eben erworbene Recht und gleitet mit den Fingerkuppen an ihrer Taille hinauf, ertastet die modellierenden Fischbeinstäbe des Korsetts. Der Druck – oder vielleicht die Wärme – seiner Hand bringt die Braut in Verlegenheit. Norma denkt wieder an den harmlosen Witz des Schwagers und fühlt sich unbehaglich; sie versteht verspätet die Pointe, die ihr vulgär vorkommt, auch wenn sie es nicht ist, sie errötet, wendet den Blick ab. »Nicht bewegen! Nicht bewegen! Fertig? Jetzt!« In diesem Augenblick sieht Norma das kleine Mädchen auf dem Mäuerchen: schmollend, enttäuscht zeigt es mit ausgestrecktem Finger auf sie. Die Gebärde gefällt Norma nicht, das Kind wirkt drohend, feindselig, anklagend. Ein Kälteschauer überläuft sie, denn ihr Kleid wurde nicht für die Berge entworfen, sondern für eine städtische Kirche; sie legt einen Arm um Felices Rücken, klammert sich an ihn, drückt ihr Brautsträußchen an die Brust, atmet tief ein, aber die Blume hat keinen Duft. »Danke, meine Herrschaften, Sie können sich wieder bewegen.« Der Photograph spricht den befreienden Satz, die Gruppe löst sich auf, die anderen Hochzeitsgäste eilen herbei: allgemeines Umarmen, Küssen, Händeschütteln. Das kleine Mädchen weiß nicht, daß es in das Leben Normas und der Argentero getreten ist, weiß nicht, daß es eine Hauptfigur dieser Geschichte sein wird. Erst jetzt steigt es von dem Mäuerchen herunter und verschwindet in der Menge. Der Photograph murmelt wütend etwas, aber es ist zu spät, Madlenin Belmondo, die Medusa, existiert.

Erster Teil

Es ist falsch, zu sagen, ein Begehren sei befriedigt worden. Begierden werden dadurch, daß der Gegenstand erreicht worden ist, nicht befriedigt, sondern sie erlöschen, das heißt, man verliert sie und gibt sie auf, da man die Gewißheit erlangt hat, sie nie befriedigen zu können. Und alles, was man durch das Erlangen des begehrten Gegenstandes gewinnt, ist, ihn durch und durch zu kennen.

Leopardi

Erster Satz

Ein unfertiges Gesicht

Ein zudringlicher, kühler Lichtstrahl fiel durch den Vorhang und streichelte ihr die Augen. Die erste Empfindung war Durst, dann glühende Wärme. Sie hob die Nase aus dem Kissen, erkannte zwei gewundene, ineinandergeflochtene Linien, die erst nach einer gewissen Anstrengung zu einer Lehne und dann zu einem Jugendstilstuhl wurden, über dem ein weißes Hemd lag. Ein paar Zentimeter vor ihrer Nase schwebte etwas Durchsichtiges. Träge Bläschen an den Wänden eines prunkvollen Kristallglases. Eau de Vichy. Wo bin ich? fragte sie sich erschrocken, denn sie erkannte weder das Zimmer noch die Bordüren der Tapete, noch die Romben auf dem Vorhang, noch die kuriose Form des Ofens, noch das ferne Tropfen eines Waschbeckens, noch die Geräusche, die von der Straße hereindrangen (und von Karossen kündeten, von Automobilen und von jemandem, der Schnecken feilhielt), und noch nicht einmal sich selbst. Sie tastete mit einer Hand über das Kissen, fand nur die Spitzen ihres langen Haars und eine Haarnadel. Vage entsann sie sich, daß sie Norma hieß und dabei war, aufzuwachen, ohne allzu große Lust, das Bewußtsein wiederzuerlangen. Sie hatte ein fremdes Nachthemd an, aus lachsfarbenem Batist, und wußte nicht, wo sie war. Dann drang ein Pfeifen an ihr Ohr, das in einen ordinären Trompetenstoß, ein furzähnliches Prusten überging. Jäh kam sie zu sich, mitten aus einem süßen, aber vorzeitig entschwundenen Traum heraus, der ein frohes Gefühl, aber keine Erinnerung zurückließ. Sie lag im Dämmerlicht eines Zimmers, das ganz anders war als alle, in denen sie je geschlafen hatte, eines Zimmers voller Gerüche. Jemand, ganz in der Nähe, atmete tief, orchestrierte, ungeniert schnarchend, ein ganzes Konzert für Bläser. Ein offenstehendes Fischmaul, das nach Sauerstoff schnappte – strategische Pause, Konzert, Stille. Zwischen Oberlippe und Nase des Unbekannten war eine furchterregende Halbmaske aus Steifleinen angebracht, deren Bänder im Nacken geknotet waren. So etwas hatte sie in ihrem Leben noch nicht gesehen, sie kannte keine Schnurrbartbinde: das Ding kam ihr äußerst unverfroren und faschingsmäßig vor. Vom Stuhl drang ein übler Zigarrengeruch zu ihr herüber. Ein Tischchen und eine leere Flasche Veuve Cliquot. Das Damebrett, zerstreute Spielsteine auf dem Teppich. Auf dem Kissen ein mächtiger Männerschädel mit einer in die Stirn gezogenen himmelblauen Nachtmütze. Ein großer wolliger Fuß war frech zwischen ihre Knie geschoben, eine Hand steckte in ihrem Haar. Eine plumpe, fleischige Hand direkt vor ihren Augen. An den Fingerknöcheln rötliche, feingekämmte Haarbüschelchen. Eine Hand, die kaum noch der platonischen Idee einer Hand entsprach. Die andere lag kühn und einen gewissen Druck ausübend im offenen Ausschnitt ihres Nachthemds. Sie zuckte zur Seite. Es schien ein Hotelzimmer zu sein. Vergeblich tastete sie nach einer Lampe. Sie erreichte nur die Bordüren der Tapete, die sich schwammig und fast reliefartig anfühlten, und den vergoldeten Stuck in der Ecke. Stuck und Gold: widerstandslos ließ sie sich in den Dezembermorgen hineinfallen. Sie war in Paris, und der schlafende Mann war kein Eindringling, kein Schänder widerstrebender Jungfrauen, sondern ihr rechtmäßiger Besitzer: ihr Ehemann. Sie schlüpfte wieder unter die warme Daunendecke.

Der Schlaf hatte sie verlassen, er versteckte sich hinter dem Bild an der gegenüberliegenden Wand: ein symbolistischer Sonnenaufgang, ein weißgekleideter Engel. Die eheliche Intimität hatte sich als weniger furchtbar als vermutet erwiesen, wenn man bedachte, daß sie einundzwanzig Jahre lang schon bei der bloßen Vorstellung errötet war. Am Tag der Hochzeit war sie so entsetzt gewesen bei dem Gedanken, daß über kurz oder lang das Dunkel dieser geheimen Handlungen sie verschlingen würde, daß sie weder die Geigenspieler noch das Büfett, noch den Trachtenumzug, den Felice mit viel Sinn für Choreographie ihr zu Ehren hatte veranstalten lassen, genießen konnte. Sie dachte nur daran, daß dieser Herr, den sie noch siezte und mit dem sie erst dreimal gesprochen hatte (die Themen der Unterhaltungen waren: der Explosionsmotor, die Turiner Topographie und die Höhe der Mitgift aus dem Verkauf des mit Hypotheken beladenen Hauses), daß dieser »Herr« nun ihr Allerheiligstes profanieren würde, *flos,* gewachsen in *saeptis secretus hortis, nullo convolus aratro.* Klang und Symbolik des Verses *cum tenui carptus defloruit ungui* hatten sie seit ihrer Gymnasialzeit tief beeindruckt und ihr Mitgefühl mit dem von der Klinge des Pflügers dahingemähten Blümlein erweckt. Und doch war sie jetzt, *cum castum amisit polluto corpore florem,* noch am Leben. »Felice«, hauchte sie ihm ins Ohr – aber nur weil er schlief –, »my Lord, my dear Lord.« Heute mußten sie abreisen. Sie wußte nicht, ob es ihr leid tun sollte oder nicht, daß die Ferien zu Ende waren. Einerseits nicht, sie mußte sich schließlich mit dem Haus in Turin vertraut machen, und sie liebte Umzüge. Der Augenblick, in dem man sich eines jungfräulichen Raums bemächtigt, bevor die Gewohnheit ihn hassenswert macht und uns dem nachtrauern läßt, was man verloren hat, ist ein Fest. Andererseits tat es ihr leid, Paris ist eben doch Paris. Plötzlich war ihr, als hörte sie im anderen Zimmer Schritte. Das schleppende Schlurfen eines Pantoffels auf dem Teppich. Eines ausgetretenen, eigensinnigen Pantoffels. Ihr Vater! Sofort steckte sie den Kopf unter das Kissen, als wäre es möglich, daß der

Professor an die Tür klopfen und sich anschicken würde, in ihr Schlafzimmer zu treten. Seit Monaten dachte sie zum erstenmal wieder an ihren Vater. Voller Sehnsucht und mit einem unbestimmten Gefühl von Schuld. *My noble father, I do perceive here a divided duty. I am hitherto your daughter: but here's my husband.* Verzeihst du mir? Verzeihst du mir? Ich weiß doch, ich bin dein einziges, zu heiß geliebtes Kind … Sie versuchte, den Gedanken zu verscheuchen, vergeblich: Felice trompetete geräuschvoll, das Licht verbreitete sich im Zimmer, das Ührchen, das sie als Anhänger um den Hals trug, zeigte fast zehn, und ein Vater ist ein unberechenbares Gespenst, chamäleonartig, raffiniert, mephistophelisch – es versteht sich der Umgebung anzugleichen, liegt überall auf der Lauer, nistet sich ein. Jetzt war er hinter den Sesseln aufgetaucht, saß an dem Tischchen, auf dem zwischen Schachteln und Flakons das weiße Briefpapier mit dem Briefkopf Hôtel Castiglione schimmerte. Er wandte ihr den Rücken zu und korrigierte die Aufsätze seiner Schüler. Er schien nachdenklich zu sein und immer noch erzürnt. Er schrieb mit seinem veralteten Füllfederhalter, aber der sträubte sich und quietschte, und die riesige Goldfeder hatte die beleidigte Miene aller Gegenstände aufgesetzt, die jemand weggelegt hat, um sie nicht wieder in Gebrauch zu nehmen.

Es war nicht der weiße Bart ihres Vaters, nur das irisierende Flattern des Vorhangs. Nein, auch das nicht: das Unterhemd Felices, seine langen Unterhosen. Er war aufgestanden, stampfte herum, zog sich hastig an. Im Gegensatz zu ihr war Felice immer sofort wach: er hielt es keinen Augenblick länger im Bett aus, wenn er zu sich gekommen war, und mußte gleich an die Luft und sich unter den Arkaden der Rue de Rivoli die Beine vertreten. Für sie dagegen war der Augenblick nach dem Erwachen, wenn die Pflicht nur erst eine Möglichkeit und das Bewußtsein ein unbestimmtes Kommen und Gehen ist, der beste des Tages. Sie konnte weder sprechen noch aufstehen: sie räkelte sich, drehte sich um, schlief wieder ein, dachte etwas, dachte nichts. Sie schloß die Augen, und als er fragte: »Norma, Chérie, schläfst du?«, antwortete sie ihm nicht und ließ ihn im Glauben, daß es so war. Das Klappen der sich schließenden Tür, das Geräusch seiner Schritte auf Strümpfen (die blankpolierten Schuhe erwarteten ihn auf dem Flur), das Pochen seines afrikanischen Spazierstocks. Sie war froh, allein zu sein, eingehüllt in die angenehme Wärme ihres überhitzten Körpers. Auch Felices Seite war noch warm. Von ihm war nur noch eine Senke geblieben, eine Kuhle, ein Abhang. Sie ließ sich in seinen breiten Abdruck rollen und preßte den Mund ins Kissen. Der Bezug roch nach seinem Rasierwasser. Und auch ein wenig nach ihrem Haaröl. Aber fremde Gerüche nimmt man deutlicher wahr als die eigenen. Wie auch die Idiosynkrasien der anderen. Sie kannte inzwischen sämtliche kleinen Eigenheiten ihres Mannes und seine charakteristischen Gesten, sein Murmeln und Seufzen und Husten, obwohl er ihr doch vor fünfzig Tagen noch völlig unbekannt gewesen war, denn sie hatten eine Art chinesische Ehe geschlossen. Die Chinesen sind ein weises Volk, und alle sollten von ihrer jahrtausendealten Kultur lernen. Sie hatte das so entschieden, weil sie ihn nicht allzu gut kennen wollte. Es ging ihr nicht um Felice, der ein wunderbarer Mann war und alle guten Eigenschaften hatte, sondern um sich selbst: Sie wußte, daß sie bei allzu naher Bekanntschaft mit Menschen ihrer leicht überdrüssig wurde. Sie betrachtete seinen weiten Schlafanzug, der elegant den Stuhl besetzte. Maßgeschneidert. Sie empfand heftige Zuneigung zu den Karos dieses Schlafanzugs. Felice, Felice, ihr Ehemann hatte einen *nomen omen.* Sie hatte ein beinahe animistisches Vertrauen in Wörter, und Felices Name hatte in entscheidendem Maße zu ihrem Ja beigetragen. Sogar noch mehr als die Zuneigung, die er ihr gegenüber an den Tag legte, sogar noch mehr als sein Wohnsitz in Turin, vierhundert Kilometer von jenem Florenz entfernt, das für sie zu einem stinkenden Lazarett der Erinnerung geworden war, sogar noch mehr als sein vertrauenerweckender Schnauzbart, seine Stimme, der Umstand, daß er die Menschen nicht kannte, die sie kannten und die sie gräßlicherweise Mouche nannten. Dieser demütigende Kosename haftete ihr seit Kindertagen an wie Ruß dem Gesicht eines Schornsteinfegers. Felice hieß Felice, liebte Norma und würde sie nie Mouche nennen. Sein Name war wie ein Versprechen. Übrigens bemühte sie sich seit einundzwanzig Jahren, ihres eigenen Namens würdig zu sein: Norma – Form, Aufruf, den Regeln zu folgen. Wenn sie daran dachte, daß sie Felice bei so banalem Anlaß kennengelernt hatte! Weißt du, Babbo, murmelte sie leise – und das war für diesen und noch viele darauffolgende Tage das letztemal, daß sie irgendeinen Gedanken auf ihn verwandte –, ich habe immer gemeint, die wichtigen Menschen in meinem Leben müßten bei ihrem Auftritt von Fanfarenstößen begleitet sein, und dagegen …

Dagegen war er ganz leise und verstohlen gekommen, durch den Dienstboteneingang, an einem dunklen Abend, der nach aufgewärmtem Essen roch. In ihrer Phantasie hatte sie sich die Szene völlig anders ausgemalt: sie würde ihrem Mann, ihrem Herrn und Gebieter, unter den rauschenden Klängen eines Symphonieorchesters begegnen, das den *Walkürenritt* spielte – Trommelwirbel, Wagner-Musik und *voilà*! Aber die so folgenreiche erste Begegnung (jedenfalls die erste für sie; an die vorausgegangenen, für Felice sehr viel entscheidenderen, erinnerte sie sich nicht) hatte auf dem düsteren Treppenabsatz vor der Wohnung ihres Onkels stattgefunden. Sie kam von der Universität nach Hause, vom Regen durchnäßt, mit der Mappe unter dem Arm, Tintenspuren im Gesicht, im Kopf ein Gewirr lateinischer Vokabeln, dazu der Ausdruck *saut du même au même*. Er klopfte schon seit einer halben Stunde, und niemand geruhte, ihm die Tür zu öffnen – es ist schrecklich, bei alten Menschen zu leben. »Wollen Sie auch herein?« Er nickte. »Zu wem möchten Sie?« fragte sie, ihrerseits klopfend. Sie hatte ihn nicht wiedererkannt. Felice wollte zu ihr, begrüßte sie, war überrascht, daß sie sich nicht an ihn erinnerte, weil er sie, das Fräulein Boncompagni, nie hätte vergessen können. Der Herr sah sie mit verdächtiger Aufmerksamkeit an. Sie wunderte sich sehr darüber: ob er sicher sei, daß es sich bei diesem Fräulein Boncompagni um sie handle, denn es gebe in Florenz noch andere. »Fräulein Norma Boncompagni gibt es nur einmal.« Sie drehte den Kopf nach hinten, um sich zu vergewissern, daß auf dem Treppenabsatz nicht noch eine andere, wesentlich attraktivere Norma stand, die diesen großen Herrn bezaubert hatte, denn sie war, gelinde gesagt, nachlässig gekleidet, zerzaust, völlig ungeschminkt auf der Suche nach einer Lösung für den Echtheitsnachweis des Codex Laurentianus Mediceus für Lachmann, für die Zuschreibung der *res nullius* und den *saut du même au même*. »Entschuldigen Sie«, murmelte sie; es gelang ihr nicht, den Regenschirm zuzumachen, er war verbogen und ging immer wieder auf und tropfte alles voll. Unrettbar dahin war er: sie ging mit einem kaputten Regenschirm auf die Straße, und dieser hochelegante Herr hatte ihn sicher bemerkt, diesen scheußlichen schwarzen Regenschirm, diesen Schirm eines Witwers, eines sechzigjährigen Junggesellen, eines zerstreuten Professors *arcente profanum vulgus* – diesen Männerschirm eben. Und auch ihre drastisch an den Fingern aufgeplatzten Handschuhe konnten ihm nicht entgangen sein und auch nicht der unmoderne Hut und der altjüngferlich graue Rock, dessen Saum im Frühlingsregen unten peinlich dunkel geworden war. Sie wußte nicht, wo sie die Hände, den Schirm, den Hut, sich selbst verstecken konnte. So war es: die märchenhafte Erscheinung des Ritters Felice hatte sich mit dem Gefühl der eigenen Unzulänglichkeit verbunden, mit dem fassungslosen Erstaunen, bemerkt worden zu sein – sie sah sich doch bloß als ein farbloses

Blümchen auf der Tapete eines häßlichen Salons und hatte nie gedacht, das Interesse, geschweige denn das Wohlgefallen eines Mannes erregen zu können –, verbunden mit der Zuschreibung der *res nullius,* dem *saut du même au même,* dem aufgewärmten Abendessen, dem sintflutartigen Regen und dem feuchten Geruch, der ihren Kleidern entströmte. Kein Orchester, kein Duft nach Jasmin! Felice trat unter den Klängen einer Opera buffa in ihr Leben. Als das Dienstmädchen schließlich die Tür aufmachte, sah sie ihn nicht und schimpfte wütend drauflos, er tat, als bemerkte er die beleidigende Unverschämtheit nicht, die eine ungehobelte Magd sich einem anständigen Mädchen gegenüber herausnahm, und trat zur Seite. Sie hätte sich am liebsten unter dem Fußabtreter vergraben, das Wörterbuch krachte zu Boden, und als sie es aufheben wollte, sprang die Mappe auf, und der Inhalt fiel auf den Treppenabsatz: der abgebrochene Bleistift, der Bleistiftspitzer, die kleine Geldbörse aus abgewetztem Stoff und der Ausweis für die Erlassung der Studiengebühren, ausgestellt auf Fräulein Norma Boncompagni, ledig und Beamtenwaise. Er kniete nieder, ohne sich um den Staub zu kümmern, und reichte ihr das Heft und das Lehrbuch mit dem unübersehbaren Stempel der Leihbibliothek, dann das in gewöhnliches Packpapier eingebundene Wörterbuch. Dabei streifte er leicht ihre Hände: sie zitterte – wegen einer nervösen Adrenalinausschüttung, ihrer nassen Füße oder vielleicht aus Scham. In ihrer Eile, zu verschwinden, blieb sie mit dem geöffneten Schirm in der Tür hängen. Er fragte: »Erlauben Sie, Mademoiselle?« und versuchte eine unendliche Minute lang, ihn zu schließen, schaffte es unter Aufbietung ungewöhnlicher Körperkräfte und steckte ihn in den Schirmständer. Es war ihr bis jetzt nie aufgefallen, was für einen schlechten Geschmack der Onkel hatte: der Schirmständer war eigentlich eine scheußliche Vase in Hundeform mit aufgerissenem Maul. Der Onkel kam ihm entgegen, kriechend wie ein Tausendfüßler, so geehrt fühlte er sich durch den gräflichen Besuch: er redete zuviel, dankte ihm untertänigst, daß er sich diese Umstände mache, es war abstoßend, ihn sich so wurmartig krümmen zu sehen. Das Dienstmädchen half ihm nicht aus dem Mantel, darauf sagte er, es sei ihm kalt – Gott, vielleicht fror er ja wirklich, diese Wohnung war nicht gerade mit besonders vielen Öfen gesegnet –, aber vielleicht war ihm gar nicht kalt, er war doch warm angezogen, schlimmer, er hatte das nur gesagt, um sie nicht in Verlegenheit zu bringen, da sie sich höchstpersönlich anschickte, ihm zu helfen, und die Hände ausstreckte, als wäre sie das Dienstmädchen. Der Onkel bat ihn in das Arbeitszimmer, und er verabschiedete sich mit einer Verbeugung und einem wahrhaft herzlichen Lächeln. Sie ging in die Küche, um Abhilfe für das Abendessen zu schaffen. Sie hörte sie zehn Minuten lang miteinander sprechen (die mehrmals wiederkehrenden Sätze, die ihr das Blut gefrieren ließen, waren: »Die arme Norma, es ist furchtbar für sie gewesen«, »Wenn Sie wüßten, wie lieb sie einander gehabt haben«, »Zwanzig Jahre, gegenwärtig unter Vormundschaft«, und andere Obszönitäten), und um halb acht – also sechzehn Minuten nach dem unglücklichen Zwischenfall mit dem Regenschirm – hatte der Ritter mit dem Spitzbärtchen um sie angehalten. Wäre sie ihm nicht im Treppenhaus begegnet, hätte sein Name ihr nichts gesagt: er wäre ein unbekannter Mann, vermutlich ein Verrückter gewesen, der um sie geworben hätte und den sie, da sie nicht wußte, wer er war, abgelehnt hätte. So aber erhielt am Tag darauf der fast unbekannte Graf aus Turin (Ritter sind nicht mehr Mode) ein Billett, in dem ihm mitgeteilt wurde, ja, Fräulein Norma habe Interesse an seinem Antrag gezeigt. Der Anwalt Alessandro Magno Boncompagni, Bruder und Vormund des Fräuleins, wünsche, ihn zur weiteren Klärung zu treffen. Sie empfingen um fünf: Tee, Kekse, eine zwanglose Unterhaltung – sie erwarteten ihn und hießen ihn in Florenz, dem Tempel der Schönheit, willkommen. Die Tante riet ihr zu einem einfachen schwarzen Samtkleid. Damit er sich eine gute Meinung von dir bildet. Auf den Ceylontee kam sie durch das Philologieexamen. Sie wollte zeigen, daß sie ihre Lektion verstanden hatte, sie wiederholte nicht die Fehler der Kopisten, kein *saut du même au même,* ein Sprung vom *ipsum* zum *aliud,* und Norma, allgemein Mouche, Mouchette oder auch nach Belieben Musca genannt, *res nullius par excellence,* Norma, niemandes Sache, Tapete, Fliege, hatte ihren Autor gefunden.

Ihr Vater hätte gesagt, das sei ein kindischer Gedanke, denn die Wirkungen der Dinge entsprächen selten ihren Ursachen, und die großen Dinge begännen manchmal ganz leise und unbemerkt. Aber er konnte es ihr nicht sagen und keinerlei Einfluß mehr auf die Deutung ihrer Handlungen nehmen: sie mußte anfangen, sich die komplexen Wechselfälle des Lebens allein zu erklären. In der Tat war das erste Geschenk von Felice ein Pelzmuff gewesen, dann folgte ein Damenschirm, rosa bezogen, mit einem mit Blumenschnitzereien geschmückten Griff. Sie hatte ihm mit einem mutigen Kärtchen gedankt: *»Denken Sie nur nicht, ich wüßte Ihre bezaubernde Aufmerksamkeit nicht zu schätzen, aber ich versichere Ihnen, daß ich den Schirm gar nicht brauche, denn dort, wo Sie in meinem Leben sein werden, wird es nie regnen.«* Tatsächlich war der Winter in Paris klar wie eine frischgeputzte Scheibe. Der Verkehr wurde stärker und rasender. Ratternde Rolläden, Schreie, Lärm, auch auf den Fluren des Hotels klapperten die Servierwagen. Jemand klopfte an die Tür. Der Kellner. O nein! Er mußte die Schrankkoffer packen. Sie mußten packen. Jetzt stehe ich auf, sagte sie sich und umarmte das Kopfkissen. Doch ihr letzter Gedanke war eine Hoffnung, fast ein Gebet. In neun Monaten ein Kind, damit es durch ihre Leibesfrucht mit Mouche ein Ende hätte, damit es endgültig vorbei wäre mit diesen ekelhaften kosmopolitischen Zweiflüglern, den Larven verdorbenen Fleisches, Synonymen für Ansteckung,

Krankheit, Bakterien und Infektionen. Sie fühlte sich gereinigt: Fleisch, ja, aber zum erstenmal gesundes Fleisch. Die Frau, die im Castiglione schlief – die jemandem gehörte und die dieser Jemand, ein zuvorkommender und liebevoller Mann, Norma und Chérie nannte –, diese Frau fing an, ihr zu gefallen.

Im Spiegel des Aufzugs kreuzte sich Felices Blick mit dem ekstatischen eines noch nicht allzu erschöpften Schlachtrosses, das im zweiten Stock ausstieg und eine mächtige Duftwolke von Putzmittel zurückließ: Perolin mit Lysoform, zur pulverfreien Reinigung von Fußböden, vernichtet die Bakterien und ozonisiert leicht die Luft. Er hatte eine Schwäche für reife Frauen und für die Hygiene mit Lysoform. Ich habe eine gesunde Gesichtsfarbe bekommen, bemerkte er selbstgefällig. Auch wenn er sich ganz objektiv betrachtete, gab er sich kaum vierzig Jahre. Athletisch und stramm. Seine Stimmung war Schönwetter ohne die leiseste Trübung. Er legte den *Figaro* auf den Stuhl und wußte, daß er ihn nicht lesen würde: weder jetzt, wo die Zeitung noch nach Druckerschwärze roch, noch heute abend. Er hatte nur fünfzehn Centimes aus dem Fenster geworfen. Der Servierwagen mit dem *petit déjeuner* stand neben dem Nachttischchen, der Kaffee in der Tasse wurde kalt, und die gebutterten Croissants waren noch unberührt. »Schläfst du noch, Chérie?« Nein, nein, miaute Norma verlogen. Vielleicht war es der lange Aufenthalt in der fürstlichen Suite, vielleicht der tröstliche Eindruck seines Spiegelbilds, vielleicht das Flair der Hauptstadt, vielleicht waren es auch die roten Läufer des Hôtel Castiglione, jedenfalls fühlte er sich zu Vertraulichkeiten aufgelegt. Norma hatte fünfundvierzig Tage Zeit gehabt, um über das Trauma hinwegzukommen, und empfing ihn mit ausgebreiteten Armen und zum Kuß dargebotenen Lippen. Geschwellten, halbgeöffneten Lippen. Hundertzehn Sekunden gemeinsamen Atmens, überall Haare und ein berauschender Duft von Azurea von L. T. Piver. Das Perolin verschwand. Ozon ohne Hygiene. Er sog es mit vollen Lungen ein. »Es ist elf Uhr, Chérie, und du bist die lohnendste Investition meines Lebens«, erklärte er, stolz auf den Vergleich. Norma wußte das Kompliment nicht zu würdigen, sie war noch zu schlaftrunken. Oder vielmehr erschauerte sie, trotz ihrer erhöhten Körpertemperatur (36,8 morgens), weil seine Stimme in ihren Ohren unpersönlich, metallisch und bestürzend geklungen hatte. Dabei war es ein großes Kompliment – denn Felice, der sonst nichts auf Metaphern gab, hatte da eine äußerst gelungene gebildet. Er behauptete, das Leben sei ein Bankkonto: ein junger Mann lebt von den Zinsen des Kapitals, verschwendet Tage, Wochen, Jahre, Beziehungen, Liebeshändel, Begegnungen, unterzeichnet im Vertrauen auf die Solidität seines Vermögens Wechsel, und plötzlich merkt er, daß das Konto nichts mehr abwirft, langsam dahinschwindet; das Minuszeichen wird zur Dauereinrichtung, es droht der finanzielle Ruin, auf einmal ist er wirklich fünfundvierzig und muß schleunigst eine gute Investition machen. Ein Pluszeichen, das den Fall aufhält. Sein Halt, seine Handbremse auf der rasenden Autofahrt den schwindelnden Abhang des existentiellen Niedergangs hinunter, war Norma, die sich nun über seine Abwesenheit beklagte. »Wo bist du gewesen? Was hast du gemacht? Warum hast du mir nichts gesagt?« Sie versuchte, dem bösen Unhold zu entkommen (die Rolle machte ihm übrigens einen Riesenspaß), verschanzte sich hinter dem Kissen, wickelte sich in die Daunendecke, wollte sich darauf herausreden, daß sie noch die Koffer packen mußte, und kreischte entzückend: »Nein, was machst du denn ... das Gepäck ... wir verpassen ja den Zug.« »Dann verpassen wir ihn eben«, sagte er lachend. Diese Norma, mit der er überraschenderweise sofort ganz vertraut geworden war und die ihn ebenso überraschenderweise noch nicht gesättigt hatte, war verlockend wie ein

Sahnepudding, den man etwas ruhen lassen muß, damit er noch besser schmeckt.

Es war ihm durchaus bewußt, daß seine Familie diese zweite Heirat nicht gutgeheißen hatte – nicht so sehr wegen der Frau, die er gewählt hatte, aber auch ihretwegen. Eine halb ausländische Bürgerliche bringst du uns ins Haus, vermutlich stammt sie von den Jakobinern ab, die in Frankreich die Köpfe haben rollen lassen, bemerkte Sofia und zitierte die weise Lehre ihrer Mutter: *Vergiß nie, daß du eine Pflicht im Leben hast: immer nach oben streben! Daher gib unter deinen Beziehungen immer den durch Geburt oder Vermögen Höhergestellten den Vorzug!* Diese Boncompagni ist praktisch ohne Mitgift, nicht einmal ein jämmerliches Landhäuschen bringt sie dir! Du hast dir da ein hysterisches, schwärmerisches kleines Mädchen mit einem literarischen Tick ausgesucht, das noch dazu aus einer erblich belasteten Familie stammt, das war der strenge Kommentar Emanuelas gewesen, die eine Anhängerin der Evolutionstheorie und Vererbungslehre war und eine diesbezügliche Unterredung mit Norma gehabt hatte, von der sie entrüstet berichtete: ein Bruder sei mit neun Jahren von einem Tag auf den anderen gestorben, die Mutter mit vierzig ebenso, der Vater mit siebzig ebenso; sie habe zwar ihre Tage, aber noch mit fünfzehn sei sie unentwickelt gewesen, sie habe von nichts eine Ahnung, sei unwissender als eine Magd und unerfahrener als eine Nonne; außerdem sei sie doch fast volljährig, habe aber ein unfertiges Gesicht wie ein kleines Mädchen, das nicht erwachsen werden will und sich schämt, für eine Frau gehalten zu werden; sie sei unsicher, man müsse ihr jedes Wort abringen, sie spreche ein akademisches Italienisch wie ein vertrockneter Gelehrter, meide das Französische, verachte die Dialekte, verstehe das Turinische nicht und sei nie in die gute Gesellschaft eingeführt worden. Felice hatte sich gedacht, daß die Frauen sich Norma gegenüber ablehnend zeigen und ihre unbarmherzigen Feindinnen sein würden, weil sie so bezaubernd und anziehend war, aber die Äußerungen seiner Schwestern waren nichts im Vergleich zu dem Urteil Carlo Ignazios, das ihm die Hochzeitsfeier verdorben hatte: der geistreiche Koloß hatte eine wahrhaft unverzeihliche Beleidigung ausgesprochen. »Du lernst doch auch gar nichts, Bruderherz«, hatte er zu ihm gesagt, während er ein leicht säuerlich gewordenes Krabbenfleischschnittchen verzehrte, »zweimal geheiratet, zweimal einen Bock geschossen, laß dir das gesagt sein. Erst eine dürre Scholle aus einem Faß ohne Salz und jetzt so ein zähes Vanillekaramelbonbon, das dir an den Zähnen klebenbleibt. Schau mich an, so hättest du es machen sollen, ich habe nur einen Schuß abgegeben und getroffen.« Gewiß, der stämmige Kerl hatte eine Erbin aus Lausanne geheiratet, einziges Kind eines Rüstungsfabrikanten, Millionärin. Aber häßlich, gnadenlos häßlich, und langweilig wie die Bibel. »In deinem Alter, sag, bist du verrückt geworden? Solche Geschöpfe verführt man mit ein paar schön gedrechselten Worten, mit zwei schlechten Gedichten, die heiratet man doch nicht. Erinnerst du dich denn nicht mehr an die Morelli?« Ja, die Morelli, eine Harfenistin, das war eine Affäre gewesen, aus der er sich nur durch ein denkwürdiges Duell hatte ehrenvoll zurückziehen können. Aber er war eben damals dreißig und ein stattlicher Kavallerieoffizier, der Eroberungen sammelte, um seine Karriere als *tombeur de femmes* zu einem würdigen Abschluß zu bringen, bevor er am Galgen der Ehe baumeln würde. »Norma ist ein Engel, und du bist dümmer als dein Hund«, antwortete er ihm empört. Mit diesem Schweizer Bruder, hatte er sich geschworen, würde er kein Wort mehr wechseln. Und er hielt sich an seinen Eid. Ohne es zu wissen, hatte Norma bereits einen Mord begangen: sie hatte in seinem Herzen Carlo Ignazio getötet, seinen Rivalen, seinen Konkurrenten, seinen Freund – alles hatten sie geteilt: Krieg, Langeweile, Abenteuer. Seine Familie hatte also aus absurden persönlichen Gründen seine Heirat mit der allersüßesten, bezaubernden, vollkommenen Norma mißbilligt. Und vielleicht auch wegen der Ausgaben, die der neue Haushalt mit sich brachte. In der Tat hatte seine kleine Frau gezeigt, daß sie keine Ahnung vom Wert des Geldes hatte, und in kaum mehr als einem Monat in Paris (leider war Dezember ja *le mois des étrennes*) bereits eine beträchtliche Summe verschwendet. Norma schien vom Dämon des Einkaufens besessen zu sein: ohne die unwahrscheinliche Menge von Schirmen zu zählen, die sie angesammelt hatte, die endlosen Sitzungen bei den renommiertesten Couturiers des Erdkreises – Paquin, Poiret und Dœuillet – und den Ankauf von reizvollerer Leibwäsche, als es die Schulmädchensachen waren, die zu ihrer Ausstattung aus Florenz gehörten, hatte Norma literweise Kölnischwasser gekauft, Essenzen, Schachteln mit Körperpuder, Parfüms (Astris, Royal Houbigant, Bouquet Farnese, Floramye), Seidentücher, Schmuck, Keramik, ein Alabasterkruzifix aus dem dreizehnten Jahrhundert, Zigarrenetuis, einen Photoapparat der Marke Excelsior, eine Tenax und eine Anschutz. »Geschenke für deine Angehörigen«, erklärte sie. Herausgeschmissenes Geld, weil sie sich nicht darüber freuen würden, aber er konnte sie doch nicht enttäuschen: sie plünderten die Grands Magasins der Place Clichy, kauften turkestanische, kaukasische, arabische und persische Teppiche, ja, er erlaubte ihr sogar, für Amedeo ein Koristka-Mikroskop zu erstehen, den Katalog Arthur Maury für seine Briefmarkensammlung, für die lahme Schwester einen mit Paradiesvogelfedern geschmückten Nerzhut, den die kantige Emanuela nie im Leben aufsetzen würde, und für die zukünftige Tochter einen hochrädrigen Puppenwagen und für den zukünftigen Sohn ein mechanisches Schaukelpferd und ein Miniaturhochrad und für beide eine Unzahl weiterer Spielsachen. Als er sie so durch die Samaritaine schwirren sah, brach ihm ihre Begeisterung fast das Herz, denn er hatte keinerlei Fortpflanzungstrieb und überhaupt keine Lust, sich mit sabbernden Kleinkindern zu umgeben: dieses Spielzeug würde im leeren Kinderzimmer verstauben. »Wir werden doch bald ein Kind haben, nicht wahr?« fragte Norma und beugte sich vor, um auf die Seine hinunterzublicken, während er vergeblich versuchte, eine Droschke anzuhalten. »Vielleicht, vielleicht, Chérie, vielleicht.« Auf den von Zigarettenbrandlöchern verunstalteten Sitzen umarmte er sie so fest, daß sie fast erstickte. »Liebst du mich, Felice? Liebst du mich WIRKLICH?« Mehr als das, ich bete dich an. Du bringst mich um den Verstand. Seinen Verwandten würde es nicht recht sein, daß er eine Frau in ein Haus brachte, das schon zwei Herrinnen hatte, aber darum scherte er sich jetzt so wenig wie früher. Er konnte sich nicht in die anderen Bewohner des Hauses hineinversetzen und auch nicht in die hochgestellten Verwandten seiner ersten Frau. Margherita war so einfach aus seinem Bewußtsein geschwunden, wie sich ein Abziehbild von einer Kachel lösen läßt.

Dabei hatte er, als er Norma begegnet war, nicht im geringsten daran gedacht, wieder zu heiraten. Er hatte ja bereits die Erfahrung hinter sich, und sie war kläglich und schmerzlich genug, um ihn von jedem zweiten Versuch abzuhalten. Er hatte Margherita geheiratet, um der Sache der Argentero zu dienen und durch die hochtrabende Verwandtschaft den Aufstieg seiner adligen, aber nicht einflußreichen Familie zu fördern. Doch die Gattin, die ihm seine geschickte Mutter ausgesucht hatte, erregte weder sein Begehren noch seine Zuneigung. Er sah sie kaum, betrog sie außerordentlich häufig und hatte sie erst nach ihrem Tod schätzen gelernt. Und das einzig deshalb, weil sie gestorben war. Er hatte wegen dieser so unangenehmen wie tiefen Wahrheit eine ziemlich lang anhaltende religiöse Krise durchgemacht, die ihm den Spitznamen »schwarzer Pfaff« einbrachte. Er kasteite sich mit Messen und Gebeten. Er finanzierte die erzkatholische Zeitung *Il Momento*, war in den Verwaltungsrat des Instituts der Magdalenen und Magdalenchen eingetreten – eine Institution »zum Zwecke, jungen Frauen, die ernsthaft Reue zeigen, ein Asyl zu bieten, in dem sie ein zurückgezogenes Leben führen und sich ganz der Tugend widmen können«. Er gehörte zu den Gründungsmitgliedern der Liga für die öffentliche Moral und wurde für seinen Eifer durch die Wahl in den Stadtrat belohnt, wo er unnachsichtig über die durch die Permissivität der Liberalen geförderte Sittenverderbnis wachen sollte. Er erwarb die vielfach ausgezeichnete Wachsfabrik in Rovaccione, die Kerzen aus reinem Bienenwachs für die Kirche herstellte. Er gründete eine nach seinem gleichnamigen Vorfahren Felice Argentero benannte Anstalt, die armen Mädchen aus dem Volk Unterkunft gewährte, um sie nach den gesunden Prinzipien der Religion und Moral zu erziehen und ihnen durch die Förderung ihrer körperlichen und geistigen Fähigkeiten die Möglichkeit zu geben, selbst für ihren Lebensunterhalt aufzukommen. Er hatte dort im Lauf von sechs Jahren 42 junge Mädchen – darunter 19 minderjährige – aufgenommen, und jede kostete ihn 0,60 Lire täglich. Er ging regelmäßig zur Beichte, um für die brennende Schuld zu büßen, daß er in jenen elf ewigen Jahren seiner Ehe fast immer im Ausland gewesen war: er hatte in Großbritannien gelebt, in Holland, in Berlin, auf Malta, im österreichisch-ungarischen Kaiserreich. Als sein Sohn Amedeo geboren wurde, war er in Belgien, um die Entwicklung seiner Handelsgesellschaft für Ostafrika zu fördern (die dann unrühmlich liquidiert wurde), und als Margherita an Nierenentzündung erkrankte, hatte er sich gerade als Handelsbeauftragter Seiner Majestät nach Montenegro entsenden lassen und war nicht einmal zur Beerdigung der Frau gekommen, die ihm einen Sohn geschenkt hatte. Als er Norma begegnete, war der schwarze Pfaff ein Mann ohne hochfliegende Absichten, mit Gewissensbissen, die ihn nicht mehr allzusehr plagten, da inzwischen sechs Jahre vergangen waren. Er hatte eine reife Freundin, eine nicht mehr junge, einflußreiche und verständnisvolle Prinzessin, viele Bekanntschaften, viele Beschäftigungen. Er kümmerte sich um ein stillgelegtes Bergwerk, in der Hoffnung, eine Bauxitader zu finden, um die Industriebetriebe, die Margherita als Mitgift in die Ehe gebracht hatte, um die Kerzenfabrik (die erste vernünftige Investition seiner Karriere); er langweilte sich im Stadtrat, wo er ergeben die Rolle des integralistischen Sittenrichters spielte, aber heimlich die anderen Stadträte, die sich zu einem Pakt mit der Regierung bereitgefunden hatten, um ihre konkrete Macht beneidete; er hatte peinlich genau die kommenden Jahre vorausgeplant. Gemäßigte Sühne für sein Glück. Bis zu jenem berühmten Abend (der viel früher stattgefunden hatte als die Regenschirmbegegnung, aber davon wußte Norma nichts) gab es keinerlei Raum für Norma in seinen Plänen. Er hielt sich für einen gefestigten, nüchternen und zufriedenen Mann. Doch dann im Zug, auf der ersten Rückfahrt aus Florenz nach Turin, während Anwalt Gentile, der ihn auf den Kongreß über klerikale Fragen mitgeschleppt hatte, friedlich vor sich hin schnarchte, die Räder schleiften, der Eisenbahnwagen quietschte, ergriff ihn eine verhängnisvolle Stimmung, und im Dunkeln leuchtete das Gesicht der unbekannten Klavierspielerin bei den Torrigiani vor ihm auf. Diese Augen. Grüne Rehaugen, die auf der regennassen Scheibe in Tränen schwammen. Vielleicht hatten sich die Geister, die bei Dante aus dem Blick entstehen, seiner bemächtigt, vielleicht spukte in Florenz immer noch der *dolce stil nuovo,* jedenfalls hatte es ihm an jenem Abend – er hatte eine schwere Verdauung und kämpfte mit dem Einschlafen – immer wieder den Hals verdreht und den Blick in die dunkle Ecke gezogen, wo das Klavier stand. »Wer ist das?« hatte er sich ohne allzu großes Interesse erkundigt. »Die Tochter von Mme de Forbin Maynier, Hélène, die haben Sie doch gekannt, nicht wahr?« Er kannte keine Mme Hélène de Forbin Maynier, er war nie in Florenz gewesen, aber er bejahte, um das

Gespräch abzubrechen. Er haßte die Musik, das Klavier, die Florentiner, Anwalt Gentile, der ihn aus der Ruhe der Piazza Carlina entführt hatte, die jungen Mädchen, die Blondinen, die bezahlten Musikerinnen und die feinen Abendunterhaltungen. Er schlief fast mit dem Kopf auf der Stuhllehne ein, und auf dem Bahnhof Santa Maria Novella erwartete ihn sein Zug. Und Turin und die Sonntagspredigt von Pater Tonino in der Kapelle der Consolata. Im Vorzimmer stieß er brutal mit ihr zusammen, sie ging mit gesenktem Kopf, in einen häßlichen Tuchmantel gehüllt. Er rannte in sie, sie rannte in ihn hinein. »Entschuldigen Sie, das wollte ich nicht«, sagte sie. Erleichtert sah er seinen treuen Mantel am Kleiderbügel hängen. Doch obwohl er immer noch der schwarze Pfaff und nicht wieder auf Eroberungen aus war, konnte er doch die Wahrnehmung nicht verhindern, daß dieses blonde, unkörperliche Fräulein, das ihn mit Beethoven und Chopin gemartert hatte, mit rubensschen Brüsten ausgestattet war. Das Fräulein führte mit der Garderobenfrau ein interessantes Gespräch über die Möglichkeit, daß ein gewisser Magno sie nach Hause begleiten würde. Das Fräulein sagte, sie könne nicht auf ihn warten, wer weiß, wann er aus dem Theater käme, und sie müsse um elf zu Hause sein. Der gläserne Schuh Aschenbrödels oder irgend so etwas. Anwalt Gentile bot sich höflich an, sie zu begleiten, und hielt es für seine Pflicht, darauf zu bestehen. »Ich bitte Sie, nein«, antwortete sie. Felice stieg hinter ihr die Treppe hinunter, zögerte, um nicht neben ihr gehen zu müssen. Zweihundert Meter etwa hatten sie denselben Weg: sie ging dicht an den Häuserwänden entlang, allein – ein Fräulein, das nachts allein unterwegs ist, zu Fuß, ohne Wagen, dachte er irritiert, fast enttäuscht. Das Geräusch seiner Schritte erschreckte sie, denn sie ging schneller und fing dann an zu laufen, an der Kreuzung verlor er sie aus den Augen. Anwalt Gentile schnarchte selig, und er konnte nicht einschlafen, das Kreischen der Räder störte ihn, das Wackeln seines Köfferchens im Gepäcknetz beunruhigte ihn, draußen am Fenster lief sein vergangenes Leben an ihm vorbei, und die Bilanz, die er daraus zog, brachte ihn um alle Sicherheit. Die Moral aus dieser Reise in die Hölle seiner Zukunft war, daß eine Epoche seines Lebens ihren Abschluß gefunden hatte: Vorhang zu, spärlicher Beifall und ein paar Pfiffe. Alles war im Grunde eine einzige große Treibjagd gewesen – und die vor dem bewaffneten, lauernden, schlaflosen Jäger flüchtende Beute war ein phantasmatisches Glück, das oft zum Greifen nah vor ihm zu tanzen schien. Doch auf dem Bahnsteig von Porta Nuova, als er laut nach einem Gepäckträger rief, hatte er plötzlich das Gefühl, vom Gewehr eines anderen aufs Korn genommen zu werden – irgendwie waren die Rollen vertauscht worden, er war jetzt die Beute, es wurde auf ihn gezielt, er konnte sich nur noch in Sicherheit bringen, und der Jäger war erbarmungslos: eine Empfindung von Unglück, die ihn auf dem Heimweg begleitete. Beim Mittagessen verwöhnte ihn Filippo mit den Leckereien, für die er berühmt war und von denen Felice in Florenz geträumt hatte – Fasangalantine, Artischockenflan in Sauce Mornay und blanchierter Fenchel aus Refrancore –, und alles schmeckte schal. Am Abend besuchte er seine Freundin, und als er zu ihr ins Bett schlüpfte, ertappte er sich bei einem Gähnen. Er kehrte zu Fuß nach Hause zurück: das Unglück zielt scharf und trifft tödlich. Eine lohnende Investition. Er brauchte einen langen, schrecklich unglücklichen Winter, um zu begreifen, wer diese Investition war. Er sah sich um, schwankte und war schließlich rein zufällig in die Bibliothek gegangen, wo Amedeo für sein Geographiestudium lernte, als der halbfett gedruckte Städtename ihm enthüllte, was er, ohne es zu wissen, längst beschlossen hatte. Die Halbinsel ist lang, und in ihrer Mitte, in ihrem Herzen liegt eine Stadt. Die Wiege unseres zerrissenen Landes. Von Norma, die noch nicht Norma hieß (sie war ein Gesicht vor der Blumentapete des Salons, ein schwimmender Blick und ein weicher Arm, als er im Vorraum mit ihr zusammenstieß, ein schwarzer Mantel und ein schneller Schritt, ein Klappern hoher Absätze), von IHR, wer immer sie war, und von dem Leben, das sie ihm bringen würde, wollte er eigentlich gar nicht viel. Er sah ihre gemeinsame Zukunft in prosaischem Licht, eben wie eine Straße: SIE sollte ihm die Gemütsruhe verschaffen, um diesen zweiten Teil seines Lebens anzugehen. Sie sollte ihm die Kraft geben, etwas Bedeutendes zu tun, sich nicht mehr zu verzetteln. Und vor allem sollte sie existieren, also nicht mehr eine fast schon senile kleine Träumerei sein, die sich in einem Winkel seines Bewußtseins verbarg. »Was willst du denn bloß in Florenz?« brummte Emanuela. Das Osterfest war heilig, und sie empfand es als Kränkung, diese Tage ohne ihn verbringen zu müssen. »Geschäfte«, antwortete er. Er sah voller Erwartung einen fürchterlichen Abend vor sich: Beethoven und Chopin, die Sofalehne, den glänzenden schwarzen Flügel und sein Glück, seine Zukunft, seine Hoffnung auf dem Klavierstuhl. Aber es wurde einfach nur ein fürchterlicher Abend, die Sofalehne und das florentinisch aspirierte C der Torrigiani. Auf dem geschlossenen Flügel stand ein silberner Leuchter. »Und das Fräulein, das gespielt hat?« Sie sei kein ständiger Gast, sie komme selten und nur, wenn auch ihr Bruder da sei. Man lade sie ein, um ihnen ein bißchen unter die Arme zu greifen. Kenne er denn Professor Boncompagni nicht? Ein berühmter Mann, wirklich schade, daß er so in Schwierigkeiten stecke. Warum interessiere er sich für die junge Dame? In seiner Verlegenheit stieß er sein Glas um und konnte es gerade noch auffangen, bevor es ein Unglück mit dem purpurroten Portwein gab. »Ach, das Gesicht kam mir irgendwie vertraut vor, ich hatte den Eindruck, ich wäre mit ihr bekannt.« »Viele meinen, sie wären mit ihr bekannt«, sagte einer andeutungsvoll zwinkernd. Ein anderer lächelte. Er rollte unbehaglich die Augen: er war von einer obszön schmunzelnden Schar Florentiner mittleren Alters umgeben. »Das ist der allgemeine Eindruck«, sprach der eine weiter. »Man hat sie gern, man betrachtet sie ein bißchen als Verwandte, wenn ich mir den Ausdruck gestatten darf.« Hämische Anspielungen, die er nicht verstand. Er vereiste. Kalter Schweiß tränkte sein neues Hemd, das er ihr zu Ehren hatte anfertigen lassen, und dabei war sie ... Dabei war sie ... Und er dummer alter Narr hatte vierhundert Kilometer Zugfahrt auf sich genommen, um sie wiederzusehen. »Viele meinen, sie wären mit Norma bekannt, weil sie den Modellen von Botticelli ähnlich sieht«, schaltete sich die Dame des Hauses ein und machte damit der allgemeinen Heiterkeit ein Ende. »Sie haben sicher an die Madonna des *Magnificat* gedacht.« Er glotzte sie dümmlich an, dachte an den schwarzen Tuchmantel und an ihr erschrockenes Stimmchen – entschuldigen Sie, das wollte ich nicht. Die Baronin ließ ihn eine halbe Stunde auf dem durchgesessenen Sofa schmoren, wo ihn sein Nachbar belästigte, der wissen wollte, wie der Kongreß ausgegangen sei und ob die Vorträge veröffentlicht würden. »Unsere Pianistin ist aus einer vortrefflichen Familie, aber Sie wissen ja, wie das ist, schwierige Zeiten.« Er schlug ritterlich die Augen nieder. »Und sie hat so viel Empfindung, finden Sie nicht? Ihr Spiel ist so einfühlsam, Sie hätten hören müssen, wie sie die Modernen spielt, vor ein paar Monaten hat sie ein Franck-Konzert gegeben, bei dem sogar mein Mann geweint hat, und der ist, das dürfen Sie mir glauben, wahrhaftig kein Kenner.« Empfindung oder nicht, Musik ist ein Schlafmittel. »Und sie ist so bescheiden«, setzte die Baronin hinzu, in plötzlicher Eingebung das Thema wechselnd. »Achten Sie nicht auf böse Zungen, die Leute reden eben so daher, aber man kann ihr nichts nachsagen. Ich kenne Norma, seit sie so klein war, sie ist ein tadelloses Mädchen, und rein, wenn ich mir das zu sagen erlauben darf.« Nun gefielen ihm sogar der schlammige Arno, das aspirierte C, die Hochnäsigkeit der Toskaner, die einsamen Ostertage in einem Hotelzimmer. Ostern wurde eine verpaßte Auferstehung: und wenn sie schon einem anderen gehörte? Daß sie ihn, Felice Argentero, früher zu Recht Afrikaner, Blitz, Ras, Bey, Negus genannt, nicht wollen könnte, das zog er gar nicht in Betracht. »Sie ist nicht verlobt.« Der dumme Narr, der er war, würde noch an diesem Tag zu ihr gehen, mit einem Strauß Rosen und seinem Leben im Saisonschlußverkaufsangebot. »Ich möchte dem Vater vorgestellt werden«, sagte er. »Ich fürchte, das ist unmöglich«, erwiderte die Baronin Torrigiani, »ihr Vater ist gestern gestorben.«

»Felice?« sagte Norma, als der Aufzug sie in die Hotelhalle entließ. »Felice, sag mir noch eins.« Sie sah auf dem Trottoir draußen das angenehme Pariser Straßentreiben. Sie hätte ihn so gern verpaßt, diesen Zug. Sie wollte nicht nach Turin zurück, noch nicht. Es war ein herrlicher Dezembertag, eiskalt und strahlend. »Felice, was für eine Frau war sie eigentlich, deine Frau?« »Du bist meine Frau«, korrigierte er sentenziös, während er den Portier bezahlte. Er gab ihm achtzig Francs Trinkgeld: der Concierge war an hohe Gäste gewöhnt und zuckte nicht mit der Wimper. Aber man sollte ihn ungern scheiden lassen, einen Argentero vergißt man nicht: dafür tröstete ihn die Reaktion des Maître. *A bientôt, Monsieur le Comte.* Wir kommen bald wieder, versicherte er, und er hoffte es wirklich. Norma drückte seinen Arm, sie stiegen die letzten Stufen hinunter, der Wagen war noch nicht in Sicht. Man grüßte ihn. Man kam ihm aus dem Speisesaal entgegen. Es gab eine ganze Kolonie müßiggängerischer Turiner im Castiglione. Er hatte sie kaum gesehen, eigentlich gar nicht. Er hatte in Paris nur Norma gesehen. Außer ein paar wirklich wichtigen Abenden, um seinen Namen am Leben zu erhalten, hatte er alle Einladungen abgelehnt, sogar die Bernhardt, Réjane und die Ballette. Normas Eindruck auf den subalpinen Adel: ermutigend, weit besser als auf die voreingenommenen Argentero. Selbst seine Freundin, die Prinzessin, die er auf der Durchreise schnell in einem Séparée getroffen hatte, war großmütiger gewesen als seine Angehörigen. Deine Norma ist ja das reinste Porzellanfigürchen. Ich werde aufpassen, daß ich sie nicht zerbreche, hatte er geantwortet. Sie hat anscheinend keine Fehler – ich wünsche dir, daß sie keine verborgenen Fehler hat, setzte sie hinzu, da sie doch nicht ganz auf eine kleine Bissigkeit verzichten konnte. Sie hat keine, *mon amie.* Die Prinzessin fächelte sich trübsinnig. Eine seltsame Begegnung. Die Intimität eines Restaurants unter den Augen eines aufmerksamen Sommeliers. *Bien à vous, Madame,* murmelte er zum Abschied. Ich hoffe, ich sehe dich wieder, du mein böser Freund, sagte sie zu ihm, während er ihr die Hand küßte und seine Lippen ein eisiges Dickicht aus Ringen berührten. Wir reisen heute ab, leider, leider, erklärte er Baron Casana, der sie zu einer Ballsoirée einlud. Ich rechne zu Silvester mit euch, sagte die Gräfin Della Riva. Ihr dürft mich nicht versetzen. Ihr werdet doch kommen? Es werden einfach alle da sein. Wir werden kommen, ganz bestimmt. *Au revoir,* Paris. Schon dachte er daran, wann er wiederkommen könnte – im Frühling vielleicht. Im Wagen drückte Norma immer noch seinen Arm. Ab und zu streichelte sie mit den Fingerspitzen seinen Schnurrbart (das Spitzbärtchen hatte er sich am Tag vor der Hochzeit abrasiert: sein Sohn hatte ganz nebenbei bemerkt, daß es ihn älter mache). Der Gedanke an die verstorbene Gräfin beschäftigte offenbar die lebende ganz ungeheuerlich, denn sie fragte wieder mit leicht zitternder Stimme: »Was für eine Frau war sie, war sie mir ähnlich?« Er brach höchst belustigt in Lachen aus. »Sie war eine kluge Frau. Wenn du es unbedingt wissen willst, meine kleine Norma, Margherita war eine kluge Frau.«

Einen verborgenen Fehler hatte Norma aber doch, und das hatte bei ihm die einzige Mißstimmung dieser fünfzig Tage bewirkt, die sonst kristallklar waren wie der Himmel nach einem Wolkenbruch. Im Salon der Hotelsuite, wenn sie einander zu nah waren, um die Gesellschaft anderer zu ertragen, und zu erschöpft für weitere erotische Unternehmungen, saßen sie in Yogaposition auf den zerknüllten Laken und spielten lange Partien Dame. Norma stellte neue Regeln auf: jeder verlorene Stein entsprach einer indiskreten Frage in bezug auf die Vergangenheit der Spieler. Der Sieg war doppelt soviel wert. Felice strengte sich bei dem kindlichen Spiel unglaublich an, weil er weder auf ihre Fragen antworten noch die Flitterwochen mit einer Reihe ausgeklügelter Lügen beginnen wollte. Normas Fragen waren jedoch unverfänglich und zielten nicht auf das, was er vorhergesehen hatte, und so entspannte er sich und verlor. In der zweiten Woche waren sie schon bei der zwanzigsten Partie, die Laken waren dauernd mit weißen Steinen übersät, und er hatte sein Leben von vorn bis hinten rekapitulieren müssen. Er lieferte jedesmal zusammenfassende Auskünfte, als müßte er einem strengen Arbeitgeber einen Lebenslauf mit Referenzen unterbreiten. Natürlich eine nie dagewesene Situation, nie hatte ihn jemand anstellen oder beurteilen müssen. Er reihte ein knappes »Ich bin am 2. Juli 1860 geboren« an ein »Allein die Wachsfabrik wirft ein Einkommen von hunderttausend Francs im Jahr ab«, »Ich spiele an der Börse und habe einen ausgezeichneten Berater, ich habe nie windige Aktien gekauft«, »1895 wurde ich am Hof empfangen«, »Ich bin Vorstandsmitglied des Whistzirkels, ich habe den militärischen Ritterorden des Hauses Savoyen verliehen bekommen«, »Ich besitze ein Stadthaus an der Piazza Carlina, die dritte und die vierte Etage sind vermietet – an einen Arzt und kleine Beamte«, »Ich habe einen Vierspänner und eine Kutsche, die ohne Equipage 20 000 Lire wert ist, aber ich glaube an die Zukunft und setze auf das Automobil, ich habe einen Fiat 16/24 HP 1903 mit dem Kennzeichen 21«, »Ich bin Verwaltungsrat der Mineralwasserbetriebe von Orta und Aktionär der CEU, die Ersatzteile für Automobile baut«. Unbefriedigt sah Norma ihn forschend an. Auf seine Fragen nach ihrer Florentiner Jugendzeit hatte sie auf entgegengesetzte Weise geantwortet; mit vielen Wiederholungen hatte sie ihn mit haarkleinen Beschreibungen von völlig uninteressanten Ereignissen wie eine Firmung oder das *magna cum laude*-Doktorat des Bruders überschüttet. Normas Vergangenheit schien ihm glücklicherweise völlig ereignislos zu sein, beruhigend in ihrer Banalität. Gute Schulbildung, eine gesunde katholische Erziehung. Eine gutbürgerliche Familie: der Vater Universitätsprofessor, ein Bruder Rechtsanwalt, ein Onkel Offizier. Abgesehen davon, daß die Mutter eine Forbin Maynier war, aus zwar verarmtem, aber tausendjährigem provenzalischen Adel. »Weißt du, was ich denke, Felice?« fragte Norma in vorwurfsvollem Ton, während sie auf das elfenbeinerne Damebrett blickte und auf einem Spielstein herumknabberte. »So auf eine Reihe von Daten, Diplomen, Ehrungen, Orden reduziert, aller mitschwingenden Gefühle entkleidet, scheint das Leben eines Menschen zu sein, was es ja vielleicht ist: unerheblich, zufällig, träge. Meins bestimmt, aber auch dein so erfülltes Leben.« Leicht verärgert beschloß er, sich anzukleiden. Sie fuhr fort: »Ich glaube, daß das Leben sich uns entzieht, daß es anderswo ist, in dem, was nicht geschrieben, nicht katalogisiert, bewiesen, eingetragen ist. Nicht in den Tatsachen, sondern darin, wie die Tatsachen erlebt werden. Verstehst du? Du hast nie auf meine Fragen geantwortet, ich habe dich nach etwas ganz anderem gefragt. Ich habe dich nach dem Wie gefragt. Das Leben ist etwas anderes als die Biographie. Denn ein Mensch ist ein offenes System, ein Aggregat von Atomen, eine chemische Formel, die in wechselseitiger Reaktion mit den anderen ganz komplexe, unvorhersehbare Verbindungen produziert: der Mensch ist kein isoliertes Element, und die Substanzen ziehen einander an, stoßen einander ab, verschmelzen, vernichten einander. Ich habe dich all das gefragt, um zu erfahren, was aus uns beiden

entstehen und was unsere Verbindung hervorbringen wird.«
»Was soll sie denn hervorbringen, Norma?« fragte er seufzend. Im besten Fall ein paar Jahre Glück. Im schlimmsten Kinder, und dann wird es eben eine Ehe sein wie viele andere auch. Aber diese Überlegung äußerte er nicht. Er setzte den Zylinder auf und beschloß, in den Bois zu fahren. »So viel hast du ja noch nie geredet, Chérie«, bemerkte er ausweichend, »du hast eine schöne Stimme.«

Am Bahnhof Porta Nuova in Turin mußte er eine weitere Droschke bezahlen, um die Schrankkoffer mit den eingekauften Sachen nach Hause befördern zu lassen. Norma hatte es eilig, in ihre neue Wohnung zu kommen, aber er stieg langsam aus und blieb bei der Blumenrabatte auf der Piazza Carlina stehen, während sie neugierig die Seiten des Platzes zählte (acht!) und die Fassade des Hauses von Graf Rocco und das Kasernengebäude und das Denkmal Cavours und die Kuppel von Santa Croce betrachtete. »Wohnen wir hier, Felice?« Ja, Hausnummer 25.

»Wundervoll«, sagte sie und rannte fast die Treppe hinauf. Aber er kannte es nur zu gut, dieses Haus, seit fünfundvierzig Jahren schon. Kalt, unmodern, mit immer angezündeten Leuchtern und ewig geschlossenen schweren Vorhängen: der Salon hatte die herzerfrischende Atmosphäre einer Gruft und das Schlafzimmer – dank Mayerles dickbäuchiger Engelchen und rosa Putten, die ins Paradies hinaufschwebten (oder vielmehr zur Mitte der Zimmerdecke) – die einschüchternde einer Kathedrale. Er fragte sich, ob er das Zimmer mit Norma teilen konnte oder ob sie sich lieber trennen sollten. Mit ihm zu schlafen war sonst das (äußerst seltene) Privileg einer heimlichen Geliebten. Die alten Schinken im Korridor und das grämliche Gesicht seines Butlers Teodoro bewogen ihn, sich für das erstere zu entscheiden, wenigstens vorläufig. Der schwarze Pfaff war schlaflos im Coupé des Zuges zurückgeblieben, der ihn nach Florenz gebracht hatte. Auf dem Bett lag noch die violette Steppdecke. Ihre bischöfliche Farbe gefiel ihm nicht. »In unserer Wohnung werden wir alles verändern«, versicherte er, »diese Stühle und das Louis-XVI-Sofa müssen weg, zu vorsintflutlich. Wir kaufen andere Möbel. Und es muß eine neue Tapete her, die hier kann ich nicht mehr sehen, was für eine Farbe hättest du gern?« »Entscheide du, Felice, mir ist das gleich.« »Nein, du mußt entscheiden, du bist die Hausherrin.« »Dann Ocker, ich hätte sie gerne ockergelb wie Sand.« »Wie hast du das nur erraten?« Auch er hätte so gewählt, das Ocker erinnerte ihn an Afrika und die Schlachten von 1887 mit der Kavallerie des Regiments Piemont, in denen der Hauptmann Argentero mit der bronzenen Tapferkeitsmedaille ausgezeichnet worden war. Er mußte ihr das Erinnerungsstück zeigen, aber er wußte nicht mehr, wo er es aufbewahrte. Er mußte ihr sein Arbeitszimmer, sein Museum vorführen. Die Bastmatten. Die Nargileh. Die geschnitzten Kokosnüsse. Wer weiß, ob Norma exotisches Kunsthandwerk zu schätzen wußte. Er hatte so viel von diesem Zeug.

Im Dampf der Wanne, bevor er endgültig zur dezemberlichen Gegenwart erwachte und feststellte, daß die roman- und heldenhafte Epoche seines Verhältnisses mit Norma zu Ende ging und gleich der karminrote Vorhang der Badezimmerausstattung über sie fallen würde, schwelgte er noch einmal in einer Erinnerung, die ihn rührte. Er wanderte unter den halbgeschlossenen Fensterflügeln auf und ab – am liebsten wäre er sofort nach oben gegangen, wo die Leiche von Professor Boncompagni auf dem Bett lag und der offene Sarg bereitstand, und hätte zusammen mit Fremden einen Fremden beweint. Er sah die Verwandten hinaufgehen, wollte es ihnen gleichtun, fürchtete aber, für den Bestattungsbeamten der Stadtverwaltung gehalten zu werden. Ein Schatten am Fenster, gedämpftes Licht, leises Stimmengewirr, die Haustür fällt ins Schloß, und der närrische Argentero erscheint in der Kirche und setzt sich in die letzte Reihe, unter die schnatternden Studenten, die nun nicht mehr bei diesem senilen Tyrannen durch die Prüfung fallen können (endlich ist Schluß mit Alkmene), und er tritt zu den Bekannten der Familie, das arme Töchterchen, was für ein Unglück, und kondoliert, drückt Hände und trauert um einen Unbekannten, der ihm völlig gleichgültig ist. Sie hat er noch nicht entdeckt, sie ist nicht da, doch, da ist sie: sein blondes Mädchen kniet schluchzend in einer Kirchenbank, ganz allein, und ist sein und weiß es noch nicht. Jeder Mensch macht eine heldenhafte Epoche durch, in der er das Bedürfnis empfindet, sein Leben »zu gestalten« und es besser zu machen. Und jetzt näherten sich die heldenhaften Tage, in denen Hauptmann Argentero Graf von Brezé sich mit gewaltsamem Ruck aus einem Leben der Intrigen, Wirrnisse und Rivalitäten, aus den Niederungen der Kompromisse riß und nach Florenz flog, ihrem Ende. Er konnte sich nämlich einfach nicht vorstellen, was nach dem Heldentum kommt. Vielleicht bloß eine verdauungsfördernde kleine Komödie, alltägliche Kochkunst der Gefühle, mit wenig Salz: das pikante Gericht der Begeisterung ist schnell verdaut. Aber er fühlte sich noch wie einer, der eben von der Festtafel aufgestanden ist. Gesättigt und voll Dankbarkeit gegenüber dem Gastgeber.

Zum Abendessen suchte er für sie ein smaragdgrünes Kleid aus, wie die Farbe ihrer Augen: vielleicht nicht gerade originell, aber als er den Brokatstoff sah, hatte er nicht widerstehen können. Samtiges Grün, Katzenauge. Katzen. Die teuflischen Gerbaix-de-Sonnaz-Katzen erschienen in der angelehnten Tür, sprangen auf die Steppdecke, auf die Sessel. Miauten, fauchten. Eine mit besonders langen Schnurrhaaren sprang in den einladenden Schoß seiner Frau und versuchte, ihr den Hals zu lecken. »Magst du Katzen, Chérie?« fragte er sie boshaft, während er sich hinter dem Wandschirm ein Haar abschnitt, das ihm das Nasenloch verunzierte. Norma lächelte in höchster Verlegenheit, sie wußte nicht, was sie antworten sollte, aber sie traute sich auch nicht, die Bestie zu verjagen, es konnte ja sein, daß er einen Narren an ihr gefressen hatte. Der Zwischenfall mit dem Damespiel war schon vergessen: er hatte einen Engel geheiratet. »Eigentlich nicht ...«, gestand sie schließlich, »Tiere machen mir angst.« Felice bedachte die Katzen genüßlich mit Fußtritten. Er schloß die Zimmertür ab. »Ich hasse diese Biester, und irgendwann einmal rotte ich sie aus«, versicherte er. Norma wühlte in ihrem Beauty-case, holte Fläschchen um Fläschchen heraus. Das Bild einer Frau, die sich zu einer ausgedehnten Toilette anschickt: das war ihm das liebste von allen. Stumm, erstaunt, dankbar, einer Frau im Peignoir zuzusehen. Der Maréchale-Reispuder mit seinem Duft nach Nelken und Bergamotte. Das Parfüm. Die kirschrote Lippenpomade. Ein Hauch Rouge. Sonst fast nichts, denn Norma war Anfang Zwanzig und hatte keine Mängel zu verbergen. Eine Pfirsichhaut. Und die Farben eines Gemäldes. Vor Jahren, als sein Leben eine lästige Kette von Ausschweifungen war, hatte er geglaubt, erst Mäzen und dann Kunsthändler werden zu wollen. Er hatte Mengen von Bildern aufgekauft, aber er verstand wenig davon: von all den Fehlkäufen hatte er jetzt nur noch ein Farbengemisch auf goldgerahmten Leinwänden in Erinnerung. Und seine Frau kam ihm jetzt vor wie ein gerahmtes Porträt. Es wurde ihm bewußt, daß er sich vielleicht zum erstenmal auf Dauer in eine junge Frau verliebt hatte. Wie seltsam. Er zog die Schublade auf und roch an den nach Veilchen duftenden Briefen, die er von ihr erhalten hatte. Die Umschläge hob er nicht auf, nur die mit winziger, flüchtiger, unordentlicher Schrift bedeckten Bögen. Er konnte die Schublade nicht mehr rechtzeitig schließen: Norma sah lächelnd zu ihm herüber. Wie viele Dummheiten du mir da geschrieben hast, Chérie, wollte er sagen, tat es aber nicht. Ihre Dummheiten hatten ihm Lächeln und Tränen entlockt wie einem schüchternen Jüngling, der in das Mädchen von gegenüber verliebt ist. Er fragte sich nicht, was Norma von seinen Dummheiten hielt, die ihn weitaus mehr Mühe gekostet hatten. Er haßte Briefeschreiben, und um eine kümmerliche Seite zustande zu bringen, mußte er sich stundenlang den Kopf zerbrechen, bis die Tinte an der Feder eintrocknete.

Sie traten Arm in Arm ins Speisezimmer, weil im Haus auf Etikette geachtet wurde und man paarweise die Dardanellen passieren mußte – so hießen die beiden Säulen im Salon –, immer zu zweit wie die Karabinieri, auch zum Essen. Daher, und nicht nur aus ethisch-religiösen Gründen, hatten sie oft Don Genesio zur Abendmahlzeit, damit er Sofia den Arm bot. Der Hinkenden nahm sich Amedeo an, der sich beeilte, ein respektvolles »guten Abend, Maman« zu flüstern. Felice musterte seinen adlernasigen Sohn. Ganz und gar ein Gerbaix de Sonnaz, ein knochiger, langer Zahnstocher mit grauen Augen und lippenlosem Mund: eine Margherita in dunkelgrauen Flanellhosen, nicht gerade ein hinreißender Anblick. Er kümmerte sich so wenig wie möglich um ihn, deshalb hatte er jeden Abend um acht Uhr im Cambio einen Tisch reserviert: er aß nicht gern zu Hause, wo sein Sohn ihm gegenübersaß, immer noch ein wenig größer, unterwürfiger und untüchtiger. Ihr hatte er ihn als »meinen Jungen«, »mein verwaistes Kind« vorgestellt. Er lachte, als er wieder an Normas Überraschung dachte. »Er ist ja größer als ich!« Und an Amedeos Verblüffung. »Herr Vater, wie kann ich sie denn Maman nennen? Sie ist ja fast gleichaltrig mit mir.« »Du nennst sie Maman und basta.« Um ihn aus dem Weg zu haben, würde er ihn ins Internat schicken, unverzüglich. Wer weiß, ob man ihn bei seiner Schmächtigkeit in die Kavallerie aufnahm. Schwindsüchtig, mit sechzehn noch kein Barthärchen, ein Brustkorb wie ein Rotkehlchen, aber, und wenn ich dich mit Gymnastik zu Tode schleifen muß, Hauptmann wirst du mir! Königinnensuppe, eingelegter Rheinsalm, Ochsenfilet *à l'hollandaise,* Rosenkohl *à l'anglaise,* um würdig ihre Rückkehr zu feiern. »Das ist ja hier wie im Ritz«, sagte Norma anerkennend in das allgemeine Schweigen hinein. Chérie, Chérie. Er lachte und wischte sich mit der Serviette den Mund. Emanuela runzelte die Stirn, an ihr war ein Karabiniere verlorengegangen, die Hinkende hätte als Mann geboren werden müssen, sie wäre heute zumindest Kommandant. Amedeo schien ein Weiser aus dem Morgenland zu sein, Melchior, der anbetend vor der Krippe kniet. Vielleicht hatte sein Erbe ja doch einen Tropfen Argentero-Blut, wenn er imstande war, eine schöne Frau zu erkennen. Das gefiel ihm. »Darf ich etwas fragen?« ließ sich Norma schüchtern vernehmen. »Alles, was du willst.« »Gibt es ein Klavier im Haus?« »Ein Klavier ...«, antwortete er unsicher, doch, es war eins da, aber seit Jahren stand es ramponiert und staubig – glücklicherweise völlig vergessen – auf dem Dachboden. Ein Steinway von unschätzbarem Wert. Margherita spielte, als hielte man ihr eine Revolvermündung an die Schläfe – gewisse Musikabende, um sich zum Fenster hinauszustürzen, im Vergleich dazu war Beethoven eingängig wie eine Mazurka im Kurkonzert. »Ist das wirklich notwendig?« entschlüpfte es ihm. Norma sagte nichts: sie widmete sich ihrem Ochsenfilet. Steif und aufrecht auf ihrem Stuhl sitzend, mit angewinkelten Ellbogen, gerade gehaltenem Kopf bewegte sie Messer und Gabel, ohne je den Teller zu berühren – eine wohlerzogene Frau. Das Schweigen, das sich bis zum letzten Bröckchen Rosenkohl ausdehnte, machte ihm klar, daß er Margheritas Klavier restaurieren lassen und Beethoven, Chopin, Schumann und so weiter würde bewundern müssen. »Ist die Universität weit von hier?« Ja, ganz weit, so weit, daß es eigentlich gar keine Straße gibt, um dorthin zu gelangen. »Nein«, sagte Amedeo. »Überhaupt nicht, zu Fuß sind es fünf Minuten.« »Und wie ist das Niveau? Wer hat den Lehrstuhl für italienische Literatur?«

Amedeo verschluckte sich an einer Lachsgräte. Vor kurzem erst hatte ihm Felice, der ihn in der Krise der Pubertät wähnte und meinte, ihn über die Geheimnisse der weiblichen Hydraulik aufklären zu müssen, im Laufe einer mühsamen Unterredung unter vier Augen seine Lieblingsmaxime mitgeteilt, mit der er seine Ansicht über die Beziehung zwischen Mann und Frau zusammenfaßte. Amedeo, hatte er ihm erklärt, bei einer Frau sucht man A und B. Die müssen umgekehrt proportional zum Leben sein. Sind A und B üppig und das Leben geizig, ist die Ökonomie der Frau perfekt. Vater, hatte Amedeo verdutzt gefragt, was sind denn A und B? Arsch und Brust, du Schwachkopf. Der Rest, fuhr sein Vater fort, das Geschnatter, das Getue, die Intelligenz, die Bildung, alles unnütz und nur störend. Intelligenz braucht eine Frau, um einen Nachttopf von einem Paar Hosen zu unterscheiden. Hast du das kapiert? Ja, Herr Vater, hatte Amedeo gesagt, er hatte verstanden: er hatte diesen Lieblingsausspruch seines Vaters schon mindestens zwanzigmal gehört. Er wollte ihm auch sagen, daß er bei der Lektüre Molières auf einen ganz ähnlichen Satz gestoßen war, aber vermutlich war das reiner Zufall, denn sein Vater und Molière, das paßte nicht so recht zueinander. Amedeo hustete noch immer und starrte verblüfft die blonde Frau seines Vaters an, die ihm so dreist eine so unzulässige Frage zu stellen wagte. Hatte sie etwa die Absicht, Vorlesungen zu hören? Die blonde Frau seines Vaters sah ihn in Erwartung einer Antwort vertrauensvoll an, aber er antwortete ihr nicht, denn sein Vater hatte die Brauen gerunzelt und kaute an einem großen Bissen.

Wieso sollte es uns denn interessieren, wer den Lehrstuhl für italienische Literatur innehat, Chérie? Vermutlich irgend so ein vertrottelter Dichterling. »*Gâteau à la Margherita* oder *glace à la napolitaine*?« fragte Ortensia, und Norma wurde abgelenkt, wählte vermutlich instinktiv, vielleicht hatte sie sich auch gefragt, was für eine Margherita das war, die Königinmutter, die Königin des Hauses Gerbaix de Sonnaz, der Blätterteig? »Eis.« Das Thema war fallengelassen worden. Nun war der Turiner Nebel dran. »Spielt Maman Tennis?« erkundigte sich Amedeo. Felice hatte im vergangenen Jahrhundert ein paar Turniere gewonnen – für einen körperlich gewandten jungen Mann gehörte Tennis zum Leben. »Nein«, antwortete Norma. Besser so, die Vorstellung, wie Norma weißgekleidet vor schmachtenden Zuschauern einem Ball nachjagte, war nicht gerade die beste Zugabe für einen Grand Château Margaux. »Es tut mir leid, aber ich fürchte, ich bin keine moderne und sportliche Frau«, setzte sie lächelnd hinzu. Felice konnte dem Impuls nicht widerstehen, er mußte einfach ihr weißes Händchen (weiß wie das Tischtuch) ergreifen. *Ich fürchte, ich bin keine moderne und sportliche Frau.* Heilige Worte mit Veilchenparfüm.

Für den Abend hatte er kriegerische Pläne. Sich gebührend ausstaffieren, ins Theater fahren, Platz nehmen in der Loge der Argentero im zweiten Rang, in die er seit Jahren keinen Fuß mehr gesetzt hatte, die Lorgnette auf die zopfigen Aristokraten richten und allen zeigen, daß der Ras Felice Argentero, der Afrikaner, der König des Biffo und der Birreria Cerri auferstanden war. Dann auf den Empfang der Garzegna gehen und bis in die frühen Morgenstunden hinein in den Salons herumschwirren und Turin genießen, das Chérie noch überhaupt nicht kannte. Turin kam ihm nun plötzlich nicht mehr geometrisch langweilig und kleinlich vor. Und er wollte ihr so viele Orte zeigen, so viele Personen, Cafés, Arkaden, Gebäude, die mit seinem Leben verbunden waren. Doch dann sah er, daß es schneite, die beschlagenen Scheiben verkündeten, daß die Temperatur auf Null sinken würde, der Ofen verbreitete Wärme, und ihre Wohnung war geräumig und behaglich. Und die Aussicht, Bekannten zu begegnen, sich über Lappalien zu unterhalten, die Vollkommenheit Normas mit ihnen teilen zu müssen, das war nun doch nicht mehr so verlockend. »Was willst du machen?« fragte er, trotz allem bereit, sich ihren Wünschen zu opfern. Im Regio wurde *La Traviata* gespielt, die Loge erwartete sie, und soweit er verstanden hatte, liebte Norma die Oper, leider. Es fiel ihm eine tödliche *Norma* von Bellini ein, wer weiß, wann das gewesen war: er war noch vor dem Scheiterhaufen gegangen, in die Flucht geschlagen durch das Gejaule eines dickbäuchigen Oroveso. »Was *du* möchtest«, wisperte sie und streifte ihm mit dem Mund die Wange. Weder modern noch sportlich – und nicht allzu musikbegeistert: Gott segne dich, du meine Liebe. »Ich bin ein klein wenig müde«, sagte Felice und ließ sich in den Sessel fallen, »laß uns zu Hause bleiben.«

Zweiter Satz

Ein Himmel von der Farbe des Nichts

Zum Falz hin wurde die Schrift der fast schon wieder Makulatur gewordenen Zeitung blasser. Nur mühsam war die derart benachteiligte Annonce zu entziffern, aber von diesen asyntaktischen Zeilen ohne Punkt und Komma ging ein unwiderstehlicher Appell aus. *Abhilfe bei Anämie Chlorose Gastritis und Neurasthenie. Auch Personen mit schwereren Formen von Anämie und Neurasthenie erlangen wieder Gesundheit Kraft und Lebensfreude durch die Kur mit unseren unfehlbaren* STÄRKUNGSPILLEN *prämiert mit Goldmedaille und Verdiensturkunde bei der Ausstellung von Paris. Die Packung zu hundert Stück L. 2 Apotheke Perena und Bertola Savigliano.* Unter all den viel auffälligeren Reklamen auf der Doppelseite, zum Beispiel die für das Tonikum Fernet Branca Amaro (in Großformat links), oder den Anzeigen wie *Die Trattoria Belvedere von Demonte erwartet Sie* oder *Der Reiterzirkus Bisini gastiert nur noch zwei weitere Tage in Cuneo* (in fetten Lettern rechts), hefteten sich Normas Augen ausgerechnet auf das blasse *Abhilfe bei Anämie Chlorose Gastritis und Neurasthenie,* wie hypnotisiert durch dieses marktschreierische Versprechen oder vielleicht auch einfach durch den Fluß dieser Worte in ihrer dunklen, aber faszinierenden Bedeutung. Chlorose. Grünliche Bleichsucht, Anämie, das Kreuz junger Mädchen. Ach, ein junges Mädchen bin ich schon lange nicht mehr.

»Chérie, was sitzt du da und vergeudest deine Zeit mit diesem Schmierblatt für Barbiere und Revoluzzer, du weißt doch, Felice wird wütend, wenn er erfährt, daß du das liest«, brummte Emanuela noch schlechter gelaunt als gewöhnlich, weil der Schmetterlingsstich so schwierig war, mit dem sie geschickt eine aufblühende Lilie auf ein zartgelbes Tischtuch stickte, »warum schreibst du nicht lieber Bürgermeister Rossi ein Kärtchen? Es war so höflich von ihm, dir zu gratulieren und gute Besserung zu wünschen, wo er dich ja kaum kennt.« In der Tat, seit Felice, dank einer gerade rechtzeitig gekommenen Neubildung des Gemeindeausschusses, Stadtrat für Verkehr und Transportwesen geworden war, erwies der Bürgermeister von Turin der Familie zahllose Aufmerksamkeiten. Aber nicht die eine, nach der Norma verlangte: ihr Felice wenigstens am Wochenende zurückzugeben. »Ich schreibe ihm morgen«, antwortete sie tonlos, ohne vom *Corriere Subalpino* aufzublicken, »jetzt habe ich keine Lust.« »Möchtest du uns nicht helfen?« schaltete sich Sofia ein und rückte an ihrem Monokel. Sticken beruhigt die Nerven und entspannt den Körper. »Es würde dir guttun.« »Ich habe nie nähen gelernt«, sagte Norma, »niemand hat es je geschafft, mir das beizubringen.« »Weil du Linkshänderin bist, man hätte dir, als du klein warst, den linken Arm auf den Rücken binden müssen«, fing Emanuela kampflustig an. Norma ging nicht in die Falle und antwortete nicht. Sie vermied eine weitere dumme Auseinandersetzung mit der finsteren alten Jungfer und versuchte, sich auf den Leitartikel zu konzentrieren. Aber die Zeilen tanzten ihr vor den Augen, und ständig wurde sie abgelenkt von Enricos Wimmern, das leicht wie rauschendes Laub vom oberen Stock zu ihr drang, vom gedämpften Gesang der Amme und vor allem von dem steten Geplauder Emanuelas und Sofias, die sich beim Nähen der Aussteuer für die Waisenmädchen des Argentero-Instituts die Zeit mit dem Austausch von Betrachtungen und Klatschgeschichten vertrieben. Enricos

Bronchitis scheint jetzt auf dem Weg der Besserung. Hast du immer noch diesen Schmerz in der Nierengegend? Dieser Föhn ist grauenhaft, der Schnee schmilzt, der Park ist die reinste Rutschbahn, man kann keinen Fuß mehr vor die Tür setzen, ohne Angst haben zu müssen, daß man sich den Hals bricht. Und die Stura? Die hat Hochwasser, die rauscht den Berg herunter, daß einem angst und bange wird. »Chérie, warum hast du heute die Schullehrerin nicht sehen wollen? Sie hat dir doch die Eier von ihrer Henne gebracht, so eine rührende Geste.« Die gebrechliche Lehrerin der Dorfschule von Bersezio! Neben der immer jammernden Besitzerin des Gasthofs England die einzige Person, die im Umkreis von fünfzig Kilometern des Italienischen mächtig war.

Norma hob den Blick. Ein nicht wiederzuerkennender Felice im roten Jagdrock auf einer Fuchsjagd in der römischen Campagna lächelte albern von der gegenüberliegenden Wand zu ihr herüber, wo er seit undenklichen Zeiten hing, zwischen einem idyllischen Sonnenuntergang im Hochgebirge und einem Stich von Turin, der Hauptstadt in der Ära Carlo Felices von Savoyen. Sie verabscheute diese Bilder wie übrigens alles andere in diesem Salon, dessen Ausstattung einen Rahmen für den Jägerstolz der männlichen Argentero bildete, nicht aber für die Melancholie ihrer Frauen. Sie verabscheute den ausgestopften Hirschkopf, dessen gelbe Glasaugen sie auf unerklärliche Weise beunruhigten, das schwarze Fell eines von Felices Vater vor über fünfzig Jahren erlegten Bären und vor allem Felices bedrohliche Waffensammlung – Säbel, Hakenbüchsen, Revolver, Jagdgewehre von Remington, Stevens, Webley & Scott, den Zehnschuß-Winchesterkarabiner fürs Scheibenschießen, die Pistolen, die Browning Automatik Kal. 6,35, die Mauser, die Harrington and Richardson, den Buffalo-Bill-Colt – sie hingen zwar an der Wand, waren aber völlig funktionstüchtig und rochen noch nach Schießpulver, dem Curti's Harvey's Smokeless, das keine Kopfschmerzen verursacht und die

Gewehrläufe nicht angreift. Sie haßte die Möbel dieses reizlosen Familienwohnsitzes von Bersezio, sie haßte die Seealpen, die sie den ganzen Tag durchs Fenster sehen mußte, die elenden Strohdächer des Dorfes, die hinter den Lärchenwipfeln hervorschauten, das unverständliche Patois der Talbewohner, die kleine prähistorische Welt, die sie umgab; sie haßte alles, auch sich selbst dafür, daß sie gezwungen war, gesunde Bergluft zu atmen und ihre Tage in der Horizontalen zu verbringen, hundertfünfzig Kilometer entfernt von Felice, von Turin und überhaupt von ihrem Leben. Sie hatte den *Corriere Subalpino* durchgeblättert, ohne ein einziges Wort zu verstehen. Verstimmt stopfte sie das Kissen fester in den Rücken, aber irgend etwas unter der Polsterung des Kanapees störte sie. Sie warf sich ein paar Minuten vergeblich herum, dann gab sie auf und ließ sich resigniert zurücksinken. Es war ein altmodisches, unbequemes und hartes Kanapee, aber trotzdem ihr bevorzugtes Möbelstück: das einzige mit geschwungenen Beinen und von gefälliger Form in einem Salon, in dem sonst allein der rechte Winkel triumphierte, in dem alles präzise und gnadenlos glattgehobelt war und die einzige Ausnahme vom lotrechten System im verzweigten Geweih des ausgestopften Hirschs bestand, sprechender Beweis, daß im Hause Argentero allein der Natur die Unvollkommenheit der krummen Linie zugestanden wurde.

Die vierzig Tage in Bersezio kamen ihr vor wie zweitausend. Der April wollte nicht enden, er warf seinen nassen Schatten auf einen Frühling, der sich nicht zeigte, nur als Fata Morgana der Abreise – der Befreiung – ersehnt wurde. Und wo sich ihre verlorene Gesundheit versteckt hatte, das wußte sie auch nicht. Die Stunden schienen an das Zifferblatt der Pendeluhr genagelt zu sein, deren funkelnder Schein sie unerbittlich daran erinnerte, daß es noch kaum halb neun an einem regnerischen, eintönigen und unendlichen Abend war. Nichts ereignete sich, Tage und Wochen

des erzwungenen Stilliegens, der Untätigkeit und inneren Unruhe, und dazu noch ewig schlechtes Wetter, das sie vielleicht der Jahreszeit, vielleicht aber auch ihrem Gefühl anlasten mußte. Und morgen würde Felice nicht kommen.
WEGEN DRINGENDER TERMINE IN TURIN ZURÜCKGEHALTEN BESUCH UNMÖGLICH KÜSSE ENRICO HAB GEDULD – FELICE.
Er hatte keine Zeit, um ein liebevolles Briefchen zu schreiben, er begnügte sich damit, diese trockenen Telegramme zu schicken, und wenn der Postbeamte mittags den Schalter schloß, stieg er zu ihnen herauf, um diese betrüblichen Botschaften zu überbringen, und erwartete überdies noch ein Trinkgeld. Felice begriff nicht, daß das Leben ohne ihn kein Ziel hatte und daß Bersezio ein Exil wurde. Dringende Termine! Wegen »dringender Termine« hatte sie ihn nun zwanzig Tage lang nicht gesehen, und jetzt, da er nach Monaten politischen Spitzentanzes, um sich den Liberalen im Gemeindeausschuß zu nähern, ohne sich seine rückständige Wählerschaft zum Feind zu machen, mit dem neuen Amt beauftragt war, wer weiß, wann er wieder einmal Zeit für seine Chérie finden würde. Felice, der steinerne Gast, der ständige Gast ihrer Gedanken, würde Freitag nicht kommen, und wieder war es eine Woche vergeblichen Wartens gewesen. Vergeblich ihre Anstrengung, ihm einen munteren Eindruck zu vermitteln. Felice würde Freitag abend nicht eintreffen, kein lustiges Knattern des Fiat 3,5 HP würde ihn ankündigen, er würde ihr kein Geschenkchen bringen – einen sprechenden Wecker Miraphone, die *Revue de Paris*, ein Geduldspiel zum Zusammensetzen, eine Kiste Bücher, eine Schachtel Banfi-Seife –, er würde nicht zwei Tage lang im hölzernen Salon des »Buon Riposo« herumlungern, die heilenden Eukalyptusdämpfe mit ihr inhalieren und demonstrativ den Anblick der im Park zum Trocknen aufgehängten Windeln Enricos deprimierend finden, er würde sich Montag früh nicht verabschieden und sie beschwören, doch gesund zu werden, da er sie immer noch nervös und unlustig

finde, der Fiat würde nicht durch das Tor fahren, und er würde sich nicht umdrehen und ihr durch weiße Rauchwölkchen hindurch zuwinken und sie ansehen, während sie ihm, traurig und steif vor Enttäuschung, vom Fenster aus nachblickte. Wer weiß, was Felice in diesem Augenblick ganz allein in Turin machte. Vermutlich war er beim Abendessen im Restaurant du Parc und beurteilte mit Kennerblick das feine Perlen eines Champagners. Hundertfünfzig Kilometer weit entfernt war Felice ein Vakuum geworden, nichts als ein Name. Felice! Er war am Morgen ihr erster Gedanke, wenn sie vergeblich nach seinem korpulenten Körper zwischen den Leintüchern tastete. Felice! Er war ihr letzter Gedanke, wenn sie am Abend die Lampe löschte. Für einen Augenblick nahmen im Dämmer des Salons die ockerfarbene Tapete, der Baldachin, die Deckenmalerei des Schlafzimmers der Piazza Carlina Gestalt an. Sie war dort, bei ihm, wie immer, die Tage von Bersezio lösten sich auf, waren vergessen. Die Sehnsucht machte selbst die irritierendsten Rituale ihres gemeinsamen Lebens begehrenswert, das Schnalzen seiner gestreiften Hosenträger, die zahlreichen Verbote, die Schnurrbartbinde, die Wutausbrüche, die Überfälle mitten in der Nacht, wenn er vom Whistzirkel nach Hause kam und sich mit kaum durch die Hast gemilderter Gewalttätigkeit bei ihr für die Niederlage im Ekarté entschädigte. Ein aufgeregter Falter flatterte hartnäckig immer wieder gegen die geschlossene Fensterscheibe und machte dabei ein nervenzermürbendes Geräusch wie das Ticken der Pendeluhr. Oh, jede Nacht dieses dunkle Fenster! Oh, die Stille der Provinz, die blakenden Laternen, die gescheiterten Hoffnungen, die Langeweile, der Regen und der leere Horizont.

Sie drehte ihren goldenen Ehering am Finger (merkwürdigerweise war er ihr zu weit geworden und hatte die dumme Gewohnheit angenommen, auf den Fingerknöchel zu rutschen) und versuchte, sich wieder in die Lektüre des

Corriere Subalpino zu vertiefen. Eine ziellose Lektüre, die auch mit Kopfweh und Zukunftsweh, was im Grunde dasselbe war, unternommen werden konnte. Seite 3: *Kleines Mädchen von Unhold vergewaltigt und dann ermordet.* Mit unbewußter Genugtuung las sie die Berichte über Verbrechen – Ereignisse, deren Schrecken sie beruhigte, weil diese furchtbaren Taten, ausgeführt von barbarischen und ungebildeten Wesen, weder sie persönlich noch ihre stille und gesittete Welt betrafen. Dann las sie weiter, angezogen durch eine exotische Überschrift. *Am Militärgericht von Berlin hat gestern ein aufsehenerregender Prozeß begonnen. Wieder ein Fall von Homosexualität unter deutschen Offizieren.*

Jeden Abend seit sieben Wochen verbringt Norma so die letzten Stunden des Tages. Sie liest den *Stendardo,* den die Argentero abonniert haben, und sie liest den *Corriere Subalpino,* den sie selbst abonniert hat. Acht Seiten voll Druckerschwärze, die ihr einen Blick auf die Realität gewähren, internationale Meldungen und Lokalchronik. Bis jetzt hat das Zeitunglesen nicht unbedingt zu den Programmpunkten ihres Tageslaufs gehört, aber seit sie sich im Buon Riposo aufhält, mitten in den Bergen, am Rand eines vom Fortschritt übergangenen Dorfes, das Gottes barmherziges Auge übersehen hat, scheint es ihr notwendig, zu erfahren, was in der Welt vorgeht. Wenn sie am Abend dem Regen lauscht, der an die Fensterläden trommelt, kämpft sie sich fast zwei Stunden lang durch diese zerknitterten Blätter, bis ihre Finger schwarz sind und ihre Augen schmerzen. Zweieinhalb Jahre Ehe haben sie nicht sehr verändert – außer daß sie zwölf Kilo zugelegt und wegen beginnender Kurzsichtigkeit einen skeptischen und leicht abwesenden Ausdruck angenommen hat –, doch das Exil hat ihre Seele zerknittert, als sei sie ein Stück schmutziges Zeitungspapier.

Normas Leben ist, erzählerisch gesehen, zu einem höchst riskanten Stillstand gekommen: es stockt, so wie der lange

Zeiger auf dem weißen Oval an der Pendeluhr einfach nicht auf Neun vorrücken will – die Zeit, zu der, vielleicht, wer weiß, etwas geschehen wird. Der opportunistische Erzähler würde am liebsten die Details dieses langweiligen Abends überspringen, einen Absatz machen, um endlich dahin zu kommen, wo der Erzählstoff zusammenschießt. Aber er würde seiner Heldin unrecht tun, denn Normas Leben besteht jetzt eben aus solchen Abenden. Sie ist eine Frau im Morgenrock, mit niedergeschlagener Miene, die so tut, als interessiere sie sich für den *Corriere Subalpino*, um nicht daran zu denken, wo und mit wem Felice die Nacht verbringen wird, daß sie noch fünf Monate liegen muß und daß Felice, seit sie ihr zweites Kind erwartet, sich verhält, als ginge ihn das gar nichts an. Und daß sie sich hier trotz der wohlmeinenden Bemühungen zweier älterer Fräulein, die ewig über dasselbe Nichts reden, und einer dummen, autoritären Amme mit ewig laufender Nase entsetzlich einsam fühlt. Der Erzähler könnte einen Kunstgriff anwenden: einen Briefpartner erfinden, dem Norma einen ausführlichen Brief schreibt, in dem sie von sich erzählt, so daß ihre Person in aller Fülle und Komplexität auftreten würde. Aber das erlaubt ihm Norma nicht: sie bleibt auf dem Kanapee liegen, blättert weiter im *Subalpino* und wird keinen enthüllenden Brief schreiben. Sie hat nämlich keine Briefpartner, hat nie welche gehabt. Weder unter den Mitschülerinnen des Instituts der Heimsuchung Mariä noch unter den Kameradinnen des Lyzeums Galilei: sie ist immer zu schüchtern, zu introvertiert gewesen, um einen Freund oder eine Freundin zu haben. Sie könnte an jemanden aus ihrer Verwandtschaft schreiben. An ihren Bruder Alessandro Magno zum Beispiel. Aber seit Anwalt Boncompagni seine Stelle in einer unbedeutenden Kanzlei aufgegeben hat und nach Rom gegangen ist, um dort dank Felices Vermittlung für den Abgeordneten Baron Weill Weiss hochtönende Reden zu verfassen, hat sie ihn nicht mehr gesehen. Sie schreiben sich selten, nur zu den gebotenen Anlässen, Ostern, Weihnachten, Geburtstagen, Namenstagen – trockene Kärtchen, lakonisch wie militärische Bulletins. An Onkel und Tante in Florenz? Was kann sie schon einem verknöcherten alten General schreiben, der sich nur bei ihr meldet, damit Felice sich für ihn verwendet und ihm einen Orden verschafft? Was einer vertrockneten, in ihrem Klassenstolz frustrierten Frau, deren Verachtung sie ihr immer mit gleichem vergolten hat?

Sie könnte an ihren Mann schreiben. *Felice, mein Geliebter, my Lord.* Nein, ihm könnte Norma gegenwärtig bestimmt nicht ihr Herz ausschütten. Sie schickt ihm respektvolle kurze Mitteilungen, in denen sie selbst so wenig vorkommt wie auf den Seiten des *Subalpino.* An Amedeo? *Amedeo, mein geliebter Junge.* Sie haben sich anfangs gut verstanden. Norma fühlte sich in seiner Gesellschaft wohl, sie hatten die gleiche zurückhaltende Art, die gleiche Schamhaftigkeit, die gleichen Neigungen. Sie haben zusammen Platon und Archilochos gelesen, sind zusammen in die Premieren des Carignano gegangen, auf den Balôn, den Markt von Turin, und zum Rowing Club am Po, ja, sie haben sich sogar auf dem Dachboden mit den Kostümen der Vorfahren verkleidet und mit rostigen Degen Duelle ausgefochten. Aber seit langem reden sie jetzt nicht mehr miteinander. Seit sie ihm von der Ankunft eines Kindes Mitteilung gemacht hat, ist Amedeo ein feindseliger, unartiger Kobold geworden. Er hat sie in jeder Weise beleidigt. Ihr Frauen seid doch alle gleich, hat er boshaft zu ihr gesagt, die Begeisterung für die Kultur vergeht euch schnell. Eure Intelligenz produziert letzten Endes Eizellen und mündet in den Uterus. Maman, Sie sollten sich schämen, den Beweis Ihrer feuchten Kopulationen mit meinem Vater mit sich herumzutragen, aber Sie sind in Ihrer Dummheit auch noch stolz darauf. Ich erkenne meine Freundin von gestern nicht wieder, Sie sind nicht einmal mehr die Schwester jener Frau. Lassen Sie mich bitte in Ruhe, ich muß mich meinen Studien widmen. Trotzdem hängt sie noch an Amedeos spitzer Nase und an seinem schiefen Lächeln, gerade jetzt, da sie sich so unsicher und verlassen fühlt. Aber es ist sinnlos, sie hat bereits versucht, ihm zu schreiben, hat zahllose Briefe angefangen, ohne daß es ihr gelungen wäre, einen Ton anzuschlagen, der ihm ihre verwirrten Gefühle und ihren dunklen Stil akzeptabel machen könnte; und vor lauter Bemühen, zu starke und zu persönliche Ausdrücke zu tilgen, sind die Seiten zu einem unleserlichen Teppich von Streichungen geworden, stellen nur noch die leere Hülle der einen Tatsache dar. Die Zeit ist unwiederbringlich verloren. Sie wird also nicht an Amedeo schreiben.

An wen sonst in Turin? Felices Freunde sind nicht ihre Freunde geworden. In der guten Gesellschaft von Turin hat Norma nicht gerade überwältigenden Erfolg gehabt. Oft fand sie sich bei den Nachmittagsempfängen der Damen der Stadt aus dem Gespräch ausgeschlossen. Oder sie hat mit einem gelehrten Zitat gelangweilt oder mit einer wenig orthodoxen Lektüre schockiert. Sie hat auch keinen eigenen *Jour* eingerichtet (die Gräfin Margherita Argentero empfing donnerstags, und es waren immer mindestens zwanzig Marquisen und andere adlige Damen da, um ihr Konfekt und Gebäck zu knabbern und Liköre zu schlürfen). Auf Bällen ist sie befangen, sie tanzt gehemmt (»als hättest du eine Schlange im Schuh, Chérie«, ist noch eine der ermutigenderen Bemerkungen Felices), und es bringt sie in Verlegenheit, die schweißnassen Hände eines Kavaliers mit knackenden Gelenken auf den Hüften zu spüren oder, noch schlimmer, die frechen Greifwerkzeuge eines draufgängerischen Herzensbrechers. Und nicht einmal auf den Wohltätigkeitsfesten, auf denen die Damen der Gesellschaft zum guten Zweck das wenige vermarkten, was sie an brotlosen Fertigkeiten einer sogenannten »guten Erziehung« gelernt haben (eine Verdi-Arie, ein Andantino von Mozart, einen Monolog von Ibsen oder ein Turiner Dialektgedicht), hat sie mit ihrem Talent als Pianistin Furore machen können. Denn Felice fürchtete, es könnte herauskommen, daß seine Frau früher gegen Bezahlung gespielt hat. Und zudem, und dieser Umstand macht ihren gesellschaftlichen Mißerfolg perfekt, hat sie keinen Sinn für modische Eleganz. Sie kasteit sich mit Kleidern von puritanischem Zuschnitt, und wenn sie sich öffentlich zeigen muß, kleidet sie sich viel zu prunkvoll und übertreibt es mit dem Schmuck. Emanuela hat sie boshaft die *Königin vom Balôn* getauft, denn in Turin sagt man: *Sie kommt daher wie die Königin vom Balôn,* wenn man von einer schlecht angezogenen Frau spricht, die Anspruch auf Eleganz erhebt. Der Spitzname hat einen gewissen Erfolg gehabt, wenigstens in den Küchen der Argentero und bei den Kammerzofen, die ihr die intellektuelle Verachtung, mit der sie ihre Dienste entgegennimmt, und eine nicht gerade fürstliche Abstammung übelnehmen, und er ist auch ihr zu Ohren gekommen. Die Beschämung, die Demütigung und die vielen Tränen, die sie deswegen vergossen hat, haben ihre Unsicherheit noch verstärkt und ihre Lage verschlimmert. Der ahnungslose Felice hat ihr erklärt, daß die Königin vom Balôn wirklich existiert hat. Sie war eine Verrückte, die mit den ausgefallensten Hüten auf dem Kopf, in schreiende Farben gekleidet, den ganzen Tag auf dem Markt herumzog und Mitte des neunzehnten Jahrhunderts obdachlos und elend in einem Irrenhaus starb.

Wegen dieses trostlosen Mangels an Freundschaften hat Norma, seit sie im Buon Riposo ist, keinen einzigen Brief geschrieben, der ihre innersten Gedanken enthüllen würde. Da es also mit dem Kunstgriff eines Briefs nicht geht, erwägt der Erzähler, ob er nicht Normas (natürlich unveröffentlichte) literarische Produktion abschreiben könnte, denn im allgemeinen darf man ja darauf zählen, daß solche autobiographischen Frauentexte in leichtem, vertraulichem Ton daherkommen. In der Tat hat Norma ihrer Sehnsucht in Strömen von Versen und Reimen Gestalt gegeben: die *Tristia* von Norma Argentero aus ihrem persönlichen Tomis – barbarische Oden, sapphische Strophen, Balladen, Strambotti, Sextinen, Kanzonen, Terzinen, freie Verse, Übungen im Stil der abendländischen Lyrik von Jaufré Rudel bis zu Francis Jammes, ihrer letzten Entdeckung. Aber ihre Verse enthüllen wenig von der Verfasserin, abgesehen von einem gewissen Mangel an Originalität und einem hartnäckigen und erfolglosen Ringen um Ausdruck. Doch das ist verzeihlich: es ist nicht leicht, sich zu konzentrieren, geschweige denn unsterbliche Verse zu schreiben, wenn man sich in einem abgelegenen Jagdschlößchen im Sturatal aufhält, wo ein Kind schreit, eine unverschämte Amme sich Dreistigkeiten herausnimmt, die Küchenmagd mit den Töpfen klappert, und wenn man eine zerknitterte Seele hat und in der Furcht lebt, eine Fehlgeburt zu erleiden, und immer liegen muß.

Auch ihre erzählenden Werke sind wenig persönlich. Sie hat den Plan für einen umfangreichen Romanzyklus in Balzacschen Ausmaßen entworfen. Hundert Jahre italienischer Geschichte, erlebt durch Frauengestalten. Titel: *Die Italienerinnen.* Viele Passagen, viele Heldinnen und geschichtliche Vorkommnisse stehen ihr schon deutlich vor Augen – besonders aus der Karbonaribewegung –, aber nun denkt sie über die letzten fünfzig Jahre nach (von Turin als Hauptstadt bis zur Krise), und unter den Protagonistinnen hat sich ihre Schwägerin Emanuela vorgedrängt wegen einer unglaublichen (längst vergangenen) Liebesgeschichte, die ihr während eines Wolkenbruchs von der sich langweilenden Angelina erzählt wurde, die seit fast vierzig Jahren Emanuelas Kammerzofe ist. Nie hätte sie vermutet, daß die bissige alte Jungfer auch einmal Liebesträume hegte. Der Roman hat einen vorläufigen Titel: *Fräulein Emanuela.* Die Vorbilder: die Brüder Goncourt, Maupassant, De Marchi, Verga. Die Handlung ist fast ohne Ereignisse und leise deprimierend: Ein reifes Fräulein mit einem Hinkebein, von wenig ansprechendem Äußeren und ohne Aussicht, sich noch zu verheiraten, verliebt sich in einen bescheidenen Angestellten des serbischen Konsulats, und dieser erwidert ihre Gefühle – es ist die von beiden seit langem ersehnte große Liebe, obwohl es nur dazu kommt, daß sie sich hinter dem Vorhang des düsteren Salons die Hände drücken. Ihre Familie entdeckt die ungehörige Neigung und läßt den kleinen Angestellten unter Vorspiegelung einer Beförderung an einen anderen Ort versetzen; die ahnungslose Frau wartet auf ihn, wartet und wartet, die Jahre vergehen, sie wird alt und bitter und stirbt schließlich unversöhnt. Außer einer Zusammenfassung von zehn Zeilen, vor einer Woche zu Papier gebracht, hat sie jedoch noch nichts geschrieben (und wird es auch nicht tun). Vielleicht hat sie die Vorstellung einer so armseligen Handlung entmutigt, vielleicht waren es auch die zahllosen kleinen Angestellten, die in letzter Zeit in der italienischen Literatur aufgetaucht sind, vielleicht die zurückgehenden Verkaufszahlen der Naturalisten, die von den Psychologisten à la Bourget verdrängt werden, vielleicht die dramatische Frage, die manchmal einen angehenden Schriftsteller lähmt: Warum schreibe ich? Vielleicht blockiert sie eine gewisse angeborene Inkonsequenz oder auch die Unlust, aus der verhaßten Emanuela eine Heldin zu machen, mit der man mitfühlen soll.

Norma, diese stille und uns immer wieder entgleitende Figur, ist also nicht einmal Schriftstellerin, oder wenn sie es ist, so gehört sie doch zu denen, die sich nicht durch ihre Themen einordnen lassen wie die Insekten durch ihren Gliederbau. So bleibt dem Erzähler nichts anderes übrig, als feige von ihrer Abwesenheit zu profitieren und das Schloß ihres Schreibtischs aufzubrechen, um in ihr ganz privates Journal zu spähen. Die Seiten des Tagebuchs sind eng beschrieben, überdies in einer mikroskopisch kleinen Schrift. Doch nicht einmal hier finden wir eine erhellende Berichterstattung über ihr gegenwärtiges Leben. Da steht, daß der 26. März *ein niederschmetternder Tag* war, daß *es einem den*

Magen umdreht, das widerliche Geschwätz der Harpyien (AdV: Emanuela und Sofia) *ertragen zu müssen.* Da steht: *Die Übelkeit überwältigt mich, reibt mich auf, besiegt mich. Der Geruch der Welt macht mich krank,* aber kein irgend anregendes Detail, das den Stoff für den Romanschreiber bildet: zum Beispiel, daß Felice sich heftig in eine kostspielige, temperamentvolle Schauspielerin vom Teatro Balbo verliebt hat, die sich im Bett und auf den Programmzetteln Fleurette nennt und bei der er, anders als bei ihr, kein Magengeschwür und kein schlechtes Gewissen bekommt und die vor allem nicht seine Frau und nicht schwanger ist. Da steht nicht, daß Felice auf sie eifersüchtig ist und sie auf ihn, obwohl sie allen Grund dazu hat und er überhaupt keinen, und daß vielleicht in Wirklichkeit diese blinde Eifersucht, die ihn immer überfällt, wenn er an sie denkt, die sie ihm hassenswert und zugleich unentbehrlich macht, für ihr alpines Exil verantwortlich ist – und nicht ihre Anämie, die drohende Fehlgeburt und Enricos Bronchitis. Da steht nicht, daß Felice, obwohl Doktor Lovera ihm jesuitisch unter vielen Umschreibungen anempfohlen hat, »auf sie Rücksicht zu nehmen«, sich vorsätzlich und unverdrossen bemüht hat, ihr so schnell wie möglich wieder ein Kind zu machen, und auch nicht, daß sie das gemerkt und zwei Wochen lang geweint hat, weil Felice sie zu sehr liebt oder zuwenig liebt, jedenfalls auf eine sie kränkende Weise. In dem Tagebuch finden sich gute Vorsätze wie *um sieben Uhr aufstehen* und *unbedingt schreiben* und Entwürfe von Bilanzen ihres Lebens, weil die Schreiberin den Augenblick für gekommen hält, in dem sie klären muß, wie sinnvoll, wenn überhaupt, sie ihre ersten dreiundzwanzig Jahre verbracht hat. Aber da steht nicht, daß sie sich vor ein paar Jahren für diesen Zeitpunkt noch eine ganz andere Norma vorstellte. Sie sah sich mit abgeschlossenem Studium, als Lehrerin, Schriftstellerin von bescheidenem Ruf und raffiniertem Geschmack, ledig, von einem betagten Nobelpreisträger verehrt, der sie ermutigen würde, »ihren Weg zu gehen, denn das zwanzigste Jahrhundert ist das Jahrhundert der Frauen«. Und nun hat sie keinen Fuß mehr in die Universität gesetzt, nicht einmal zu den Nachmittagsvorlesungen für die Damen der Aristokratie – und was das schlimmste ist, nicht weil Felice und Enrico sie daran gehindert haben (zum Teil allerdings auch deswegen), sondern weil sie keine Lust dazu hatte –, und jene Norma existiert nicht mehr und wird nie mehr existieren. Erst als der Erzähler schon das Tagebuch zurückgelegt und sich wieder in den Salon gesetzt hat – überzeugt davon, daß Norma, je mehr er sie auszuspionieren sucht, sich nur desto mehr verbirgt –, meint er, in der Stille dieses langweiligen Aprilabends ihre Stimme zu hören – eine nachdenkliche, zitternde Stimme, die aus dem abgebrochenen Eintrag von heute, dem 29. April, aufsteigt. *Der heimliche Schmerz ist wieder da. Das staubige Grün der Bäume ist wie ein Vorwurf. Ich höre die ohrenbetäubende Musik des Vergeblichen. Um mich herum ein Himmel von der Farbe des Nichts.*

Wieder ein Fall von Homosexualität unter deutschen Offizieren. Was hieß das eigentlich, fragte sie sich. Im italienischen Wörterbuch, das sie gern konsultierte, waren einige Begriffe nur sehr dürftig erklärt, mit einer sicheren griechischen Etymologie, aber einer eher nebulösen Bedeutung. Bei ihrer allabendlichen Lektüre stieß sie selten auf so ein Wort – und dann unterließ sie es nie, sich von Anna ihren Tommaseo bringen zu lassen, aber heute war sie noch lustloser als gewöhnlich und las einfach weiter. Außerdem war es nicht nur Trägheit, sie hätte sowieso keine richtige Auskunft bekommen, denn die Wörter sind nicht alle gleich: einige sind so unvermeidlich wie unnütz, von gewissen Dingen spricht man nicht, und worüber man nicht sprechen soll, darüber muß man schweigen. Sie fand den Bericht über den Selbstmord des Hauptmanns Uwe T., der der Homosexualität verdächtigt wurde, völlig uninteressant. »Madamin«, quakte die Amme, »der Kleine is soweit, wolln Sie'm gut Nacht sagen?« Jetzt wurde die obskure Tragödie nachgerade spannend, verglichen mit der von ihr verabscheuten wabbeligen Körperfülle der Amme. *Kurz darauf desertierte Leutnant Franz Steeh, der Freund des Selbstmörders. Steeh ist nach Berlin zurückgekehrt und hat sich gestellt. Er ist der Fahnenflucht und Homosexualität angeklagt. Der Gerichtsvorsitzende hat ihn auf sein Recht hingewiesen, die Aussage zu verweigern, wenn er fürchte, sich zu kompromittieren, und hat darauf angeordnet, daß der Prozeß unter Ausschluß der Öffentlichkeit stattfindet.*

Enrico, das heilige Ritual des Gute-Nacht-Sagens, ihr unbestrittenes Recht: »Komm zur Mama, mein Schätzchen, wie schön du doch bist.« Enrico blickte sie mit schlaftrunkenen Augen an, er blickte sie an, ohne sie zu sehen, seine Mama, die ihn zärtlich abküßte und ihn zudeckte und mit inbrünstiger Liebe sein leicht geöffnetes Mündchen ins Visier nahm. Ihr spukten noch Felices Vorwürfe im Kopf herum – du verwöhnst ihn, du verziehst ihn, Chérie, willst du denn aus Enrico einen Dummkopf machen, der dir immer am Rockzipfel hängt? Wir Argentero sind nicht an solche Gefühlsduseleien gewöhnt, das ist Dienstmädchenstil. Ich will aber meinen Sohn verwöhnen, ich will ihm alles geben, was er möchte. Liebling, schau mich an, lächle doch mal für deine Mama! Aber Enrico war schon eingeschlafen, er brauchte keine Küsse und Liebkosungen, er träumte bereits friedlich – vielleicht von ihr, hätte sie sich gern eingeredet. Sie lehnte die Tür des Kinderzimmers an. »Wenn er weint, rufen Sie mich doch bitte.« Ja, ja, antwortete die Amme schnell und zog sich mit ihrem Schnupfen in die angrenzende Kammer zurück. Sie würde sie ja sowieso nicht rufen. Und wenn sie ihn zufällig weinen hörte und ungerufen aufstand und den eiskalten Flur entlangging, war die unförmige Gebirglerin immer schon vor ihr da. Und Enrico hatte sich schon wieder beruhigt. Enricos rosiger Mund an der obszönen erigierten Brustwarze der Megäre aus der Valsesia, das Herz blutete ihr bei diesem Anblick. Manchmal hatte sie den Eindruck, als hätte ihr dieses kuckucksartige Wesen Enrico geraubt und Enrico wüßte nicht einmal, daß sie seine Mutter war. Aber sie war es doch gewesen, die ihn unter Schmerzen zur Welt gebracht und siebenundzwanzig Tage Kindbettfieber durchlitten hatte. Und wegen dieser schrecklichen Amme war sie schon nach drei Monaten wieder schwanger geworden. Das nächste Kind? Oh, auch dieses würde die Milch einer Megäre aus der Valsesia trinken und nicht ihre. Wir brauchen keine Amme, Felice, ich werde mich selbst um mein Kind kümmern. Milch habe ich ja, sogar zuviel, ich werde krank, wenn ich es nicht ... Sei still, Chérie, es ist bereits entschieden, so ist der Brauch. Ach, die überwältigende Macht der Gewohnheit, gegen die keine Liebe etwas vermag.

Sie ging wieder hinunter. Der Salon sah so unwirtlich aus, daß sie jetzt nur noch an ihr geheimgehaltenes Vorhaben denken konnte: ein Feuerrad von Bildern. Eine Laterna magica. Ja, sie erwartete jemanden, und vielleicht war heute ja KEIN Abend wie alle anderen. Es war nun fünf vor neun, und die Harpyien, die unlustigen Gefährtinnen ihrer Verbannung, kämpften bereits mit dem Schlaf. Fast einnickend machten sie tapfer weiter, diese Wohnzimmertopfpflanzen, eins mit dem Lilientischtuch, das ihre ganze Aufmerksamkeit in Anspruch nahm. Wie sollte das Ereignis vonstatten gehen, ohne daß sie es merkten? Wie konnte sie eine Auseinandersetzung vermeiden? Aber vielleicht kam der Laternenmann ja gar nicht. Schließlich hatte sie ihm nur zwei Lire angeboten, ein zu bescheidenes Honorar, um sich nachts noch auf den Weg zu machen, noch dazu bei diesem Regen. Eigentlich wußte sie nicht, warum sie ihn eingeladen hatte. Vielleicht hatte sie der Anblick der Stallburschen, die wie Verschworene im Dunkel des Pferdestalls versammelt waren, neugierig gemacht. Und so hatte sie ihn einfach zu einer privaten Vorführung aufgefordert, diesen Fremdling, von dem man ihr nur sagen konnte, er sei »einer aus den Bergen«. Um in Gesellschaft eines Menschen zu sein, der kein Monokel trug und kein Karabinierigemüt hatte. Um wieder einmal eine Laterna magica zu sehen, um sich gegen die Tyrannei der Horizontalen aufzulehnen. Um die zerknitterten Gefühle zum Schweigen zu bringen. Vier Minuten vor neun, der Zeiger rückte mit einer Langsamkeit zur Mitte vor, die so unerträglich war wie Emanuelas Messingfingerhut, der auf den Stoff klopfte, um mit manischer Pedanterie die Fäden zu glätten. Sie wartete auf ihn, sie erwartete ihn ängstlich, mit verzehrender Ungeduld, den Mann mit der Laterna magica, und wenn er nicht käme, würde auch dieser Tag inhaltsleer gewesen sein, überflüssig und unvollendet. Es wäre unendlich traurig, wenn er so enden sollte, mit einem wütenden Regenguß, einem Gähnen Sofias, dem letzten Auffunkeln der Glut und der irritierenden Perfektion der weißen Lilie, die auf dem zartgelben Leinentischtuch erblüht war.

Von der noch offenstehenden Haustür wehte der Wind in den Salon hinein. In der dunklen Allee, die als eine gerade Linie den vor kurzem gemähten Rasen des Parks durchschnitt, glänzten die Bäume vor Nässe und warfen lange, gespenstische Schatten, die sich zu bewegen schienen. Sie sah den schwarzen Umhang eines Mannes, eines unbekannte Mannes, der in dieser Nacht gekommen war – zu ihr. Unwillkürlich dachte sie daran, daß sie nicht angezogen war, um ihren Gast zu empfangen, und noch ihren Morgenrock trug – es war zwar ein schottischer, blau-grün kariert mit einem schwarzen Libertykragen und einer schwarzen Kordel als Gürtel, aber doch ein Morgenrock. Felices Abwesenheit führte dazu, daß sie sich sehr vernachlässigte. »Das werde ich Felice mitteilen müssen, daß du noch spätabends einen Mann empfangen hast«, sagte Emanuela drohend, »das wird ihm nicht recht sein.« Sie hörte ihr nicht zu: sie sah nur auf den Vagabunden, der mit dem Sack über der Schulter wie der Weihnachtsmann auf der Schwelle des Salons stand – klapperdürr, mit einer langen weißen Haarmähne, an den Füßen komische Franziskanersandalen, naß bis auf die Knochen. Er verbeugte sich und nahm den Zylinder ab. Er hatte graue Augen und ein sanftes Gesicht. Sofia musterte ihn durch ihr Monokel, hatte aber sofort einen gegenteiligen Eindruck. »Der ist gekommen, um uns auszurauben«, wisperte sie mit zitternder Stimme, »er will uns überfallen! Und Velo ist heute nacht in Demonte. Fünf Frauen und ein Kind, ganz allein, *pauvres de nous* ... schick ihn weg, um Gottes willen.« »Der hat ein Galgengesicht, das ist ein Unhold«, versicherte Emanuela. Die Schwestern verließen empört den Salon, Emanuela zog absichtlich das lahme Bein stärker hinter sich her: das dumpfe Aufstampfen ihres rechten Schuhs, der durch einen zwanzig Zentimeter hohen Eisenabsatz verstärkt war, hallte durch das stille Haus.

Der Alte zögerte nun nicht länger, wandte sich ohne Umschweife an sie und ergriff voller Anmut ihre Hand, die er in einem zarten, respektvollen Kuß mit den Lippen streifte. »Gräfin Argentero, nehme ich an«, sagte er. Norma nickte. »Ich bin Mundin Bernardi«, erklärte er nicht ohne Feierlichkeit. Er schien seine Selbstsicherheit zurückgewonnen zu haben und fühlte sich anscheinend in dem überheizten Salon, in dem der Ofen in der Ecke bullerte und einen melancholisch-benommen machte, durchaus wohl. Er kniete nieder, um seine Ausrüstung auszupacken, und blies mit wunderbarer Zartheit die Regentropfen von den runden Glasplatten. Mit den Fingerkuppen polierte er den Holzkasten. Er trug einen Seemannspullover aus dicker Wolle mit einem Muster aus zwei symmetrischen Zöpfen, der echt bretonisch sein mußte. Norma fragte sich, ob der Laternenmann eher einem Mönch, einem Bootsmann oder einem städtischen Dandy glich. Allen dreien, sagte sie sich, und vielleicht keinem davon. Ein Greis, der wie ein Jüngling wirkte. Erst da bemerkte sie, daß der Alte, gegen die Abmachung, nicht allein gekommen war: steif hinter dem Kanapee stand zerlumpt und tropfnaß ein kleiner Junge mit einer Wollmütze auf dem Kopf und den Holzpantinen in der Hand, an den Füßen ein Paar schlecht gestopfte Socken aus grauer Wolle, über und über mit Schlamm bespritzt. Der Anblick überraschte und erschreckte sie ein bißchen, denn auch das Gesicht und der lange Schal waren schlammbespritzt, und das machte aus ihm eine elende und irgendwie bedrohliche Erscheinung. Wenn der Junge auch nicht älter als elf Jahre sein konnte, wäre es ihr lieber gewesen, er wäre nicht gekommen. Sie bemerkte die Schlammspuren auf dem kaukasischen Teppich. »Zieh dir bitte die Socken aus und laß die Holzschuhe draußen in der Diele.« Der vom Wind losgerissene Fensterladen schlug heftig gegen das Fenster. »Danke, daß Sie bei diesem Wetter den Weg auf sich genomman haben.« »Wenn eine Frau ruft, ist das für Mundin Bernardo ein Befehl«, sagte der Alte, ohne sie anzusehen, und rückte den Tisch weg, so daß der silberne Leuchter, der genau in der Mitte des Spitzentischtuchs stand, gefährlich schwankte. Ein merkwürdiger Mensch: er bewegte sich in dem Salon, als wäre er zu Hause. Er klappte das Ofentürchen auf und blies in die Glut, kletterte auf den Rosenholzschemel und nahm, ohne um Erlaubnis zu bitten, Felices Porträt von der Wand. »Ich brauche Platz«, erklärte er, während er das Leintuch aufhängte. Seltsam, auch sie brauchte so dringend Platz.

Der kleine Junge, dieses unerwartete Figürchen, das wie eine störende Wimper am Rand ihres Gesichtsfelds aufgetaucht war und sich in ihren Abend eingeschlichen hatte, war wieder da. Er hatte die Wollmütze abgenommen: bis auf ein dunkles Haarbüschel über der Stirn war sein Schädel kahl rasiert. Flüchtig sah sie auf seine Füße: sie waren rotblau, abstoßend, von Blasen und Frostbeulen bedeckt. »Das Kind meint, ich könnte zaubern«, erklärte Mundin die Anwesenheit des kleinen Jungen, »es ist mir zwei Stunden lang im Regen nachgelaufen, ich habe ihm gesagt, daß ich nicht nach Frankreich gehe, aber es hat mir nicht geglaubt. Sagen Sie es ihm, Gräfin, daß wir hier nicht in Frankreich sind, sondern nur dreihundert Meter über Bersezio.« »Warum sollten wir denn in Frankreich sein?« fragte sie. »Das ist eine lange Geschichte, die erzähle ich Ihnen ein andermal«, sagte Mundin und befestigte das flickenbesetzte Leintuch an der Wand. Die Stille duftete nach Rosen: in einem Weidenkörbchen strömten getrocknete Blütenblätter einen starken Geruch aus. Obwohl es überhaupt nicht nötig war, schraubte und drehte Mundin gemächlich an dem Projektor herum, nach seiner bewährten Verzögerungsstrategie, denn er wußte, daß jede Minute des Wartens die Erfolgsaussichten seiner Vorführung steigerte. Der kleine Junge schien in Panik erstarrt zu sein, offenbar hin- und hergerissen zwischen der prophetischen Überzeugung, daß bei der kleinsten Bewegung von ihm die Reihe der Glasväschen von Emile Gallé ins Rutschen kommen mußte, und der Lust, mit seinen schmutzigen Fingern die Nippsachen zu berühren, die das Tischchen vor ihm zierten. Er wird mir das Silberzeug stehlen, während der Alte mir die Laterna magica vorführt, sagte sie sich. Ich bin so dumm. Ich verstehe nie, was die Leute im Schilde führen. Ich wollte doch nur einmal einen Abend lang eine Abwechslung haben. Der kleine Junge hatte sich nun auf die Tierchen aus geblasenem Glas konzentriert, darauf musterte er die kleinen Glöckchen, den Fingerhut Emanuelas, die wunderbare silberne Lokomotive, deren Vorderräder scheinbar die Fahrt in Richtung Teppich fortsetzen wollten. Das Aufblitzen seiner schwarzen Augen sagte ihr, daß er den unwiderstehlichen Drang empfand, sich dieses Miniaturwunder anzueignen, statt es so unnütz auf dem Tischchen stehen zu lassen, wo sich seine Schönheit unter all den anderen Gegenständen verlor. Es gefiel ihm, und er würde es einstecken. Kinderwünsche kennen kein Gesetz. Sie mußte aufpassen, sonst würde dieser täppische kleine Junge Papas Lokomotive mitgehen lassen, aber sie tat es nicht, denn der selbstvergessene Alte, dieser Alte aus Luft und Wind, der leichtfüßig wie eine Grille im Salon herumhüpfte und tatsächlich zaubern und plötzlich durch die Wand verschwinden zu können schien, wurde von Minute zu Minute zeremonieller und hatte sie unversehens durch Komplimente und Fragen in einen kleinen Wortwechsel verwickelt, der ihr gleichzeitig angenehm und peinlich war. Es komme ihm so vor, als erwarte die Gräfin ein Kind, oder täusche er sich? Ob sie wisse, wie er das erraten habe? Frauen, die guter Hoffnung seien, hätten einen goldenen Schein in den Augen wie der Staub, den Glühwürmchen an den Fingern zurücklassen, wenn man sie fängt. Ob es ihr erstes Kind sei? Ah, sie habe schon einen kleinen Sohn. Das sei aber großes Glück, denn wenn hier im Tal eine Frau ein Mädchen zur Welt bringe, dann sei sie arm dran, sie bekomme kein Geschenk von ihrem Mann und müsse in Alltagskleidern zur Taufe. Aber sie dürfe ganz ruhig sein: auch dieses hier werde ein Junge. »Und Sie, haben Sie Kinder?« unterbrach ihn Norma verlegen. Das verschleierte Grau von Mundins Augen blitzte einen Augenblick auf. Ja, er habe eins gehabt, Lucia. »Die Mutter von dem Kind da«, sagte er, auf den Jungen weisend. »Sie ist tot.«

Der kleine Junge, dessen Miene sich verdüstert hatte, streichelte mit den Fingerspitzen die Silberlokomotive und warf Norma einen mißtrauischen Blick zu: er musterte sie lange, eindringlich, ihren Morgenrock, den Smaragdanhänger an ihrem Hals. Die Schmeicheleien des Großvaters hatten ihn anscheinend verärgert, ja, er war offenbar eifersüchtig, und in dem Blick, mit dem er ihre verborgenen Reize zu ergründen suchte, war etwas Körperliches, ganz und gar Unkindliches, das sie in arge Verlegenheit brachte.

Sie bat Anna, die auf Dienstbotenart neugierig hinter der Tür lauerte, ein Stück Torte für den Jungen zu bringen, in der Hoffnung, ihn auf billige Weise für sich zu gewinnen. »Ja, gnädige Frau«, antwortete das Dienstmädchen mit aufgesetztem professionellen Lächeln, das sofort verschwand, als die kräftige Person ihr wieder den Rücken zuwandte. »Setz dich«, forderte Norma den Jungen auf, ohne ihn anzusehen, »mach es dir doch bequem.« Ungeschickt ein paar bunte Figürchen auf dem Mahagonitischchen zur Seite schiebend, stellte Anna ein silbernes Tablett ab; darauf thronte einladend ein Stück Torte, eine schwarzweiße Schachbrettorte aus Sahne und dunklem Kakao, die mächtig und luftig zugleich aussah und einen unwiderstehlichen Duft nach Vanille und Schokolade ausströmte. Der kleine Junge hatte Charakter: er bezwang seine Gier und wagte nicht, sie anzurühren. Sie hätte ihn auffordern müssen, sich die Torte doch schmecken zu lassen, aber sie tat es nicht. Versunken drehte sie an einer Strähne ihres Haars. Für sie war einzig und allein der plaudernde Laternenmann anwesend, der die Frauen zu verzaubern wußte und Gedanken lesen konnte und gekommen war, um das Ende eines Tages zu beleben wie ein Wetterleuchten den grauen Frühlingshimmel. Dieser unbehauste Nomade hatte gewiß viel zu erzählen.

Und das hatte er tatsächlich. Mundin war ein Vagabund. Er hielt es nie lange an einem Ort aus: acht Jahre lang war er fort gewesen, seit sechs Tagen zurück im Sturatal, aber er dachte schon wieder ans Weiterziehen. Seit Jahren waren er und die Laterna magica untrennbar miteinander verschmolzen. Alle nannten ihn SINEMÀ. Sinemà kommt! hieß es allenthalben. Nur in Ferriere nannten sie ihn weiterhin Mundin, den Weltmann, der die ganze Welt in der Westentasche hatte, und wenn er (immer seltener) von seinen Reisen zurückkehrte und sich auf das Brückchen setzte, um Steine ins Wasser zu werfen, und von den Ländern erzählte, die er gesehen hatte, war es für die Ferrariot, als blätterten sie in einem Bilderatlas. Er selbst sah sich als Reisenden in Träumen, als Passagier des Lebens, in dem er mit der Anmut einer Libelle herumschwirrte. Sein Leben war verschwommen wie auf einer unscharfen Photographie: nie war es an einem bestimmten Punkt, überall und nirgends. Nie an den Orten, über die er hinweggeflogen war, ohne sich niederzulassen. Er war in Turin gewesen, in Rom, danach in Lyon, in Paris, in Brüssel, in England, vielleicht sogar auch in Schweden, Persien, Konstantinopel, jedenfalls behauptete er das. Er hatte nicht sofort seinen Weg gefunden. Er hatte geheiratet wie alle. In einer Augustnacht sagte er zu seiner Frau, er gehe etwas Luft schnappen, weil er in der fensterlosen Kammer ersticke. Die Frau blieb im Bett bei ihrem neugeborenen kleinen Mädchen und schlief wieder ein. Am Morgen fand sie den Hut ihres Mannes noch am Haken hängen, aber ihn sah sie sieben Jahre lang nicht mehr. Bevor er seine wahre Berufung entdeckte, hatte er tausenderlei Beschäftigungen ausgeübt und in allen ein wunderbares Geschick an den Tag gelegt: er war Schuhputzer gewesen, Taschner, Bierbrauer, Sattler, Klempner, Kesselschmied, Hotelkellner, Bergmann, Ziehharmonikaspieler, Geigenspieler bei Hochzeitsfesten, Straßenkehrer und Gaslaternenanzünder. Ihm fiel alles leicht. »Fasil« nannten ihn die Kollegen neidvoll wegen dieser Fähigkeit, zu lernen, die unglaublichsten Verbesserungen zu erfinden, sich alles anzueignen. Aber Mundin genügte das nie; sobald man ihm eine Lohnerhöhung geben wollte oder eine Beförderung in Aussicht stellte, kündigte er und fing wieder ganz von vorn an; und dieses Herumvagabundieren zog sich über ein Jahrzehnt hin – so daß er manchmal, wenn er an seine Jugend zurückdachte, den Eindruck hatte, das Leben von hundert Menschen gelebt zu haben, und dabei war er noch nicht einmal dreißig. Dann hatte er entdeckt, daß er der geborene Zauberkünstler war, der König aller Taschenspieler; er schloß sich einem Wanderzirkus an, der über die Dörfer und Städte zog und auf den Jahrmärkten seine Wunder zeigte, Messerwerfer, Feuerschlucker, exotische Tiere, ausgestopfte Tiger, dressierte Pferde, Jongleure, anthropomorphe Kuriositäten wie Zwerge, siamesische Zwillinge, Rumpfmenschen ohne Beine und Hände und andere Monster. Gegen Ende der achtziger Jahre kaufte der Zirkusbesitzer die Laterna magica, und Mundin wechselte wieder den Beruf. Mit seinem geheimnisvollen Holzkasten warf er chinesische Schattenspiele an die Wand, duellierende Gespenster, bunte Marionetten, Puppen, die ohne Fäden tanzten: die Leute zahlten ein paar Centesimi, saßen im Dunkeln auf Holzbänken und waren glücklich. Mundin schenkte seinem Publikum einen Genuß ohne Tiefe und Dauer, der sofort wieder in der Unordnung des Lebens unterging, aber er wußte, daß sich das Wunder jedesmal wiederholte: wenn sie im Dunkeln saßen, empfanden die Zuschauer keinen Haß, keinen Groll, kein Unglück mehr und gaben sich seinen Schatten hin, und er gewährte allen eine Rast, eine Ruhepause voll ansteckendem Leichtsinn zwischen einer harten Stunde des Lebens und der nächsten. Das war sein Beruf, ein Beruf, der aus Schatten und Schein bestand, wie er selbst. Aus diesem Grund wurde dieses letzte das einzige Handwerk, das er nie verraten sollte.

Mundin hütete seinen Holzkasten so eifersüchtig, daß er gewalttätig werden konnte, um ihn zu verteidigen. Er benutzte ihn als Kopfkissen und liebte seine gezeichneten Figürchen so zärtlich, daß er sie manchmal in einem dunklen Heuschober ganz allein sich selbst vorführte. Die Bilder, die erschienen und verschwanden, waren seine eigenen Erinnerungen, geliebte und verlassene Menschen, die nun immer bei ihm waren. Bei der zwölften Einstellung schieden die gezeichneten Puppen im Dunkel dahin, um am nächsten Abend wiedergeboren zu werden, und das war der Zauber, den er für sich erträumte: daß seine Handlungen folgenlos blieben, daß er jeden Abend ein anderes Leben haben, von vorn anfangen, Vergebung erlangen, sterben, wieder Kind werden könnte. Dann machte der Zirkusbesitzer bankrott, die Truppe löste sich auf, alle gingen ihrer Wege, und Mundin war wieder auf sich selbst gestellt. Die Tierbändiger schlugen ihm vor, sich ihnen anzuschließen, sie schifften sich nach Südamerika ein. Aber um die Passage nach Argentinien bezahlen zu können, hätte er den Traumkasten verkaufen müssen, und daher lehnte er ihr Angebot ab. Er hatte jedoch keine Lust, in die Berge zurückzukehren, zu seiner Frau, die er vor so vielen Jahren verlassen hatte, und auch nicht zu seiner Tochter Lucia. Die Laterna magica hatte ihm ein anderes Leben offenbart: ein besseres, vielleicht das, nach dem er auf der Suche war, und so beschloß er weiterzumachen. Auf Marktplätzen, in Festzelten oder auch in Herrenhäusern führte er seine Illusionen vor; er hatte einen Karren, ein Pferd, eine Trommel, um lautstark seine Ankunft anzuzeigen, und er machte alles allein, er war der Impresario seiner selbst und seines Schicksals. Über zwanzig Jahre lang führte er dank seiner Wunderlaterne fast ein Herrenleben. Er kleidete sich mit ausgesuchter Eleganz, leistete sich allen Komfort, stieg in anständigen Gasthöfen ab, wurde in vornehmen Häusern empfangen. Die Schullehrer der Ortschaften luden ihn ein, um die Kleinen zu ergötzen – wohlerzogene Kinder, zukünftige Bürgermeister, Ärzte, Lehrer. Einmal unterhielt er die gesamte Schülerschaft am Louis Le Grand von Paris, dem besten Gymnasium der Hauptstadt. Das waren schöne, längst vergangene Zeiten. Zu Hause hatte er nicht davon gesprochen (aus Angst, daß seine Frau ihm alles wegnehmen und ihn zwingen könnte, wieder wie früher zu werden, arm, ein Gefangener eines Dorfs von hundert Seelen und Massen von Schnee), aber Mundin hatte ein beträchtliches Konto auf der Bank von Quimper. Er war glücklich. Im Sommer schirrte er sein Pferd an und zog mit der Laterna magica über Land. Deswegen kam er, wenn er überhaupt zurückkehrte, immer im Sommer nach Ferriere: in unregelmäßigen

Abständen und immer nur kurz. Und er sprach in dieser Zeit kaum mit seiner Frau, erzählte wenig von seinem Leben, es geht mir gut, sagte er, es geht mir gut. Was fehlt dir denn hier, warum bleibst du nicht? fragte Maddalena, seine Frau, hoffnungsvoll, und er antwortete nie. Plötzlich brach er wieder auf, er liebte es, ohne Ankündigung zu verschwinden, aber bevor er fortging, ließ er immer, von einem Stein beschwert, auf dem Küchentisch ein Bündel Banknoten zurück, damit die Frau Lucia gut aufzog. Dann, nachdem die Tochter – gegen seinen und Maddalenas Willen – einen Lumpen, Säufer und Habenichts des Namens Minot Belmondo geheiratet hatte und seine Frau nach Argentera gezogen war, kam er nicht mehr an den Ort zurück. Im Winter genoß er seine schöne Wohnung in Frankreich mit Blick auf den Kanal, ruhte sich aus, las und hielt sich auf dem laufenden, denn die Erfindungen jagten sich, und die Laternae magicae entwickelten sich schnell. Jetzt waren in den Apparaten keine Zeichnungen und keine Drehscheiben mehr, sondern Bänder, die wirkliche Bilder aus dem Leben beziehungsweise aus dem Photoatelier an die Wand warfen. Mundin hatte längst ein neues Gerät gekauft, und dann wieder und wieder neue, er träumte davon, ein eigenes Lokal zu eröffnen und dort jeden Abend etwas anderes vorzuführen: historische, phantastische, naturalistische, erotische Filme, wie er es im Lauf seiner Reisen in einigen Städten gesehen hatte. Nur so konnte er seßhaft werden, wenn er alle seine Phantasien in sein *Sinemà*-Haus holte. Aber nie reichte das Geld, um so ein Lokal zu erwerben, und plötzlich wurde es knapper. Von einem Tag auf den andern war er wieder ein armer Mann mit einer veralteten Laterna magica, über die feine Herrschaften nur lächelten; denn sie konnten jetzt ins Kino gehen und zehn Minuten dauernde Filme und die Wochenschauen von Pathé Journals sehen. Er hatte die belebten Städte verlassen und wieder über öde Provinzstraßen ziehen müssen, wo Kinder, Dienstboten und Bauern immer noch ein dankbares Publikum für seine zitternden, verblaßten Bilder und seine Zaubertricks abgaben. So war er widerwillig nach Italien zurückgekehrt. In den armen Tälern der Lombardei und von Piemont hatte er sich eine Zeitlang ganz gut durchgeschlagen, bis er plötzlich zu nahe an Ferriere herangekommen war, um einfach weiterziehen zu können. Deswegen war er zurückgekommen, nicht aus Heimweh. Oder vielleicht hatte, ohne sein Wissen, das Heimweh seine Route bestimmt, und auf einmal hatte er hinter den Bergen der Val Grana einen vertrauten Sonnenaufgang gesehen. Ich gehe dahin zurück, hatte er sich gesagt, und wie in seiner Laterna magica eine schöne Frau zu einem Skelett werden konnte und am nächsten Tag blühend auferstand, so hatte er mit dem Schicksal gewettet, wieder da anfangen zu können, wo alles begonnen hatte – er dachte, in seinem Haus neben dem Glockenturm der alten Kirche hinge vielleicht noch sein Hut am verrosteten Haken. Aber er hatte niemanden mehr im Dorf, weder Frau noch Tochter, sein seit fünfzehn Jahren leerstehendes Haus lehnte mit verfallenden Mauern schief am Hang, und überall in den Fugen der Steine sproß das Unkraut hervor. Als einzige Verwandte waren ihm die Kinder eines Taugenichts geblieben, den er verachtete. Und er kannte diese Enkel ja gar nicht, er hatte sie nie gesehen, es waren zu viele, er verwechselte sie – Toni Moni Hundenase, Ciulin, Mera, die Medusa (die in Wirklichkeit Maddalena hieß wie seine Frau). Zu Barbarusa Belmondo, ihrem Großvater väterlicherseits, hatte er gesagt, wenn seine Tochter nun so große Kinder habe, so bedeute das für ihn, daß er alt werde und ihm bald sein Stündlein schlage. Doch er hatte auf dieser Welt noch zuviel zu tun, um sich damit abzufinden, daß seine Zeit abgelaufen war.

»Mit Verlaub, gnädige Frau«, sagte Mundin, »es muß ganz dunkel sein.« Denn nur im Dunkeln leben die Träume, verkündete er schwärmerisch: auch die einleitenden Worte sorgten für die richtige Atmosphäre, eine alte Gewohnheit aus der Zeit, als er lärmende Menschenmengen zum Schweigen bringen mußte. »Ich habe mein Leben etwas Unnötigem, vielleicht Überflüssigem gewidmet, das aber unser Dasein bereichert und besser macht. Verstehen Sie mich, gnädige Frau?« »Ich denke schon«, antwortete Norma verblüfft. Sie verstand ihn vollkommen. Mundin blies die Kerzen aus, eine nach der andern. Das Dunkel verschluckte die sehnsüchtigen großen Augen des kleinen Jungen, seine blauroten Füße, die verlockende Lokomotive, das Kanapee und das staubige Bärenfell. Im Finstern leuchteten Mundins weiße Haare wie ein beweglicher Schein, der vor und zurück schwankte. Plötzlich erschienen auf dem Leintuch, zunächst verschwommen, zitternd, blaß, dann deutlicher die Bilder.

Wie aus dem Dunkel erblüht, leuchteten in allen Einzelheiten die weißen Flügel eines Schwans auf: gefiederte Flügel, flatternde Flügel, ausgebreitete Flügel, die Illusion eines Vogelflugs auf unsichtbarem Himmel, dessen Weite die Darstellungskunst des geduldigen Daguerreotypisten überstiegen hatte. Im schnellen Ablauf der sich drehenden Rundscheibe waren es nicht mehr zwanzig der Reihe nach photographierte Schwäne, sondern ein einziger Schwan, der über einen Sumpf dahinflog. Und nun zuckte auf dem Leintuch der am Angelhaken gefangene Fisch und ließ die Rute schnellen, die ein Unsichtbarer hielt, die Kiemen stellten sich auf, der Fisch – eine glänzende Forelle – schnappte verzweifelt nach Sauerstoff, verendete unter dem überraschten und gleichgültigen Blick der Zuschauer (der Zauber ist ja, den Tod vorzuführen, etwas, was nicht existiert) und baumelte schließlich schlaff am Haken, während auch das Bild langsam erlosch. Und die Augen eines Mannes öffneten und schlossen sich, und jetzt lächelte er den im Dunkeln sitzenden Zuschauern zu: aber der Mann war gar nicht hier im Salon, nur sein ihm völlig gleichender Schatten auf dem Leintuch, ein Schatten, der sich von seinem Körper abgelöst hatte und nun auf Mundins Glasplatten durch die Welt zog – und jedesmal, wenn es dunkel wird, lächelt er von neuem dieses irgendwann einmal auf der Platte festgebannte Lächeln, und vielleicht ist der Mann inzwischen alt (denn die Jahre sind vergangen, und Mundins Bildscheiben haben ausgedient und sind Kinderkram geworden, da doch jetzt in Turin und selbst in Cuneo Lichtspieltheater eröffnet worden sind und es die Filme gibt); aber der Mann, der mit Mundin in der Welt herumreist, ist jung geblieben, und das dreiste Mädchen hebt mechanisch die Arme und wirft wie in Salomes Tanz nacheinander die durchsichtigen Schleier ab. In zehn Bildern verwandelt sich die *vanishing lady* in ein Skelett von mittelalterlicher Roheit, die Arme zeigen das Knochengerüst, der schöne Kopf wird zu einem schrecklichen Totenhaupt, die Augen zu zwei furchterregenden Höhlen, makaber ist der Tanz der *vanishing lady, memento mori, memento mori,* vergängliche Schönheit, wie kurz ist der Triumph des Fleisches. Die von der unsicheren Hand eines in Anatomie unbewanderten Studenten gezeichneten Knochen wirken unecht, aber die Sonne, die hinter einem Hausdach aufgeht und in den Himmel emporsteigt, scheint wirklich. Die Sonne ist nicht weiß, sie ist rot, gelb, orange, aber auf Mundins Bildscheiben ist auch eine weiße Sonne erkennbar, und die Farben sind unwichtig, sie sind nur ein zusätzliches Ornament, das geduldig auf das Glas gemalt wurde, vielleicht wurde es auch vergessen, ist verblichen, vom vielen Gebrauch abgelöst. Diese weiße Sonne ist auch schön, wie sie um zehn Uhr abends im Salon des Jagdschlößchens der Grafen Argentero aufgeht, während die Kohle im Ofen verglimmt und der kleine Junge in freudigem Staunen den Mund aufreißt und den Blick nicht mehr von dem Leintuch lösen kann und den todtraurigen Winter, den er hinter sich hat, vergißt; sie ist auch in Weiß schön, weil sie wirklich ist, wie auch die Tänzerin wirklich ist, die jetzt, wie sie leibt und lebt, vor ihnen erscheint, gekleidet wie für einen sonntäglichen Ball in einem Vorstadtlokal von Paris vor zwanzig, dreißig Jahren, aber sie weiß nicht, daß man sich heute nicht mehr so kleidet und frisiert, sie weiß es nicht, sie hält sich für hochelegant, hebt den Rock, dreht sich und tanzt, tanzt, der Rock wirbelt wie ein vom Wind geblähtes Segel um ihre Taille: das Mädchen tanzt, die Musik kann man sich nur vorstellen, aber man glaubt fast, sie zu hören, eine Zigeunerweise auf einer verstimmten Geige, wie sie im Tanzsaal der Banlieue gespielt wurde.

Plötzlich glitt eine in Licht gehüllte Frau über das Leintuch – königlich, lässig, geradezu absurd unter den armseligen Erscheinungen des Vagabunden. Das goldene Auge der Pfauenfeder auf ihrem Ausgehhütchen sog den Blick wie in eine unendliche Spirale hinein. Die Frau wandte sich ihr zu, sie bewegte den Mund, aus dem kein Laut drang, aber sie machte das so natürlich, daß ihr schien, sie würde gerufen. »Mouche!« »Mouche!« Die rothaarige Dame beklagte sich über etwas, vielleicht auch nur über Mouche. Doch diese unfreundliche Stimme, dieser Vorwurf, diese Gereiztheit, die wir immer bei einem Geist vermuten, den wir nicht mehr um Vergebung bitten können, war nur eine Vorstellung, denn das Gedächtnis ist ein stilles Aquarium, eine mit manchmal fauligem Wasser gefüllte Wanne, in der schwerelos die Goldfische der Erinnerung herumschwimmen. Daher ging diese gedachte Stimme sofort in dem Glasgefäß unter: die Vergangenheit ist ein stummes Kaleidoskop wie die Bilder, die sich auf Mundins weißem Leintuch bewegen – eine Pantomime, der Triumph des Gesichts- und des Geruchssinns wie im Land der Gehörlosen. Nun waren keine Cancan-Tänzerinnen mehr auf dem Leintuch und auch keine rohen Vampire mit blutigen Zähnen: aus der Laterna magica kamen jetzt Bilder von so durchscheinendem Weiß, daß sie fast mit der Leinwand, mit dem Nichts zu verschmelzen schienen, und doch scharf und deutlich, Bilder aus ihrer Vergangenheit: der Vagabund hatte sich als Zauberer entpuppt und hatte aus dem schwarzen Untergrund des Bewußtseins die unruhigen Geister ihrer Kindheit heraufbeschworen.

Vor siebzehn Jahren zog diese in Licht gekleidete Frau sie an der Hand (der herrische Druck ihrer Finger ließ einen perlmuttweißen, blutleeren, brennenden Fleck auf ihrer Haut zurück), zerrte sie durch das Gedränge und den ohrenbetäubenden Lärm auf dem Jahrmarkt von Avignon bis zur Bude mit der Wunderschau und kaufte ihr eine Eintrittskarte für das *Kinéto.* Kinéto war der hochtrabende Name für mittelmäßige Pappmaché-Illusionen, zappelnde schilderbewaffnete Krieger, Zwerge und Kobolde, die geschlossen bis zum Rand der Platte marschierten und auf der getünchten Wand verschwanden. Das Kinéto war nichts weiter als eine Laterna magica, die erste ihres Lebens. Norma in einem karierten Hängerkleidchen war noch nicht ganz sechs, trug ihre Locken noch offen, und die wunderschöne Frau war Hélène, ihre Mutter. Damals war sie überhaupt nicht neugierig auf das Kinéto: sie wollte nicht da hinein, sie wollte bei ihrer Mutter bleiben. Hélène wurde wütend und verpaßte ihr eine gewaltige Ohrfeige. Wer weiß, was sie dabei sagte, vermutlich schimpfte sie wie gewöhnlich ohne Rücksicht auf Etikette, gute Manieren und Anstand. *Oh, que t'es emmerdante, Mouche. Fiche-moi la paix! Assieds-toi et bouge pas. J'y reviens.* Das verängstigte Kind mußte allein im Finstern zurückbleiben, um überraschende, wundersame Bilder zu betrachten, an denen es sich jedoch nicht ergötzen konnte, weil es nur darauf wartete, daß die Mama zurückkam oder jemand die Zeltplane lüftete. Norma hatte seitdem keine Laterna magica mehr gesehen, sie hatte nie mehr Lust dazu gehabt. Für sie verband sie sich mit Dunkel, Einsamkeit, Verlorenheit, Verlassenheit. Sie verband sich mit Hélène, die erst jetzt wieder aus dem gewollten Vergessen auftauchte, wider alle Absicht und Wünsche. Sie hatte sie doch aus ihrem Leben gestrichen, aus ihren bewußten Erinnerungen getilgt wie eine bösartige Beule. Sie bemühte sich, von ihr ein falsches Bild zu bewahren, ein konventionelles, anständiges Bild in der Art der Photographien, die auf Grabsteinen angebracht werden, aber es gelang ihr nicht, sie hatte nur dem widersprechende, unversöhnte Erinnerungen, auf die sie zurückgreifen konnte. Und Erinnerungen lassen sich nicht liebevoll genießen wie eine Sammlung von Andenken, sie sind heillos wie fremde Taten, sie kehren mit der Heftigkeit einer Ohrfeige zurück und schmecken nach Schimmel und Verlust wie alle unsere unguten Geheimnisse, wenn sie ans Licht gezerrt werden.

Der Salon, Mundin, der kleine Junge schienen sich unmerklich zu verflüchtigen, in Normas tadelloser Wirklichkeit war wieder die Kluft aufgebrochen, die alte unheilbare Wunde. Sie versuchte, sich an die Realität des kahlgeschorenen kleinen Jungen zu klammern, der zu ihren Füßen kauerte und die Silberlokomotive anhauchte, bewundernd ihre Räder und das Bullauge für den Heizer betastete und – sich in Sicherheit wiegend, daß ihn niemand sah – sie ihre imaginäre, irgendwann auf diesem Tischchen zum Stillstand gekommene Fahrt wiederaufnehmen ließ, die Schienen seines Schals entlang in den dunklen Tunnel seiner Tasche hinein. Sie beobachtete ihn, wie er, ermutigt durch die eben begangene Heldentat, ohne den Blick vom Leintuch zu lösen, das Tortenstück packte und es gierig, auf den Teppich krümelnd, verschlang. Die Augen eines Kindes verleihen den Gegenständen noch die Patina der freudigen ersten Entdeckung. Norma klammerte sich an seine Gegenwart und berührte sogar mit den Fingern den Stoff seiner Jacke. Es war ein rauher Stoff, aber er konnte Hélènes Bild nicht auslöschen, unbewegt stand es vor den Zeichnungen, die nun als Hauptattraktion der Laterna magica zu sehen waren: die Umrisse eines Mannes und einer Frau, die ihre Münder aneinanderlegten und miteinander verschmelzen ließen. Ein

Kuß? Was ist ein Kuß, Maman? Du bist noch zu klein, um das zu verstehen, Mouchette, sagte ihre Mutter. Und sie lachte. Ein unverwechselbares Lachen, das durch die wattierten Wände der Zeit drang. Der eine hinterläßt eine Briefmarkensammlung, einen Zeitungsausschnitt, eine Medaille, von anderen bleibt der Nachhall schlurfender Schritte, von ihr war dieses lustige, nicht zu unterdrückende Lachen geblieben, das Symptom dieser leider nicht ansteckenden Krankheit, die Lebenslust heißt.

Ein leuchtendes Ektoplasma aus Vergangenheit zog ihre Aufmerksamkeit von den Tänzerinnen des Vagabunden ab, mochten sie ruhig tanzen, laufen und in frenetischer Bewegung verschwinden. Mundins Bildscheibe, ein Kaleidoskop verblichener Farben, drehte und drehte sich und brachte den langen Sommer von Avignon und der Laterna magica zurück, die Abende im Garten draußen, wo sie, aus dem Haus ausgeschlossen, die Ameisen zählte, die in endloser Kette die Pfingstrosentöpfe hinaufkletterten, während Hélène Besuch hatte und Mouchette nicht stören durfte. Und sie brachte auch unweigerlich das Ende der Geschichte zurück: die heftigen Auseinandersetzungen zwischen Hélène und dem Professor, die halb zugezogenen Vorhänge, die Goldfische im bläulich schimmernden Wasserbecken: ihre Mutter und ihr Vater schrien einander an, doch die Worte waren hinter dem geschlossenen Fenster nicht zu hören, kein Ton drang durch die bequeme Watte der Unwissenheit, Kindheit und Lüge. Und sie brachte die Lüge ihres Vaters wieder – jetzt sind wir allein, Mouchette, deine Mutter ist tot, die Engel haben sie fortgetragen, denn die Lieblinge der Götter sterben jung; die Verzweiflung – nein, Mouchette, die Toten kommen nicht wieder; die ausgehandelten Bedingungen – die Nonnen sagten, bete fünfzig Avemaria täglich, dann öffnet Sankt Petrus vielleicht die Pforte und läßt deine Mutter ins Paradies ein; die beharrlichen Gebete – Herr, ich will immer ganz artig sein, ich verspreche dir, ich will artig sein, aber laß du meine

Mama in den Himmel; die späte, aber nicht minder bittere Aufklärung – dumme Pute, das wissen doch alle, deine Mutter ist nicht tot, sie hat euch sitzenlassen und ist mit ihrem Liebhaber durchgebrannt, wie konntest du nur so blind sein?; die Wut, die Hilflosigkeit, die Einsamkeit. Und sie brachte einen Schmerz wieder, der nicht zur Reue darüber werden konnte, daß sie sie nicht beweint hatte, als sie – es war noch nicht drei Jahre her – vor ihrer Abreise nach Turin zufällig beim Aussortieren der Papiere ihres Vaters die lapidare Kabelmeldung der Gendarmerie von Marseille gefunden hatte – Hélène de Forbin Maynier, 19, rue de la Boucherie, tot aufgefunden: die mit einem Schal der Toten an der Zimmerdecke erhängte Leiche, der umgestoßen auf dem Fußboden liegende Schemel und andere Indizien ließen mit absoluter Gewißheit darauf schließen, daß die obengenannte Hélène etc. *s'était tuée.* Sie hatte die Nachricht mit bitterer Freude aufgenommen, mit einem unsinnigen, kleinlichen Rachegefühl, das nicht zu Mitleid hatte werden können oder wenigstens zu Erbarmen mit einer Frau, die ihrem Leben ein Ende gesetzt hatte. Eine Frau, der sie Vergebung gewünscht hätte und der sie doch nicht vergeben konnte, nicht einmal jetzt, da Mouche tot war und Norma ein eigenes Kind hatte und ein weiteres erwartete und eine gute Mutter war und das Leid vergessen wollte, das man ihr zugefügt hatte, und das kleine Mädchen, das sie einmal war und für das sie eine verspätete, vergebliche Zärtlichkeit empfand. Aber sie konnte Hélène nicht verzeihen, daß sie sie wie einen Koffer voller Trödel zurückgelassen hatte, und die widersprechenden Gefühle schnürten ihr jetzt die Kehle zu und trieben ihr dumme, brennende Tränen in die Augen, weil ihr von ihrer Mutter nichts geblieben war außer einem Klavier, ein paar Liedfetzen, ein paar Goldklunkern und der frühen Erkenntnis, daß die Welt kalt und unwirtlich ist wie der Speisesaal eines Pensionats und daß hauptsächlich Lüge und Groll sie zusammenhalten.

Und nun küßten sie sich auf dem Leintuch, der Mann und die Frau, der leidenschaftliche Kuß zweier Schatten: Illusion des Lebens, als fände es wahrhaftig jetzt statt, hier, im Jagdschlößchen inmitten des schlammigen Parks. Oh, könnten doch die Erinnerungen anders sein, wäre doch von ihr etwas Unveränderliches geblieben, etwas wie ein stilisiertes Gemälde, und nicht diese alles mitreißende Bewegung der huschenden Bilder! Wäre es doch möglich, sich zu erinnern, ohne Normas Gefühle mit Mouches Gefühlen zu vermischen, wäre es doch möglich, sich der Wirklichkeit auszusetzen und sie ohne Fluchtversuche zu leben, nur das zu sehen, was ist: die Gegenwart, Mundins grob gestopftes Leintuch, auf dem sich etwas bewegt. Was nun auf sie zukam, schien ein Eisenbahnzug zu sein, ja, es war ein Zug, fast hörte man das Kreischen der Räder auf dem unbekannten Bahnhof. Schnell kreisten die Bilder des Kaleidoskops, zu schnell für ihre müden Augen: die zitternde Leinwand flatterte, weil Mundin das Geheimnis der Modernität nicht kannte, und dieses Flattern war eins mit Mamans Hütchen, einem Modell der neunziger Jahre, auf dem die Pfauenfeder von der Brise gefächelt wurde, eins mit dem Lüftchen, das durch die Hecke hindurch in den Garten wehte, mit dem Himmelsblau, das plötzlich im Dunkel des Salons erlosch, mit der Stille der stummen Projektion. Wie schade – oder vielleicht auch wie gut, wie befreiend –, daß die Bilder keine Stimme haben, daß sie so schmerzlich stumm sind wie die Gespenster unserer Träume, die uns mit ihrer ohnmächtigen Aufführung belagern, bevor das Tageslicht sie wieder verjagt, die uns nichts von sich erklären, sich nicht mehr ihrer Worte bemächtigen können. Die Erinnerung ist eine abgeschnittene Zunge, die Wahrheit ist nur auf einer Seite, auf unserer, die Goldfische stoßen gegen die Glaswand des Aquariums, und wer weiß, ob Hélène es manchmal nicht bereut hatte, ihre Tochter nicht mitgenommen zu haben.

»Madame«, sagte jemand, eine wirkliche Stimme, so leicht

und singend sie auch klang. »Madame, c'est fini.« Mit einem Schlag war alles verschwunden, der lästige Geist Hélènes, die Tänzerinnen, der weiße Schwan, die sterbende Forelle, der Zug, das Skelett der vergänglichen Schönheit, das Lächeln des ewig jungen Mannes, die Salome der kleinen Leute, die weiße Sonne am Aprilabend. Die Pendeluhr tickte, und jemand strich ein Streichholz an und hielt die Flamme an den Docht einer Kerze. Das bläuliche Licht verschluckte den letzten Schein der Laterna magica, die Erinnerungen, die Erschöpfung, die täuschenden Verführungen des Schattenreichs. Es flackerte über das Gesicht des alten Weltenbummlers, der jetzt tief eingesunkene Augen und ein zufriedenes Lächeln auf den farblosen Lippen hatte. Für ihn war das Arbeit gewesen, nur eine Arbeit wie andere auch; was konnte dieser weißhaarige Alte schon verstehen.

Die Kerzen schwankten auf dem Tisch, schon wurde das Wachs auf dem Edelholz fest, der Ofen verbreitete erstickende Wärme, und zu ihren Füßen kauerte der kleine Junge mit dem geschorenen Schädel und dem weichen Haarbüschel über der Stirn und kratzte sich heftig. Das beharrliche Schaben der Fingernägel auf der Haut, ein prosaisches Geräusch wie von einem Holzwurm oder vom nagenden Zahn der Zeit, vernichtete den Eindruck, den das Kaleidoskop hinterlassen hatte. Es lieferte ihr den willkommenen Vorwand, ihren ungelösten Schmerz in billige Empörung umzuwandeln. Ein zerlumptes, unterernährtes, vernachlässigtes Kind in ihrem Haus, diesen Anblick konnte sie nicht dulden! Höchstwahrscheinlich war das körnige Mehl auf seiner Kopfhaut eine Ablagerung von Nissen, die nur darauf warteten, sich in ihrem gastfreundlicheren Haar einzunisten. Vielleicht waren es ja nicht einmal Läuse, sondern Milben, Flöhe, wer weiß was für gierige Parasiten da in diesem schwarzen Flaum lauerten. Und die Fingernägel, schwarzumrändert, drohend, und die Füße noch ärger, von dunkelrotem Schorf und eiförmigen Geschwulsten, entzündeten

Frostbeulen, bedeckt. »Wie heißt du?« fragte sie. »Belmondo Medusa«, hörte sie antworten. Medusa. Ein Mädchen. Ein kleines Mädchen! Mein Gott, das war gar kein Junge – aus irgendeinem Grund kam ihr das noch viel schlimmer vor. »Dreh dich um, laß dich mal anschauen«, sagte sie und legte ihr die Hand auf die Schulter. Medusa wandte sich mit hochrotem Kopf um. Sie dachte an die gestohlene Lokomotive. Die war so schön, ganz wie eine, die ich einmal wirklich gesehen habe, ich wollte sie mir nur ausleihen, stammelte sie. »Was?« fragte Norma mit unsicherem Lächeln, ohne zu verstehen. »Dieses Kind«, erklärte sie mit strengem Blick zu Mundin hinüber, »dieses Kind hat Läuse!« Läuse, wiederholte sie pedantisch wie eine Lehrerin, denn sich um ein so dringendes wie banales Problem kümmern zu müssen vertrieb den abgestandenen Nachgeschmack ihres Grolls, der plötzlich alles einschloß: ihre Mutter, sie selbst, den Alten, der nichts verstanden hatte. »C'est la vie«, seufzte Mundin. »O nein, das ist nicht recht«, sagte Norma. Sie überlegte fieberhaft, wie sie dieser weiteren Ungerechtigkeit des Lebens Einhalt gebieten könnte, denn die überkochende Büchse der Pandora ihrer Vergangenheit war nur zu schließen, wenn sie sich jetzt mit der Gegenwart dieser beiden elenden Fremden befaßte, die ihrem Problem so fern und doch unweigerlich mit ihrer Enttäuschung in Zusammenhang standen. Irgendwie war sie im dunklen Labyrinth ihrer Gedanken zu der irrationalen Überzeugung gekommen, daß der kahlgeschorene Kopf des kleinen Mädchens, seine Läuse und die Ameisen auf dem Pfingstrosentopf von derselben Art waren. Betrogene, enttäuschte Unschuld – Lüge, Vernachlässigung, Lieblosigkeit. Heute nacht kam es ihr so vor, als wären Fliegen, Ameisen, Läuse und Medusen ein und dasselbe. Mundin, der am Boden kniend das Leintuch zusammenfaltete und seine Ausrüstung zusammenpackte, war zu sehr damit beschäftigt, die aus den Fugen gehenden Wände seines Wunderkastens festzuklopfen, um eine

Minute seiner Zeit zu opfern und sich auf etwas einzulassen, was ihm wie das oberflächliche Mitgefühl einer selbst noch kaum den Kinderschuhen entwachsenen Gräfin vorkam, die vorgab, sich wegen der Läuse seiner Enkelin zu sorgen. »C'est la vie«, brummte er nur starrsinnig noch einmal. Doch in Normas Ohren klang diese Maxime uralter Lebensweisheit unerträglich, unannehmbar in dieser Nacht des vielfachen Verlassenseins. Sie starrte auf Medusa, die immer noch auf dem Bärenfell hockte und wegen der Lokomotive nicht aufzustehen und den Blick zu heben wagte. O nein, so darf das Leben nicht sein, dachte Norma, und plötzlich fing sie an zu lachen, weil sie die Schokoladenflecken auf Gesicht und Mund des knabenhaften kleinen Mädchens mit dem geschorenen Haar bemerkte. »Magst du Schokolade? Möchtest du noch mehr?« fragte sie freundlich. Manchmal bewegt sich der Kopf auch gegen unseren Willen. »Nein«, sagte Medusa, aber ihr Kopf – und noch mehr ihr Blick – sagte ja. »Du kannst die ganze Torte mitnehmen, sie gehört dir.«

Mundin trat auf sie zu, um das Honorar für den Abend in Empfang zu nehmen. Norma legte ihm drei Goldstücke in die Hand. Ein Marengo, zwanzig Lire, drei Marenghi, sechzig Lire. Warum, warum so viel? Entlohne ich ihn dafür, daß er mir die einzige Erinnerung wiedergebracht hat, auf die ich gern verzichtet hätte, entschädige ich ihn dafür, daß ich ihn nie hätte herbitten dürfen? Will ich mit den Goldstücken die Ungerechtigkeit, die diese Läuse bedeuten, wiedergutmachen? Dem Großvater lief ein Schauer den Rücken herunter, der ihm die Härchen auf der Haut sträubte: aber Mundin bewahrte die würdevolle Haltung des verarmten Künstlers, und seine offene Handfläche hatte nichts Bettlerhaftes. »Wir hatten zwei Lire ausgemacht«, erinnerte er sie mit einem Räuspern. Norma zuckte nur mit den Schultern. Mundin protestierte noch einmal, aber sie hörte ihm gar nicht zu. »Bitte, nehmen Sie das jetzt.« Mundin küßte ihr die Hand. Gern wäre er wieder jung gewesen und hätte ihr seinen

Münzentrick vorgeführt, mit dem er zu Beginn seiner Laufbahn manche Eroberung gemacht hatte: vor der Zeit der Laterna magica, als er noch ein gewöhnlicher Zauberkünstler gewesen war, hatte er Gegenstände verschwinden und sie ganz nach Laune an anderen Stellen wieder auftauchen lassen, den Ring einer Frau im Schuh eines fremden Mannes, ein Ei im Hut eines Vorübergehenden, einen Spatzen unter der Krinoline einer Dame, einen Schirm oben am Kronleuchter und so weiter, in einer Anarchie von Menschen und Dingen, die ihm das triumphierende Gefühl gab, eine neue Weltordnung zu schaffen. Er hätte Lust gehabt, vor ihrem Gesicht mit den Fingern zu schnippen und, ohne es zu berühren, eines der Goldstücke, die sie ihm in die Hand gelegt hatte, in den reichen Falten ihres Hausmantels verschwinden zu lassen. Aber er war nicht mehr jung, und er war kein Zauberer mehr, er hätte nicht nach Ferriere zurückkommen dürfen. Er hatte Medusa irregeführt, er hatte sich selbst irregeführt, Glück ist nicht Irreführung und Täuschung. Die Illusionen, die er vorführte, gehörten dem möglichen Reich des Traums an, nicht dem unweigerlich zum Scheitern verurteilten Reich der Wirklichkeit. Die getäuschte Medusa war ihm ins Jagdschlößchen gefolgt, sie würde ihm überallhin folgen. Aber sein Leben glich den Kreisen, die sich auf dem Wasserspiegel eines Brunnens bilden, wenn man einen Stein hineinwirft, Kreise, die spurlos wieder verschwinden. Sein Leben war vorüber, bald würde er sterben. Er hatte den Tod immer unter dem Deckel seines Kastens der Illusionen gehalten: flüchtig, widerrufbar, vorübergehend wie alles übrige darin. Er hätte nicht zurückkehren dürfen, wer zurückkehrt, merkt, daß er den Anfang nur wieder aufgesucht hat, um zu sterben.

»Warum hat man ihr bloß auf so barbarische Weise die Haare geschoren?« schimpfte Norma. Die Haare haben mit der Seele zu tun. Deswegen werden sie den Frauen des Feindes, den Spioninnen, Zuchthäuslerinnen, zum Tode Verurteilten, Nonnen, Irren, Hexen – den Bestraften und Ausgeschlossenen – abgeschnitten. Aber was hatte Medusa getan? Sie war doch noch ein Kind. »Ihr Großvater brauchte Geld«, antwortete Mundin, der jetzt nur noch fort wollte aus diesem zu reichen, überheizten Haus, dessen Wärme ihn benommen machte und ihn sich viel zu jung fühlen ließ. »Ihre Schwester hatte Würmer. Medusa hatte schönes Haar, siebenundsiebzig Zentimeter lang, gelockt und rabenschwarz, zwanzig Lire hat man dafür gezahlt. Die Schwester ist dann doch gestorben. Die guten Kinder sterben. Medusa nicht, die will nicht einmal der Teufel haben, die ist zu böse zum Sterben.« »So etwas dürfen Sie doch nicht sagen.« »Medusa weiß das«, versicherte der Alte. Das kleine Mädchen nickte bestätigend, senkte den Kopf und tat so, als bewunderte es die Nippessachen aus Glas und Edelsteinen, die Tabaksdosen, Felices Pfeifen, die Kerzenleuchter, die Kristallkelche und Reitpeitschen, die den Salon anfüllten, um den Horror vacui zu besänftigen, der die Argentero zu bedrängen schien. »Woher kommen Sie?« fragte Norma. Sie wollte es jetzt wissen, sofort, aus welcher Himmelsgegend dieser Kerl da in ihr Leben hereingeschneit war. Es war ihr, als hätte dieser Fremde sie in eine Parallelwelt zu ihrer eigenen versetzt. Und nichts war mehr gewiß. »Von nirgendwoher«, sagte er, »aber auch aus Ferriere. Kennen Sie Ferriere? Das ist neun Kilometer von hier, nur etwas höher, tausendneunhundert Meter über dem Meeresspiegel. Das Dach der Welt. In einem vergessenen Tal, nur ein holpriger Maultierpfad führt dahin. Ein paar strohbedeckte Hütten. Arme Leute, die von nichts leben, wenig Erde, wenige Kühe und viel Abwanderung. Oben ist der Berg und unten ein steiler Grat, zum Schwindeligwerden, und vierhundert Meter tiefer fließt der Fluß. Wir leben am Abgrund. Wir sind Gott und dem Teufel nahe.« »Ich bin nie dort gewesen«, sagte Norma, »ich kann hier nicht weg, wissen Sie, ich bin in diesem Haus eingeschlossen wie in einem Sarg.« »Gehen Sie diesen Sommer nach Ferriere, es ist ein Wunder von Menschenhand. Leben, wo man es nie vermuten würde. Die Welt ist groß, und doch paßt sie in eine Laterna magica. Ferriere ist der Nabel der Welt. In Ferriere endet alles, oder fängt alles an, je nachdem, wie man das sieht.« »Ich werde kommen«, versprach Norma überzeugt, »ich möchte Ferriere sehen.« »Ich werde diesen Sommer nicht dort sein«, erklärte der Alte. Er sei kein Gebirgler, kein Bauer mehr, sein Leben sei die Laterna magica, und solange noch jemand Spaß an seinen Vorführungen habe, werde er sie nicht aufgeben. Das würde ihm ja wie ein Verrat vorkommen, nachdem sie ihm all diese Jahre ein Herrenleben geschenkt habe. Von seinen Glasplatten, von diesem schiefen Holzkasten und dem weißen Leintuch könne und wolle er sich nicht mehr trennen: er wolle nicht enden, wie er angefangen habe, dann wäre ja alles umsonst gewesen – seine Studien, die Reisen, das Leben selbst. Und außerdem sei jetzt Frankreich sein Vaterland, dort wolle er sterben, denn dort habe er wirklich gelebt. Aber eigentlich, wurde ihm klar, als er sich den Kopf kratzte, hatte er auch in Ferriere gelebt: wenige kurze Tage im Vergleich zur Länge des Lebens, aber die Handlungen der Menschen vergehen nicht, sind nicht folgenlos wie die der Figuren auf den laufenden Bändern, und in jenen wenigen Tagen hatte er eine hartnäckige Schneckenspur zurückgelassen, Ballast abgeworfen, der immer noch seiner harrte, und der Leichtsinn, mit dem er anderswo gelebt hatte, schaute ihm nun plötzlich aus Medusas Gesicht entgegen, dem ungezähmten, frechen Kind, das mit zwinkernden Augen die Gräfin in ihrem schottischen Hausmantel musterte und ihre wirkliche Erscheinung mit der so viel eindrucksvolleren ihres Ölbildnisses verglich. »Und was haben Sie mit Ihrer Enkelin vor?« »Ich bringe sie zum Jahrmarkt nach Barcellonette, sie ist jetzt groß und muß sich ihr Brot verdienen.« Norma hörte dem Alten nicht richtig zu; sie beobachtete das kleine Mädchen, das fasziniert ihr Porträt anstarrte. Das von

Giacomo Grosso gemalte Bild hing in einem dunklen Winkel des Salons, weil es Felice nicht gefiel und eigentlich auch ihr selbst nicht. Ein Fest leuchtender Pastellfarben, wo ein blondes, sinnliches, kokettes Geschöpf (das nur eine vage Ähnlichkeit mit der blutleeren und unbeholfenen Norma hatte) am Klavier saß und lächelnd den Kopf nach imaginären Zuhörern umwandte. Es war ein fast dreidimensionales Lächeln aus Farbe, das aus der in sich vollendeten Welt der Leinwand in die Unvollkommenheit des Alltags hineinzuwirken schien. Medusa flüsterte dem Großvater etwas Unverständliches in Mundart zu. Mundin lachte und stülpte sich den Hut über den Kopf. »I ka d'Murmele tanze la, i kum mit, i bi groß«, setzte das Kind hinzu. Mundin lächelte, ein leichtes, unbestimmtes Lächeln wie der Rauchfaden, der in den Kamin hinaufzog und sich im Regen dieses Aprilabends verlor. »Wenn das Kind ein Junge wäre, würde ich es mitnehmen und ihm die Welt zeigen«, erklärte Mundin, »aber es ist doch ein Mädchen, was soll ich mit einem Mädchen anfangen?« »Tuä halt, als wär i n'Ma«, schlug Medusa vor. »Aber du bist ein Mädchen«, beharrte der Alte, »was willst du machen? Das ist dein Schicksal!« »Es gibt kein Schicksal«, sagte Norma schroff. Sie nahm das Mädchen bei der Hand und führte es hinaus, wo das Dienstmädchen finster wie eine Rachegöttin am Fuß der Treppe stand. Ich habe kein Schicksal, dachte sie, und auch Medusa hat keines.

Wir allerdings haben uns schon ein paar Gedanken über Medusas Schicksal gemacht. Vielleicht hätte ihr Großvater Mundin mit seiner längst von der Entwicklung der Zeit überholten Laterna magica und seinen immer mühevolleren Reisen ein weiteres Kapitel verdient. Am Scheideweg der Ereignisse zögert der altmodische Erzähler lange und voller Zweifel: er fragt sich, ob der Großvater nicht doch Medusas Wunsch hätte entsprechen und sie auf seine Reisen durch

Frankreich mitnehmen können, statt sie als Magd in einem Bauernhof des Val d'Ubaye zu verdingen. Der Erzähler hat sich auch bereits das Ende dieses Abenteuers ausgedacht. In Toulon werden Medusa und der Großvater von Strolchen überfallen, die ihnen die Laterna magica zertrümmern, ohne zu wissen, daß sie damit dem alten Zauberer das Leben selbst zerschlagen, und der Großvater stirbt in einem Krankenhausbett, ausgerechnet er, der die Nebelschwaden am Ende der Welt und den goldenen Sand Arabiens gesehen hat. So spinnt der Romanerzähler Phantasien aus, kritzelt Entwürfe, schreibt um, verzichtet nur mit Bedauern auf seine Vorstellungen, gibt sie aber auf. So wird also morgen Mundin Medusa über die Berge nach Barcellonette bringen, auf den finsteren Jahrmarkt, wo keine Zicklein und Lämmer feilgehalten werden, sondern Kinder. Er wird ihr einen Zweig in die Hand geben und zulassen, daß die Käufer ihr auf den Rücken schlagen, um zu sehen, ob sie gute Lungen hat, und ihr den Mund aufreißen wie einem Pferd, um zu sehen, ob sie gute Zähne hat, und er wird sagen, sie sei gesund und stark, und sie könnten sie zum Kühe-, Schafe- oder Schweinehüten auf den Berg schicken und sie ohrfeigen, wenn sie nicht gehorche, er wird sagen, sie arbeite viel und esse wenig, ein Stück trockenes Brot und eine Scheibe Käse seien ihr genug; er wird sagen, es lohne sich, sie zu nehmen, auch wenn sie ein Mädchen sei, denn sie schufte wie ein Mann, und er wird sie an einen dicken, lustigen und knauserigen Bauern mit Namen Reynaud verdingen, weil Medusa in der Einsamkeit und Nutzlosigkeit gezähmt werden und ihre Träume von Reisen und Erlösung begraben und ohne Wunder und Hoffnung heranwachsen muß. Mundin wird sie auf den Karren steigen und davonfahren sehen, und er wird allein sein. Denn sonst würde Medusas Geschichte nicht nur ein weiteres Kapitel haben, sondern auch ein anderes Ende. Und wenn auch im Zufall des Lebens weder Logik noch Notwendigkeit liegt, wenn auch die Zufälligkeit dieser

Ereignisse keinerlei Notwendigkeit gehorcht, so steckt doch eine Logik dahinter: aber Norma weiß das nicht.

Medusas Gesicht war ein weißer Fleck, schutzlos, ihre Augen waren zu groß, dunkel, tief, ohne Fröhlichkeit, ihre Ohren standen weit ab. Sie hatte einen erdbeerroten Mund, lange Wimpern und eine gerade, lange, unzufriedene Nase. Ein Gesicht von unerträglicher, schmerzlicher Nacktheit. Norma schob sie die Treppe hinauf, aber das kleine Mädchen schien verloren, schlaftrunken und wie benommen: vermutlich von der Wärme, den vielfältigen Erscheinungen der Laterna magica, der Schokoladentorte, von Normas Parfüm, dem Anblick ihres Hauses. Es stolperte über den Teppich und blieb staunend vor dem vollgepackten Schreibtisch des kleinen Zimmers im zweiten Stock stehen: es waren nur Bücher, in rotes Maroquinleder oder in Pappe gebunden, mit illustrierten Umschlägen, aber vielleicht waren Bücher für Medusa ja geheimnisvolle Gegenstände. Sie riß die schwarzen Augen auf über der Entdeckung dieser unbrauchbaren Dinge namens Bücher. Sie riß die Augen auf über dieses unbrauchbare Ding namens Wappen der Argentero: ein silberner Greif mit goldenem Kopf in blauem Feld – darüber drei rote Sterne, darunter ein grüner Rautenkranz. Es war offensichtlich, daß sie nicht lesen konnte, daher überging sie das Motto SEMPER PROFUISSE IUVIT auf dem Türsturz von Felices Schlafzimmer. Außerdem schien sie nicht zu verstehen, was Norma sagte: sie verstand nur Patois oder Französisch, Italienisch jedoch, wurde Norma mit Bestürzung klar, war offenbar für Medusa eine unverständliche Sprache, die bis heute abend keinerlei Sinn gehabt hatte. »Komm, komm mit mir«, forderte sie sie lächelnd auf. Sie versuchte, ihr die Wange zu streicheln, aber Medusa zog sich mit einem heftigen Ruck zurück und hielt schützend die Arme vor den Kopf. Sie flüchtete hinter die Truhe, und in ihrem Blick lagen nur Furcht, Mißtrauen, Angst. Diese

Reaktion erbitterte Norma. Dieses Kind hatte früh, viel zu früh gelernt, sich vor Freundlichkeit und Lächeln zu hüten. Für Medusa bedeutete ein höfliches Lächeln immer Falschheit und barg nur Abscheu, Verrat, Prügel. Und darin irrte es sich doch. Oder vielleicht auch nicht. Sie legte ihr eine Hand auf die Schulter, sie mußte sie fast vor sich herstoßen, um sie zum Gehen zu bewegen. »Komm doch, Medusa, hab keine Angst.« Was tat sie da eigentlich? Medusa sah sie mit schiefem, ernstem Blick an. Ein Kind ohne Lächeln, widerspenstig wie ein verwundetes Tierchen. »Das Mädchen ist aber dreckig, Frau Gräfin«, beklagte sich Anna, »es riecht nach Stall, daß einem ganz schlecht wird, es stinkt nach Mist, daß ich fast ohnmächtig werde. Ich kann es nicht anfassen, es ekelt mich.« »Das ist ein Befehl, hast du gehört? Tu, was ich dir sage«, schrie Norma fast. Sie standen einander auf dem engen Flur gegenüber und sahen sich mit mühsam zurückgehaltener Angriffslust an. Das Dienstmädchen rümpfte die Nase und wich Schritt für Schritt zurück, bis sie keuchend ihr dickes Hinterteil an die Wand lehnte. Medusa versuchte zu flüchten, suchte nach einem Ausgang, fand sich aber nicht zurecht und wußte nicht, wohin. »La mi ga, Madono«, flehte sie. Ein verwundetes, gehetztes Tierchen. Ihre Augen standen voller Tränen. Das dumme Dienstmädchen hatte sie tödlich beleidigt. Und erniedrigt. Denn gewisse Worte brauchen kein Wörterbuch. Beleidigungen sind allumfassend. Und es ist trauriger zu beleidigen, als beleidigt zu werden. Wenigstens für Norma war das immer so gewesen. »Geh nur, Anna«, sagte sie trotzig, packte Medusas Handgelenk und zog sie über den Flur zur halbgeöffneten Tür hin, aus der eine Dampfwolke drang. »Aua«, entfuhr es dem Kind im Versuch, seine Hand zu befreien. Erst jetzt sah Norma die Narbe, eine dunkelrote, noch geschwollene Wunde, die über den ganzen Handrücken lief. Eine schlimme Spur, vielleicht von einer Verbrennung, einem Schnitt, einem Biß, möglicherweise sogar von einem

Axthieb – jedenfalls eine Verletzung, die nicht behandelt worden war. Ach, kleine Medusa, in letzter Zeit hat sich offenbar niemand groß um dich gekümmert ... Medusa, die ihre Neugier – oder auch ihr Mitleid – bemerkt hatte, riß mit einem heftigen Ruck ihre Hand los. »La mi ga«, sagte sie, »i will weg, i will hei.« Aber sie konnte ihr jetzt nicht mehr nachgeben: sie hatte sie ins Badezimmer geschoben und schon die Tür zugemacht.

»Ah!« sagte Medusa. Sie sah sich um und wußte nicht, ob sie wegen der erlittenen Kränkung weinen oder den seltsamen Raum bestaunen sollte, dessen Wände mit Kork ausgekleidet waren und in dessen Mitte auf Bronzefüßen eine Wanne voll heißem Wasser thronte. Zum erstenmal in ihrem elfjährigen Leben sah sie jetzt mit eigenen Augen ein Badezimmer. Ihr Staunen war unverhohlen, fast wunderbar. Norma lächelte. »Jetzt badest du erst einmal schön, und danach reibe ich dich mit Toilettenwasser ein, du wirst sehen, dann mußt du dich nicht mehr kratzen.« Das Kind war noch voller Abwehr, sicher, daß Norma es betrügen, ja, vielleicht bestrafen wollte. Aber Medusa durfte ihr vertrauen. »Zieh deine Sachen aus, die tun wir weg, die sind schmutzig«, sagte sie überredend, »weißt du, was wir machen? Ich schenke dir nachher ein Kleid. Eins von meinen, ein wollenes, willst du?« »La mi ga«, protestierte Medusa unsicher, »i bi ka Hur, i kenn di nit, du bis nit mi Müedre, du bis nit mi Schwöstre, i will nit, daß du mi siehs.« »Los, zieh dich jetzt aus«, drängte Norma ungeduldig. Es wurde spät, und sie wußte selbst nicht, wie sie auf den verrückten Einfall gekommen war, der Enkelin des Laternenmanns ein Bad richten zu lassen. Ja, sie bereute es schon: es schwindelte ihr, und der scharfe Geruch des kleinen Mädchens schlug ihr auf den Magen, die Übelkeit packte sie so schlimm, daß sie sich fast nicht beherrschen konnte. Die Übelkeit der Schwangeren, oder vielleicht nein: die Übelkeit angesichts des Elends, wenn man es plötzlich, konkret und häßlich, vor Augen hat. Das Elend hat nichts Heroisches, es ist ekelhaft und weiter nichts. Laß sie doch gehen, was kümmert es dich? Sie ist nur eine kleine Diebin, sie ist schmutzig und hat einen bösen Gesichtsausdruck, wenn sie könnte, würde sie dir ein Messer zwischen die Rippen jagen. Du hast ihm ja schon drei Marenghi gegeben, das reicht wirklich, du kannst ruhig sein. Aber es war zu spät, sie konnte nicht mehr zurück, schon lief das dampfende Wasser fast über den Rand der Wanne. Sie haßte Wohltätigkeit, sie schämte sich, Almosen zu geben und Pakete mit abgetragenen Kleidern zu verteilen, und statt Erleichterung zu empfinden, einem armen Teufel etwas Gutes zu tun, fühlte sie sich danach nur schlechter. Vielleicht war sie sentimental, und gewiß hatte sie eine falsche Einstellung den Armen gegenüber. Die Schwägerinnen sagten ihr das immer wieder, aber für die Argentero war es leicht, sie hatten die Grenze zwischen »sich« und den andern im Blut, es war einfach Sein oder Nichtsein, es gab keine Grenzüberschreitungen. Aber sie wußten nicht, was es heißt, immer in demselben häßlichen Kleid auszugehen, was es heißt, auf der Treppe von der Hausmeisterin abgefangen zu werden, weil der Vater seit Monaten mit der Miete im Rückstand ist, was es heißt, das bißchen Schmuck ins Pfandhaus zu tragen, weil die Wechsel fällig werden und die Wucherer drohen. Und sie war nicht mehr sicher, ob sie nicht auch so etwas wie sonntägliche Milde im Sinn gehabt hatte. O Gott, diese trostlosen Besuche in den Armenhütten, Krankenhäusern, Waisenhäusern, Spinnereien – die Gesichter dieser Leute: grobe, müde, höhnische, gleichgültige, manchmal feindselige Gesichter wie das der kahlgeschorenen Medusa, herablassend, als täten sie dir einen Gefallen, wehrlose, offene oder verschlagene Mienen. Sie schämte sich, daß sie diesem stolzen gerupften Geschöpf vielleicht wie eine dieser Wohltätigkeitstanten von San Vincenzo vorkam, wie eine der lächerlichen Bekannten ihrer Schwägerinnen, die hofften, dem seligen Wohltäter Cottolengho nachzueifern und dabei doch nur einen Zeitvertreib suchten, einen Trost, einen Lückenbüßer für die schmerzlichen Risse, die plötzlich auch im härtesten Holz aufklaffen. Dann sagte sie sanfter, denn das Mädchen hatte sie schließlich um nichts gebeten und war nicht schuld an dieser peinlichen Situation: »Es ist doch nur ein warmes Bad, es wird dir guttun.« Da Medusa sich nicht rührte, hob Norma ihr den Kittel hoch und zog ihn ihr über den Kopf. Ein metallisches Klirren enthüllte den beiden, daß die geraubte Lokomotive die Endstation (den Badezimmerfußboden) erreicht hatte. Silbern und allen sichtbar lag sie nun am Rand der Fußmatte und streckte die Räder in die Luft. Aber Norma hatte andere Sorgen, denn wie allen Gebirglerinnen war Medusa *lingerie* unbekannt, sie trug keine Unterwäsche und stand splitternackt da. Norma errötete: sie ging wie ein Krebs rückwärts (als könnte sie durch diesen Rückwärtsgang wieder zum Anfang gelangen und die unangenehme Überraschung ungeschehen machen), bis sie an den Schemel stieß, auf dem ein Stapel Handtücher lag. Sie fielen herunter und blieben als gelbblauer Haufen liegen. Medusa schien über ihre Verlegenheit Genugtuung zu empfinden; sie rührte sich immer noch nicht und sah ihr mit herausforderndem Blick in die Augen. Nach und nach beschlug der Spiegel an der gegenüberliegenden Wand und ließ das Bild einer Elfjährigen mit wundenübersäten Füßen, langen knochigen Beinen, mageren Armen, starken Arbeitshänden verschwimmen; die Schamgegend war noch kaum von einem zarten Flaum verhüllt, die Brüste waren klein und fest, aber schon ausgebildet, das Haar war geschoren und das Gesicht nackt. Und auch das Bild der unfreiwilligen Zuschauerin verschwamm, einer ratlosen Norma im Morgenrock, mit ein paar losen Haarsträhnen, Reispuder, der ein ohnehin zu blasses Gesicht noch weißer machte, von einem unbestimmbaren Unwohlsein erfaßt. Um sich vor dem Anblick zu schützen, schloß Norma mit instinktiver Diskretion die Augen und wandte den Kopf ab; aber sie mußte die Entdeckung machen, daß das Gesetz des Verharrens der Bilder auf der Netzhaut wissenschaftliche Unfehlbarkeit besitzt. Für einen Sekundenbruchteil hält die Netzhaut einen Eindruck auch dann noch fest, wenn das Bild, das ihn hervorgerufen hat, beseitigt worden ist. Im Dunkel hinter ihren zugedrückten Lidern stand diese nackte Gestalt in ihrer unreifen Vollkommenheit weiter vor ihr.

Das Wasser war heiß und schwappte gegen das Email. Medusas Stirn bedeckte sich mit Schweißtropfen. »Ist es zu heiß?« fragte Norma zögernd. »Naa, naa, naa«, beeilte sich Medusa, plötzlich ganz eifrig, zu antworten, »naa, s'gat.« Norma konnte sich nicht von der Stelle rühren: sie war wie gelähmt von einem Gefühl der Unvermeidlichkeit, wie von einer Vorahnung. Sie spürte Medusas Gegenwart, und die Wirklichkeit des Raums, der durch die Hitze zu einem türkischen Bad geworden war, entglitt ihr, löste sich auf. Sie war die Zuschauerin ihrer selbst – es war, als hätte sie die Szene schon einmal erlebt, als wäre ihr dieses geschorene kleine Mädchen längst bekannt, ja, als hätte sie schon einmal gesehen, was sie jetzt sah: Medusa wandte sich um und blickte verwundert zu ihr, weil sie immer noch leichenblaß in ihrer Ecke neben dem fröhlichen Handtuchhaufen stand. Es war, als hätte sich diese Szene irgendwann in ihrem vergangenen Leben abgespielt, und daher wußte sie genau, was nun geschehen würde, konnte jede Einzelheit voraussehen: sie würde das Mädchen baden. Sie würde sie, fast furchtsam, anfassen und dann ganz selbstverständlich berühren; sie würde sie einseifen, sauberschrubben, abspülen, reiben, abtrocknen. Sie würde sie mit Talkumpuder einstäuben, ihr Kirschpomade auf die aufgesprungenen Lippen streichen, sie anziehen, und es würde ihr dann so leid tun, sie fortgehen zu sehen, in den Regen hinaus, um dem zu folgen, was die Armen im Geiste Schicksal nennen. Nein, so sollte es nicht geschehen. So hatte sie es sich nicht vorgestellt, als sie

Anna angewiesen hatte, den Badeofen zu heizen. Sie hatte noch nie jemanden gebadet, nicht einmal Enrico, der jetzt im Nebenzimmer schlief. Um sein Bad, wie um sein nächtliches Weinen, die Windeln, die Mahlzeiten, kümmerte sich die Amme. Und doch konnte nun nichts sie daran hindern, an das Regal zu gehen, ihre Toilettenseife (»parfümiert – für empfindliche Haut«) herauszunehmen und auch die japanischen Kügelchen aus farbigem Seidenpapier, dann an die Wanne heranzutreten, sie hineinzuwerfen und zuzusehen, wie sie sich zum Entzücken des kleinen Mädchens wie Blumen entfalteten. Nichts konnte sie hindern, die Ärmel des Hausmantels aufzukrempeln, die Seifenschachtel zu öffnen und sich auf die Fußmatte zu knien. Sie erinnerte sich an Medusa und an das heiße Wasser, und doch war das ein täuschender Eindruck: sie kannte sie ja gar nicht, bis vor einer Stunde hatte sie noch nicht einmal gewußt, daß sie überhaupt existierte. Sie hatte sie nie gesehen, sie sich nie vorgestellt, nicht einmal von ihr geträumt. Sie erinnerte sich an eine ungewohnte, neue Gegenwart. Dann hatte sie die Arme bis zu den Ellbogen in dem viel zu heißen Wasser und bearbeitete die Haut des Mädchens mit dem geschorenen Haar, rieb ihm die Verkrustungen von Jahren der ungenügenden Körperpflege ab. Der Blick des kleinen Mädchens drang durch die Unwirklichkeit der Szene: Medusa sah sie an, sah ihr in die Augen und sah über sie hinaus. »Ist es so recht?« hörte sie sich fragen. So kehrt man aus der halluzinierten Erinnerung der Gegenwart, der Vergangenheit oder vielleicht auch der Zukunft zurück: Medusa beugte den Kopf nach hinten, sie seifte ihr das Gesicht ein, und ihre Hände lösten Fetzen toter Haut wie Zwiebelschalen ab, die nun auf dem Seifenschaum des sich rasch trübenden Wassers zusammen mit den winzigen Parasitenleichen und gelben Strohstückchen herumschwammen.

Medusa fuhr sich mit der Hand über die Wange und fühlte die Nässe. Schweiß, Seife oder vielleicht Tränen, denn mit dem Schmutz wuschen diese sorgsamen weißen Hände auch den Schmerz und die Beleidigung ab, die Scham und die Angst, das Mißtrauen und den Groll: es waren zarte und zugleich herrische Hände, die nicht um Erlaubnis baten. Niemand hatte sie, Medusa, je so behandelt; niemand hatte sie je mit solcher Sicherheit berührt, so unfehlbar die Stellen an ihrem Körper erraten, an denen das Gescheuertwerden am angenehmsten war: unter den Achselhöhlen, an den schmerzenden Rippen, den Bauchmuskeln, den vorstehenden Schulterblättern. Die Fingerkuppen drückten sich in ihren Nacken, der goldene Ring streifte die harten Pobacken, der Rücken wurde ganz weich. Sie schloß die Augen, und der Wohlgeruch der englischen Seife, das warme Wasser auf der Haut, Normas zärtliche Hände, die ihr die Wangen streichelten, der Smaragdanhänger, der einen Zentimeter vor ihrem Gesicht baumelte, der Dampf, der sich in Perlen auf ihrer Stirn niederschlug, der Duft von Normas Haut, ihre unverständlichen Worte (die aber seltsam vertraut klangen, wie die Melodie eines Wiegenlieds), alles floß zu einem unbekannten Gefühl wohligen Behagens zusammen. Ja, es waren Tränen, die ihr jetzt die seifigen Wangen herunterrannen und sich mit dem weißen Schaum vermischten, aber Tränen, wie sie sie noch nie geweint hatte, merkwürdige Tränen, vielleicht Tränen des Glücks – wenn sie gewußt hätte, was das ist, das Glück. Aber Norma war zu sehr damit beschäftigt, ihr das Gesicht abzuspülen, zu sehr damit beschäftigt, wenigstens in Ansätzen zu begreifen, was sie da eigentlich tat, um diese Tränen zu bemerken. Sie sah nur die Enkelin des Mannes mit der Laterna magica unter ihren Händen ganz neu werden: wie sich im Kaleidoskop, durch einen unverständlichen Zaubertrick, ein Bild in ein anderes verwandelt, so zogen nun in ungeordneter Folge in ihrem Kopf Photogramme des Wiederauflebens und Wiedererkennens vorüber, oder vielleicht auch nur Bilder von nie gekannter Heiterkeit: das Küken mit den geschorenen Haaren und den großen Augen, das durch die Schale der Gleichgültigkeit brach, das häßliche Entlein, das der Mutter auf seinen Schwimmfüßen hinterherwatschelte, bevor es ihr davonschwimmen würde – oder besser noch, die ihr Junges leckende Bärin Vergils, die in diesen entrückten Augenblicken, wer weiß warum, als einleuchtende Allegorie am Rand ihres Bewußtseins auftauchte.

Dritter Satz

Kinderliebe
(oder eine Blüte, die schnell vergeht)

Am Tag nach Normas und Felices Hochzeit wurde Madlenin für sieben Lire an Peru verdingt. Der spindeldürre, wortkarge Mann holte sie am 15. Oktober in Ferriere ab und brachte sie über die Berge nach Frankreich hinüber: gleich hinter der Hütte der Belmondo ging ein Weg von der Senke zum Puriacpaß hinauf, insgesamt waren es nicht viel mehr als zwei Stunden bis zur Grenze. Dem Großvater hatte der neue Herr versprochen, sie »Anfang September, unversehrt und gesund« wieder zu Hause abzuliefern. Aber alle kannten Peru, den Zahnlosen, der jeden Herbst auf der Suche nach armen kleinen Mädchen (und Familien, die in Schwierigkeiten steckten) das Tal durchstreifte: sie wußten, daß es nicht so sein würde. Madlenin, das älteste Mädchen der Belmondo-Kinder, wurde den Bedürfnissen der Familie geopfert: ihr Vater wollte nach Amerika, er brauchte Geld, um alte Schulden zu begleichen, und der plötzliche Tod seiner Frau hatte die Lage der Familie noch verschlimmert. Madlenin war, ohne sich zu widersetzen, mit dem Fremden mitgegangen, obwohl sie sich ungern von ihrer vielköpfigen, lauten Sippe trennte: sie hatte acht Geschwister, und drei von ihnen sollte sie nicht mehr wiedersehen – ein Bruder schiffte sich mit dem Vater ein, der zweite lief von zu Hause weg, der dritte, der zu früh geboren worden war, starb vor ihrer Rückkehr, ohne auch nur einen Namen erhalten zu haben. Sie war gehorsam, ja, sogar ganz vertrauensvoll mitgegangen: denn dieser Peru mit den am Hintern zerrissenen Tuchhosen und den langen, ungepflegten strohblonden Haaren hatte ein gewinnendes Lächeln, das, weil er zahnlos war, fast kindlich wirkte. Aber Peru wartete nicht einmal, bis sie in Frankreich waren, um ihr alles zu rauben. Er warf die Achtjährige schon zu Boden, als sie noch kaum die Felsenhänge erreicht hatten: es war ein unfreundlicher, windiger Tag, und das kleine Tal von Ferriere war in grauen Wolkendunst gehüllt. Die einzige Erinnerung, die ihr von diesem schrecklichen Morgen blieb, an dem sie gefangen, aufgeschlitzt und gemartert worden war (wie sie selbst es manchmal mit den Feldmäusen machte), waren der Geschmack des alten Keks, den Peru ihr kurz vorher gegeben hatte, und der überraschende Anblick der letzten Dächer von Ferriere mit ihrem von der Witterung ganz schwarz gewordenen Stroh. Als Peru sie auf die Steine drückte, drehte sie den Kopf weg, um ihn nicht ansehen zu müssen, und erblickte die Dächer ihres Dorfes; sie waren so klein, so schwarz, so fern, die Hütten wirkten so winzig wie die Spielzeughäuschen, die sie früher aus Brotkrumen geknetet hatte, sie waren täuschend unwirklich, als bräuchte sie nur die hohle Hand auszustrecken, um alles mitnehmen zu können, Häuser, Menschen, Tiere, sogar den Glockenturm der eingestürzten Kirche. Aber der Schmerz wurde übermächtig und überschwemmte sie wie eine Woge, sie mußte die Augen schließen und verlor alles. Sonst erinnerte sie sich an nichts mehr, sie hatte keine Ahnung, wie sie es geschafft hatte, wieder aufzustehen und weiterzugehen. Sie wußte nur noch, daß Peru sich später auf einmal gebückt, die Erde geküßt und gesagt hatte, sie seien in Frankreich. »Gesegnet sei Frankreich, Paradies des vollen Bauchs.« Sie hatte sich umgeschaut: die Landschaft war unverändert, und nichts an der Farbe des Grases, am Sausen des Windes, am geschlossenen Horizont der Felsen bezeugte den Unterschied zum Piemont, das sie hinter sich gelassen hatte. Die Zukunft hatte bereits begonnen, und da waren immer noch dieselben Berge, dieselben windgepeitschten Weiden – und immer noch und überall der Schmerz. Sie hatte sich umgedreht, um Ferriere ein letztes Mal zu grüßen: aber Ferriere war nicht mehr da. Auf den kohlschwarzen Steinen zog sich eine Spur von roten Tropfen hin – sie sickerten den Hang hinunter, zurück, zum richtigen Teil der Welt hin –, sie sickerten hinunter und verloren sich im Nebel, hartnäckig und unnütz wie die Brotkrumen, die der ausgesetzte und betrogene Hänsel im Wald gestreut hatte, um wieder nach Hause zu finden.

An der Côte d'Azur zogen sie von einer Stadt zur andern und übernachteten in Geräteschuppen, Umkleidekabinen, Nachtasylen und ausrangierten Kähnen, die nie wieder aufs Meer hinausfahren würden. Am frühen Morgen setzte Peru sie vor den weißen Säulen eines Luxushotels aus und holte sie abends um sechs Uhr, wenn es dunkel wurde, an einem ausgemachten Treffpunkt – einer Kirche, einem Platz, einer Treppe – wieder ab. Madlenin mußte betteln. Oder vielmehr gab sie kleine Vorstellungen: von einem originellen Corps de ballet aus fünf Murmeltieren (drei grauen, folgsamen, und zwei roten, streitsüchtigen) begleitet, sang sie die Volksliedchen, die sie kannte (vom Baron Litrùn, von der schönen Barbiersfrau, von der ungetreuen Braut, vom Schlaftrunk, vom faulen Mädchen), selbsterfundene Reime und Moritaten. Zu ihrem Glück hatte sie einen angeborenen Sinn für Rhythmus und begeisterte sich für die Schicksale ihrer Helden. Sie hatte eine Vorliebe für die schwarzen Seelen in diesen Liedern (die Barbiersfrau, die ihren in den Krieg gezogenen Mann betrog) und für die Unglücklichen (den savoyischen Heerführer, der stirbt, obwohl der König ihm versprochen hat, die Kanonen würden ihm zu Ehren Salut schießen). Die elegante Gesellschaft, die im Süden Frankreichs überwinterte, war gerührt über das Schauspiel des zerlumpten Waisenkindes mit den großen traurigen Augen und schenkte ihm ein paar Centimes. Madlenin verbrachte endlose Tage; sie sang ihre Liedchen und trieb sich zwischen den leeren Marktständen herum, um ein paar Büschel welkes Gemüse zu ergattern, feuchte Kohlstrünke, die nach Erde rochen, schlappe Selleriestangen von tristem Gelb, Kartoffeln, die schon so getrieben hatten, daß sie weich waren wie faule Tomaten; sie stellte sich an die Landungsstege, vor die Souvenirkioske und (mit einem süßen Lächeln für die Kellner mit den schwarzen Samtfliegen) zwischen die Tische der Cafés, in denen ein ausgewähltes und freigebiges Publikum verkehrte, und sie spielte mit den Murmeltieren Mutter und Kind. Die Tierchen wurden zwar im Lauf der Monate wegen des ausgefallenen Winterschlafs, der Kälte und der mit ständigem Ortswechsel verbundenen Gefangenschaft reizbar und ungebärdig (einmal schoß eines wie ein Kastenteufel aus der Pappschachtel, die sie an einem Riemen um den Hals trug, und versuchte, ihr eine Hand abzubeißen, es brachte ihr eine tiefe Wunde bei, die sich entzündete und ihr fast die Finger lähmte), aber sie hatte sie liebgewonnen. Auf feindselige, wilde Art stellten sie die einzige Sicherheit in ihrem Leben dar, sie waren ihre Puppen, ihre Verbündeten, ihre Freunde. Sie hatte jedem einen Namen gegeben: sie hießen der General, die Marquise, die Königin Joano, die Madame und die Contessa – die Contessa war ihr Liebling, sie war aschblond, hatte ein spitzes Schnäuzchen und wußte sich wie eine richtige Dame zu benehmen. Madlenin zog den ganzen Tag herum und betrachtete ihre Umgebung; sie versuchte sich vorzustellen, was für ein Leben ihre Zuschauer wohl führten, zerstreute Passanten in schweren Mänteln, die auf dem Asphaltstreifen des Trottoirs an ihr vorübergingen, schwarze Schatten, die mit dem Verputz der Häuserwände eins zu sein schienen, wunderbar elegante Städter mit gutgeschnittenen Regenmänteln und Gamaschen, die ihr einen flüchtigen Blick, ein mitleidiges Lächeln und ein wenig Kleingeld schenkten – und sie stellte sich vor, wieviel besser das Leben dieser Fremden sein mußte.

Sie dachte immer an Ferriere; sie dachte immer ans Davonlaufen, um Peru zu entkommen, der ihr jede Nacht weh tat, unerbittlich wie die Sonne, die in Frankreich von einem ganz unwahrscheinlichen Orangerot war und gar nicht dieselbe zu sein schien wie die, die sie all die Jahre zu Hause im Tal gesehen hatte. Aber nach und nach hatte sie aufgehört, an Rückkehr zu denken. Sie hatte überhaupt aufgehört, an all das zu denken. Hinter den Bergen – aber wer weiß, wo – war etwas Liebes zurückgeblieben, eine versunkene Kindheit, aber die Erinnerung daran war nicht besonders angenehm: die Familie Belmondo wohnte in einer baufälligen, verwitterten Hütte oben am Hang, und im Winter gab es da oben nur Schnee und Stille. Erinnerungen waren ein Luxus, etwas Überflüssiges, das sie sich nicht leisten konnte. Wenn sie die Feuersteine des Heimwehs aneinanderschlug, gab es keine Funken, die die Flamme einer starken Sehnsucht entzündet hätten – nur etwas wie einen beißenden Rauch. Die Frostbeulen, die Wassersuppe, auf der ein paar Brennesseln schwammen, die knochendürren Kühe, der kleine, steile Acker, auf dem nicht einmal die Feldblumen aufrecht wuchsen, ihr Vater, der zuviel trank und sie alle prügelte, ihre Mutter mit dem ewig blau geschlagenen Gesicht, der gewalttätige Großvater und die taube Großmutter, die schreienden Geschwister, der Schnee, der wochenlang ununterbrochen vom Himmel fiel, der Griff der Sichel, von dem die Hände schwielig wurden, die Mäuse, die ewige Kälte und das Gefühl, auf ihrem Platz ganz unten auf der Tischbank nur überflüssig zu sein. Wenn sie nachts nicht einschlafen konnte und heimlich weinte – denn Peru, der ihr Tränen untersagt hatte, durfte es nicht merken –, war ihr Weinen besonders verzweifelt, denn sie wußte gar nicht, um was sie weinte: eigentlich weint man doch, weil man etwas verloren hat, was man wiederhaben möchte, aber Madlenin wußte nicht mehr, was das war. Sie weinte aus gleichsam unwirklicher oder vielleicht auch völlig konkreter Verzweiflung: über Perus viel zu nahes Gesicht – er schlief mit dem Mund in ihren Haaren neben ihr. So war ihr auch das Heimweh abhanden gekommen.

Wenn sie Peru am Morgen in der Menge verschwinden sah, verfluchte sie ihn und wünschte ihm den Tod und alle denkbaren Leiden. Sie hegte auch Rachepläne: an Steinen wetzte sie das Messerchen, das der Großvater ihr geschenkt und das ihr damals nichts gegen Peru genützt hatte; sie wollte ihn erstechen. Oder ihn in Brand stecken, wenn er schlief, oder ihm Vitriol ins Gesicht schütten. Aber sie tötete ihn nicht. Und mit der Zeit dachte sie auch nicht mehr, daß ihr Leben, wenn Peru eines Abends nicht mehr kommen, wenn ihn irgendwo der Tod ereilen würde, wieder heilen könnte: daß der Bruch zusammenwüchse. Die Wunde sich schlösse. Denn die Tage in Frankreich waren lang, sie gehörten ihr und den Murmeltieren und all den neuen Dingen, und Peru war weit weg. Er ließ sich nie blicken, sie wußte nicht, wie er die Zeit verbrachte, und es war ihr auch gleichgültig. Allmählich gefiel ihr Frankreich. Diese Welt überraschte, erstaunte, verwirrte, faszinierte sie. Jeden Tag entdeckte sie etwas Neues, und noch bevor sie eine Entdeckung verarbeitet hatte, erregte schon eine andere ihre Neugier. Als der Frühling kam, waren ihre finsteren Gedanken vergangen. Sie wollte nicht mehr sterben oder töten, sie wollte ihre Kenntnisse erweitern. Anfangs hatte sie Peru um Erklärungen gebeten, als wäre er ein Lehrer, aber da er nur ungern und ungeduldig antwortete und sie mit seinen dürren Auskünften enttäuschte, lernte sie, sich selbst die Antworten zu geben, einerlei, ob sie richtig oder völlig absurd waren. Sie ließ einfach der Phantasie die Zügel schießen und fand daran immer neues Vergnügen. Zu den erstaunlichen Entdeckungen der ersten Monate – die Ebene (vielmehr eine Landschaft ohne Berge), die Städte (vielmehr diese Anhäufungen von Straßen und Häusern, in denen eine außerordentlich große Zahl von Menschen lebte, wie sie sich das nie hätte träumen lassen), die riesigen Ausmaße eines Raums ohne sichtbare Grenzen (vielmehr der weite Horizont!, das Meer), die fremde Sprache, die fremden Münzen und die Kaufläden – gehörten auch die ihr bis dahin völlig unbekannten Fortbewegungsmittel: die Straßenbahnen, die Schiffe und vor allem die Züge, besonders die Wagen der Luxuszüge, die auf der Linie der Mittelmeerküste verkehrten, mit rubinroten Samtsitzen und Spiegeln auf den Gängen; die großen Seevögel, die plötzlich mit einem herrischen Schrei aufs Wasser herunterstießen und sofort mit einem aufgeweichten Brocken Brot im Schnabel wieder in die Luft stiegen; die hellen Schleier, die um die Hüte der feinen Damen geschlungen waren und sich im Wind blähten; die Sonnenschirmchen aus Spitze, Satin, Seide, besticktem Leinen; das Schild über der Tür eines immer vollen Lokals, auf dem in riesengroßen Buchstaben, die sogar sie entziffern konnte, das ihr undurchschaubare Wort prangte: C-I-N-E-M-A; der runde Holzstempel eines Postbeamten, der erst in eine violette Schachtel und dann auf weiße Briefumschläge gedrückt wurde, wo er ein feuchtglänzendes Rechteck hinterließ: REPUBLIQUE FRANÇAISE; ein Hund mit kaum zehn Zentimeter hohen Beinen, dessen Hängebauch den Bürgersteig streifte; die Damenkorsetts, die eins neben dem anderen im Schaufenster einer nicht näher identifizierten P-H-A-R-M-A-C-I-E standen, aufgeblasen, vollbusig und leer, und deren Zweck ihr rätselhaft blieb; die Kioske mit spitzem, geschweiftem Dach wie Käfige für Kanarienvögel, wo mit winzigen Buchstaben übersäte Blätter feilgehalten und meist von Herren gekauft wurden, die sich dann ins Café setzten, sie auf den Tischchen auseinanderfalteten und darin lasen, während sie Croissants in dampfende Tassen tunkten; eine Gliederpuppe in der glänzenden Auslage eines JEAN COIFFEUR POUR HOMMES, die mit mechanischer Trägheit in regelmäßigen Abständen von dreißig Sekunden den Arm hob, als wollte sie sich rasieren; ein Paar preiswerte Schuhe aus schwarzem Chevreauleder mit steifer Kappe, die man für eine 25 Lire entsprechende Summe hätte kaufen können; die blau gestrichenen Holzkabinen am Strand, deren Türen verrammelt waren, die sie und Peru aber aufgebrochen hatten, um eine kalte Januarnacht darin zu verbringen; die silbernen Pokale auf den Wandbrettern eines Sportklubs, einer immer größer und unbrauchbarer als der andere, aber glänzend und prachtvoll; der weiße Ball mit roten Streifen, den zwei kleine Jungen herumkickten; die bunte Kreide eines Straßenkarikaturisten; die Hochräder, die auf der Strandpromenade daherkamen, laut hupend, damit man ihnen die Bahn frei machte; bunte Steinchen und Glasscherben, die von der Brandung auf den Strand gespült wurden; rosafarbene Muscheln, in denen das unendliche Meer rauschte; ein Spielzeugautomobil, in dem ein kleiner Junge mit zauberhaft blondem Haar auf dem Kiesweg vor einer Villa mühsam herumrutschte; Eis und Eismänner mit ihren Wägelchen und wunderbaren gelb, grün und rot gescheckten Mützen; das Geschrei der Marktweiber von Nizza; glattgeschliffene und mit Ölfarbe bemalte runde Steine, die ein arabischer Straßenhändler als Briefbeschwerer verkaufte (ein plötzlich seltsam freigebiger Peru schenkte ihr einen mit einem Segelschiff darauf); und dann im Sommer, als die Badesaison begann, vervielfältigten sich die Wunder erst recht: es erschienen komische Gewänder voller Knöpfe und Schleifen und drollige, mit Spitzen und Bändern besetzte Hauben, die die Frauen zum Baden trugen; die verschiedenen Schwimmstile, die Frotteetücher, die Sandalen mit den kothurnartigen Sohlen und die Badeschuhe, die Sandburgen, die in Rillen entlanggerollten Murmeln, die Sonnenöle, die Ruderboote, die schwimmende Plattform, von der die jungen Männer Kopfsprünge machten, ein Spiel, das Federball hieß, die Eselinnen, die Tintenfische, die sich in den Körben eines Händlers bewegten, der sie als eben gefangen anpries und offensichtlich recht hatte, die Rasenplätze, wo zwei komische

Individuen einem kleinen Ball nachjagten und ihn mit nicht weniger komischen Schlägern – ihr kamen sie vor wie zweckentfremdete Schneeschuhe – einander zurückklatschten, die weiten grünen Hänge, wo drollige Pumphosenträger und weißgekleidete schöne Damen, alle mit vorne gebogenen Stöcken bewehrt, eine kleine Kugel malträtierten. Außergewöhnliche Erscheinungen erregten ihr Gemüt: ein Wirrwarr von Bildern, Menschen und Gegenständen bot sich ihren Augen dar, oft völlig unverständlich, aber trotzdem wunderbar, unvergleichlich schön. Sinnlos, absurd, geheimnisvoll und zauberhaft.

So hatte sie mit der Zeit, da ihr Frankreich immer besser gefiel, sogar den schätzengelernt, der sie nach Frankreich gebracht hatte. Sie hatte sich an Peru gewöhnt. Er war nicht mehr nur der Zuhälter, der Ausbeuter, der Lump, der mit Einbruch der Dunkelheit kam und sie an Soldaten vermietete. Er war einfach Peru, mager und langbeinig wie ein Storch, mit dem gelben Haar und den krummen Händen. Ein Mann, der auch zu freundlichen Gesten fähig war, der ihr zahllose Weißbrotstangen geschenkt hatte (wie sie noch nie im Leben welche gegessen hatte) und den bemalten Stein mit dem Segelschiff, oft auch ein Eis und einmal ein neues hellblaues Kleid mit weißem Kragen, das sie abends für ihn anziehen sollte (sie hatte sich darüber gefreut, auch wenn sie es aus Trotz noch nicht getragen hatte). Er hatte ihr ein Abendessen im Restaurant spendiert, Hasenragout und Pommes frites. Und eines Nachts in einem Gasthof an der Straße nach Carpentras hatten sie ein Doppelzimmer genommen mit dem größten Bett, das sie je gesehen hatte, und Leintüchern und rollenförmigen Kissen. Wenn er die Taschen voller Geld hatte (das kam vor), setzten sie sich in ein Café: in Cap Ferrat hatte er ihr sogar eine Mahlzeit bestellt, obwohl der Kellner sie schief ansah, weil sie schlecht gekleidet waren und Peru mit seinen schulterlangen Haaren wenig vertrauenerweckend wirkte und ein Bandit hätte sein können. Auf seine Weise war Peru sogar sympathisch und witzig, vor allem dachte er ganz anders als die Erwachsenen, die sie kannte – ihre Eltern und Großeltern. Er betonte den Wert (oder Unwert, wer weiß) der Gleichgültigkeit, des Diebstahls, des Müßiggangs, der Lust am Zerstören, der Gaunerei; sie lachten über normale Leute, die für einen Herrn schufteten, über normale Leute, die in die Kirche gingen, über normale Leute, die in die Schule gingen. Über die Leute überhaupt, über alle anderen. *Je me fous de tout le monde,* sang Peru. *Je me fous de tout le monde. Je crache sur tout le monde. Je vous fous, bonnes gens, je vous crache, bonnes gens.* Und auch sie hatte den Refrain gelernt und trällerte ihn leise, wenn sie zart ihre Murmeltiere peitschte. Mit Peru zusammen warf sie Straßenlaternen und Fensterscheiben ein, Schaufenster und Verandatüren. Sie schleuderten Steine in Fabrikhöfe. Sie spuckten auf die *vignerons,* die zwischen ihren Rebstöcken kauerten. Auf die Feldarbeiter, auf die Piemontesen, die im Winter über die Berge kamen, um beim Umbrechen der Äcker zu helfen, auf die Steinklopfer. Sie verunreinigten die Viehtränken mit ihrem Unrat. Sie beschimpften die Fremden, die sie nicht verstanden. Sie stahlen aus Opferstöcken. Manchmal gingen sie nachts auf Friedhöfe, deckten die frischen, noch namenlosen Gräber ab und brachen die Särge auf. Die Toten waren allein, traurig und gelb – manche auch schon halb vermodert. Peru schnitt den Toten mit dem Rasiermesser das Haar ab und stopfte es in einen Sack. Im Winter schliefen sie in einer Familiengruft; Madlenin hatte keine Angst vor den Irrlichtern oder den Toten. Sie leistete ihnen gern Gesellschaft. Am nächsten Tag verkaufte Peru die Haare dann einem Friseur, der Perücken für Richter und vornehme Damen machte, und sie lächelte, wenn sie daran dachte, daß es Leute auf der Welt gab, die viel Geld für Totenhaar bezahlten. Sie schliefen in Kirchen, auf den Bänken, zu Füßen der Kruzifixe. In eingezäunten Parkanlagen. In Häusern, die anderen gehörten, in Betten, die anderen gehörten. Sie waren anders als alle anderen, und manchmal gefiel es ihr sogar, wenn sie Hand in Hand durch die beleuchteten Straßen der Städte gingen; und obwohl er so viel größer war als sie und viel zu mager und seltsam, fand sie Peru schön, von einer ganz eigenen, unharmonischen, unverwechselbaren Schönheit: Peru war einzig. Und es gab die Küsse. Die Küsse waren nach den anderen nächtlichen Handlungen gekommen, denn Peru hatte sie das Küssen als Belohnung gelehrt, und er küßte sie nur, wenn sie sich gut betrug, aber sie hatte diese Entdeckung ganz oben auf die lange Liste der Entdeckungen gesetzt: die feuchten Küsse, die klebrigen, die mit geschlossenem, die mit offenem Mund, Perus rauhe Zunge, Perus dünne Lippen und der Speichel. Sie küßte ihn immer, wenn er sich ihr näherte, und Peru zog sich nie zurück.

Am Cours Saleya waren die Geschäfte schon geschlossen. Es war niemand mehr da: nur der drohende Umriß der Präfektur, ein Haufen Abfälle vom Blumenmarkt, ein trister Oleanderbaum, eine vom Wind zerfetzte Zeitung, blinkende Fenster, die mit einem Zischen angehenden Straßenlampen, und sie, Medusa, die auf den Stufen der Kirche hockte. Der Marmor war kalt, die Treppe von Tauben beschmutzt, aber nachdem sie von morgens bis abends vor der englischen Kirche, vor der orthodoxen Kirche, in der Avenue de la Gare, vor dem Spielkasino und dem Hôtel D'Angleterre gestanden und gesungen hatte, konnte sie sich vor Müdigkeit nicht mehr auf den Beinen halten. Erschauernd zog sie das Schultertuch fester. Sie rieb sich die Hand mit dem Murmeltierbiß, um die eine ockerfarbene Binde gewickelt war. Der Stoff war ursprünglich weiß gewesen, aber aus der halbmondförmigen Wunde floß beständig eine gelbliche Flüssigkeit, die in immer dichteren Flecken durch die Umhüllung trat. Wenn sie die Hand ihrem Gesicht näherte, hatte sie den deutlichen Eindruck, daß sie den gleichen übelkeitserregenden Geruch ausströmte wie das verdorbene Fleisch, das der Metzger streunenden Hunden hinwarf. Die Verletzung erweckte Mitleid, brachte ihr von den Leuten in Nizza ansehnliche Almosen ein: heute hatte sie fast zwei Francs eingenommen. Peru würde mit ihr zufrieden sein. Peru lächelte nie – vielleicht weil er sein nacktes Zahnfleisch nicht entblößen wollte. Vielleicht weil er, trotz ihrer Bemühungen, nie mit ihr zufrieden war. Sie hatte einen schlimmen Charakter, war widerspenstig, streitsüchtig und ärgerte ihn dauernd. Sie zählte die Sekunden, bis er endlich kommen und sie abholen würde, und wenn sie auch keine richtige Bleibe hatten wie alle anderen Menschen und auch keine dampfende heiße Suppe, die sie dort erwartete, sondern nur eine Blechbaracke und bestenfalls ein rohes Ei, so wollte sie sich doch endlich ausstrecken: im Schuppen der Ziegelei gab es ein Feldbett, wacklig, aber mit einem ganz ordentlichen Spreusack darauf und sogar einem knisternden, mit Stroh ausgestopften Kopfkissen. Peru lag immer auf ihr; in sie eingebohrt oder auch nicht, bedeckte er sie mit seinem Körper wie eine filzige Decke, die ganze Nacht lang, bis schließlich durch die mit einer Zeitung zugestopfte Fensterluke das Tageslicht in den Raum schien. So an sie gepreßt, strahlte er eine wahre Ofenwärme aus, er war ihr bewegliches Kohlenbecken. Sie konnte jetzt sieben Stunden schlafen, viel mehr als in Ferriere: hier in Frankreich mußte sie nicht um vier Uhr aufstehen, um die Kuh zu melken. Hier unten verlief die Zeit ganz anders: sie sah nie mehr die Morgendämmerung; wenn sie die Augen aufschlug, war es bereits ganz hell. Und wieder begann ein Tag mit den Murmeltieren, den Liedern und den Entdeckungen.

Die Stufen vor der Kapelle der Miséricorde wurden im Dunkel immer kälter, sie lagen außerhalb des gelben Lichtkreises einer Straßenlampe – eine der aufregendsten Entdeckungen: die Franzosen hatten das Licht erfunden. Sie hatte kein Zeitgefühl mehr: es gab keine Uhren auf dem

Cours Saleya und niemanden, den sie hätte fragen können. Ihrem nagenden Hunger nach zu urteilen, mußte es spät sein, Peru war sonst um diese Zeit längst gekommen. Die Contessa schlief auf ihren Knien, die anderen Ballerinen lagen aneinandergeschmiegt in der Pappschachtel. Am liebsten wäre sie jetzt gleich in den Schuppen gegangen, aber allein wußte sie den Weg nicht. Sie kannte sich am Stadtrand von Nizza nicht aus. Die Häuser waren dort alle gleich. Es war ein Labyrinth staubiger, dunkler, einsamer, unsicherer Straßen, und wenn sie morgens dort entlanggingen, war sie noch zu zerschlagen, um sich den Weg zu merken. Vor Müdigkeit zerschlagen, aber auch von den Prügeln, denn Peru gebrauchte den Leibriemen, und der Riemen war aus dickem Leder und hatte eine bucklige Schnalle, die blaue Flecken auf der Haut hinterließ. Auch vor Schmerz zerschlagen war sie. Von einem abstrakten Schmerz, der keine bestimmte Stelle betraf, sondern diffus war wie eine Gewohnheit. Erst am Meer kannte sie sich wieder aus und in der Innenstadt – hier orientierte sie sich an Hotels, Straßen, Geschäften –, dort draußen gab es nichts dergleichen. Sie erinnerte sich an den öden Platz voller Unkraut und Unrat, an die schief in ihren Angeln hängende Tür der Blechbaracke, an die Zementbecken mit fauligem Wasser und an die Mücken: aber wo das war, wußte sie nicht mehr. Wenn er sie jetzt nicht abholte, würde sie auf dem Cours Saleya schlafen müssen, und dann würden die Flics mit ihren Schlagstöcken sie wegen Landstreicherei verhaften und sie mit einem Ausweisungspapier nach Piemont zurückschicken. Perus Verspätung machte ihr angst. Die Augen fielen ihr zu, sie legte sich mit dem Rücken auf die Stufen, ihr Haar wischte über den schmutzigen Stein. Ihre Zöpfe waren aufgegangen, sie kämmte sich seit sechs Monaten nicht mehr.

Schleppende Schritte näherten sich vom anderen Ende des Platzes: ein Mann kam ohne Hast daher. Sie strengte ihre

Augen an, da war er ja: die langen Beine, die Hände in den Taschen der löchrigen Hosen – so ging er immer, breitbeinig, mit nach außen gedrehten Schuhspitzen und schleifenden Absätzen. Die glühende Asche seiner Zigarette. Der gewohnte Geruch von Tabak und Zeitungspapier. Der Geruch der Nacht, sein Geruch. Sie seufzte und winkte. »He! Ich bin hier, Peru!« Es war nicht Peru, der lange Schatten verschwand in der Straße, hinten in der Gasse war ein Licht, dort hing eine Laterne vor einer üblen Schenke, aus dem Dunkel ertönte plötzlich Gelächter. Es war nicht Peru. Betrübt legte sie sich wieder hin. Es war jetzt sehr spät, schon tiefe Nacht: an den Häusern waren alle Fensterläden geschlossen, die Eingangstüren verrammelt, kein Laut war mehr zu hören, auch die Laterne über der Schenke war erloschen. Peru kam nicht mehr. Er hatte sie verlassen. Er hatte ja so oft damit gedroht, wenn sie ungehorsam war, und jetzt hatte er es getan. Eine Träne tropfte ihr auf die Hand, schwer und heiß. Würdevoll wischte sie sie ab. Noch eine kam und wieder eine, sie rieb sich die Augen, um ein ganzes Bataillon von Tränen zurückzuhalten, die sich gewaltsam über ihre Lider drängen wollten; dann, angesichts der Übermacht des Feindes, mußte sie die Waffen strecken und brach in Schluchzen aus.

Sie verzieh ihm alles, ihrem Peru mit dem strohblonden Haar, wenn er nur wiederkommen und sie bei der Hand nehmen wollte. Sie vergab ihm die Schläge mit dem Riemen, die Nächte, den metallischen Geschmack des Blutes im Mund und selbst das stinkende Zimmer der Pension in der dunkelsten und übelriechendsten Gasse der Altstadt, wo er sie gezwungen hatte, den beiden Männern zu Willen zu sein. Gestern war das gewesen, nicht vor hundert Jahren wie das auf dem Col de Puriac. Erst gestern war sie mit dem Leutnant zusammengewesen, der sich in der Waschschüssel die Hände einseifte und sie untersuchte, als wäre er ein Arzt, und fragte, *t'à la gonorré? Blenorragì? Blatte? Sifilì, maladì mortell du plèsìr?* Der gesagt hatte, wasch du dich auch. Der ein Kettchen mit einem goldenen Kreuz um den Hals trug. Und der sie danach, als sie sich wieder anzog, nicht einmal mehr angesehen hatte, als gäbe es sie gar nicht mehr. Erst gestern war sie auch mit seinem untersetzten Burschen zusammengewesen, dessen Bartstoppeln ihr das Gesicht zerkratzten. Der sie danach, weil sie sich erbrechen mußte, aus dem Bett warf und brüllte: *mè che fè, fè atansion ne me salì pà l'iniform.* Sie vergab ihm alles: und wenn er wollte, würde sie auch anderen zu Willen sein, allen, die er wollte, auch gleich diesen Abend noch, obwohl sie ungeschickt war und es nicht verstand, gewisse Dinge zu machen. Und der Leutnant hatte die Geduld mit ihr verloren. Vielleicht hatte Peru sie deswegen verlassen. Weil Madlenin nichts taugte. Sie waren nicht mit ihr zufrieden, sie hatte sie nicht zufriedenzustellen gewußt, und sie hatten sich beklagt. Peru! Peru! Niemand kam, niemand ging vorüber: die Schatten waren klar, geometrisch und unbeweglich. Ein geschwollener Mond hing über dem verlassenen Platz. Er kam nicht. Im Dunkeln fiel etwas um, etwas schlug mit dumpfem Ton auf den Boden. Peru, Peru, rief sie leise, einmal, zweimal, hundertmal, als genügte der bloße Name, um ihn aus dem Dunkeln heraufzubeschwören. Wo bist du, warum hast du mich verlassen? Aber Peru kam nicht, das Geräusch hatte ein streunender Hund verursacht, der in den Abfällen herumstöberte.

Mit starr zur Decke gerichteten Augen, blödem Lächeln, ab und zu laut fluchend saß Peru ein paar Häuserblocks entfernt und wurde von einem inneren Erdbeben geschüttelt. Das Lokal verschwand hinter der ungesunden Wolke seiner aus Zeitungspapier gedrehten Zigaretten, sein Hirn schwamm. Er wußte, daß es schon sehr spät war, aber er konnte sich nicht entschließen aufzustehen. Er drückte die Zigarette aus: zu seinen Füßen lag ein ganzer Teppich von rauchenden Stummeln. Im Glas war noch ein durchsichtiger Rest Schnaps. Er roch auf zehn Meter nach Anis. Sein Mund war mit Anis verklebt. Er hob das Glas und prostete sich selbst zu: er suchte sich davon zu überzeugen, daß er Madlenin verlassen mußte. Heute nacht oder nie. Er mußte sich aus den Fesseln einer unmöglichen Leidenschaft befreien. Leb wohl, leb wohl, stammelte er wie von Sinnen. Ich verlasse dich. *An ott,* schrie er dem Kellner zu. *Quoi? Pastìs, pastìs,* rief er. Er trank das Glas in einem Zug aus. Brechreiz würgte ihn. Der Entschluß war zwar grausam, aber beim Stand der Dinge notwendig, lebensnotwendig. Bevor eine fatale Veränderung mit seinem gepanzerten rauhen Herzen vor sich ging. Nur nicht lieben: nie jemanden liebgewinnen, das wichtigste Gebot – die goldene Regel – seiner persönlichen Zehn Gebote. Er hatte sie immer eingehalten, auf seine Weise war er ein tugendhafter Mensch. Doch nun widerfuhr ihm etwas Unerhörtes, und er mußte sich wehren, und heute abend besiegelte er mit einem gewaltigen Besäufnis, das ihn hoffentlich eine Zeitlang betäuben würde, einen nicht mehr aufschiebbaren Entschluß. Madlenin verlassen, weil er es sich nicht mehr leisten konnte, sie zu behalten. *Sie* nicht mehr, *sie* nicht.

Sie war nicht seine erste Kleine, und sie würde nicht die letzte sein. Er hatte Dutzende gehabt, wie viele, daran erinnerte er sich gar nicht mehr. Zu Beginn, als er noch ein Dieb und blutiger Anfänger war und nicht wußte, daß man kleine Mädchen rechtmäßig erwerben kann wie Hüte, Schinken, Käselaibe, hatte er sie nicht gekauft, sondern gestohlen oder vielmehr geködert – nach der Anleitung, wie sie längst von anderen festgelegt und in der Volksweisheit der Märchen überliefert war. Er sah gut aus: ein netter Bursche mit gelben Haaren und einem gewinnenden Lächeln (damals hatte ihm der Vitaminmangel noch nicht die Zähne geraubt), und seine Güte und Freundlichkeit sprachen beredt durch das Zuckerrot eines Bonbons, die fein gedrechselte Holzspitze eines

Kreisels, die leckere Rundung eines Kringels. Er trieb sich auf Jahrmärkten herum, mit einem Tuch um den Hals, glattrasiert und sauber, anständig und unauffällig angezogen, um keine unnötige Aufmerksamkeit zu erregen: ein anonymer junger Mann, der mit den kleinen Mädchen ins Gespräch zu kommen suchte und sie mit seinen wunderbaren Plaudereien entzückte. Im allgemeinen war es ihm lieber, durch Schmeicheleien zu erreichen, was er so leicht durch Gewalt hätte bekommen können. Im allgemeinen. Er mißtraute den Kleinen, die allzu schnell bereit waren, mit einem Fremden zu gehen: er mochte lieber die Widerstrebenden, und die seltenen Erfolge entschädigten ihn für die häufigen Fehlschläge. Trotzdem, wenn es nicht die Jahreszeit der Jahrmärkte war und er keine Gelegenheit hatte, Freundschaft zu schließen, scheute er nicht davor zurück, sich unter einer Brücke oder im Waldesdickicht auf die Lauer zu legen. Deswegen mochte er, als er noch ein Kinderdieb war, die Städte nicht: sie waren zu belebt, gefährlich, schwer überschaubar, immer konnte jemand ihn bemerkt haben. Er zog die ländlichen Gegenden vor, die einsamsten Bergtäler, wo ihm stundenlang nicht einmal ein Hund über den Weg lief.

Er raubte viele, bis ihm im Jahr 1898 die Schande widerfuhr, in die Zeitungen zu kommen (es war eine Zeit, in der man sich noch nichts darauf zugute hielt, auf solche Weise bekannt zu werden). Es passierte auf dem Land und erregte kein besonders großes Aufsehen: sieben Zeilen im Lokalteil, und danach erschien noch ein kurzer effekthascherischer Artikel voller Andeutungen während der Gerichtsverhandlung. Er mußte erfahren, daß solche Unternehmen nicht unbeachtet bleiben; im besten Fall lösen sie Tadel und Vorwürfe aus, im schlimmsten krankhafte Neugier und Konkurrenz. Die wichtigsten Zeitungen der Gegend – die Berichterstatter erwiesen sich keineswegs als besonders einfallsreich – beschrieben ihn mit ähnlichen Worten: Lüstling, Perverser, Unhold; nur einer unterschied sich durch ein gewisses literarisches Niveau: Satyr. Die Überschrift war aber immer dieselbe: ZEHNJÄHRIGE KLEINE MAGD VERGEWALTIGT. Er war in flagranti ertappt worden. Er wurde vieler Vergehen angeklagt, und alle kamen ihm unverständlich und absurd vor: Betrug einer rechtsunfähigen Person, Unzucht mit einer Minderjährigen, Kindesentführung zum Zwecke libidinöser Körperverletzung, obszöne Handlungen in der Öffentlichkeit, Notzucht. Er fühlte sich von der Eloquenz der Worte in den Vernehmungsprotokollen angegriffen, erdrückt, überwältigt. Die Worte hatten plötzlich ein nie vermutetes Gewicht. Zudem malte ihm sein Pflichtverteidiger (ein junger Anwalt aus der Stadt, dessen erster Prozeß es war) das Schlimmste aus: es gehe die Rede, daß auch andere kleine Mädchen aus dem Bezirk ihn wiedererkannt hätten, es würden ihm Dutzende von Vergewaltigungen zugeschrieben, man halte ihn für den Unhold von Alessandria, einen entarteten Erotomanen, der unter den Jungfrauen der Gegend gehaust habe. Es schien, als wollten ganze Mädchenschulklassen antreten, um ihn zu beschuldigen, Dutzende von Zeugen, er werde sogar eines grausamen Mordes verdächtigt. Die Vorhersage des jungen Anwalts war: Gefängnisirrenanstalt oder viele Jahre Zuchthaus. Es kam jedoch nicht so schlimm, niemand erschien zur Verhandlung, um ihn anzuklagen, außer der – ledigen – Mutter der kleinen Magd, kein anderes Kind, kein entehrter Vater. DAS GESETZ IST FÜR ALLE GLEICH, las er zu seiner Beruhigung an der Wand des Gerichtssaals. Beim Prozeß erklärte er, daß die kleine Magd ihm als Gegenleistung für eine Handvoll Schokoladenplätzchen gefügig gewesen sei. Das Schmunzeln der Robenträger sagte ihm, daß etwas Unerhörtes zu geschehen im Begriff war: sie glaubten ihm. Die kleine Magd war schon ein bißchen zu groß, um völlig unschuldig zu sein. Was hatte sie eigentlich um sieben Uhr abends in einem dunklen Gäßchen zu suchen? Ihre Mutter hatte eine zweifelhafte Vergangenheit. Er wurde gefragt, ob es sich um eine vollständige Penetration gehandelt habe. Er war nicht vorbestraft, die kleine Magd gehörte zu einer unerheblichen gesellschaftlichen Klasse, das Gericht war nicht eigentlich gegen ihn eingenommen, das schlimmste Vergehen, dessen er angeklagt wurde, rangierte im Strafgesetz unter den leichteren. Der Pflichtverteidiger war nun zuversichtlich, daß sie ihn nicht wegen Notzucht, sondern nur wegen Unzucht mit Minderjährigen verurteilen würden. Er käme mit fünf Monaten und dreißig Tagen Haft und einer an die geschädigte Partei zu entrichtenden Geldbuße von etwa 600 Lire davon. Er wartete mit dem Kopf zwischen den Knien auf das Urteil: 600 Lire für eine unvollständige Penetration, der Staat hatte eine seltsame Auffassung von Ehre – oder vielmehr von Lust oder eigentlich vom Orgasmus. Der hinzugezogene Sachverständige erklärte jedoch dem Gericht, daß das Jungfernhäutchen beschädigt worden sei, und so verurteilte man ihn zu achtzehn Monaten Gefängnis. Im Gerichtssaal weinte er, aber als er weggebracht wurde, faßte er sich wieder: objektiv betrachtet war er doch eigentlich noch ganz gut weggekommen. Das finden wir auch. Die Rechtswissenschaft ist konservativ und sperrt sich gegen tiefgreifende Umwälzungen, und die alte Frage, ob gewisse Vergehen zu denen gegen die Moral oder zu denen gegen die Person zu rechnen sind, ist auch am Ausgang dieses Jahrhunderts noch ungelöst: Tausende von kleinen Mägden sind mit 600 Lire und den achtzehn Monaten des jeweiligen Peru entschädigt worden, und vielleicht sogar noch mit weniger.

Im vaterländischen Gefängnis machte er eine Entdeckung, die ihn zutiefst verblüffte: seine Zellengenossen (Diebe, kleine Einbrecher, Beleidiger von Amtspersonen, aber auch Anarchisten, Exhibitionisten und ein Baron, der seine Frau umgebracht und zerstückelt hatte) empfingen ihn mit Anspucken, Fußtritten und wütenden Faustschlägen, bei denen er noch weitere seiner sowieso schon wackeligen Zähne verlor. Das Gesetz ist NICHT für alle gleich. Was der italienische Staat ihm in gewissem Sinn verziehen hatte, verziehen ihm diese Diebe, Mörder, Sprengstoffattentäter, die ja ebendiesen Staat ablehnten und sabotierten, keineswegs. Es war eine entscheidende Erfahrung. Als nach Ablauf der achtzehn Monate die schwere Tür des vaterländischen Gefängnisses hinter ihm ins Schloß fiel, schwor er sich, von nun an sein Leben klüger zu organisieren. Er, der geschickte, nicht zu fassende Dieb, würde kein Kinderdieb mehr sein, er würde Kinderhändler, Kinderschmuggler werden. Er würde die Kinder mit dem Einverständnis der Erwachsenen erwerben und über die Grenze bringen. In einer Juninacht vollzog er den Schritt ins zwanzigste Jahrhundert, als er in einer häßlichen Schenke den absoluten Tauschwert erkannte, den das Geld in den hochentwickelten Gesellschaften besitzt, und bald hörte er auf, sich darüber zu wundern, wie viele käufliche Mütter und Väter es auf dieser Welt gibt (er verachtete sie zutiefst: er hatte seine Moral und hielt sich daran, während diese ehrbaren, gottesfürchtigen Leutchen angesichts der Verlockung von klingender Münze sofort die ihre vergaßen).

Und doch genügte ihm die juristische Sicherheit nicht. Bald erfaßte ihn der Schwindel des Zusammenlebens: schnell wurde er seiner Gefährtin müde und begehrte sie nicht mehr, ganz wie ein fünfzigjähriger Ehemann sich vom Naherücken der silbernen Hochzeit erdrückt fühlt. Er fürchtete sich davor, sie wachsen zu sehen, es verdroß ihn, sie weinen zu hören, keine Kleine konnte ihn überzeugen, er wollte immer noch etwas Besseres, mit der Zeit wurde er heikel und anspruchsvoll: die Mädchen kamen ihm roh, unbedeutend, kümmerlich vor, oder ihr Wesen deprimierte ihn – denn keineswegs wollte er sich mit einer unterwürfigen, langweiligen, zitternden Sklavin begnügen. Oft schickte er sie vor der ausgemachten Zeit zurück; er kaufte, tauschte um, entledigte sich ihrer, erwarb eine neue, wurde ihrer überdrüssig, suchte, suchte, ruhelos und verzweifelt:

DAS KLEINE MÄDCHEN. Er suchte etwas, was er nicht finden wollte. Und doch wußte er, daß es existierte, daß es bereits irgendwo in einem glücklichen Winkel der Welt geboren war. Als ihm an jenem Oktobervormittag mitten in einer zerlumpten Menge, die voller Ehrerbietung und Neugier die exzentrische Gebirgsdorfheirat zweier Aristokraten feierte, Madlenin erschien – wie sie vor Schönheit strahlend gegenüber dem Rathaus von Bersezio mit heruntergerutschten Strümpfen und wehendem Haar auf einem Mäuerchen stand –, hatte er fast einen Kreislaufzusammenbruch erlitten. Es war wie eine Ohnmacht. Es war die Erfüllung. Aber wieviel besser wäre es doch gewesen, wenn er nie ihrem Vater begegnet wäre! Er verfluchte Minot Belmondo, dessen plötzlich im Kindbett verstorbene Frau, dessen Schulden und dessen Hast, sich nach Amerika abzusetzen. Sein Ziel, die Vollkommenheit, das Ideal, dem er fünfzehn Jahre lang über die endlosen Straßen der Erdkugel nachgejagt war, fiel mit seinem endgültigen Scheitern zusammen, und er konnte sich Madlenin nicht leisten, Madlenin! Warum nur mußte er sich in sie verlieben, warum, zu welchem Zweck?

Kleine Mädchen zu lieben – und ausschließlich sie – ist nicht so sehr ein Laster, eine physiologische Perversion, eine moralische Verworfenheit, wie die Ankläger glaubten; es ist ein Todesurteil, der Verlust eines Elixirs für das Glück, das die Normalen entdeckt haben, um ihrem Leben einen Sinn zu geben – der Dauer. Normale Männer bringen es zu einem Auskommen mit der Zeit und den Lebensaltern: sie lieben die Frau und mit ihr die Zeit, die vergeht, sie lieben die Frau, und durch sie gelingt es ihnen, auch sich selbst zu lieben, ihre eigenen Runzeln, ihren eigenen Verfall, sie finden sich ab. Er nicht: er kämpfte mit der Zeit einen von vornherein verlorenen Krieg. Sein Leben war von Niederlagen gezeichnet, von tiefen Narben übersät: Tätowierungen eines Anhängers eines verfolgten, aber ziemlich verbreiteten Geheimkults, der jedoch nicht von allen bis zur letzten Konsequenz getrieben, sondern oft nur oberflächlich, unbefangen und mit kriminellem Leichtsinn praktiziert wird. Nicht so bei Peru, er hatte daraus seinen Lebenszweck gemacht, von Anfang an, seit jeher, zuerst noch ohne richtig zu begreifen, warum. Kleine Mädchen zu lieben bedeutet immer zu wissen, sie nicht lieben zu dürfen oder sie verlieren zu müssen. Das erlesene Alter, die Kindheit, ist eine Sommerblume, deren Schönheit schnell vergeht. Sie blüht am Rande eines Abgrunds: schnell vergänglich, entfaltet sie sich und welkt nach ein, zwei Sommern, wenn unaufhaltsam und abstoßend die Reife einsetzt. Auf seine Weise war er ein Heraklit, aber ein verzweifelter. Alles vergeht, die Kindheit geht unter in der wenig harmonischen Entwicklung der Glieder, im Schwellen der Brustdrüsen, in den nur allzubald schlaff werdenden Rundungen, im wissenden Blick. In der Lüsternheit. Das reine und absolute Begehren wird herabgewürdigt zur Kopulation, deren sich die Menschen jahrelang, ja, solange überhaupt noch ein Hauch Leben in ihnen ist, hartnäckig befleißigen. Kläglich mündet es in die Fortpflanzung, in Familienpflichten, in Lüge und Betrug. Ein »richtiges« kleines Mädchen (nicht die Miniatur einer Frau) ist anders: es ist ein Engel in Fleisch und Blut, der einzige Beweis für die Existenz Gottes. Der Larvenzustand des Lebens, eine Knospe bald enttäuschter, aber noch unversehrter Hoffnungen. Gegenwart, die einen Augenblick währt. Über kurz oder lang wird die Zeit das Kind vergewaltigen – warum es also liebgewinnen? Bald steht sowieso die Trennung an. Und es war besser, sich jetzt zu trennen, solange er noch dazu imstande war, es einfach auf einem Platz von Nizza seinem Schicksal zu überlassen, das Kind Madlenin mit dem trotzigen Mund, den zerzausten pechschwarzen Haaren, dem widerspenstigen Wesen und den langen Fingernägeln, mit denen es ihm die Haut zerkratzte. Er mußte es tun, denn Madlenin war im Begriff, ihn aufzureiben, ihn zu zersetzen, und das gestern hatte nichts genützt, gar nichts, auch wenn die Erinnerung daran nicht abzuschütteln war.

Dì fran. Oui, la fillette me plaît. Das Angebot des Leutnants dröhnte ihm immer noch in den Ohren. Er bot ein Vermögen für Madlenins Vollkommenheit, diese vergängliche, entsetzlich unnütze Vollkommenheit. Er strich sich das Schnäuzchen, ein properer Kerl mit pomadisiertem Haar, Handschuhen und glänzenden Uniformknöpfen. Sein Bursche nickte. Zehn verfluchte Francs, die nun in einem Strom alkoholisierter Reue davonflossen. Ausgerechnet ihm angeboten, ihm, der nichts mit Geld anzufangen wußte, der nie handelte und nicht zu rechnen verstand! Der doch nicht wegen des Geldes kleine Mädchen verkuppelte, sondern aus schierer Verzweiflung. DÌ FRAN DÌ FRAN, er mußte dieses Dröhnen abstellen, es machte ihn wahnsinnig. DÌ FRAN DÌ FRAN. Er bebte am ganzen Leib. DÌ FRAN. Zehn Francs, die er jetzt vertrank. Er mußte unbedingt ausspucken, die Brust schnürte sich ihm zusammen. Er spuckte seinen Groll auf den Fußboden des Lokals. Einen festen Klumpen Elend und Wut. Fast ohne sich dessen bewußt zu sein, stand er auf: der Fußboden schwankte, und auch die gegenüberliegende Wand, das Gesicht des Kellners und die Tür, die er nur mit Mühe fand. Cours Saleya. Madlenin. Madlenin. *Dì fran. Dì fran. Dì fran.* Für eine Nacht, mit seinem kleinen Mädchen. *Oui, la fillette me plaît.* Zehn Francs für Madlenin. Wenn sie nein gesagt hätten, wäre er ihnen für ihren Geiz dankbar gewesen. Wenn, wenn … Madlenins zu Tode gekränkte schwarze Augen, als sie mit ihnen hinaufging und sich auf dem Treppenabsatz umwandte: der unvergeßliche, leuchtende Blick, den sie ihm zugeworfen hatte. Zu Tode betrübt, stolz. Ach, Madlenin, könntest du doch DAUERN! Der stachlige Bart im blauroten Gesicht des Soldaten: rötliche Stoppeln, die ihr die Wangen zerkratzten. *Dì fran.* Er stolperte über eine Obstkiste und klammerte sich an den Klopfring an einer Haustür.

Nie wieder. Nie wieder Madlenin verkuppeln. Unmöglich. Es nützte nichts. Der Gedanke, die Erinnerung an sie, das Begehren stachen ihn wie eine Malariamücke, die dir eine Krankheit überträgt, an der du zwar nicht gleich stirbst, die aber nicht wieder gut wird. Cours Saleya. Cours Saleya, sofort. COURS SALEYA fing er an zu brüllen. Er hatte gestern keine Sekunde lang geschlafen, er hatte auf der Matratze gesessen, den Kopf an die Wand gepreßt, auf die Luke gestarrt und darauf gewartet, das Klappern ihrer Holzschuhe zu hören: er hatte eine Zigarette nach der anderen geraucht und sich so vergiftet, daß er kaum noch atmen konnte. Als sie zurückkam, hatte sie kein Wort zu ihm gesagt, ihn nicht einmal angesehen. Und sie hatte einen schmutzigen Schal um den Hals gewunden, damit er die Spuren der Soldaten nicht erkennen sollte. Und er hatte sie mit Steinwürfen weggejagt, heute morgen. Kein Geflenne. Charakter, Stolz, seine wahre Gefährtin war sie, durch Zufall aus dem Meer ewig heulender kleiner Mädchen, die der Schmerz häßlich machte, herausgefischt. Sie war sein, ihm gehörte sie – und niemand anderem. Nicht weil er sie gekauft hatte, sondern weil Madlenin unteilbar war. Andere hatte er, ohne zu leiden, geteilt, fast mit Befriedigung. Eine kleine, leichtsinnige Blonde, die immer zustimmte (er wollte sich an ihren Namen erinnern, aber es gelang ihm nicht, obwohl er ihm auf der Zunge lag, vielleicht weil ein Gespenst ohne Namen nichts ist und keine Schuldgefühle erwecken kann), die hatte er einer ganzen Kompanie von Erntearbeitern vermietet. Sie hatten ihr übel mitgespielt: sie hatten sie mit Oliven vollgestopft und mit Rebenschößlingen gefesselt und fast erwürgt. Schließlich hatte er sie auf der Treppe eines Krankenhauses aussetzen müssen, ohne Mitleid mit ihrem ruinierten Leben empfinden zu können, aber die Vollkommenheit teilt man nicht mit anderen. Die Liebe teilt man nicht mit anderen. Liebe. *Amùr?* Ein nicht zu akzeptierendes Wort, das kein Bürgerrecht in seiner Sprache hatte.

Madlenin. Kind. Wie vieler Schläge mit dem Riemen hatte es bedurft, um sie zu zwingen, in die Pension zu gehen und sich an die Abmachung zu halten – zu viele, zweifellos, aber sie mußte unbedingt gehen: die dunkle Kammer im ersten Stock war die einzig mögliche Befreiung von den unsinnigen Illusionen. Jedenfalls hatte er das geglaubt. Oh, die sinnlose Illusion! Madlenin, Madlenin, ich hätte dir nie begegnen dürfen. Es war ein Unglück für das Mädchen: eine böse, tragische, traumatische Begegnung, eine, die sie für immer zeichnen würde. Viele Jahre, vielleicht ihr ganzes Leben lang, würde sie sich nur wünschen, ihn nie gekannt zu haben, würde sie jeden Augenblick verabscheuen, den sie mit ihm verbracht hatte, würden die zwei Jahre mit ihm ein blinder Tunnel des Schreckens und der Angst, würde die Erinnerung an ihn ein Alptraum sein, den sie dann vielleicht durch eine Heirat mit einem rotgesichtigen, nicht mehr ganz jungen Bergbauern zu vergessen hoffte, aber dadurch würde der Riß in ihrem Leben nicht heilen, sondern nur noch klaffender und schlimmer werden. Doch es war auch ein Unglück für ihn. Tatsächlich noch viel mehr für ihn: mit dreiunddreißig Jahren, mit den letzten wackligen Zähnen im Mund, mit ihrem Bild vor Augen, mit einem seiner Schutzschicht beraubten, wehrlosen Herzen hing er jetzt über dem Abgrund der Buße: ein Wort zuviel, eine Umarmung, ein Schritt mehr – und leb wohl, Freiheit, lebt wohl, kleine Mädchen. Er wußte, wohin Madlenins störrisches Lächeln führte; er wußte, wozu ihn ihre Fußtritte, ihr Kratzen, ihre Bisse, die verächtlichen Blicke, mit denen sie ihn im Dunkeln durchbohrte, bringen würden. Er ließ ihr zukünftiges Leben vor sich abrollen, drei Jahre, fünf Jahre, um mit dem Gesetz ins reine zu kommen, und da waren sie, Hand in Hand, sie ein kleines Mädchen, nie eine Frau, er mit etwas gelichtetem Haar – der Fesselballon der unerfüllbaren Träume, der Zeppelin ihrer Zukunft stürzte auf die Stufen einer Dorfkirche, er schritt im schwarzen Trauergewand nach vorn, sie erwartete ihn im heuchlerischen Weiß der Freude, sie knieten auf den Tafeln der Wiedergutmachung: die Szene war mitreißend, rührend, eine richtige Hochzeit, und dann Tage, Monate, Jahre, Dauer. Zeit, Zeit, Zeit. »T'es soûl comme un cochon, sale italien!« sagte jemand. Dieser Jemand – oder vielleicht ein anderer – packte ihn unter den Schultern und zog ihn hoch. Sie schleppten ihn mit eisernem Griff fort. Tauchten ihn mit dem Kopf ins Meerwasser. Die erste bewußte Empfindung: Salzwasser in der Nase, Sand, rauh wie Glassplitter im Hals, Flammen hinter der Stirn. Und die Erinnerung an Madlenin, die sich im Schweinestall eines Bauernhofs von Châteauvert gegen ihn gewehrt und ihn in die Wade gebissen hatte, das bissige Murmeltier, die giftige Schlange, die brennende Meduse. *Méduson, Médusette,* ja, aggressiv und ätzend wie die Medusen der Küste, wunderschön anzusehen, Nixen der Tiefe, weicher Kopf und verderbenbringende und doch so verlockene Arme: sie verbrennen dich, sie bringen dir entzündliche Wunden bei und nehmen dir doch die Lust auf das Meer nicht. Medusa, Medusa, das war der Name, den sie verdient hätte, wenn er die Zeit dazu gehabt hätte – die Zeit! –, sie zu taufen. Medusa.

Am Cours Saleya war Madlenin auf der Kirchentreppe eingeschlafen: eine dunkle, einsame, in ihren Schal gewickelte Gestalt. Gott segne die kleine Medusa. »Ehi!« rief er lachend, »schlafst?« Madlenin-Medusa riß die Augen auf, schlang ihm die Arme um den Hals. Die Zeit. Ach, könntest du doch dauern, Medusa, könnte es doch immer so sein! Könnte die Zeit doch jetzt anhalten, heute nacht. »Peru, oh, Peru.« Ihre Stimme zitterte: sie war so froh, ihn wiederzusehen. Sie preßte ihren blühenden Mund auf seine von Pastis und Reue vergifteten Lippen. Er troff von Salzwasser, sein Hemd war pitschnaß und kalt. Er hängte sich die Murmeltierschachtel über die Schulter und nahm sie bei der Hand. In tiefer Nacht durch die träumende Stadt gehen, die Hand des Kindes in deiner Hand, nur den unregelmäßigen Schlag deines Herzens und das glückliche Hallen deiner Schritte hören. Sie in den Schuppen bringen, die Barackentür verschließen, und du, ein heimatloser Vagabund ohne Gesetz und ohne Gott, ein Zigeuner ohne Stamm, fühlst dich als König dieser häßlichen Welt. Du siehst sie an, sie ist müde, hat ganz verschmierte Backen: sie muß viel geweint haben heute abend. Du hast sie zum Weinen gebracht. Du wirst sie doch nie verlassen können. Du bringst es doch nicht fertig, auf sie zu verzichten. Madlenin, deine Medusa, zieht sich das Kleid aus, nackt legt sie sich auf das Stroh und erwartet dich, wie du es ihr beigebracht hast. Sie lächelt dir zu, mit einem Lächeln, das dir das Herz zerreißt, dich dahinschmelzen läßt. Du hast es eilig. Du würdest sterben, wenn du auch nur noch einen Augenblick warten müßtest. Du reißt dir die Schuhe von den Füßen. Du wirfst die Hosen, das Hemd ab. Die Socken vergißt du. Du streichelst ihr den flachen, wundervollen Brustkorb. Die spitzen Knie. Die vorspringenden Rippen. Die harten kleinen Hinterbacken. Die Schenkel, die so dünn sind, daß du sie mit einer Hand umspannen könntest. Sie ist eine vollkommene Kleine, so heftig, so zärtlich, so mager, so wesentlich. Sie hat nichts, und doch hat sie alles. Sie wird dich in Verdammnis stürzen heute nacht, und morgen, und übermorgen, und du hoffst: auf immer.

Glückliche Paare haben keine Geschichte. Darin deckt sich die Meinung des gewöhnlichen Mannes mit der des dünkelhaften Romanciers. Von weitem gesehen erscheinen alle Verliebten gleich: blöde vor Zärtlichkeit, brünstig vor Leidenschaft, banal, vorhersehbar, die reine Wiederholung, in der Art aufgegangene Individuen. Nach dem Hochzeitsbankett fällt in den Märchen und Romanen der Vorhang: danke schön für eure Teilnahme, das war's. Und da die richtigen Romane meist nur von der Jagd nach dem Glück der Protagonisten erzählen, sie durch die rituellen Fährnisse begleiten, die dazu dienen, daß man sie liebgewinnt und um ihr

Schicksal bangt, das mit dem Ende der spannenden Ereignisse zusammenfällt, verliert der Erzähler, wenn dieses Ziel erreicht oder – bescheidener – wenigstens in Sichtweite zu sein scheint, das Interesse und macht es kurz. Die Jagd ist zu Ende, das Buch ist zu Ende, die Lichter gehen aus, das Schloß leert sich, im schönsten Augenblick schwindet der Zauber und überläßt euch wieder euch selbst, eurem alltäglichen Leben, eurer alltäglichen Welt, und höchstens bleibt noch, wenn euch die Geschichte gefallen hat, ein Abglanz des phantastischen Genießens oder wenigstens die Lust, so etwas wiederzufinden. Wenn der Schriftsteller zu einer Epoche gehört, in der er sich nicht schämen muß, die Geschichte mit einem Happy-End zu besiegeln, vereint er die Liebenden lächelnd – ob er an das, was er tut, glaubt oder nicht, sich dessen bewußt ist oder nicht, steht auf einem anderen Blatt –, sonst trennt er sie, unterwirft sie einem grausamen Schicksal, tötet sie oder, noch schlimmer, führt sie in fortschreitende Enttäuschung hinein, um ihnen (und uns) didaktisch zu zeigen, daß das Glück – oder vielmehr die Liebe – nicht existiert, daß es eine stilistische Chimäre ist oder auch eine merkantile, um die Verkaufszahlen hochzutreiben. In Wirklichkeit haben jedoch auch glückliche Paare eine interessante Geschichte (oder vielleicht auch nur: eine Geschichte), aber sie ist verborgen, unsichtbar. Der Fluß des erwiderten Gefühls versickert im Karst, um seinen Lauf unterirdisch fortzusetzen, in den Gesteinsfalten eines geteilten Alltags, in den kleinen Gesten, die immer nur das eine enthüllen: die nie zu bewältigende Präsenz des anderen. Sie haben sich vervielfältigt und vereint, um eine neue Gestalt zu bilden, die aus einem Leib und vier Köpfen besteht: aus ihrer neuen Identität und ihren gegenseitigen Projektionen.

Madlenin (nun für immer Medusa geworden) und Peru, die doch aus vielerlei Gründen ein recht ungewöhnliches Paar bildeten, entgingen dem allgemeinen Gesetz nicht, das sich nicht um Geschlecht, Alter und Epoche schert. Ihre

Geschichte verliert sich in den tausend Rinnsalen der scheinbar diesem 16. April 1906 ganz ähnlichen Tage, da sich – auch das nur scheinbar – nach Perus Eintreffen am Cours Saleya nichts änderte: sie stritten sich weiterhin, beschimpften einander weiterhin und führten ihr gewohntes wildes Vagabundenleben auf den Straßen Frankreichs. Medusa bettelte weiterhin mit den Murmeltieren, Peru trieb weiterhin allerlei windige Geschäfte. Sie zogen von Nizza nach Cannes und von Cannes nach Monte Carlo, sie kamen nach Marseille, Toulon, Fréjus, Hyères, Montpellier, Carpentras, Cavaillon. Da sie keine Touristen waren, sondern fahrende Leute, und ihre Wege durch den Zufall, durch Begegnungen, durch menschliche Barmherzigkeit bestimmt wurden, ähnelt das Diagramm ihrer Gefühle einer Straßenkarte von Südfrankreich: die Linien kreuzen sich, überlagern einander, wiederholen sich, verdoppeln sich, verlieren sich; ihnen in ihren ruhelosen Wanderungen, Aufenthalten, Fahrten mit Güterzügen, Tagen voller Sonne und Murmeltiertänzchen oder Pausen, in denen sie sich ganze Wochen lang in einem Heuschober verschanzten und sich selbst genug waren, zu folgen wird zunehmend unmöglich und würde den Rahmen der Erzählung sprengen. Aber es war etwas Unabänderliches geschehen: Peru hatte sich einem Glück ergeben, das ihn hinterrücks mit der Heftigkeit eines Messerstichs überrumpelt hatte, Medusa hatte eine bestürzende Entdeckung gemacht und befand sich in der seelischen Lage eines Christoph Kolumbus, der aus dem Hafen von Palo absegelte, um einen neuen Seeweg nach Indien zu suchen, und statt dessen auf einen unbekannten Kontinent stieß, aber das nicht anerkennen und sich nicht den offensichtlichen Tatsachen beugen wollte.

Sie durchquerten nicht nur einen großen Raum (in der Horizontalen), in dem sie sich frei und sicher bewegten, sondern sie wanderten auch durch die Zeit, aber das sehr viel unsicherer und zögernder. Sie genossen einen leuchtendbunten Sommer und ließen sich dann vom herbstlichen Mistral durchblasen; sie begrüßten das Jahr 1907 auf der Mole von Toulon sitzend, mit den Füßen über den schimmernden Öllachen auf der Wasseroberfläche, und danach waren sie mit den wechselnden Jahreszeiten vertraut. Im Sturmschritt durcheilten sie ihren zweiten französischen Frühling, empfingen ihren zweiten Sommer mit einem Bad im kalten Wasser von Bandol, in dem Hunderte von Medusen schwammen. Es ist ausdrücklich zu erwähnen, daß Medusa ihre Namensschwestern nicht gefielen: diese gallertartigen Organismen, die unter der Oberfläche fast unsichtbar waren, mit Wasser gefüllte kleine Luftballons, die in Gruppen dahintrieben und, sich feige dem Spiel der Wellen überlassend, aneinanderstießen, enttäuschten sie ungeheuer. Sie kauerte über einer, die von der Brandung auf den Strand gespült worden war, und betrachtete verdutzt den Hut, der sie an die Kopfbedeckungen der Damen auf der Promenade des Anglais erinnerte, und rümpfte die Nase, als sie den Schwarm winziger Fliegen bemerkte, die sich auf der verwesenden Qualle niedergelassen hatten, und die gierigen kleinen Krebse, die sich an ihrem nunmehr harmlos gewordenen Körper weideten. Sie schwieg lange, hob mit einem Stöckchen die Tentakel an, stellte fest, daß das Untier, das Peru der Täufer ihr als die brennende, ätzende, schlaue Herrin der Meere gerühmt hatte, nichts weiter war als ein nasser, weicher Kadaver. Und zudem im Leben ein treuloses, feiges, verräterisches Wesen, gerade das Gegenteil von ihr. Darauf bestrafte sie die enttäuschende Meduse mit Stockhieben, bis die durchsichtige Masse in verschiedene Teile zerfiel, und trat dann mit den Holzschuhen genüßlich auf dem weichen Zeug herum, so lange, bis nur noch ein Schatten, ein feuchter Fleck auf dem hellen Ufersand übrig war.

Sie begegneten einer Menge malerischer Gestalten, die Dutzende von Romanen bevölkern könnten (oder bereits bevölkert haben). Gefängniskollegen Perus, Zuhälter aus den Bordellen von Arles (nein, keine Sorge, Medusa arbeitete dort nicht), staatenlose Halbweltdamen, die Medusa als *postillon d'amour* benutzten, Toreros aus Nîmes, Hafenarbeiter, Bergleute, Radfahrer, Köche, Nonnen, die das verlorene kleine Mädchen bessern wollten und es in eine Erziehungsanstalt steckten, Kommissare und Polizisten, die Peru verhafteten und Medusa auf dem Polizeipräsidium verhörten, nach sorgfältiger Untersuchung davon überzeugt, daß der Zahnlose sie mißhandelt, vergewaltigt, prostituiert und auf jede Weise unglücklich gemacht habe. Doch Medusa war unbelehrbar und wollte weder gerettet noch gebessert werden: sie tobte im Schlafsaal herum, daß die Fetzen flogen, beschimpfte ihre Wärter mit obszönen Ausdrücken, und als Perus Gestalt vor dem Gittertor der *Maison de Correction* auftauchte, lief sie ihm entgegen und verschwand Hand in Hand mit ihrem Verfolger.

Zum erstenmal, seit er damit angefangen hatte, kleine Mädchen zu mieten, betrachtete sich Peru als Pächter mit einem Erbpachtvertrag. Für alle, die den feinen Unterschied nicht kennen: das bedeutet, daß man das Nutzungsrecht an einem Grundstück hat, aber mit der Verpflichtung, es zu verbessern und in regelmäßigen Abständen dem eigentlichen Besitzer eine Abgabe in Naturalien zu zahlen. Er sah Medusa als einen fruchtbaren Acker an, als ein kostbares Gut, und beschloß daher, dem Großvater eine Postanweisung zu senden: er hatte keineswegs die Absicht, sie ihm zum Herbst 1906 zurückzugeben wie abgesprochen, als er Minot Belmondo die sieben Lire Mietgeld in die Hand gelegt hatte. Sieben Lire, die für Minot verflucht gewesen sein mußten wie die berüchtigten dreißig Silberlinge, die Peru dagegen für die bestinvestierten sieben Lire seines ganzen Lebens hielt. Sich von ihr im Jahr ihrer Blüte zu trennen wäre ein Verbrechen gewesen; er bezahlte, um den Vertrag zu erneuern, und er bezahlte nicht nur: an dem Unglückstag, an dem er sie ihm zurückgeben würde (aber er hoffte, dieser Tag würde nie kommen – es sei denn in ganz ferner Zukunft, wenn er vielleicht schon tot wäre, zum Beispiel von einer humorlosen Frau ermordet), an diesem Tag jedenfalls wollte er ihm eine bessere Medusa bringen. Er wurde sanftmütig, milde, schnallte den Leibriemen ins letzte Loch und benutzte ihn nur zum eigentlichen Zweck, nämlich ihm die viel zu weiten Hosen in der Taille zu halten. Medusa wollte ihrerseits Perus Seele vor den Höllenflammen retten und unterzog ihn einer strikten Überwachung: sie ließ ihn sowenig wie möglich aus den Augen, beschattete ihn, spionierte ihm nach, empörte sich über seinen üblen Umgang mit Frauen und machte ihm Vorhaltungen. Das alles, weil Peru, allerdings aus ganz anderen Gründen, als sie glaubte, zuviel mit Frauen zusammen war. Auch sie segnete das Glück, so einen Gefährten zu haben, auch sie hielt ihn für ein kostbares Gut, das sie nicht verlieren wollte, kurz: sie war heftig eifersüchtig geworden (und blieb ihm auch nicht den Beweis dafür schuldig: einmal griff sie mit dem Messer eine üppige junge Rothaarige an, die einen Narren an ihm gefressen zu haben schien, und brachte ihr eine Wunde auf der Wange bei).

Seltsamerweise beteten diese beiden gotteslästerlichen »Wilden« (wie Peru sich gerne bezeichnete und Medusa nicht minder) viel: aber diese christliche Haltung, die sie zu vereinen schien, trennte sie in Wirklichkeit. Ihre Gebete waren völlig gegensätzlich. Peru erbat sich von Gott ein Wunder: zu existieren. Er bat ihn auch, sich um die anderen zu kümmern, ein Auge zuzudrücken, um ihm das Unwahrscheinliche zu erlauben: zu leben. Er bat ihn, ihm das Unmögliche zu gewähren – ein kleines Mädchen für immer, ein ewiges, unsterbliches kleines Mädchen –, und um das Ausmaß seines Glaubens zu prüfen und seine Fähigkeit, Gottes Ohr zu erreichen, belauerte er fachmännisch wie ein Kinderarzt und voller Angst Medusas Entwicklung. Damit konnte er jedoch ganz zufrieden sein: Medusa hatte die zarte

Anmut derer, die eigentlich keine haben, sie war in dem Alter, in dem die Unvollkommenheit des Wachstums mit der Vollkommenheit der Kindheit Krieg führt – und in diesem Kampf noch unterliegt. Ihre Fehler, die viel zu langen, viel zu dünnen Beine, gehörten zu ihr wie ihre Vorzüge, ihre unermüdliche Begeisterung und Neugier und ihre amüsierten großen Augen, und beides vereinte sich zu einer für ihn unwiderstehlichen Tapsigkeit. Die ungeduldige und glühend fromme Medusa betete zur Jungfrau Maria, den Erzengeln und allen kleinen Boten des Paradieses (sie verfolgte und fing Marienkäferchen, wo immer sie eines sah, und hauchte dann immer denselben sehnsüchtigen Wunsch zum Himmel hinauf), sie ganz bald groß werden zu lassen, damit Peru sich nicht mehr um die erwachsenen Frauen kümmerte, die so viel blühender und stattlicher waren als sie. Daß ihr diese Reize fehlten, mit denen ihre Geschlechtsgenossinnen doch so reichlich versehen waren, war in ihren Augen ein ständiger Grund zur Klage gegenüber der Muttergottes, die offenbar keine Eile hatte, sich für sie zu verwenden. Immer öfter betastete und untersuchte sie sich daher wissenschaftlich, maß sich, spiegelte sich in jeder Pfütze, beobachtete, studierte, bewertete sich: voller Stolz ließ sie Peru wissen, daß sie in einem Jahr eine Handbreit gewachsen war, zeigte ihm hochbefriedigt, daß die vormals viel zu großen Holzpantinen ihrer Mutter ihr nun genau paßten, und vor allem führte sie ihm eines Morgens mit völlig arglosem Lächeln vor, daß die Brennesselkur angeschlagen hatte (Peru hatte ein perverses Vergnügen daran, ihr die Brustwarzen mit Brennnesseln zu reizen, und damit sie sich das gefallen ließ, versicherte er ihr, sie würde davon Titten bekommen, um die sogar das Opfer ihrer Eifersucht, die Rothaarige, sie beneiden könnte). Er solle gut hinsehen, meinte sie, denn endlich seien ihr Brüste gewachsen. Gewiß, sie seien erst so groß wie unreife Oliven, aber es seien immerhin spitze, fühlbare Brüstchen, und die könnten ihm doch genügen, oder etwa nicht? Peru nickte betrübt, murmelte, ja, sie genügten ihm, doch dann warf er sich mit dem Gesicht auf die trockene Scholle eines Ackers und weinte.

Die Uhr ihrer Geschichte beginnt im Herbst 1907 wieder zu laufen, unaufhaltsam und mit rasender Geschwindigkeit. Obwohl er doch so glücklich zu sein schien, hatte Peru einen schlechten Sommer, er litt an einer undefinierbaren Krankheit – nervöse Erschöpfung oder vielleicht auch Selbstüberdruß –, die ihn dazu gebracht hatte, sich in eine verlassene Hütte zurückzuziehen, wo er, immer schwächer und antriebsloser werdend, über seine Vergangenheit seit dreiundzwanzig Jahren nachdachte, seit er aus dem Findelhaus von Cuneo davongelaufen war und durch die Welt zog, ohne einen Ort, an den er hätte zurückkehren können, ohne ein Zuhause, ohne einen Menschen, der auf ihn wartete. Er schlief viel und schlecht: im Halbschlaf redeten Hunderte von Personen auf einmal, die Bilder der tausend Städte, die er gesehen hatte, bedrängten ihn – Kirchen, Straßen, Türme, Schlösser, Boulevards: aber wo sie waren, wie sie hießen, wußte er nicht mehr. Er sah wieder die nackten Beine der ersten Kleinen, die er in einem Winkel unter einer Treppe überfallen hatte, die Schrift DAS GESETZ IST FÜR ALLE GLEICH an der Wand des Gerichtssaals, die Mauern der Strafanstalt von Alessandria. Er hörte wieder die kindlichen Stimmen der Mädchen, mit denen er gelebt hatte, die des sommersprossigen frühreifen, das ihm schluchzend enthüllte, daß er nicht der erste sei, da es schon der ganzen Familie als Zeitvertreib gedient habe – Vater, Großvater, Bruder, Onkel, Vettern und noch andern. Er hörte wieder das schrille Geschrei der kleinen Magd, die dröhnende Rede des Pflichtverteidigers, das Klirren der Ketten, die hallenden Schritte der Gefängniswärter, den Gesang des Kinderchors im Findelhaus, das Weinen der kleinen Blonden, die von den Erntearbeitern massakriert und von ihm auf der Treppe des Hospitals von Alès verlassen worden war. Aber wenn er aufwachte, war sein Kopf leer, er hatte Mühe, sich im einzelnen an die Gesichter zu erinnern, die verstrichene Zeit hatte sie verwischt. Er bewegte sich in seiner Vergangenheit wie ein Fremder in der Menge einer unbekannten Stadt, und eigentlich erinnerte er sich an nichts mehr genau. Sein Leben floß in unablässiger Bewegung fort, sein Leben war eine endlose Straße, mündete nirgendwo ein, hatte kein Ziel. Er sagte sich ein böses, schweres Ende voraus: arm, vorzeitig gealtert, mit einer Trinkerleber und allein, und auch von den kleinen Mädchen verlassen, die zu rauben er nicht mehr die Kraft und die zu kaufen er nicht mehr das Geld hätte. Es waren bittere Gedanken in der Stille der Nacht. Neben ihm auf demselben Kissen atmete Medusa und träumte von Paradiesen (er konnte sie sich vorstellen, ihre Träume: noch ein paar Jahre Reisen und Murmeltiere, viele Ersparnisse, dann ein schönes Haus in Ferriere, eine Kinderschar und er, der wilde Peru, als Ehemann; er wußte ja, wovon sie träumte, und manchmal, wenn er sie in ihrem seligen Schlaf beobachtete, wurden ihm die Augen feucht); ihr Atem, ihr leichtes Lächeln waren wie ein Lüftchen in einem verseuchten Raum. Die frische Brise, auf die er wartete. Von jeher, vielleicht. Er beschloß zu dauern. Er beschloß, daß Medusa dauern würde. Er würde sein Leben ändern, und um das zu tun, mußte er woandershin gehen, an einen jungfräulichen Ort, an dem man nichts von seinen Betrügereien und Neigungen wußte. Er brauchte nicht lange zu überlegen, um auf den Ort seiner zweiten Geburt zu kommen: am 27. November trat er feierlich in den Bahnhof von Marseille, stapfte geradewegs zum Fahrkartenschalter, schob einen Geldschein unter der Milchglasscheibe durch, lächelte dem bebrillten Beamten zu, der auf einem Rechenbrett lustig rote Kügelchen hin und her schob, um den Wechselbetrag auszurechnen. Er kaufte zwei Fahrkarten dritter Klasse nach Paris. Nur einfache Fahrt.

Sie warteten auf die große Stunde im Gedränge der Bahnhofshalle, zwischen Gepäckträgern und Koffern, auf einer Bank sitzend, unter dem Bild des Bébé AG 1905, des letzten Modells von Peugeot. Medusa wußte nicht, ob sie die Fahrkarten (beziehungsweise das Recht auf bürgerliche Ehrbarkeit, das nun Monate der Schwarzfahrerei und Heimlichkeit unter der ständigen Bedrohung, ausgewiesen zu werden, ablöste) anschauen sollte oder ihren Geliebten: den neu eingekleideten und parfümierten Peru, mit etwas kürzer geschnittenen Haaren, einer purpurroten Fliege, dem karierten Hemd, den von neuem Tweedstoff umhüllten langen Beinen und einer schon etwas verblühten weißen Nelke im Knopfloch. Die *billets.* Peru. Paris. Sie streichelte das feuchte Schnäuzchen der Contessa. Eine sonderbare Reisegefährtin, aber die Contessa war ihre Freundin, ihre verläßliche Weggenossin – das einzige der Murmeltiere, das die beiden Wanderjahre überlebt hatte –, und verdiente es, mit ihnen in die Hauptstadt zu reisen. Peru, ihr Geliebter. Auf Peru war sie heute besonders stolz, er kam ihr, gelinde gesagt, großartig vor. Auch Peru war stolz auf diese Medusa im hellblauen Kleid mit dem weißen Krägelchen und zwei langen, ordentlichen Zöpfen auf dem Rücken. Medusa beobachtete jetzt eine Zigeunerin, die, sich durch einen Dschungel von Gepäckkarren, Staubmänteln und Schrankkoffern hindurchwindend, einen verlegenen Touristen verfolgte und festhielt. Sie untersuchte seine Hand, schloß die Augen: *amour, bonheur, chance, vie très longue, fils, santé, beaucoup d'argent,* prophezeite sie ihm. Medusa fand, daß der Tourist Glück hatte, denn sie wünschte sich ja genau diese Dinge für ihre Zukunft in Paris. »Peru«, sagte sie, »ich will mir auch von der Zigeunerin die Hand lesen lassen.« Der Zug nach Paris sollte am *quai numéro deux* ankommen.

Was dieses geheimnisvolle Paris eigentlich war, wußte Medusa nicht, und es war ihr auch gar nicht so wichtig: ihr genügte der geschliffene Klang des Namens, es genügte ihr, sich etwas vorstellen zu können. Wenn Frankreich für sie bis jetzt der sonnige *Midì* gewesen war, so schwebte ihr nun Paris in einen mythischen Glorienschein gehüllt vor. Ein phantastischer und unwahrscheinlicher Ort, wo es auch nachts Tag war, wo die Züge unter der Erde fuhren, wo selbst die Armen glücklich waren. Wo Peru, Medusa und die Contessa sehr, sehr glücklich sein würden. Sie fragte Peru, wie lange sie noch warten müßten. Fast eine Stunde noch. Merkwürdigerweise rebellierte an diesem glücklichsten Tag, seit sie mit Peru lebte, ihr Körper gegen die Freude: seit drei Stunden hatte sie ein hartnäckiges Ziehen in der Nierengegend und einen krampfartigen Schmerz im Bauch. Sie ignorierte das Unwohlsein, um sich nicht das bunte Schauspiel des Marseiller Bahnhofs verderben zu lassen: ein Junge stellte in nur zwei Meter Abstand seinen Schuhputzerkasten auf und zwinkerte ihr zu, während er mit einem Lappen das Chagrinleder der Stiefel eines Offiziers polierte: »Die Zigeunerin, Peru?« Sie wollte sich die leuchtende Gewißheit ihrer Zukunft schenken lassen. Peru kramte barmherzig in seinen Taschen. »Wenn du unbedingt willst, Medusa.« Ihre Sibylle war tausend, zweitausend Jahre alt, sie hatte mit Kohlestift umränderte Augen, Ringe in den Ohren, und sie trug einen geblümten Rock. *E alor?* fragte Medusa ungeduldig. Sie wollte wieder die vielversprechende Wortfolge hören: *amour, argent, amant,* der Rest war nicht so wichtig – oder sie hatte ihn nicht verstanden. »T'es trop ptite«, sagte die Zigeunerin. »Ich muß auf die *tualette,* Peru«, sagte sie und stand auf, denn die Schmerzen waren jetzt sehr heftig geworden, und sie wollte ihn nicht beunruhigen. »Mach schnell«, antwortete er abwesend, seltsam nachdenklich.

Die letzten Minuten auf dem Bahnhof von Marseille. Der Schuhputzer machte glänzende Geschäfte. Über den Nischen der Fahrkartenschalter zeigte die Bahnhofsuhr 5 Uhr 41 an. Ankommende und abfahrende Züge, pünktliche, verspätete, erreichte und verpaßte Anschlüsse, Pendler, Touristen, Herren, Bettler, Reisegruppen, Einsame. Peru leistete sich den Luxus, dem Schuhputzer die Schuhe hinzustrecken und zuzusehen, wie er die Tube mit Schuhwichse ausdrückte. Mit klopfendem Herzen verfolgte er den Weg des großen Zeigers auf dem Zifferblatt, jedesmal wenn er um eine Minute vorrückte, näherte er sich um einen Kilometer Paris und seiner Zukunft mit Medusa. Der Dauer. Die Aussicht auf Medusas Dauern an seiner Seite wurde eins mit dem gelassenen Ablauf der Zeit auf der Bahnhofsuhr. Er sagte sich: wenn Medusa wieder da ist, bevor der kleine Zeiger auf sechs steht, ist *sie* meine Zeit, wir bleiben für immer zusammen, ich behalte sie, ich heirate sie. Ein Zeitungsverkäufer mit einem Bündel von *Le Temps* ging vorbei. Wo Medusa bloß steckte? Er sah wieder ein paar Minuten lang auf die Koffer, die Gepäckkarren mit den Speichenrädern und einen bellenden Hund, der wild an einer langen Leine zerrte. Er betrachtete wieder die beiden Fahrkarten. Er stand auf: Medusa kam, fast laufend, auf ihn zu, strahlend. Sie lächelte, und in ganz Frankreich gab es keine solche Kleine wie sie. Er drehte sich um und schaute auf die Uhr: 5 Uhr 59: die Stunde seines Lebens, in der die Zeit zu einem Raum geworden war, in dem er von nun an würde verharren können. Er nahm sie bei der Hand, sie gingen zum Bahnsteig, sein Herz schlug so laut, daß er fürchtete, sie könnte es auch hören.

Der Zug nach Paris, ein von Seifenwasser tropfender Dickhäuter, der eben von den Bahnhofsarbeitern abgespritzt worden war, stand ruhig an Gleis Nummer zwei. Eine lange Reihe kürzlich lackierter Wagen, in die gemütlich die Reisenden einstiegen. Ein Junge lief laut rufend den Bahnsteig entlang, um den Durstigen Wasser zu verkaufen: auf seinem Wägelchen schwankte ein einziges leeres Glas. Bedienstete, zugeschlagene und wieder aufgerissene Wagentüren, Vorhänge, Gesichter hinter den Fenstern. Medusa hüpfte herum, sah auf alle die Reisenden, die jungen, die alten, die Männer, die Frauen, und sah auf Peru und hatte große Eile, ihm ihre Mitteilung zu machen. Aber Peru mühte sich mit dem Pappmachékoffer und der Schachtel mit der Contessa ab und reckte den Hals, um zwei bequeme, etwas abgesonderte Plätze zu finden, und es war jetzt noch nicht der richtige Augenblick. Sie gingen den Bahnsteig entlang, immer weiter, die Gleise erstreckten sich endlos unter dem Bahnhofsdach und darüber hinaus, in der schwachen Novembersonne glänzend. Zwei freie Holzbänke. Peru zog am Türgriff und stieß Medusa das Trittbrett hinauf: das Abteil war leer. Nur sie beide, einer dem andern gegenüber, mit der Contessa, die über ihnen am Gepäcknetz knabberte, und zurückgezogenen Vorhängen, damit die Außenwelt hereinkonnte. Oder draußen blieb. Zwei Fahrkarten, ein Zug, und am Ziel der Fahrt eine endlose Gegenwart. »Peru«, raunte Medusa geheimnisvoll, »ich muß dir etwas sagen.« »Hä?« fragte er zerstreut: seine Aufmerksamkeit war ganz von ihren spitzen Knien in Anspruch genommen.

Italien war grau wie Marietas Augen: arm, elend, verregnet. Still wie Peru und Medusa, die einander nichts mehr zu sagen wußten, einander nicht mehr in die Augen sahen und nachts nicht mehr eng nebeneinander schliefen. »Mama, Mama, Mama.« Marieta hatte schmutzigblondes Haar, einen dicken Bauch, wie er vom täglichen Polentaessen kommt, krumme Beinchen und ein schwaches, ängstliches Katzenstimmchen. Sie weinte immer noch, wimmernd saß sie auf dem Maultier, das Peru im Bauernhof ihrer Mutter gekauft hatte – einem häßlichen Hof hinten im Tal, wo ein paar Hühner herumscharrten. Zu Medusa hatte er nur gesagt: »Das ist Marieta, meine neue Kleine.« Sie war nicht schön, vielmehr von besorgniserregender Schmächtigkeit: sie hatte ihm nicht gefallen, als er sie gesehen hatte, und sie gefiel ihm auch jetzt nicht, aber er hatte sie gekauft, und mit der Zeit würde sie ihm zwangsläufig schon gefallen. Medusa hatte kein einziges Wort zu ihr gesagt: sie sah sie nicht an, hielt die Augen gesenkt, auf die Hufspuren des Maultiers im Schlamm geheftet, sie weigerte sich, von Marietas Existenz Notiz zu nehmen. Sie verstand nicht, was los war, Medusa, seit neun Tagen fragte sie immer nur, warum. Warum, Peru? Peru konnte ihr keine Antwort geben, er schwieg. Sein Gemütszustand war durchlöchert wie die Sohlen seiner Schuhe, finster wie diese ersten Dezembertage im Sturatal. Er kaute Tabak, spuckte oft aus, sein Kopf war leer. Der einzige Gedanke, der in seiner trüben Stimmung herumzappelte, war ein altes Sprichwort, das er irgendwo, irgendwann einmal gehört hatte. Das Wasser findet immer einen Weg, laß es nur fließen. Das Leben ging eben, wie es gehen mußte, immer in dieselbe Richtung, die Flüsse münden ins Meer, der Sommer wird zum Herbst, und die Jahre verstreichen, und das war die Landstraße durch das Sturatal, und morgen früh würde er Medusa nach Ferriere bringen, und Vagabunden müssen allein bleiben und mit vierzig Jahren an einer Säuferleber krepieren, ohne Zuhause und ohne Kleine. Die Berge rückten näher, wurden immer höher, immer enger, die Weiden immer steiler, das Klima immer feindseliger. Und hinter den Wegbiegungen, dahinten lag Ferriere, am Ende der Straße, am Ende von allem. Und Paris lag in einem anderen Teil der Welt, aber nicht für Medusa mit den schwarzen Zöpfen. »Mama, Mama, Mama.« Marieta weinte immer noch. Es war eine unmusikalische, unpassende, unnütze Litanei, sie tat einem in den Ohren weh, ging einem noch zusätzlich aufs Gemüt, ohne ihren Zweck zu erreichen: Mitleid, Verständnis, Umkehr. Peru mußte mit bitterer Sehnsucht wieder daran denken, wie er mit Medusa zum Puriacpaß hinaufgestiegen war. Medusa hatte nicht geweint, sie hatte ihn erwartungsvoll angesehen, sie war ein neugieriges Kind, in dessen Augen sich die Welt spiegelte. Was für ein Aufstieg, was für ein Erdbeben die Initiation! Was für ein

Rausch! Das Wasser findet immer einen Weg, laß es nur fließen. Runter. Runter. Und nun mußte er sich mit Marieta begnügen. Medusa. Medusa. Er hatte ihr kein einziges Wort der Erklärung gegeben. Er konnte nicht mit ihr sprechen: er fand sich mit den Worten nicht zurecht, jedesmal, wenn er den Mund auftat, hatte er das Gefühl, in ein trügerisches Labyrinth zu tappen, aus dem er nie wieder herauskäme, deswegen wählte er seine Gedanken ängstlich aus, siebte sie, und am Schluß war das wenige, was übrigblieb, sowieso überflüssig. Außerdem verlangte Medusa immer noch von ihm, daß er ihr doch die »Pillen« geben solle: sie hatte Vertrauen in ihn, und er hatte keine Lust, ihr zu sagen, daß auch das eine seiner Lügen war, eine seiner vielen. Er wollte ihr kein Kind machen. Liebesleute haben keine Kinder, Medusa. Liebesleute dauern nicht: sie leben zeitlos in der Gegenwart, und dann ist die Gegenwart zu Ende. Sie war schon zu Ende, sie war schon vorbei. Das Ende ihrer gemeinsamen Tage war diese weiße steile Straße, und ein Mann in dunkelbrauner Uniform, der auf dem Bahnsteig stand und ein Rechteck aus grünem Stoff schwenkte, und ein Zug, der kreischend auf den Schienen anfuhr, die Waggons, die, von der Lokomotive gezogen, immer schneller vorüberglitten und schließlich verschwanden. Es war sein, ihr Zug. Ihre Zukunft, die nie kommen würde, denn in der Bahnhofstoilette von Marseille war Medusa eine Frau geworden: und diese Frau wollte er nicht. Er wollte die andere Medusa, das Kind Medusa, doch diese – seine – gab es nicht mehr, sie war verschwunden. Sie war verblüht. Er wollte diese Medusa nicht, die ihm hartnäckig von Zeit zu Zeit auf den Leib zu rücken versuchte, ihm Rippenstöße gab und ihn beschwor: behalte mich doch bei dir, Peru, ich will nicht nach Hause, ich will bei dir bleiben. Geh zum Teufel, Medusa!

HOMMES. FEMMES. In einem Feld ein Mann mit Hut, Hosen und Spazierstock, im anderen ein Fräulein mit Rock und

Sonnenschirm: so, mit zwei auf zwei Türen gemalten, von weitem fast nicht zu unterscheidenden Figürchen (verschieden in der Kleidung, verschieden im Beiwerk, sogar in der Haltung – der Mann stand, das Fräulein schien zu gehen), wird die Welt zweigeteilt. Es gab keine dritte Tür, für Kinder – Kinder haben keinen besonderen Ort, sie sind nichts, nur die Embryos von etwas, was sein wird. Daher stieß Medusa mit einem deutlichen Gefühl der Minderwertigkeit die Tür FEMMES auf. Der öffentliche Bahnhofsabort – unterirdisch, laut (über den Köpfen der Benutzer fuhren Züge) – war mit leuchtendweißen Kacheln ausgekleidet. Ein Haufen nasser Lappen lag in einer Ecke, daneben standen ein leerer Eimer und der Reisigbesen. Vor dem Spiegel malten sich zwei junge Frauen, offensichtlich Huren, die Lippen an. Auf einem Stuhl an der Wand saß, halb eingenickt, die Toilettenfrau, eine kohlschwarze Negerin. Medusa erwarb mit zwei Centimes, die sie ihr auf den Teller legte, das Recht auf Zutritt. Die Tür ließ sich nicht verschließen, der Haken war verbogen, das Porzellan der niedrigen Kloschüssel abgestoßen, der Fußboden feucht, der Gestank übelkeiterregend, der Schmerz in der Nierengegend immer heftiger, und dann, plötzlich, mit einem Schlag, wurde die Bahnhofstoilette von Marseille zum Vorhof des Paradieses. Sie trat aus dem Limbus der unseligen Kinder heraus, der Erzengel ließ sie ein. FEMMES.

Gekräuselter Farn auf den Jugendstilkacheln. Dutzende von Inschriften auf dem abblätternden Holz der Tür, denn Männer und Frauen haben, wenn sie sich unbeobachtet glauben, den stolzen Einfall, eine Spur zurückzulassen, die davon zeugen soll, daß sie dagewesen sind. Pornographie der Einsamkeit, der Langeweile, der Politik. Dutzende von Frauen- und Männernamen, Spitznamen, Daten, Herzen, Geschlechtsorganen, Unflätigkeiten, Schimpfwörtern, Blumen, Pfeilen, Verabredungen, Angeboten sexueller Spezialdienste. Und unfehlbar: DIEU VOUS GARDE, VIVE L'ANARCHIE,

LIBERTÉ ÉGALITÉ FRATERNITÉ. Der Name eines Boxers, der einer Sängerin. POUR JEAN JAURÈS. Ein patriotisches NIZZA È ITALIANA. Eine Aufforderung an die Proletarier dieser Welt, sich zu vereinigen. Auf der Höhe des Türgriffs Liebespornographie, jemand hatte mit herrischer Schrift eingeritzt: 5.6.1904 TOTÒ JE T'AIME. Und das war die einzige Inschrift unter den vielen, die ihr etwas sagte, die einzig sinnvolle. Noch einmal bückte sie sich, um sich zwischen die Beine zu sehen, doch ihr Blick kehrte zu der Botschaft zurück, die so voller Liebe und Verheißung war. Auch Medusa wollte eine Spur dieses denkwürdigen und einzigartigen Tages in ihrem Leben hinterlassen. So daß alle, die hier hereinkommen würden, von ihrer Geschichte erfahren und sie um so viel Glück beneiden sollten. Fieberhaft packte sie das Messerchen, das ihr Großvater ihr geschenkt hatte. Sie brauchte eine Ewigkeit, um den unbekannten Totò auszukratzen. Der richtige Name war ein anderer, aber sie wußte nicht, wie er geschrieben wurde: sie schnitzte ein unförmiges PRU. In ihren Augen war jedoch die Botschaft PRU JE T'AIME MADUSO kristallklar. Das Datum blieb stehen: ihre Liebe wurde mit einem früheren Datum verewigt, von 1904 an. Unbefristet. *Schö t'äme, Peru.* Endlich hatte sie es gesagt. Über eine halbe Stunde blieb sie in dem Verlies da unten, erst mit dem Versuch beschäftigt, ihren Namen in die Tür zu schnitzen, dann mit der Anstrengung, ihre Freude zu beherrschen, dann mit der Suche nach den richtigen Worten, um sie ihm mitzuteilen. Darauf mit der Betrachtung ihres Spiegelbilds, neben den Huren, die laut lachten. Sie lachte ebenfalls, denn auch sie hatte seit heute das Recht, geliebt zu werden. Ihre Wünsche waren erhört worden, sie war kein Kind mehr, nicht mehr »die kleine Medusa«. Das Schicksal hatte es gut mit ihr gemeint, sie war groß geworden. Sie war davon überzeugt, daß Großwerden einfach ein Ereignis sei, kein mühsamer Wachstumsprozeß, keine durch persönliche Leistung erworbene Veränderung: nein, einfach eine Tatsache, die eintritt. Die vonstatten geht, wie wenn man einen Zug besteigt, einen bestimmten Weg einschlägt, eines Morgens aufwacht. Es tritt ein, und nun war es eingetreten. Außerdem hatte man sie das ja glauben lassen: wenn sie zu viele Fragen stellte und die Erwachsenen keine Lust hatten, ihr zu antworten, sagten sie: warte nur, bis du einmal groß bist; und so glaubte sie, daß sie eines Tages bekommen würde, was ihr immer versagt worden war, worauf sie immer verzichten mußte. Groß sein war die Entschädigung für einen Mangel: die Kindheit. Und ihre Kindheit war heute in einem Porzellanschlund beerdigt worden. Die Kindheit war ein rechteckiges Stück rotverschmiertes Papier, aufgeschluckt vom Abfluß, von den Rohren der Kanalisation, von einer endlich vergangenen Vergangenheit. Sie wusch sich unter dem launisch spritzenden Wasserstrahl des Waschbeckens die Hände, die Negerin beobachtete sie verstohlen. Gerne hätte sie es ihr gesagt und auch den beiden kleinen Nonnen in ihren milchkaffeebraunen Gewändern. Und allen. Aber zuerst mußte sie es Peru sagen. Der Bahnhofsvorsteher rief aus, daß der Zug nach Paris vom *quai numéro deux* abfahre, als sie ihn auf den Mund küßte. Sie hätte ja noch eine Minute, eine Stunde, einen Tag damit warten können, vielleicht wären die Dinge in Paris anders gelaufen, aber sie sagte es ihm, während der Eisenbahner ein grünes Fähnchen schwenkte. Peru sagte nichts. Er riß die Wagentür auf, warf den Koffer auf den Bahnsteig hinunter und stieg aus.

Peru kam nie nach Paris. Er lebte noch lange in Frankreich, aber er hatte keine Lust mehr, diesen Zug zu besteigen. Als er mit Marieta (und später noch mit vielen anderen kleinen Mädchen) nach Marseille zurückkehrte, dachte er jedesmal, wenn er zwischen den Häuserdächern die Bahnhofskuppel erblickte oder am Stadtrand einen Zug mit erleuchteten Fenstern vorüberrasen sah, einen Augenblick lang an die *Ville Lumière,* aber dann verzichtete er wieder, und die Reise in die Hauptstadt der Welt landete schließlich in der Rumpelkammer seines Bewußtseins, dort, wo sich Schicht für Schicht, Jahr für Jahr, die Schlacken des Lebens ablagern: die vergebens erwarteten Ereignisse, die aufgegebenen Pläne, die gescheiterten Versuche, die Niederlagen. Was war Paris schon ohne Medusa und ohne Peru mit nagelneuen Tweedhosen und nagelneuer Seele? Ein Ort wie andere auch, nichts weiter als eine Stadt. Sicher, die Kirchen, die Glaspaläste, die Alleen, die Huren, die Straßenlampen, der Fluß und die Karossen, das alles wäre dort gewesen, aber das gibt es auch anderswo, auch in Turin, man braucht nur richtig hinzusehen. Da er ja nun nicht »der« Peru von damals werden konnte, da er ja bleiben würde, was er war, hatte Paris seinen Glanz verloren und war nur noch das Ziel einer nie angetretenen Reise. Die beiden Fahrscheine dritter Klasse Marseille–Paris mit dem Stempel vom 27. November 1907 verblaßten in seiner Jackentasche, dann vergilbten sie mit der Zeit und wurden schließlich zu zerknitterten Fetzen. So blieb Paris in seiner Erinnerung immer mit dem Bahnhof von Marseille verbunden, mit dem schwarzen Uhrzeiger, der an einem milden Novembernachmittag auf die neunundfünfzigste Minute nach fünf vorrückte, und vor allem mit Medusa, mit ihren schwarzen Zöpfen, ihrem hellblauen Kleid, ihren schmalen, nervösen Händen, ihrer tiefen Stimme und dem Lächeln, mit dem sie zu ihm gesagt hatte: »Peru, die Heilige Jungfrau hat ein Wunder getan, ich blute, endlich bin ich eine Frau.«

In einer verlassenen Hütte machten sie Rast. Es wurde dunkel, eine blasse Mondsichel durchschnitt hie und da den donnergrollenden Himmel. Es war abnehmender Mond, und eine Wetterfront näherte sich. Peru setzte sich auf einen Felsbrocken, band sich die Schuhe auf, befreite die eingeschnürten Füße. Medusa rumorte in der Hütte herum, knallte die Murmeltierschachtel auf die Erde. »Mama, Mama, Mama.« Das eiskalte Wasser des Flusses, das fast unbewegt in einem Teich stand, floß wie durch einen Trichter zum Wasserfall und stürzte rauschend ins Tal. Runter. »Mama, Mama, Mama.« Er hörte ein herzzerreißendes Pfeifen der Contessa. Das silbrige Wasser im Teich, der Wasserfall. Runter. »Mama, Mama, Mama.« Medusa schimpfte, drohte, prügelte. Sie hatte sich offenbar auf Marieta gestürzt. Wahrscheinlich traktierte sie sie mit Fußtritten und Faustschlägen und stieß sie mit dem Kopf gegen die Wand. Das mußte das dumpfe Geräusch sein, das er hörte, als würde eine taube Nuß aufgeklopft. Er wußte, daß Medusa sie zu sehr haßte, um Mitleid mit ihren sechs Jahren, mit ihrer Angst, ihrem Elend, ihren rotgeweinten Augen zu empfinden, sie brachte keine Solidarität auf. Sie gab Marieta die Schuld am Abbruch ihrer Reise, auch wenn es nicht so war. Er hatte diesen Angriff kommen sehen, das letzte Auflodern der verliebten Medusa, die mit der ausschließlichen, tyrannischen Liebe eines Kindes und zugleich mit der körperlichen, heißblütigen Leidenschaft einer Frau an ihm hing. Er stand auf. Medusa schlug Marietas Kopf gegen den Stein, drückte ihr die Kehle zu. Sie hatte sie schon fast erstickt. Er riß sie ihr aus den Klauen: sie war blaurot im Gesicht, atmete kaum noch. »Medusa, warum?« keuchte Marieta verzweifelt. »Ich hab doch nichts getan.« Erst jetzt sah er, daß die Contessa in der Schachtel auf dem Rücken lag, ein graues Bällchen. Tot. »Ich wollte sie wegjagen, ich wollte sie freilassen«, murmelte Medusa, »aber sie ist nicht weggelaufen, ist immer wieder zu mir zurückgekommen ... Sie wollte nicht weg von mir. Sie ist meine Freundin, und es ist nicht recht, daß Marieta sie bekommt.« »Ja, schon gut«, sagte er. Er warf das Murmeltier in den Fluß, aber die Contessa blieb im Trichter hängen. Er mußte mit den Füßen ins Wasser steigen und sie in den Wasserfall stoßen. Die Contessa plumpste wie ein Stein hinunter. Runter. »Marieta gehört mir«, erklärte er dann so geringschätzig und gelassen wie möglich, »rühr sie nicht an, oder ich schlag dir den Schädel ein.« »*Sie* hätte krepieren müssen, nicht die Contessa«, sagte Medusa. Marieta hatte das gehört und fing wieder an zu weinen und ihre Litanei zu wimmern: »Mama, Mama, Mama.« Marieta wußte nicht, daß sie ihre Mutter nicht wiedersehen würde; in zwei Jahren würde das Kind in Frankreich in einem nebligen Winter an Lungenentzündung sterben; sie wußte nicht, daß Peru sie nachts in einem Graben verscharren würde, in aller Eile, damit er nicht bei seiner Totengräbertätigkeit überrascht wurde. Er würde sie in der Decke begraben, die ihre Mutter noch in den Quersack des Maultiers gestopft hatte, damit sie sich nicht erkältete; in einem Sonnenblumenfeld, einen Meter tief unter fruchtbarer, schwarzer, aber ungeweihter Erde, wie einen streunenden Hund, ohne ein Gebet und ohne Trauer, die Kleine war zu zart und zu trübsinnig gewesen, und sie hatte ihm nie gefallen.

Er zündete sich eine Zigarette an. Er sah in die Nacht, die Finsternis, das Nichts hinaus: das einzige Lebenszeichen waren die hellen Rauchfähnchen, die aus den Kaminen von Prinard aufstiegen. Prinard, und dort hinter den Lärchen die Weggabelung nach Ferriere, und die Reise war zu Ende. Die Stura strömte ins Tal hinunter. Runter. Das Wasser findet immer einen Weg, Medusa. Die kleinen Mädchen wachsen heran. Du bist groß geworden, zu groß für mich. »Gib mir die Pillen, Peru«, sagte Medusa. Gib mir die Pillen, dann passiert nichts. Er hatte große Lust, sich kopfüber in das eiskalte Wasser fallen und sich forttragen zu lassen. Ein Betrüger, der immer in der Lüge gelebt hat, sagt nie die Wahrheit. Aber Medusa war Medusa, ihr hatte er alles gesagt. Die Wahrheit war nackt und trist wie das Ende eines unwiederholbaren Abenteuers. »Nein, Medusa«, sagte er, »ich kann nicht.«

Peru hatte immer gelogen und betrogen, seine Mitmenschen übertölpelt. Das war das einzige, worauf er sich verstand. Jahrelang hatte er auch Einbrüche und Raubüberfälle begangen, aber Betrügereien lagen ihm mehr. Er verkaufte Dinge, die nicht existierten, Gegenstände, die nicht funktionierten oder nicht das waren, was sie zu sein schienen: falsche Samen neuester amerikanischer Züchtung, falsche Mittel gegen die Räude, falsche Harze zur Bekämpfung von Wanzen und Holzwürmern, falsche Uhren zur Messung von Bruchteilen von Sekunden; er vermittelte Treffen mit falschen Wunderheilern, angeblichen Händlern, angeblichen Prostituierten. Viele Jahre lang betrog er – fast mit strafender Wut –, wen immer er betrügen konnte: Männer, Frauen, Kinder, Greise. Dann, nach dem Gefängnis, als er sich überzeugt hatte, daß DAS GESETZ NICHT FÜR ALLE GLEICH ist, beschloß er, die Frauen zu betrügen. Nur die Frauen. Vor den Männern hatte er Respekt, den Kindern gegenüber empfand er Mitleid. Den Frauen gegenüber nur Ekel. Er haßte sie, wollte sich für etwas rächen, was sie ihm angetan oder auch nicht angetan hatten. Bislang war es ihm nicht gelungen, sie zu unterdrücken, wie er es gern gehabt hätte. Er träumte davon, der Henker eines Geschlechts zu werden, dessen bloßer Anblick ihn schon störte. Lange überlegte er, was die Frauen am dringendsten brauchen könnten, und dachte sich schließlich ein phantastisches Produkt aus. Im Umgang mit ihnen, wenn er wehrlos ihrem Geschwätz ausgesetzt war, hatte er festgestellt, daß sie nur an eines denken und daß der allgemeine Glaube, die Natur habe sie schon wegen der Form ihres verborgenen Geschlechtsteils oder aus sonst welchen Gründen keusch geschaffen, völlig unbegründet ist. Aber während die Männer es tun, immer und überall, bei jeder Gelegenheit, furchtlos die Gefahr und das Neue suchend, sind die Frauen wegen der möglichen Folgen gezwungen, den Akt vorsichtiger auszuüben und viel Gefühlstrara und viel idealisierendes Getue zu veranstalten. Hätten sie nicht die Folgen zu befürchten, würden sie es jedoch genauso zügellos treiben wie ihre Gefährten und sich der Wollust hingeben. Er verurteilte diesen vielen unbekannten Aspekt der weiblichen Natur nicht, er war kein Moralist, er war Beobachter. So erfand Peru – lange vor der orthodoxen Medizin – die Antibabypille. Nach einigen Versuchen und Mißerfolgen stellte er eine zunächst noch beschränkte Anzahl weißer Tabletten her, klein wie Stecknadelköpfe, und verkaufte sie für viel Geld an Frauen, denen er auf seiner Wanderschaft über den Weg lief. Das Experiment gelang, und nun fabrizierte er die Pillen serienmäßig, sozusagen am Fließband seiner persönlichen Manufaktur des Glücks (oder vielmehr des Unglücks). Er drehte den Frauen Hunderte, vielleicht Tausende an, Frauen jeden Standes, vor allem aber Bäuerinnen und Arbeiterinnen, denn diese konnte er leichter ansprechen (und überzeugen). Er versprach Sicherheit, Spaß, grenzenlose Lust, Freiheit und verlangte nur ein paar Münzen. Der Handel erschien günstig und klappte. Wäre Peru ein umsichtigerer Geschäftsmann gewesen und hätte nicht sein Geld auf der Jagd nach der Chimäre der Ewigen Kleinen vergeudet, wäre er vielleicht zu der Zeit, als er Madlenin begegnete, ein reicher Mann gewesen und hätte nicht mehr wie ein Vagabund mit zerrissenen Hosen und ins letzte Loch geschnalltem Gürtel gelebt, aber Geld interessierte ihn nicht: er wollte nur die vollkommene Kleine (nicht) finden. So schnell, wie die Einnahmen in seine Tasche wanderten, wanderten sie auch wieder hinaus. Jedenfalls machten diese von ihm unentwegt weiter hergestellten Pillen seit Jahren seinen besonderen Geschäftszweig und seine Haupteinnahmequelle aus (das bißchen Geld, das die Mädchen für ihn erbettelten, war unerheblich und diente nur als Fassade der eigentlichen Veranstaltung, gleichsam als die Tür, hinter der er seine verbotenen Nächte unter Verschluß hielt); und außerdem verschafften sie ihm eine ungeheure Befriedigung, denn um seine Pillen an die Frau zu bringen, mußte er wahre Meisterwerke von Lügengespinsten aushecken. Der Betrug war in der Tat großartig. Denn: wirkten diese Pillen? Erfüllten sie ihren revolutionären Zweck, der den Lauf der

Geschichte geändert hätte? Nein: die geheimnisvolle Formel, nach der sie zusammengesetzt waren und für die verschiedene Landärzte ihm bereits beträchtliche Summen geboten hatten, war in Wirklichkeit äußerst einfach: die Pillen bestanden aus einer kleinen Dosis Natron, Magnesium, Zucker, Körperpuder und Kreidepulver. Perus empfängnisverhütende Pillen bewirkten höchstens etwas Schläfrigkeit und Durchfall, aber in den meisten Fällen hatten sie überhaupt keine Wirkung, und da setzte die Großartigkeit des Betrugs erst richtig ein. Denn dank dieser ersehnten Pillen gaben sich Hunderte von Frauen beruhigt der Liebe hin und entdeckten dabei wahrscheinlich eine zuvor nicht gekannte Lust; und als Folge davon kamen Hunderte von Kindern – und von kleinen Mädchen! – und bevölkerten mit ihrem Lachen und ihrer unschuldigen Freude dieses irdische Jammertal, das sonst nie die Ehre gehabt hätte, sie zu beherbergen. Peru fühlte sich fast so, als spielte er Gott – oder, bescheidener, den Storch. Er suchte seine Opfer nach dem Zufallsprinzip aus (oft suchten umgekehrt sie ihn aus) und veränderte auf immer ihr Leben; er war der Erzeuger von Kindern, ohne die Frauen auch nur zu berühren (in seinem ganzen Leben hatte er nie eine »richtige« Frau gehabt), er bevölkerte die Erde, ließ die Menschheit sich fortpflanzen, erneuerte die Art.

Aber in einer zärtlichen Sommernacht hatte er einen Fehler begangen. Bis dahin hatte er sich gehütet, seine Kleinen über seine Geschäfte aufzuklären, aber bei Medusa hatte er schon so viele Ausnahmen gemacht, daß es auch auf diese eine nicht mehr ankam. Weil er sich wichtig fühlen wollte. Weil sie die Auserwählte war. Weil sie eben Medusa und er in jener Nacht auf dem Land so glücklich war. Er hatte ihr seine Pillen gezeigt. Er führte sie in einer Blechschachtel bei sich, auf deren Deckel das inzwischen leider verrostete, schön gezeichnete Bild eines mit Flügeln versehenen Vogelmannes zu sehen war. Weil er sie liebhatte und sie besser ausgestattet ihrer Zukunft zurückgeben und ihr schmerzliche Erfahrungen ersparen wollte, hielt er ihr einen langen Vortrag, fast eine wissenschaftliche Vorlesung. Er erging sich in ausführlichen Erläuterungen, machte mit einem Stöckchen Zeichnungen in den Lehm, malte für sie ganze Kaulquappenschwärme, war äußerst deutlich. Medusa fand seine Erfindung genial: von da an hatte sie noch größere Hochachtung für ihn. Die Frauen werden dich zum Heiligen machen, sagte sie ihm lachend voraus. Das glaube ich auch, antwortete er nachdenklich. Jetzt, während er auf der Schwelle der Hütte von Prinard in seinen verfilzten Socken fror, wünschte er sich für einen Augenblick, er hätte tatsächlich die Formel für die folgenlose Lust entdeckt. Vielleicht war das ja das Elixir, das er immer gesucht hatte: das unentgeltliche Begehren. Die Freiheit hinter dem Wiederholungszwang. Die unbefleckte Reinheit der Liebe. Er spähte im Dunkeln nach Medusas Mund. Sie sah ihn an. »Peru, gib mir doch die Pillen und behalt mich bei dir, behalt mich bei dir«, flehte sie. Nein, nein, nein. Der Unterschied zwischen einem Kind und einer Frau bestand nicht nur in einem Hasardspiel, in der Möglichkeit, daß etwas passierte oder nicht, es waren zwei nicht miteinander zu vergleichende Welten. Seine Zeitblüte Medusa hatte schon seit langem zu welken begonnen, längst vor diesem schicksalhaften 27. November: sie verblühte schon, seit sie nicht mehr auf ein Mäuerchen steigen mußte, um ihn zu küssen. Seit das Spiel aufgehört hatte, ein Spiel zu sein: seit sie gestöhnt und geschrien hatte. Seither war sie keine Kleine mehr, das stumme, reglose Spielzeug seiner Nächte. Sie war eine Frau, und diese Kindfrau machte ihm fast angst. Medusa versuchte, ihm die Blechschachtel zu entreißen, ihn ins Gras zu ziehen, »die Pillen, Peru, *schö t'äme,* behalt mich bei dir«. Laß mich bei dir bleiben, laß es uns tun, hier, jetzt, noch einmal, wie früher, wie gestern, wie morgen, wie immer, denn *schö t'äme.*

Das Zeug nützt nichts, Medusa, das ist bloß Magnesium,

Zucker, Straßendreck, reine Scheiße, sagte er. Medusa schwieg, sie konnte nicht mehr schlucken, der Hals tat ihr weh, als steckte ein Disteldorn darin. Sie hatte vieles geschluckt, lange Zeit, aber diese größte Enttäuschung ging nicht herunter, blieb ihr in der Kehle stecken. Betrogen, Peru hatte sie immer betrogen. »Schuft! Satan! *Salaud!* Bastard!« fing sie an zu schreien. Lügner, Verräter! Und doch konnte sie auch jetzt nicht bereuen, daß sie ihn bei Kommissar Brochet gedeckt hatte. Er hatte sie lächelnd angesehen, ihr die Hand gehalten, er war dick und freundlich, sie hätte nur *uì* zu sagen brauchen und hätte Peru nie mehr wiedergesehen, wäre nie mehr seinen Betrügereien ausgesetzt gewesen. *Uì, uì, messié.* Sein Lügenleben hing am Faden ihrer maßlosen Liebe, ihrer grenzenlosen, unerwiderten Liebe. Aber sie hatte dem netten, väterlichen Kommissar – er war viel väterlicher als ihr eigener Vater – ein Nein entgegengeschrien, denn der Faden war zwar dünn wie eine Spinnwebe, aber niemand konnte ihn zerreißen, niemand, außer ihm. Nein, nein, nein. Doch jetzt konnte sie nicht einmal mehr sagen, bleib bei mir, Peru, ich will nicht nach Hause, ich bin dein. Sie schwieg, weil es sinnlos war, darauf zu beharren, sinnlos, weil man nicht das Unmögliche wollen kann, man kann die Flüsse nicht rückwärts fließen lassen, man kann die Stura nicht in die Quelle zurückleiten und sie am Herunterströmen hindern. Die Stura floß in den Po, und Peru würde nach Frankreich gehen, mit Marieta und ohne sie. Und das Brausen des Flusses auf den Steinen sagte, daß Peru mit diesem Wasser fortginge und nicht mehr zurückkäme. Nicht mehr zu ihr zurückkäme. Und die Tage mit Peru, die Tage der Murmeltiere und der Küsse waren vorbei, und nur noch der Sprühregen dieses Dezembers war da, kalt und unfreundlich. Sie wunderte sich, daß die Welt nicht unterging. So wie sie unterging, sie hatte ja nicht einmal mehr die Kraft zu weinen. Peru drückte seine Kippe mit den Fingern aus, es war ihm gleich, ob er sich an der glühenden

Asche verbrannte. Er konnte sie ja behalten, er konnte Medusa ja sein Leben lang bei sich behalten. Er hätte auch ein Kind akzeptiert, von ihr. Er hatte das Gefühl, dem Kind von Peru und Medusa hätte die Welt zu Füßen liegen müssen. Sie konnten im Lauf der Jahre ein ehrbares Paar werden, wie die anderen. Zwei normale Menschen, wie alle. Er hatte ja auch davon geträumt, zu dauern.

Aber was heißt das, dauern? Was für ein Leben ist das, Medusa? Kummer, Arbeit, Familie und Armut. Ein Drecksleben, in das verhängnisvollerweise alle hineingeraten – sie reiben sich auf, sie mühen sich ab, sie krepieren, und der einzige Trost, den sie haben, ist der, auf der Seite der Mehrheit zu stehen, der höheren Natur des menschlichen Wesens. Und ich bin anders. Du bist anders. Er hatte in einem Aufblitzen in ihrem Blick diese finstere Zukunft gesehen, während der Zug sich am Bahnsteig in Bewegung setzte. Das Bild war so brutal, daß er, fast ohne zu wissen, was er tat, die Wagentür aufriß: sie beide in der winzigen Küche einer Baracke, Medusa eine Frau mit einer Schürze um die breiten Hüften, mit mehlbestäubten runden Armen, ein quengelndes Kleinkind, die leere Vorratstruhe, die leere Flasche, das fleckige Tischtuch, die verkrustete Herdplatte, die speckige Pfanne, die geblümte Gardine, die aufgehängte Wäsche, die Windeln, der Wecker früh um sechs, der Zichorienkaffee, das trockene Brot, der kalte Ofen, das ungemachte Bett, er ihrer so müde, daß er sie nicht einmal mehr anschauen mochte. Das Leben zum Ersatz für etwas anderes geworden, das an uns vorübergegangen ist, ohne sich unserer zu erinnern. Die stickige Luft in einem zu engen Raum. Der eingegrenzte Horizont, ohne Fenster, ohne Verrücktheiten, ohne ein Morgen. Der Geruch nach Abgestandenem, nach Schimmel und Feuchtigkeit, der Regen, der durch das Dach tropfte, das Geheule, das Geschrei, der ewige Streit, die Vorwürfe: davon sprachen das Pochen der Stahlhämmer, das Knacken der sich verschiebenden Weichen, die die Räder in die richtigen Gleise zwangen. Uns nicht, Medusa. Wir nicht! Der leere Wagen mit den leeren Holzsitzen, die noch offenstehende Wagentür sausten an ihm vorbei. Dann ein Waggon nach dem andern: der lange Zug fuhr auf den glänzenden Schienen davon und trug dieses Drecksleben mit sich fort. Für Medusa wollte er etwas Besseres. Nur nicht das, nein, sie durfte nicht die ewig schwangere Frau eines Säufers, die Mutter einer blutarmen Kinderschar werden, sie verdiente mehr, er wollte alles für sie. Und auch für sich hatte er immer alles gewollt. Oder vielleicht auch nichts – nur die verzehrende Erinnerung an das, was sie gewesen war: eine wunderbare Kleine mit schwarzen Haaren, die der Zufall ihm im magischen Stadium ihrer Unschuld in die Arme getrieben hatte. Von der er jeden Atemzug, jedes Lächeln, jede Träne genossen hatte. Ich will dich nie wieder sehen, wenn die Zeit dich zerstört hat, ich werde nie mehr den Weg über Ferriere und über den Puriacpaß nehmen, ich werde dich immer so in Erinnerung behalten, wie du heute nacht bist, so wie jetzt, mit dem Kopf auf meinen Knien, und noch so klein, daß du dich recken mußt, um mich auf den Mund zu küssen. So klein, daß ich immer Angst habe, dir weh zu tun. Medusa und Peru würden kein Drecksleben haben, sie hatten das Beste schon genossen. Ich weiß nicht, wer du sein wirst, morgen, für mich wirst du immer neun Jahre alt sein und Zöpfe haben. Und einen mit Sahne beschmierten Mund und Strohhalme im Haar. Doch dann sah er ins Dunkel, hörte sie leise weinen, und es kam ihm die Erkenntnis, daß das Leben wie ein Feuer ist, das allmählich erlischt; rauchend erkaltet es, und schließlich zerfällt die Glut und sinkt in die Erde, und es bleibt nichts übrig, nichts. Eine Handvoll kalter Asche. Und auch er erkaltete nach und nach, etwas hätte sein können und war nicht gewesen, er zerfiel, er würde allein sterben wie ein Hund. Ohne Medusa. Und im Grund war es gleich, mit ihr oder ohne sie, aber vielleicht könnte er mit ihr doch sein Leben ganz leben, auch wenn es ein Drecksleben war, auch wenn es kommen sollte, wie es kam, er hätte es gekonnt, er wollte es heute nacht, und er würde es auch morgen noch wollen und übermorgen, bis die Sehnsucht selbst nur ein Ersatz wäre, eine Tasse grünlicher Zichorienkaffee. Aber es war zu spät, Medusa schlief mit dem Kopf auf seinen Knien, und der Himmel wurde hell. *Adieu, mon enfant. Ma fleur, mon temps.*

»D' Madlenin is zruck!« riefen die Kinder auf den Gassen. Medusa rührte sich nicht von der Stelle, verstört sah sie sich um. Der gewundene Stamm der Föhre, der Glockenturm der eingestürzten Kirche mit dem schiefen Kreuz und den dunklen Dachziegeln, der von Quecken überwucherte Dorfplatz, der Hortensientopf auf dem Fenstersims des Hauses der Javelli, Andrés schwarze Katze, die zusammengerollt auf der Türschwelle schlief, die schwarzen Hütten, das Heu, die Holzstöße, die Kamine, der Schneeregen: Ferriere war wie immer. Als wäre die Zeit eine gekrümmte Linie, die an ihren Ausgangspunkt zurückkehrt, so daß Anfang und Ende verschmelzen und der Kreis vollendet ist. Madlenin ist zurück! Der Name war nicht mehr ihr Name. Madlenin gab es nicht mehr, die war an einem Morgen auf dem Cours Saleya verlorengegangen, als seine Stimme sie geweckt und seine Hand sie nach Hause geführt hatte. Madlenin konnte nicht zurückkehren. »Ga hei«, sagte Peru barsch und zog sich den Hut in die Stirn. Das war der liebevollste Abschied, den er ihr gewähren konnte. Das war alles, nur um sie nicht noch einmal sagen zu hören *schö t'äme, Peru.* Geh, hau ab, verschwinde. Er packte das Halfter und machte sich auf den Weg, zog das Maultier hinter sich her, auf das der Hanfsack und der Karton mit den neuen Murmeltieren gepackt waren, und Marieta, die einmal zurückwinkte und dann wieder zu weinen und Mama, Mama zu rufen anfing. Er hielt direkt auf die Steigung zu und wollte nicht mehr stehenbleiben – ja, er hatte sich geschworen, es auf keinen Fall zu tun, aber an der

Biegung, bevor das Dorf hinter ihm verschwand, bevor er seine Kleine der Nichtexistenz überantwortete, bevor sie ein verflogener Traum, die Ausgeburt eines nächtlichen Saufdeliriums wurde, bevor Vergangenheit, Gegenwart und Zukunft ein erloschenes Feuer, kalte, trockene Asche wurden, drehte er sich um. Medusa stand reglos an der mit Brennesseln bewachsenen Wegböschung, ein schwarzes, grimmiges Pünktchen: der Widerhall eines eigensinnigen Nein. Sie las Steine auf und schleuderte sie in seine Richtung, denn Steine zu werfen, auf alles und alle – auf die Feinde und Verräter, aber auch auf die, die sie liebhatte –, das war die einzige Art, die sie kannte, um ihre Gefühle zu zeigen: Wut, Schmerz, Zuneigung, Verzweiflung, Ohnmacht. Die Steine konnten ihn nicht mehr erreichen. Dann schloß Medusa die Augen und versteckte das Gesicht in den Händen, und er hörte sie zählen oder vielmehr die Zahlen in den Himmel hinaufschleudern, ihre letzten Steine, eins, zwei, drei, und er kannte dieses Spiel, er hatte sie es Dutzende von Malen spielen sehen: jedesmal, wenn das Leben sich ihren Wünschen widersetzte. Medusa hielt sich die Augen zu, zählte und meinte, die Wirklichkeit mit ihren Zahlen zu erschüttern, umzudrehen, kleinzukriegen. Er wußte, sie zählte jetzt, damit sie, wenn sie die Augen wieder aufmachte, ihn zu sich zurückkommen sähe, mit sauberem Hemd und Bügelfalte in den Tweedhosen. Sechs, vier, sieben, neun, zehn zählte sie und stockte, weil sie die Zahlen durcheinanderbrachte und nicht weiterwußte, und dann zählte sie von neuem und verschwand hinter der Biegung. Zwei, neun, elf, zehn, fünfzehn: nichts. Medusa öffnet die Augen, schaut, sucht ihn, und der Weg ist eine weiße, leere Strecke.

Das Leben wurde ein großer Betrug: sie fand den Großvater und die kleinen Geschwister wieder, blaß vom Winter, aber in ihre Augen fiel kein Licht. Es wurde bald dunkel in Ferriere, die Tage waren kurz und vergingen doch langsam wie ein Tröpfeln. Samstag, Sonntag, und schon war wieder Montag, in unendlichem Ablauf. Und wieder kam ein Sonntag, wieder wurde es Montag, alles kehrte wieder, aber der einzige, der hätte wiederkehren sollen, kam nicht. Sie wartete den ganzen Winter auf seine Rückkehr, fuhr jedesmal zusammen, wenn der Schnee auf dem Weg, der zur Hütte der Belmondo führte, unter Schritten knirschte. Sie lief vors Haus, aber es war nur Andrés Katze, die auf den Holzstoß kletterte. Überall sah sie Perus strohgelben Kopf: in den Klumpen der Polenta, im streifigen Licht des Sonnenuntergangs, in der gelben Urinlache im zertretenen Schnee. Sein zahnloser weicher Mund erschien in den Flecken auf den feuchten Wänden, seine borstigen Haare kitzelten sie, wenn das Stroh, mit dem ihre Matratze gefüllt war, sie in die Wange stach. Aber niemand erwähnte je seinen Namen, für den Großvater existierte er nicht, und auch sie konnte ihn nicht aussprechen. Im Heuschober flüsterte sie Liebesworte und schluckte sie hinunter. Sie träumte vom *Midì*, sie träumte von Peru, sie träumte von Nizza und den Murmeltieren, aber es waren zerbrechliche, ängstliche Träume, die verflogen, sobald die vertraute Stimme ihrer Schwester oder ihres Großvaters erklang. Sie verbrachte die Tage in einer Einsamkeit, die einer Quarantäne glich, sie rührte die Polenta und tat sonst nichts, denn sie war schon zu groß, um in die Dorfschule zu gehen, und noch zu klein, um schon an ihre Aussteuer zu denken. Und eigentlich konnte sie auch gar nicht mehr an ihre Aussteuer denken, denn sie war soviel wie ruiniert. Wenn sie zum Brunnen hinunterging, um die Wassereimer zu füllen, warfen die Dorfjungen von Ferriere bösartig mit Steinen nach ihr und riefen dabei: Medusa, die Französin, Medusa, die Hure. Die Frauen redeten nicht mit ihr, und die Männer sahen ihr in die Augen, bis sie den Blick senkte.

Am 1. Mai brachte Mundin sie zum Jahrmarkt von Barcelonnette und verdingte sie an Monsieur Reynaud, den Besitzer eines stattlichen Bauernhofs im Val d'Ubaye. Der mit einem kräftigen Handschlag zwischen Großvater und Brotherrn besiegelte »Vertrag« sah vor, daß Medusa bis Ende Oktober am Grand Bérard Kühe hüten sollte, für (magere) Verpflegung und Unterkunft (im Stall, wo sie mit den Tieren den schweren, feuchten Schlaf teilen mußte). Ende Oktober sollte sie dann mit einer kleinen Entlohnung und einem neuen Paar Schuhe wieder gehen. Aber Medusa kehrte nicht nach Ferriere zurück. Ihr Zuhause und ihre Familie hatten schon seit langem jede Anziehungskraft verloren. Die Familie Belmondo existierte nicht mehr, seit Lucia gestorben war und Minot sich nach Amerika eingeschifft hatte: jeder sorgte für sich und Gott für keinen. Nicht, daß das Leben im Ubayetal besser gewesen wäre als das auf der anderen Seite des Bergs: es war nur das Leben einer Kuhhirtin, das aus trockenem Brot, Mist, Reif, Wanzen, Zecken, Mißhandlungen und ewigem Hunger bestand, den auch die auf dem Feuer gerösteten Schlangen und Eidechsen nicht stillen konnten. Müde führte sie das immer gleiche, beschränkte Leben wie ihre Kühe: sie stand auf, ging auf die Weiden, schlief. Es war ein Leben des Gehorchens und Erduldens: Sichbeklagen und Sichwidersetzen brachten nur Stockschläge, Fußtritte und lange Fastenstrafen ein. Trotzdem widersetzte sie sich auf die einzige Weise, die sie kannte: sie stahl und übertrat die Anweisungen, bis Reynaud beschloß, aus der bockigen Stute eine brave Eselin zu machen: er peitschte sie auf die nackte Haut, bis ihm der Arm lahm wurde, und sperrte sie in den Kaninchenstall – einen sechzig Zentimeter hohen und einen Meter tiefen Käfig, in dem sie sich weder ausstrecken noch bewegen konnte. Dort ließ er sie drei Tage lang hungern und dürsten, und als er sie wieder befreite, schlug er ihr vor, das ganze Jahr bei ihnen zu bleiben. Im Sommer als Hirtin auf dem Berg, im Winter als Magd im Haus. Sie sagte *uì, messié* und blieb.

Peru wurde eine Erinnerung, staubig und herzzerreißend

wie die goldenen Partikel, die in den Lichtstrahlen tanzten, wenn die Sonne ins Dunkel des Stalls schien. Nur eine rosa Muschel und ein mit einem Segelschiff bemalter Stein waren ihr von ihm geblieben. Sie nahm die Muschel mit auf den Berg, legte sich auf den Rücken ins Gras und drückte sie ans Ohr, um wieder das Geräusch der Brandung des Mittelmeers zu hören. Der Himmel hing schwer auf die Erde, der Nebel verschluckte das Tal, die Wolken nahmen die Form des Zuges Marseille–Paris an, die Rauchfähnchen wurden zu Wattegleisen, und sie wartete darauf, das Murmeln des Meers zu erkennen und das Echo der Wellen, die mit dem keuchenden Rhythmus ihres Atems ans Ufer schlugen. Aber das Meer war ausgeschöpft, der Dummkopf aus dem Märchen hatte es mit seinen vielen geduldig gefüllten Eimern trockengelegt. Die Muschel blieb stumm, der Himmel war weiß, die Sonne verschwunden. Die Welt war immer gleich: ohne Peru und ohne Meer, ohne so viele andere Dinge – eine Welt ohne.

Sie hörte auf, Geld zusammenzukratzen, um eine Fahrkarte für den Zug kaufen zu können: sie würde nicht mehr in den *Midì* zurückkehren, wo auf seinen langen Beinen, irgendwo in den blühenden Städten, auf den Hafenmolen, zwischen den Baracken der Bergarbeiter, Peru der Zahnlose herumschlenderte. Tag für Tag war die Vergangenheit ein wenig mehr zerfallen, die Zeit hatte sie zersetzt. Die Musik war verklungen, und das einzige Lied, an dem ihre Erinnerung sich noch festklammerte, war das vom faulen Mädchen, und das sang sie, wenn sie zur Mühle der Reynaud hinunterkam, um Wäsche zu waschen und wütend ihre Lumpen im eiskalten Wasser zu reiben. Sie wußte die Worte nicht mehr richtig, nur den Refrain: Mama, Mama, mein Herz ist tot. Willst du wissen, was mir fehlt? Ach, mein Herz ist tot.

Sie war vierzehn Jahre und einen Monat alt, als sie schließlich anderen Männern erlaubte, an Bord ihres Lebens zu kommen – es waren blinde Passagiere, die beim nächsten

Halt wieder herausgeschmissen wurden. Sie kamen und gingen, nach Zufall, nach Laune, manchmal verschafften sie sich mit Gewalt Zutritt, manchmal machte sie sich ihnen zum Geschenk. Es waren Gäste, zu denen man nur freundlich ist, weil man weiß, daß sie bald wieder gehen. Zugvögel auf kurzer Rast. Der Verwalter des Nachbarhofs, der Besitzer der Käserei, der die Märkte des Bezirks mit Käselaiben belieferte, ein tätowierter Araber, der zur Saisonarbeit zu den Reynaud kam und ihr vergeblich von Dampfern und dem Ozean vorschwärmte, der achtzehnjährige Stallknecht, der feine junge Landarzt mit goldenem Schnäuzchen und Brille, ein Hausierer aus Alba, der mit Stoffen handelte, der Lehrling des Hufschmieds, der Zimmermann, der acht Kinder und ein gewaltiges Lachen hatte, der Kaffeehausbesitzer von Jausiers, der schlaffbäuchige, bärtige Pfarrer, der große Nachsicht mit den menschlichen Schwächen hegte, ein Offizier aus Grenoble, der zu den Sommermanövern gekommen war. Ein Dandy in einem Automobil, der merkwürdigste unter ihren vielen Freunden.

Er kam als versnobter Tourist in einem Brixia Zust 10 HP Dreizylinder den Berg heruntergefahren, hatte aber wegen der vielen Kurven und schlechten Straßenverhältnisse eine Panne (der Motor war heißgelaufen und stieß weiße Rauchwölkchen aus), direkt hinter der Mühle, wo sie, laut singend »mein Herz ist tot«, die Tischtücher der Reynaud wusch. Der Fahrer bat sie, dem *Messiéledük* ein Glas Wasser zu bringen, während er zum nächsten Dorf hinunterstieg, um ein Gespann zu suchen, mit dem das nunmehr unbrauchbare Fahrzeug abgeschleppt werden konnte. *Monsieur-le-duc* akzeptierte das Glas Wasser, und dann sagte er zu ihr (und Medusa vergaß seine Worte nie mehr, denn keiner ihrer Bewunderer, Kunden oder Angreifer machte ihr Komplimente oder rezitierte gar Verse): »Viens-tu du ciel profond ou sors-tu de l'abîme, o Beauté? Ton regard infernal et divin verse confusément le bienfait et le crime ...« So viel Poesie bekam ihren Lohn auf dem Rücksitz, während der Motor unter weiterer Rauchentwicklung ächzte, stöhnte und sang. Mir raucht die Seele, meinte der Automobilist dazu, der Monsieur Gyula hieß und von weit her kam, nachgerade von Budapest, auch wenn Medusa den Mut des Reisenden nicht zu schätzen wußte, da sie keine Ahnung hatte, wo Budapest lag, und nicht einmal, ob es eine Stadt, ein Land oder ein Nachname war. Zum Zeichen der Dankbarkeit erlaubte ihr Gyula Budapest, sich ans Lenkrad zu setzen, und tat so, als brächte er ihr das Autofahren bei. Beim Abschied raunte er ihr zu: »Tes baisers sont un philtre et ta bouche une amphore qui fait le héros lâche et l'enfant courageux« und ließ ihr zwei große Lappen unbekannter Währung zurück, die Medusa für Falschgeld hielt. Sie waren aber nicht falsch, sondern Kronen und ein Vermögen wert. Doch Medusa wechselte sie nie ein, und nach dem Krieg waren sie Makulatur. Der feurige und rauchende Automobilist spukte noch ein paar Tage in ihrer Erinnerung herum, dann verschwand auch er wie alle anderen. Es blieb ihr aber eine Leidenschaft für Motorengebrumm und den berauschenden Geruch von Benzin.

An den Wintermorgen, wenn sie die Hühner geschlachtet und das Feuer unter dem Kessel angezündet hatte, ging sie nach draußen, stützte sich mit den Ellbogen auf den Zaun vor den Feldern der Reynaud und rauchte einzeln gekaufte Zigaretten: sie sah auf die blendenden Schneehänge hinaus, bis ihr die Augen tränten. Manchmal stieg sie auch zur Mühle hinunter, um sich im gefrorenen Wasser der Klamm zu spiegeln. Sie stellte große Veränderungen an sich fest, sie war nicht einmal mehr die Schwester jener jungenhaften, kahlgeschorenen und verlausten Medusa, die vor so vielen Jahren nach Barcelonnette gekommen war. Sie war groß und biegsam wie eine Birke, und die schwarzen Haare lockten sich wieder bis auf die Schultern. Der Sohn der Reynaud, der in Briançon Student war und zu reden verstand, sagte, ihre

Brust sei wie aus Luft und leicht wie die Treulosigkeit. Sie feierte ihren siebzehnten Geburtstag oben auf dem Dachboden der Mühle, um aus den Luken die Gewitterwolken zu beobachten, die sich über Jausiers zusammenballten. Die Regentropfen, die draußen – da draußen – auf die Wiese prasselten, schienen ein einziges Wort zu rauschen: Wie-der-se-hen, Wie-der-se-hen. Sie trat in den Verschlag hinter der Küche, packte ihre Sachen zusammen (wenig genug: zwei Leibchen, ein Kleid, ein zusammengeknüpftes Taschentuch, das ihre Schätze enthielt, den Stein mit dem Segelschiff und die angeschlagene und stumme Muschel) und sagte ihren Dienst auf. Ihrer Madame, die sie im Landauer nach Barcelonnette brachte, erklärte sie nicht, warum sie fortging und warum sie zurück nach Piemont wollte: sie wußte es selbst nicht. Ende Oktober 1913 erschien sie wieder in Ferriere. Wie ein Geist war sie über die Berge gekommen.

Sie fand alles genauso vor, wie sie es verlassen hatte, selbst das eingesunkene Dach und die an Maul- und Klauenseuche erkrankte Kuh. Ein paar Monate arbeitete sie nicht und brauchte das Geld auf, das sie in Frankreich verdient hatte, dann, an einem Morgen im März, ging sie nach Bersezio hinunter: es hieß, der Abgeordnete Graf Argentero sei am Ort. In ihrer Kindheit, in der Einbildungskraft eines primitiven und vertrauensvollen Bewußtseins, für das die Dinge zugleich sie selbst (ein Teil) und etwas anderes (ein Zeichen des Ganzen) sind, war Graf Argentero gleichzeitig er selbst – ein majestätischer, königlicher Mann mit Schnauzbart, umgehängtem Jagdgewehr und Stiefeln – und Gott – ein Gott in Fleisch und Blut, unverständlich, mächtig und wohlwollend. Während der Jagdsaison stieg der königliche Graf auf der Pirsch nach Gemsen zum Colle del Ferro herauf und kam dabei durch die Senke, wo sie, noch ganz klein, schon die Kühe hütete. Sie bewunderte ihn aus der Ferne. Der Graf hatte nie mit ihr gesprochen, aber sie träumte davon, ihn zu heiraten oder seine heimliche Tochter zu sein, eine Tochter, die er nur vorübergehend den Belmondo anvertraut hatte und eines Tages zu sich nehmen würde. Sie träumte, das Leben wäre ein Lied mit glücklichem Ende wie die Volkslieder, die ihre Mutter sie gelehrt hatte: die Hauptfigur ist eine arme Schäferin, die aber immer einem Kavalier begegnet und nur zu warten braucht, und dann steigt in der letzten Strophe ihr Zukünftiger vom Pferd. Aber ihr Ehemann und Vater, der Graf, hatte eine andere Frau geheiratet, und die Schäferin war arm geblieben und hatte ihre Träume verloren. Aber der Graf stellte, wenn nun auch auf ganz andere Weise, immer noch den Deus ex machina ihres Lebens dar: er war nämlich Abgeordneter geworden. Und in der Provinz wurde ein Abgeordneter, ob er nun im Parlament oder im Senat saß, als eine Art Herrgott angesehen – oder zumindest als ein Vermittler zwischen Himmel und Erde. Der Abgeordnete hat Beziehungen, kümmert sich um Empfehlungen, bringt ganze Familien unter, hilft bei Verträgen, sucht Dienstmädchen für die großen Häuser, erfindet Arbeitsstellen, erledigt Eingaben, unterstützt, richtet, verwendet sich, sorgt, beschafft, schlichtet, verspricht. Er macht alles, er ist alles. Er ist Gott, und nur Gott kann Medusa helfen. Hoffnungsvoll stellte sie sich vor das Gittertor des Jagdschlößchens und wartete; sie kümmerte sich nicht um die Schlange der frierenden Arbeitslosen, die dem Pförtner Dutzende von analphabetischen Briefen einhändigten, die fast drohend waren in ihrem Anspruch und alle die gleiche Bitte und Forderung enthielten. Medusa trotzte dem Schnee und der Kälte und wollte ohne Vermittler mit Gott sprechen.

Er ritt ein fuchsrotes und ziemlich bockiges Pferd, aber er war nicht allein: er ritt im Schritt hinter einer Art schwarzgekleideter Nonne her. Er schrie, peitschte das Tier, um es zum Langsamgehen zu bewegen, die Frau aber lief fast und verfing sich in ihrem langen Rock. Es war kein günstiger Augenblick, um den Grafen von Brezé um Arbeit zu bitten, aber Medusa kannte die Heuchelei der guten Manieren nicht. Kaum war der Abgeordnete zu Pferd herangekommen, pflanzte sie sich breitbeinig vor dem Gittertor auf: er konnte sie nicht übersehen. *»Unorevole«*, sagte sie, »Herr Abgeordneter, i will schaffa ... i mues essa ... gib mr Arbet ...«, dann stockte sie. Ihr Zukünftiger stieg nicht vom Pferd. Und es kam ihr nicht recht vor, mit jemandem zu sprechen, der auf einem Thron saß, zwei Meter über dem Erdboden, und einen zwang, zu seinen Schuhsohlen zu reden. Sie hatte es immer gehaßt, wenn jemand ihr so von oben herab kam, denn dahinter witterte sie nur Mißbrauch. Er machte eine Handbewegung, als wollte er geschickt sein Pferd um sie herumlenken, aber dann hielt er doch an und verbarg seinen Unwillen hinter einer herablassenden Miene – vielmehr dem Lächeln des Wohltäters, der allem abhilft. Er wußte wohl, daß Versprechungen zu Wählerstimmen werden und daß bei der rapiden Zunahme der Bevölkerung jede junge Frau eine Mutter zukünftiger treuer Wähler sein konnte. Seine schwarzgekleidete Gattin war neben ihr stehengeblieben. Mit unsäglichem Erstaunen stellte Medusa fest, daß die Erinnerung sie getrogen hatte: die Blondine war kleiner als sie, und sie konnte auf sie heruntersehen. »Gib mr Arbet«, sagte sie noch einmal, wieder mutig geworden, und betonte deutlich jedes Wort, »i bi d'Medusa.«

Zweiter Teil

S'amor non è, che dunque è quel ch'io sento?
Ma s'egli è amor, perdio, che cosa et quale?
Se bona, onde l'effecto aspro mortale?
Se ria, onde sì dolce ogni tormento?

Wenn es nicht Liebe ist, was ist's, was ich empfinde?
Doch wenn es Liebe ist, mein Gott, dann welcher Art?
Wenn gut, warum dann so mit Todesangst gepaart?
Wenn böse, warum dann bei aller Qual so linde?

Petrarca

Erster Satz

Die Schwelle des Seins

Eine ununterbrochene weißliche Spur von Hufeisenabdrücken schimmerte auf der Landstraße, die sich in diesen Märztagen wie ein gelblicher Kanal zwischen hohen Schneehaufen dahinzog. Die bezahlte Schneeräummannschaft hatte gute Arbeit geleistet, die Straße freigeschaufelt, Salz und Sägemehl gestreut. Nach fast einer Woche verfrühten milden Wetters war die Verbindung zwischen dem oberen und dem unteren Tal wiederhergestellt, und pünktlich um neun Uhr war in Argentera der zwölfsitzige Bus der Autolinie Argentero abgefahren: die seit kurzer Zeit von ihrem Namensgeber, dem rührigen Abgeordneten, für seine treuen Wähler aus dem Tal eingerichtete Verkehrsverbindung, mit der sie jetzt für nur fünf Lire und in kaum zwei oder drei Stunden Borgo San Dalmazzo und die Zivilisation erreichen konnten. Für seine Wähler, wohlgemerkt, für seine Verwandten und Angehörigen war das unbequeme Fahrzeug nicht bestimmt. Es war also nicht der Omnibus der Autolinie Argentero, den die wenigen müßigen Talbewohner in Richtung Vinadio hinuntersausen und dann in die aufgeborstene Straße des Sant'Anna-Tals einbiegen sahen, sondern der luxuriöse Kutschwagen, ein Phaeton mit zugezogenen Gardinen. Wer da reiste, trotzte offenbar sowohl dem Wetterbericht (sämtliche Voraussagen lauteten: Schneefälle auf den Höhen) als auch der Vernunft: es war nur wichtig, schnell ans Ziel zu kommen.

In das halbdunkle Wageninnere drang die Kälte durch die Ritzen, den Fußboden, das verschlossene Fenster, und Medusa erschauerte trotz der schweren Decke aus Shetlandwolle, die ihr die gnädige Frau über die Knie gelegt hatte. Die »gnädige Frau«, einen anderen Namen hatte sie zur Zeit nicht. Medusas Atem stieg in kleinen Dampfwolken auf, und die beschlagenen Scheiben verhinderten jede ablenkende Aussicht auf die Landschaft. Der Anblick des verschneiten Tals hätte ihr zwar keine Begeisterung entlockt, aber irgendwie mußte sie die Zeit doch hinbringen. Sie waren seit zwei Stunden unterwegs, und die gnädige Frau hatte noch kein einziges Wort gesagt: sie saß einfach nur so da, ihr gegenüber, mit dem violetten Bündel im Arm, reglos, völlig abwesend. Besser so: in ihrem beruflichen Dekalog, den sie eilends aufgestellt hatte, während sie sich in dem neuen Haus einrichtete (eigentlich einem alten Haus, das seit jeher ihres werden sollte, wenn auch vielleicht nicht gerade auf diese Weise), stand an erster Stelle der Bau eines Schutzwalls. Sie wollte nur eine tüchtige Hausangestellte im Dienst einer hochstehenden, großen, einigen Familie sein, zuständig für die Mahlzeiten, das Einholen, die Wäsche, abgestumpft durch die mechanische Wiederholung der Handgriffe, die Gleichgültigkeit, mit der sie ausgeführt werden mußten. Sie wußte nicht, ob sie lange im Dienst der gnädigen Frau bleiben wollte: sie wußte nur, daß sie sich jetzt in die fernste Ecke des Wagensitzes drückte wie gestern in die dunkelste des Zimmers, in dem sie schon einmal als Kind gewesen war und das sie doch nicht wiedererkannte, weil ihr Gedächtnis es ihr in rosa Seidenpapier verpackt und in warmen, duftigen Schattierungen bewahrt hatte. Der Salon war ihr nun beinahe klein vorgekommen; das Kanapee war nicht mehr da, die erwarteten Bilder waren nicht mehr da – nicht einmal das Porträt der Gräfin am Klavier –, nur das Bärenfell noch, aber nicht wiederzuerkennen, von der Zeit zernagt. Die Trophäe war nur noch ein wertloser Fußabtreter, und auch die Herrin des Hauses schien nicht mehr dieselbe zu sein: sie hatte nicht mehr die unsichere Freundlichkeit von damals, auch nicht mehr dieses Lächeln, und ihr Blick hielt sich hinter einer goldgefaßten runden Brille verborgen. Der Beginn ihres Abenteuers bei den Argentero war nicht ermutigend gewesen, nichts war abgelaufen, wie sie es sich vorgestellt hatte: es war, als hätte man sie plötzlich in ein verklemmtes Uhrwerk eingegliedert, dessen Zahnräder und Getriebe zwar weiterhin Minuten, Stunden und Tage abmaßen, aber ohne Abstimmung und ohne erkennbaren Zweck. Sie war in ein Labyrinth geraten, in dem eine trügerische Ordnung herrschte, in ein Haus, in dem man sie offenbar nicht im geringsten brauchte, in dem alle sich nebensächlichen und albernen Beschäftigungen zu widmen schienen. Zehn Minuten nach ihrem Eintritt in dieses Haus hatte man in Form von Klatsch, Mitteilungen, Kommentaren das Leben dieser Leute wie einen Kübel mit schmutzigem Wasser über ihr ausgeschüttet – und obwohl sie versucht hatte, dem zu entgehen, spürte sie den Geruch noch an sich, oder waren es die Ausdünstungen der kosmetischen Cremes und Salben für aufgesprungene Hände, die die Erinnerung an die Kohlsuppe, die sie zum letztenmal in Ferriere gegessen hatte, von ihren Fingern tilgen sollten?

Das violette Bündel war unter den Decken nicht zu sehen. Medusa verzehrte sich vor krankhafter Neugier, in den Wollebausch hineinzuspähen, und mußte die Hände beschäftigen und ständig mit den Fingern knacken, um sie nicht nach dem Bündel auszustrecken. Sie war immer neugierig gewesen: da mußte sie nun still auf dem Samtsitz ausharren, zehn Zentimeter von dem Geheimnis entfernt, von dem das ganze Dorf seit Tagen fabulierte, und durfte es nicht sehen. Sie gab sich den Anschein von Gleichgültigkeit, knüpfte und löste von Zeit zu Zeit den Knoten ihres Halstuchs, kaute an ihren Fingernägeln und Nagelhäutchen, schmiegte sich mit dem ganzen Körper in den Sitz, schloß die Augen. Sie hätte schlafen können, aber sie war überhaupt nicht müde. Auf der Straße kamen nun böse Schlaglöcher, und in diesen Tagen waren ihr die Gestirne günstig: bei einer besonders heftigen Erschütterung der Kutsche, als die Räder tief einsanken und das Gefährt sich fast auf die Seite legte, fiel die gnädige Frau gegen sie, und in dem Durcheinander von Decken, Muff, Hermelinpelz und Hutschleier sah sie einen Augenblick unter der Wolle ein glattes, rundes Köpfchen, kahl wie das einer Puppe, der man die Perücke abgenommen hat, und zwei helle, weit aufgerissene auf sie gerichtete Augen, zwei leblose, glasige Augen, die sofort eine unbezähmbare Panik bei ihr auslösten. Hilf Gott im Himmel. Das war das Nixenkind mit dem Fischschwanz statt der Beine, mit Wasser in den Adern und einer Meeresalge anstelle des Gehirns. Im Dorf redeten sie darüber wie von einer Teufelsbrut. Der Grund für die Mißbildung: ein böser Zauber der mächtigen Dorfhexe, der alten Bruciera, die Männer und Frauen in sprechende Esel, Ziegen, Katzen, Hasen verwandeln, Töpfe und Besen tanzen, im Kindbett gestorbene Frauen zu einem schrecklichen Hexensabbat wiederauferstehen und Legionen verdammter Seelen im Tal der Toten marschieren lassen konnte. Phantastische Erzählungen, an die man nur in Ausnahmefällen glaubt. Das hier war ein Ausnahmefall. Hilf Gott im Himmel, bewahre mich, laß, was des Teufels ist, zum Teufel gehen, so sprach sie mit geschlossenen Lippen die Beschwörungsformel, Kreuz, Kreuz, treib es von mir. Die Beschwörung sah ein rituelles Ausspucken vor, das in ihrer gegenwärtigen Situation unmöglich war. Sie spuckte im Geist, um sich vor dem Zauber zu schützen. Aber eigentlich schien die Nixe nicht vom Teufel besessen zu sein: sie wirkte eher wie eine Puppe, wie die, die sie gestern im Wohnzimmer im Herrenhaus gesehen hatte, als ihr Modestina großmütig, wenn auch wegen ihrer überraschenden Anstellung etwas aufgebracht, die Schlafzimmer und Öfen, die Küche und Wohnräume gezeigt hatte. Die blonde Gnädige hatte ihr Zurückzucken bemerkt, sie kauerte sich wieder in ihren Sitz, zupfte die Decke über dem Bündel zurecht, rieb mit einem Handschuh über die Scheibe und zog die Gardine beiseite. Draußen war nur Schnee, Schnee, Schnee.

Hinter der Kurve tauchten die niedrigen Hütten von Pratolungo auf, die Straße durchschnitt ein tiefes, enges Tal zwischen steilen Bergwänden. Der Strom schäumte zwischen Eisschollen hinunter und stürzte nahe bei den Häusern des Fleckens in die Stura. Dort hielt der Kutscher und stieg mit einem Seufzer der Erleichterung vom Bock. Ein langer Ruhetag erwartete ihn. Die Straße zur Wallfahrtskirche wurde im Winter nicht vom Schnee geräumt und war unbefahrbar. Vor der rauchigen Schenke stand ein Schlitten und daneben, von Dörflern umringt, ein Bergbauer, der seine in dicken Handschuhen steckenden Hände aneinanderschlug. Der Schnee schmilzt, sagten sie kopfschüttelnd angesichts der Lawinengefahr, es taut. Die Stadtleute meinten, sie könnten ganz nach Belieben der Natur befehlen, aber der Berg sei der Herr und Meister und spiele den Unverständigen böse, oft wohlverdiente Streiche. Zum Beispiel wolle die Frau des Abgeordneten offenbar ein Unglück heraufbeschwören. Und es wäre ein Unglück für alle, wenn ihr etwas passieren sollte. Medusa hatte den lebhaften Wunsch umzukehren, sie wußte ja nicht einmal, warum sie hierhergekommen war, und die Vorstellung, in dieser Kälte zu Fuß zu gehen, behagte ihr überhaupt nicht. Die Gräfin sprach erregt mit dem Schlittenführer, einem untersetzten Gebirgler mit blauroten Ohren und einer Boxernase, der, lauthals in der Kälte herumschreiend, vergeblich versuchte, sie zur Vernunft zu bringen. Medusa erwartete eine lange Verhandlung, die Gräfin würde den Älpler anflehen, sie zur Wallfahrtskirche zu bringen, sie, wenn nötig, in seinen Armen hochzutragen, und nein und doch und bitte und unmöglich, und schließlich würde der schlaue Gebirgler ein ungeheures Trinkgeld herausschlagen. Aber die Gräfin sagte nur: »Ich will ja gar nicht, daß Sie mich begleiten, ich bitte Sie nur, mich bis zur Hütte zu bringen. Bitte, bringen Sie mich dahin.« Alle sagten ihr, sie würde besser daran tun, den Sommer abzuwarten. »Ich kann nicht warten, ich muß jetzt gehen!« Sie will Gnade, dachte Medusa aufgebracht, aber die heilige Anna gewährt sie nicht allen, nur den wirklich Frommen wie ihrer Mutter – die vor vielen Jahren bei einer denkwürdigen sommerlichen Pilgerfahrt in einer mondlosen, von den Fackeln der zahllosen Pilger fast taghell erleuchteten Nacht Unsere Frau vom Gebirge gebeten hatte, daß ihr Mann Minot Belmondo zurückkehren möge, der auf der Jagd nach dem Glück, das eine gewisse weibliche Gestalt angenommen zu haben schien, verschwunden war. Und zwei Tage später war Minot, lächelnd wie immer, aber einstweilen voller Reue, wieder am häuslichen Herd. Darauf hatte ihre Mutter den langen Weg zur Wallfahrtskirche noch einmal gemacht, und wie beim erstenmal hatte Medusa, damals sieben Jahre alt, sie begleitet, denn ihre Mutter brachte ein feierliches Exvoto in die nach Weihrauch duftende Kirche. Auf dem Exvoto, einer kleinen geschnitzten Holzfigur, stand nur »Für Minot«, und gewiß war die hölzerne Weihgabe noch da oben unter all den anderen, den teils prächtigen, teils absurden – wie die mit der Inschrift »Für meinen Sohn, der nicht geheiratet hat« –, die alle, denen Gnade gewährt worden war, zum unauslöschlichen Gedenken daran dort aufstellten oder aufhängten. »Ich bringe Euch zur Hütte, aber weiter wage ich mich nicht«, erklärte der Schlittenführer. »Ich weiß«, antwortete die Gräfin, »ich gehe auf eigene Gefahr ... brechen wir auf.« Medusa starrte sie verstört an. »Auch du kannst bei der Hütte bleiben, ich zwinge dich nicht. Wenn du nicht mitkommen willst, werde ich allein gehen.« Ausdruckslose Stimme und ein Blick, der um das Gegenteil bat. Sie folgte ihr zum Schlitten. »I ga mit dr«, sagte sie entnervt. Es war eine große Gefälligkeit von Medusa, die von sich aus bestimmt nie zur Wallfahrtskirche gegangen wäre und keine Gnade für das Nixenkind erflehen könnte. Die letzten Windungen des Pfades waren sehr steil, und da oben waren bestimmt zehn Grad unter Null. Es war etwas Verrücktes im Vorhaben der waghalsigen Gnädigen im Hermelinpelz mit ihrem im violetten Bündel verborgenen Wechselbalg, und da konnte sie nicht zurückbleiben.

Sie ließ sich auf den Schlittensitz fallen, und die gnädige Frau setzte sich neben sie und bot ihr zum Zeichen der Dankbarkeit an, ihre Hände auch in den gefütterten Muff zu stecken. Medusa lehnte mit einem stolzen Kopfschütteln ab. Die Nixe hatte von allem nichts wahrgenommen, weder vom Halt noch vom Umsteigen in ein anderes Gefährt – nichts erregte ihre Aufmerksamkeit, auch nicht der weiße, bedrohliche Himmel, der jetzt wieder hinter der niedrigen Wolkendecke zu sehen war. Medusa wußte sich noch nicht recht in ihre neue Lage zu schicken: es gelang ihr nicht, sich darüber zu freuen, eine gute Arbeit bei der angesehensten Familie des Tals gefunden zu haben. Dieser öde Märzvormittag war ihr erster Tag im Dienst der Gräfin Argentero. Sie hatte doch tatsächlich ausgerechnet sie angestellt, sie, Medusa die *Franzesa,* Medusa mit den Murmeltieren, die Hure. Das den Leuten zu erzählen hätte wie die reinste Prahlerei geklungen – und in der Tat hatte sie aus Furcht vor der Macht des Neides niemandem etwas gesagt, nur ihren Angehörigen, und erst im letzten Augenblick, als sie ihre Sachen gepackt hatte und von Ferriere fortgegangen war. Und doch war sie überhaupt nicht froh. Sie hätte sich lieber auf dem winzigen Äckerchen der Belmondo krumm gearbeitet, aber Dienstmagd wollte sie nicht mehr sein, für niemanden. Sie wollte nicht mehr Betten machen, Nachttöpfe ausleeren, Geschirr spülen, Bohnen aushülsen, endlos Wäsche waschen. Sie war sich gar nicht bewußt gewesen, daß sie zugestimmt hatte. Ein widerwillig gehauchtes Ja, von einer undeutlichen Kopfbewegung begleitet, die eine einzige Botschaft vermittelte: Ich gehorche. Die Gräfin hatte gefragt: Willst du morgen anfangen? Und sie dachte, daß wieder einmal jemand sie fortholen wollte, daß sie wieder die schwarze Hütte und die Kuh und Toni Hundenase verlassen und aus Ferriere, dem Nabel der Welt, wo die Jahre im Nichts verschwinden, weggehen mußte – und diesmal hatte sie nach so vielem Herumvagabundieren keine Lust mehr dazu. Sie wollte bleiben, denn jedesmal, wenn sie fortgegangen war, hatte sie sich der Täuschung hingegeben, anderswo wäre es besser, und dann war sie doch immer wieder nach Hause zurückgekehrt, allein, ohne Gepäck, und jetzt war von all den Dienstjahren anderswo nur eine große Leere geblieben, aus der selbst der Haß, den sie für die Reynaud zu empfinden glaubte, gewichen war. Statt des Hasses war da nur ein Loch, die Erinnerungen waren ihr schneller gleichgültig geworden, als sie geglaubt hatte. Sie wollte bleiben, wollte wie alle anderen werden. Aber die gnädige Frau hatte sie unentwegt angesehen, und Medusa hatte, wie hypnotisiert von diesen grünen Augen, zugestimmt.

Sie hätte jedem dienen können, jeder x-beliebigen Herrin, auch einer alten dicken Säuferin wie Madame Reynaud, aber dieser Frau nicht. Nicht dieser Blondine mit den zarten Händen und dem nach den Blüten der Provence duftenden Lächeln, die vor vielen Jahren die eingeschränkte Welt ihrer Erinnerungen verlassen hatte, um in die geheime und wesentlich weitere ihrer Träume einzutreten. Ihrer prunkvollen und in allen Einzelheiten ausgemalten Tagträumereien, die sie ausspann, wenn sie auf den Weiden des Grand Bérard die Kühe hütete. Die Träume woben sich um die Männer in ihrem Leben – ihren Vater, Peru, sogar um den Grafen –, doch diese Gestalten kamen und gingen, nur SIE war immer dabei. In dieser neuen, durch die Phantasie korrigierten Wirklichkeit gehörte das vom Ofen wohlig erwärmte hölzerne Jagdschloß Medusa, war Medusa die Frau des Grafen, und die Blonde mußte sie bedienen – brachte ihr das Frühstück ans Bett, puderte sie mit Körperpuder ein, tupfte ihr die nach Kirschen duftende Pomade auf die aufgesprungenen Lippen, füllte ihr die Badewanne, seifte sie ein und knetete ihr mit dem energischen und unvergessenen Druck ihrer Hände den Rücken. Träumereien, die beim dumpfen Klang der Kuhglocken verflogen, aber sich wochen-, ja monatelang unverändert wiederholen konnten, bis die Träumerin in einem Kaninchenstall entdeckt hatte, daß man auch zuviel träumen kann und dann genug davon hat. Der Frau gegenüber, die so oft zu ihr gesagt hatte, »ja, gnädige Frau Gräfin«, konnte Medusa diese Worte jetzt nicht über die Lippen zwingen – und würde es nie können.

Aber nun saß sie neben ihr, unter der Decke, unter dem Hermelinpelz, und versuchte, nicht auf ihre Hände zu schauen, die müßig auf dem Shetlandplaid lagen, von pelzgefütterten Handschuhen verhüllt. Sie versuchte, ihrem Blick auszuweichen. Dieses leuchtende Grün der Augen, das die Brillengläser noch glänzender machten, gemahnte sie an eine große Stille, an die ruhigen Tümpel zwischen Binsen, wie die Flüsse sie in der Camargue bilden, an die Farbe, die ein Maler in einem Eimer anrührt, bevor er damit die Tür eines Landhauses streicht. Grün, grün, grün. Am liebsten wäre sie eingenickt. Vergeblich. Sie spürte an ihrer Seite den Druck eines fremden Schenkels, in der Luft verbreitete sich ein Geruch nach Verbenenöl, Harz und Keksen, aber vielleicht war das nur eine Einbildung ihres leeren Magens. Der Schlitten holperte einen steilen Waldweg hinauf, und schon wurden hinter den Zweigen die Häuser und der Brunnen des Fleckens Puà sichtbar – und sie fühlte sich unbehaglich, eingezwängt in ein Kleid, das ihr nicht gehörte, das wahrscheinlich einmal von der Frau getragen worden war, die nun so tat, als bemerke sie ihre Gegenwart gar nicht, in einem unbequemen Schlitten herumgerüttelt, und obwohl sie heute noch nichts gearbeitet hatte und ihr Dienst mit Müßiggang anzufangen schien, hatte sie um elf Uhr vormittags schon wieder Hunger.

»Wie ist eigentlich dein richtiger Name, Medusa?« fragte plötzlich die Gnädige abwesend. »Maddalena.« »Das paßt nicht zu dir. Medusa ist ein wunderschöner Name. Ich werde dich auch Medusa nennen.« Ihr Name klang kurz durch die schneidend kalte Luft, dann war es wieder still, und nur die rauhe Stimme des Schlittenführers war zu hören, der die Maultiere an einer besonders steilen Stelle antrieb. Eeeh hopp, eeeh hopp, hopp, hopp. Die Straße war wie mit dem Messer in die Felsen des Tals eingeschnitten und endete bei dem stummen, vom Eis bedeckten Bergbach, den ein schmaler, waghalsiger Steg überquerte. Jetzt bekam das nur durch den furchterregenden Ruf eines Raubvogels durchbrochene Schweigen etwas Beklemmendes, Unheimliches, und auch die Gnädige schien das zu empfinden, denn plötzlich fing sie wieder an zu sprechen. »Das ist Angelica«, sagte sie, auf die Nixe im violetten Bündel zeigend, »meine Kleine, ich habe euch noch nicht miteinander bekannt gemacht.« Medusa warf einen zerstreuten Blick auf die Nixe, sah wieder diese glasigen Augen und wurde von neuem von Angst gepackt. Hilf, Gott im Himmel, bewahre mich. Mit Ausnahme der Augen war die berüchtigte Nixe, so weit sie sehen konnte, ein Kleinkind wie andere auch, vielleicht etwas zu klein, vielleicht zu still – in drei Stunden nicht einmal ein Wimmern –, aber doch normal, nicht monströs, wie man im Dorf behauptete. Die Gnädige sah sie an und schien etwas zu erwarten, vielleicht irgendein Kompliment, irgend etwas Schmeichelhaftes. Die Frauen sind so dumm, sie begnügen sich mit so wenig, man braucht sich nicht besonders anzustrengen, um sie zu gewinnen. Jede hat ihren schwachen Punkt. Bei Madame Reynaud war es der Obstwein. Eine untrügliche Intuition sagte ihr, daß der schwache Punkt der Gnädigen in diesem violetten Bündel steckte. »Ah«, hauchte sie, unfähig, etwas anderes zu sagen. Norma wand sich eine Haarsträhne um den Finger. Medusa beugte sich zu dem Bündel hinüber und streichelte der Kleinen das kahle Köpfchen. Unter der Berührung ihrer Hand bewegte die Nixe nicht einmal die Augäpfel, sie regte sich nicht – sie war versteinert und leblos wie ein Quarzblock, kalter Alabaster. Eine unnatürliche, entsetzliche Reglosigkeit. Was hat sie, warum bewegt sie sich nicht, wollte sie fragen. Sie wollte irgendeine Antwort, um ihr Entsetzen eingrenzen zu können, aber Norma drehte weiter an ihrer Haarsträhne und verstand nicht. »Du kannst sie auf den Arm nehmen, wenn du möchtest«, sagte sie.

In einer solchen Situation war Medusa noch nie gewesen. Sie war in Normas Haus gekommen, wie man auf einen Bahnhof geht, um eine langweilige Arbeitsreise anzutreten: man sieht nur auf die Bahnsteige und auf die Verwandten, die einen begleiten, um Abschied zu nehmen, man schleppt die schweren Koffer der Gewohnheiten und die Last des Reisenmüssens die Wagen entlang und fragt sich nur, ob der Zug Verspätung haben wird, wer sich mit ins Abteil setzen wird, ein lästiger Schwätzer, ein zudringlicher Mensch, eine lärmende Familie? Medusa gehörte zu den Reisenden, die sich ein leeres Abteil suchen, keine Gesellschaft wünschen, die die Vorhänge zuziehen und hoffen, daß niemand hereinzukommen, niemand sie anzusprechen wagt, niemand ihnen etwas zu essen anbietet, sich die Zeitung ausleihen will, ihnen seine Lebensgeschichte erzählt. Sie wollte nicht in das Leben eines anderen Menschen verwickelt werden, und auch deswegen wollte sie Normas Nixe nicht auf den Arm nehmen. Sie zuckte mit den Schultern und blickte zur Seite: in Kurven stieg die Straße an. Die Bäume tropften in der verhexten Stille, die nur durch das Hufklappern der Maultiere unterbrochen wurde. Die Nixe schien auf den niedrigen schmutzigweißen Himmel zu starren. Diese reglose, wie geronnene Form in den Armen der Gnädigen – ein nutzloser Gegenstand, den niemand wollte – war von schmerzlicher Konkretheit. Ein blasses Gespenst, das einen in seinen Bann schlug wie ein böser Zauber. Das Böse ist ansteckend.

Medusa hatte eine unsinnige Angst vor diesem Bündel und auch vor der verhexten Mutter. Angst, von dieser Unbeweglichkeit und Stille eingesaugt zu werden. Es packte sie der verrückte Wunsch, die Nixe vom Schlitten zu stoßen. Sie im Abgrund zu zerschmettern oder mit der Decke zu ersticken. Sie zog ihr die Decke bis zur Stirn hoch, um diese bläulichen Augen zu verbergen, die aussahen wie Glasmurmeln in den Augenhöhlen eines ausgestopften Tieres. Die Gnädige drückte das Bündel an sich. Medusa blickte stumpfsinnig auf ihre nassen Schuhspitzen: sie fühlte, daß sie etwas hätte sagen müssen, weil sie sie gekränkt hatte, aber ihr Kopf war leer wie die Weinflaschen nach einem Bankett.

Norma drückte das Gesicht in die weiche Decke. Sich verstecken, verschwinden, sich dem Blick einer Fremden entziehen, der ihr unsäglicher Schmerz gleichgültig war. Eine undankbare, unsensible junge Person, die wie alle anderen, alle, Angst vor ihr und ihrer wehrlosen Kleinen hatte. Vor Angelica, die das harmlose, gefügige Leben eines Wetterfähnchens hatte. Die ihr aus dem Leib gerissen worden war, als wäre sie ein Teil ihres Körpers, die nicht geweint hatte, als sie zur Welt kam, die den Tod in den Augen trug und nichts und niemanden erkannte, nicht einmal ihre Mutter. Ihre Mutter. Angelica reagierte nicht auf Liebkosungen. Sie war da wie eine optische Täuschung, kein Weg führte zu ihr. Sie hatte nur eine Gabe: bei allen Entsetzen zu erregen. Unbequem, so klein, nicht zu benennen. Alle wollten sich ihrer entledigen, als wäre sie eine häßliche Nippessache, die geschmacklose Verwandte einem geschenkt haben und die man doch unmöglich in der Vitrine aufstellen kann. Angelica, deren Tod viele von Tag zu Tag erwarteten, als wäre der Tod für sie kein Tod, da ihr Leben kein Leben war. Meine geliebte Kleine, ich war so glücklich, daß du ein Mädchen warst, und bin doch nicht fähig gewesen, eine richtige Tochter zu bekommen.

»Eine Pflanze ohne Gehirntätigkeit, sie reagiert nicht auf die Reize der Außenwelt«, erklärte Doktor Lovera einem aufgelösten Felice, als er keuchend nach Hause stürzte – nach einem süperben Bankett zu Ehren seines neuesten Wahlerfolgs, bei dem er natürlich hatte zugegen sein müssen, obwohl er wußte, daß ihm die Gattin in diesem Augenblick das fünfte Kind gebar – das vierte in ihrer gemeinsamen Ehe, die aus dieser überraschenden, vorzeitigen und im Grunde unerwünschten Geburt neuen Lebenssaft schöpfen sollte. Die unauslotbaren Geheimnisse der Vorsehung. Das Schicksal ist bereits *in mens Dei* geschrieben, die einen sind bereits erlöst und auserwählt, die anderen verworfen und verdammt, und alles geht, wie es gehen muß – die erste Regel des katholischen Fatalisten mit unbewußt calvinistischen Tendenzen. Der politische Erfolg zeigte, daß die Dinge ausgezeichnet für ihn standen, und die Geburt eines weiteren Erben paßte gut in dieses Bild. Doch als Teodoro ihm die Tür geöffnet und den Mantel, den afrikanischen Spazierstock und den Schirm abgenommen hatte, ohne ein Wort zu sagen, als der Hauslehrer – sonst ein tadelloser Hausgenosse – vor ihm davongelaufen war und die Tür der Bibliothek hinter sich zugeschlagen hatte, als Amedeo – aus unerfindlichen Gründen in einen nassen Lappen verwandelt – wie ein Gespenst an ihm vorüberglitt, als Sofia ein resigniertes »Gottes Wille geschehe« seufzte, hatte sich ihm die Kehle zugeschnürt. »Ein Mädchen«, sagte Emanuela, die einzige, die den Mut hatte zu sprechen, »diesmal ist es ein Mädchen.« Ihre Stimme hatte irgendwie einen falschen Klang, aber er verstand nicht. Die Zeit war auf diesem Flur mit den in Salzsäulen verwandelten Angehörigen zum Stillstand gekommen. Der Arzt strich sich den Kinnbart, hüstelte und kramte auf der Suche nach geeigneten Worten in seinem geistigen Wörterbuch – er suchte und suchte und entschied sich dann für die brutale Lösung, ein Aufschub nützte nichts, besser gleich und deutlich. Als er ihn ansah, wurde Felice plötzlich bewußt, daß er ihn schon zu lange kannte: Lovera war gebeugt, abgemagert, sein Kinnbärtchen wurde immer schütterer. Während er darauf wartete, seine Worte zu hören, fragte er sich, ob sein Anblick in dem Hausarzt einen ähnlich unangenehmen Eindruck auslöste – Staub, wacklige Gesundheit, verlorene Jahre. »Ich will offen zu Ihnen sprechen, es hat keinen Sinn, etwas zu vertuschen, seien Sie stark, Onorevole, es gibt keine …«, hüstelte Lovera, aufrichtig zerknirscht, denn er erlebte die Mißerfolge der Medizin, als wären es seine eigenen. »Was gibt es nicht?« fragte Felice, der ja Mutter und Tochter noch nicht gesehen hatte und noch nichts begriff, außer daß er nach vier Jungen endlich ein Mädchen bekommen hatte. Ein Mädchen, das eines Tages sanft und anmutig wäre wie seine Mutter. Vielleicht auch blond wie sie. Bald würden er und Norma die abschüssige Straße des Verfalls einschlagen müssen (auch sie, zusammen mit ihm, süßer Trost der Ehe), aber im unschuldigen Sprößling erneuerte sich die Jugend. Eine Tochter, Gott ist groß, Gott, ich danke dir. Diese Stunde, die die Pendeluhr im Salon gerade schlug – elf Uhr dreißig, bald war es Nacht –, konnte auch bedeuten, daß er ein Lebensziel erreicht hatte: ein Mädchen, endlich, das fehlende Glied in der Kette, das Leben hat mir wirklich alles geschenkt. »Es gibt keine Hoffnung, daß das Kind je normal sein wird.« »Was soll das h-h-heißen?« stotterte der Abgeordnete. »Die gnädige Frau ist nicht in Lebensgefahr … und die kleine Kreatur (wie sollte er es anders nennen?) leidet nicht«, erklärte der Arzt vorsichtig. Der verwirrte Abgeordnete hatte Mühe zu begreifen. Er mußte sich die Sache mehrere Male wiederholen lassen, dann sank er im Korridor auf einen Stuhl, und im sorgfältig geputzten Wandspiegel erschien plötzlich, wie ein fremdes Konterfei, sein Spiegelbild: ein Mann mittleren Alters, erschöpft von einem Tag voller offizieller Verpflichtungen, mit dem Kopf zwischen den Händen, eingerahmt von einer Gruppe erregter, schwatzender Hausmädchen. Aber es war kein freudiges Schwatzen wie sonst bei so einem Anlaß, im Gegenteil, es war gedämpft, düster, und wenn man sie so sah, erinnerten sie an Klageweiber oder an die zotteligen Hexen eines Gemäldes von Goya. Er blickte auf diesen zerknitterten Kerl im Spiegel, ohne ihn zu erkennen. Dann sah er, daß auf seinem rechten Handrücken, dort, wo die Härchen seit kurzem langsam weiß wurden, etwas Dunkles, Rundliches wuchs, eine Alterswarze, das endgültige Stigma der vergangenen Zeit. Meine Hände, meine Hände, wessen Hände, die Hände eines unbekannten Greises. Er versteckte hastig diese Hand in der Tasche, und in diesem Augenblick wußte er nicht, ob es tragischer war, dieses abscheuliche Ding an sich entdeckt oder erfahren zu haben, Vater eines anormalen Kindes zu sein. Da Lovera ihn ansah, keuchte er: »Wie ist das möglich?« Er erwartete keine Antwort, er wollte nur seiner Verzweiflung Laut geben. »Wie ist das gekommen?« Der Arzt hob die Schultern, unschlüssig, ob er über die Möglichkeit eines Traumas, einer angeborenen Fehlbildung oder vielleicht, wer weiß das schon, eines reinen Zufalls, des Schicksals ... dozieren sollte. Er entschied, daß es keinen Sinn hat, den unglücklichen Vater mit unnützen Betrachtungen zu quälen, und rettete sich in die Konkretheit einer Tatsache, für die seine medizinische Wissenschaft keine Erklärung hatte. »Wer kann das wissen ...«, sagte er. Er ließ die Weisheit seiner langjährigen Berufserfahrung sprechen. »Jedenfalls, lieber Graf, Onorevole, ich darf Sie doch so nennen? bringt es nichts, sich darüber den Kopf zu zerbrechen, das ist jetzt völlig unerheblich.«

Das kleine Mädchen war vorzeitig am Nachmittag des 3. November 1913 geboren worden. Es wurde auf die Namen Angelica Elena Maria getauft, und da alle sich mit Ausflüchten entzogen (einer hatte diese Pflicht schon bei einem anderen Kind der Familie erfüllt, ein anderer hatte unaufschiebbare Termine wahrzunehmen, jemand rechtfertigte sich mit gesundheitlichen Gründen, jemand bat vielmals um Entschuldigung, sah sich aber einfach nicht dazu in der Lage – Amedeo verschanzte sich hinter dem bevorstehenden wichtigen Examen in Histologie), war es eine ungeschickte, gehemmte »Tante« Emanuela, die es als Patin mit steifen Armen über das Taufbecken hielt, wo es den göttlichen Segen empfing, der in den Augen der Anwesenden wie eine Letzte Ölung wirkte. Es wog zwei Kilo und dreihundert Gramm und hatte weit aufgerissene, übergroße Augen. Seit dem Abend, an dem es in Normas ockerfarbenem Schlafzimmer das Licht der Welt erblickt hatte, war es niemandem vergönnt gewesen, seine Stimme zu hören, niemand hatte es je ein Ärmchen, eine Hand, den Mund, irgend etwas bewegen sehen. Reglos lag es in der mit Spitzen ausgeschlagenen Wiege links neben dem Bett der Mutter, auf dem Rücken, den leeren Blick nach oben gerichtet. So blieb es stundenlang, bis Norma sich über es beugte und es hochnahm. Machen wir einen Spaziergang? Sie ging mit ihm durch die Zimmer und Salons, in denen plötzlich keine Menschenseele mehr anzutreffen war; sie trug es zum Fenster, von dem aus man den schönen achteckigen Platz mit dem Cavour-Denkmal in der Mitte, die Kirche an der Ecke, die weißen Scheinwerfer der Straßenbahnen, die gelben Schilder an der Haltestelle, die Gleise, das Gewirr der elektrischen Oberleitungen, die Kutschen und die Vorübergehenden mit ihren Schirmen sehen konnte. Aber Angelica sah weder Cavour noch den Sprühregen dieses feuchten Novembers, und sie sah auch Norma nicht, die ihr einen metallenen Anhänger vor die Augen hielt, dessen feine Glieder beim Aneinanderstoßen mit einem silbernen Ton klingelten wie Glöckchen.

Heute kommt man bequem mit dem Auto zur Wallfahrtskirche hinauf. Man stellt es auf einem geräumigen Parkplatz ab, stärkt sich im Café, kauft Souvenirs und schießt Photos.

Aber vor noch gar nicht langer Zeit mußte man den steilen Weg zu Fuß gehen, um von der heiligen Anna eine Gnade zu erbitten. Nach 1836 konnten Wanderer, die einen Schlüssel besaßen, in der »Hütte« übernachten, einem gedrungenen, quadratischen, militärisch wirkenden Bau von ganz und gar nicht sakralem Aussehen.

Bei der heiligen Säule, wo die Pilger ihre Wunschsteine niederlegten, blieb Norma stehen. Der Maultierpfad stieg so steil zwischen den Lärchen an, daß einem der Atem stockte. Das enge Korsett hinderte sie am Luftholen, das Herz wollte ihr schier zerspringen, und die kleine Angelica, die noch keine fünf Kilo wog, lag ihr jetzt doch wie ein schwerer Stein in den Armen. Sie nahm ihren Hut ab, denn die Schleier vor dem Mund ließen die frische Luft nicht durch, und sie glaubte zu ersticken. Sie knöpfte sich den Pelzmantel auf, und Medusa lächelte, denn das war die Torheit der Unerfahrenen, die sich bei Überhitzung der Kleidung entledigten und dann am nächsten Tag mit einer Lungenentzündung im Bett lagen. Jetzt war die Wallfahrtskirche bereits gut zu sehen: man konnte das Dach und die dunklen Bogen des Säulenvorbaus unterscheiden und die große offene Fläche (wie man sie von Abbildungen auf den Postkarten her kannte), wo die heilige Anna der kleinen Schafhirtin Anna Bagnis erschienen war. Aber sie war aus dieser Entfernung so klein, so hoch oben zwischen die Felsen gesetzt wie bei einer Weihnachtskrippe, so weit weg, daß Norma sicher war, sie würde es nie schaffen, da hochzuklettern. Aber sie hatte es Angelica geschworen, sie war es ihr schuldig. Sie wandte sich nach Medusa um, die frisch wie eine Sommerrose lächelte und ein Stöckchen in den festen Schnee steckte, und reichte ihr den Hut. »Trag du ihn«, sagte sie unhöflich. Denn es sah zwar nicht so aus, aber dieses schwarzhaarige, unbekannte junge Mädchen, das sie da gelassen und fast ein wenig unverschämt begleitete wie ein Schatten, war ihre neue Dienerin. In diesem Augenblick fragte sie sich zum erstenmal angstvoll, warum nur, aus welchem Trotz, welcher Verzweiflung, welchem Rachegefühl, welcher göttlichen Eingebung heraus sie ausgerechnet diese Medusa angestellt hatte, von der sie so gut wie nichts wußte. Und alles, was sie erfuhr, hätte sie davon abhalten müssen, sie zu sich zu nehmen. Schließlich hatte Medusa vor Jahren, als verlaustes kleines Mädchen, sie zu einer völlig unsinnigen Handlung verleitet, an die sie manchmal noch voller Scham denken mußte.

In der Senke wurde der Weg eben, Norma schritt schnell und erleichtert aus: mit jedem Schritt zur Wallfahrtskirche ließ sie Felices Stentorstimme und seine Drohungen weiter hinter sich. Dummer Trotz! Für ihn war es nur dummer Trotz einer unvernünftigen Ehefrau. Dabei kämpfte sie verzweifelt um ihr Leben. Er hätte über ihre Leiche gehen müssen, um ihr die Tochter wegzunehmen. Nun schien die Gefahr gebannt zu sein; aber noch vorgestern hatte sie für einen Augenblick, als sie ihn keuchend im Salon des Jagdschlößchens angetroffen hatte, gefürchtet, Felice würde tatsächlich tun, was er angedroht hatte. Wütend hatte er mit seinem afrikanischen Stock herumgefuchtelt und aus vollem Hals geschrien. Mit Vorwürfen hatte er angefangen (»Was fällt dir bloß ein, wir haben uns solche Sorgen gemacht, ich habe die Karabinieri gerufen, ich habe dich in der ganzen Stadt gesucht, den Po habe ich ausbaggern lassen, ich dachte, du hättest dir etwas angetan, du hättest ein Telegramm schicken sollen, dir scheint gar nicht bewußt zu sein, was du angerichtet hast!«) und mit einer autoritären Erklärung geendet (»Aber jetzt bin ich da, und alles wird geregelt«). Er war ein eigensinniger Mensch: wenn er sich etwas in den Kopf gesetzt hatte, war er selten umzustimmen. Zur Entschuldigung ihres Mannes sagte sie sich wieder, daß der Vorschlag nicht von ihm ausgegangen war, sondern vom Arzt. »In aller Aufrichtigkeit«, hatte Lovera eines unseligen Märzabends gesagt, »ich rate Ihnen, sie in die ›Göttliche Vorsehung‹ zu geben, dort wird man sich um sie kümmern.« Eine nasale, schrille Stimme. Ein unfähiger Quacksalber. Der widerwärtige Gedanke einer als Akt der Liebe verkleideten Verstoßung schlug in seinem unwiderstehlichen, befreienden Reiz sofort alle Argentero, die ja so gute Christen waren, in Bann. Alle ohne Ausnahme. Sofia, Emanuela, Amedeo, Felice. Felice. Aus christlicher Nächstenliebe, christlicher Liebe! Du kannst sie ja im »Kleinen Haus« besuchen, wann immer du willst, Chérie, die Tür dort steht allen offen, die guten Willens sind. Alle waren mit einem Schlag erleichtert, endlich war eine gute Lösung gefunden. Das Haus der »Göttlichen Vorsehung« ist das Haus des Herrn, versicherten sie alle miteinander und zitierten dreist, ohne sich um den Zusammenhang zu kümmern, aus der Heiligen Schrift: *sinite parvulos venire ad me. Parvula. Animula parvula. Vagula, blandula* Angelica, die keinen Frieden hatte. Das Kleine Haus! Cottolengo, das war das Wort, das sie im Kopf hatte, alles übrige war Beschönigung, Vortäuschung. Cottolengo. Cottolengo. Niemals. Gewisse Kinder will Gott ganz für sich, Chérie. Niemals. Sie ist krank, sie ist doch krank. Chérie, dort wird sie alle Liebe bekommen, die sie braucht. Sie ist Gottes Kind, nicht deines, du kannst nichts für sie tun. Ihr begreift nichts. *Nescia mansuescere corda …* Ihr alten Hexen, was versteht ihr schon von einem Kind! Ihr seid keine Mütter, ihr seid nichts! Sie ließen seit langem zurückgehaltene Beleidigungen über sich ergehen, schluckten, ohne mit der Wimper zu zucken, seit langem unterdrückte Schmähungen, unerhörte Vorhaltungen wegen ihrer Unfruchtbarkeit. Ich verzeihe dir diese gemeinen Anwürfe, Norma, sagte Emanuela, gelassen an einem Seelenwärmer für ihr unbequemes Patenkind weiterstrickend, du bist außer dir, und das verstehe ich, aber überleg es dir doch wenigstens. Weißt du noch, wie friedlich es dort ist? Diese guten Schwestern, dieser Friede, und du hast selbst gesagt, daß der Besuch dort dich beeindruckt hat. Sie haben dich angerührt, diese guten Schwestern, und dabei bist du doch sonst Kirchenleuten gegenüber so reserviert, weil du voller Vorurteile erzogen wurdest, setzte sie hinzu, um Normas damalige schwache Stunde zu nutzen. Und dann diese schreckliche Frau, dieses Monster? Wir waren alle so erstaunt über das, was du getan hast. Ich habe überhaupt nichts getan, laßt mich in Ruhe. Umarmt hast du sie, du hast sie umarmt, schau, du hast sie sogar auf das haarige Gesicht geküßt. Oh, Schluß mit dieser Geschichte. Oder war das vielleicht gar nicht echt? Vielleicht hast du es nur getan, um uns allen eine Freude zu machen? Es war echt, das weißt du doch. Und dann hast du immer von den Schwestern geredet, mit fast übertriebener Bewunderung. Aber was hat denn jetzt meine Bewunderung damit zu tun, schrie Norma, was hat sie mit meinem Leben zu tun? Es war leicht, sich als Touristin rühren zu lassen, das Sublime im Entsetzlichen der Mißbildungen zu empfinden; deswegen erinnerte sie sich nicht gern an ihre Tränen von damals, die ihr jetzt, nach Jahren, wie gewaltsam erpreßt vorkamen. Das ist gemein von dir, mich daran zu erinnern, Emanuela, gemein. Und warum hast du es dann getan, warum? Es wird eben ein mystischer Raptus gewesen sein, sagte sie bissig, denn sie ertrug es nicht, daß diese Episode breitgetreten wurde, die ihr Leben nicht verändert hatte. Außerdem erinnerte sie sich nicht daran, es konnte auch eine hinterlistige Erfindung Emanuelas sein, die sie dazu bewegen wollte, nach ihren Wünschen zu handeln. Ich gebe Angelica nicht weg, ich könnte nie, nie mein Kind weggeben. Niemals. Felice will es aber, sagte Emanuela nun, da es offenbar sinnlos war, die ungehemmt egoistische Schwägerin zu einem Hauch von Mitgefühl zu bewegen: er ist der Vater. Der Vater! Niemals. Sofia hatte eine Art zu seufzen, die einen rasend machen konnte, es war ihre Weise, sich resigniert in das Unabwendbare zu schicken. *Charitas Christi urget nos,* Norma. Die frommen Argentero hatten sich zusammengeschlossen, um die Kleine loszuwerden, morgen, morgen! Chérie, so wird es besser für dich sein und besser für alle. Und für sie? Für sie?

»Wer den Cottolengo nicht gesehen hat, kann nicht sagen, daß er Turin kennt.« In einem Ton, der keinen Widerspruch duldete, hatte Emanuela sie an einem lange zurückliegenden Nachmittag des Jahres 1906 bestürmt und schließlich trotz ihres langen Sträubens dazu überredet, die Damen des Frommen Werkes zu begleiten. *Charitas Christi urget nos*, stand über der Eingangstür zu dem Heim. Charitas Christi, wiederholte sie bei sich, bemüht, die kleine Figur in der Nische nicht deprimierend zu finden, den Priester aus Gips, der die Linke auf die hängende Schulter eines knienden Bettlers drückte und ihm mit der erhobenen Rechten den Weg zum Himmel wies. Das Trüppchen machte einen Augenblick vor der Madonna des Trostes Station, um zusammen das Ave Maria zu sprechen. Hier drinnen wird ständig gebetet, teilte ihr ruhig lächelnd eine Schwester mit, die sie durch die Windungen des labyrinthischen Ortes führte, von den Küchen und Waschküchen an bis hinauf zu den Abteilungen der Patienten. Gewiß, sagte sie bedrückt, ich verstehe. Die Krankenpflege ist eine Mission, für die man berufen sein muß und die deswegen eine lange und sorgfältige spirituelle Vorbereitung erfordert, erklärte ihr eine andere Schwester. Man kommt nicht des Sehens wegen hierher, verstehen Sie. Das ist nicht der richtige Geist. Ich bin nicht des Sehens wegen hier, antwortete sie und versuchte durch die feierlichen Worte die nötige Überzeugung zu gewinnen, um ihre Zweifel zum Schweigen zu bringen, ich bin hier, weil ich glaube. Ah, gut, denn wissen Sie, Gräfin, die Ausübung der Barmherzigkeit, der wahren, spontanen, freiwilligen Nächstenliebe, das ist ein göttlicher Auftrag, keine Mode, kein Beruf und auch kein Handwerk, und unsere einzigen Waffen sind Demut und Geduld. Genau das, was ich nicht habe, dachte sie, sich schon im voraus ihrer Gleichgültigkeit anklagend. Sofia und Emanuela verbrachten jeden Monat einen Sonntag im Kleinen Haus, und sie erwarteten sehnsüchtig diesen stärkenden Tag. Er tut der Seele so wohl, schwärmte Sofia, er macht uns besser. Nachsichtiger gegenüber den anderen, man versteht so viele Dinge. Sie gingen über lange Flure, die von grauem Licht, das durch die großen Fenster einfiel, erhellt wurden, und jedesmal, wenn sie einer Schwester, einem Patienten, einem Priester, einem freiwilligen Helfer oder sonst jemandem begegneten, grüßte man einander fromm mit Gelobt sei Jesus Christus, Deo gratia. Was für ein Friede, sagte Sofia, was für ein Friede. Gott, ich bitte dich, dachte sie durch wachsendes Unbehagen bedrückt, ich bitte dich, mach, daß es nicht lange dauert. Felice war gegen diesen Einfall Emanuelas gewesen: Chérie ist noch nicht soweit, was soll Chérie dort? Chérie, Chérie. Gelobt sei Jesus Christus, Deo gratia. Der Pater Heimleiter kam ihnen in der Kapelle des seligen Gründers entgegen. Was ist das Kleine Haus, erklärte er in heiliger Begeisterung. Ein Krankenhaus? Eine Schule? Ein Waisenhaus? Ein Kloster? Ein Irrenhaus? Ein Pflegeheim für Unheilbare? Ein Altersheim? Es ist das Kleine Haus, meine Damen, das Haus unseres Herrgotts! Der Mann schien völlig in der Rolle aufzugehen, der er sein Leben gewidmet hatte, selbstlos und edel wie überhaupt alle die vielen arbeitsamen und tätigen Männer und Frauen, die durch diese nach Arznei und Abgestandenem riechenden Flure trotteten – Menschen, die ihr Bewunderung abrangen, die immer größer wurde, als ihr nach und nach die Aufgaben dieser Heiligen ohne Wunder vorgeführt wurden. Auf diese gesegneten Seelen projizierte Norma angesichts ihrer eigenen Unfähigkeit, Opfer zu bringen, die ganze Güte, die ihr an diesem Ort in ihren Fluchtgedanken fehlte. Klaustrophobie des Schmerzes: sie schritten an den Bettchen des Kinderspitals für Waisen, Findlinge, gelähmte, taubstumme, schwachsinnige, verwachsene, normale Kinder vorüber. In deinem guten Herzen, Jesus, hast du mich erlöst, in Frieden kann ich ruhen und einschlafen, leierte ein Junge mit einer Hasenscharte. Ave Maria. Gib mir ein Bonbon, sagte einer mit einem lahmen Bein zu ihr, ein Bonbon, schöne Dame. Aber sie hatte keine Bonbons in ihrem Handtäschchen. Heiße Beschämung, daß sie nicht daran gedacht hatte, während Sofia nach allen Seiten lächelte und säuerliche Veilchenpastillen verteilte. Sie schritten an den Betten der chronisch kranken Patienten vorüber. Die rosa gestreiften Vorhänge waren für diesen Anlaß aufgezogen, und man sah entstellte, leichenblasse Gesichter. Im Halbdunkel, in dem diese Greise, diese skrofulösen, syphilitischen, von Trunk- und Opiumsucht zerstörten jungen Menschen, diese heruntergekommenen Existenzen dahindämmerten, kreischte ein gestikulierender Schatten unablässig wirre Sätze, in denen sich die Worte Gott, Deo gratia, Madonna mit unsäglichen Obszönitäten exkrementaler Natur mischten. Der Arme, seufzten alle, betrübt durch diesen schändlichen Wiederholungszwang. Wir schicken niemanden weg, sagte die Schwester, als wolle sie ihnen eine stumme Abneigung gegen den delirierenden Schmutzfink vorwerfen. Der Selige hat sich scherzend »Straßenkehrer« genannt: er hat mit dem Besen der Nächstenliebe alle Winkel, alle Löcher ausgefegt, um die bösen Keime herauszuholen, sagte sie milde, alle sind hier willkommen. Eine Zwergin führte eine Blinde zur Krankenabteilung der Frauen: Betten, Betten, Betten, und über allen die Ikone der Gnadenreichen Jungfrau. Wie viele Familien doch durch Laster und Sünde und Bosheit zerstört werden, bemerkte Emanuela, wohlvertraut mit der Geschichte jeder dieser Patientinnen. Im letzten Bett begegnete Normas Blick dem wäßrigen – unheimlich vertrauten – einer Frau von feinem, zartem Aussehen, sie war blond, ordentlich gekämmt und jung. Jung. Die Arme hat dein Alter, sagte Sofia, über die Geheimnisse des Schicksals nachdenkend, das dem einen unverdient alles schenkt und dem anderen erbarmungslos alles nimmt. Sie ist völlig gelähmt, flüsterte die Schwester mitleidig. Warum?

Der Ehemann, eine häßliche Geschichte. Sie ist seit drei Jahren hier. Sie hat noch kein einziges Wort gesprochen. Der Mann hat ihr das Unheil zugefügt und sie dann verlassen. Willenlos ließ sich die Blonde betrachten, Opferlamm eines uneingestandenen Voyeurismus. Laß uns gehen, ich bitte dich, flüsterte Norma plötzlich und klammerte sich an Emanuelas Samttäschchen, sie hielt den Anblick von so viel Elend, die Überwältigung durch so viele widersprüchliche Gefühle nicht mehr aus. Doch wie hypnotisiert durch die unglückliche junge Blonde, die sie an irgend etwas oder irgend jemanden erinnerte – aber an was oder an wen, wußte sie nicht –, blieb sie zurück: das Trüppchen der frommen Frauen verschwand hinter der Glastür, und sie konnte sich nicht von der Stelle rühren. Sie, die doch so dringend diesem Ort entfliehen wollte, verlängerte nun ihren Besuch. Wartet auf mich, rief sie plötzlich entsetzt bei dem Gedanken, in der Krankenabteilung vor dem Bett der Gelähmten vergessen zu werden, und als sie der Duftspur – natürlich nur Kölnischwasser – der Schwägerinnen nachlief, stieß sie fast mit einem Wesen zusammen, dessen Gesicht nichts Menschliches mehr hatte, es war ausgelöscht durch die entsetzlichste Krankheit, die der bösartige Schöpfer – und in diesem Augenblick war sie von seiner Existenz überzeugt – zur Qual seiner unvollkommenen Geschöpfe ausgeheckt hat, den Lupus: aber das konnte sie bei ihrer medizinischen Unkenntnis nicht wissen, sie sah nur eine einzige zerstörerische Wunde. Der Schrei blieb ihr im Hals stecken. Die Arme, sie versteckt sich sonst immer, wer weiß, warum sie diesmal herausgekommen ist, sagte die Schwester, die sich umgedreht hatte. Tu einfach, als hättest du sie nicht gesehen, Norma, riet Emanuela und drückte ihr, erschrocken durch ihr verstörtes Aussehen, den Arm, sicher fürchtete sie eine Ohnmacht oder einen hysterischen Anfall der überempfindlichen Schwägerin. Aber ich habe sie gesehen, ich habe sie gesehen, mein Gott! Ja und? sagte die Schwester und streichelte zärtlich das schreckliche

Wesen, das sich hinter ihrem weiten Gewand zu verbergen suchte. Schenken Sie ihr ein Lächeln, gnädige Frau, wenn Sie wüßten, wie sehr sie so ein Lächeln braucht, und Sie sind so schön, lächeln Sie. Es gelang ihr nicht. Ich will gehen, Emanuela, ich bitte dich. Aber Emanuela kannte die Lektion auswendig, und – was noch schlimmer für Norma war – sie glaubte an das, was sie sagte. Beuge dich, meine Liebe, beuge dich unter die, denen geholfen werden muß, beuge dich, du bist zu hochmütig, laß dich wenigstens einmal herab, du, die du so vom Schicksal begünstigt bist, ich verlange ja nicht von dir, daß du den Gnadenstand erreichst, die mystische Vereinigung von Demut und Opferwillen, aber du bist kein Kind mehr, du mußt wissen, was es heißt, sich um die anderen zu kümmern. Um die Ausgestoßenen, die du nicht sehen willst, meine liebe Norma. Aber ich habe doch nicht gesagt, daß ich sie nicht sehen will, es ist nur, daß ich einfach ... Einfach was? Bist du einfach zu zart? Das scheint mir nicht so, du bist schließlich nicht zu zart, um deine unmenschlichen Philosophen zu lesen, die den Selbstmord und die Verachtung unserer Mitmenschen verherrlichen. Aber was hat das denn damit zu tun? Das sind moralische, keine physischen Erörterungen über die menschliche Natur – Norma stockte, plötzlich unsicher werdend, bei dem Wort Natur, es ist nur, daß ich ..., stotterte sie. Was? Nichts, sagte sie. Ein Taubstummer gestikulierte unter kehligen, unverständlichen Geräuschen und winkte sie zur Abteilung der Schwerbeschädigten hinüber, als wollte er sagen: bitte, hier lang. In deinem guten Herzen, Jesus, hast du mich erlöst, in Frieden kann ich ruhen und einschlafen, Ave Maria, sprachen alle im Chor. Ave Maria. Sie schritten an Buckligen, Verstümmelten, Krüppeln, Lahmen, Rachitikern, Geisteskranken vorüber. Gott sieht mich, stand auf einem Schild im Laboratorium, wo die Verstümmelten arbeiteten und fleißig ihre Armstümpfe auf den Tischen hin und her bewegten. Gott sieht. Wer sich dem nicht gewachsen fühlt, sollte hier besser nicht mit hinein, meine Damen, sagte die Schwester und überließ das Feld einer neuen Begleiterin, einer älteren Nonne mit Brille, der Oberin dieser berühmtesten und schrecklichsten Abteilung, deren Tür abgeschlossen war. Ich komme nicht mit, sagte Norma, auf das Verständnis der sanften Sofia hoffend, ich komme nicht mit. Ich kann nicht. Gelobt sei Jesus Christus, *deo gratia, charitas christi urget nos:* sie gingen alle im Gänsemarsch hinter der Nonne hinein, die stolz war auf ihre Rolle, die Vollendung des göttlichen Auftrags. Für uns ist es eine Ehre und ein Privileg, hier drinnen zu arbeiten. Sie gingen alle, und die Tür der Abteilung wurde wieder abgeschlossen. Ihre Angst steigerte sich zu unmäßigem Entsetzen. Was tun? Sollte sie die einzige sein, die schlechte Nerven hatte, die einzige Ängstliche, die offenbar keine rechte Nächstenliebe kannte? Was tun? Sie ging mit. Bettlägrige und Nichtbettlägrige trugen umgeknüpfte Schürzen wie Kindergartenkinder. Einige rannten in dem großen Raum herum, andere lagen, angebunden oder frei, auf den Betten und fuchtelten mit mißgebildeten Gliedern, an denen Klauen, Schwimmhäute, überhaupt keine Nägel, viel zu viele Finger waren. Wo sonst im Haus Stille herrschte und nur gedämpftes Beten zu hören war, ertönten hier in der Abteilung, in der die Natur sich ins Unbekannte der Zellanhäufungen, der Launen des Schöpfers, des namenlosen Übels verbreitete, tierische Schreie, ein Durcheinander ohrenzerreißender, jaulender, wiehernder, quietschender, stöhnender, brüllender Laute. Stärkere Naturen als Normas wurden von Übelkeit übermannt: trotz ihres ehrwürdigen Alters und der langen Gewöhnung mußte die Marquise von M., von plötzlicher Panik erfaßt, hinausgehen. Da schwinden einem die Sinne, flüsterte die Generalin verstört, da schwinden einem die Sinne. In einem Bett in der Ecke wucherte ein monströs entwickelter Fötus, ein riesiger Fötus, der die ersten Schreie – glücklich oder entsetzt? – eines eben auf die Welt gekommenen Babys ausstieß. Ein riesiger Kopf, winzige Arme und Beine, eine Fehlgeburt, die immer noch lebte, eine Kaulquappe, die, der Gebärmutter entrissen, nun nackt den Blicken ausgesetzt war: so schrie das Wesen hilflos in seiner Bettwiege. Er ist fast dreißig Jahre alt, erläuterte die Schwester. Dreißig Jahre. Norma mußte den Blick abwenden, nur um noch Schlimmerem zu begegnen: gesichtslosen Geschöpfen, deren Augen, Nasen und Münder wie zufällig mit dem Priem eingestochene Löcher aussahen, dem Schlangenmann, Affenfratzen, Neandertalern, abstoßenden und doch seltsam vertrauten Vorfahren des Menschen. Sie bewegte sich in einer Welt ohne Menschen wie im Mesozoikum, an dessen Ende die ersten Säugetiere auf unserem Planeten erschienen. Fühlst du dich wohl, Norma? fragte Sofia voller Sorge, dem verliebten Felice eine allzu erschütterte Chérie zurückzubringen. Eine unsinnige Frage. Ist dir schlecht, Liebe? Natürlich, aber nicht, wie du meinst. Was waren schon der Ekel der vergewaltigten Augen oder die Übelkeit wegen des mit Weihrauch vermischten Stallgeruchs gegenüber dieser diffusen Angst, dieser totalen Auflösung des Verstands und der verzweifelten Suche nach irgendeiner Möglichkeit, um aus diesem gestaltlosen, vormenschlichen Chaos wieder herauszukommen. Sich beugen? Nein. Hinaus nach oben. Aber wohin sollte sie sich wenden? Unter den guten Töchtern (der von Natur aus anziehende weibliche Organismus erregt in seiner unseligen Entstellung größeres Mitleid, dozierte jemand) stand plötzlich, reglos wie ein Baum, mitten auf dem Gang eine mythologische Figur. Der letzte bewußte Gedanke war: eine Sphinx, Skylla, Charybdis, Medusa, eine Harpyie, literarische Alpträume inkarniert in einem Frauenkörper mit einem Ziegenkopf, langen grauen Haaren auf den Wangen und riesigen Augen ohne Pupillen. An der Schwelle des Seins, grauenhaft! Dann auf einmal tiefes Dunkel. An weiteres von diesem Besuch erinnerte sie sich nicht, lange und vergeblich fragte sie sich, wie sie schließlich aus dem Labyrinth heraus- und wieder in die von vertrauten (vertrauten?) Zweibeinern bevölkerte Gegenwart zurückgekommen war. In ihrer Erinnerung tat sich nur ein schwarzes Loch auf, unmittelbar nachdem diese haarige, sprachlose Monstrosität auf sie zugewankt war.

In ihre Gedanken versunken, hatte Norma nicht auf den Weg geachtet und sank plötzlich bis zur Taille im Schnee ein. Um sich herauszuziehen, klammerte sie sich an einen Zweig, der ihr den Handschuh aufriß und an dessen Rinde sie sich die Handfläche blutig schürfte. Immer noch stand ihr die blinde, bärtige Ziege vor Augen, eingefroren in jener blitzartigen Sekunde, die einer unendlichen, empfindungslosen und sprachlosen Finsternis vorausging. Ja, dorthin wollten sie Angelica bringen, damit sie guten Seelen mitleidige Seufzer über das Leid der Welt entringen konnte. Der Besen der Nächstenliebe sollte Angelica aus dem dunklen Winkel ihres Hauses fegen.

Die in eine gestärkte rote Serviette eingeschlagene Vesper sah lecker aus und verströmte einen himmlischen Duft. Hartgekochte Eier, in dünne Scheiben geschnittenes Fleisch, reichlich Weißbrot, Räucherschinken, Suchard-Schokoladentäfelchen, Zuckerwürfel, Apfelkuchen. Medusa fühlte sich anständig behandelt. Sehr anständig: gerecht. Sie biß in die knusprige Brotrinde, zerkleinerte lustvoll das zarte Kalbfleisch, das auf der Zunge ein Aroma von Rosmarin, Salz und Thymian entfaltete. Sie kaute voller Freude und Befriedigung, langsam und genüßlich. Nur einen ärgerlichen Schönheitsfehler hatte diese Vesper. Es störte sie, daß sie unter freiem Himmel essen mußte, auf einem kleinen Hügel aus hartem Schnee sitzend, während die andere mit ihrer Teufelsnixe den Schutz der Grotte genoß. Sie schluckte einen besonders großen Bissen hinunter; die Brotkruste kratzte in der Kehle, und zum Nachgeschmack des Kalbfleischs gesellte sich ein kaum wahrnehmbarer Schmerz. Sie wandte sich um und spähte verstohlen in die kleine Höhle: sie sah nur das Backsteingewölbe und einen dunklen Fleck. Die Grotten waren Unterstände, die in alten Zeiten von der Verwaltung der Wallfahrtskirche zum Schutz der Pilger gebaut worden waren. Geh bitte hinaus, laß uns allein. Eine Grotte für die Gnädige und ihre schreckliche Nixe – und sie, Medusa, draußen mit einer köstlichen Vesper, die nun an Geschmack verlor, ja, bitter wurde. Und vor sich sah sie nur einen endlosen Weg: sie mußten noch durch die Klamm und dann weiter über das Geröllfeld. Bei dem bloßen Gedanken daran bekam sie eine Gänsehaut. Dort genügte ein falscher Tritt, und man stürzte hundert Meter in die Tiefe (erst letzten Sommer war der Sohn des Apothekers von Demonte abgestürzt, kaum sechzehn war er gewesen und das einzige Kind, sein Vater war vor Kummer fast wahnsinnig geworden). Mit ihren Ziegenlederschühchen, dem Teufelsbündel und dem Hermelinpelz mußten sie da hinüber, und der Pfad war von Schnee bedeckt und unsichtbar. Medusa hoffte nur, daß die Gnädige nicht unter Schwindel litt und nicht die Nerven verlieren würde, daß sie nicht plötzlich mitten auf dem Weg mit bleiernen Füßen von Furcht übermannt stehen bleiben und nach Hilfe schreien würde (auch das kam nämlich in den Bergen häufig vor). Und gleichzeitig wünschte sie ihr, daß ihr furchtbar schwindelig werden sollte, weil sie sie hinausgeschickt hatte. Es ist Zeit, meine Kleine muß jetzt ihre Mahlzeit bekommen, wenn es dir nichts ausmacht, wäre es mir lieber, du gingst hinaus. Langsam, unentschlossen begannen Flocken zu fallen. Märzschnee, der sich auf den wochenalten Firn senkte und ihre Spuren auslöschte. Märzschnee. Sie aß weiter, nur die Suchardtäfelchen, die sie sich als Höhepunkt für zuletzt aufgehoben hatte, lachten sie noch einladend auf dem roten Untergrund der Serviette an – dunkle Schokolade, echter Kakao von den Antillen, in der Schweiz hergestellt. Sie wandte sich wieder um: absolute Stille, die schreckliche, entsetzliche Teufelsnixe geruhte nicht einmal zu weinen. Dann hörte sie etwas wie ein Rauschen, einen Singsang, die flüsternde Stimme der Gnädigen. Sie redete mit dieser furchtbaren Nixe! Medusa mochte Kinder nicht, sie fand sie langweilig und störend, vielleicht weil niemand sie je geliebt hatte, vielleicht weil sie immer in der Furcht lebte, eins zu bekommen, vielleicht weil sie nie froh gewesen war, ein Kind zu sein. Vielleicht auch weil die Gnädige vier hatte und sie sich nun jeden Tag um sie kümmern müßte. Jedenfalls hatte sie zuviel und zu hastig gegessen. Sie verschluckte sich und mußte husten, bis ihr die Tränen kamen, und plötzlich war ihr die Lust am Weiteressen vergangen. Das Täfelchen blieb in ihrer Hand, die Schokolade schmolz zwischen den Fingern. Nervös stand sie auf. Es schneite jetzt heftig. Sie zog sich den Wollschal über die Haare und schritt vor der Grotte auf und ab. In der von Gebüsch umrahmten schwarzen Öffnung waren die Gestalten nicht zu erkennen. Nur eine gedämpfte, weiche Stimme, sonst im Umkreis von zehn Kilometern kein anderes menschliches Wesen. Und vielleicht auch nicht einmal da drinnen. Sie schleuderte einen festen Schneeball nach dem ersten Ziel, das ihr unter die Augen kam, einer verkrüppelten Lärche, die der Wind über den Maultierpfad gedrückt hatte.

Sie zählte bis zehn, nahm eine Schneeflocke in den Mund, die sofort schmolz – kühl, aber ohne Geschmack wie ein Schluck Wasser –, und steckte den Kopf in die Eingangswölbung der Grotte. Sie hatte dabei das Gefühl, in den Intimbereich der anderen einzudringen. Die gnädige Frau bemerkte sie nicht – jedenfalls schien es so, denn sie konnte ihr Gesicht nicht erkennen: sie unterschied im Dunkeln nur die rosa gekleidete Nixe, deren nackter Kopf rund war wie eine Billardkugel. Dann gewöhnten sich ihre Augen an die Dämmerung: die Nixe wirkte teilnahmslos wie immer, steif, die reglosen Händchen auf der violetten Wolldecke, und ihr kaum geöffneter Mund löste sich ständig von der Brustwarze der Mutter, die sie ihr immer wieder reichen mußte. Die pralle weiße Brust schimmerte wie ein milchiger Fleck. Unwillkürlich zog sich Medusa zurück und entfernte sich auf dem Maultierpfad ein paar Meter von der Grotte. Sie fühlte sich ungerechterweise ausgeschlossen. Bin ich deine Dienerin oder nicht, dachte sie, und ärgerlich bewarf sie sämtliche Bäume mit genau gezielten Geschossen. Für jemanden, der dir die Wäsche wäscht und dich im Morgenrock sehen muß, gibt es keine Geheimnisse. Da ist es aus mit der Poesie, und wärst du auch die sittsamste, tugendhafteste Frau der Welt. Da fallen alle Hüllen. Eigentlich war es gar nicht so kalt, die Temperatur war gut auszuhalten, und draußen war es besser als in der feuchten, stickigen Grotte; aber sie hatte sich durch ihr Schneeballwerfen richtig in Wut gesteigert und sich, fast ohne es zu bemerken, dem gewölbten Eingang wieder genähert. Ihre Füße kehrten immer wieder zu derselben Stelle zurück, denn es gelang ihr einfach nicht, das Bild dieser runden, triumphierenden und so sinnlos verschwendeten Weiße zu verscheuchen. Zum Teufel, sagte sie sich. So kam sie – sich respektvoll im Schatten gleich bei der Schwelle auf den Schneehaufen setzend – herein.

Die beiden bildeten eine unbewegte Gruppe: die Gnädige raunte etwas, und die Nixe saugte nicht. Nur ab und zu, ganz kurz. »Di Dochdre will di Milch nit«, sagte Medusa nach einer Weile, ohne eine gewisse bösartige Genugtuung verbergen zu können. Norma richtete einen schwer auslegbaren Blick auf sie. Angelica blickte Norma an oder vielleicht auch sich selbst, ihren eigenen Widerschein in der Leere ihrer Pupillen: sie gab keinen Bedürfnissen Ausdruck und hatte ja vielleicht auch keine. Oder vielleicht doch. »Sie merkt nichts, ich muß sie daran erinnern, daß sie Hunger hat«, antwortete Norma. »U wie weisch du's?« fragte Medusa, die sich auf einen Fingernagel biß und überlegte, ob sie aufstehen sollte, denn es war kalt auf dem Schneehaufen, und ihr Umhang wurde feucht. Norma seufzte, sie bereute die Unüberlegtheit, mit der sie diese unsägliche junge Person in ihren Dienst genommen hatte, denn offenbar fehlte ihr auch das geringste Verständnis für ein ziviles Zusammenleben. Sie mußte ihr erklären, daß sie nicht so zu ihr sprechen durfte, und ihr den Gebrauch der dritten Person Plural beibringen, die in der Grammatik Höflichkeitsform heißt. Aber die Aussicht, wieder von vorn anzufangen, wieder vergeblich zu versuchen, sich eine Person zu erziehen, die in wenigen Wochen sowieso aus ihrem Leben verschwinden würde, kam ihr auf einmal unzumutbar vor. Noch eine verlorene Schlacht in einem verlorenen und im Grunde unwichtigen Krieg. Sie hatte nicht mehr die Kraft dazu. »Ich weiß es eben, ich spüre es, verstehst du?« »Na«, brummte Medusa. »Mein Körper sagt es mir, er allein weiß die Worte, verstehst du?« »Na.« Sie verstand nur, daß die Nixe ein schreckliches Geschöpf war und daß ihre Mutter Zeit, Energie und ihre Lebenssäfte vergeudete. Sie verstand, daß das schade war, und es gefiel ihr nicht, daß es so war. Sie verstand auch, daß sie störte und hinausgehen sollte, aber das tat sie nicht. Sie stand auf, aber nur um zum Sitz zu treten, auf den sie sich plumpsen ließ. Sie lehnte sich mit dem Rücken an die Wand. Die Gnädige schien sich unbehaglich zu fühlen, Medusa hatte den Eindruck, sie sei rot geworden und wisse nicht, wohin sie blicken sollte. Sie erwartete, hinausgeschickt zu werden, aber Norma sagte nichts: sie ließ sie bleiben. Ja, sie wollte sich offenbar sogar unterhalten und erging sich nun in einem langen und nicht ganz uninteressanten Monolog. »Ich habe meine Angelica hergebracht, damit ihre Gedanken in die Höhe wachsen wie die Bäume, frei werden wie die Bäume«, sagte sie, »von klein auf, von Anfang an die Berge zu sehen, wie du, wie ihr, das tut gut, glaube ich, es muß eine wohltuende Wirkung haben, in der Nähe von etwas Größerem und Mächtigerem, als wir es sind, aufzuwachsen, die großen Dinge lehren uns, auf die kleinen zu verzichten, sie zeigen uns, wie klein sie sind, sie üben einen befreienden Einfluß aus. Ich glaube, deshalb klagen die Menschen, die in den Bergen oder auf den Höhen leben, so wenig und neigen nicht zu unangenehmer Selbstbespiegelung, meinst du nicht auch? Ich möchte, daß meine Angelica wird wie ihr. Und auch ich, ein wenig.« Medusa verstand nicht recht, was sie sagen wollte, und auch nicht, warum sie ihr diese seltsamen Dinge sagte. Sie verstand sie nicht, sie sah nur die rosarote Form in der Wolldecke, die Billardkugel, den teilnahmslosen Mund, die beharrliche weiße Brust. »Medusa«, sagte die Frau nun erregt, während sie die Nixe wieder in das Bündel packte und sich das Kleid zuknöpfte, »Turin ist eine feindselige Stadt, Medusa, würdest du mitkommen und mit mir, Angelica und meinen Jungen leben wollen, wenn wir nach Florenz zögen?« Die Nixe war nur einen halben Meter von ihr entfernt, sie konnte den Blick nicht von ihr abwenden, weil die Frau sie ansah und sie sie mit ihrem Abscheu nicht kränken wollte. »Was is Florenz?« fragte Medusa verdutzt, »a Villa?« »Mein Gott«, seufzte Norma, das winzige Näschen der Nixe streichelnd. Die Gnädige schien den schrecklichen Blick der Nixe gar nicht wahrzunehmen, sie sah sie als etwas Kostbares an, schamlos berührte sie mit ihren Lippen den gleichgültigen kleinen Mund. »Isses wit, des Florenz?« erkundigte sie sich. Ich weiß nicht, vielleicht nicht weit genug. Weit von wo, Medusa? »Soll dr helfe?« fragte sie, weil ihr das Kleid zu eng saß und die Häkchen sich nicht schließen lassen wollten. Norma ließ sich helfen – das neue Mädchen hatte kräftige, ziemlich gewalttätige Hände. »Das Haus meines Bruders ist sehr klein, und ich könnte dir nicht viel zahlen, viel weniger als das, was ich dir versprochen habe, aber ich verspreche dir, daß du es gut haben wirst. Ich muß wissen, ob ich auf dich zählen kann. Ob wir auf jemanden zählen können.« Die Vorstellung, mit dieser Frau, der Nixe und drei bedrohlichen Lausbuben zu leben, war nicht gerade die bestmögliche. »Hat's da Bärg, in Florenz?« »Nein, Medusa, das ist nicht im Gebirge.« Dann besser nicht, sonst bleiben die Gedanken deiner Tochter niedrig, bemerkte sie. Die Gnädige lächelte: seit Medusa sie wiedergesehen hatte, war es das erstemal. Sie hatte immer noch dieses sanfte Lächeln.

Dutzende von Kerzen leuchteten zu Füßen des Altars und warfen einen gedämpften gelben Schein in die dunklen Ecken der Kirche. Der starke Geruch nach Wachs und der Rauch hüllten alles in einen Nebel der Hoffnung. Das Gewölbe zitterte, und der hölzerne Christus und die gemalten Figuren an den Wänden der Apsis schienen sich zu bewegen. Die Gestalt der Gräfin, die mit ihrem ausgebreiteten schwarzen Gewand wie eine Fledermaus vor dem Altar kniete, verschmolz mit dem Fußboden: sie war ein dunkler, völlig regloser Fleck. Medusa war an der Schwelle stehen geblieben, den Rücken an die geschlossene Tür gelehnt. Ihr Blick schweifte über die zahllosen Exvotos, die in allen Ecken der Kirche auf dem Boden standen oder als Bildchen an den Wänden hingen. Die rohe kleine Holzfigur mit der Inschrift »Für Minot« konnte sie jedoch nicht entdecken. Überall sah sie Dankesbriefe derer, die ein Wunder erfahren hatten, von Menschen, die ihr Augenlicht wiederbekommen hatten, Verlobten, die vom Afrikafeldzug zurückgekehrt waren, Müttern, die ihre verlorenen Söhne wieder in die Arme hatten schließen dürfen, von einem, der von der Syphilis genesen war, einem anderen, der den Glauben wiedergefunden hatte, von einem friedliebenden Artilleristen, der froh dankte für »die gewährte Gnade, im Jahr 1912 nicht nach Tripolis geschickt worden zu sein«. Es waren mit ungeübten Krähenfüßen bekritzelte Zettel, aber auch elegante, verschnörkelte Elaborate, die in der Schule die beste Note in Schönschrift erzielt hätten. Da waren einzelne Blätter und ganze Hefte, aber auch Schiffchen von aus Seenot erretteten Seefahrern, Häubchen von Säuglingen, die vor wer weiß welchem Unheil bewahrt worden waren, die Krücke eines

Lahmen, der sie nicht mehr brauchte, ein Stoffherz, ein Füllfederhalter, ein Paar fast neuer Schuhe, ein Armband aus gelb gewordenen Grashalmen, ein Stoffbär, ein getrockneter Blumenstrauß, ein Päckchen *Nazir*-Zigaretten (von jemandem, der zu rauchen aufgehört hatte?), eine Spieldose und Hunderte bunter Bildchen und Zeichnungen, mit Wasserfarben, Buntstiften oder Kohle angefertigt, einige naiv, andere bei irgendeinem Provinzmaler in Auftrag gegeben. Endlose Scharen zufriedener Pilger waren hier gewesen: sie glaubte, sie vom Tal heraufsteigen zu sehen, in einer gewaltigen Prozession mit angezündeten Fackeln. *Heureux retour* stand beim Brunnen auf dem Platz draußen. Man kommt nämlich hierher, um zurückzukehren. Und wer wieder hier heraufkommt, ist immer froh wie meine Mutter. Einmal zu kommen hilft nichts, das zweite Mal zählt. Beim nächstenmal ist es vielleicht schon Sommer, alles wird grün sein, auf der Wiese werden blaue Blumen blühen, und Hunderte von Menschen werden dasein. Was wird die gnädige Frau wohl der heiligen Anna bringen? Sie wird ein prächtiges Exvoto stiften. Vielleicht eine richtig große Statue aus Gips, Bronze, Gold. Die Argentero haben so viel Geld, daß sie auch die Kirche erneuern lassen könnten, wenn sie wollten. Die haben mehr Geld als ein Hund Flöhe.

Rechts neben der Tür, gleich beim Opferstock, lag auf einem hölzernen Tischchen ein aufgeschlagenes Buch für die Unterschriften der Besucher. Neugierig geworden, trat Medusa heran. Sie hatte Mühe, die Buchstaben zu unterscheiden, aber sie strengte sich an und setzte die Silben zusammen. Seiten um Seiten von Namen, ganze Familien, ein paar bekannte Namen, ein paar nichtssagende Sätze wie »Danke für die schöne Einkehr«, »Wir hoffen wiederzukommen«, »Alles ist wunderschön«, »Ein herrlicher Ort«, weit entfernte, nahe, unbekannte Städte, Di-di-jon, Freiburg, Luzern, Cuneo, Moncalieri, Cava-ller-maggiore – ein schwieriges Wort –, Asti, Turin, Borgo San Dalmazzo, Paris, da stand Paris ... August: eine lange Liste von Pilgern; September: ebenso; Oktober: nur wenige; November: ein leeres Blatt; Dezember: Monsignor Piacentini von der Diözese Pavia mit drei Seminaristen; Januar, Februar: niemand; März: ein weißes Blatt, auf das nur drei Zeilen in so kleinen Buchstaben geschrieben waren, als sollten sie unbemerkt bleiben.

26. März 1914
Norma Boncompagni Argentero Angelica und Medusa Belmondo
gewähre uns die Gnade, daß wir zusammenbleiben, für immer.

Drei Namen nebeneinander, auch ihrer. Sie las ihn mehrmals: er war auf der weißen Seite richtig beeindruckend, ihr Name, in derselben Zeile mit den anderen, sie hätte ihn nicht zu schreiben gewußt. Norma Boncompagni Argentero Angelica und Medusa Belmondo. Norma, sie heißt Norma, dachte sie.

Sie hatte die jetzt schlafende Nixe auf dem Arm. Sie war warm, und die Wärme ihres Körperchens war durch die Decke hindurch zu fühlen und wärmte auch sie. Es war, als hätte sie einen kleinen Ofen unter ihrem Umhang. Mit geschlossenen Augen war sie eigentlich ganz niedlich. Medusa verspürte keine Lust mehr, nachzusehen, ob sie wirklich einen schuppigen Fischschwanz anstelle der Beine hatte, ob sie wirklich eine Nixe war. Sie hätte es jetzt tun können, die kleine Kirche war menschenleer (in ihrer Erinnerung war sie riesig gewesen, aber nun sah sie, wie klein sie war; der Dielenboden stieg zum Altar hin an, und dort häuften sich hellblaue und rosa Schleifen: Geburten, lauter glückliche Geburten offenbar). Frau Norma Boncompagni Argentero betete in großer Entfernung von ihr, sie wandte ihr den Rücken zu, und wer weiß, wie lange sie noch in dieser demütig flehenden Stellung verharren würde, jedenfalls so lange, wie ihr Gewissen und ihr Glaube es ihr geboten: vielleicht eine Stunde, vielleicht den ganzen Abend. Sie hätte nur ein bißchen die Decke wegzuziehen brauchen und hätte als einzige mit eigenen Augen gesehen, wovon alle munkelten. Die legendäre Nixe mit dem Schuppenschwanz. Die unheilvolle Nixe mit dem Wasser in den Adern und der Meeresalge anstatt des Gehirns. Sie hätte so gern festgestellt, daß ihr Abscheu vor dieser stummen, rosigen Kreatur einen physischen Grund hatte, keinen unerklärlichen, aber jetzt, wo die Gelegenheit dazu gekommen war, begnügte sie sich damit, mit dem Bündel im Arm in die Dämmerung hineinzuspähen. Medusa hob also die Decke nicht und sah nicht nach. Die Nixe schlief mit leicht geöffnetem Mündchen und machte ihr keine Angst mehr. Sie kam ihr vor wie ein normaler Säugling, nur noch hilfloser und zerbrechlicher, und sie wollte ihr nun nicht mehr an irgendeiner Kante, zum Beispiel an dem marmornen Weihwasserbecken, den Kopf zerschmettern, woran sie noch beim Eintreten, als sie sich bekreuzigte, hatte denken müssen. Sie hielt sie fest an sich gedrückt, damit sie ihr nicht aus den Armen rutschte. Sie war jetzt müde und benommen, der Aufstieg war auch für sie anstrengend gewesen, und sie wollte sich setzen. In der leeren Kirche standen keine Bänke, die waren den Winter über in der Sakristei aufgestapelt, daher ließ sie sich auf den Boden gleiten und saß nun mit angewinkelten Knien da und drückte die Nixe an die Brust. Sie betrachtete sie aus der Nähe. Sie hatte durchscheinende Haut, ein bläuliches Geflecht feiner Äderchen zog sich über ihre Schläfen, heller, zarter Flaum bedeckte den Schädel, und aus dem Mundwinkel rann ein kleiner Speichelfaden. Sie hatte winzige Hände mit rosigen Fingernägeln – vollkommene Miniaturen –, so klein, daß sie in ihren Händen verschwanden. Warme, harte Händchen. Doch die Berührung mit diesen Gliedern erschreckte sie nicht mehr. Sie fuhr sich mit der Hand der Nixe über die Lippen, weil sie warm war und ihr Mund eiskalt und ausgetrocknet. Fast unwillkürlich lächelte sie ihr zu, wie alle Erwachsenen Kindern zulächeln, weil sie denken, das sei ein klares Signal, das sie nicht mißverstehen können. Doch die Nixe schlief selig und atmete leise, und ihr warmer Atem streifte ihr Gesicht. Eingehend betrachtete sie nun das Spitzenkleidchen, das unter der Wolle hervorlugte. Es war ein hellrosa Kleidchen mit einem bestickten Krägelchen. Die Nixe duftete nach Babypuder, Milch und Seife. Ein guter Kleinkindgeruch, dieser einzigartige, unverwechselbare Duft. Lalla, lalla, aus weiter Ferne stieg die Melodie eines einschläfernden Singsangs in ihr auf. Wer hatte es gesungen? Lucia? Die über sie gebeugte Lucia, denn es hatte doch auch einmal eine Zeit gegeben, als Madlenin in den Schlaf gesungen wurde. Lalla, lalla, Angelica. Sie warf einen Blick nach vorn in das Kirchenschiff: Frau Norma kniete immer noch still vor dem Altar. Obwohl sie so mager war, hatte die Nixe runde Bäckchen wie zwei Äpfel, unwiderstehlich. Sie wollte sie kneifen, aber dann küßte sie sie auf die harte Wange. Und da sie schon so nahe bei ihr war, beugte sie sich herunter und horchte auf ihren Herzschlag. Unter dem rosa Stoff pochte das Herz der Nixe heftig, zu heftig, aber unregelmäßig, und ab und zu setzte es einen Augenblick aus; es flackerte wie die zitternden Kerzenflammen im Luftzug, der von der schlecht geschlossenen Eingangstür hereinwehte.

Medusa wollte nicht mehr, daß sie sterben sollte, die Nixe, jetzt, nachdem die kleine blonde Frau sie in die Berge gebracht hatte, damit sie das freie Leben der Bäume atmete. Warum wachst du nicht auf? sagte sie leise, aber in vorwurfsvollem Ton, wach doch auf, um Gottes willen, wach auf. Was kostet es dich schon? sagte sie zu ihr und schob ihr das Häubchen vom Ohr weg, damit sie besser hören sollte. Was kostet es dich schon?

Der harte Fußboden wurde allmählich eine Art Prokrustesbett. Norma spürte die Kälte in den Knochen, und ihr Geist war verwirrt, heimgesucht von Stimmen und Gedanken, die überhaupt nicht zu ihren Absichten paßten und in schreiendem Kontrast zu dieser Inszenierung standen, deren Urheberin sie doch selbst war. Aber trotzdem würde sie nicht aufstehen, nicht bevor sie ein Wunder heraufbeschworen hatte. Ein Wort nur! Es war leicht gewesen, sich vorher die Situation auszumalen; aber jetzt, da sie hier war, konnte sie nichts anfangen mit allen ihr einfallenden Gebeten, die sie tausendmal in der Stille ihres Zimmers oder früher im Internat zu allen Anlässen gesprochen hatte (ich liebe Dich, mein Gott, ich liebe Dich von ganzem Herzen, ich danke Dir, daß Du mich als Christin geschaffen hast), sie kam sich nur lächerlich vor. Ihr geschärftes Bewußtsein fand ihren etwas abgeschmackten Mystizismus nicht erhaben und ihr Knien hier so belanglos wie die Worte, die sie an den Herrn richtete. Die Kerzenflammen glommen immer schwächer auf den mit Wachs verkrusteten Eisenständern. Es schwindelte ihr, die Wände der Kirche drehten sich, die heilige Anna verschmolz mit den rosaroten und hellblauen Schleifen. Aber Norma rührte sich nicht von der Stelle, wegen Angelica, die ihre Überzeugung so nötig hatte (sie mußte ihren Glauben bekennen, sie mußte ihre Reue bekunden, o Herr Jesus, vergib mir meine Sünden), und auch wegen des Mädchens, das nicht denken sollte, sie habe nicht lange genug gebetet. Für Angelica, für Angelica, ein Wort! Nur das *De profundis* schien ihr den Umständen angemessen und aussprechbar, aber eher wegen des Requiemklangs der Silben des ersten Verses als wegen der Worte selbst. Aus der Tiefe schreie ich zu Dir, o Herr; Herr, höre meine Stimme. Ich spreche für sie, weil SIE nicht spricht, du weißt, daß sie NICHT SPRECHEN KANN. Erhöre mein Gebet. Wenn du die Schuld ansiehst, o Herr, wer kann vor dir bestehen? Schuld, aber was für eine Schuld hat sie denn? Was für eine? Sie verlor sich in bitterer

Anklage und befreite sich nur mit äußerster Anstrengung wieder aus dem Sumpf gotteslästerlicher Verwünschungen. Aber bei dir, Herr, ist die Vergebung: und wir werden in deiner Furcht leben. *Timor Dei.* Felices Stimme mischte sich ein. Ein ruhiger, liebevoller Felice: nimm doch Vernunft an, Liebste. Die verächtliche Vernunft des zufriedenen Philisters. Trocken wie Bimsstein. Soll ich dir die Wahrheit sagen? Wir sind hier bald alle reif fürs Irrenhaus, wenn es so weitergeht. Philister. Tu es für mich, Chérie, ich habe doch auch ein Recht, meinst du nicht? Ich hoffe auf den Herrn, meine Seele hofft auf sein Wort. Meine Seele erwartet den Herrn sehnsüchtiger als die Wachtposten die Morgenröte. Und an die Jungen denkst du nicht? Sieh sie dir an, liebst du sie denn nicht mehr? Die hassenswerte, stumpfsinnige Vitalität des väterlichen Stamms, ihrer eigenen Söhne. Die alltägliche Ungerechtigkeit. Ein pflanzenartiges Wesen ohne Gehirntätigkeit. Ich bete Dich an, mein Gott, und ich liebe Dich von ganzem Herzen. Ein pflanzenartiges Wesen, praktisch eine Pflanze. Wie die Rose, der Efeu, der Kaktus. Zart wie eine außerhalb der Jahreszeit erblühte Blume. Die Einsamkeit der Anemone in einem Mohnfeld. *De profundis* der Familie. Seit Angelica geboren war, kam Felice nicht mehr gern nach Turin: während der Weihnachtsferien hatte er sich in seinem Arbeitszimmer mit den afrikanischen Matten verschanzt, um ihr nicht begegnen zu müssen. Ihnen beiden nicht. Wenn es doch geschah, immer nur zufällig, vielleicht auf dem Flur, im Musikzimmer, in der Bibliothek, wo sie sich über der Lektüre abstruser medizinischer und pädiatrischer Schriften die Augen verdarb – er kam nur herein, um seine Pfeife zu suchen, aus keinem anderen Grund –, sah er sie nie an, weder die eine noch die andere. In seinen etwas vorquellenden Augen standen unübersehbar und offen – diese Gabe hatte Felice jedenfalls – absolute Verstörung und Verlegenheit. Er sagte dann irgendeine Banalität und zwirbelte sich den Schnurrbart, streichelte den Elfenbeinelefanten auf dem Knauf seines Stocks, schnippte sich die Schuppen vom Revers, glättete seine Bügelfalten, bohrte lässig in einem Ohr, voller Unbehagen, als kennte er sie plötzlich nicht mehr, sie und ihre (seine) Tochter. Seine Frau war nicht mehr seine Frau, nicht mehr seine Chérie, er wußte ihr nichts mehr zu sagen: und was immer er auch zu ihr sagte, nachdem er stundenlang mühsam nach einem freundlichen Wort gesucht hatte, war falsch, und er merkte es sofort und bereute es und wußte nicht, wie er es wiedergutmachen sollte. Die Abendmahlzeiten verliefen unter Schweigen, alle beugten die Köpfe über ihre Teller. Amedeo bemühte sich, eine Konversation in Gang zu bringen, wobei er versuchte, Herrn Kiener-Wehrung ins Gespräch zu ziehen, doch der Hauslehrer blieb einsilbig, und das Souper versank in einem Monolog Amedeos über den Balkankrieg. Ein Außenstehender hätte glauben müssen, daß dem Hause Argentero tatsächlich die Geschicke der Welt am Herzen lagen. Dann, unter vier Augen, machte ihr Felice mit zärtlicher, monotoner Entschlossenheit Vorwürfe, weil sie sich zuviel um die Kleine kümmerte und die anderen vernachlässigte. Vittorio hatte Scharlach, Oliviero hatte sich beim *skating* einen Knöchel verstaucht, Enrico war der beste Schüler, den Herr Kiener-Wehrung je gehabt hatte, und sprach mit sechs Jahren schon fließend drei Sprachen, und was für eine Aussprache er hatte! Ein Spiegel der Gesundheit! Liebste, das ist doch eine Manie, das mit der Musik, eine Manie, verstehst du, das ist doch völlig sinnlos. Obwohl ein frommer Katholik, war Felice ein Rationalist: er glaubte nicht an Wunder. Sie jedoch glaubte daran, sie glaubte an himmlische Eingriffe, an die Kabbala, an die Zahlenmystik der Musik, oder jedenfalls glaubte sie, daran zu glauben. Was erwartest du nur von solchem Unsinn, Chérie, sie kann doch die Musik nicht hören, sie kann nicht hören, versteh das doch! Es ist nutzlos, du machst dir nur unmögliche Hoffnungen, du ermüdest dich damit, und für die anderen ist das … *Veni creator spiritus.* Erleuchte unseren Geist, erfülle die Herzen, die Du geschaffen hast, mit Deiner Gnade. O süßer Tröster, Lebenswasser, Feuer, Liebe, wie hieß es noch? erwecke in uns – in ihr – das Wort! In der wahnsinnigen Illusion, daß es einen Sinn hat, brachte sie die Kleine ins Musikzimmer, verschloß die Tür, und niemand, niemand durfte sie stören. Sie legte Angelica auf die bestickten Kissen, suchte die Noten ihrer Lieblingskomponisten zusammen – Schumann, Beethoven, Chopin, Saint-Saëns, Fauré – und spielte Klavier, manchmal fünf Stunden hintereinander, denn einmal (ein einziges Mal), als sie am offenen Fenster standen und der Wind die Klänge eines Leierkastens hereintrug, hatte Angelica mit einem Ruck, der auch ein Krampf, ein Aufstoßen, ein bedingter Reflex sein konnte, den Kopf bewegt. Musik. Musik, um sie aus der Lethargie ihres Pflanzendaseins zu reißen. Die Pflanzen lieben die Musik, der Gärtner des Stadtparks von Florenz behauptete, seine Rosen seien für Verdi empfänglich, und sang ihnen beim Gießen immer eine Arie vor. War das der Grund, warum Felice Angelica loswerden wollte? Weil Norma für sie spielte, während sie für ihn, vor langer Zeit, damit aufgehört hatte? Weil sie mit ihr sprach? Ja, stundenlang, ununterbrochen, wenn sie zu Bett ging und sie neben sich legte und sie küßte und mit ihr flüsterte und sie beim Namen nannte. Weil die Kleine das Gleichgewicht seines hervorragend geordneten goldenen Heims störte? Ja, deswegen. Und weil sie nicht gestorben war. Denn Felice wollte, daß sie starb, sie konnte es in seinen Augen lesen. Deshalb sah er ihr nicht mehr ins Gesicht, und als er einmal gekommen war, um ihr gute Nacht zu sagen, ernsthaft um sie besorgt – um sie, Chérie, natürlich –, hatte er sie umarmt, ohne ein Wort des Trostes, des Verständnisses, des Mitgefühls zu finden. Er zählte die Tage, er wartete, wartete mit hartnäckigem Vertrauen darauf, daß alles sich wieder einrenken würde. Und als er schließlich des Wartens überdrüssig geworden war, *Charitas urget nos,* hatte er die

Lösung gefunden: Cottolengo, gelobt sei Jesus Christus, Deo gratia, Cottolengo, der Kehrbesen der Nächstenliebe, die selige Kirche, die alle aufnimmt, die Gesunden, die Kranken, die Normalen, die Mißgestalteten, die Frommen, die Ungläubigen, die Sünder, die Lebenden und die Toten, uns alle. Mein Gott, ich bin an einem heiligen Ort, solche Gedanken darf ich jetzt nicht haben. *Veni creator spiritus.* Salbe unsere Wunden mit dem Balsam deiner Liebe. *De profundis* für mein Kind. Meins, meins. Sie kniete auf dem schmutzigen Fußboden, und der Staub legte sich auf den nassen Stoff ihres Kleides. Sie hob den Blick nicht von der Erde und konnte keine innere Sammlung finden. Ja, nicht einmal mehr Empörung über die Blindheit des Allmächtigen, der das falsche Opfer gewählt hatte. Alles wurde sinnlos in diesem heiligen Rauch der Kerzen, unter den gütigen Augen der heiligen Anna vom Gebirge, in deren Farben und Lächeln der naive Freskomaler seine ganze bescheidene Kunst gelegt hatte.

Der große Raum schwamm in einem feindseligen Dämmer, das der Feuerschein vom Kamin mit rötlichen Lichtpunkten durchsetzte. Das grelle Aufflackern der Flammen tat ihr in den Augen weh. Rotes Licht, Alchimie der Hoffnung. Rot: *pourpre, sang craché, rire des lèvres belles …* Geisterlicht. Sie war aus dem Schlaf aufgeschreckt, in der absoluten Gewißheit, daß Angelica gestorben war. Sie schlief jedoch friedlich unter den aufgehäuften Decken in einem der zerlumpten Pilgerbetten, doch Norma weinte weiter, denn im Traum hatte sie ihren Tod erlebt, und die Wirklichkeit war traumhafter als der Schlaf: war sie wirklich in der Hütte? War es ihr wirklich gelungen, nicht die Richtung zu verlieren und, bei Medusa eingehängt, an ihren Umhang geklammert, von diesem Berg herunterzusteigen, obwohl keine einzige Glocke ihnen den Weg wies und der frisch gefallene Schnee ihre Spuren verwischt hatte? »Warum weinst'?« murmelte eine rauhe, verschlafene Stimme. Das Mädchen kam und kniete sich neben sie, die Hände zum Kamin hin ausgestreckt. Das Feuer knisterte, und die Flammen züngelten nur noch schwach: Finsternis bemächtigte sich des Raums, verschluckte die rostigen Feuerböcke, die wackligen Wartesaalstühle, die mit Papier ausgestopften Damenschuhe. Es blieben nur noch gespenstische Bettenumrisse, die schwarzen Klumpen der zum Trocknen abgelegten Kleidungsstücke, die etwas helleren Flecken der Unterröcke. Draußen waren in der mondlosen Nacht die Sterne aufgegangen, wie eine Glocke war das Universum über sie gestülpt. »S' friert«, stellte Medusa fest. Ja, Eiszapfen hingen vor dem Fenster, an den Spitzen noch lange Tropfen, die aber nicht mehr fielen. Es roch stark nach Rauch und nach Gebirge. Norma berührte zart Angelicas Stirn, wie um sie vor dem Dunkel, dem Unbekannten, vielleicht vor dem Mädchen, vielleicht vor sich selbst zu schützen. Medusa warf das letzte Scheit ins Feuer, wickelte sich in ihren Schal, erschauerte. »Komm her«, sagte sie zu ihr und bot ihr den Pelz an. Medusa kam. Sie zog sich den Astrachanbolero über die nackte Haut. Ihr Atem roch nach Schnaps. »Was ist das?« fragte Norma. »Grappa«, sagte Medusa und reichte ihr ein versilbertes Fläschchen. »Trink, s'tuet dr guet.« Der Flaschenhals hatte einen blaßroten Rand, das Metall war feucht von Speichel. Es gab keine Gläser – sie mußte mit den Lippen die Stelle berühren, wo ihre gewesen waren. Sie nahm zwei tiefe Schlucke, sofort drehte sich alles vor ihr. Die Flüssigkeit brannte in der Kehle und in den Lungen. »Ich sollte keinen Alkohol trinken«, sagte sie, »es könnte Angelica schaden.« Medusa trank noch einmal und reichte ihr, offenbar durch den Einwand völlig unbeeindruckt, das Fläschchen zurück. Das ist mein erster Schnaps, sagte sich Norma, ein Gebirglerschnaps, ungeheuer stark und roh und doch lieblich, genau wie sie.

Der Wind fuhr in den Rauchfang des Kamins und rüttelte

mit einem jammernden Pfeifen an den Fensterscheiben, als beklagte er sich. Die Glut glomm nur noch schwach, und die Nacht wurde immer kälter und geräuschvoller. Es knisterte, knackte, ächzte, heulte um sie herum. Vielleicht war da draußen ein Raubtier, vielleicht waren es Ratten, Fledermäuse, vielleicht der Schlittenführer, der unten schlief. Sie fror und hatte sich neben Medusa auf das Feldbett für die Pilger ausgestreckt; sie hatten den Pelz über sich ausgebreitet, doch obwohl er eine fast einen Meter lange Schleppe hatte, schien er nun für beide zu knapp, sie mußten eng zusammenrücken. So lagen sie aneinandergeschmiegt. Sie entdeckte die Straffheit von Medusas Mädchenkörper, die Zartheit ihrer Knochen und ließ es zu, daß Medusa die Üppigkeit ihres Frauenleibs entdeckte. Du bist aber weich, bemerkte das Mädchen erstaunt, weich und fest wie ein Liebesapfel, *puma d'amur,* sagte es. Der Geruch des Mädchens stieg ihr scharf in die Nase. Sie hatte Durst: in dem Fläschchen war kein Tropfen Grappa mehr, und das Wasser unten mußte gefroren sein. Sie hatten jegliches Zeitgefühl verloren. Deine Hände sind ja eiskalt, sagte Medusa und packte ihre Hand mit dem entschlossenen Griff, mit dem sie in der Küche der Reynaud die widerstrebenden Hühner zum Schlachtblock geschleppt hatte. Sie zog sie nicht zurück, »wärme du sie mir«, sagte sie. Sie sah auf Medusas Handrücken die Narbe einer alten Verletzung. Die kannte sie schon. Mit einem Gefühl der Benommenheit und zugleich der Zuneigung wurde ihr bewußt, daß diese Hand ihr vertraut war. Tief, irrational vertraut. Sie kannte sie schon seit langem, die Medusa. Du wirst sehen, die Heilige gewährt dir die Gnade, flüsterte Medusa, aber das braucht mindestens zwei Tage. Der Weg ist lang, und der Himmel ist weit … Warum weinst du also?

Sie konnte es ihr nicht sagen. Ihr nicht. Keinem. Ihre Liebe war stumm wie ein Film, ihre Gefühle kannten keine Worte. Die Menschen, die sie am meisten liebte, sprachen eine andere Sprache. Mit ihrem Vater hatte sie Latein gesprochen, denn nur eine tote Sprache mildert das allzu Lebendige ab und trennt die Laute von den Bedeutungen. Sie hatten sich ganze Tage mit den vorgegebenen Worten von Horaz, Seneca und Properz unterhalten, sich nichts Unvermitteltes gesagt. Angelica kennt nur die Musik und wird nie ihre Worte lernen. Ich habe geträumt, daß sie gestorben ist, Medusa, ich habe sie in meinen Armen sterben sehen und konnte nichts tun, um sie zurückzuhalten. So war es schon einmal, so war es wirklich schon geschehen. Sie hatte den Menschen, den sie liebte, verloren. Den wichtigsten Menschen ihres Lebens, denn so sollte sie nie wieder lieben, mit diesem unerschütterlichen Vertrauen, dessen man nur fähig ist, wenn man die Welt und auch sich selbst noch nicht kennt, mit dieser Hingabe und Zärtlichkeit, mit dieser ganz unkörperlichen Leidenschaft und mit dieser Verzweiflung – denn die Erwachsenen sind manchmal unglücklich, und die Kinder spüren dieses Unglück und fühlen sich dafür verantwortlich, nehmen die Einsamkeit, das Leid, die Sehnsucht auf sich und glauben, sie seien das Unglück derjenigen, die sie lieben.

Der Professor war in seinem Arbeitszimmer, wie gewöhnlich beim Korrigieren der Arbeiten und Vorbereiten der Vorlesungen, Mouche kam herein, um ihm seinen Grog und ein Stück Kuchen zu bringen. Für ihn hatte sie kochen und backen gelernt. Im Zimmer war nur ein verändertes, erschreckendes Atmen zu hören. Aus dem umgestürzten Fläschchen floß die Tinte auf die Aufsätze der Studenten. Sie war allein mit ihm in der Wohnung, und sie brachte es nicht über sich, ihn zu verlassen, um Hilfe zu rufen. Sie hätte Hilfe holen können und hatte es nicht getan. Er wäre trotzdem gestorben, aber Mouche hätte jemanden rufen können und hatte es nicht getan, weil sie hoffte, er würde ihr noch etwas Wichtiges sagen, dabei war er schon weit weg und konnte nicht mehr sprechen. Seine Züge waren entstellt, verschoben und aus der Ordnung geraten wie das Mobiliar eines Hotelzimmers, das die Gäste eben verlassen haben. Sie hatte ihn auf den Teppich gelegt und ihm Handschuhe angezogen: es herrschte eine sibirische Kälte in der Wohnung, schon seit Wochen hatten sie keine Kohle mehr, um den Ofen zu heizen. Die ganze Nacht hatte sie auf dem Teppich gekniet und gedacht: jetzt kehrt die Zeit zurück zu dem Augenblick, als ihrer beider Leben ein und dasselbe gewesen waren, als sie einander etwas bedeutet hatten. Die Tangente berührt die Kurve nur in einem Punkt, dann läuft sie auf ihrer Linie weiter und verliert sich für immer. Die Mathematik ist unerbittlich. In jener Nacht hatte sie daran gedacht, sich mit seinem Garibaldinerdegen die Kehle durchzuschneiden, denn von dem Mann, den sie so geliebt hatte, waren ihr nur zwei abgeschabte Pantoffeln geblieben. Sie fürchtete, hinter den Vorhängen die Sonne aufgehen zu sehen, denn mit dem Licht würde auch er verschwinden. Mit jeder Stunde, die verstrich, entfernten sie sich mehr voneinander: für sie verging die Zeit, und für ihn gab es sie nicht mehr. Mouche war sich bewußt, daß sie ihm nicht genügte, daß sie zu mittelmäßig war – weder schön wie Hélène noch intelligent genug –, daß sie ihm keine Gefährtin sein konnte. Sie hatte nur gelesen, gelernt und gearbeitet, um ihm entgegenzukommen. Um ihm zu folgen, denn vielleicht interessierten diese Dinge sie gar nicht, sie waren nie ihre eigenen gewesen, erst später waren sie es geworden, als sie zu leben begonnen hatte, doch in ihrem jetzigen Leben, in ihrem eigenen Leben hatte sie sie nicht mehr wiedergefunden. Zwanzig Jahre lang hatte sie für ihn gelebt, ihm jeden Gedanken, jeden Plan gewidmet. Nie, nicht ein einziges Mal, hatte sie daran gedacht, daß sie ihn verlieren könnte, sich trennen müßte, um etwas ohne ihn zu sein – denn er war alles für sie, und sie war in jenen Jahren glücklich gewesen, weil sie ihn liebte. Liebe, ja, das war das Wort. Doch dann war der Tag gekommen *(tempora currunt, Musca)*, die Tage waren vergangen, und die Zeit hatte alles verdaut, was ihr so unverdaulich vorgekommen war, alle Liebe, allen Schmerz, allen Mißbrauch, alle Verluste und alle Kränkungen; Mouche war eine Dame geworden, eine Ehefrau, eine Mutter, hatte die unmögliche Liebe zu den eigenen Kindern kennengelernt, den Wunsch, sie nicht größer werden zu sehen, für immer ihre einzige Welt zu bleiben, ihr einziges Leben; es war schon März im Sturatal, sie war fast dreißig, und ihr Vater war immer noch dort, an jenem Punkt, der sie geschieden hatte, und da würde er für immer bleiben, nie mehr vorwärts oder zurück gehen, und eines Tages würde sie vielleicht sein Alter haben, ihn überholen, hinter sich zurücklassen, und er würde immer an jenem Punkt verharren. Väter und Kinder begegnen sich nie, sie sind dazu bestimmt, sich in der Zeit und im Raum zu verlieren, sich zu verfehlen; sie streifen einander am Rand des Abgrunds, ahnen etwas voneinander, erkennen einander, und dann verfehlen sie einander. Einer der beiden kommt nicht zur Verabredung, und danach ist es zu spät: vielleicht ist der Mensch dazu bestimmt, das, was ihm gleicht, zu verfehlen. Ich habe geträumt, ich hätte Angelica verloren. Ich bin hergekommen, um meine Tochter wiederzufinden und mich selbst, und ich habe geträumt, ich hätte mich in einem tiefen Dunkel verirrt und meine Tochter wäre nur noch ein matter, schwacher Schein, ein unendlich ferner toter Stern.

Da draußen zogen unzählige lebendige Sterne leuchtend über die nördliche Hemisphäre. Myriaden von Sternen, Millionen von Lichtjahren entfernt, durchsetzten mit ihrer unverständlichen Botschaft das Schweigen dieser Nacht. Lichtsignale. Ach, wenn sie jetzt ein Teleskop hätte, um aus dem Himmel eine Straße und aus der Ferne einen Besitz zu machen! Es war ein überfüllter Märzhimmel, an dem die Umlaufbahnen sich überschneiden und ineinanderfallen. Manchmal gehören die Sterne nicht zu derselben Familie, sind aber in demselben Haus, durch einen unsichtbaren starken Faden, die gegenseitige Anziehung der Gravitation, zusammengehalten.

In der Leere der Welten schneiden sich die Bahnen, die Körper lodern auf und vernichten einander. Diese Stille, dieses große Schweigen. Manchmal hat das Schweigen nichts Verheimlichendes wie die Worte. Dies war die Zeremonie der heiligen Verschmelzung. Das Gespräch, das die Fragen nach dem Warum offenlegte und die Antworten gab. Ihr Leben war nicht länger eine abgehackte Folge von Ereignissen, ein verwirrtes Fadenknäuel, dessen Ende verlorengegangen war, der Zufall kann durch Abgründe von Jahren getrennte Epochen wieder zusammenfügen, und so gewinnen die einzelnen Erlebnisse einen Sinn. Vielleicht war Medusa zum Gittertor gekommen, weil sie sie wiederfinden sollte, und wäre das nicht geschehen, wäre ihr Leben leer geblieben, hätte sich auf seiner Umlaufbahn verirrt, wer weiß, wohin. Vielleicht werden sie und Medusa sich verstehen, auch wenn Norma das Patois nicht lernen wird und Medusa nicht Italienisch: ihre gemeinsame Sprache wird das Getöse des Schweigens sein. In diesem Augenblick der universalen Kommunion waren Norma und der Liebesapfel dasselbe – *puma d'amur*, eine reife, saftige Frucht. Ermutigt durch die bestürzende und eigentlich unschickliche Vertraulichkeit, die Norma ihr erwies, fand Medusa es völlig natürlich, ihr den Arm um die Taille zu schlingen und den Mund auf ihre Schulter zu drücken. Medusa war eine harte, eckige Oberfläche, aber ihr Kuß war hauchzart wie ein Duft. Du bist sehr lieb, ich habe dich schon sehr liebgewonnen, Medusa. Medusa hatte das Gesicht in Normas Haar vergraben und kämpfte mit dem Schlaf. Unmerklich glitt sie hinüber, ihre Gedanken verwirrten sich zu einem Knäuel, weich wie Normas Haar – ein paarmal noch leuchtete ihr Bild, das Bild der seltsamen zerzausten und halbbekleideten Dame in der Pilgerhütte, hinter ihren geschlossenen Lidern auf, aber schon konnte sie sich nicht mehr rühren. In einem Arm kitzelte es, vielleicht waren es Normas Haare an ihrer Hand, ein Aufzucken des Körpers am Rand des imaginären Abgrunds, ein Kälteschauer oder vielleicht eine ungehörige Regung von Begehren, dann versank sie im Schlaf.

Norma aber war wach, mit angespannten Sinnen, in der Nase einen unbestimmten Geruch von Wachs, Harz, feuchtem Samt, verbrannter Seide, Wolle, Schweiß, auf der Zunge noch den Geschmack der Grappa, im Körper Kälteschauer – und ihr Herz schlug schnell, heftig, fast schmerzhaft. Nur das weiche Plumpsen des vom Dach rutschenden Schnees war zu hören. Vertraute Bilder kosmischer Ruhe, berühmter Nokturnen wie die der altgriechischen Dichter, die Professor Boncompagni in einer denkwürdigen kritischen Ausgabe, die in den besten Universitäten des Königreichs noch benutzt wurde, interpretiert hatte. Es schlafen die hohen Gipfel der Berge und die Felswände und Abgründe, die Wildwasser schweigen in ihrem Bett, es schlafen die Tiere, die über die schwarze Erde kriechen, und die Raubtiere in den Bergen und die Familien der Bienen, es schlafen die Ungeheuer, unten im Grund. Es schläft Angelica, unten im Grund. Es schläft die Medusa, unten im Grund. Eine kosmische Nokturne, und Norma ist hier, wach und allein, in der Hütte der Pilger, die um des Wanderns willen herumziehen. Es schlafen die Ungeheuer, unten im Grund. Der Himmel ist weit, und kein Wunder wird Angelica aufwecken können, weder der Wille noch die Vernunft, noch die Liebe. Ihre Tochter läßt sich nicht wiederfinden und wird nie wissen, daß sie geliebt ist, und wird allein sein, ganz allein, da unten im Grund – wenn nicht einmal die Musik sie erreichen kann. Dies war eine Nacht der Verluste, des Übergangs. Der Berührung mit dem Unendlichen. Die Relikte der aufgeflammten Körper stürzen in den Raum, in die Zeit, in die Ferne, und es ist unmöglich, sich wiederzufinden. Die Sterne kreisen in unvorstellbar langen Perioden, die Ellipsen verschieben sich unmerklich, und man kehrt nie in dieselbe

Lage zurück. Sie berührte mit dem Finger Medusas Gesicht, aber schon wurden die Wolken hell und perlmuttfarben. Eine neblige Morgendämmerung brachte allmählich die Farben zurück, den Horizont, die Felsen, die Bäume und die ganze großartige Landschaft, die Angelica – oder vielleicht ihr – erhabene Gedanken einflößen sollte. Die Nacht war vergangen. Der Augenblick – die Gelegenheit, in der die Zeit sich erfüllt – war vorüber. Die heilige Anna, Angelica, ihr Vater, Medusa, alles verlor seine offenbare Wirklichkeit. Sie zog ihre kalte Hand, die Medusa noch hielt, zurück. Ein grauer, windiger Tag kündigte sich an – ein gewöhnlicher Märztag im Sturatal: weder Winter noch Frühling. Immer noch Schnee. Sie mußte aufstehen, Angelica mußte gestillt werden. Aber sie zögerte, sie wollte sich und Medusa jetzt noch nicht in den Morgen des siebenundzwanzigsten März hineinstürzen, auf ein ausgelegenes Feldbett, in den Geruch von kalter Asche, in die Feuchtigkeit der zerschlagenen Glieder, in die Enttäuschung eines Erwachens, in das Licht eines banalen Tages, an dem Medusa wieder nur ihre Angestellte sein würde und sie weder Grappa noch Pelz, noch Schweigen, noch Verlust, noch Wiederfinden teilen könnten. Es würde Fremdheit und Verlegenheit geben, Verwirrung, und sie würde Angst vor der Medusa haben, denn dieses scheinbar so harmlose Geschöpf ist mit mächtigen Angriffs- und Verteidigungswaffen ausgestattet und kann unendlich viel größere und stärkere Wesen lähmen und verletzen. Sie würde Angst haben vor dem ätzenden Kuß ihres Mundes. Mühsam erhob sie sich. Medusa setzte sich auf und rieb sich die Augen. Schnell, ihr den Rücken zukehrend, schlüpfte Norma in ihren Rock. Vor dem Fenster blitzten im ersten Morgenlicht die Eiskristalle, und ringsherum leuchtete weiß und täuschend der Schnee.

Zweiter Satz

Der Horizont der Dinge

Die Sitze waren mit Leder bespannt, und man hatte genug Raum zwischen den Knien und dem vorderen Wagenteil, um bequem zu reisen. In die starke Ausdünstung von frischem Lack mischte sich ein flüchtiger Herrenduft (Heliotrop und Russisch Leder), der wiederum mit einem durchdringenden Damenparfüm (Ambrosia und Jasmin) kämpfte. Dicke Regentropfen schlugen auf das Blechdach und liefen in Rinnsalen an den Scheiben hinunter. Die riesige Windschutzscheibe, an der noch kein mechanischer Arm das strömende Wasser wegwischte, war ein verschleiertes Viereck, hinter dem die Welt fern wie auf einer Kinoleinwand erschien und, von der Geschwindigkeit eingesogen, wieder verschwand. Vor der Trennscheibe tanzte Felices ergrauter Nacken mit den Bewegungen des Fahrzeugs auf und ab. Der geschorene Rasen der Anlage von Piazza Carlina war ein urbaner grüner Fleck zwischen dem Grau der Gebäude. Die Alleen waren mit Laub übersät, das der Regen in der Nacht von den Zweigen der Linden und Kastanien heruntergeschlagen hatte. Ein Teppich verfaulender Blätter, von dem ein süßlicher Geruch ins Wageninnere drang. Die noch schläfrige Stadt erwachte: das Portal von Santa Croce öffnete sich zur ersten Messe, die Hausmeisterinnen traten in Pantoffeln vor die Türen, der Milchmann klingelte und lieferte seine wunderbar schneeweißen Flaschen ab. Schon ertönten die Rufe der Lumpensammler, Blechner, Fischhändler, der

Hundescherer und Scherenschleifer; der Ziegenhirt pries die Milch seiner Ziege an, die Gemüsefrau wetteiferte mit dem Besenverkäufer, dann verloren sich ihre Stimmen im Kreischen einer Trambahn, die unter einem Sprühregen blauer Funken anfuhr. Dreißig Stundenkilometer, vierzig, der Horizont wie eine rußige Mauer: um acht Uhr war die Sonne noch eine blasse Scheibe im Nebel. Das Automobil fuhr quietschend und schaukelnd auf die Türme und Strebepfeiler der neuen Kathedralen von Turin zu: die roten Schlote und Eisenmasten. Fabriken, Werkhallen aus Blech, Mietskasernen, von kleinen Fenstern durchlöchert wie Bienenwaben. Die schwarzen Häuser, die rauchige Vorstadt. Dann löste eine endlose bräunliche Ebene die Peripherie ab. Im Wagenfenster wurde das schiefhängende Schild eines ländlichen Wirtshauses sichtbar, davor stand die Postkutsche, die dampfenden Pferde an der Stange angebunden, zwölf zerknitterte Reisende rechts an der Straße aufgereiht. Ihre Gesichter glitten vorüber, in einem bewundernden und zugleich neidischen Lächeln erstarrt. Die Räder pflügten durch die Pfützen, brauner Schlamm spritzte auf. Moncalieri, Carignano, die Brücke über den majestätisch durch die Ebene strömenden Po; Carmagnola, die mittelalterlichen Häuser, das zitronengelbe Bahnhofsgebäude; die dunklen Laubengänge, die bunten Obststände auf dem Marktplatz. Norma schloß die Augen: die Baldrianpillen, die sie in den letzten Wochen in so großen Mengen geschluckt hatte, dazu das mörderische Gemisch von Amyl und Trional von gestern abend, hatten ihr Gehirn in einen gelatineartigen Zustand verwandelt und bewirkten eine unbezwingbare Schläfrigkeit, die aber nicht in Schlaf überging. Vielleicht weil sie seit einiger Zeit Angst vor dem Träumen hatte – wie vor einem Gericht. Der Regen trommelte auf den Lack des Isotta Fraschini 1910 Typ BN/BNC 30/40 HP, nachtschwarz, sinister wie ein Sarg, das dritte und luxuriöseste Automobil im Besitz des Grafen Argentero, vor kurzem erworben, um den zweiten (und nunmehr veralteten) Fiat, ein Modell 24 HP von 1907, zu ersetzen. Der Käufer hatte zunächst zwischen einem Wolseley, einem De Dion & Bouton 1911, einem Dilambda und einem Sportwagen geschwankt, hatte sich dann aber, in der Hoffnung, es nicht zu bereuen, für Isotta Fraschini entschieden. Drei Personen saßen im Wagen: Felice fuhr, glücklich, endlich das lederbezogene Lenkrad zwischen den Händen zu halten, die Gänge einzulegen und seine Kompetenz in bezug auf Autos unter Beweis zu stellen (ah, gern erinnerte er sich daran, schon zu Anbruch des zwanzigsten Jahrhunderts verkündet zu haben: »Pferde haben ausgedient!«). Neben ihm hockte der unbeschäftigte Chauffeur, hinten, ganz allein im Fond, Norma, in den Novemberregen starrend und wie von einem Ohrwurm von einem ihrer Gedichte verfolgt (das ihr noch nie so mittelmäßig vorgekommen war wie jetzt). *Es schweift mein Blick, ich seh den Horizont / Vor mir der unendliche Raum / und das Schweigen der Dinge, an die ich glaube / Weiße Wolken, es hebt sich ein Wind / Es raschelt das Laub am Baum / Und keiner kehrt wieder. Morgen immer noch Regen / und keine Liebe – ich erwarte nichts mehr vom Leben.* Der Horizont stieß an das Wagenfenster, und die Zukunft, die enge Zukunft, lag eingerollt in dem allesumfassenden Rund, in dem ihre dreißig Lebensjahre und der Horizont der Dinge zusammenfielen. Vor der Scheibe erschien nun die gelbliche Strohladung eines an der Böschung stehenden Karrens: er strömte einen scharfen Geruch nach zerdrücktem Gras aus und verschwand wieder. Die Straßenkarte lag unbenutzt auf ihren Knien, unnötigerweise war darauf mit Rotstift die wohlbekannte Route nachgezeichnet, die längst keine Überraschungen mehr barg. Fünfzig Stundenkilometer, Felice stellte den Motor auf eine harte Probe. Der Traum des Chauffeurs Sabino, der, für diese Fahrt seines Amtes enthoben, die Augen unter der harten Mütze geschlossen hatte, mußte aufregend sein (einer jener blitzschnellen Träume im Halbschlaf, die im Augenblick des Einnickens entstehen), er suchte sich in ihre Gedanken einzuschleichen, lästig und ungehörig wie die Begierden, die in ihrem Kopf herumspukten. Sabino verfolgte seinen nunmehr zehnjährigen Traum: sie, oder vielmehr die Aigrette ihres Hutes, der ihr auf der Via Po davonfliegt, mitten in das Gedränge der kleinen Nähmädchen, Studenten, Spaziergänger, in den dichten Karossenverkehr um fünf Uhr nachmittags hinein. Galant läuft Sabino ihrem Hut nach, erwischt ihn, reicht ihn ihr, nimmt sie in die Arme, küßt sie (entweihte Lippen, unzüchtiger Austausch von Speichel, rasende Verstrickung der Zungen, Aneinanderklicken spitzer Zähne), dann ist es nicht mehr die Via Po, sie sind im rosa Salon des Hauses von Piazza Carlina, die Gräfin nimmt den Umhang ab, der Chauffeur reißt sich die Hosen vom Leib, packt sie am Arm, wirft sie auf den buntgemusterten Teppich, wühlt unter ihrem Rock, überwindet das Hindernis eines spitzenbesetzten Strumpfbands, findet den feuchten Ort der Verzückung. Der Traum des treuen Sabino zerschellte an einem jähen Abbremsen am Stadtrand von Racconigi: mehrere Bauern, die laut rufend die Straße überquerten, hinderten ihn daran, seine Phantasie zum krönenden Abschluß zu führen. Er spreizte die Beine, schloß die Augen wieder, doch der Traum ließ sich nicht zurückholen: er war erregt, aber wach, zwischen seinen Händen flatterte im Wind der schwarze Hutschleier, den die Gräfin auf dem Sitz vergessen hatte. Die kühle Morgenluft wehte in die Fahrerkabine hinein und kitzelte seine ausgetrockneten Lippen. Die Landstraße lief nun fast zwei Kilometer am königlichen Park entlang, sie fuhren an einer ununterbrochenen Reihe von Bäumen und beschnittenem Buschwerk vorbei, dann an dem langen Gitterzaun vor dem Schloß, dessen Eisen vor Nässe glänzte, um schließlich auf den Corso Umberto I nach Rocconigi zu gelangen. Der ermordete Monarch hat in jeder Stadt eine Spur hinterlassen: auch in Turin gibt es einen

Corso Umberto, und der Fiaker mit der auf der Seite aufgemalten Nummer 12 war gestern abend dort entlanggezockelt. Der bläuliche Schein seiner Laterne durchschnitt die Abenddämmerung. Eine Lira dreißig für die einfache Fahrt zur Zollinie. Das gescheckte Pferd mit seinen Scheuklappen nickte schläfrig, und der Droschkenkutscher mußte es mit der Peitsche antreiben. Das längliche Gesicht der in die Wolldecke gehüllten Medusa. Und das Getto und die Alleen der Neustadt und Vanchiglia. Zwei Lire dreißig für die Fahrt zum Kursaal Durio an der Barriera di Lanzo. Es gibt ein anderes Turin, Felice, außerhalb des magischen Quadrats (innerhalb Piazza Vittorio, Piazza Statuto, Porta Nuova und der Consalata-Kirche), ein unbekanntes, nebliges Turin, das wir nie gesehen haben, ein Turin der jungen Mädchen und Arbeiter. Ach, die Tristesse! Wie trübselig die glanzlosen Scheiben des Tea-Rooms an der Rollschuhbahn. Wie trübselig die Straßenlaternen, die eine nach der anderen angingen. Sie beobachtete die Musiker, die zum Neun-Uhr-Konzert im Bierhaus ihre Instrumente auspackten. Medusa ist Rollschuh gelaufen, wirbelte in der Menge mit meinen Kindern, den lachenden Soldaten, den Hutmacherinnen herum. Das Orchester spielte einen Strauß-Walzer, aber ich, ich werde nie mehr tanzen.

Sie fuhren an den niedrigen Laubengängen vorbei, wo eben die alten Läden geöffnet wurden: der Schuhmacher, der Barbier, die Weinhandlung, die Drogerie, das Tabakgeschäft, das Café. Die Barockfassade der Kirche San Domenico. Und dann wieder die Ebene, rechts der träge Macra, links die Eisenbahnlinie. Cavallermaggiore, die Landstraße lief nun parallel zum schlammfarbenen Fluß, der durch den Regen so angeschwollen war, daß er fast über die Ufer trat. Der dunkle Bogen einer mittelalterlichen Brücke. Der monotone Trübsinn der Gänse, die in einem Käfig zusammengepfercht hinten auf einem Fahrrad schaukelten und auf ihrem Weg zur Verwandlung in Gänseleber und Daunen vor sich hin schnatterten. Ein halb gerupftes Huhn, das hartnäckig immer noch zwischen den Beinen einer schwangeren Frau herumzappelte. Die Kinder werden jetzt schon wach sein. Und Angelica, da oben, ganz allein. Savigliano, schmutzige Bettler unter den Bogengängen des überdachten Marktes. »Sieh, Chérie, vielleicht kommt die Sonne doch noch heraus.« Es regnete unter Sonnenschein, der blasse Himmel riß auf. Irgendwo mußte ein Regenbogen stehen, aber der Isotta Fraschini hatte ihn nicht im Visier seines Fensters, und Norma konnte sich nicht umdrehen, denn die Dinge flogen, vom Auto verschluckt, nach hinten. Sich umzudrehen wäre gewesen, als hätte sie schmerzlich und vergeblich in der Vergangenheit gesucht, was nicht wiederkehrt. Sie sah also keinen Novemberregenbogen. Der Regen, der Regen, die Schirme. Die Vormittage. Die Mahlzeiten. Die Nachmittage. Fünf Uhr nachmittags. Die Herbstsonntage. Das Spiel des Lichts auf den Vorhängen. Der Widerschein der Straßenlaterne auf der Fensterscheibe. Die Winter. Die Sommer in den Bergen. Das Herbarium: Eryngium alpinum, epicactis, delphinium dubium, paradisia liliastrum, daphne mezereum, galanthus nivalis, saxifraga flurulenta. Die bittere Ordnung der Ausreden – von vornherein feststehend, finster, tödlich. Die Kekse, das Kindergeschrei, der Tee mit Zitrone. Die Beichten, der Konzertflügel. Die Tränen, die Vorwürfe, die Posen. Der Schneider, der Hund, das Magengeschwür, die Mode. Der Hummer, der Chardonnay, die Schüsse. Die Schwüle der vertrauten Stimmen. *L'orage, l'orage, les parapluis*. Der *trait d'union* zwischen Unterhose und Hemd, die Bartbinde und der Geruch seiner Zigarre. Der Geruch der Matratzen, auf denen er seine Lüste befriedigt. Die Matratzenfrauen mit den exotischen Namen – Astrea, die letzte –, die in Kutschen fahren und in Wohnungen wohnen, die Felice bezahlt: ganz Turin weiß es, außer seiner Frau, oder vielmehr weiß es auch seine Frau, aber nur ihr ist klar, daß sie es weiß, so ist es eben, amen. Seine Verbündeten und

Spioninnen, die ihm jedes ihrer Worte zutragen. Die Männer, die ihr hoffnungsvoll die Hand küssen. *Ah, j'aime de vos longs yeux la lumière verdâtre.* Ich küsse flüchtig Ihren Handrücken, wie Sie es mögen, und in Gedanken lange Ihren Mund, wie ich es mag. Die seichten Ehebrüche der anderen, Gemeinplätze, Dreiakter, gespielt von Schauspielerinnen, die der Duse nacheifern. Die Männer, die Ehemänner. Die Kinder. Unsere Kinder. Das erbauliche Familienphoto des Grafen Argentero auf der vierten Seite der *Stampa* während des Wahlkampfs von 1913. Darf man so seine Familie verschachern? Felice muß sein etwas angestaubtes Bild wieder aufmöbeln: er muß sich seinen Wählern als moderner Unternehmer, jugendlicher Vater, liebevoller Gatte zeigen. Als beispielhafte Verkörperung des Politikers der Mitte, der seiner kleinbürgerlichen Wählerschaft, die durch die umstürzlerischen Vorstöße der Enterbten verunsichert ist, Vertrauen einflößt: Gott-Vaterland-Familie. Unsere Kinder: wir müssen ihnen mit gutem Beispiel vorangehen, damit sie glauben und gehorchen. Überwachen, bestrafen. Ein bißchen Auspeitschen schadet nicht. Was sie sind, interessiert ihn nicht, nur das, was sie einmal sein werden. Ihre Zukunft steht bereits in seinem Terminkalender verzeichnet. Enrico in die Diplomatie, Oliviero in den Betrieb, Vittorio Ingenieur, um Papas Träume zu verwirklichen: eine Arterie zu bauen, die Turin mit Reggio verbinden soll, eine gegen Bezahlung zu benutzende Straße für Automobile. Ich werde aus diesem zerrissenen Land eine Nation machen. Und Angelica? Was machen wir aus dieser Tochter? Angelica nicht. Die wirst du dir nicht wie ein weiteres Schmuckstück zu den Orden an deine Uniform heften.

Centallo, der ungewisse Schatten der ersten bläulichen Hügel in der Ferne, der unwirkliche Klang einer Orgel, ein endlos langgezogenes Des. Die letzten Regentropfen spritzten an die Scheibe, und eine Fliege hatte sich in eine Wagenecke geschmuggelt. Sabino, wenig an Müßiggang gewöhnt, langweilte sich, alle paar Minuten drehte er sich um, er kannte das Gesicht der Gnädigen besser als ihr Mann. Er fand sie ungemein begehrenswert, die Verkörperung aller seiner Phantasien: seit jeher war seine aufreibende nächtliche Onanie ihr gewidmet. Jahrelang hatte er sie überallhin gefahren, in ganz Turin herum, und auf sie gewartet, während sie ein Museum besichtigte oder mit den Kindern im San Carlo eine Erfrischung zu sich nahm. Schöne Zeiten waren das gewesen. Er half ihr in den Mantel, dann fuhr er unachtsam, mit den Schutzblechen an die Wände stoßend, den Wagen in die Garage. Stundenlang saß er dann an der Stelle, wo sie gesessen hatte, drückte den Mund in das Kissen, in dem sie ihren herrlichen Abdruck hinterlassen hatte, atmete in vollen Zügen ihr Parfüm ein, das sich langsam in der stickigen Luft der Garage verbreitete und dann in den Ausdünstungen von Gas und Benzin unterging. Nun fuhr er sie seit Monaten nicht mehr. Seit Monaten verließ die Gräfin das Haus nicht. Er drehte sich wieder um: es gelang ihm, den zarten Leberfleck auf ihrer Wange zu sehen, aber er konnte keinen Blick von ihr erhaschen, und sie schenkte ihm auch kein bezaubernd verlegenes Lächeln wie sonst. Er bildete sich ein, Jasmin zu schmecken, aber seine Gedanken stockten alle an derselben Grenze, denn sosehr er sich auch anstrengte, er schaffte es nicht, sie sich nackt vorzustellen. Gewisse Phantasien brauchen eben die erfinderische Freiheit des Traums, und er war jetzt völlig wach. Norma legte die Stirn an die kalte Glasscheibe; ein dumpfes Gemurmel drang an ihr Ohr. »Sabino, was macht die Gräfin?« »Sie schläft, Herr.« »Sag ehrlich, von Mann zu Mann, findest du nicht, daß sie elend aussieht?« »Sie kommt mir nicht krank vor, Herr Graf«, sagte Sabino mit seiner dunklen Baritonstimme, »und ich, ich finde, sie sieht gut aus.«

Ah, non, vous vous trompez, Sabino, je suis dans une très mauvaise période d'abattement. (Verzeihen Sie die Fremdsprache, aber das Französische eignet sich besser für solche haltlosen Geständnisse.) *Je suis malade. Il me semble que je le suis de corps et d'âme, infiniment.* Es war eine Krankheit, die nicht existierte, aber sie hatte ihre Kräfte und ihren Mut aufgezehrt und sie allen möglichen körperlichen und geistigen Ängsten ausgesetzt. Sie war so mit ihren Nerven am Ende, daß sie weder lesen noch schreiben, noch denken konnte. Ja, sie war krank, hoffnungslos krank. Alles Gewesene war nur dazu gut, vergessen zu werden. Das Leben nur ein Wirbel verlorener Illusionen, gescheiterter Pläne und zu spät erkannter Irrtümer. Sie hatte keine Entschuldigung, und sie wollte auch keine suchen. Sie gestand sich ihre Schwäche ein. Sie wollte nicht kämpfen, denn sie hoffte ja nur zu verlieren und fürchtete, vielleicht doch zu gewinnen. Ihre Krankheit war ein schmerzliches Geheimnis, von dem die anderen nichts erfahren durften. Sie wollte ihr Mitleid nicht, sie wollte weder ihr Verständnis noch ihre Zuneigung. Sie glaubte, jedes Maß und jeden Sinn für die Wirklichkeit verloren zu haben. Sie hielt sich für den einzigen Menschen auf der Welt, dem so etwas widerfahren war, der so ungehörigen Gedanken nachhing. Sie hielt sich für schwer gestört. Sie hatte Angst vor sich selbst, vor dem, was sie empfand, was sie fühlte, was sie wollte. An diesem grauen Novembermorgen hatte sie eigentlich nur einen einzigen Wunsch: zu sterben.

In wenigen Tagen wird sie dreißig sein, und was bleibt? Die Müdigkeit, gelebt zu haben, und der unnütze Wunsch, die Druckfahnen des Lebens zu erfinden und das Leben selbst in ein Buch zu verwandeln – in ein vervollkommnungsfähiges System, endlich, aber nicht endgültig, das endet, aber nicht verlorengeht, schließt, aber nicht stirbt. Alles kann verbessert, berichtigt, geflickt werden, aber niemand hat die Korrektur der Druckfehler des Geistes erfunden, und so irren diese Fehler durch die Welt, wiederholen sich, werden überliefert und entstehen immer wieder neu. Es bleibt die chaotische Vergeblichkeit aller Dinge. Die Leere ihrer Seele, die voller Ekel entdecken muß, wie leer sie ist. Die Leere ihres Körpers, der nach der unsinnigen abwechselnden Auffüllung und Entleerung im Lauf der Jahreszeiten, der Jahre, der Schwangerschaften, heute nur noch eine leere Hülle ist. Ein Tümpel, in dem sich das dürre Laub der Vergangenheit zersetzt. Der Nebel über der Ebene hob sich nach und nach wie ein samtener Vorhang und ließ nur eine Frage zurück – wer bist du, wer bist du? Alles, was auf der Welt schlecht ist, bin ich. Ich bin willenlos, immer verzichtend, egoistisch, unfähig zu lieben, was ich lieben müßte, kalt, schwach, anormal und mittelmäßig. Eine Frau am Ende.

Es hatte aufgehört zu regnen, die Sonne blitzte zwischen den Wolken auf, und der Himmel wurde plötzlich hell. Sie waren in Cuneo. »Laß uns einen Kaffee trinken«, sagte Felice. Der Chauffeur kontrollierte den Benzinstand. Das Benzin hatte den scharfen Geruch von Tee. Von der Wäsche, die zum Trocknen vor einem Fenster hing, wehte ein Geruch nach Kernseife herunter. Medusa riecht nach Kernseife. Weißt du, was der Herr Graf zu mir gesagt hat? Daß es ihm egal ist, ob ich gebildet bin, daß es genügt, wenn ich einen Nachttopf von Unterhosen unterscheiden kann. Und weißt du, was ich ihm geantwortet habe? Daß die Männer doch in beide ihren Schwanz stecken. Medusa, von der sie hartnäckig hoffte, sie wäre anders, war vermutlich wie alle Mädchen, bereit, den Nachttopf ihrer Vulgarität über sie auszugießen. Misses, Mademoiselles, Kammerjungfern, Küchenmägde, Dienstmädchen, Gesellschafterinnen, eine endlose Reihe fremder, grober, ungeschliffener, zudringlicher Frauen, die sie in allen diesen Jahren umgeben hatten. *Bon ton* an der Oberfläche, aber unfehlbar ordinär, sobald sie ihnen den Rücken zukehrte. Ihre Hausangestellten vor Medusa, ohne Identität, ohne Gesicht, in der Erinnerung annulliert. Reduziert auf Hände, die sie berührten, ihr die Haare wuschen, die Korsettbänder schnürten. Ankleidungsrituale – rauhe, dreiste Hände, bei deren Berührung sie zusammenzuckte. Aufweckrituale – gellende, schrille Stimmen. Augen, die sie schmeichelnd, streng, hochmütig, servil ansahen. Schritte, die ihr im Schatten eines Vorhangs nachschlichen, auf dem Trottoir hinter ihr her klapperten, sie bis ins Badezimmer hinein verfolgten. Schritte auf den Marmorböden, auf den Teppichen. Gesichter, die sie musterten, ausdruckslos wie griechische Masken. Und diese aus der Form gegangenen Körper. Diese überquellenden, unanständigen Fettwülste. Diese expansive, brutale, triumphierende Fleischlichkeit. Frauen aus Fleisch und Blut, die es wahllos in Garagen, Bodenkammern, Absteigen am Stadtrand trieben. Oder auch nicht, unberührte, jungfräuliche, unschuldige Körper – und gerade deshalb noch unerträglicher. Ihr Akzent, ihr Dialekt, ihr schmutziger Wortschatz, ihre fürchterliche Grammatik. Leute, die lebten, um nicht zu sehen, nicht zu wissen, nicht zu verstehen. Die bezahlt wurden, um Normas Einsamkeit zu vergrößern, ihre Einsamkeit zu bespitzeln und zu umstellen. Die sie ignorierten: die monatelang unter einem Dach mit ihr lebten und sie ignorierten. Die sie langweilig fanden und Madame Kamillentee nannten, die sie anders fanden als die anderen Herrinnen und sie, weil sie keinen Jour fixe hatte und keine Besuche machte, für gesellschaftlich gescheitert ansahen. Ihre Mädchen hatten sie nie gemocht, ihr Verhältnis zu ihnen war immer katastrophal schlecht gewesen. Sie hielten sie für zu scheu, um dem Grafen eine gute Frau zu sein, für zu schüchtern, für unbedeutend. Oder, schlimmer noch, für eine frigide und im Grunde unsympathische Frau. Selbst Medusa. Du bist mir nicht sympathisch – hatte sie gesagt. Aber du bist mir auch nicht unsympathisch. Ich meine, ich hab nichts gegen dich. Genauso, wie es ihr mit allen Menschen ging, die sie kennengelernt hatte, seit sie versuchte, ihr Leben und auch das der andern zu verstehen. Ach, Medusa, was muß man tun, um dir zu gefallen? Nichts, mir gefällt niemand.

Die Leute langweilen mich. Medusa, Medusa, wo war sie jetzt, was machte sie? Ihre Krankheit war Medusa. »Felice«, konnte sie sich nicht enthalten zu sagen, »falls die Straßenbahn noch nicht weg ist, wäre es mir jetzt doch lieber, wenn das Mädchen mit mir reist.«

Das Automobil überquerte die Piazza Vittorio Emanuele, es herrschte lebhaftes Treiben wegen des Kastanienmarkts, aber am einen Ende klaffte ein leerer Raum: die Bahn nach Borgo San Dalmazzo war vor zwanzig Minuten abgefahren. Sie hatte Medusa entführt und Norma eine tödliche Müdigkeit zurückgelassen. Via Roma, Schatten und Sonnenlicht und dunkle Pfützen. Die Cafés waren geöffnet, der Wind ließ die Tücher auf den Tischchen flattern. Zwei kleine Münzen Trinkgeld erwarteten den Kellner auf dem silbernen Teller. Caffè Gerbaudo, Caffè Grande, Caffè Nigra, Caffè Alfieri, Caffè Inglese, eins neben dem anderen unter den Laubengängen, man hatte nur die Qual der Wahl. Sie setzten sich ins Caffè Inglese. Gegenüber wurde die lärmende Höhle des Post- und Telegraphenamts geöffnet; links neben ihnen summten die Amtsstuben des Rathauses und der Präfektur. Sabino war beim Wagen zurückgeblieben, um auf ihn aufzupassen, betrübt betrachtete er den mit weißen, grünen, gelben Schlammspritzern übersäten schwarzen Lack, der Isotta Fraschini glich einer schwarzen Dogge, die sich in Unrat gewälzt hat. Mit einem weichen Lederlappen wischte er sanft die Schlammkruste von der Karosserie, den Radfelgen, den Fenstern. Felice bemühte sich, gute Laune zu zeigen, um Norma aufzuheitern. Und da ihm als gutem Turiner, der die Provinz verachtete, in Cuneo immer seine Anekdoten über die sprichwörtliche Dummheit der Cuneeser einfielen, fand er nichts Besseres, als sie zu ihrem Leidwesen damit zu überschütten. Er hielt sich für einen großen Erzähler, aber er war keiner. Sie mußte ihm zuhören, um ihn nicht zu kränken, und es war eine Qual. Norma biß in eines der Sahnetörtchen, die Felice für sie bestellt hatte. Der schwere Geruch von Ei, Zabaione, Rahm überwältigte sie. »Hättest du lieber Petits fours?« fragte Felice sofort zuvorkommend. »Ein Stück Kuchen? Nougat? Du mußt etwas zu dir nehmen, wir essen nicht vor vier Uhr. Modestina hat ein sybaritisches Bankett vorbereitet. Gemsenhörner auf Genueser Art. Schweinsohrenbrühe mit Einlage. Gesottenes Hammelfleisch mit ägyptischen Zwiebelchen. Gepökelte Sturaotter. Fasan in Pilzsoße, Käse aus Argentera.« Um Himmels willen, sei still! Sie war versucht, das süße Zeug wie zufällig auf den Bürgersteig fallen zu lassen. »Wenn du lieber etwas anderes möchtest, telegraphieren wir sofort. Tournedos? In Blut gebackene Lasagne? Wir schlachten das Schwein. Die Hühner, alles, was du willst. Rebhühner mit Trüffeln, die dir so geschmeckt haben. Ah, Chérie, du hast doch immer eine gute Küche zu schätzen gewußt ...« Seit einiger Zeit sah sie Felice in seiner Beleibtheit wie einen Polypen, der mit seinen Fangarmen Schönheit, Jugend, Wohlgestalt umklammerte, sie erstickte, zermalmte und verschlang. Dieser ekelhafte Polyp materialisierte sich oft bei Tisch, wo er sich durch Seitenstiche und ein Würgen in der Kehle ankündigte, und nun erschien er im Caffè Inglese, setzte sich endgültig irgendwo in ihrer Speiseröhre fest. Aus der nahen Backstube roch es bedrückend nach Hefe und Mehl. Sie fächelte sich mit ihrem Fächer, aber der Geruch ließ sich nicht vertreiben.

»Da ist ein Bergbauer – aus Valdieri –, der erzählt beglückt seinen Landsleuten, er habe mit Seiner Majestät gesprochen, und der König sei von unvergleichlicher Leutseligkeit gewesen. Er ist hochzufrieden, der Idiot. Er sagt, der König hat mich angeredet, er hat mit mir, dem armen Bergbauern, ein Gespräch angefangen. Haha! Weißt du, was der König zu ihm gesagt hat? ›Gaute da lì, burìc!‹ Wunderbar!« »Und was heißt das?« fragte Norma matt. »Du weißt doch, daß ich den Dialekt nicht verstehe.« »Schlecht, schlecht, Chérie, du bist wirklich ein Snob. Das heißt: ›Aus dem Weg da, Flegel!‹ Das ist doch zu komisch, findest du nicht?« Medusa reiste allein auf der Dampfbahn nach Borgo, und sie war hier und mußte sich diese blöden Geschichten anhören. Sabino putzte die Windschutzscheibe und lächelte ihr zu. Felice nahm das wer weiß wievielte Eclair in Angriff, und von den Sahnetörtchen stieg ein übler Geruch von Zabaione und Likör auf. Im Schatten, sich unbeobachtet glaubend, pulte der Ober des Caffè Inglese ausgiebig in seiner langen Nase. An den Nebentisch setzte sich jetzt ein Notar aus Cuneo mit seinem Schreiber, einem langen, knorrigen, kartoffelähnlichen Kerl. Sie hatten den *Stendardo* unter dem Arm. Sie schüttelten dem Abgeordneten die Hand und küßten ihre. »Gestatten Sie mir, wenn auch verspätet, Ihnen mein Beileid auszusprechen. Es ist so unfaßlich, der Tod eines Kindes.« Und schon unterhielten sie sich über etwas anderes. Der Onorevole Argentero sei Opfer des Klüngels vom Subalpino geworden, wie denke er darüber? Vornehm heuchelte Felice Desinteresse, aber er hatte den Artikel natürlich gelesen; und die Art, wie seine erste Parlamentsrede von dem Berichterstatter dieses Schmierblatts zusammengefaßt, verdreht und verhöhnt worden war, lag ihm noch schwer im Magen. Er, der erzliberale Felice, wurde seit Wochen, Monaten, seit einem Jahr »der Despot« genannt, »der egoistische Millionär«, »der Pantoffellecker des Papstes«, »das hochtönende Pfeiferlein« und sogar, nach dem Schurken aus Manzonis *Verlobten,* DON RODRIGO DER TYRANN DES STURATALS und so weiter. Wie mühevoll war es doch, das hohe Mandat, das ihm vom Volk mit fünftausendfünfhundertsechsunddreißig Stimmen verliehen worden war, zu erfüllen. Norma fixierte den Notar mit einem kleinen spöttischen Lächeln, das ihm grausam vorkam. Geschickt gelang es ihm, das Gespräch auf ein ungleich bedeutenderes Thema zu bringen. Krieg, Krieg, Europa in Flammen. Was hielt der Graf vom Krieg? Würde Italien neutral bleiben können, oder müsse es sich aus Treue zu den Verträgen dem Dreierbund anschließen? Würde es einen Krieg mit Frankreich geben? Wir aus Cuneo hätten dann den Krieg hier. »Seit dreißig Jahren warte ich auf einen Krieg«, sagte Felice. »Die Stunde ist gekommen.«

Norma mühte sich mit aller Kraft, an Don Rodrigo und die Schlacht an der Marne zu denken, um Medusas Offensive zurückzuschlagen, die keineswegs ungefährlicher war als die der Deutschen in Frankreich. Sie sah nicht mehr den Schreiber und auch nicht Felices rosiges Gesicht im Schatten der Markise: sie sah Medusa, die, über der Lektüre von *Manon* eingenickt, im Sessel ihres Schlafzimmers schlief, mit dem Buch in den Händen und halb offenstehendem feuchten Mund. Eine Fliege krabbelte, betört von den Sahnehäufchen, über das feuchte Tischtuch: ihr zitternder kleiner Rüssel saugte gierig. Die Fliege. Das einzige Tier, das im Lauf der Jahrtausende dem Menschen überallhin gefolgt ist. Die Fliege und der Mensch gehören zusammen, die Fliege ist eine Filiale des Menschen. Das Symbol der Dummheit, denn während alle Tiere den Menschen fürchten und ihn fliehen, setzt die Fliege sich ihm dreist auf die Nase. Heftige Übelkeit und Schwindel überkommen Norma auf ihrem Stuhl im Caffè Inglese, während Felice pedantisch die Strategie der Bündnisse erörtert und Notar Andorno wißbegierig an seinen Lippen hängt und der Schreiber begeistert nickt und schwört, sich im Falle eines Krieges als Freiwilliger zu melden. Sie streift ihre Handschuhe ab, ihre Hände sind eiskalt. Das Schlucken wird unmöglich. Die Übelkeit steigt unaufhaltsam. Nein, nicht hier, bitte, nicht jetzt. Felice läßt sich einen Aperitif bringen, großmütig lädt er auch die beiden Cuneeser Dummerjane ein, über die er noch einen Augenblick vorher gespottet hat. »Wo willst du hin, Chérie?«

Innen war das Caffè Inglese leer – der Ober war damit beschäftigt, seine aus der Nase gepulten Rotzkügelchen unter die Theke zu kleben. An den Wänden hingen verblaßte Aquarelle, Seestücke, eine Brigg im stürmischen Wellengang des Ärmelkanals, ein pausbäckiger Admiral in blauer Uniform, die Landkarte Großbritanniens, die Photographie von König Georg. Ein Segelschiff in einer Flasche auf einer Eckkonsole. Eine Reihe angehefteter Ansichtskarten mit Grüßen der Stammgäste. Das Porträt von Virginio, dem berühmten Lokalagronomen, dem die Einführung der Kartoffel nach Piemont zu verdanken ist. Der widerliche erdige Kartoffelgeschmack. Schmutzige Gläser auf der Zinktheke, auf dem Boden angetrocknete dunkle Flüssigkeit, eine Lippenstiftspur am Glasrand, Abdruck rissiger Lippen. Hinter der Theke eine Reihe staubiger Flaschen mit bunten Etiketten, weiß, rot, gelb, grün, blau. Sie erkannte den Chinalikör. In der gegenüberliegenden Ecke thronte die große schwarze Kasse, ein paar Banknoten lagen daneben. Der enge Raum schwankte, das Holz knackte, das Lokal schlingerte im Sturm auf dem Ärmelkanal. Sie taumelte.

Die Tür des Häuschens in dem mit Strümpfen, Miedern, Männerunterhosen, Leibchen vollgehängten Hinterhof war abgeschlossen. Besetzt, besetzt! Ihr Blick fiel auf das öde Weiß einer Tischdecke in einem ebenerdigen Zimmer, das auf den Hof hinausging: der Tisch war leer, die Stühle darum verlassen im tristen Augenblick nach der Mahlzeit, wenn die Servietten zerknüllt neben den schmutzigen Tellern liegen. Auf den Eisenbalkonen nur ein abstoßender Dickwanst, der rauchend herunterschaute und verdaute. Er sah sie, beugte sich vor und rülpste eine Rauchwolke aus. Eine Frau in einer grauen Kittelschürze tauchte hinter einem Paar gigantischer Unterhosen auf, sie kehrte mit dem Reisigbesen Abfall zusammen. In Mundart fragte sie, ob die »Madamin« etwas suche? »Ich bitte Sie, lassen Sie mir hier aufmachen.« Ach, das sei kaputt, das gehe nicht für die Madame, das gehe nicht ... »Bitte, um Himmels willen, bitte.« Die fegende Frau hatte ein breites, flaches Gesicht, die Züge waren wie mit dem Radiergummi ausradiert, die mongolische Nase verschwand fast zwischen den Backen. Im Oberkiefer fehlte ihr vorne ein Zahn, rotes Zahnfleisch klaffte in der schiefen weißen Reihe. »Bitte, ich flehe Sie an, öffnen Sie mir. Machen Sie schnell, ich bitte Sie!« Na ja, dann möge sie halt einen Moment warten. Ausgelatschte Pantoffeln auf der festgetretenen Erde des Hinterhofs, Schritte, die sich schlurfend zum Café hin entfernten, die unfreundliche Stimme des nasepulenden Obers. Auf dem Balkon hustete der Dickwanst, spielte einen Augenblick mit den Lippen auf seinem Auswurf herum und ließ dann den Schleimklumpen vom dritten Stock herunterklatschen. Der zusammengekehrte Müll zu ihren Füßen stank nach verdorbenem Gemüse und Fäulnis. Sie war sicher, die zitternden Schnauzhaare einer Ratte zu sehen, die an einer faulen Birne schnupperte. Sie lehnte sich an die Abtrittür, nahm hastig ihren Hut ab, der Schleier verhedderte sich in den Haarnadeln: sie zerrte heftig daran, zerriß ihn. Der kunstvolle Aufbau der Friseuse löste sich völlig auf, das Haar fiel ihr wirr auf die Schultern, die Haarnadeln flogen in den Staub, sie konnte sich nicht danach bücken. Das Klimpern eines Schlüsselbunds an einem Messingring. Entschuldigen Sie, Madame, es ist nur ... Der Schlüssel im verrosteten Schlüsselloch, der Geruchssinn attackiert von Mistgestank, der von zehn, zwanzig Personen sprach, die sich heute schon in ebendiesem Loch aufgehalten, sich flüchtig in ebendiesem zerbrochenen Spiegel angeschaut, ebendiese üble, nach Menschlichem stinkende Luft eingeatmet hatten. Zwei schmutzige Kacheln, von einem Haken hängend ein dreckiger, gelb und braun beschmierter Stoffetzen, ein Stapel perfekt quadratisch zwölf auf zwölf Zentimeter zugeschnittener Blätter. Zeitungspapier ist nicht gerade das Empfehlenswerteste in bezug auf Saugfähigkeit, die Druckerschwärze macht es rutschig. Das erste der Blättchen war ein Ausschnitt aus einem Artikel über die Moralität wohlhabender Mütter. Der Spiegel geborsten, von einem quer verlaufenden Riß durchzogen: ihr Gesicht, kreideweiß, in zwei Hälften gespalten, nicht wiederzuerkennen. Ein Faden Tageslicht fiel durch das Schlüsselloch in das gräßliche Dunkel des übelriechenden Verschlags. Heftiges Erbrechen.

Felice war allein am Tischchen zurückgeblieben, das leere Aperitifglas in der Hand. Er fächelte sich mit Notar Andornos Visitenkarte. Sabino rieb nun mit dem Lederlappen an der Heckscheibe herum. Der Isotta Fraschini wirkte wie frisch gewaschen, die glänzend schwarze Karosserie leuchtete in der Sonne. Es lag ihm eine weitere vergnügliche Anekdote auf der Zunge, aber Norma war seit fünfundzwanzig Minuten im schattigen Inneren des Caffè Inglese verschwunden, und er hatte niemanden, dem er sie erzählen konnte. Aber er verlor den Mut nicht, trank noch ein Gläschen Wermut und erzählte sie im Geiste sich selbst. Zwei kropfige Cuneeser kommen zu Besuch nach Turin, gehen in ein Gasthaus, haben Hunger, können aber auf der Tafel die angeschriebenen Tagesgerichte nicht lesen, daher lauschen sie darauf, was ihr Tischnachbar bestellt. *Pula e merlu*, sagt der, *pula e merlu* sagen auch sie. Man bringt ihnen *polenta e merluzzo*, Polenta mit Kabeljau. Das haben sie auch schon daheim gegessen. Sie sind enttäuscht, bloß um das zu probieren, hat es sich nicht gelohnt, nach Turin zu kommen. Jetzt hoffen sie auf den zweiten Gang, diesmal wollen sie es schlauer anstellen. Der Kellner kommt wieder zu ihrem Nachbarn. *Da capo*, sagt der. *Da capo* sagen die Cuneeser. Und wieder bringt man ihnen Polenta und Kabeljau. Die beiden sehen sich an und stellen fest: die wollen einen reinlegen und nennen das mit den verschiedensten Namen, aber es ist doch immer Polenta und Kabeljau. Wunderbar! Was für eine großartige Sache ist doch der Dialekt, wie dumm Norma, wie snobistisch mit ihrem manierierten Florentinisch. Wie schade, daß Norma keinen Sinn für Humor hat. Wie bedauerlich, daß sie mein Haus in einen Kristallwarenladen verwandelt hat, wo bei der kleinsten Bewegung alles in Scherben zu gehen droht. Normas Sahnetörtchen waren jetzt ungenießbar geworden, sie hatten die gierigen Fliegen der ganzen Stadt angezogen. Gereizt verjagte er sie mit seinen Ziegenlederhandschuhen, aber sie kehrten immer wieder zurück, das war wirklich lästig, und schließlich zerquetschte er eine mit der bloßen Hand. Er glotzte blöde auf die verstümmelten Flügelchen, die ihm noch in der Handfläche klebten. Es wurde allmählich spät, und vielleicht war Norma wieder nicht gut. Mein Gott, wann würde dieses Elend endlich aufhören? »Chérie«, rief er in das kühle Caféinnere hinein, »alles in Ordnung?« Sie kam ihm entgegen, totenblaß in ihrem schwarzen Kleid, mit den Spitzenhandschuhen in der Hand, ohne Hut. Schwankend wiegte sie sich in den Hüften. Er hatte sie noch nie so durchsichtig, so körperlos leicht gesehen. Ihre neue Figur ärgerte ihn zutiefst. Wenn er sie früher berührt hatte, war es gewesen, als drückte er die Finger in die Cremefüllung eines Eclairs. Jetzt nicht mehr. Der Gedanke machte ihn traurig, daß Chérie sich unter seinen Augen so verändert und er nichts davon bemerkt hatte. Sie hat Gastritis. Sie hat Magenkrebs, sagte er sich. Sie hat Tuberkulose. Und irgendwie, warum, weiß ich nicht, bin ich daran schuld. »Du fühlst dich doch wohl, Liebste?« hauchte er. »Ach, frag mich nicht dauernd, laß mich in Frieden, ich brauche nur frische Luft«, sagte sie und versuchte, sich die Haare wieder aufzustecken, die immer wieder aus dem Hornkamm rutschten – ihre mit kleinen Diamanten besetzten Haarnadeln hatte sie im Hof nicht mehr gefunden. Felice bezahlte an der Kasse, ohne mit der Wimper zu zucken, und ließ dem großnasigen Ober ein beträchtliches Trinkgeld zurück. Der Kaffee sei wäßrig gewesen, klagte er: er hatte gezahlt und fand, es sei sein gutes Recht, ja, seine Pflicht, wegen der schlechten Kaffeesorte, die nach Ersatz geschmeckt hatte, zu protestieren.

Norma ließ sich auf den Vordersitz fallen und drückte ein parfümiertes Taschentuch an die Lippen: sie ließ eine starke, scharfe Pfefferminzpastille im Mund zergehen.

Sabino schloß den Schlag und setzte sich nach hinten, wie Norma gebeten hatte: Er war ein guter Beobachter, die Gräfin schien in großen Schwierigkeiten zu sein: die feinen Damen sahen immer so blaß und blutleer aus, als könnten sie jeden Augenblick ihr Leben aushauchen, deswegen gefielen sie ihm so gut. Felice roch nach Wermut und hatte einen kleinen rosa Fleck auf der weißen Hemdbrust. Der Wagen setzte sich wieder in Bewegung, frisch und spritzig nach der Rast; der Motor sang regelrecht. Norma blickte hinaus, ihre zerzausten Haare wehten in dem angenehm kühlen Wind, der ihr ins Gesicht blies. Hinter dem Stadtwall ein schmaler blauer Streifen, die Stura, die auf den Po zufloß. Eine Schar Priester, vielleicht Seminaristen, nein, junge Mönche in Sandalen, gingen langsam die Straße entlang, ihre erdbraunen Kutten blähten sich im Wind, einer hatte kohlschwarze Augen, für einen Moment kreuzten sich ihre Blicke. Sankt Franziskus lächelte ihr zu und wurde zu einem Punkt hinter ihr, unter den Platanen der Allee, neben einer grünlackierten Bank: von dem koketten Jugendstil-Schmiedewerk der Rückenlehne tropfte das Regenwasser.

Das Automobil beschleunigte seine Fahrt beträchtlich. Die gerade Straße eignete sich als Rennstrecke, und der Isotta Fraschini BN/BNC 30/40 HP konnte nun zeigen, daß er seinen phänomenalen Preis wert war. Einundzwanzigtausend Lire ohne Extras hatte Felice vor wenigen Wochen unter Reueanfällen, die des Geizigen von Molière würdig waren, und Seligkeit bei der Vorstellung, eine der meistbeneideten Limousinen der ganzen Stadt zu besitzen, aus der Tasche gezogen. »Sieh doch, was für ein Panorama!« Jedesmal, wenn nach Cuneo die Alpenkette auftauchte, packte ihn Begeisterung. »Mir ist nicht gut, ich bitte dich, fahr langsamer.« »Soll ich anhalten, Chérie?« fragte er plötzlich ganz nachgiebig. Auf einmal stand ihm wieder Normas Bild zwischen den gewundenen Säulen des Himmelbetts vor

Augen – ihre Haut hatte die gleiche Elfenbeinfarbe wie die Bettvorhänge. Eine Erinnerung, die jetzt an diesem Novembermorgen so traurig war wie eine in einem Bidet dahinwelkende Rosenknospe. Er war wahnsinnig eifersüchtig auf diese Frau gewesen. Wenn die Arbeit, die gesellschaftlichen Pflichten oder auch nur die Gewohnheit, als freier Mann zu leben, ihn von ihr fernhielten, fiel er bei dem Gedanken an sie – allein, anderswo – auseinander wie ein rostzerfressener Motor. Er war eifersüchtig auf ihre Vergangenheit, von der sie nie sprach, eifersüchtig auf ihre Erinnerungen, eifersüchtig auf ihre Interessen, ihre Lektüre, ihre Tagebücher, auf ihr Klavier (jedenfalls so lange, bis sie es wieder auf den Dachboden verbannte, nach einer von Emanuela und Ihrer Königlichen Hoheit Prinzessin Laetitia veranstalteten Wohltätigkeitssoirée, bei der sie lustlos zugunsten der Familien der Heimkehrer aus Libyen gespielt und dann erklärt hatte: »Basta, ich mache Schluß mit der Musik, das ist vorbei«): eifersüchtig auf ihre Schwärmereien, ja sogar auf seine eigenen Kinder, auf Amedeo, der mit ihr zu den Premieren ins Teatro Carignano ging, auf den Priester, dem sie mangels anderer Vertrauter die heikelsten Sünden ihres intimen Ehelebens beichtete, auf den Schneider, der sie mit seinen Händen und Nadeln überall berührte, auf ihren gebildeten Buchhändler, auf Giacomo Grosso, der ihr Porträt gemalt hatte, auf den schnauzbärtigen Chauffeur (es hieß ja, Chauffeure seien bei hochgestellten Damen ein beliebter Zeitvertreib, wer weiß, ob das stimmte), auf seine Kollegen vom Club und sogar auf einen Unbekannten, der ihr im Foyer der Oper zugelächelt hatte und dessen Löwenmähne er nie mehr hatte vergessen können. Er war eifersüchtig auf ihre Jugend, auf ihre Gedanken, aber vor allem war er, verzweifelt, eifersüchtig auf ihre Zukunft geworden. Auf die Unzahl von Möglichkeiten und Gelegenheiten, die das Leben ihr noch bieten würde. Und nach und nach hatte er versucht, ihr alles zu nehmen, methodisch hatte er alle Menschen von ihr ferngehalten, die sie interessieren konnten – alle diese Musiker, Pinsler, Reimeschmiede, Schmierfinken, Schreiberlinge, diese besondere Unterart der menschlichen Rasse, deren Vertreter sich verbreiteten und etwas wie eine Geheimgesellschaft, eine Sekte bildeten, zu der sie, wie er nicht ohne Bitternis hatte entdecken müssen, gerne gehört hätte. Er hatte Norma verbannt, erst in die Berge des Sturatals, weil sich dort keine als Intellektuelle maskierten Schürzenjäger herumtrieben, dann in die Kinderstube, und hatte so aus ihrem Leben einen Friedhof möglicher, aber unrealisierbarer Ereignisse gemacht. Und jetzt, da Norma überhaupt nichts mehr hatte und ihm nicht mehr faszinierend und begehrenswert erschien (und in der Tat begehrte er sie seit Monaten nicht mehr), liebte er sie noch mehr und besaß sie noch weniger.

»Was hast du, Chérie?« »Ich weiß nicht, Felice, es ist mir irgendwie schwindlig«, sagte sie, ihn aus seinen Gewissensbissen reißend. Ah, Chéries Gesundheit! Die Liste der Beschwerden, unter denen sie in diesen Jahren gelitten hatte, könnte ein Handbuch füllen. Grippale Infekte, Fieber, Schwächeanfälle, Schwindel, Erschöpfungszustände, Mattigkeit, jetzt Anämie, Übelkeit, Ohnmachten – sie ißt und erbricht danach, Herr Doktor, was sagen Sie dazu? Ich habe sie ins Thermalbad geschickt, ich habe sie zu einem Hypnotiseur geschickt, stellen Sie sich vor, wir haben ihr sogar eine Sonde mit Zuckerlösung in die Nase eingeführt und haben ihr, mit allem Respekt gesagt, denn wir sprechen schließlich von meiner Frau, auch nicht wenig mit nährenden Einläufen zugesetzt. Ergebnisse? Null. An gewissen Tagen ißt sie normal, dann wochenlang nichts. Die eiserne Gesundheit der Argentero, dieses soliden Stammes von Soldaten und Ärzten, hat bei ihr keine Wirkung gezeitigt, nicht einmal durch Nachahmung. Meine Vorfahren waren Koryphäen der Medizin, vom Cinquecento an – Giovanni Argentero war nicht weniger berühmt als Paracelsus, Giorgio Argentero war Hofmedicus der Savoyer, und der Fürst hat ihn zum

Dank in den Grafenstand erhoben – SEMPER PROFUISSE IU VIT –, ich verdanke alles diesen furchtlosen Erforschern des menschlichen Körpers, die unsere Familie reich und geachtet gemacht haben, und doch, wissen Sie, was ich Ihnen sage? Ich glaube nicht an die Medizin. Chérie ist nicht krank, ganz einfach darum, weil die Krankheiten nicht existieren: es sind Verletzungen, die der Mensch sich aus Furcht vor dem Glück selbst zufügt. Der Arzt sucht und findet oft die Heilmittel, aber mit der gleichen Phantasie, mit der gleichen hartnäckigen Verzweiflung erfindet der Mensch neue Krankheiten. Sag nicht, was du denkst, Chérie, sag es nicht, wir müssen die Last unserer Gedanken aushalten. »Sagen wir uns doch die Wahrheit, Felice. Die Dinge gehen schlecht, wenn man sich mit Ersatz begnügt. Die Zeit läßt sich nicht zurückdrehen, ich muß nachdenken, trennen wir uns«, bat Norma jedoch, und ihre leise, aber gelassene Stimme bot keine Möglichkeit des Einhakens. »Aber was für eine Wahrheit denn, was sagst du da?« brüllte er. »Ich weiß, daß dir jetzt alles schwer vorkommt, aber das geht vorüber. Laß uns nicht an die Vergangenheit oder an die Zukunft denken, nur an die Gegenwart!« Er schrie fast und klammerte sich an das Lenkrad. »Wir müssen an die Familie denken, du mußt gesund werden, du mußt einfach Ruhe bewahren, wir werden wieder eine Tochter bekommen, Hunderte von Töchtern, und gesunde, gebe es Gott, gesunde!« Er wollte ihr noch so viel sagen, zum Beispiel, daß er gerade diese minimale Gegenwart, die dahinsiechte wie ein dürres Blatt im November, als kostbar erkannt hatte und daß es nur an dem vielen Denken an das Kommende lag, an das Mehr an Schicksal, das sie und ihn erwartete, wenn sie das, was sie besaßen, verloren und zerstört hatten. Diese so mittelmäßige, zerrissene, unverstandene Gegenwart war wertvoll, nur sie war erfüllte Lebenszeit, und sie mußten sie miteinander teilen und schätzen. Aber er hatte sich Norma nie anvertraut und Norma sich nie ihm, und längst hatten sie beide diese Möglichkeit verpaßt. Deshalb drückte er kräftig auf die Hupe, zog sich zum Schutz vor dem Staub die Decke über die Knie, schnippte sich die Schuppen vom Revers und rief: »Bei dem Wind kriege ich noch Rheuma.« Norma hatte nicht die Kraft, das Thema Trennung wiederaufzunehmen, und wußte nicht, was sie sagen sollte.

Felices Gedanken kehrten nun zu den Beleidigungen des *Subalpino* zurück: Don Rodrigo stirbt an der Pest, und er konnte es nicht verwinden, mit diesem Namen belegt worden zu sein, vor allem, weil seine Rede starken Beifall erzielt hatte, und das sollte Chérie wissen. Sie sollte stolz sein auf die Erfolge des Onorevole Argentero. Auch wenn sie sich nicht für Politik interessierte und damals beim Wahlkampf zu seinem großen Verdruß mehrmals gesagt hatte: »Ich verabscheue die Politik. Weißt du, warum? Sie ist weder eine Kunst noch eine Wissenschaft, mir scheint sie nur leeres Geschwätz, um ein großes Aufheben zu machen, ohne daß man dabei weiß, wovon man spricht und ob das, wovon man spricht, wahr ist.« Nun, wenigstens durfte Chérie nicht wählen. Er leckte sich den Schnauzbart, befeuchtete seine Lippen und fing an, endlos und mit stenographischer Genauigkeit von der letzten Parlamentssitzung zu berichten, als er seine erste Rede gehalten und den Störungen und Pfiffen der Opposition getrotzt hatte. Haarklein gab er seine prophetische Rede wieder, ließ sich zu Polemik hinreißen, verlor den Faden, wiederholte sich. Er hatte das falsche Fortschrittlertum gegeißelt, das nur viele Versprechungen machen und nichts erfüllen kann. Denn was ist Fortschrittlichkeit? Ein Begriff, der wunderbar unsere unnützesten Wünsche befriedigt. Fortschritt, habe ich gesagt, aber von wo aus? Und wohin? Alles, was man auf diese Art erreicht, ist doch nur, daß wir uns von unserer Mitte, von unseren Ursprüngen entfernen. Der Mensch des zwanzigsten Jahrhunderts ist wie Prometheus, er lädt eine gigantische Schuld auf sich, für die er eines Tages wird büßen müssen, o ja, er wird büßen, um den Preis der Apokalypse. Der Katastrophe, die allem ein Ende setzen wird. Des katastrophalen Untergangs des Abendlands, das seine Sache auf nichts gestellt hat. Ein Blutbad? Die grauenhafte Zerstörung Europas. Das fortschrittliche Ideal ist abstrakt, sagte ich, unnatürlich, unmoralisch, es fordert den Verrat der Tradition, es treibt zum Sprung nach vorn in die Finsternis. In den Tod, habe ich gesagt. Diese Welt läuft auf den Tod als Zukunft hinaus. Früher dachte der Mensch daran, daß jeder Schritt nach vorn mit Gottes Erlaubnis vollzogen wurde. Heute nicht mehr. Kennt ihr modernen Menschen überhaupt noch Gott? Habt ihr von ihm gehört? Er ist nicht mehr Mode. Gott ist aus der Mode gekommen wie die Krinoline. Norma horchte einen Augenblick auf, sie mußte an einen der merkwürdigen Sätze Medusas denken, die einmal, ihren unverständlichen Gedankengängen nachhängend, unvermittelt zu ihr gesagt hatte: »Meine Mutter hat immer gesagt, paß auf, Gott kommt wieder. Manchmal ist er fort, aber dann kommt er wieder.« Sie hatte nicht erklären können, was sie mit diesen geheimnisvollen Worten meinte, aber Norma hatte lange darüber nachgedacht und war zu dem Schluß gekommen, daß es genau so war: Gott war fort und kam noch nicht zurück. Dann fiel sie wieder in Lethargie.

Die Stura von Demonte, die sich hier in viele schlammige Arme teilte, schien unbeweglich zwischen dem Röhricht und den Steinbrocken zu stehen. Eine unendliche, zum Wahnsinn treibende Reihe von immer gleichen Dörfern, die wie eine Luftspiegelung in der Ebene hingen: niedrige Gehöfte, Glockentürme, Kirchen mit einem Eisenkreuz am Giebel, Brunnen, dürre Bäume, Boccia spielende Männer, schwarzgekleidete Frauen am Straßenrand, jede mit einem Wäschekorb auf dem Kopf, der wunderbarerweise oben blieb – Greise, die auf einem zerfallenden Mäuerchen an einem Dorfplatz saßen, Karren, bellende Hunde, die dem Isotta Fraschini nachjagten. Borgo, Borgo, wie lange noch bis Borgo? Vielleicht hatte der Omnibus Verspätung, vielleicht war Medusa noch nicht eingestiegen. Sie noch zu erreichen, bevor ein Wagen der Autolinie Argentero sie nach Bersezio brachte, schien Norma die einzige Aussicht zu sein, die diesen erdrückenden Tag mit seinen immer drohender werdenden Anzeichen einer Katastrophe hätte aufheitern können.

»Turin ist unerträglich geworden, eine schreckliche Stadt, ein Sozialistennest, bloß noch eine Arbeitervorstadt, man sieht keine Adligen mehr, auch wenn man mit der Lupe nach ihnen sucht, immer die gleichen dreckigen Visagen, pensionierte Beamte und Generäle a. D., sobald es dir bessergeht, nehme ich dich mit nach Rom, das wird dir gefallen, was, Chérie?« Genau in dieser Minute stieg Medusa in den Omnibus der Autolinie Argentero, und sie würde sie erst in drei Stunden wiedersehen, und sie hätte sie längst entlassen müssen und brachte es nicht über sich. Sie konnte es einfach nicht. »Freust du dich?« »Was?« »Hörst du mir gar nicht zu?« »Entschuldige ...« »Ich habe gesagt, du kommst mit nach Rom, auch Alessandro ist einverstanden, ich werde ein Haus kaufen.« »Was hat denn Alessandro damit zu tun?« »Es ist seine Idee, er sagt, ein Umzug in eine andere Stadt wird dir gesundheitlich guttun.« Sie hätte sich nicht nach Alessandro erkundigen dürfen, denn jetzt fing Felice an, die Verdienste ihres brillanten Bruders aufzuzählen, dessen er sich seit den fernen Tagen ihrer Verlobung angenommen hatte. Wie redselig, langweilig, unerträglich war Felice doch geworden! Wie eine zerkratzte Schallplatte, auf der die Nadel hängenbleibt und immer dieselben Töne wiederholt. Wir arbeiten gut zusammen, bestand Felice unerbittlich auf seinem Thema, er hat schon immer gute Einfälle gehabt. Ohne ihn würde ich heute noch im Stadtrat von Turin verfaulen und über die Abzugskanäle des Po beraten, die im Sommer versumpfen. Und jetzt bin ich im Parlament, wo über die Geschicke der Nation entschieden wird, und komme eines

Tages in die Geschichtsbücher. »Nach Rom? Ich?« Felice streckte eine Hand aus und legte sie ihr wie zufällig in den Schoß. Die Hand zerknitterte den Stoff ihres Kleides, wühlte sich in die Falten hinein, glitt an ihrer Hüfte hoch, verweilte einen Augenblick an der Rundung ihrer Brust und fiel dann, wie schuldbewußt, schüchtern wieder zurück. Norma schwieg bestürzt. Felices jetzt schlaff daliegende Hand kam ihr vor wie aus Stein. Felice rückte sich die Automobilistenbrille auf der Nase zurecht, zündete sich eine kubanische Zigarre an, sah auf die weiße, vom Wind leergefegte Straße, und plötzlich machte sich wieder das Magengeschwür bemerkbar, das ihn in den ersten Ehejahren gequält hatte und von dem er sich inzwischen fast kuriert glaubte. Er sah sämtliche unzulässigen Szenen vor sich: Norma mit ihrem Lächeln von früher, wie sie vor seinen entzückten Kollegen Klavier spielte, Norma hingegossen auf einem Diwan im Salon der Lovatelli, wo Literaten mit klingenden Namen und schnauzbärtige Verleger verkehrten, die ewig auf der Jagd nach Subskriptionen adliger Damen waren, um sich Abonnements aus dem gebildeten Kleinbürgertum an Land zu ziehen. Norma, wie sie mit Frauen, die sich für emanzipiert hielten (weil sie bei ihrem Tod von sich sagen könnten, daß sie mit einem Dutzend Männer ins Bett gegangen waren – statt nur mit einem einzigen), über Wahrscheinlichkeit und Symbolismus in der Literatur diskutierte. Das Bild Normas, die den Tiraden eines Politikers, Journalisten, kampflustigen Schriftstellers lauschte, ließ ihm das Blut gefrieren: es war unerträglich, absolut unerträglich. »Ich will nicht nach Rom«, sagte Norma jedoch, ihn aus seinen finsteren Visionen reißend, »ich will mit den Kindern in Turin bleiben und, sooft es geht, nach Bersezio kommen ... wegen Angelica«, setzte sie unvorsichtigerweise hinzu. Die Andeutung reizte Felices Magengeschwür noch mehr. Seit Monaten störte ihn dieser Gedanke, dumm wie ein in einem Lampenschirm gefangener Nachtfalter, aber genauso hartnäckig und entnervend. Er explodierte. »Du durftest sie nicht auf diesem winzigen Fleckchen Erde begraben, das so klein ist, daß Bistolfi kein Grabmal dafür entwerfen konnte, da ist einfach kein Platz«, schrie er. »Es ist eine Schande, daß sie dort an einer Mauer liegt, unter diesem Eisenkreuz, als wären wir Bauern«, brüllte er und warf seine Havannazigarre auf eine Wiese – und der Isotta Fraschini kam ins Schleudern und rutschte über die Straße. »Das war nicht deine Sache, sie war MEINE Tochter, eine Argentero, und ihr Platz war neben uns, jetzt ist es eine Reise, wenn wir sie besuchen wollen. Und ich habe zu tun, in Rom, was glaubst du denn, das ist kein Spiel. Das ist eine fixe Idee von dir, diese absurde Geschichte mit den Bergen, und wenn du keine fixe Idee hast, ist dir nicht wohl. Ich sage dir, wie es ist. Du hast diese Sympathie für die Bergbauern, weil du glaubst, die Armen verdienen sich durch ihr Elend das Recht zu leben, und du meinst, du hast kein Recht darauf, weil du nicht arm bist. So verdirbst du dir völlig sinnlos die Gesundheit, denn das unanfechtbare Recht zu leben, das kommt von Gott. Das hat dir dein Vater beigebracht: sich dessen zu schämen, was man ist.« »Sprich nicht von meinem Vater«, unterbrach ihn Norma. »Du siehst das Leben nur unter ökonomischen Gesichtspunkten, Felice. Das ist so trostlos.« Felice wandte sich schnell um, aber Sabino hinter ihnen hörte ihrem giftigen Streit nicht zu: er hatte den Kopf gegen die Scheibe gelehnt und schnarchte. »Das ist der einzig mögliche Gesichtspunkt, Chérie«, versicherte er in dem belehrenden Ton, mit dem er jede Auseinandersetzung zu schließen pflegte. »Alles andere ist Illusion.« Norma antwortete nicht; ohne es zu merken, drehte sie eine Haarsträhne um ihren Zeigefinger. Eine irritierende Geste einer nervösen, fahrigen, zerstreuten Person. Er wollte das letzte Wort haben, und schon war sie in ihre eigenen Gedanken abgedriftet. Das konnte er an Norma nicht ausstehen, sie konnte nicht verlieren und gab dem Sieger nicht die geringste Befriedigung. »Du wolltest mir Angelica wegnehmen«, brüllte er, »aber weißt du, was ich dir sage? Bersezio gehört mir. Es hat immer mir gehört, die Argentero sind seit dem Ende des siebzehnten Jahrhunderts Grafen von Brezé und Marquis von Argentera gewesen. Emanuele Filiberto ist von den Savoyern mit Bersezio belehnt worden, und wir haben es nie aufgegeben. Zum Teufel mit der Revolution, es gehört uns. Mein Großvater hat dort gegen die Franzosen gekämpft, mein Vater ist dort auf die Jagd gegangen, und die Leute dort haben mich gewählt, sie haben mich ins Parlament geschickt. Du kennst sie gar nicht, diese Leute, du verstehst ja nicht einmal ihre Sprache. Das ist bei dir ja bloß Literatur. Li-te-ra-tur. Sich über diese Menschen Romane auszudenken ist eine Beleidigung ihres Elends. Wir bringen jetzt Angelica Blumen, und am Sonntag nehmen wir sie mit uns nach Turin. Ich zahle ihm dreihunderttausend Lire, und dann entwirft dieser Bistolfi für meine Tochter den Engel des Schweigens.«

Seine Gelenke knackten, und die glänzende Motorhaube des Isotta Fraschini spiegelte erbarmungslos seinen mißbilligend gesträubten Schnauzbart. Er war müde, er hatte es eilig, aber Chérie lehnte immer noch an dem Lattenzaun, und er traute sich nicht, zu ihr hinüberzugehen. Die weiblichen Indispositionen stießen ihn ab, Ausflüsse, Schleim, Bakterien, Gerüche, Unreinheiten aller Art, die ihn im allgemeinen einfach anekelten und im besten Fall höchstens Mitleid einflößten. »Sie ist autokrank«, sagte er zu Sabino, der mechanisch nickte. »Man müßte endlich ein Mittel dagegen erfinden.« »Ja«, sagte Sabino und ging auf und ab. Er hatte rechtzeitig zum *deschönee* im Buon Riposo sein wollen, und jetzt ... Fast hoffte er, sie würden diese Medusa in Borgo noch antreffen, denn wenn sie dabei wäre, käme es nicht mehr zu solchen Gesprächen, und Chérie würde sich schämen zu erbrechen. Die Frauen schämen sich vor ihren Dienstmädchen, nicht vor ihren Ehemännern. Sie gefiel ihm nicht, die Medusa: sie war viel zu empfindlich, zu widerspenstig, schwarz wie ein Affe und stachlig wie ein Igel. Aber man mußte sich mit dem begnügen, was da war.

Grenzenlos und still wölbte sich der Himmel, was für ein Friede. Norma atmete mehrmals tief ein und aus, zum erstenmal, seit sie unterwegs waren. Die Berge waren jetzt nah, und auch Medusa und die Orte, denen sie sich, auch wenn sie nicht erklären konnte, warum, so zugehörig fühlte: Ferriere und Bersezio und das kleine hölzerne Jagdschloß, das ihr im Lauf der Jahre lieber geworden war als ihr Geburtshaus, als hätte sie dort etwas wiedergefunden, was sie, wer weiß, wo, verloren hatte. Vielleicht hatte Felice ja recht: sie kannte weder die Orte noch die Einwohner, aber sie liebte die einen wie die anderen. Und manchmal liegt eine erkennende Wahrheit in den Gefühlen und Empfindungen. Sabino half ihr auf das Trittbrett hinauf und streifte dabei wie zufällig ihre Hüfte. »Wir sind jetzt bald da, Frau Gräfin«, sagte er, »nur Mut.« Mißmutig ließ Felice den Motor an: er wollte jetzt nur noch eines: sich in dem gemütlichen kleinen Salon des Jagdschlosses ausstrecken, am Kaminfeuer aus frisch geschlagenem Holz, das noch nach Harz duftete. Das Essen, die kubanische Zigarre und die noch unberührte Zeitung auf den Knien, er hatte heute früh noch nicht einmal eine Zeile gelesen. Warum hatte er sich verpflichtet gefühlt, Norma mit dem Wagen hinzubringen? Er hätte ja sagen können, er habe eine wichtige Sitzung in Rom, und den Besuch bei Angelica auf ein andermal aufschieben. Der erste Jahrestag ihrer Geburt. Was bedeutete das schon? Sie war tot. Seit sieben Monaten tot und begraben. Niemand dachte mehr an sie. Nicht einmal Norma, das hätte er geschworen. Sie spielte bloß Theater, sie trug ihren Schmerz zur Schau wie eine viertrangige Schauspielerin, weil sie sich selbst überzeugen wollte, wegen eines Verlustes zu leiden, der sie doch völlig gleichgültig gelassen hatte. Gewiß, es ist schwer für eine Frau, erkennen zu müssen, daß die Zeit vergeht, die Kinder groß werden und man kein unentbehrliches Alibi mehr hat. Das ist die Wahrheit. Diese Reise hatte keinen Sinn. Sie hätten eine Zypresse für Angelica pflanzen sollen. Nichts hatte einen Sinn. Nicht einmal die Aussicht, am Montag wieder in Turin zu sein. Die Vorstellung, seine ganze Familie zu sehen, war ihm unerträglich geworden. Die Familie! Amedeo eine gescheiterte Existenz, Enrico ein Dummkopf, Vittorio eine verweichlichte Memme – dieses Kind war eine Plage. Am liebsten hätte er sie nie mehr wiedersehen müssen, wäre durch einen Zauber wieder ein freier Mann gewesen. Wenn er noch einmal geboren werden könnte, würde er mit sechzig heiraten. Und nicht so viel Zeit in der Provinz vergeuden. Lieber der zweite, ja, auch der zehnte in Rom sein als in Turin berühmt für deinen guten Koch, die glänzende Karosserie deines Automobils, die Zahl deiner Blagen und die unglaubliche Augenfarbe deiner zweiten Frau. Allein der Gedanke an Oliviero tröstete ihn etwas, Oliviero würde einmal sein einziger, wahrer und würdiger Erbe sein.

Ein rotes Bonbonpapier im Staub des Rathausplatzes von Borgo leuchtete flammend auf. Norma hielt im Gedränge Ausschau nach einem Paar bräunlicher Stiefeletten, einem Kleid aus weichem kirschroten Tuch, einem glockigen Schultermäntelchen, einer hellen Weste, einem großen weißen Kragen. Sie spähte nach einem jungen Mädchen aus, das, die Ellbogen auf die gespreizten Knie gestützt, auf seinem harten Köfferchen saß und vor sich hin starrte, wobei ein unsympathischer Hut ihm die Augen beschattete. Sie hatte sich das Bild so lange in ihrer Phantasie ausgemalt, und die Trennung war ihr so endlos vorgekommen, daß sie das Erscheinen des Mädchens jetzt einfach für folgerichtig hielt. Ein Mädchen, von dem niemand wußte, wer es war, das mit herrischen Schritten auf sie zugehen würde, allein, gleichgültig gegenüber dem schläfrigen Leben der andern – sich immer entziehend, unerreichbar, schwarz wie ein Schattenfleck auf dem sonnigen Platz –, ein Mädchen, das alles andere leblos erscheinen ließ, wohin man auch blickte. Ach, Norma, Norma, du darfst jetzt nicht vor Aufregung zittern, nicht rot werden, dich nicht aufrichten, bleib ruhig neben dem Fahrer sitzen, spiel die Gleichgültige, versteck dich hinter deinem Fächer und spähe nicht nach Medusa aus, die dich bedroht und dich beunruhigt wie ein Geheimnis: Medusa ist nicht da. Der Omnibus der Autolinie Argentero war vor fünfzehn Minuten pünktlich abgefahren.

Felice drehte das Lenkrad herum, und schon verschwand der sonnige Platz von Borgo. »Keine Medusa«, sagte er zu Sabino und zwinkerte ihm zu. »Jetzt bist du enttäuscht, was? Ich wette, ihr beiden habt was miteinander, ihr Schlingel!«

Schwärzeste Trostlosigkeit überwältigte sie. Im allgemeinen glitten Felices Worte an ihr ab wie Wassertropfen an einer Regenhaut, doch diese jetzt drangen in die geheimste Kammer ihres Bewußtseins, wo sich die unsäglichen Reste der Tage ablagerten: die Exzesse, die ungezügeltsten Phantasien, die uneingestandenen Erinnerungen, die Abneigungen und Erregungen, die verlorenen Hoffnungen und die auferstandenen. Wie konnte sie diesen gefräßigen Kenner – *stets freundlich und zugänglich, ganz besonders den kleinen Leuten gegenüber, wie es ein Hauptzug seines Auftrags ist* – daran hindern, mit Medusa etwas anzuzetteln? Sie war die einzige vom Hauspersonal, die unter fünfzig war und in den düsteren Salons ihre Jugend spazierenführte, und Felice wußte – leider! – gewisse Vorzüge zu schätzen. »O nein, Herr Graf, nein, nein, es ist nicht, wie Sie denken«, versuchte Sabino die Sache aufzuklären, wobei er das Kinn an die Trennscheibe legte in der vergeblichen Hoffnung, Norma dazu zu bewegen, sich umzuwenden. »Geh, Schlingel, mir machst du nichts vor!« »Laß doch deine Boshaftigkeiten, die Medusa ist ein anständiges Mädchen«, schalt Norma mit zitternder Stimme. »Anständig, Chérie?« lachte Felice dröhnend. »Sie ist ein freches Hürchen, was glaubst du denn, wir sind doch nicht blind, was, Sabino?« »Jawohl, Herr Graf«, schlug sich dieser auf seine Seite, sein Gesicht war tomatenrot angelaufen. »Und zudem ist sie eine Diebin. Diese zehntausend Lire, Chérie, die hast du nicht verloren, die hat sie dir gestohlen, und du verteidigst sie noch, du bist wirklich komisch, dich soll einer verstehen! Und unsere Teelöffel? Hast du die etwa auch verloren? Und das Lapislazuliarmband deiner Mutter und die Brosche der Gräfin Lovadina?« »Medusa ist das nicht gewesen«, protestierte sie, »das war nicht sie.« Was für ein grauenhafter Abend! Es wurde mit Moët & Chandon, Pommery, Mercier, Amiot, Portron, Piper-Heidsieck Amedeos Doktorexamen in Medizin gefeiert, und die aufgedonnerte Kusine hatte wegen ihrer dummen Brosche das ganze Personal mit Verdächtigungen und Beleidigungen bombardiert. Wie in einem klassischen Vaudeville hatten sich sämtliche Hausangestellten im Festsaal versammelt, um Medusa, die zuletzt ins Haus Gekommene, anzuklagen, und sie, die Hausherrin, die Heldin des Stücks, hatte geschrien, nein, nein, mein Mädchen hat damit nichts zu tun. Das alles ist moralisch widerwärtig, Maman, hatte Amedeo nachher zu ihr gesagt. Sie haben sich zur Komplizin eines nach dem Strafgesetzbuch zu ahndenden Vergehens gemacht. »Sie hätte der Polizei übergeben und hinter schwedische Gardinen gesteckt werden müssen«, bemerkte Felice, der manchmal in geheimnisvoller Telepathie mit diesem ihm so fremden Sohn stand. »Ja«, stammelte Norma, »falls noch einmal so etwas vorkommt, schicke ich sie weg.« Ein durch den vorüberfahrenden Isotta Fraschini gereizter Schäferhund lief neben ihnen her und bellte ihr mit weit aufgerissenem Rachen ins Gesicht. »Die Leute werden allmählich nicht mehr zu unseren Empfängen kommen, aus lauter Angst, bei uns ihren Schmuck einzubüßen«, meinte Felice. »Medusa würde mir nie so etwas antun, sie hängt an mir«, behauptete sie, aber sie glaubte es selbst nicht und war drauf und dran, sich in Tränen aufzulösen. Felice lachte. »Es wird meine Frau gewesen sein, was sagst du dazu, Sabino?« »Ach, gnädiger Herr, wer weiß das«, stotterte Sabino, der Felices schwer faßlichen Humor nicht verstand und nie wußte, ob er ihn ernst nehmen sollte oder nicht. Und was dachte Medusa von Felice? Sie antwortete ihm oft mit groben Worten, aber sie verstand ihn besser als Norma, und vielleicht bewunderte sie ihn auch. Dein Mann ist nicht irgendeiner, und er ist auch kein Schoßhund. Er ist stark, er gibt nicht nach. Warum sagst du, er sei brutal? Er macht, was er will, und du hast es nicht geschafft, daß es auch das ist, was du willst. Das ist nicht seine Schuld. Er ist ein Mann.

Demonte: der Rathausturm, eine zylindrische Ruine aus dunklen Ziegelsteinen, ragte über die Dächer der Ortschaft. Keine Spur des Omnibusses der Autolinie Argentero. Medusa, Medusa, Medusa, die in Turin lebte, war wie eine exotische Pflanze im Treibhaus, die am Sonntag, ihrem einzigen freien Tag, nicht ausgehen mochte und stundenlang im Sessel von Normas Boudoir saß und ihr zusah, wie sie Dummheiten schrieb – unnützes Zeug, blauer Dunst. Medusa, die weder Begeisterung noch Sehnsüchte kannte und von niemandem abhing. Wie gern wäre sie ihr wenigstens eine gute Schwester gewesen und hätte auf irgendeine Weise für ihre Zukunft gesorgt, denn sie war ja erst achtzehn, und niemand würde sie je wieder so uneigennützig, so aufrichtig lieben wie sie. Aber sie in der Nähe zu wissen war aufregender, als wenn sie erfahren hätte, daß Felice Minister geworden war. Und als Medusa vor drei Tagen in ihr Schlafzimmer gekommen war, ohne Grund, nur um zu sagen »gute Nacht, Norma«, hatte sie eine unerklärliche Verwirrung empfunden. Zweimal, zehnmal hatte sie sich dieses geheimnisvolle »Gute Nacht, Norma« wiederholen lassen, es besänftigte ihre Angst wie ein Zauberspruch und wirkte besser als das Trional und die anderen Schlafmittel. Dieses »Norma«, von ihrer Stimme gesagt, mit ihren Gebärden und sogar mit ihrer Aggressivität, vermittelte ihr eine heftige Lebenslust. Niemand hatte sie je so genannt, oder wenigstens erinnerte sie sich nicht, daß jemand es getan hätte. Als Medusa ihren Namen aussprach, hatte sie zum erstenmal das Gefühl zu existieren. Für jemanden zu existieren, für sie, Medusa. Zu existieren.

Sie bemühte sich, an anderes zu denken als an die absolute Notwendigkeit, auf die Ereignisse zu reagieren, die sich unverfroren und dreist in ihrem Leben ausbreiteten, ohne um ihre Zustimmung und Erlaubnis zu bitten, die sie herumwirbelten wie ein Stück Treibholz in der Brandung. Ja, sie hatte sogar den Eindruck, unmerklich, aber unerbittlich zurückgedrängt zu werden, an eine Mauer, bis zu einer Mauer, hinter der nur ein Abgrund war. Sie bemühte sich, an anderes zu denken als an Medusa, an ihren dunklen Blick, an ihre Stimme. Sich entspannen, sich dem Schaukeln des Fahrzeugs hingeben, nicht denken. Aber der Sitz roch beißend nach frisch gegerbtem Leder, und Felices Pfeife – die unangezündet auf dem Ledersitz lag, ein bedrohlicher Gegenstand auf der Straßenkarte – strömte einen ekelerregenden Tabakgestank aus. Die Straße stieg jetzt sanft an, das Tal war breit und grün, an den Hängen noch vereinzelte Weingärten und viereckige Gersten-, Hafer-, Roggenfelder. Sie würde nie für Medusas Zukunft sorgen, und sie wollte auch nicht ihre gute Schwester sein. Sie hätte ihr Leben von Grund auf erschüttern und eine Hauptrolle darin spielen wollen. »Ich verstehe, was die Rennfahrer empfinden«, sagte Felice zu Sabino, »einen ungeheuren Rausch. Wäre ich jünger, würde ich gern Rennen fahren, was, Sabino, diese verrückten Rennen wie du früher.« Sabino war etwas benommen, er hatte einen schlechten Geschmack im Mund und einen stechenden Schmerz im Nacken, der wegen der unnatürlichen Haltung, zu der er sich zwang, steif geworden war. »Das waren schöne Zeiten, Herr Graf«, nuschelte er, »aber auch in Ihrem

Dienst kann ich nicht klagen.« »Ich stehle dir die Arbeit, was?« lachte Felice, den Fuß aufs Gaspedal drückend. Seine Schuhe hatten eine dicke Sohle, die Gummioberfläche des Pedals war kaum zu spüren. »Schön wär's, Herr Graf«, hüstelte Sabino allmählich aufwachend. Es war ein angenehmes Aufwachen im Bewußtsein, daß die Gnädige weniger als zwanzig Zentimeter vor seinen Beinen saß, fast paradiesisch, wäre der schmerzende Nacken nicht gewesen. Es machte ihn stolz, daß der Graf vor seiner Frau auf seine jugendlichen Heldentaten anspielte. Zweiter Platz beim Susa-Moncenisio 1901. Rennen in Belgien, in Frankreich! Er hoffte, das Gespräch würde jetzt bei seinen Pioniersiegen verweilen; das mußte man sich einmal vorstellen, noch 1908 waren die Techniker der Italia wegen einer Rennfahrerstelle an ihn herangetreten, aber er hatte ein sicheres Gehalt im Dienst des guten Grafen von Brezé – und seiner entzückenden Gattin natürlich – vorgezogen. Er hätte Rennfahrer sein können und war *schofför* geworden. »Sieh doch nach vorn, Felice, sieh auf die Straße«, rief sie, völlig gleichgültig gegenüber Sabinos heroischer Vergangenheit. »Ach, diese Frauen, was, Sabino, immer wollen sie alles kontrollieren. Frauen und Motoren vertragen sich nicht. Hast du deswegen nicht geheiratet?«

Sabino lachte klingend, fächelte sich das Gesicht mit der steifen Mütze, lehnte sich über die Trennscheibe, um Norma ein kühnes, unmißverständliches Zeichen zu geben, und sagte: »Nein, nicht deswegen. Ich habe zu hohe Ansprüche, Herr Graf.«

Es waren jetzt nicht einmal mehr zwanzig Kilometer bis zum Gittertor des Familiensitzes unter den *sapins* von Bersezio. Felice drückte mit aller Kraft auf das Gaspedal, beschleunigte, wettete mit Sabino, daß der Isotta Fraschini seine sechzig Meilen in der Stunde durchhalten würde. Er würde diese letzte Strecke schneller schaffen als die Rekordzeit, die er früher einmal aus dem Fiat herausgeholt hatte –

damals, als er seine bessere Hälfte in ihrem Bergexil zu besuchen pflegte, das mußte 1908 gewesen sein, vor ein paar Jahrhunderten.

Er raste jetzt, und Norma war, als wüßte sie nicht mehr, wohin der Wagen sie brachte. Es schien ihr, als würde die Reise niemals enden, als gäbe es kein Ziel. Die Wünsche, die entstehen, um unerfüllt zu bleiben, müssen wie Unreinheiten im Gesicht einer Schauspielerin unter einer dicken Puderschicht versteckt werden. Da saß sie und war nur eine Passagierin in einem Fahrzeug, das sie nicht lenken konnte, das sie fortführte, mit sich riß und für sie entschied, in welchen Graben, über welche Steilkurve hinaus sie geschleudert würde. Sie war eben nur, aber ohne Ende, Norma. Nie würde sie zu etwas, zu jemandem, zu einem Ort gehören. Oder vielleicht waren sie alle, sie, Felice, Sabino, Passagiere desselben Fahrzeugs auf rasender Fahrt in eine unerreichbar ferne Zukunft wie in einem Spiegel.

Vinadio: rechts schützte ein tiefer Graben mit grünlichem Wasser (auf dem faulendes Laub und Blumen und die unleserliche Titelseite einer alten Nummer des *Avanti* (!) schwammen) die Befestigungsmauern der Zitadelle vor nicht mehr zu erwartenden feindlichen Überfällen. Vinadio: von der Oberstadt grüßte der romanische Glockenturm der Pfarrkirche von San Fiorenzo, die Glocke schlug eins, aber die Turmuhr war auf neun stehengeblieben. Vinadio: aus der Volksschule, einem von Linden beschatteten niedrigen Gebäude mit einer efeubewachsenen Fassade kamen, von einer älteren Lehrerin bewacht, die Kinder heraus, schön in Zweierreihen, jedes mit der Schulmappe unter dem Arm: die Knaben aus einer Tür, die Mädchen aus einer anderen. Dann, vor dem Tor des Schulhofs, lösten sich die Reihen auf, sie schwärmten durcheinander wie Schmetterlinge, riefen, bewarfen sich mit Steinchen, liefen die Straßen der Ortschaft entlang, verschwanden in buntgestrichenen Haustüren, zerstreuten sich auf Feldwegen, einige blieben rechts am Straßenrand stehen und winkten mit ihren tintenbeschmierten Händchen dem Isotta Fraschini zu, der, irgendwie an einen Sarg erinnernd, an den letzten Häusern des Städtchens vorbeiflog und schaukelnd, quietschend, ächzend die offene Straße gewann. In der Windschutzscheibe erschien das Bild eines anmutigen kleinen Mädchens mit dünnen schwarzen Zöpfen und roten Zopfschleifen, das unbeholfen in seinen Holzschuhen am Straßenrand ging. Es hatte dicke dunkelblaue Strümpfe an, einen knielangen, zipfelnden Rock, der unter seiner Schuluniform vorlugte, einen bleigrauen Kittel, und auf dem rechten Arm trug es ein schwarzes Kätzchen, an dem es zärtlich die Wange rieb. Ach, hätte man ihr die Wahl gegeben, was sie sein wollte, sie hätte genau dieses kleine Schulmädchen sein wollen, das nichts davon wußte, wie lästig ein Name, ein Kleid, ein Körper sein können. Ein kleines Schulmädchen mit tintenbeschmierten Fingern auf dem Heimweg eine Straße entlang, auf der die Schicksale anderer an ihm vorüberbrausen, ein Schulkind der ersten Klasse, das keine anderen Sorgen hat als das Zeugnis, den Regen, den Winter, und das mit seinem Kätzchen glücklich ist.

Das kleine Mädchen wurde im Rahmen der Scheibe immer größer, jetzt waren die Löcher in seinen Strümpfen zu sehen, eine große, mit dunklerer Wolle gestopfte Stelle an der linken Ferse. Das schwarze Kätzchen sprang ihm erschreckt vom Arm, lief auf die Straße, blieb mitten auf der Fahrbahn stehen und machte mit aufgestelltem Schwanz, zitternden Schnurrhaaren und aufgerissenen gelben Augen einen Buckel. Das Kind stürzte der Katze nach, die Schulmappe baumelte ihm an der Hand, unter den Arm hatte es die Fibel geklemmt, und es rief: »Kumm her, Migno, kumm her, Migno, Migno!« Norma schrie nur: »Brems doch, brems, mein Gott!«

5. November 1914 – *Corriere Subalpino* – Lokalteil

Am Samstag hat ein elegantes Automobil aus Turin, wie an der 66 auf dem Nummernschild zu erkennen, auf der Fahrt nach Frankreich vor Pratolungo in rasender Geschwindigkeit eine siebenjährige Schülerin überfahren, eine gewisse Pipino Antonia, die auf dem Heimweg von der Schule war. Sie wurde zehn Meter weit weggeschleudert, so gewaltsam, daß ihre solide Schulmappe dabei zu Bruch ging. Die arme Kleine liegt jetzt mit schwersten Kopfverletzungen und gebrochenen Rückenwirbeln im Krankenhaus. Das Auto wurde in Pontebernardo angehalten, wo ihm nach den notwendigen Ermittlungen nach drei Stunden die Weiterfahrt gestattet wurde. Am Steuer des Wagens war der Besitzer, ein bekannter Industrieller und Politiker aus Turin.

7. November 1914 – *Corriere Subalpino* – Lokalteil

Der Onorevole Signor Felice Argentero Graf von Brezé, Besitzer des in den Unfall verwickelten Automobils, bestreitet die vorgestern in unserem Lokalteil erschienene Notiz und teilt uns mit, daß sein Wagen zum Zeitpunkt des Unfalls wie gewöhnlich von seinem Chauffeur Sabino S. gesteuert wurde, der im vierten Gang fuhr und sein Möglichstes tat, um den Unfall zu vermeiden, der nur der Unachtsamkeit des Schulkindes anzulasten ist. Wir stellen die Rechtfertigung des Herrn Grafen, der uns als aufrichtiger Mann bekannt ist, nicht in Frage, können uns jedoch nicht enthalten zu bedauern, daß Graf Argentero, Abgeordneter im Parlament unserer Hauptstadt, es nicht für nötig gehalten hat, sich persönlich um das unglückliche Opfer des Unfalls zu kümmern und ihm lediglich zwei Zeilen der Anteilnahme hat zukommen lassen – und darin eingeschlossen gewiß auch einen konkreten Beweis seiner Großzügigkeit. Nun ja, schließlich handelte es sich nicht um einen stimmberechtigten Wähler für das Abgeordnetenhaus, und bei gewissen Leuten ist es eben mit ihrer demokratischen Gesinnung nach dem Wahlkampf vorbei.

Der irgendwie an einen Sarg erinnernde Isotta Fraschini 1910 Typ BN/BNC 30/40 HP kam ins Schleudern, streifte mit einem Schutzblech eine Birke am rechten Straßenrand, die Räder rutschten in den Graben und drehten sich unter Aufspritzen von Schlamm im Leerlauf. Sabino fiel nach vorn und schlug heftig mit der Stirn an die Trennscheibe. Norma schrie, bedeckte das Gesicht mit den Händen, um es vor dem Aufprall an der Windschutzscheibe und dem entsetzlichen Anblick des bezopften kleinen Mädchens zu schützen, das wie ein Geschoß zehn Meter weit durch die Luft flog. Beneidenswert kaltblütig und mit überraschend guten Reflexen gewann der Fahrer wieder Gewalt über den Wagen und steuerte ihn, immer noch im vierten Gang, auf die Fahrbahn zurück. Der Motor lief auf vollen Touren weiter. Mit hoher Geschwindigkeit fuhr Felice an dem bezopften kleinen Mädchen vorbei, das wie eine zerbrochene Gliederpuppe im Straßengraben lag, daneben die zertrümmerte Schulmappe und die aus dem Leim gegangene Fibel, deren mit großen schwarzen Buchstaben bedruckte Blätter im Fahrtwind des Automobils durcheinanderflatterten, dahinter rollten die Farbstifte im Straßenstaub die Steigung hinunter. »Hast du dir weh getan, Chérie? Es ist nichts«, sagte Felice mit angelsächsischer Gelassenheit. Er hoffte lebhaft, daß Norma sich beim Stoß gegen das Glas nicht verletzt hatte; er seinerseits drückte sich auf das Brustbein, denn einen Aufprall hatte es doch gegeben, und einen heftigen dazu, das Lenkrad war schließlich aus Edelholz. Es gelang ihm nicht, einen Gedanken zu fassen, irgendwie schwamm sein Gehirn in Nebel. »Halt doch an, du bist direkt in die Kleine hineingefahren«, schrie sie. »Schrei nicht so!« »Herr Graf ..., was haben Sie nur gemacht«, stammelte Sabino unsicher. »Ach Quatsch, sie ist doch auf die Seite gesprungen«, sagte Felice, sich den Schnurrbart glattstreichend. Ein Schweißbächlein lief ihm die Schläfe hinunter und tropfte auf den gestärkten Kragen seines Hemds. Es war pitschnaß und eiskalt. Seine Hände waren steif und kribbelten. Norma war mit dem Kopf gegen die Windschutzscheibe geschlagen, aber sie achtete leider nicht darauf. »Du hast sie umgebracht, du bist ein Mörder, halt an, vielleicht lebt sie noch, wir müssen etwas tun, halt an, laß mich aussteigen, ich will aussteigen, du bist ein Mörder!« Zwei behandschuhte Hände packen das Lenkrad und drehen es in Richtung Straßengraben, Luftwirbel, dornige Zweige bleiben in Normas Kleid hängen, zerreißen den Stoff, zerkratzen ihr den rechten Arm, der Wagen schlingert, rutscht auf die andere Straßenseite, streift die glitschige Böschung, Felice muß sich mit aller Kraft an das Lenkrad klammern und mit seiner Frau kämpfen, die ihm mit den Fäusten auf den Kopf hämmert. Und gegen das Naturgesetz der Reibung, praktisch durch ein Wunder, hält der Isotta Fraschini die Fahrtrichtung, und durch reinen Zufall kommt kein anderes Fahrzeug dahergefahren. »Bist du wahnsinnig, Norma? Du bist übernervös, völlig hysterisch und verrückt, um Gottes willen, beruhige dich doch, ich sage dir, ich habe sie nicht erfaßt, der Aufprall, den wir gespürt haben, das war bloß diese blöde Katze.« Norma konnte ihre Gefühle nicht beherrschen, sie war wie ein impulsives Kind, und in neun Jahren Ehe hatte sie nichts gelernt. Sie war eine große Enttäuschung für ihn. Eine große. »Das war keine Katze, das war ein Kind, mein Gott ...« Normas Stimme zitterte. Felice fürchtete, daß sie die in dieser Situation wirklich gefährliche Szene fortsetzen würde. Er stieß sie mit der Schulter zurück, denn sie hatte sich auf ihn geworfen, er wußte nicht, ob sie ihn angreifen oder ihm das Lenkrad entreißen wollte. »Was machst du denn, rühr mich nicht an, nimm die Hände da weg«, brüllte er und verlor endgültig die Beherrschung, das Blut stieg ihm zu Kopf, er wurde rot wie Klatschmohn, und schwarze Flecken tanzten ihm vor den Augen.

Er hatte sie noch nie geohrfeigt und bereute es sofort, denn der bedauerliche Vorfall hatte sich in Gegenwart eines Zeugen ereignet, und er konnte sich auf die Verschwiegenheit seines schnauzbärtigen Chauffeurs nicht verlassen. Er hatte schwere, plumpe, gar nicht aristokratische Hände, ein Ärgernis für sein Adelswappen, und heute ganz besonders, weil er fürchtete, ihr weh getan zu haben, und das wollte er doch nicht, sie war doch seine bessere Hälfte und so empfindlich und zart. »Nicht weinen, Chérie, verzeih, ich mußte es tun, wein doch nicht, ich sage dir, es ist nichts passiert, nicht wahr, Sabino?« »Herr Graf, vielleicht ...«, stotterte Sabino verlegen und unsicher, denn er wollte seiner Dame mit dem Kreppschleier, der Königin seiner Träume und Phantasien, recht geben, ohne seinem Herrn zu widersprechen – in diesem Augenblick ein unmögliches Unterfangen. Der Graf, der gegen seine Gattin tätlich wird, was für ein Schauspiel, unglaublich! Er hätte sie ihm gern zurückgegeben, die Ohrfeige, die Hände juckten ihm, er strich sich die zerknitterten Hosen glatt, um an sich zu halten. »Das hat nur so einen Eindruck gemacht«, erklärte Felice, bemüht, ganz ruhig zu erscheinen. Er war bereit, sich zu entschuldigen, ihre Vergebung zu erbitten, um Verzeihung zu flehen, aber Norma geruhte nicht, das Vorgefallene zur Kenntnis zu nehmen, und sprach auch später nie ein Wort darüber. »Auf dem Feld war ein alter Mann, Herr Graf, der hat uns gesehen«, sagte Sabino nun, entschlossen, den Streit zu ignorieren, und jetzt vor allem an die möglichen Folgen des Unfalls denkend. Schließlich bezahlt der Ehemann, und er mußte ihn warnen. Norma versuchte vergeblich, die Bügel ihrer Brille wieder geradezubiegen, dann setzte sie sie so auf, krumm und schief, wie sie war, und wandte sich um: die Welt wogte im Rückfenster, nichts Merkwürdiges war zu sehen, alles war auf seinem Platz, die vom Frost dürr gewordenen Brombeerbüsche, die dummen gelben Sonnenblumen, die von der Vegetation halb verdeckten Dächer der Bauernhöfe, die Sonne am Himmel, das Dröhnen des Motors. Die für einen Augenblick durch den Vorfall erschütterte natürliche Ordnung der Dinge war wiederhergestellt. Die Landstraße war leer, ein heller Streifen zwischen windgezausten Bäumen; der Schatten der Berge fiel auf die Straße, verdunkelte die Fahrbahn, spielte auf den Brennesseln in den Gräben. Nur ein kleiner Staubwirbel zeigte an, daß sie hier durchgefahren waren, eine harmlose Staubwolke. Es war nach eins, ein schöner Novembertag, die Temperatur zwölf Grad Réaumur. Die Dornen des Gestrüpps, die sich im Ärmel ihres Kleids verfangen hatten, waren nun bis zu ihrer Haut vorgedrungen und stachen, ihre gerötete Wange brannte; sie fühlte sich benommen, der Kopf tat ihr weh, und von ihrer verletzten Lippe, da wo Felices goldener Ring sie getroffen hatte, breitete sich in ihrem Mund ein süßlicher Blutgeschmack aus. Sie bemerkte, daß von den verschneiten Bergen lange, dunkle Schatten wie eilend auf sie zuliefen. Die Schatten laufen auf uns zu, als hätten sie es eilig. »Dieser Blick, den werde ich nie vergessen, die Kleine, sie ist aus der Schule gekommen, sie ist regelrecht durch die Luft geflogen, was hast du nur getan ...« »Wenn nötig, kaufe ich ihr eine neue Schulmappe«, sagte Felice und steckte sich die kalte Pfeife in den Mund, er mußte jetzt unbedingt auf etwas herumkauen, und wenn es auch nur das Holz des Mundstücks war. »Eine Schulmappe ... eine Schulmappe ...«, lachte Norma bitter, »wozu, glaubst du, braucht sie noch eine Schulmappe?« »Es ist nichts passiert, du hast nichts gesehen, hast du das verstanden? Nichts«, sagte Felice friedlich mit wiedergewonnener Autorität. Die Pfeife schmeckte gut nach Speichel und Tabak und vermittelte ihm sofort Wohlbefinden. Heute morgen hatte er noch gedacht, einmal wieder nach so langer Zeit eine Landpartie mit Norma zu machen, nie hätte er sich vorgestellt, daß es in einem erbitterten Kampf enden würde. Das war nicht gerecht. »Sieh doch, was ist denn das?« wimmerte sie entsetzt. Ein roter Spritzer befleckte die Windschutzscheibe, und es war Blut, Blut, Blut. »Schluß jetzt, beruhige dich, Liebste, es ist nichts passiert«, sagte er, wieder ganz munter geworden, und berührte mit der Hand die brennende Wange Normas, die zurückzuckte und sich auf der anderen Seite des Sitzes zusammenkauerte. Er bemühte sich, das alles philosophisch zu nehmen: die Nervenkrise seiner Frau, die Beule in der neuen Karosserie des Isotta Fraschini, den Kampf mit ihr, den Blutspritzer auf der Windschutzscheibe, die zertrümmerte Schulmappe, die Ohrfeige, das schwarze Kätzchen, das durch die Luft geschleuderte kleine Zopfmädchen, in seinen Augen gehörte das alles zu diesem Novembertag, unangenehme und unbedeutende Details, die sich wieder einrenken lassen würden; ein dummer Zufall, daß diese Katze erschrocken war, ein Zufall, daß er im Winter 1904 nach Florenz gefahren und Norma getroffen hatte, jetzt konnte er nichts mehr daran ändern, er mußte sie nehmen, wie sie eben war, auch wenn er geglaubt hatte, sie sei anders. Jetzt war es eben geschehen. Der Motor schnurrte, die Reifen glitten schnell über die schmale Straße, und nur fünfzehn jämmerliche Kilometer trennten ihn noch von dem kleinen Salon im Jagdschloß, in dem es nach frisch geschlagenem Holz und Wacholder duftete. Immer unverhohlener machte sich in seinem Magen, der seit ein paar Kilometern knurrte, ein Gefühl der Leere bemerkbar.

Sabino rieb sich die Stirn, auf der eine rötliche Beule wuchs, er zog sich die Mütze über die Augen, beugte sich vor und strich mit der Hand über die Sitzlehne, um der Gnädigen seine Nähe fühlbar zu machen, dann hauchte er ihr demütig in den Nacken. Er war schwärzester Stimmung. Nie hätte er sehen wollen, was er außerhalb und innerhalb des Fahrzeugs hatte sehen müssen. Es kam ihm vor, als wäre er illoyal gegenüber seiner Gönnerin gewesen, die ihn einmal furchtlos in Schutz genommen hatte, als er mit dem Fiat an die Hauswand eines Bordells von Borgodora geschrammt war. Er hatte den Wagen ohne Erlaubnis seines von Turin abwesenden Herrn benutzt, hatte sich in schwer betrunkenem Zustand ans Steuer gesetzt, zwei Straßenmädchen und einen Freier wie Kegel von der Straße gefegt, und zu dem Verlust seiner Stellung drohte ihm auch Gefängnis. Die Gräfin hatte ihm echtes Wohlwollen bewiesen und die Sache in Ordnung gebracht, und niemand hatte je erfahren, wieviel Barolo in jener Wahnsinnsnacht in seinen Adern geflossen war. Der einzige Vorwurf, den die bezaubernde Dame ihm gemacht hatte, war ein strenges »Wenn das noch einmal passiert, muß ich Sie entlassen, Sabino« gewesen, was ihn nur noch mehr darin bestärkte, daß dieses großmütige Geschöpf die Frau seiner Träume war und daß seine Anbetung früher oder später erhört werden würde. Und das hatte er ihr nun damit vergolten, daß er einen elenden Fahrer darin unterstützte, ein unschuldiges Kind in Lebensgefahr einfach liegen zu lassen, und sein unglaublich ungalantes Verhalten ignorierte. Sabino hatte eine seltsame Vorahnung, die im Verlauf der Weiterfahrt zur Gewißheit wurde: etwas hinter seiner schmerzenden Stirn sagte ihm, daß ihn der unglückliche Zwischenfall, an dem er keinerlei Schuld trug, um seine Stelle bei den Argentero bringen würde. Leider hatte er recht, es sollte seine letzte Fahrt mit dem Grafen und insbesondere mit der Gräfin gewesen sein, und so endeten seine männlichen Träume grausam auf jenem Teppich und an der unüberwindbaren Grenze des Strumpfbands, von dem ihm nie auch nur ein flüchtiger Blick vergönnt gewesen war.

Viele Tage lang verfolgte Norma das unwirkliche Bild des durch die Luft fliegenden kleinen Mädchens in ihren bewußten Gedanken und vor allem in ihren wenigen Träumen, die es in Alpträume verwandelte: die Pipino mit ihren Zöpfen und der Schulmappe unter dem Arm tauchte überall in vertrauten Zusammenhängen wie ein nicht einzuordnender, aber unübersehbarer Fremdkörper auf. Sie wollte das Kind sofort im Krankenhaus besuchen, aber es ging ihr nicht gut, tatsächlich ging es ihr ziemlich schlecht: sie konnte nichts essen, war zu schwach, um das Bett zu verlassen, und mußte den Besuch auf später verschieben. Im Sommer, als sie wieder zu Kräften gekommen war und in die Berge zurückkehrte, teilte ihr Felices Faktotum mit, daß die Eltern der Pipino Antonia sich außergerichtlich mit dem Grafen auf eine (übrigens freiwillige) Entschädigung geeinigt hatten, mit der sie die Sache als vorteilhaft geregelt ansahen, und da verging ihr dann die Lust darauf.

Aber Norma war nicht die einzige, die diesen Tag bis an ihr Lebensende nicht vergessen sollte. Auch Pipino Antonia, die das zwar sicher gern getan hätte, konnte es nicht, denn als Folge ihres spektakulären Flugs in den Straßengraben hatte sie völlig die Fähigkeit verloren, ihre Beine zu benutzen, und konnte nicht mehr gehen. Graf Argentero schickte ihr anfangs Geldgeschenke zum Namenstag. Und in einer Holzkiste, die in buntes Geschenkpapier eingeschlagen war, ein Paar stählerne Krücken modernster ärztlicher Kunst. Später vergaß er dann, von ungleich wichtigeren Problemen abgelenkt, den Anlaß, und die Familie der Kleinen wagte nicht, ihn daran zu erinnern.

Ein Blatt aus der Schulfibel wurde gegen die Windschutzscheibe gewirbelt und blieb genau vor dem »Beifahrersitz« – Normas Sitz – daran kleben; und mehr als acht Kilometer lang (bis zwei muskulöse Zollwächter, die telegraphisch von der Gendarmerie von Vinadio alarmiert worden waren, sich vor ihnen auf der Fahrbahn aufpflanzten und dem Fahrer energisch geboten, an die Seite zu fahren und zu halten – und dann so verlegen und unsicher wurden, als sie ihn erkannten: »Oh, Sie sind es, verehrter Herr Graf!«) konnte sie ihren Blick nicht von dieser Seite lösen, auf der in riesigen Lettern die ersten Sätze des Lesebuchs prangten. Die ersten Sätze, die vielleicht genau an jenem Tag mühsam von der Erstkläßlerin buchstabiert worden waren, Sätze, die sich mit der Dringlichkeit wichtiger Entdeckungen ihren kurzsichtigen Augen aufdrängten, als buchstabierte auch sie zum erstenmal: Die Sonne ist gelb. Die Mama ist schön. Gott ist mein Herr. Italien ist mein Land.

Dritter Satz

Der Rest ist, was geschieht

Ein kahlköpfiger Assessor aus Vinadio, der im Kreis neben ihr saß, wartete atemlos, daß sie sprach: er bewunderte und fürchtete sie, denn heute abend hatte Norma zum Amüsement und Schrecken der biederen Gäste eine scharfe Zunge. Ein heiteres *jeu de société* zum Portwein. Roter Portwein in ihrem Gläschen, *rire des lèvres belles d'une jolie fille en noir*. Sie spielten, zum Spaß und um nicht vor Langeweile zu sterben, das Spiel der tierischen oder botanischen Entsprechungen zu den anwesenden Vertretern der Menschheit. Was wäre der Sowieso? Ein Specht, ein Steinbock, ein Regenwurm. Und die Sowieso? Eine Seerose, ein Schalentier mit starkem Rückenpanzer, ein Maiskolben. Nichts Darwinistisches: nur eine anspielende, äsopische Symbolik, um Komplimente oder geistreiche Beleidigungen auszutauschen. Ganz ohne Zensur, gemäß der unechten Freiheit der Gesellschaftsspiele, die ihren goldenen Käfig nicht sprengt. Der Direktor der Sentinella – ein hochgewachsener, von der Sonne des Thermalbads Valdieri gebräunter Herr im Smoking – hatte sie galant mit einem orangefarbenen Marienkäferchen verglichen. Medusa, die, während sie scheinbar nur ihren Pflichten nachging, dem Gespräch lauschte, sagte ihr später, daß die Marienkäfer hier im Tal als eine Art Hausengelchen angesehen werden, als himmlische Briefträger und Gnadenboten. Flieg, flieg, Marienkäferchen, flieg ins Paradies. Norma beurteilte ihn als armen Journalisten, der in der Öffentlichkeit, um keine Leser zu verlieren, ihrem Mann eins auswischen mußte, wo immer er konnte, und privat dessen Frau den Hof machte, um nicht in Ungnade zu fallen. Morri de Peyre – eine blonde Biene. Ein Architekt, dessen Namen sie vergessen oder auch nie gewußt hatte – ein Schneehuhn mit schimmerndem Gefieder. Die ungeschickten Schmeicheleien der intelligenten Männer sind unerträglicher als die der dummen, denen man die Einfallslosigkeit leichter nachsieht. »Mein Gott«, lächelte Norma inspiriert, »Assessor, Sie sind, Sie sind eine geschälte Renette.« Gelächter, alle fanden sie außerordentlich charmant heute abend – und *quel esprit*, was für eine brillante Frau, was für eine sprühende Intelligenz! »Möchten Sie noch etwas Portwein, Frau Gräfin?« fragte Medusa lächelnd. Ein Lächeln, das sowohl komplizenhaft als auch mörderisch sein konnte: ein Kuß oder ein Dolchstoß. Vielleicht auch eine Liebkosung – denn beim Einschenken streifte sie die das Glas haltenden Finger. Sie stellte das Tablett auf dem Tischchen ab und bahnte sich herrisch durch das Gedränge einen Weg zum Büfett. Große Seemannsfüße, die, von Raufereien und verstohlenen Liebschaften kündend, über den gemähten Rasen schritten – glücklich die Gänseblümchen, die von ihren Sohlen gekitzelt wurden.

Im Pavillon schwang Felice vor einer Bettlerschar große Reden. Alle Welt wollte etwas von ihrem Mann: eine Arbeitsstelle, eine Empfehlung, ein Lob, die bescheidene Ehre, von ihm gegrüßt zu werden. Nur sie wollte nichts von ihm. Er schien in Hochform zu sein: zielstrebig näherte er sich dem Tisch mit den Aperitifs und schnappte sich umsichtig das vollste Glas. Sie hörte ihn zu der Gattin des Ingenieurs sagen, er feiere heute abend drei Ereignisse: seinen Geburtstag, das Ende der Arbeiten, die ihn so viel Geld und Mühen gekostet hätten, und sein nächstes Kind, das in Bau sei – die Frauen sagten wohl »unterwegs«, aber nach all diesen Monaten als Bauherr gefalle ihm der Ausdruck »im Bau«

besser – und dann natürlich auch den baldigen Sieg, hoffentlich. »Ich gratuliere, richten Sie bitte der Frau Gräfin meine allerherzlichsten Glückwünsche aus.« »Das sechste«, sagte er, mit einer Gebärde falscher Ergebenheit und falscher Prahlerei die Arme ausbreitend, »aber vielleicht das erste eines neuen Lebens.« Eines neuen Lebens, mein Gott! Ihr Glas Portwein war schon wieder leer, auch Felice hatte seinen Aperitif schnell heruntergeschüttet. Zwei leicht nervöse Eheleute, die so große Lust gehabt hätten, sich zu betrinken und dann mit einem Kater an einem Sommermorgen vor zehn Jahren wieder aufzuwachen. Er zeigte sich höchst zufrieden: über das gelungene Fest, über die Eroberung von Monfalcone, über das erwartete nächste Kind und seine Familie, über Italien und das Leben überhaupt: es scheint so kurz zu sein und vergeht in einem Augenblick, aber wieviel kann man doch in diesem Wimpernschlag vollbringen, der uns zwischen einer Ewigkeit und der andern gewährt ist. Er verbarg seine Gereiztheit hervorragend unter dem glänzenden Mantel des großzügigen und aufmerksamen Gastgebers, aber am liebsten hätte er seine Frau ausgepeitscht. Seit er ihre Unterschrift unter dem Dokument der ELEKTRIZITÄTSGESELLSCHAFT STURATAL gesehen hatte, war er außer sich vor Wut: noch gestern, während er, scheinbar ganz versunken, den Schwimmer seiner Angelrute auf der glatten Oberfläche des Argenterasees beobachtete, hatte er gute Lust gehabt, sie ins Wasser zu werfen und mit ihrem Fleisch die Forellen zu füttern.

Felice, der Römer: kein Tier, das heimtückisch genug, keine Pflanze, die lebensstrotzend genug war, wollte ihr einfallen. Ein Pascha, träge auf den violetten Diwan der Hotelsuite im obersten Geschoß mit Blick auf das Forum Traianum hingestreckt, umgeben von einer geschäftig hin und her wuselnden Schar von Sekretären, Freunden, Schreibfräuleins, Experten und Intriganten. Er hatte eine ganze Etage gemietet. Die übermäßig lange, verdächtige Schließung des

Parlaments vom 23. März bis zum 19. Mai hatte für Norma nicht nur ein gespanntes Warten auf den Ausbruch des Krieges bedeutet (die Pazifisten demonstrierten – und starben – unter den Fenstern der Turiner Paläste, auch auf der Piazza Carlina), sondern auch eine ständige Bedrohung, fast einen Angriff auf ihre wiedergewonnene Gesundheit. Denn der Abgeordnete Argentero war ohne Beschäftigung wie ein Schüler während der Weihnachtsferien, und da er nun nicht öffentlich examiniert wurde, widmete er sich eifrig seinen Hausaufgaben. Und die Hausarbeit, die ihm dieser anspruchsvolle und strenge Lehrer, der sich Gewissen nennt, aufgegeben hatte, war, seine Ehe in Ordnung zu bringen. Ach, er hatte Norma zu sich nach Rom gerufen. Zwei Wochen, vielleicht die letzte Aufwallung, denn mit der Zeit ist auch die Liebe bloß noch eine Aufwallung, eine trügerische Empfindung von Hunger. Zwei Wochen ohne das einzige, was sie brauchte, ohne Medusa; in Felices Augen war das Mädchen nämlich eine Wilde, deren Anwesenheit in Rom seinem Ruf und dem seiner Frau geschadet hätte. Der Pascha hatte sich kein Haus kaufen und seine Familie in die Hauptstadt holen wollen. Er wollte nur sie. Ich brauche eine Ehefrau, und du bist zwar ein bißchen provinziell, aber ich mache mit dir trotzdem keine schlechte Figur, denn du bist jung und irgendwie noch schöner und intelligenter geworden, was schließlich kein Schaden ist, da sich solche Äußerlichkeiten in gewissen Kreisen auszahlen. Der Pascha hatte »es weit gebracht«. Jeden Abend schwirrte er von Empfang zu Empfang; er schwor, noch in dieser Legislaturperiode Staatssekretär zu werden. Falls die Regierung stürzen sollte, stand er schon bereit, falls aber der König den Rücktritt des Kabinetts verhinderte, würde er ein paar Monate warten, oder auch ein paar Jahre, denn er war schließlich Piemonteser, und die Piemonteser können warten; früher oder später ergibt sich der Papst doch. »Ich möchte nach Turin zurück«, sagte Norma jeden Abend zu ihm, wenn sie vor den großen Fenstern beim Essen saßen und zusahen, wie die Schwalben über die vergoldeten Dächer und dunklen Ruinen des Forums flogen. Der Frühling in Rom versetzte die Stare in Ekstase, und Normas Gefühle für den Pascha waren nüchtern wie ein Polizistengemüt. Sie hatte so viele großartige Dinge gesehen – die Ruinen, die Foren, die Kirchen, die vatikanischen Museen –, an Empfängen und Festen teilgenommen, sogar getanzt, aber am Ende dieser vielen vergeudeten Tage blieb ihr nur ein Bild: wenn sie abends schweigend in ihrer über der Stadt schwebenden Suite ihre Mahlzeit einnahmen, stürzten Schwärme von Schwalben tief hinunter und stiegen dann plötzlich wieder auf in den Himmel. Klassische schwarzgefiederte, gabelgeschwänzte Schwalben, über den Dächern von Rom.

Die Frau von Senator Grandis? Ein fettes Suppenhuhn, aber jetzt war Amedeo an der Reihe. Amedeo war nicht bei der Sache, er war abgelenkt von dem Gedanken, daß ihre Schultern zu nackt waren und ihr Ausschnitt zu kühn, übertrieben tief. So war es tatsächlich. »Ich würde sagen, ich würde sagen …«, stotterte er unlustig. Vielleicht bereute er schon, beim Notar auf seine Rechte eines Argentero verzichtet zu haben. Auf den Titel und den Immobilienbesitz. Er wollte die Erwartungen seines Vaters und der Tanten nicht erfüllen: nach dem Doktorexamen wollte er nichts weiter sein als ein guter Arzt und ein freier Mann. Ein freier Mann! Ich habe es Ihretwegen getan, Maman, wegen der Dinge, die Sie mich gelehrt haben, ich habe es unseretwegen getan, in der Erinnerung an ein paar Monate Freundschaft, ich habe es für Enrico getan, sagte er. Er hatte es für sich selbst getan, sie hatte ihn nie darum gebeten, Enrico in die Erbfolge der Argentero einzugliedern. Mein Sohn wird also der sechzehnte Graf von Brezé werden. Die Gattin von Senator Grandis? »Ich würde sagen: eine Sonnenblume«, so zog sich der zurückgetretene Graf von Brezé glänzend aus der Affäre und warf ihr einen sanften und zugleich mörderischen Blick zu. Noch zwei Stunden bis Mitternacht. Zwei Stunden noch, bis hier in den Bergen das ELEKTRISCHE LICHT erstrahlen würde. Sie schauderte ein bißchen, ihr schwarzes Kleid aus Rohseide und Crêpe de Chine war zu leicht für die Windstöße im Sturatal, auch in dieser heißen Juliluft. Wer weiß, warum man immer meint, wenn jemand sich Sehnsüchten hingibt, die er nach seinem Gewissen und seiner persönlichen Weltanschauung für eine Verirrung, für pervers und anormal hält, müsse er sich unbefriedigt und unglücklich fühlen. Sie fühlte sich absolut, vollständig und ein klein wenig verzweifelt glücklich. »Bitte, entschuldigen Sie mich einen Augenblick«, sagte sie und stand auf. Ein häßliches Mädchen nahm ihren Platz auf dem Kissen ein, stolz auf die Ehre, an ihrer Stelle mit den Honoratioren des Ortes weiterspielen zu dürfen. Sie sah sie nicht, sie hatte sie im wogenden Meer der Köpfe, Diademe, Weingläser aus den Augen verloren. Der Geruch zufriedener, grausamer und starker Menschheit beleidigte ihre Nase.

Medusa, Medusa. Da war sie, ein schwarzer Rabenflügel zwischen zwei weißen Glatzen. Sie versuchte, sich zu ihr durchzudrängen, um ihrer Dienstboteneile einen Augenblick der Aufmerksamkeit abzugewinnen – nur ein bißchen Aufmerksamkeit, ein Lächeln, nichts weiter. Der Bürgermeister von Bersezio stellte sich ihr mit einer besorgten Rede über das langsame Vorrücken der italienischen Truppen im Isonzotal in den Weg. »O ja«, sagte Norma zerstreut, »wenn ich ein Mann wäre, hätte ich mich längst als Freiwilliger gemeldet, dafür richte ich jetzt als Soldat, der nicht an die Front darf, mein Gewehr auf mich selbst, auf meine eigene Brust.« Der gute Mann hatte nicht verstanden, was sie meinte. »Auf den hinfälligen Teil unserer selbst, glauben Sie nicht auch, daß dies der eigentliche Zweck der Kriege ist?« Leb wohl, braver Bürgermeister, auch du wirst nicht an die Front gehen. »Das Leben ist seltsam«, vertraute sie ihm an, »letzten Sommer war ich im August in Borgo San Dalmazzo und habe Dutzende von Zügen voller Kanonen, Munition, Soldaten gesehen, ich war in Vinadio und habe die Offiziere zu den Festungen hinaufsteigen sehen, um die Grenze zu Frankreich zu schützen, der Feind war im Westen, denn im Westen geht die Sonne unter, und im Westen ist immer der Tod – dieses Jahr bin ich wieder da gewesen und habe sie in die entgegengesetzte Richtung fahren sehen, die Truppen wurden von der Grenze abgezogen, und dieselben Züge, dieselben Waffen sind jetzt nach Venetien gefahren. Heute ist der Feind im Osten, er kommt mit der Sonne und dem Tag, weil der Feind nämlich gar nicht existiert, er ist nichts anderes als unser eigenes Gesicht, das uns anekelt. Die dunkle Seite des Mondes, finden Sie nicht? Und doch wäre ich heute am liebsten bei den Gebirgsjägern und gäbe mein Leben, dieses Leben einer von der Zeit überholten und für Italien und euch alle nutzlosen Frau, für Trient hin, das ich noch nie gesehen habe.«

Sie verfolgte Medusa, die für diesen Anlaß vom philisterhaften Felice in ein schwarzgekleidetes Dienstmädchen mit weißer Spitzenrüsche auf dem Kopf und dichten Strümpfen verwandelt worden war. Felice hatte diese Unterschrift verdient, es geschah ihm recht, daß er sechzehntausend Lire zur Unterstützung des Streiks der Pazifisten bezahlen mußte. Sie verlangten ja nur eine Versicherung gegen die Arbeitsunfälle, nach dem Tod des einen, der in die Schlucht gestürzt war. Er war zerschmettert worden, als er die Glühlampen an den Pfählen anbringen sollte, die den Erfolg von Onorevole Argentero manifestierten, dem genialen Unternehmer und wortmächtigen Politiker. Er hatte fünf kleine Kinder, eine strohgedeckte Hütte im Flecken Servagna, eine magere Kuh und eine stolze Frau. Er war auch ein Agitator gewesen. Zerschmettert im Dienst an der Karriere des Abgeordneten Argentero. Der Tod hat nichts Symbolisches, ihm einen – wenn auch nur symbolischen – Wert zu verleihen hieß, die Sache auf die entsetzlichste Weise wörtlich zu nehmen: das taten alle in diesen Zeiten. Es war keine übertriebene Forderung, man konnte sie wirklich bewilligen. Und zudem wollte Felice ja sein Fest heute, das mit seinem Geburtstag zusammenfiel, fünfundfünfzig Jahre, bis auf den Boden des Fasses geleert, bis zur Neige genossen, wo auch der beste Wein einen schlierigen Geschmack nach Essig hat. Und er war ja nicht da, als die Demonstranten gekommen waren, um zu ihrer Bestürzung als einflußlose Ehefrau unter den Fenstern des Buon Riposo Mörder, Mörder zu schreien, rote Fahnen zu schwenken und die Internationale zu singen: er war in Rom, um für die Vollmacht der Regierung zu stimmen – 407 Stimmen dafür und 74 dagegen –, eine jener vierhundertsieben patriotischen Stimmen war seine gewesen. Er selbst hatte sie in den Verwaltungsrat hineingenommen, aus Gründen der Steuern oder Abgaben oder so etwas. Das hätte er ja auch lassen können, er hätte da sein können, statt zu schreien: »Auf nach Triest, nach Triest!« Er, dieser wilhelminische Junker, Freund Bülows und des Dreierbunds. Angesichts des Stillstands der Bauarbeiten von Pietroporto bis Argentera hatte Rovetta gesagt, sie müßten sich verhalten wie die Regierung letztes Jahr gegenüber den Post- und Telegraphenbeamten, fest bleiben, nicht nachgeben, die Front würde schon zerbröckeln. Aber ihr war der zyklopische Volksanführer aus Vernante sympathisch, und bevor sie wußte, wer er war, auch der blonde Sozialist aus Neraissa: er brachte vernünftige Argumente vor, Luìs Lambert war ein seltenes Exemplar eines talentierten Fortschrittlers, er hatte absolut recht. Nachher hätte sie ihn dann gerne fristlos entlassen, wegen Sabotage am Unternehmen ihres Mannes und an ihren unmöglichen Hoffnungen. Sie hätte Rovettas Rat befolgen können, aber sie hatte es nicht getan. Luìs Lambert hatte seine Stelle noch, bezog Gehalt von Felice und war gegen Arbeitsunfälle und Tod versichert, und jeden Abend kam er und pfiff unter dem Fenster Medusas, seiner Liebsten. Welche Ironie, demokratisch zu sein, wenn man am liebsten reaktionär wäre und den erschösse, der so denkt wie wir und gerade deshalb unser schlimmster Feind ist. Aber sie hatten alle Familie, und Felice mußte eine Frist einhalten. Man kann nicht auf ewig streiken, schließlich muß man sich doch entscheiden, auf welcher Seite man steht. Ich übernehme die volle Verantwortung, Herr Rovetta. Ich unterzeichne das Dokument, schreibe meinen armen geschichtslosen Namen darunter. Norma Boncompagni verehelichte Argentero, Aktionärin zu soundsoviel Prozent, akzeptiert und bewilligt die besprochenen Bedingungen. Er war fahl vor Angst, der arme Herrenknecht, und Felice war fahl vor Wut. Wegen weniger Lire – die für diese Leute, die sie trotzdem angenommen hatten, nichts bedeuteten, nichts für den Toten, der in Bersezio begraben worden war – genau gegenüber Angelica, in derselben bitteren Bergluft –, nichts für die Finanzen Felices, nichts für sie, die kein Vermögen besaß und nie eines besitzen würde. Sie besaß nichts außer dem herrlichen und unnützen Müßiggang ihrer Tage, ihrem armen lichterloh brennenden Herzen und ihren schlaflosen Nächten, in denen sie träumte, eine andere zu sein und wieder von vorn anzufangen. ELEKTRIZITÄTSGESELLSCHAFT STURATAL las sie auf dem Transparent über der Zufahrtsallee. Ihr Fest.

Medusa, Medusa, zielsichere Bogenschützin, Sommerbraut, herrliches Mädchen, langfüßiger Seemann, umschwärmt von einem Haufen milchbärtiger Lokalreporter, die heute abend lieber ihre Pflicht, ein gesellschaftliches Ereignis zu verewigen, in den Wind geschlagen und mit ihr auf die Steinhalde hinter dem Jagdschloß geklettert wären, um dem Himmel näher zu sein. Norma folgte ihr überallhin, vom Gedanken an sie besessen, hingerissen vom langen Schatten ihres schwarzen Rocks, dem Pechschimmer ihrer Haare, dem rauchigen Klang ihrer Stimme, die rief: »Bringt die Kisten Bordeaux herauf!« Sie folgte ihr geduldig zum Tisch mit den Schnittchen, zwischen den Lohndienern hindurch, zwischen den Feuerwerkern hindurch, die ihre Uhren verglichen, um zur selben Zeit bereit zu sein – zehn Minuten nach Mitternacht, hat der Graf gesagt, sollen wir mit dem Feuerwerk anfangen, nicht früher und nicht später –, in die Küche, wo sie frischen Nachschub noch tropfender Gläser holte und sich die Hände am Geschirrtuch abtrocknete, in den vergessenen Winkel des Parks. Ich bin ihr Schatten geworden, der Schatten ihres Schattens. »Amüsierst du dich?« fragte Medusa, ein paar Stühle beiseite rückend. »Nein, überhaupt nicht.« Besessen vom unbestimmten Klang ihrer banalen Worte. Wäre sie abergläubisch gewesen oder eine Anhängerin der Volksseele wie ihr Vater, der Sagen sammelte und alles, was im Volk gemurmelt wurde, der Beachtung wert fand – *vox populi vox Dei* –, wäre sie gewesen wie er, hätte sie eine bequemere und weniger bestürzende Erklärung für ihren seelischen Zustand gefunden, denn in Bersezio und Umgebung hieß es, ihre Medusa sei die erklärte Erbin der Hexe Bruciera, der sie in ihrer Todesstunde beigestanden habe. So wäre das von ihr so verehrte Mädchen zur Hexe geworden und hätte sie mit Zaubertränken und -kräutern an sich gebunden, um sie ins Verderben zu stürzen. Aber sie war weder abergläubisch noch neugierig auf Volksbräuche und schnappte nicht nach diesem abgenagten Knochen des Vorurteils. Für sie hatte der Satz Senecas, Vater des freien Denkens, Gültigkeit: »Ich zeige dir einen Zaubertrank ohne Zauberei, ohne Kräuter, ohne Hexensprüche: wenn du geliebt werden willst, liebe.« Sie ließ sich nicht auf das Dorfgemunkel ein. Wenn das Volk recht hätte, würde es ja genügen, einfältigen Geistes zu sein, um die Welt zu verändern oder wenigstens zu verbessern, aber seit jeher haben die einfachen Gemüter die Welt ruiniert, weil sie den Wahrheiten anhingen, die am lautesten unter ihren Fenstern verkündet wurden. Die einfachen Gemüter waren der Ruin ihres Vaters gewesen, sie hatten seine intellektuelle Neugier ausgenutzt, die in ihren »einfältigen« Augen nur die Dummheit eines früh Verblödeten war. Aber irgendwo in ihrem Bewußtsein sagte ihr eine Stimme: wenn das Leben im Denken oder im Wahnsinn, im Begehren oder im Schmerz zerreißt, überkommt und erleuchtet uns etwas Größeres; wir sind Staub, aber manchmal streift uns ein Hauch von Größe und erhebt uns. Die Besessenheit ist eine Form der Erkenntnis. Sie ist die Erkenntnis, denn wo keine Liebe ist, ist keine Wahrheit, die Liebe ist die Einsicht in das Sein. Nur wer liebt, ist etwas. IST ETWAS. »Ich an deiner Stelle würde mich amüsieren, Norma, es ist doch wirklich ein schönes Fest.« Sie bückte sich, um weggeworfenes Papier aufzuheben. Jede Gebärde von dir, jede Handlung von dir bezeichnet den Mittelpunkt der Welt. Plotin sagt, oder vielmehr (manchmal sind auch die erhellendsten Ideen aus zweiter Hand, schon getragen wie Medusas Kleider, die an ihr wirken, als hätte Gottes Leibschneider sie eigens für sie angefertigt) Bergson sagt, Plotin sage, daß die Seelen in der Welt der Ideen wohnen, außerhalb von Zeit und Raum, und die Körper in der Welt der Materie. Zwischen den Körpern und den Seelen – aber das war jetzt nicht mehr Plotin, das war eine frische Seite aus ihrem Tagebuch – herrscht die gleiche Beziehung wie zwischen einem Fuß und einem Schuh. Der Körper verhält sich zur Seele wie ein Fuß zu dem Schuh, in dem er steckt. Die Schuhe können mit den Füßen solidarisch sein oder ihren Druck erleiden, sie können sich ihrer Form anpassen oder sie martern, es ist nicht gesagt, daß der Schuh für den Fuß gemacht ist, und auch nicht, daß der Fuß dem Schuh entspricht. Schuh und Fuß sind nicht dasselbe. Sie können sich vollkommen zueinanderfügen oder auch nicht. Der Unterschied besteht darin, daß die Füße sich ein anderes paar Schuhe suchen und die Schuhe einen anderen Herrn finden können, die Seele eines Menschen aber – meine Seele – nur diesen Körper hat und ihn für immer bewohnen muß. »Es steht dir wirklich gut, dieses Kleid.« Ich wollte, du hättest es an, Liebste. Du wärst der einzige Beweis dafür, daß Gott wiedergekommen ist. Plotin sagt, unter den Körpern seien einige, die in ihrer Form besser dem Streben der Seelen entsprächen. Der Körper reckt sich nach der Seele, die ihm das vollständige Leben geben könnte. Und die Seele sieht fasziniert auf den Körper hinunter, in dem sie ihr eigenes Spiegelbild zu erkennen glaubt, und läßt sich anziehen, beugt sich herab und fällt. Ihr Fall ist der Beginn des Lebens.

Der Fall in den Schuh hinein ereignete sich im Kino Ambrosio. Mit einemmal war er kein zerrissener Pantoffel mehr, der abgeschabt und nach Vergangenheit und Gewohnheit riechend auf dem Bettvorleger liegengeblieben war. Es lief *Die Gorgo* von Mario Caserini, ein nicht gerade überwältigender Film nach einer finsteren Tragödie von Sem Benelli, dessen Protagonistin, die Jungfrau Gorgo, von einem Florentiner geschändet wird, der sie wahnsinnig liebt, es aber niemandem gestehen kann und sich daraufhin aus Reue oder irrem Glück das Leben nimmt. Sie gingen jeden Tag ins Kino. Das fing an, als Miß Wallace an die Themse zurückkehrte: im Splendor stand jeden Donnerstagnachmittag Kindervorstellung auf dem Programm. Jemand mußte die Kleinen schließlich begleiten. Auch Medusa kam mit. Die Platzanweiserin führte sie durch ein Dickicht von Beinen und Geschrei, sie setzten sich alle in eine Reihe nebeneinander, Vittorio kam auf ihren Schoß und bedeckte ihr die Wangen mit Küssen – und seine Küsse waren süß, denn es waren nicht nur seine. Sie sahen Abenteuer- und Mantel-und-Degen-Filme, *Heimatlos, Rocambole* nach Ponson du Terrail, *Der sardische Trommlerjunge* (und noch weitere Episoden aus *Cuore,* produziert von den Gloria-Studios), *Unter wilden Bestien*, die turbulenten Komödien von Max Linder, Cretinetti und Polidor. Sie amüsierten sich wieder wie die Kinder, vergnügten sich ungehemmt. Medusa lachte, weinte, lärmte mit dem immer wilden Oliviero, gab ungeniert ihre

Kommentare ab, buchstabierte laut und mit wachsender Fertigkeit die Zwischentitel, klatschte in die Hände. Sie erinnerte sich an alles, bemerkte alles, Ungereimtheiten, Dummheiten, gute Einfälle. Ein großes kritisches Talent. Aber es gibt auch Kino für Erwachsene – zum Glück oder bedauerlicherweise. Sie gingen allein in das elegante Ambrosio, ins Splendor, ins Italia, ins Impero und ins Meridiana. Ins Royal, um sich die bestürzenden Bilder vom Erdbeben in den Abruzzen anzusehen. Auch in verrufene Vorstadtkinos, wo im Parkett Prostituierte auf der Suche nach Freiern und schmierige Zuhälter saßen. Sie sahen *Suicidio sublime* mit Irma Gramatica, *Ma l'amor mio non muore, Julius Cäsar* nach Shakespeare, *Assunta Spina, Die nackte Frau, Madame Caillaux oder die Tragödie des Figaro, Nelly la Gigolette, Atlantis* nach Hauptmann, *Der Geisterzug*. Sie durchliefen einen Schnellkurs in Literatur, Theater, Trivialroman, Grand Guignol, eine Zusammenfassung der abendländischen Kultur, der hohen, niedrigen, tragischen, komischen, jämmerlich schlechten, begeisternden ALLGEMEINEN Kultur. Sie saßen nebeneinander, sahen die Bertini, Hesperia und Lydia Borelli auf der weißen Leinwand die Hände ringen und überließen sie oft ihrem (fatalen) Schicksal. Norma hörte den Pianisten die Begleitmusik klimpern – und das Dunkel, der geschlossene, schützende Vorhang, die paar Tropfen Musik, das erwartungsgeladene Schweigen, die zu Hunderten in der Finsternis blitzenden Augen, Medusas aufgerissene Augen, ihre spitzen, mageren Jünglingsknie, die ihr Kleid streiften, ihre abgebrochenen Dienstmädchennägel, die sich in das Holz der Armlehnen gruben, ihre erwartungsvoll nach vorn gereckte lange Nase, das alles erregte sie zutiefst. Das Dunkel. Die künstliche Nacht. Der Saal verlor die Merkmale der Wirklichkeit, war nicht länger eine von Atem geschwängerte Samtschachtel, wurde zu einem Nichtort, einem treibenden Floß mit nur zwei Überlebenden der Katastrophe, die die Welt entvölkert hatte, einer schwebenden Insel zwischen dem Draußen, dem gewohnten Turiner Frühling mit seinem Lindenduft, und dem Drinnen, dem ungewohnten Frühling einer fremden Norma von schüchternem und kühnem Wesen, verwirrtem und unerbittlich klarem Verstand. Er wurde ein gemütliches, warmes Daheim voller vertrauter Mitbewohner und Gerüche – der Schnittabak ihres Sitznachbarn, der billige Nagellack, die Mandelplätzchen, die Dienstmädchen, die Soldaten auf Ausgang, ein Student, der dich mit den Augen auszieht, und du weißt, daß er denkt, du seist wirklich eine schöne Frau. Und es gefällt dir, daß er das denkt. Das viertrangige Kölnisch Wasser der Platzanweiserin in ihrer Musselinbluse mit den Schweißflecken unter den Armen. Ein Jagdrevier, in dem sie der Wilderer war, mit einem nicht geladenen Gewehr und erschrockener als ihre Beute. Ein sentimentaler Dschungel, in der Reihe vor ihr saß ein Liebespaar Schulter an Schulter. Ein Dschungel, in dem die grausamsten Verbrechen geschehen können, die man sich ausdenken kann. Ein Saal, umgeben von vier mit rotem Samt ausgeschlagenen Wänden, aber ohne Grenzen: sie witterte die Gefahr und eine schrankenlose Freiheit. Viel mehr als im Regio, wo sie gemeinsam *Die Walküre* gehört hatten, *Die Hugenotten, Madame Sans-Gêne* von Umberto Giordano und auch *Tod und Verklärung* von Strauss, ein Musikstück, dem Medusa verdutzt und ratlos gelauscht hatte. Und Norma mit geschlossenen Augen, vor Begeisterung fast ohnmächtig werdend. Mehr als im Carignano, wo sie doch Emma Gramatica in *Pygmalion* sehr bewundert hatte (Medusa weit weniger, und vielleicht wußte sie auch, warum: George Bernard Shaw ist ein Mann, hatte sie zu ihr gesagt, und wie alle Männer handelt er sehr logisch und folgerichtig, er verfolgt eine These, vielleicht auch ein Paradox, er verliebt sich in sie und läßt keinen Raum für irgendeine Abweichung; ein Glück, daß das Leben kein Stück in fünf Akten ist). Im Theater ist die Orchesterversenkung eine Lüge, man bleibt sich immer der auf den Wangen der Schauspielerin zerlaufenden Schminke bewußt, der Vorspiegelung, des Raums, der einen umgibt, des lauernden Gesichts der Baronesse Laugier, die dich durch die Lorgnette ins Visier nimmt und zu ihrem Mann sagt, die Argentero ist wieder gesund, aber warum bloß schleppt sie überall dieses Dienstmädchen mit? Weit mehr als in den Symphoniekonzerten, wo sich alle kennen und dich kennen und die Partituren kennen, wo die einzige Neuheit darin besteht, daß der erste Geiger sich verspielt, und wo Medusa auch zwischen den Sätzen applaudiert, wenn die Musik aufhört, denn für sie ist die Stille ein Abschluß, nicht eine Erwartung. Nachdem sie Schwob, Barrès, Péguy, Sorel, Loti, Weininger, Barbey d'Aurevilly und Claudel gelesen hatte, ließ sie ihre Bücher verstauben. Lesen machte ihr keine Freude mehr, sie wollte nichts mehr lernen, sie wollte ihr nichts mehr beibringen, sie wollte nicht die Lehrerin der Dorfschule spielen, in die Medusa nicht gegangen war, sie wollte nur das wenige, das viele, mit ihr teilen, das ihr geblieben war. Im Kino leben die Geister der Hoffnung, gehen die Türen der Möglichkeiten auf, stirbt Elsa Holbein und stirbt die geschändete Gorgo, aber Norma Argentero lebt auf ihrem Sitz im Parkett neben Medusa, die ein Lakritzbonbon lutscht und dich am Ärmel zupft und sich zu dir hinwendet und dich ansieht und fragt: »Findest du denn, daß das zum Weinen ist?« Denn sie empfindet keinerlei Rührung über das Unglück der Heldin, die durch einen jungen Mann, der sie außerdem ja liebt, ihre Jungfräulichkeit verloren hat, nein, sie muß sogar etwas grinsen. Aber sie versteht, daß die Liebe der Protagonistin zum tödlichen Verhängnis werden muß, damit es ein Kassenerfolg wird und auch wegen der Katharsis, und es gefällt ihr, weil sie selbst nicht gestorben ist, sich nicht umgebracht hat und es jetzt auch nicht mehr tun wird, sie wird lange leben und vom Leben bekommen, was sie will, weil sie es will. Es ist schließlich gar nicht so schlimm zu leben, man gewöhnt sich daran, und eigentlich ist es manchmal auch schön. Manchmal nur, aber es kommt vor. Nicht wahr, Norma? Im Dunkel eines Aprilnachmittags, in der einzigartigen Abgeschiedenheit inmitten einer Menschenmenge, die sich um dich drängt und dir störend auf den Leib rückt, gibt es plötzlich eine neue Möglichkeit: daß der ausgetretene Pantoffel der Trägheit zur Sandale Helenas von Troja wird, zum gläsernen Schühchen Aschenputtels, zum Siebenmeilenstiefel des kleinen Däumlings. Und plötzlich ist es möglich, einander an der Hand zu halten wie zwei Schwestern, einander ins Ohr zu flüstern wie zwei Ladenmädchen. Zu kichern wie zwei Schulmädchen. Zu weinen wie zwei verliebte Backfische: denn eigentlich ist es doch schade, daß die Gorgo gestorben ist. Draußen vor dem Ambrosio steht das wartende Automobil, der Fahrer sitzt hinter dem Lenkrad und sieht zu den Programmanschlägen hinüber, er sagt nichts dazu, er würde gerne hineingehen, das Kino überfordert weder seine Geldbörse noch seine Intelligenz, Kino ist für alle Geldbörsen und Intelligenzen gedacht, für mich, für ihn, für alle. Er könnte, aber er tut es nicht.

»Darf ich Sie um einen Walzer bitten, Maman?« Ach, dieser zuwenig geliebte Junge, welche Sehnsucht nach vergangenen Zeiten wollte er in ihr wachrufen? Warum wollte er sie wieder in einen Park mit hohen Umfriedungsmauern führen, deren scharfe Glassplitter zudringliche Neugierige fernhalten sollten und der von einem müden, alten Hund bewacht wurde? Sie hatte Whisky früher geliebt, weil er ein Welpe war und weil er Felice gehörte. Sie hatte auch die Glassplitter geliebt, die im ersten Morgenlicht funkelten: sie hatten sie vom Bett im Schlafzimmer des ersten Stocks aus gesehen, wenn sie nebeneinander, in dasselbe zerwühlte Leintuch gewickelt, aufwachten. Sie waren die Gewähr dafür, daß niemand sie stören und daß das Leben rücksichtsvoll mit ihnen umgehen würde: es würde um Erlaubnis bitten, bevor es eintrat. »Kommen Sie, Maman«, sagte Amedeo und zog sie mit sich in ihr Hyazinthenbeet hinein, das zu einer privaten Tanzfläche für zwei Personen wurde, die nie hätten miteinander tanzen dürfen, jetzt nicht und auch früher nicht. Ein Walzer im Dunkel des Parks unter dem bemoosten Blick der Statue von Felices Vater, in den Armen Amedeos, der mich verraten wird, weil er gar nicht anders kann, und den ich längst verraten habe, weil ich nicht anders konnte. »Sie sind das Stadtgespräch von Turin, Maman.« Das Stadtgespräch, eine phantastische Geschichte um weniger als nichts, um weniger als einen Traum, eine flüchtige Vision, ein dunkles Mädchen, das mich nicht einmal beachtet. Sie ignoriert mich, und ich habe sie zu meiner Seele und zu meinem Leben gemacht. »Sie ist anders, Maman, sie kann dich nicht verstehen, sie kann dich nur ausnutzen und dir schaden.« Ach, Amedeo, wir haben uns einmal verstanden, wir waren uns ähnlich, haben uns ergänzt. »Ist das denn von Bedeutung?« erwiderte sie, denn sie wollte seine Beschuldigung weder abstreiten noch zugeben, sie war ja falsch und zugleich zutiefst wahr. »Wozu ist es denn gut, sich gleich zu verstehen? Nachdem man einander verstanden hat, hat man sich nichts mehr zu sagen.« Jemand ging im Dunkeln dicht an ihnen vorüber, ein Fetzen stumpfes Salongeplauder drang an ihr Ohr. Amedeo, mein Junge, wie gerne wäre ich ein besserer Mensch gewesen und hätte dir sagen können, ich bin das nicht, ich bin nicht, was du glaubst, aber ich bin es eben, was willst du machen, es ist passiert. Ein Schuh, der träumt, zu einem jungen, wilden Frauenfuß zu gehören. Du bist, was nicht gewesen ist, was ich nicht gehabt und daher auch nie verraten habe. Verderben wir uns doch die Vergangenheit nicht! Aber schon seit Jahren sprachen sie nicht mehr miteinander, mieden sich: er fürchtete ihren Schatten, der immer noch sein Leben verdüsterte, sie ihre Erinnerung, die im Laufe der Jahre Schimmel angesetzt hatte, harmlosen und nicht unnützen Schimmel, den grünen Pilz des Roquefort, der liebevoll im Dunkel der Höhlenkeller gepflegt und gezüchtet wird, etwas Seltenes. Sie schwiegen, und die Musik spielte in der Ferne. Nicht einmal besonders suggestiv. »Ich fühle mich nicht gut«, sagte sie und machte sich von ihm los. Die heitere Laune war vergangen, auch die Sicherheit, sie war eine verwirrte, müde Gastgeberin. »Ich gehe in mein Zimmer, sagen Sie meinem Mann, ich lasse mich entschuldigen, aber ich kann nicht auf das Feuerwerk warten.« Amedeo sah ihr mit einem trostlosen Blick nach. Er hätte ihr so viel sagen wollen: daß er morgen an die Front ging, als Freiwilliger, wie es ihm sein Gewissen und seine verlorene Generation zur Pflicht machten (aber gibt es eine Generation, die nicht verloren wäre?), daß er sie vielleicht nie mehr wiedersehen und nie mehr in seine Arme nehmen und nie mehr Gelegenheit haben würde, ihr zu sagen, was er ihr nie gesagt hatte. Er wollte sich nicht so von ihr trennen, mit diesem dumpfen Groll und der freudigen und doch herzzerreißenden Ahnung der Katastrophe, der Norma, benommen wie immer und leidenschaftlich wie nie, entgegenging – und vielleicht wollte auch er, Arzt wider Willen, Sohn wider Willen, Soldat aus freiem Entschluß, Verliebter durch Zufall, sie dort wiederfinden, wo er sie verloren hatte, als sie glaubte, die Offenbarung gehabt zu haben, auf die sie wartete, und anfing, sich von den Argentero zu verabschieden. Aber er fand die Stimme nicht, um sie zurückzurufen, und er liebte sie nicht mehr genug.

Während sie die Allee hinaufschlenderte und dabei Blätter von der Hecke riß, dachte sie mit Bestürzung an die Zukunft, sie hörte auch die nicht ausgesprochenen Worte, den falschen Widerhall der Erklärungen und Vorwände. Vor dieser Zukunft, die noch nicht gekommen war und vielleicht nie kommen würde, die sie weder herbeiführen noch verhindern konnte, hatte sie jetzt entsetzliche Angst. Die Angst, sie zu verlieren. Und das durfte nicht sein. Ich werde sie verlieren, ich werde sie verlieren, weil ich sie zu sehr liebe und es nicht ertragen könnte, daß sie mich nicht liebt oder mich nicht ebenso liebt oder mich verlassen will oder der Zukunft nachtrauern könnte, die ich von ihr verlange und von der auch sie im Augenblick glaubt, sie mir schenken zu wollen. Ich werde sie verlieren, sie, die ich selbst und mein Leben ist, wegen etwas Ungeheurem und zugleich Jämmerlichem. *Pour manque de foi.* Weil es mir an Willen fehlt. Nein, das ist nicht wahr, das ist nicht wahr, wenn sie mein würde, wenn diese Liebe kein bloßer Traum einer Ertrinkenden wäre, würde ich ja glauben, würde ich Berge versetzen, hätte ich den Mut, die Welt aus den Angeln zu heben, hätte ich den Glauben. Ich habe den Glauben. Ich würde mich mit dem Unmöglichen begnügen. Meine liebste, meine verlorene Medusa. Sie weinte fast, mitten in der Allee des Buon Riposo, über diesen maßlosen und vergeblichen Glauben. Von jenseits der Mauer ertönte ein frecher, zudringlicher Pfiff. Von ihrem Schlafzimmerfenster aus, als sie sich hinauslehnte, um Luft zu schöpfen, denn sie erstickte und schämte sich ihrer Tränen und schämte sich ihrer Scham, sah sie ihn. Luìs Lambert saß auf seinem Fahrrad wie jeden Abend um diese Zeit, pünktlich wie die Sorge. Er pfiff seine Melodie, er wartete auf sie, und sein Liedchen vermittelte eine solche Zuversicht in eine Zukunft, in der immer, wenn auch vielleicht manchmal hinter Wolken, die Sonne strahlen würde, daß alles dafür sprach, daß er ein entschlossener junger Mann war, der es ehrlich meinte, und es keinerlei Grund für Medusa gab, ihm nicht gut zu sein. Und sie war ihm tatsächlich gut: sie war mit ihm verlobt und würde ihn heiraten. Norma überkam die Versuchung, hinterrücks Felices Remington-Jagdgewehr auf ihn abzufeuern. Wenn sie durch die Bücher und die Kinder – im Grunde das Beste, was sie in ihrem Leben gehabt hatte –, wenn sie also durch dieses Liebste nicht so kurzsichtig geworden wäre, hätte sie ausgezeichnet zielen können; hätte ihr vor Erregung die Hand nicht so gezittert, hätte ein einziger Schuß genügt – und nicht in den Rücken, sondern mitten ins Herz, um ihm dabei in die Augen sehen und um Vergebung bitten zu können, nicht an seiner Stelle zu sein. Lambert rieb ein Streichholz an seiner Schuhsohle und zündete sich eine Zigarette an. Die Asche glühte im Dunkeln auf. Der Geruch des billigen Tabaks kitzelte sie in der Nase. Gott, mein Gott, geh doch weg, laß mich in Ruhe! Er ging nicht weg, er setzte sich, immer noch sein Liedchen pfeifend, auf einen Stein und wartete länger als eine Stunde auf seine Liebste. Dann, da keine Medusa aus dem Dunkel auftauchte, keine Medusa ihm in ihrer Festtagsschürze entgegenlief, klopfte er sich die Hosen ab, packte den Lenker des Fahrrads und entfernte sich auf der abschüssigen Straße. Der Kies knirschte unter seinen Stiefeln. Norma, das Ballschühchen, wäre für ein paar Augenblicke, bis Lambert sich auf den Sattel schwingt und zwischen den Lärchen verschwindet, gern ein Stiefel gewesen. Dann setzt sie sich auf das Bett und reißt sich das Crêpe-de-Chine-Kleid vom Leib, zieht sich aus, wirft sich einen Morgenrock über das Nachthemd, trinkt ein Glas Milch und nimmt Baldrian und eine Schlaftablette, um das Fest, ihren Ehemann und das Kind zu vergessen, das sie ihm angekündigt hat, weil sie ihn nicht mehr in ihrem Bett haben will – heute nacht nicht und in keiner Nacht ihres Lebens mehr –, das Kind, das es gar nicht gibt und nie geben wird und das nie die Stelle eines unersetzlichen und doch schon vergessenen kleinen Gespensts einnehmen wird. Um den säuerlichen Geschmack der Verstellung zu vergessen, Amedeo, der in einem anderen Leben vielleicht von ihrer Art und, wenn Tiere monogam sind, ihr Gefährte sein wird, und Medusa, die ihr zuinnerst vertraut ist wie ihr eigenes Gesicht hier im Spiegel des Toilettentischs, die alles ist, was sie an wirklich zuinnerst Vertrautem besitzt, an Intimität, also was, wie das Wörterbuch erklärt, zuinnerst in der Seele wohnt, sich auf den Sitz der Gefühle bezieht, auf den Ursprung des Denkens, die Natur, das Wesen, tief, wesentlich und wahr und auch schwer zu erforschen, zu verstehen, verhüllt, geheimnisvoll, angeboren, ursprünglich, echt; was eine Identifizierung mit dem bekannten, vollkommenen, totalen, endgültigen, absoluten Objekt bedeutet. Und nun, während sie sich auf dem Bett ausstreckt und die harmonischen starken Holzbalken über ihrem Kopf betrachtet, möchte sie genau das sein, was sie ist: ein Ballschühchen mit dünnem, spitzem Absatz, um die Erde, auf der es geht, nicht zu verletzen und doch einen tiefen Abdruck zu hinterlassen, mit schmal zulaufender Spitze, um den Fuß, der es trägt, mit festem Druck zu umfangen, aus feingegerbtem Leder, um weich und sanft zu sitzen, vielleicht von der Mode überholt, nur von einem glänzenden Spritzer frischen Lacks bedeckt, das aber genau deswegen geliebt werden möchte.

Luìs. Jeden Abend legte er mit dem Fahrrad und einem Ersatzrad über der Schulter dreißig Kilometer auf der dunklen Landstraße zurück; schwitzend strampelte er die Serpentinen hinauf und war pünktlich um elf unter dem Fenster, pfiff sein Liedchen, und nach wenigen Minuten des Gesprächs schwang er sich wieder auf den Sattel, trat in die Pedale und los: noch einmal dreißig Kilometer halsbrecherischer Fahrt den Berg hinunter, die Kurven schneidend und mit den Absätzen bremsend. Um sechs Uhr früh war er wieder an der Arbeit – er errichtete die Lichtmasten für die EGS, er war es, der höher als alle anderen hinaufkletterte, um die Leitungen und Glühbirnen anzubringen. Er sagte, es mache ihm nichts aus, im Sommer wenig zu schlafen, er sei ein Murmeltier, er werde schlafen, wenn die kalte Jahreszeit komme. Es schien, als machte ihm der lange Weg den Berg hinauf, der ihn in Wirklichkeit sehr anstrengte, keine Mühe. Es schien, als machte ihm überhaupt das Leben keine Mühe und als wäre er wirklich glücklich, sie zu sehen, und sei es auch nur für fünf Minuten und hinter einem Gittertor. Er war jeden Abend gekommen, den ganzen Juni hindurch. Aber heute war das letzte Mal: er hatte den Stellungsbefehl erhalten. Sie hatte ihm vorgeschlagen, ihm eine Unterredung mit Norma zu verschaffen, damit sie sich bei ihrem Mann für ihn verwenden sollte. Der hätte es sicher erreicht, ihn vom Militärdienst befreien zu lassen, aber Luìs, der doch Pazifist war und nicht in den Krieg wollte, hatte nicht zugestimmt. Er war ein absolut integrer junger Mann und wollte die Argentero nicht um einen Gefallen bitten. Es gelang Medusa, zwischen den Knöpfen einer Weste einen Blick auf den stumpfen Winkel der Uhrzeiger zu werfen: der Zeitpunkt ihrer Verabredung war längst verstrichen, sie hatte ihn warten lassen. Sie machte sich von einem der Journalisten frei, der sie überreden wollte, mit ihm die Fackeln auszulöschen, und lief los. Luìs pfiff schon. Ein paar gedämpfte Töne drangen an ihr Ohr, als sie leise unter die Veranda trat. Er war nicht besonders musikalisch, ihr Luìs. Sie lächelte bei dem Gedanken an den Mut eines unmusikalischen jungen Kerls, der seine Gefühle ausgerechnet durch das feindselige Medium der Musik ausdrücken wollte. Sie lehnte sich an die Umfassungsmauer. Fast konnte sie ihn sehen, wie er da draußen im Dunkeln saß, wie immer in seiner Barchentjacke und mit dem Tuch um den Hals, geduldig wie sonst niemand. Es waren nur noch ein paar Schritte bis zum Gittertürchen für die Dienstboten. Aus dem Fenster des Kinderschlafzimmers hing ein weißes Tuch, vielleicht Enricos zum Trocknen aufgehängtes Bettlaken – denn obwohl er schon acht war, näßte er noch jede Nacht ein, zur Verzweiflung der Wäscherin und zum Spott seiner Brüder. Ein Windhauch hatte sich erhoben, und das geblähte, uringetränkte Leintuch glich einen Augenblick lang einem Segel, das bereit war, sein Schiff einem unbekannten Ziel entgegenzutragen. Im ersten Stock brannte kein Licht, aber hinter den geschlossenen Läden meinte sie den Schein einer Kerze zu sehen. *Je m'en fous*. Was kümmert mich Norma! Luìs pfiff, und wahrscheinlich saß Norma an ihrem Schreibtisch, einem englischen Marinemöbel, und kritzelte an ihrem endlosen Roman. Aber »die« Medusa, von der er handelte, war sie nicht, und Literatur bedeutete ihr nichts. Der Dienstboteneingang – kaum mehr als ein Durchschlupf in der langen Mauer – war von Himbeerranken überwuchert; an den Stäben hing ein Schloß, dessen Schlüssel vor Jahren verlorengegangen war, es war nur noch ein unnützes Stück verrostetes Eisen aus früheren Zeiten, und das Törchen ließ sich nicht mehr öffnen: niemand benutzte es, auch sie nicht. Wenn sie sich nachts mit Luìs traf, begnügten sie sich damit, sich die Hände an den Dornen der Ranken zu stechen (sie trugen kaum Früchte, die Himbeeren waren bitter und hart vom Frost) und einander durch die Gitterstäbe ein paar Worte zuzuflüstern; und da beide nicht besonders gesprächig waren, blieben ihre Treffen fast stumm – sie sahen sich an und sagten nichts, dann wandte sie den Kopf und spähte zu den Fenstern hinauf, um sich zu vergewissern, daß Norma sie nicht hatte hinunterspringen hören, und er knöpfte sich die Jacke zu, damit ihm bei der Rückfahrt den Berg hinab der Schweiß nicht am Körper gefror. Er verabschiedete sich mit den Worten: »Also auf morgen, Medusa!« und ging. Die anderen hätten es nicht geglaubt – und sie glaubten es in der Tat nicht: niemand, nicht einmal Norma (aber sie kümmerte sich nicht um den Klatsch und die Verleumdungen, seit sie aufgehört hatte, ihre Ehre für ein Thema von allgemeinem Interesse anzusehen), und doch, wenn sie aus dem Fenster sprang – es war ein Sprung aus fast zwei Meter Höhe, und manchmal kam sie nicht gut auf und trug blaue Flecken auf den Knien davon –, tat sie das nicht, um sich auf der Geröllhalde mit ihm zu lieben, sondern nur, um ihm zu sagen, daß sie ihn hatte pfeifen hören und wußte, daß er gekommen war. Danach stieg sie durch das Küchenfenster ins Haus ein, schlich auf Zehenspitzen, mit den Schuhen in der Hand, die Treppe hinauf, damit niemand, vor allem Norma nicht, sie hörte. Und jedesmal, wenn sie im ersten Stock ankam, gab es ihr einen Stich zwischen die Schultern, weil unter der Tür von Normas Schlafzimmer ein Lichtstrahl herausdrang.

Norma verbrachte ihre Stunden damit, Sätze zu schmieden, die ihr immer um eine Haaresbreite von der Vollendung und um eine von der Banalität entfernt zu sein schienen: die Adjektive waren vorhersehbar, die Verben wenig erfindungsreich, die Bilder nicht immer überraschend, sie wurde von Zweifeln geplagt, ihr scheinbar durch die mythologische Medusa angeregtes Poem in Prosa (oder war es ein Roman?) bereitete ihr große – und in Medusas Augen höchst absurde – Qualen. Mein höchstes Ziel als dilettantische Schriftstellerin – aber nicht Sonntagsschriftstellerin – ist eine Symphonie von Kapiteln über die sterbliche Schwester der Gorgonen, sagte sie; wenn es mir gelänge, wenn es mir nur gelänge, das ein bißchen besser als schlecht zu Papier zu bringen, hätte ich alles geleistet, was ich von mir verlangen kann, meine einzige Ruhmestat. Sie sagte, sie müsse sich erst gründliche Kenntnisse verschaffen, bevor sie sich ans Werk machen könne: sie hatte aus Turin eine ganze Kiste mit griechischen, lateinischen, deutschen und englischen Büchern mitgebracht. Homer, Ovid, Hesiod, Apollodoros, den *Ion* von Euripides, Apollonios Rhodios, Hyginus. *Die griechischen Kulte und Mythen* von Otto Gruppe (erschienen in Leipzig 1887), *Griechische Mythologie und Religionsgeschichte,* ebenfalls von Gruppe (Leipzig 1906) und *Contribution to the Science of Mythology* von Max Müller (London 1897). Normas Schreibtisch war der eindeutige Beweis dafür, daß die ganze Welt sich für die Gorgo interessierte: Indologen, Linguisten, Mythenforscher, Sprachkundler schrieben Aufsätze, Dichter schrieben Verse, Dramatiker Theaterstücke, Maler malten Bilder. Jeder hätte sich geschmeichelt gefühlt, und auch Medusa fühlte sich geschmeichelt, obwohl sie es sich nie anmerken ließ und sich einen Spaß daraus machte, Norma zu sagen, sie würde ihren Roman ja doch nie zu Ende bringen, denn wie oft hatte sie verkündet, sie werde dies oder das tun, und keines dieser Vorhaben hatte sie je ausgeführt. Norma war der zerstreuteste Mensch, der ihr je vorgekommen war. Immer schien es, daß etwas geschehen müsse, und nichts geschah. Die schreckliche Geschichte, die so viele Gehirne anregte und über die so viel Papier vollgeschrieben worden war, begann mit zahlreichen Varianten, hatte aber nur einen Schluß: mit ihr hatte sie überhaupt nichts gemein, außer dem Namen der Protagonistin. Weißt du, daß im Französischen *méduser* verhexen, verzaubern, verblüffen heißt? meinte Norma zu ihr, während sie mit der Füllfeder das Blatt bekleckste. Nein, das hatte sie nicht gewußt.

Sie hatte ihr auch von dem Gemälde eines gewissen Giulio Aristide Sartorio erzählt, das sie »mit ihrem Babbo« auf der Biennale von Venedig, wahrscheinlich im Jahr 1900, gesehen hatte. Es hieß *Die Gorgo und die Heroen.* Norma sagte, man könne eigentlich niemandem ein Bild beschreiben, das er nicht gesehen habe, das sei, als spräche man zu einem Blinden über Farben, aber trotzdem hatte sie es versucht, mehrmals und mit wachsendem Eifer: in ihrer Erinnerung (aber sie sprach von einem Bild, das sie nur einmal gesehen hatte, mit sechzehn, als noch alles, was sie von der Malerei kannte, an den Wänden der Uffizien hing) war da eine abstrakte, symbolische Landschaft mit einem wunderschönen Mädchen, das als klassische Schönheit, als Venus wie bei den alten Meistern, gemalt war – nackt, weiß, vollkommen, das Gesicht von einer Fülle herabfließender Haare bedeckt. Mit dem nackten Fuß trat sie auf das Haupt eines vor ihr hingestreckten toten Helden, und im Gras lagen zwei weitere besiegte Heroen, dunkelhäutige, starke Athleten, die doch von dem Mädchen getötet worden waren. Es schien Norma, als habe sie erst jetzt begriffen, was das bedeutete: nämlich daß die Gorgo die verzaubernde Form der Schönheit besitzt und ebendies ihre Monstrosität ist, daß sie gleichermaßen Stärke und Unschuld ist, erlittene Gewalt und zufügende

Gewalt, Zurschaustellung und Schamhaftigkeit, Leben und Tod, denn sie ruft die Heroen hervor, die ja nur zu Heroen werden, weil sie sich ihr stellen, und fällt sie zugleich. Sie besiegt sie, erschafft sie zum Mut zu sich und dem Bewußtsein ihrer selbst, das sich nur in der Begegnung mit ihr verwirklichen kann (denn, hör mir gut zu, der Heros braucht die Gorgo – und nicht umgekehrt, sie ist es, die aus ihm macht, was er ist – und nicht umgekehrt), und gleichzeitig streckt sie sie nieder, denn nicht alle sind fähig, die Gorgo zu enthaupten. Einer allein wird die Gorgo enthaupten, aber sein Arm wird von Athene geführt, der Göttin, der Feindin-Schwester, der Zwillingsschwester Gorgos selbst. Nach Müller sind die Gorgo Medusa und Athene ein und dieselbe Person. Jedenfalls gleichen sie sich so, daß sie die beiden Hälften derselben Gestalt bilden, sie sind sich so gleich, daß sie sich trennen müssen. In der Tat tötet der Heros (die Göttin) Medusa nur, indem er sie als Spiegelbild sieht, es ist, als würde er sich selbst in einem Spiegel betrachten, verstehst du? Er hieß Perseus, aber vielleicht war er jener Hermes Pterseus, der Bote des Todes. Die Gorgonen lebten ja im äußersten Westen, dem Land der Hyperboreer und des Sonnenuntergangs. Und der versteinernde Blick der Medusa ist ein Gleichnis für die Todesstarre, das Antlitz der Gorgo ist die Schwelle des Seins, einen Schritt über das Leben hinaus und einen Schritt vor dem Tod. Einige sagen, ihr Kopf sei auf Athenes Schild angebracht gewesen, um die Männer davor zu warnen, das göttliche Mysterium, das sich hinter dem Schild verbarg, ausspähen zu wollen: ihr Blick WAR die Schwelle. In Medusas Bauch wächst Pegasus, das geflügelte Pferd, dessen sich Bellerophontes bedient, um die Chimaira zu töten und so die Geste der Enthüllung zu wiederholen. Pegasus ist das Mondpferd, mit dem Schlag seines Hufes hat er auf dem Berg Helikon die Quelle Hippukrene sprudeln lassen, aus der die Musen trinken: er ist der Vater der Quelle der Musen, des Wissens und der Poesie. Medusas abgeschlagener Kopf wurde zu einem Sternbild: die Orphiker benannten das Gesicht des Mondes mit diesem Namen (Medusenhaupt), für andere war er eine Anhäufung von Sternen, die unzertrennlich mit Perseus verbunden waren. Ohne Medusa hat Perseus keine Geschichte, ohne Perseus ist Medusa die Gefangene ihrer eigenen Macht. Die Gorgo Medusa Normas – oder vielleicht der traditionellen Mythologie – besaß einen Blick, der versteinert und erstarren läßt, verängstigt und unterwirft, einen Blick, der wie ein Kuß ist, der erschafft und vernichtet. Asklepios erhielt von Athene zwei Fläschchen mit dem Blut Medusas: mit dem Blut, das aus der linken Hüfte der Gorgo stammte, konnte er Tote wiederbeleben, mit dem Blut aus der rechten konnte er einen sofortigen, unwiderruflichen Tod bewirken. Ihr Blut ist zugleich Leben (Wiedererweckung, Heilung, Talisman) und Tod (Gift). Medusa war die Feindin des Heros und sein Ziel, die Feindin der weiblichen Göttin und ihre dunkle Schwester. Blick, der nur in einem Spiegel auszuhalten ist.

»Hast du meine Frau gesehen, Medusa?« Sie musterte ihn: sein Frack erinnerte an eine tote Schwalbe, er hatte seine gastritische Gesichtsfarbe und einen traurigen Schnurrbart, wie abwesend blickte er zu dem dunklen Fenster Normas mit den geschlossenen Läden hinauf und verschlang dabei ein schwarzes Schnittchen. Winzige Störeier hingen in seinen schwarzen Schnauzhaaren. An der senkrechten Falte, die ihm die Stirn in zwei Halbkugeln teilte, konnte sie seine Wut über die verweigerte Mitarbeit seiner Gattin, die fehlende Unterstützung, ablesen: nur diesen unspezifischen, elementaren Beitrag hatte man von ihr verlangt, und Norma ließ sich nicht einmal dazu herab. Offenbar sagte er sich: ich verbringe mein ganzes Leben damit, mich den Fangeisen der Journalisten auszusetzen, den Hieben der Giganten der Macht zu trotzen, und sie schafft es nicht einmal, den Applaus einer kleinen Zwergenschar auszuhalten. »Nein, es tut mir leid, Herr Graf, vor einer Stunde war sie noch hier, dann habe ich sie nicht mehr gesehen.«

Die Flamme loderte im Schicksal auf,
und manchmal dann erhob sich ein Gesang
im dunklen Raum, und du – du bist,
der Rest ist, was geschieht,
manchmal treffen sich zwei Wellen
in einem einzigen Traum.

Die unsichtbare Nadel des Schicksals,
unsere zwei Leben – so verschieden
im Schatten der Straßen –,
ein loser Faden in der Stickerei,
manchmal genügt ein Augenblick,
und etwas ist auf ewig festgenäht,

du bist, der Rest ist, was geschieht.

Als erstes sah sie die Knöchel, dann den Schatten der Wade, aber nur einen Schatten, denn da war der Saum des Nachthemds. In Rückenlage auf dem Bett ausgestreckt, die Haare wirr auf dem Kissen ausgebreitet, die Brille auf der Nase, das Notizbuch in der Hand, beging Norma ihr Fest; das aufregende schwarze Kleid war zwischen Kampferwürfel in den Schrank verbannt worden, wo es traurig im keuschen Dunkel vom Bügel baumelte, den Blicken der Bewunderer entzogen. Am äußersten Rand der Nachttischplatte, zwischen leeren Papierchen von Honigbonbons und Nougatpralinen (sie war wieder die Naschkatze, die sie seit jeher gewesen war – im Geschmack von Schokolade kehrt meine Kindheit wieder und auch etwas, was ich nicht finde, sagte sie immer), stand ein Glas, in dem Milch gewesen sein mußte, auf einer Seite sah man noch die weiße Spur und am Boden die körnigen Zuckerreste, und gleich dahinter die offene Pillendose mit dem Baldrian. Neben dieses Glas wurde jetzt das Heft gelegt; Norma setzte sich auf, tauchte –

vielleicht überrascht vom Besuch, oder vielleicht auch nicht – in möglichst guter Haltung aus ihren nächtlichen Schreibqualen auf. Kurze Ungewißheit: hatte sie sie erwartet, hatte sie gehofft, daß ...? Wahrscheinlich nicht. Sie war wirklich überrascht, nahm schnell die Brille ab, als wollte sie sie zwischen den Fläschchen auf dem Nachttisch verschwinden lassen, aber es blieben die beiden rötlichen Druckspuren an den Seiten der Nase. Medusa fand ihre kleine Gnädige mit Brille komisch, aber dieses Zeichen der Unvollkommenheit – es war wie eine Runzel, ein Wundmal der Wirklichkeit – gefiel ihr, weil es echt war. »Was ist, Liebe?« fragte sie, hastig in den Morgenrock schlüpfend, der eben noch eine zinnoberrote, lässig über die Stuhllehne geworfene Stoffbahn gewesen war. Raschelnder Satin, im Kerzenlicht aufleuchtende glatte Oberfläche. Auf dem Bett noch der Abdruck ihres einsamen Festes, in der Mitte war die Kuhle am tiefsten. Liebe, das Wort war ihr, auf ihre Person bezogen, immer so seltsam vorgekommen – niemandem war es je eingefallen, sie so anzusprechen. Norma nannte sie oft so, »Liebe«, es klang so liebevoll und nicht nur aus achtloser Gewohnheit dahingesagt, denn sie hatte nie gehört, daß sie jemand anders so genannt hätte. Liebe, liebe, liebe Medusa. Sie wollte etwas antworten, tat es aber nicht, denn sie wußte nicht, was sie hätte sagen können. Eigentlich hatte sie ihr nichts zu sagen. »Komm wieder herunter, ich glaube, du wirst gebraucht.« Ihr Wille war wie eine vereiste Kruste, eisig und doch heiß. Sie ging hin und her, im Zimmer auf und ab, fünf Schritte von einer Wand zur anderen, vom Schreibtisch zum Kopfende des Bettes – genügend Raum, um die Verlegenheit, das Unbehagen zu steigern, aber auch um die steif gewordenen Muskeln, die vom Tablettragen schmerzenden Arme zu entspannen. Unwillkürlich mußte sie daran denken, was für eine undankbare Arbeit die einer Serviererin doch war: eine Kellnerin lebt stundenlang mit rechtwinklig gebeugten Armen, mehr oder weniger wie ein Hufschmied oder Arbeiter; sie entwickelt dementsprechend Muskeln, von denen sie gar nicht wußte, daß sie sie besitzt, und die sie erst entdeckt, wenn sie sich bei der Ausführung natürlicher Gesten des Alltags verkrampfen. Von der Vase auf dem Schreibtisch duftete es nach verwelkten Narzissen, vom Bett nach Honig, am Fenster unbestimmt nach Kölnischwasser, vermischt mit den Parfüms von Hunderten von Gästen, mit Schweiß, Müdigkeit, Sahne, Gras, Zitronensorbet. Von Norma nach etwas Wohlbekanntem und doch Undefinierbarem, das die schnelle Bewegung der Füße, die zum anderen Ende des Zimmers flohen, zu Recht im Unbestimmten ließ. Ihre Schuhe hafteten nicht auf dem hölzernen Fußboden, sie glitt aus; sie hatte ihn heute morgen mit Bohnerwachs poliert, schlecht offenbar, am Fußende des Bettes war ein glänzender, öliger Fleck zurückgeblieben. »Ich habe versucht zu schreiben«, sagte Norma mit einer gewissen Anstrengung, »aber es will mir nicht gelingen.« »Es ist so laut«, stellte Medusa einfallslos fest. In der Tat. Das Orchester hatte jetzt eine Polka angestimmt, Kaskaden von Musik, Kaskaden von Gelächter, das Jaulen eines hinten bei den Ställen eingeschlossenen Hundes – Whisky, sie konnte ihn sich vorstellen, wie er verzweifelt mit den Pfoten in der Erde vor seiner hölzernen Hundehütte scharrte, einer Hütte, die Velo entworfen und mit ihrer Hilfe Brett für Brett zusammengenagelt hatte. Auch dieser hinfällige, halb blinde Hund hatte hier im Familienbesitz ein eigenes Haus. Ein Haus, einen Ort, an dem man bleibt, den man nicht mehr verlassen möchte.

Das letzte, was sie jetzt interessierte, war, den weiteren Verlauf des Festes zu beobachten, trotzdem trat sie ans Fenster. Auch Norma kam: auf dem Fußboden machten ihre nackten Füße ein weiches Geräusch, als würde ein an der Holzplatte festklebendes Glas vom Tisch genommen. Das Fenster war klein, nicht einmal einen Meter breit, und sie berührte mit der Schulter die Rüschen der Schürzenträger.

»Geh wieder, Medusa, ich bitte dich, ich muß jetzt einfach allein sein.« Das weiße Bild der Frau mit den vollen Armen, der Anker, der im bodenlosen Meer der entgleisenden Gedanken versinkt. Sie blickten durch die geschlossenen Läden: man sah einen Streifen Rasen, den unbedeutenden weißen Rand eines anderswo geschriebenen Textes, eine Stelle, an der sich nichts Wesentliches abspielte. In der Mitte des schlecht gewählten Bildausschnitts ragten eine rauchende chinesische Fackel und die brandneue grün lackierte Stange der elektrischen Laterne auf; in die rechte Ecke schoben sich ein paar Männerfüße, längliche Lackpumps mit dreieckigem, durchbrochenem Einsatz, und ein violettes Stück Volant vom Kleid einer Dame: offenbar der untere Rand einer Liebesszene, denn die Füße näherten sich dem Kleid, und ein Schuh verschwand unter dem Stoff. Die Latten des Fensterladens rahmten säuberlich das kleine Schauspiel einer vorhersehbaren Verführung ein, aber vor Medusas Augen tanzten blendend wie eine leuchtende Staubwolke das Zinnoberrot von Normas Morgenrock und dann ein zitternder Fleck von der Farbe einer saftigen reifen Himbeere – das mußte ihr Mund sein. Der Gedanke schwand aus dem Bewußtsein, wurde, noch bevor sie sich dessen inne geworden war, zur Tat. Und Norma floh nicht und bat sie nicht mehr, sie allein zu lassen.

Die Zeit wurde zu einer Hypothek, die einzufordern kein Gläubiger gekommen war. Auf dem Rasen brachte das Orchester die Polka zu Ende, ein paar Sekunden lang noch vibrierten die Becken des Schlagzeugs und die Geigensaiten. Es war nun lautes Stimmengewirr zu hören, viele hastige Schritte, die Bediensteten beeilten sich, die Kerzen auszublasen und die Gartenfackeln zu löschen, auch ihre rauchende chinesische Fackel – Lichter aus, Lichter aus, riefen alle, um den Anbruch der natürlichen Nacht zu beschleunigen: und in der Tat wurde alles dunkel, denn es war eine Neumondnacht, und die Wolken verdeckten die Sterne.

Felice hatte noch Zeit für einen erregten kurzen Wortwechsel mit Ingenieur Rovetta, Amedeo hatte noch Zeit, mit dem Feuerwerksmeister zu plaudern, Emanuela hatte noch Zeit, sich unbemerkt zurückzuziehen (für sie war es schon spät, und sie hatte ihre Aufgabe erfüllt), Sofia und ihr geistlicher Ratgeber hatten noch Zeit, die lange Beichte abzuschließen und sich zur Allee zu begeben, von der aus das Schauspiel genossen werden sollte. Drinnen im Zimmer war in dem Zeitraum zwischen künstlicher Beleuchtung und völliger Finsternis absolut nichts geschehen. Medusa beschränkte sich darauf, mit den Lippen Normas Haare zu streifen, und Norma beschränkte sich darauf, mit den Armen Medusas Taille zu umfangen, mit festem, besitzergreifendem Druck. Seid ihr soweit? rief jemand. Ja, war die einstimmige Antwort. Die Haare, die Stirn, die Augen, das Ohr, der Nacken, der Hals. Ein Trommelwirbel. Aus dem Wald duftete es nach Harz. Ein krampfhaftes Zucken auf der Höhe des Herzmuskels, aber merkwürdigerweise war es nicht bei ihr, es war bei Norma, oder vielleicht war es nicht wichtig, bei wem. Die neue Empfindung, das Herz rechts zu haben, wie wenn man sich im Spiegel ansieht, ein Auge schließt und den Eindruck hat, es sei der andere, der einem zuzwinkert, der Falsche oder der Richtige, wer weiß. Im pechschwarzen Dunkel der goldene Schimmer der Halskette mit dem Kreuz, kühl unter der Berührung ihrer Lippen. Draußen hielten die Gäste den Atem an, ihrer hingegen verhauchte.

Erregte kleine Schreie der ungeduldigen Gäste, zwei Minuten vor Mitternacht. Der Korken einer zu heftig geschüttelten Champagnerflasche knallte verfrüht unter zischendem Schäumen. Normas Lippen. Ihre Zunge, gierig und sanft. Ihre Hände an Medusas Hals. Auf dem Stuhl lag ein altes Buch von Keats, es war geschlossen, aber sie wußte, was auf den Seiten stand, zwischen denen das lederne Lesezeichen steckte. Auf dem Gras werde ich schlafen und mich von roten Äpfeln und Erdbeeren ernähren und jede Lust einheimsen, die mir die Laune eingibt, den weißhändigen Nymphen werde ich süße Küsse von den widerspenstigen Gesichtern pflücken und mit ihren Fingern spielen und das Zeichen meiner Lippen auf ihre weißen Schultern drücken. Die Bedeutung war ganz klar, manchmal hat auch die große Dichtung nichts Geheimnisvolles – oder ist zumindest so freundlich, dem Leser die Illusion zu schenken, sie bedeute genau das, was sie in seinen Ohren, seinem Herzen, seiner Phantasie anklingen läßt. Sie schloß die Augen, und das Dunkel des Zimmers wurde ihr eigenes. Ihre Hände glitten in den Falten von Normas Morgenrock hinauf, spielten mit den Troddeln der Gürtelkordel, lösten den Knoten. Öffneten zwei Knöpfe am Nachthemd, schoben die Seide weg, um die Haut zu berühren. Zusammen atmen, endlos. Beim Aufprall auf den Fußboden zerschellte das Glas in tausend Stücke, dahin die letzten Tropfen Baldrian und die Hoffnung, heute nacht noch zu schlafen.

Gefühle sind eine leicht verderbliche Ware: im Getriebe des Marktes verlieren sie schnell ihre Frische. Daher wirken die Worte der Liebe immer verbraucht, wie Sprüche auf Knallbonbonpapierchen, sie sind die Fußschlingen, in denen der Romanschreiber zu Fall kommt, die schwere Last, die das Saumtier der Handlung am liebsten abwerfen würde. Manchmal sind die Abkürzungen der Zurückhaltung der stilistisch beste Weg. Doch wir wollen den Handschuh aufnehmen und uns kühn der Herausforderung stellen und das aufschreiben, von dem zu schweigen so schön wäre. Normas Gedanken waren ja schließlich nicht überflüssig, sie widmete dem Mädchen, aus dem sie jetzt wie aus einem Kelch diese unverhoffte und daher außerordentlich berauschende Ambrosia schlürfte, ein jubelndes Gedicht, und auch der Jubel hat seine Worte. Die Zeit der Fülle folgt auf den Verzehr, die Symphonie auf das Vorspiel, das Wiederfinden auf den Verlust: sie hatte die Empfindung, als wäre ihr Leben bis zu diesem Augenblick nur eine Pause gewesen, das Orchester sitzt im Orchestergraben bereit, die Musiker stimmen ihre Instrumente, und in der Vorläufigkeit des Probens ist keine Melodie zu erkennen – und dann, auf einmal, fügt sich alles zusammen, und es fängt an. Und was anfängt, wird auch enden. Der Augenblick, der das Unendliche in sich enthält, ist schon verloren, er ist der Fall in die Zeit hinein, von dem Plotin spricht. Aber in diesem Fall ist unsägliche Glückseligkeit: so lange schon habe ich dich gesucht, Medusa, der Traum, daß es dich gibt, ist wahr, so lange schon habe ich auf dich gewartet, wollte sie sagen, aber Medusa ließ ihr nicht die Zeit dazu, sie hatte keineswegs die Absicht, sie sprechen zu lassen. Als Medusa gegangen war, setzte Norma sich an den Schreibtisch des Admirals, und ihre Brigg segelte auf hoher See dahin, im Sturmwind oder auch durch eine Flaute, wer weiß, und schrieb: *Sag mir, nein. Nein, es war nicht nur ein Traum. Ich weiß nicht, wie, ich weiß nicht, wann, die Luft beginnt zu leuchten, wir treten zusammen in die Flamme, und im Stöhnen erstirbt die Angst. Wer bist du? Wasser oder Brand, bist du mein Weg? In dir ertrinken – mit der Welle verschmelzen, in dir mich betrinken – bis zur Atemlosigkeit, alles Blut, alles Verlangen, und noch ist es mir lange nicht genug.*

Vom Fensterladen her fiel plötzlich ein Strom von Licht ins Zimmer, es erhob sich ein einstimmiger Seufzer, oooohhhh, Applaus brandete auf, die Reihe der frisch gestrichenen Laternen verbreitete auf der Allee blendend weiße elektrische Helligkeit: die Schatten kehrten zurück, die erhitzten Gesichter, das Lächeln, die Müdigkeit, die Sättigung, die Komplimente, Graf Argentero lebe hoch! Durch die Dutzende und Aberdutzende von Kilometern langen Drähte floß unsichtbar und unfaßlich eine gewaltige Energie: bei Berührung Lebensgefahr, stand auf den Schildern über den Umzäunungen der eilig an den Straßenrändern errichteten Kraftstationen. BEI BERÜHRUNG LEBENSGEFAHR.

Die Villa war beleuchtet wie eine Theaterkulisse: auch sie waren aus der Täuschung des Dunkels gerissen worden, in dem die Dinge etwas anderes sein können, als was sie zu sein scheinen, nicht das, was sie unvermeidlich sind. Auch Norma war umflutet von dem weißen Licht, das entblößt und enthüllt. Plötzlich konnte sie es nicht mehr ertragen, beim Hinausgehen ließ sie die Tür offenstehen.

Das Feuerwerk sprühte über den Himmel, einen Augenblick lang schwebten die farbigen Gebilde im leeren Raum dahin; kaum verblaßte eines auf der Netzhaut, war auch schon das nächste, noch schönere da: eines öffnete sich wie ein grüner Schirm, ein anderes war ein Komet, eine Rakete beleuchtete die Dächer von Bersezio und verwandelte den Ort für ein paar Sekunden in eine Metropole, noch ein anderes flog wie ein blutroter Zeppelin über die Gäste hinweg, die mit in den Nacken gebeugten Köpfen nach oben starrten, eine Rakete war schlecht gezielt und landete auf dem Dach des Jagdschlößchens, so daß eine kleine Rauchwolke aufstieg. Gelb, grün, leuchtend blau, violett, alle Farben der Iris wurden verschwenderisch entfaltet, viele Lichtfontänen, einige länger andauernd, andere flüchtig, einige wirkten täuschend wie sprudelndes Wasser, sie waren von einem herrlichen, blendenden Weiß, strahlende falsche Sterne unter den echten Sternen. Jemand schoß mit einem Gewehr, schoß in die Luft, und die leeren Patronenhülsen fielen zu seinen Füßen nieder, die Schüsse verbreiteten einen angenehmen Geruch nach Schießpulver: es war der Graf, als wäre Silvester, denn es war die Neujahrsnacht einer neuen Ära. Er reichte Velo das Gewehr, der es lud und ihm zurückgab, und wieder schoß er in die von Lichtblüten erhellte Finsternis hinein. Knatternde Feuerräder, Knallfrösche, Blitze, einer beleuchtete die Kattungardinen des – geschlossenen – Fensters im ersten Stock, und es versetzte ihr einen überraschenden schmerzlichen kleinen Stich. Ein sicheres Gefühl von Unmöglichkeit. Heftiges Auflodern, Blendung, die Reihe der Laternen strahlte auf, und der Glockenturm von San Lorenzo war in Helligkeit getaucht, und die Gäste strömten zum Gartentor heraus, um sich von dem gehaltenen Versprechen zu überzeugen: Licht in den Laternen, Licht auf der Veranda, Licht im Park, Triumph des Künstlichen, das für immer das Dunkel der vorgeschichtlichen Nacht besiegt, der Renaissancemensch setzt sein Gesetz durch, heute begann wirklich das zwanzigste Jahrhundert, als vernichtender Einbruch in eine unbewegliche Zeit. Das bedeutete es nämlich, das zwanzigste Jahrhundert: die Umwälzung der dem Willen unterworfenen Natur, die Revolte gegen die Finsternis des Wissens. Das war die erste Grenze des Unmöglichen, und so viele wären gern bei der Überschreitung dabeigewesen. Wer dabei war, sollte ihn nie vergessen, diesen Tag, der die Welt veränderte.

Das Feuerwerk erlosch, es blieben die Laternen und die Lichtmasten. Sie waren dauerhaft: sie stehen heute noch, diese hölzernen Pfähle, sie wurden nicht durch Eisenmasten ersetzt – in den Seitentälern gibt es sie noch, vom Regen von fast achtzig Wintern ausgekehlt, sie haben längst keine Holzfarbe mehr, aber sie tragen noch, was sie tragen sollen. Das Licht. »Hat es dir gefallen, Medusa?« fragte der Graf, sie war so benommen, daß sie ihm nichts zu antworten wußte, sie ging auf der beleuchteten Allee wie auf einer Turiner Straße. Das gleiche Licht wie in der Stadt, hier in ihren Bergen. »Ist es möglich?« fragte sie, aber sie hörte seine Antwort nicht – oder vielmehr, sie verstand sie nicht, weil sie überflüssig war. Es war möglich. Die Musik gab auf, die Musiker waren völlig erschöpft, auch die Feste erreichen einen Höhepunkt und sind dann darüber hinaus. Die schwarzen Priester, die Damen, die Gäste mit ihren Spazierstöcken und Hüten strömten zum Tor, die plötzlich anachronistisch wirkenden Karossen fuhren davon. Die letzten

Walzernoten erstarben in Melancholie, auch der Walzer wirkte anachronistisch, mit einem Schlag war alles anachronistisch geworden. Die kleine tote Welt, Zentrum der Jahre, in dem die Zeit verschwand, war neu entzündet, war neu geworden, und in einer neuen Welt findet man seinen alten Platz nicht wieder, hat alle Bezugspunkte, die Fixsterne der Reise, verloren. Sie fühlte sich aus der Bahn geworfen, wußte sich nicht zu orientieren, war verwirrt, erkannte das Ziegeldach der Veranda nicht wieder, wußte nicht mehr, wo sie war, erkannte ihre Umgebung nicht mehr – und nicht ihr Inneres. Überall leere Flaschen, Modestina sammelte Abfälle in einen Jutesack und gab auch Medusa einen. »Ich bin todmüde«, klagte sie. Medusa war nicht müde, es war, als wäre sie gerade aufgestanden – und übrigens war es ja eben erst Tag geworden, es war so hell wie am Mittag. Der in einen Gartensessel gesunkene Graf wirkte wie ein erschöpfter Magier nach den vollbrachten Wundern: »Sie sind unser Prometheus«, sagte sein Adlatus, »es war ein Triumph.«

Sie füllte unlustig den Sack. Sie haßte ihre Uniform, ihre saubere Schürze, das gerüschte Stirnband, die fetten Schatten an der Gartenmauer, das Begonienbeet, sie haßte die Stimmen der Bediensteten, die Champagnerkorken, die Luftbläschen, die aus den Flaschenhälsen schäumten. Modestina stapelte Tellerchen mit Sahnetortenresten, Meringenresten, zerlaufenen Eisresten. Der Graf verlangte nach seiner Pfeife, sie ging und holte sie ihm aus der Vitrine: seine riesige Festpfeife, deren Kopf die Form einer Laterne hatte. Er stopfte sie mit Tabak, der Geruch war ihr unangenehm, er war ekelhaft, sie zog sich zurück, um nicht davon beeinflußt zu werden. Sie hatte ja immer noch den fremden Geschmack im Mund, nach Honigbonbons, reichlich gezuckerter Milch, Haselnußschokolade, ja, sie meinte sogar, den narkotischen Geschmack von Baldrian, Bromid, vielleicht eines Schlafmittels zu erkennen. Sie weigerte sich zu trinken, auch wenn die Bediensteten jetzt vom siegreichen General die Erlaubnis zur Plünderung hatten. Man mußte diese Freiheit nutzen, es waren so viele Flaschen übrig, alle für sie, für einen gemeinsamen, gestatteten Rausch, nein danke, sie merkte, daß sie Normas beruhigenden Geschmack hüten wollte, obwohl sie Durst hatte. Nicht einmal einen Schluck Wasser, aus Angst, daß er vergehen würde, wo er doch der einzige Beweis war, daß sie nicht geträumt hatte – nein, sie hatte nicht geträumt. Honig, Milch, Baldrian, Norma. Sie entdeckte ein blondes Haar, das sich an einem Knöpfchen ihrer Uniform verfangen hatte, und noch ein paar auf dem Kragen, auf dem schwarzen Rock. Sie ließ sie in der Schürzentasche verschwinden. Amedeo verabschiedete sich mit leichenfahlem Gesicht von seinem Vater, überreichte ihm seine Abdankung vom Leben. Er versuchte zu erklären, wie eilig er es habe, sich der italienischen Armee zur Verfügung zu stellen. »Ich werde mich meines Namens würdig erweisen«, versprach er, er hatte die Stimme eines Toten, sie hätte sich nicht gewundert, wenn man ihr gesagt hätte, er sei bereits gestorben, beim Sprechen von einem Scharfschützen getroffen. Der Graf zog an seiner Tabakspfeife, trunken vor müder und vielleicht bitterer Befriedigung, er hielt sich eine Prise ans Nasenloch und hörte ihm gar nicht zu. »Schade, daß Chérie das Schauspiel versäumt hat«, bemerkte er zu Sofia, die kräftig nickte, obwohl sie ihn nicht verstanden hatte. Aus der Pfeife stieg ein überwältigender Tabakgeruch, der den Garten verpestete. Aber nicht für Medusa, Normas Duft war mächtiger, es war, als wäre sie in Normas Medizinfläschchen und in sie hineingetaucht und hätte sich vollgesogen. Zigarrenstummel auf dem Gras, eine Zigarre war fast noch unberührt, sie war leicht gebogen wie ein gebräunter menschlicher Finger.

Jetzt waren nur noch sie hier draußen geblieben, Velo, der Graf in seinem Sessel, ein Berg Gläser auf den Tabletts, die leeren weißen Gartenstühle und die auf dem zertretenen Gras verstreuten Kissen. Von Normas Blumenbeeten – Hyazinthen –, in denen die Barbaren gewütet hatten, stieg ein Duft nach Honig und nassen Blättern auf. Ganz ähnlich dem, den sie immer noch, beharrlich, im Munde hatte. Eine Girlande fiel herunter und blieb an den Seilen der Schaukel hängen. Auf dem Kies lagen Dutzende von Geschossen aus Olivieros Luftgewehr, und unter den Büschen erkannte sie das letzte Fort von David Crockett, das die Indianer belagert hatten. Gefiederte Pfeile waren auf der Erde verstreut, und der Bogen hing in den Zweigen. Sie kam sich selbst vor wie ein abgeschossener Pfeil, der zischend auf die konzentrischen Kreise einer gelb-rot gestreiften Zielscheibe zufliegt. Ein Pfeil, der im roten Herzen des Ziels steckenbleibt. Schauer überliefen sie, und vor den Augen hatte sie nicht mehr das primitive Laubdach von David Crocketts Fort, die durchlöcherte gelb-rot gestreifte Zielscheibe und auch nicht den kleinen schwarzen Pfeil, sondern Normas Arme. Meine kleine Gnädige mit den weißen Armen. Ihre Gesellschaft war ihr lieb wie eine chinesische Folter: Oliviero kannte sich damit aus, genauestens beschrieb er sie ihr; die schlitzäugigen Mandarine prügelten zu Tode, wer sich auch nur eines ganz geringen Vergehens schuldig gemacht hatte, und sie hatten einen makabren Spaß daran, auf die Wunden der Gefangenen wimmelnde kleine Ameisenhäufchen zu setzen. Sie hörte ihm mit Vergnügen zu, wenn er ihr aus den blutrünstigen Heftchen vorlas, die seine Mutter ihm verbot und die sie für ihn in ihrem Zimmer versteckte. Oft ahmten sie die chinesischen Mandarine nach: in Turin prügelten sie die Katzen von Piazza Carlina, in Bersezio steckten sie Ameisenhaufen in Brand. Die glühenden Ameisen wie winzige Glühwürmchen über den Weg laufen zu sehen war ein chinesischer Spaß, der sie an ihre gewalttätige Kindheit erinnerte, aber eine chinesische Folter am eigenen Leib zu verspüren war weniger angenehm, und heute abend hatte sie in Normas Nähe genau das Gefühl gehabt, eine angezündete Ameise zu sein, die sich vergebens wehrt und dabei zischt, raucht und verbrennen wird. Vielleicht war ihr deshalb in letzter Zeit nur einmal wohl und frei ums Herz geworden, als sie Norma erzählt hatte, daß sie, sobald er Urlaub bekommen sollte, Luìs Lambert heiraten würde. Luìs war blond und von sanftem Äußeren, genau wie Norma, aber er war ein junger Mann, war einundzwanzig Jahre alt, und sie konnte zu ihm in sein Haus in Neraissa ziehen, und dann würden alle die Medusa vergessen, und sie würde wie alle anderen werden. Wie alle anderen. Und niemand würde die wahre Geschichte Maddalena Belmondos kennen, die die Medusa geworden war, weil ein ungebildeter, roher Mann, der nie zur Schule gegangen war, es so gewollt hatte. Und Peru wußte nichts von Athene, Perseus und der Gorgo mit den Schlangenhaaren: Peru kannte nur die Medusen des Meers, die Zuchthäuser und die kleinen achtjährigen Mädchen. Aber das hatte sie Norma nie erzählt.

Sie waren am Maddalenasee, nach einer enttäuschenden Schmetterlingsjagd, die kaum einen Kohlweißling eingebracht hatte. Norma überquerte vorsichtig den Steg über dem Abfluß, sich mit einem Schirmchen aus Baumwollspitze vor der Liebkosung der Sonne schützend. Norma gehörte zu den Frauen, die gern einen Hauch von Schirm zwischen sich und Gott halten. Kein Lüftchen regte sich, und die enttäuschten Kinder hatten darauf verzichtet, den Drachen fliegen zu lassen. In der Stille war ihr gewesen, als hörte sie die Stimme der ertrunkenen Maddalena aus der mit diesem Ort verbundenen Sage, die seit Jahrhunderten auf jemanden wartet, der nicht wiederkommt. Sie erzählte Medusa gerade von ihrem Täufer, um ihr zu verstehen zu geben, daß sie es auch lassen konnte, wenn sie ihren Roman nur schrieb, um ihr damit eine Ehre zu erweisen. Am Seeufer blühten roter Mohn und Pusteblumen, und auf einem getrockneten Kuhfladen kroch eine goldene Fliege herum. Medusa war sich bewußt, wie unglaublich und sinnlos es war, einer Dame mit einem Spitzenschirmchen und weißen

Handschuhen von Peru zu erzählen. Diese Dame mit dem Sonnenschirm konnte nichts von Medusa und dem wilden Peru begreifen und auch nichts von der Hinfälligkeit der Namen in einer Welt, in der alle ihren Spitznamen oder Übernamen haben, hinter dem sie sich verstecken. Ein Spitzname hat nur eine einzige Bedeutung, einen einzigen Ursprung, und das für immer.

Sie hatte sich auf den feuchten Rand des Wasserbeckens gesetzt. Gedankenverloren sah sie den Goldfischen zu, die unverzagt in dem wenige Zentimeter tiefen trüben Wasser herumschossen. Sie dachte an sie in ihrer Schiffskabine in den Bergen, der Kabine eines Admirals, der nie in See stechen wird, sie dachte an sie und an die Eisenspitze ihres Schirmchens zwischen den faulenden Holzplanken des Stegs. Was konnte eine solche Frau schon von ihrem wilden Leben begreifen? Sie tauchte die Finger ins Wasser: kalt war es, kalt und sumpfig. Sie bespritzte sich das Gesicht. Ihre Stimme, während sie sich bückt, einen Löwenzahn ausreißt und die Samen fortpustet. Wer bist du, ich weiß es seit immer, sag es nicht. Medusa, ich brauche keine Worte, schweig – ich will nichts wissen von deinem Vorher, deinem Gestern, deinen Niederlagen, deinen Eroberungen, Gebärden, Gesichtern, Tränen, Leiden, verlorenen Jahren, ich will nichts wissen von deinem Morgen, von dem, was du tun wirst, später, ich will keine Versprechen, kein Lächeln, keine Tränen, damit würde ich dich nur verlieren, das will ich nicht, ich habe dich erkannt, ich habe dich gefunden in dem blitzartigen Augenblick zwischen Dunkel und Helle, in dem sich das Wahre enthüllt. Ich verlange nichts von dir, Medusa. Sich zu erkennen ist Offenbarung: das Licht, das unerwartete Licht. Ihr Gesicht war naß, und die Goldfische bestanden weiterhin darauf zu leben. Nein, das kannst du nicht, Norma! Doch ausgerechnet diese Dame, die immer einen mythologischen Sonnenschirm in der Hand hielt, konnte es und hatte es schon getan. Auch wenn sie eine Frau war, auch wenn sie Norma hieß und ihr, wenn sie am Seeufer spazierengingen und über einen Steg mußten, vorkam wie eines dieser Tierchen aus geblasenem Glas, die sie irgendwann einmal aus Murano mitgebracht hatte und die jetzt auf ihren Bücherbrettern standen, still, gehorsam und leicht verstaubt, immer in Gefahr, ins Leere zu stürzen, so zerbrechlich, daß eine einzige unbedachte Gebärde sie zerschmettern konnte, von naiver Drolligkeit, aber höchst kunstvoll. Der Spitzenbesatz ihres Kragens war naß geworden, sie fror jetzt, und auf dem Wasser schwammen die Gehäuse der Schnecken, die die Gäste nicht gemocht hatten. Oder vielleicht hatten sie nicht gewußt, wie man sie ißt. Das Wasser im Goldfischbecken hatte die gleiche bläuliche Farbe wie die Steinchen des Mosaiks, das ein Segelschiff darstellte.

»Euch allen vielen Dank«, sagte der Graf, »ihr wart großartig.« »Gute Nacht, Herr Graf.« Sie verfolgte mit dem Blick, wie sich seine Gestalt im Türrahmen abzeichnete, seine Kartoffelnase warf einen mächtigen Schatten auf den hellen Verputz. In ihrem Blick, der ihn so lange begleitete, wie es möglich war, bis zum Fuß des roten Treppengeländers, lag eine unsägliche Mischung aus Angst und Groll – tu es nicht, tu es nicht, bitte, nicht heute nacht, faß sie nicht an, jetzt nicht, nie. Aber Felice hatte ihr die unverschämte Unterschrift NORMA BONCOMPAGNI IN ARGENTERO auf den Dokumenten der EGS nicht verziehen; er frohlockte über den glorreichen – öffentlichen – Ausgang des Abends und hatte keinerlei Absicht, sich jetzt noch in Normas Schlafzimmer das Fest verderben zu lassen. So, nach einer Minute atemloser Angst (ihr eigenes Herz schlug links, wie immer, aber auch rechts pochte und flatterte etwas), ging ein schwaches Licht hinter dem Fenster im ersten Stock an, genau über der Eingangstür – es war das Zimmer, in dem er allein schlief –, leuchtete ein paar Sekunden und erlosch: er mußte noch voll bekleidet ins Bett gefallen sein. Ich bin es, die heute nacht zu ihr geht. Absolute Gewißheit. In allen Sprachen der Welt hätte sie es ihm gesagt. Meine kleine Gnädige des Dunkels und des Lichts: sie ist mein.

Die letzte Runde durch den Park, die Umschiffung eines dunklen Hauses: alle Fensterläden geschlossen, kein Laut, alle schliefen auf der Insel der Seligen, alle außer einer. Das Schlafmittel ihrer Ängste hatte nicht gewirkt. Ihr Fenster stand weit offen, die Läden waren festgehakt, und Norma lehnte sich hinaus, die nackten Ellbogen auf den hölzernen Sims gestützt. Wach. Sie sah ins Dunkel hinaus, über die Umfriedungsmauer hinweg, zur Geröllhalde am Berg hinauf, und sah sie nicht. Und doch hatte ihre Anwesenheit in diesem Augenblick nur eine Bedeutung. Sie erwartet mich. Meine glühende kleine Gnädige, meine. Die Diele war finster und still, nicht einmal ein Hut an der Garderobe, im Schirmständer nur der afrikanische Spazierstock des Grafen. Beim Hinaufgehen knackten die Stufen kaum hörbar, gedämpft wie ihre Gedanken.

Und was geschieht jetzt? fragte sie sich und machte, unfähig, sich das zu beantworten, auf halber Höhe der Treppe halt. Ein heißer Tropfen Wachs fiel ihr auf den Handrücken. Sie konnte immer noch einfach weitergehen, hinten im Flur im zweiten Stock war ihr Bett unter der Dachschräge, eine ganz kleine Kammer, aber ihre – ihre? Nein. Sie blieb auf dem ersten Treppenabsatz stehen. Die geschlossene Tür war ein hell lackiertes hölzernes Viereck, die Klinke funkelte, jeden Morgen wurde das Messing mit einem in Zitronensaft getauchten Lappen poliert. Ein dünner Lichtstrahl fiel durch das Schloß auf ihre Hand – und weiter unten ein Streifen Licht auf ihre weißen Schuhe. Alles oder vielleicht auch nichts war hinter der geschlossenen Tür, viele Fragen und keine Antwort, aber sie wollte hinein. Sie klopfte nur einmal an, entschieden, aber leicht, denn nur eine einzige Person sollte es hören: und sie hörte es tatsächlich. Sie fragte erschrocken: »Wer ist da?« Medusa. »Komm herein, meine

Liebe.« Sie atmete tief ein, aus voller Brust, als schickte sie sich an, tief unter die Wasseroberfläche zu tauchen, gefährlich lange den Atem anzuhalten. Dann trat sie wie selbstverständlich ein. Aber wir bleiben diesmal auf dem Flur draußen, in klassischer Manier, wie es vielleicht die prüden Romanciers oder die echten Naturalisten getan hätten. Wir schließen den Vorhang vor der vierten Wand eines nächtlichen Interieurs. Wir ziehen es vor, Medusa vor Normas Tür zu verlassen, kurz vor dem Augenblick, in dem sie ihrem Begehren entspricht und die Klinke hinunterdrückt, wie sie da auf dem roten Teppich des Flurs verharrt, während sie sich das Rüschenband aus dem Haar nimmt und mit der rechten Hand den Leuchter hält, von dessen drei Kerzen das weiche Wachs über die silbernen Ränder der Halterung läuft – vor dem, was noch ein Geheimnis ist, größer als sie und auch als der Erzähler, der sich dem Diktat des angeblich guten Geschmacks beugt. Oder vielleicht auch dem einer immer noch wirkungsvollen Erzählstrategie, die da und dort, sorgfältig verteilt in der überreichen Menge der teils sinnlosen, teils notwendigen Fakten, für die entscheidenden Augenblicke Schattenzonen ausspart: Oasen der Stille, damit die Einbildungskraft des Lesers über die Misere der von Gewöhnung verbrauchten Worte hinwegfliegen kann. Norma hat sie bereits zum Eintreten aufgefordert, denn sie wartet ja schon lange auf sie. Und Medusa zögert, festgehalten in dem unwiederholbaren Augenblick vor der Eroberung, der Entdeckung, dem Besitz, dem Schlaf, dem Erwachen, dem Augenblick, der noch alle Möglichkeiten enthält, bevor sie eine nach der anderen durch die Ereignisse, den Sadismus des Lebens oder die perverse Logik der Geschichte ausgelöscht werden. Alles in einem Augenblick: eine Kerze erlischt im ersten Windhauch, die beiden anderen bläst sie selbst aus.

Vierter Satz

Die Insel der Seligen

Die Welt verschwand durch ein merkwürdiges Phänomen umgekehrter Luftspiegelung. Sie löste sich in Nebel auf, verblaßte, entfärbte sich, reduzierte sich auf ihre Grundelemente: Wasser, Holz, Fleisch, Metall, sonst nichts mehr, die flimmernde Sommerhitze schluckte alles. Gerade noch der unbewegliche Schatten des Kiels war auf dem ölig wirkenden Wasser zu sehen, rote und weiße Streifen, unterbrochen durch eine schwimmende Bank dünner Algen, und darunter der spiegelnde helle Sand des Meeresbodens. Das Meer trug das gleiche Trikot wie der Bademeister, der am Strand im Schatten der Kabinen vor sich hin döste und die beiden Badenden vergessen hatte, die früh hinausgefahren waren und sich in der trägen Hitze verflüchtigt hatten. Fünfzig Meter vom Ufer entfernt war das Wasser schon sehr tief, leuchtendblau wie gemalt; wenn sie sich über den Bootsrand beugte, sah sie nur ihr medusenhaft dahintreibendes Gesicht – etwas Weißes, Zitterndes unter der Wasseroberfläche – und daneben ein durch Algen grün gewordenes Tau, das senkrecht in den Abgrund hinunterlief und sich dort verlor, den Anker sah sie nicht mehr. Mittag, die schattenlose Stunde, aber es gab Schatten: ein aufgespanntes Stoffdach gegen die Übermacht des Lichts, der schüchterne Schutz von Normas weißem Sonnenschirm, den sie fest in ihren schlanken Fingern hielt. Norma war die Bräunungssucht der Urlauber fremd. Gleichgültig gegenüber der Wärme – oder vielleicht darunter leidend –, in dichte Schleier gehüllt, mit bis zu den Handgelenken reichenden Ärmeln, kaum ausgeschnittenem Batistkleid, dichten Seidenstrümpfen und geschlossenen Straßenschuhen verteidigte sie sich gegen den beleidigenden, gewaltsamen Angriff der Sonne. Medusa hingegen hatte keine Angst, sich die Unterarme und Beine rösten zu lassen, die unbedeckt aus dem nagelneuen Badeanzug ragten. Wie es der Brauch war, hatte sie ihn in der bretternen Umkleidekabine angelegt, wobei sie vergeblich darum bat, daß Norma es ihr gleichtat. Sie hatte auch den Hut abgenommen, und ab und zu sah sie zu ihm hin, wie er im Bug lag mit seinem purpurroten Band, das die seltenen Brisen nur matt bewegten. Sie tauchte die Finger ins Wasser, es war so lau, daß es kaum erfrischte, und der Widerschein blendete sie. Es war besser, die Augen zu schließen wie Norma, die seit unvordenklichen Minuten die Lider gesenkt hatte und auf die Frage: »Was ist?« lächelnd antwortete: »Nichts.« Vom Strand drangen keine Stimmen bis zu ihnen, sie waren zu höflich und rücksichtsvoll, um die Entfernung zu überwinden. So waren die einzigen wahrnehmbaren Geräusche das Klatschen des Wassers am Boot, Normas Atem und ihrer – ein Horizont unbegrenzter Stille. Die Ruder ruhten eingezogen in den Dollen. Heute haben wir die Ruder eingezogen, aber morgen ... In der Pension La Fleurie war vermutlich schon ihr Tisch zum Mittagessen gedeckt; die Pensionsinhaberin war eine pünktliche Frau und verlangte von ihren Gästen, denen sie keine indiskreten Fragen stellte, nur dies eine: Mittagessen um halb eins, sofort nach der freundlichen Aufforderung durch die Klingel, Abendessen um sieben, ebenso. Die Dame kochte ziemlich gut, nichts Außergewöhnliches: keine komplizierten Gerichte, viel Salat, Obst, frischer Fisch. Schließlich war es kein Grandhôtel, nur eine bessere Pension, ein Familienbetrieb, aber genau das hatten sie ja gesucht. Zunächst wollte Norma, die manchmal einen Hang zum Größenwahn nicht unterdrücken konnte, in einer des

Ereignisses würdigen Luxussuite an der Promenade Logis nehmen; doch dann, als der Wagen vor dem roten Teppich gehalten hatte, der auf den drei Stufen vor dem Hotel mit den weißen Säulen ausgerollt war – ein Anblick, der sie, wenn auch gegen ihren Willen, zusammenschrecken ließ –, hatte Medusa ihr an der zögernden Miene abgelesen, daß sie nie den Mut aufbringen würde, da hineinzugehen und den Empfangschef zu fragen, ob sie am siebten August, mitten in der Badesaison, ein Zimmer frei hätten: nur für sie beide, deren Gepäck aus einem einzigen (und nicht einmal besonders voluminösen) Schrankkoffer bestand und die von keiner Zofe begleitet reisten. Im La Fleurie gab es noch ein Zimmer: einen weißen Würfel mit zwei identischen Einzelbetten, bedeckt von zwei identischen violetten Baumwollüberwürfen, deren Farbe neben den unzähligen Blumen, die überall standen, verblaßte. Eigentlich wirkte es nicht wie ein Pensionszimmer, sondern wie eine mit Blüten dekorierte Bonbonniere – der Name trog nicht: was er versprach, hielt er. Die *femme de chambre* kam jeden Morgen herauf, um die Blumen in den Porzellanvasen durch frische zu ersetzen. Der starke Duft wirkte nachts betäubend, aber Norma war davon entzückt, weil es ihr, wie sie sagte, vorkam, als schliefen sie auf einer Wiese, und so behielten sie sie im Zimmer. Es lag im ersten Stock, mit »Seeblick«, Zimmer Nummer drei, gewöhnlich wohnten die Kinder von Pensionsgästen darin, zwei Freunde oder zwei Schwestern; wahrscheinlich hatte es in seiner kurzen Geschichte noch nie ein Paar gesehen. COMPLET stand jetzt auf einem gut sichtbaren Schild unten an der gläsernen Eingangstür: die Pension war voll, aber sie begegneten den Gästen nur beim Mittag- und Abendessen, manchmal tranken sie abends ihren Kaffee auf der Terrasse, die auf die Strandpromenade hinausging: ein Gärtchen, das von riesigen Geranienkästen eingefaßt war, fast ein Salon unter freiem Himmel, mit Korbsesseln um niedrige Tischchen herum, unter deren Glasplatten gepreßte

Blumen lagen, Margeriten, Ranunkeln, Mimosen, Bougainvillea, schüchterner Klatschmohn, sogar ein Kleeblatt. Die Gespräche kreuzten sich, es war lustig, die der anderen zu belauschen, leichtes, flüchtiges Geplauder, wie es dem Augustklima angemessen war, und auch die Gäste waren amüsant. Da war ein exzentrischer Amerikaner aus Boston, äußerst gesprächig und witzig, geschieden, in Begleitung eines plumpen jungen Mädchens, das er als seine Tochter ausgab; da waren zwei laut sprechende Brüder, Provinzadlige aus irgendeinem kleinen Ort im Innern des Landes, die noch nie das Meer gesehen hatten; da war eine anglo-indische Aristokratin, ziemlich hübsch, wenn auch schon etwas verwelkt, mit einem jungen dunkelhäutigen Diener, der tatsächlich aus Jamaika stammte, sie hatte eine autoritäre Stimme und war so extrovertiert und gesellig, daß sie es nicht verschmähte, mit den Pensionsgästen Freundschaft zu schließen (sie hatte sofort große, unerwiderte Sympathie für Norma gezeigt, die sie daraufhin »die schöne Spröde« nannte, dann hatte sie ihre Aufmerksamkeit Medusa zugewandt; jeden Morgen, wenn sie ihr begegnete, mußte sie sich einen Wortschwall über die Tollheiten anhören, die sie am Vorabend unternommen hatte. Und einmal auch die Mahnung: »*Amuse-toi, petite*, deine Freundin paßt doch nicht zu dir, willst du etwa heute abend schon wieder so früh ins Bettchen? Warum kommst du nicht mit uns?«); da war ein schweigsames Pärchen aus Lyon auf der Hochzeitsreise (sie sprachen so wenig miteinander, daß ein Gast starke Zweifel am zukünftigen Glück dieser eben geschlossenen Ehe anmeldete); da war eine alte Schweizerin mit ihrer Gesellschafterin; da waren zwei blonde Engländer, Vater und Sohn, hochkultiviert, mit denen sie etwas Umgang pflegten. Wenn man sie von Kunstausstellungen und Malerei sprechen hörte, schien der Krieg Tausende von Kilometern und Jahren entfernt zu sein. Der Sohn dilettierte in Aquarellmalerei und wollte Norma und sie unbedingt vor dem pittoresken

Hintergrund des Meers porträtieren: er hatte kein großes Talent, eine sehr beschränkte Phantasie, seine Pinselstriche waren laienhaft ungeschickt, und das unvollendet gebliebene Bildchen war gewiß nichts Außergewöhnliches, kaum mehr als eine akademische Übung über das Thema »Zwei junge Frauen am Strand«, *Les amies, La plage et les femmes*, oder wer weiß was für einen Titel dieser Art Mister Elkins für seine beiden unfreiwilligen Modelle gewählt hatte, aber wir hätten es trotzdem gerne gesehen. Es wäre vergnüglich gewesen, ihnen beim Tennis oder am Strand zuzuschauen, aber Madame Boncompagni und Mademoiselle Belmondo waren nicht nach Nizza gekommen, um sich die Zeit zu vertreiben – im Gegenteil, sie waren hier, um sie zu vergessen. Deswegen – nach den ersten Tagen, an denen sie sich höflich darauf eingelassen hatten, abends mit den anderen Gästen ein paar Worte zu wechseln – verschwanden sie elegant, einmal Migräne vorschützend, einmal ungemeine Erschöpfung wegen eines Tagesausflugs, oder auch nur mit einem Lächeln (das war Norma, die eine liebenswürdige Art hatte, Einladungen abzulehnen). Sie unternahmen nichts Besonderes: Spaziergänge auf der Strandpromenade, am Quai du Midi, zum Schloß, Bäder am Strand (das war Medusa, denn Norma schälte sich nie aus der Hülse ihres Kleides, blieb im Liegestuhl liegen und folgte ihr mit den Augen überallhin, so ängstlich, daß sie nach ein paar Augenblicken gekünstelter Trägheit, bemüht unauffällig, aber in Wirklichkeit viele Blicke auf sich ziehend, ans Wasser hinunterging und, ohne darauf zu achten, daß ihre Schuhspitzen naß wurden, sich vergewisserte, daß ihr nicht kalt war, daß sie nicht ertrank, und sie mit dem Handtuch bereitstand, wenn sie aus dem Wasser kam). Lange Cafébesuche, hie und da ein paar Einkäufe oder ein Ausflug nach Cannes, nach Monte Carlo, mit der Drahtseilbahn nach La Tourbie hinauf, um das Panorama zu genießen, nach Beaulieu, wo sie gemächlich den endlosen Boulevard de l'Impératrice herunterschlenderten. Meistens unternahmen sie überhaupt nichts, waren einfach nur zusammen, sahen sich an und wußten nichts zu sagen, was sie nicht schon gesagt hatten oder was zu sagen ganz überflüssig gewesen wäre. Sie zogen es vor, sich dem Genuß der flüchtigsten Erscheinungen, der unwichtigsten Einzelheiten zu überlassen: tausendmal die gleichen Fragen über das Essen, die Weinkarte – die für Medusa ein Buch mit sieben Siegeln blieb –, über den Grund, warum die Sonne in Frankreich später unterging und die Tage so verlängerte, die Medusa diesmal gerne kürzer und dunkler gehabt hätte, weil nachts ein anderes Leben begann und ihr in dem blühenden Würfel der Bonbonniere alles wieder gehörte. Norma schlug ihre Bücher nicht einmal auf; außerdem hatte sie sie gar nicht mitgenommen, um sie zu lesen, sondern weil die Harpyien sich gewundert hätten, wenn sie es nicht getan hätte. Sie blätterte nicht in ihren Zeitschriften und schrieb keine einzige Zeile in das neue Notizheft; es war ihr genug, sich Verse auszudenken oder sie wieder zu vergessen, sich tausendmal den Anfang eines ungeschriebenen Madrigals zu wiederholen. *Barbarische Medusa, du bist mir so lieb wie,* wie, wie, sie fand nie einen Vergleich, der umfassend genug war, und Medusa blieb unverglichen. Barbarische Medusa, du bist mir so lieb. Sie schrieb nicht, vielleicht aus Faulheit, aber wahrscheinlich eher deshalb, weil sie sich für nichts anderes interessierte als für Medusa. Sie suchte keinen Zeitvertreib, sie konnte sich mit nichts anderem beschäftigen als mit der kristallenen Gegenwart. Medusa aber gab sich verschiedenen Beschäftigungen hin, fast besessen. Sie steckte unverdrossen sämtliche Gegenstände ein, die ihr vor die Augen kamen: Glasperlen, Flaschenkorken, die Etiketten des Weins, den sie zum Abendessen tranken (sie löste sie dreist von der Flasche ab, ohne sich um die verdutzten Blicke ihrer Tischnachbarn zu scheren), selbst Bonbonpapierchen. Aber vor allem häufte sie eine beachtliche Sammlung von Muscheln an; einige fand sie selbst am Strand, aber die meisten kaufte sie für viel

Geld den Fischern ab, die behaupteten, es handele sich um seltene exotische Arten, eine sollte sogar aus der Südsee stammen. Sie reihte sie ordentlich auf dem Fenstersims auf; manchmal, wenn Norma das Fenster aufmachte (sie hatte die Manie, bei offenem Fenster zu schlafen und dauernd zu lüften, auch wenn es gar nicht heiß war), achtete sie nicht darauf, und sie fielen auf den Boden. Sie zersplitterten, aber Medusa verzieh ihr die Unachtsamkeit und diese Zerstreutheit, in der sie praktisch alles vergaß, Dinge sagte, ohne es zu merken, und sich manchmal, obwohl sie kaum einen Meter weit weg war, so entfernte, daß man sie nur noch erreichen konnte, wenn man sie energisch schüttelte, ohne darauf Rücksicht zu nehmen, daß sie in erhabene und sicher frohe Gedanken versunken war – denn in solchen Augenblicken lächelte sie wie von einem inneren Licht erleuchtet. Sie verzieh ihr, weil sie ihrerseits auf Nachsicht angewiesen war: sie konnte es einfach nicht lassen, mit lauter Stimme jede Dummheit zu verkünden, die ihr durch den Kopf ging, oder ihr Sachen ins Ohr zu flüstern, die besser ungesagt geblieben wären, plötzlich in Gegenwart anderer ihre Hand zu ergreifen, das Messer statt der Gabel an den Mund zu führen, das Brot in die restliche Sauce zu tunken und ein paar kleinere Sachen aus dem Café, in dem sie den Nachmittag verbracht hatten, oder vom Stand des Straßenhändlers, vor dem sie stehengeblieben waren, um in vergilbten alten Drucken zu stöbern, mitgehen zu lassen. Norma sagte nichts dazu und schien diese Unarten gar nicht zu bemerken; aber sie selbst machte sich deswegen Vorwürfe und nahm sich vor, sich zu bessern, doch ihre guten Vorsätze blieben Vorsätze, und als sie aus der Pension abreisten, mußte sie unbedingt den Zimmerschlüssel, die lederne Schreibunterlage vom Schreibtisch und einen klapprigen Kleiderbügel aus dem Schrank einpacken.

Es stand kein Datum für ihre Rückkehr fest. Bei der Pensionsinhaberin verlängerten sie immer wieder die Buchung:

erst sollten es fünf Tage sein, dann wurden es neun, dann elf, dann zwanzig. Norma hatte ihr sofort den »Familienhaushalt« – genau so hatte sie es genannt, und es war, auf sie beide bezogen, ein merkwürdiges Wort in ihrem Mund – anvertraut, dazu die dick gefüllte Brieftasche, als würde sie sich die Hand verbrennen, wenn sie sie bei sich behielte. Sie erklärte lächelnd: »Ich verliere doch alles.« Das war wahr: in der Toilette eines Restaurants, die sie wegen dieser anderen Manie aufgesucht hatte, sich jedesmal, wenn sie mit etwas Fremdem in Berührung gekommen war, die Hände zu waschen, hatte sie zum gründlichen Einseifen den Ehering abgestreift und war dann schnell wieder hinausgegangen – ich hatte Hunger, sagte sie später, aber viel wahrscheinlicher war, daß sie sich gesorgt hatte, wie Medusa wohl allein mit dem Ober zurechtkam, oder daß sie einfach nur an sie dachte, und das war ein bedeutsamer Umstand –, und so blieb er auf dem Waschbecken liegen. Als sie am Tag darauf wiederkamen, konnten sie ihn nur gegen ein üppiges Trinkgeld beim Kellner wieder auslösen. Ich verliere doch alles, Medusa, mach du das. Besorgt suchte sie ihre Miene zu erforschen: Norma war völlig vertrauensselig, Medusa konnte sich nicht vorstellen, was ihr durch den Kopf ging. Sie war doch wahnsinnig, ihr all dieses Geld in die Hand zu legen. Medusa war verdutzt, ja schockiert – so viel Geld auf einem Haufen hatte sie noch nie gesehen, geschweige denn, daß jemand die verrückte Idee gehabt hätte, ihr so eine Summe anzuvertrauen. Die andern hatten natürlich recht, aber diesmal war sie kein einziges Mal in Versuchung gekommen, das Geld zu stehlen, nicht einmal einen Teil davon. Sie rundete die Ausgaben nicht auf, sie versuchte sogar, sie einzuschränken. Sie hatte das Gefühl, als wäre dieses Geld auch ihres, und es wäre doch absurd, sich selbst zu bestehlen. Sich selbst gegenüber ist man immer loyal, aber es wäre ihr noch absurder vorgekommen, Norma etwas zu stehlen, ihre Freundin auszunutzen. Sie hatte diesen Gedanken zwar lange gehegt, manchmal sogar mit einem gewissen Weitblick, ja, mit berechnender Sorgfalt, aber das war damals, als sie noch keine Freundinnen waren, und dann war dieser Vorsatz plötzlich verflogen, in der Kühle einer Julinacht in den Bergen. Ihre einzige Versuchung war, Norma zu stehlen, sie allen anderen wegzunehmen, auf Dauer, ja, aber sie wußte nicht, wie. Wenn aber Norma ein entschieden schlechtes Verhältnis zum Geld hatte (am ersten Tag hatte sie ein Vermögen ausgegeben, um den Sonnenschirm zu erstehen, der sie beide jetzt so kokettt beschattete und den Widerschein des auf den Stoff gestickten fünfzackigen Sterns über Normas Gesicht tanzen ließ), so war auch Medusa keine gute Haushälterin. Das Geld flog davon, vielleicht nicht durch ihre Schuld, vielleicht war es auch nicht so viel, vielleicht weil niemand einem etwas schenkt und alles bezahlt werden muß, womöglich im voraus. Sie bezahlten die Zugfahrt, die Pension, die Mahlzeiten, den Kaffee, die Leihgebühr für das Ruderboot, den Fiaker für die Ausflüge ins Landesinnere, die Souvenirs, die kleinen Geschenke, die sie sich gegenseitig machten, zwei Ringe selbstverständlich – oder vielleicht auch nicht so selbstverständlich. Der Verkäufer, der zwar dienstfertig die riesige Auswahl des renommierten Geschäfts vor ihnen ausbreitete, wirkte etwas erstaunt über den Wunsch der beiden wohlgelaunten Fräulein, die etwas Passendes für ihre linken Ringfinger aussuchen wollten und auf seine halblaut gemurmelte Bemerkung hin, im allgemeinen seien es doch die Herren, die den Damen die Ringe schenkten, und es bringe kein Glück, sie sich selbst zu kaufen, nur einen amüsierten, verschwörerischen Blick tauschten. Sie probierten Dutzende an: jedesmal schien es soweit zu sein, aber dann doch wieder nicht, denn auf dem Samtkissen lag immer noch einer, der noch schöner war. Schließlich wählte Norma für sie einen leuchtenden gesprenkelten Stein, der sich dann als ein übermäßig teurer, überdies noch antiker Heliotrop von höchst kunstvollem Schliff herausstellte, »*unique*«, versicherte der Verkäufer. Medusa wählte einen doppelten Reif, in dessen feines Silberfiligran ein tropfenförmiger Stein eingelassen war, von tiefem, unheilvollem Schwarz, aber in ihren Augen von königlichem Prunk und daher genau richtig für ihre kleine Gnädige, ein Stein, von dem sie dann zu ihrem Bedauern erfuhr, daß er nichts weiter war als ein preiswerter vulkanischer Obsidian, überdies von vermutlich italischer Herkunft, höchstwahrscheinlich vom Vesuv. Norma fand das Geschenk jedoch einfallsreich und stellte philosophische Betrachtungen über den Obsidian an, denn sie hatte gelesen, daß für irgendein primitives Volk der Obsidian eine magische Waffe von himmlischer Herkunft war, der Ursprung des Lebens und das wesentliche Prinzip seiner Erhaltung, ein Symbol, das Leben und Tod brachte und irgendeiner großen Göttin heilig war, und daher konnte sie von ihr, Medusa, keinen anderen Stein zum Geschenk bekommen. Kurz, es war eine komplizierte Geschichte mit dem Obsidian, aber der Ring war wunderschön und stand Norma gut, und ihn streifte sie beim Händeeinseifen nie ab. Der Spiegel, den der Juwelier, allmählich doch gereizt und ungeduldig, ihnen hinhielt, bestätigte in der Tat, wie gut er zu ihr paßte, und schließlich zog Medusa die Geldbörse aus der Handtasche und hatte die Genugtuung, ein dickes Bündel Banknoten auf den Kassentisch zu legen und dem gierigen Händler, der gewiß fürchtete, von zwei verkleideten Diebinnen ausgeraubt zu werden, ins Gesicht zu lächeln. Weiter bezahlten sie die Aperitifs im Café (Norma erwies sich dabei als erfreulich beständige Natur, die immer dem Kir den Vorzug gab; Medusa versuchte jeden Abend etwas Neues). Sie bezahlten die Liegestühle am Strand, die Sitze für das Freiluftkonzert (der Pianist, meinte Medusa, sei viel zu exaltiert, und ihrer Meinung nach spiele Norma viel besser, und ob sie je daran gedacht habe, Stunden zu geben?). Sie bezahlten die italienischen Kinder, die auf der Strandpromenade Murmeltiere tanzen ließen. Medusa warf ihnen die Münzen in den Hut, Norma gefielen die Murmeltiere nicht, sie hatte eine instinktive Abneigung gegenüber Tieren, fast einen panischen Abscheu, sie haßte sie alle und vor allem Tiere in Gefangenschaft, aber sie, Medusa, fand diese Murmeltiere wunderbar und wollte den bettelnden Kindern gegenüber freigebig sein (Norma wunderte sich sehr darüber, weil sie das doch sonst niemandem gegenüber war). Sie bezahlten den Geigenspieler für seine entfesselten Zigeunerrhapsodien, den Organisten für ein kleines Privatkonzert. Und sie bezahlten die Ansichtskarten für Normas Bruder, ihren großzügigen Wohltäter, für die Schwägerinnen, für den Grafen, für die Jungen – die nie abgeschickt, ja nicht einmal geschrieben wurden, genau gesagt verstaubten sie seit Tagen unter dem Briefbeschwerer auf dem Tischchen. Es waren Abbildungen der Klippen; auf der Rückseite waren drei blasse schwarze Linien gezogen, eine unter der anderen, und daneben war ein freier Raum für die Grüße an den Empfänger – er war so klein, so wenig hätte genügt, ihn zu füllen, ein paar rituelle Worte, »es geht mir besser«, »ich komme bald zurück«, »ich denke an Euch«, »ich küsse Euch« und so weiter, oder auch nur »herzliche Grüße«, »viele Grüße«, »ganz liebe Grüße«, aber selbst diese mageren Floskeln schrieb Norma nicht. Sie setzte sich gar nicht erst an den Schreibtisch, um sich etwas einfallen zu lassen. Morgens, wenn Medusa aufstand – immer sie zuerst, aus alter Gewohnheit und wegen der Schwierigkeit, auf dem wurstförmigen Kissen zu liegen, weil das Bett zu schmal für sie beide war und eine unvorsichtige Bewegung genügte, um ins Leere zu greifen, weil sie weniger träumte oder vielleicht auch, weil es so schön war, Norma ins Bewußtsein zurückzurufen –, fiel ihr Blick auf das Tischchen und suchte unwillkürlich die unbeschriebenen Postkarten. Sie weckte sie mit einem leichten Kuß und unterdrückte dabei nur mühsam eine plötzliche Lust, laut zu singen. Niemand außer ihnen beiden war in der Bonbonniere des La Fleurie, außerdem war da kein Platz, das Einzelbett war so schmal, daß es keine Grenze gab, und daher kam es oft wie ganz von selbst – einfach durch die Nähe – zur Vereinigung. Es war kein Zwang, von keiner der beiden wurde es so empfunden: es war einfach die Krönung des Morgens, des Nachmittags, des Abends. Und sie hatten ja auch nicht bis zur Bonbonniere gewartet, um sich das zu schenken, was sie – wären sie als Paar nur ein klein wenig anders gewesen – den »Beweis ihrer Liebe« genannt hätten, o nein, aber der blumengeschmückte Würfel war ihr erstes, einziges richtiges Schlafzimmer. Wir sind du und ich, Medusa, du und ich allein, sagte sie vor dem Einschlafen, und dann wollte sie immer wieder von ihr hören: gute Nacht, Norma. In der Nacht war die Stille so beruhigend, und beruhigend war auch die vor kurzem schneeweiß getünchte Zimmerdecke, alles war hell in der Pension La Fleurie, und auch Normas Garderobe – beziehungsweise ihrer beider Garderobe, denn in dem einzigen großen Koffer genossen die Kleider eine bemerkenswerte Promiskuität, und bevor sie ausgingen, überlegten sie lange, und schließlich entschied die eine für die andere, Medusa mochte Norma am liebsten in Aprikose, in Aquamarin, in zartem Mauve, Norma sah Medusa am liebsten in Weiß, aber am allerliebsten in dem Kleid aus amarantrotem Tüll, das sie selbst entworfen und dann von ihrem Turiner Schneider hatte nähen lassen, es war von vollendetem Schnitt und nach der neuesten Mode, die das zarte Flattern der Spitzen mit einer strengeren und tragbaren Eleganz vereinte. Vor diesen Tagen völliger Freiheit (frei von festen Zeiten, von den anderen, von der Arbeit oder der Familie) war Medusa der Begriff »Ferien« ganz unzugänglich, versagt oder auch nur fremd gewesen: sie hatte geglaubt, man müsse sich doch sehr langweilen, ohne etwas zu tun, ohne an etwas zu denken, wenn man alles hatte und nichts anderes wollte. Doch nun wurde ihr die Bedeutung dieses besonderen Zeitraums klar: wie sie den Zug von Cuneo nach Vievole genommen hatten, und von Ventimiglia nach Nizza, so würden sie von Nizza den Zug nach Ventimiglia nehmen, und von Vievole nach Cuneo, die Bahnlinie, die diese Orte verbindet, ist zweigleisig, an einem Bahnsteig kommt man an, am anderen fährt man ab. Hinfahren, herfahren, es war fast dasselbe Wort, und doch wieder nicht. Daher sprachen sie nie von dem Danach, von dem, was DANACH kommen würde, in einer unwahrscheinlichen Zeit, für die noch keine grammatische Form erfunden worden war (vielleicht war die Zukunft II der Situation am angemessensten, etwas bereits Vollendetes, was doch erst in Zukunft geschehen und bereits vorüber sein würde): das, was hinter der Linie des von der Hitze ausgelöschten Horizonts nicht zu sehen war, gab es eben einfach nicht – wenn das Geld verbraucht wäre, gab es auf dem Grund der geleerten Börse nur den zweiten Bahnsteig, die in der Augustsonne glänzenden Geleise, die Rückfahrt, nichts anderes. Die Zukunft ist ein unendlicher oder ein kreisförmiger Horizont, je nach der Gemütslage: unendlich auf dem Perron des Bahnhofs von Cuneo, als sie auf den Zug warteten und dann nur hofften, daß er pünktlich abfahren würde, kreisförmig, als sie in der ersten Nacht die Fensterläden der Bonbonniere schlossen. Darauf, in den langen Tagen von Nizza, existierte der Horizont gar nicht mehr. Es gab nur noch die Bonbonniere, den Tag, die Nacht, Medusa, Norma, nichts anderes. Manchmal, in den Augenblicken des Wartens, bis Norma die Augen aufschlug und sie ansah, mußte sie an diese Geleise denken, die sich kühn die Berge hinaufzogen, Tunnel und Viadukte durchquerten und schließlich auf der Hochebene von Cuneo unter dem Bahnsteigdach endeten. Es war ein seltsames Gefühl, ein Schwindel, ein tief in sie hineinfahrender Stich, fast ein Herzstillstand, und dann kramte sie hastig in der Brieftasche: das Geld, das Boncompagni ausgelegt hatte, wurde weniger, das Banknotenbündel zusehends dünner, und der Bahnhof von Cuneo und dann die Dampfbahn nach Borgo und von dort der Omnibus der Autolinie Argentero sausten ihr puffend entgegen, und dann kam die Fahrt jäh vor dem Gittertor des Jagdschlößchens zum Stillstand. Ich werde zurückgekehrt sein, du wirst zurückgekehrt sein, wir werden zurückgekehrt sein. Wer weiß, ob auch Norma manchmal daran dachte, wer weiß – aber das konnte sie nicht fragen.

Norma hatte dreimal daran gedacht: das erstemal kaum eine halbe Stunde nach ihrer Ankunft, als sie unter den stechenden Augen der Pensionsinhaberin in die Geschichte der Pension Fleurie eingingen, indem sie sich mit einem winzigen, aber deutlichen Mme Norma Boncompagni ins Gästebuch eintrug – der Anblick ihres Mädchennamens hatte sie wie ein Schlag getroffen, und sie hatte sogleich das Heft der Besitzerin zurückgereicht, es umgekehrt von sich weghaltend, damit sie ihn nicht noch einmal lesen mußte. Dann bei einer Unterhaltung mit dem exzentrischen Amerikaner, der für die alte Welt schwärmte und sich vom dekadenten Europa alle möglichen morbiden Perversionen erwartete und keinen Anstoß an seinen Zimmernachbarinnen zu nehmen schien: sein Zimmer lag neben der Nummer drei, die Wände waren zwar dick, aber vielleicht doch nicht dick genug. Es machte ihm Spaß, sich avantgardistisch zu geben, obwohl er sich die Sache so erklärte, daß sie zwei Luxusprostituierte sein mußten. Medusa warf er wohlgefällige Blicke zu, Norma anerkennende, und an beide richtete er stumme und nie erhörte Bitten, zu ihren kleinen Orgien eingeladen zu werden. Je mehr sie ihn ignorierten, desto neugieriger wurde er und brachte sie mit seinen Fragen in Verlegenheit. Einmal erkundigte er sich nach Normas Beruf und schwor, nicht abzulassen, bis er erfahren hätte, was ihn so interessierte. »Ich wette, Sie haben einen Modesalon.« »Ach, woher.« »Sie sind Opernsängerin, Alt, würde ich sagen.« »Ach, woher«, lachte sie. »Schauspielerin.« »Nein, um Gottes willen.« »Lehrerin?« Er wurde immer ironischer, aber sie fragte sich, ob das nicht die passendste Antwort wäre.

»Musiklehrerin?« »*Touché*«, lachte Medusa, die diesen aufdringlichen Mister Waterston leider ziemlich sympathisch fand, »*wusawé döwiné.*« Aber der Amerikaner war noch nicht zufrieden und fragte Norma ohne Umschweife, ob sie ledig, getrennt, geschieden oder Witwe sei. Sie wußte nicht, was sie ihm antworten sollte: daß sie einfach, banal, fest verheiratet sein könnte, darauf kam er überhaupt nicht, der freizügige Amerikaner. Sie zögerte und sah verwirrt auf die dunkelrote Weichselkirschschliere in ihrer Champagnerschale. »*Wöv*«, kam ihr Medusa unbekümmert zuvor, »*madam è resté wöv trè schönn, sá eté terrible pur elle, mä sé passé, desormé, sè la vì, n'es pà?*« Norma trank hastig ihr Glas aus, starrte benommen auf die Weichselkirsche, die am Boden klebte, und errötete, denn sie entdeckte, daß das Wort ihr gefiel: *veuve*, Witwe, das klang wundervoll, und hinter dem Wort war die Vorstellung, und diese schreckliche Vorstellung gefiel ihr. Der Gedanke, in Tränen aufgelöst den armen Felice zu begraben – wärst du tot, Felice, würde ich dich auf immer beweinen, dich und die Liebe, die ich nicht empfinde. Der Gedanke gefiel ihr an jenem Abend nicht weniger als Medusa, die eine Olive knabberte, sie mit der Zunge entkernte und dann, ohne sich um den zweifelnden Blick des Amerikaners zu kümmern, den Kern in die Schale voll grüner Oliven, Mandeln und Salzgebäck fallen ließ. Ich werde nicht zurückgekehrt sein, und das Futur II rutschte in ein Kontinuum von Gegenwart ab. Das drittemal war, als sie, unwiderstehlich angezogen von einer jungen Mutter, die versuchte, ihren schluchzenden Sprößling zur Vernunft zu bringen, in ein Spielzeuggeschäft trat. Sie hatte die Absicht, etwas für die Kinder zu kaufen, um von ihnen für das, was wie böswilliges Verlassen wirken mußte, Vergebung zu erbitten. Aber sie wußte, daß Kinder alles wollen, und ihre Liebe ist ausschließlich und unversöhnlich. Unversöhnlich. Sie ging zwischen den Regalen umher, von wachsender Unsicherheit befallen, die sich im Lauf der Minuten zu Beklemmung und Schwindelgefühlen steigerte. Es gefiel ihr das Miniaturmodell eines Panhard & Levassor 1899, es gefielen ihr auch ein winziges Segelschiff in einer Flasche und ein chinesischer Drachen aus Reispapier, bemalt mit einem Lindwurm mit flammender Zunge. Sie konnte sich nicht entscheiden, weil sie fürchtete, eine Ungerechtigkeit zu begehen. Sie wollte Medusa um Rat fragen, sah sie aber nicht: Regale, Regale, sie wühlte in einem Korb mit Hunderten von Teddybären, Medusa war nicht da, Regale, Dutzende von Spieldosen für Kinder, eine als Fechter verkleidete Kasperlefigur, Luftgewehre, Rollschuhe, Kinderbücher, Jugendbücher, die gesammelten Werke von Jules Verne, dann sah sie sie: ein dunkler Schatten, der hinter dem Schaufenster vorüberglitt. Sie schritt auf und ab, ohne die nach der letzten Pariser Mode gekleidete Puppe auch nur eines Blickes zu würdigen, gleichgültig, angeekelt oder vielleicht verbittert. *»Je ne sais pas«*, sagte Norma zum Verkäufer, der sie drängte, doch eine Wahl zu treffen, *»bonjour.«* Beim Schließen bimmelten Glöckchen, die am Schloß der Ladentür befestigt waren. Medusa, Medusa, rief sie hinausstürzend. Eilig kam sie ihr auf dem Trottoir entgegen, fast stolpernd, mit ihrem entschlossenen, ausgreifenden Gang, der sich immer noch nicht mit den Straßenschühchen und dem engen Rock auszusöhnen wußte – und dieser Gang, diese Hast, dieses Lächeln schnürten Norma die Kehle zusammen. Sie kaufte die Spielsachen nicht und kehrte auch nicht mehr in die Nähe des Geschäfts zurück, aus Furcht, daß dort im Schaufenster statt eines Panhard & Levassor, statt bunter Murmeln und eines Minigolfschlägers allen sichtbar ihre ach so wenig dringenden Gewissensbisse ausgestellt wären – zusammen mit ihrer in eine sorgfältig abgeschlossene Schreibtischschublade verbannten Angst: der Fahrkarte Nizza–Cuneo, *ouvert*, Reisetag noch zu bestimmen, Gültigkeit dreißig Tage, vor Antritt der Fahrt abzustempeln.

Der Dunst hatte sich zerstreut: man sah wieder deutlich das Ufer, die Reihe der bunt gestrichenen Kabinen, die an der Spitze eines Masts flatternde weiße Fahne des Strandbads La Fleurie, die Strandpromenade mit vereinzelten dahinsausenden Fahrrädern, das verschachtelte Häusergewirr der Altstadt. Das Wetter wurde schlecht, ganz plötzlich zogen Wolken auf: in zwei Stunden oder weniger würde es heftig regnen. Ein Wind hatte sich erhoben, und jetzt fuhren Böen über das Wasser und kräuselten seine Oberfläche. Wo vorher im Dunst alles ununterscheidbar war, traten jetzt wieder die Farben hervor: das Silber des Meerwassers hob sich vom Weiß der Schaumkronen ab, das Ockergelb des Sands trennte sich vom Rot des Bootes, mächtige Schlieren violetten Blaus, von wärmeren Strömungen verursacht, liefen hinaus aufs hellere offene Meer. Sie mußten zurück. Die letzte Mahlzeit in der Pension, dann die Formalitäten der Rechnung (Formalitäten!), das Kofferpacken, ein Taxi, der Zug. »Was gibt es heute zum Mittagessen?« fragte Medusa und bemühte sich, Interesse an der Antwort zu zeigen. »*Salade de crevettes,* was denn sonst«, antwortete Norma streitsüchtig und bereit, ihre schon nicht mehr verhohlene schlechte Laune an ihr auszulassen – dann bereute sie sofort ihre Unfreundlichkeit. »Und dann *artichauts* und *poivrons* und die *crêpes suzettes*, die du so magst, hast du Hunger?« »Und du?« »Ich nicht.« »Du mußt trotzdem essen, wir haben doch bezahlt.« Medusa setzte sich an die Ruder, beim Eintauchen machte sie salzige Spritzer, die Norma das Gesicht benetzten. Sie ruderte kraftvoll, aber nicht im Takt und nicht geradeaus: sie drückte stärker auf das rechte Ruder, das Boot fuhr im Zickzackkurs, und so verlängerte sich die Strecke. Aber vielleicht lag es nicht allein an ihrer Unerfahrenheit, die Strömung war jetzt sehr stark, und sie waren vom Strand abgetrieben. Es mißfiel Norma nicht, daß Medusa sich so vergeblich anstrengte und das Boot mitten auf dem Meer wie verankert blieb, nicht weit vom Ufer, aber nicht nahe genug, um es zu erreichen, nahe dem Fluchtpunkt, wo die Perspektive verschwimmt und sich verliert, aber nicht nahe genug, um darin verschlungen zu werden. Die Verspätung und die beleidigte Miene der Pensionswirtin bekümmerten sie nicht: sie hatte die uneingestandene Hoffnung, nicht fortzukommen, auf ewig hier draußen auf den Wellen weiterzuschaukeln. »Wenn du mir nicht hilfst, schaffen wir es nicht«, sagte Medusa keuchend. Wenn auch sie nicht zurückwollte, so zeigte sie es jedenfalls nicht. Vielleicht tat sie das für Norma, und das hatte sie nicht erwartet. Barbarische Medusa, meine liebe, meine außerordentliche Gefährtin. Sie setzte sich neben sie auf die feuchte Ruderbank, ergriff das linke Ruder, und so, mit dem Rücken zum Ufer, um es nicht unter den regelmäßigen Schlägen näherrücken zu sehen, teilten sie sich in die Arbeit und in die Mühe und in das verschwiegene Bedauern. Vor ihnen erstreckte sich der Horizont, jetzt eine klare Linie, aber es war kein Anblick, der die Phantasie beflügelte, im Gegenteil: dort, wenn auch unsichtbar und Hunderte von Meilen entfernt, war Italien, und Italien war überall, ob sie jetzt nach vorn in das bläuliche Nichts sahen oder sich umdrehten, um zu prüfen, ob die Strömung nicht zu stark war und sie in die richtige Richtung fuhren. Aber was war die richtige Richtung? Was war der richtige Weg? Wenn es einen gab, warum konnte sie ihn sich in diesem Augenblick einfach nicht vorstellen? Die gemessenen Schläge der ins Wasser eintauchenden Ruder bekamen einen drohenden Klang, ganz ähnlich wie der der Pendeluhr im Speisesaal, die unerbittlich in ihrem Gehäuse tickte: ein Schlag, noch ein Schlag, und die festgenagelte Zeit hatte wieder zu laufen begonnen, das Ufer näherte sich – die Zeit, immer eiliger, die Wellen begleiteten sie, fast drängten sie das Boot ins flache Wasser, die schnelle, immer schnellere Zeit, das Ufer ganz nahe, immer näher.

Ein paar Kilometer hinter Bonnieux, als das Dorf im Heckfenster verschwand und der sich die steilen Kurven hinaufwindende Opel stinkende Wolken von Auspuffgas hinter sich ließ und sein lautes Dröhnen eigenartig an das Ächzen eines Sterbenden erinnerte, verengte sich die Straße zu einer schmalen braunen Spur zwischen Böschung und weißen Felsblöcken, auf denen krumme Tamerisken, grellgelber Ginster und stachlige Rosmarinbüsche wuchsen, deren Duft manchmal den Benzingeruch bezwang und ins Wageninnere drang: sie beide verzaubernd, denn dieser Duft gehörte zu fernen, längst entschwundenen wie zu gegenwärtigen und noch zukünftigen Dingen. Der gemietete Fahrer (es war irgendwie befriedigend, alles zu mieten, als besäße man nichts) wollte die Reifenmäntel diesen Schlaglöchern nicht aussetzen. Er hielt im Schatten, in der Nähe eines trockenen Bachbetts, das sich im Frühling in einen reißenden kleinen Strom verwandeln würde. Sie gingen zu Fuß weiter. Norma bemerkte, daß Medusas Kleid viel zu kurz war, es ließ ihre Knöchel frei, und der Staub weißte nur ihre Schuhspitzen und Absätze. Ihr Mädchen wuchs immer noch, denn dieses Kleid hatte sie ihr vor kaum drei Monaten selbst länger gemacht. Diese Entdeckung hätte zu anderer Zeit eher beunruhigend sein können, aber jetzt, während sie gedankenverloren feststellte, daß die Stiche des Saums aufgegangen waren und daß auch die Ärmel irgendwie nicht zu diesen kräftigen Armen paßten, löste sie eine Woge von Zärtlichkeit aus, die sie nur dadurch unterdrücken konnte, daß sie heftig die Spitze ihres Sonnenschirms in die ausgetrocknete Erde bohrte. Obwohl es schon fünf Uhr nachmittags war – und sie erst spätnachts wieder in der Pension sein würden –, stand die Sonne noch hoch, und der Berg wirkte drohend steil, oben war er völlig kahl, an den Hängen von verführerischem Grün. Norma behauptete, den Weg zu kennen, aber Medusa bezweifelte es, denn an jeder Gabelung blieb ihre vergeßliche Führerin stehen: sie schlug den Weg zur Rechten ein, der sich über kurz oder lang als eine Sackgasse erwies, so daß sie wieder an den Ausgangspunkt zurückkehren mußten, dann stiegen sie mühsam den Weg zur Linken hoch, doch auch dieser führte nicht weiter. Ich kann nichts dafür, entschuldigte sich Norma und klagte, daß alles so verändert sei, sie erinnerte sich an ein Haus, das offenbar seinen Standort gewechselt hatte, ihre Bezugspunkte waren alle ungenau, ihr Orientierungssinn fragwürdig. Medusa wußte nicht, wohin sie eigentlich gingen, und plötzlich war es ihr auch nicht mehr wichtig. Es schien von Bedeutung zu sein, diesen namenlosen Ort zu finden, und daher wollte sie ihn finden, es war nicht wichtig, ob mit dieser vermutlich sinnlosen Suche der kostbare schon fast letzte Tag dahinging. Die Straße versandete im Schatten der Pinien, unter üppigem Grün und Zikadenlärm, wir sind am Ende der Welt, dachte sie, am Ende der Welt. Wie sagte man, *a but dü monde*, und wie hieß das im Patois? Einen Augenblick lang fehlten ihr die Worte, und sie meinte, sie könnte nicht mehr sprechen, sie hätte keine Sprache mehr. Oder sie habe vielleicht eine andere gefunden. Normas Sprache, oder ihre. Am Ende der Welt.

Von einem sie offenbar ermutigenden Zeichen beflügelt, einer Steinpyramide am Wegrand, beschleunigte Norma das Tempo: sie hatte einen Gang, den Medusa für einzigartig ansah, eine lässige Eleganz, die sie unvergleichlich feminin fand, deswegen blieb sie gerne, wenn sie spazierengingen – auch wenn Norma protestierte und klagte, sie fühle sich beobachtet –, einen Schritt hinter ihr, um die Stelle an ihrer Taille zu betrachten, wo die Stola auf dem Kleid auflag, um hinter der durchbrochenen elfenbeinfarbenen Spitze das hellere Elfenbein ihrer Haut zu entdecken, um sich die Bändchen der Unterwäsche vorzustellen. Und es gab noch mehr Dinge, an denen sie ihre Augen weidete: die sanfte Wellenbewegung der Arme, die Falten des Stoffs am Rücken, den unter dem Hut gerade noch sichtbaren Nacken, ein kleines

Dreieck von betörender, ganz leicht von blondem Flaum bedeckter Weiße. Schließlich mündete der Weg in einen von meterhohen Brennesseln und Dornen gesäumten Pfad, die, ganz wie sie, eine Vorliebe für Normas Arme haben mußten, denn sie verfingen sich ständig in ihrem Kleid. Ungewöhnlich aggressiv griff Norma sie mit ihrem Sonnenschirm an, schlug sie zur Seite, um sich Durchgang zu schaffen. »Du wirst sehen, gleich wirst du sehen«, sagte sie sich umdrehend – Medusa folgte ihr wortlos, fest auftretend, um die Vipern zu verscheuchen, die diesen Ort bestimmt herrlich fanden. »Ah«, sagte Norma. Nach einer Biegung versperrte eine Mauer den Weg, eine mindestens sechs Meter hohe Mauer aus hellen Steinen, in deren Mitte sich eine Aussparung öffnete, sicher früher ein Fenster, denn noch war teilweise ein hölzerner Rahmen erhalten. Doch jetzt ging dieses Fenster ins Leere, es umrahmte ein vollkommenes blaues Viereck, und dieses Blau war der Himmel.

Sie gingen an der Mauer entlang. Dahinter waren von dem, was einmal ein Haus oder vielmehr ein Schlößchen war, nur noch ein paar Trümmer geblieben, ein unbestimmter Grundriß, ein paar Steine. Es war nun kein Haus mehr, sondern der ideale Wohnsitz der Schlangen der ganzen Provence. Norma sah auf den Abgrund hinaus; die Stufen, die zum Bühnenrund hinabführten, waren unter wucherndem Unkraut nicht mehr zu erkennen, das Amphitheater hatte vor der jahrelangen Vernachlässigung kapituliert – wie viele Jahre mochten es sein? Mehr als zwanzig, doch der Ort selbst war seit mindestens fünfzig Jahren unbewohnt – und nichts konnte Medusa die Vorstellung vermitteln, daß Norma einmal als Kind, auf diesen Stufen sitzend, *la belle Hélène* Wagner hatte singen hören, für ein ganz kleines, von Mücken geplagtes Publikum, das aber alles in Kauf nahm, um der leidenschaftlichen Isolde zu applaudieren. Es war Norma ganz recht, daß nicht mehr erhalten war: die Zeit löscht aus, was sie auslöschen muß – jedenfalls dachte sie in diesem Augenblick so. Medusa trat zwischen die Trümmer des Festsaals, an der einzigen Wand, die hoffärtig den Blick auf die sich fast grenzenlos im Horizont verlierende Talebene verstellte – denn das war der letzte Gebirgsausläufer, und da hinten im Süden mußte das Meer liegen –, hingen noch zwei Kamine, einer über dem anderen, zwei an den Stein geklammerte, im Leeren schwebende baufällige Kamine, bald würden auch sie auf den Resten des Bodens zerschellen. An der Mauer dösten zwei Eidechsen in der Sonne; Medusa störte sie nicht und empfand auch nicht die Versuchung, sie anzuzünden, um sie in davonschnellende Feuerpfeile zu verwandeln. So etwas tat sie nicht mehr – wenigstens nicht, wenn sie mit Norma zusammen war. Sie hatte Oliviero das Spiel gelehrt, den die lebenden kleinen Fackeln entzückten und der die Zahl der Eidechsen in der Umgebung des Jagdschlosses dezimierte. Doch jetzt dachte sie nicht an ihn – nein, er war fern, er war gar nicht geboren, er existierte ganz einfach noch nicht und würde vielleicht nie existieren. Du hast mich ans Ende der Welt gebracht. Im Staub waren überall Spuren, zierliche Fußabdrücke von Vögeln, keilförmig, die gleiche stilisierte Form, mit der Kinder den Flug der Schwalben zeichnen. Norma kam und setzte sich auf eine Steinplatte, ihre Augen strahlten heller als gewöhnlich; sie streifte sich die Handschuhe ab und machte eine der Gebärden, die Medusa an ihr am meisten gefielen, weil sie ganz unbewußt, überhaupt nicht affektiert, ja, eigentlich recht ungeschickt waren: sie tastete instinktiv nach ihrer Handtasche, um den Fächer herauszunehmen, konnte sie aber nicht finden, weil sie noch auf dem Sitz des Opels lag. Sie seufzte und fächelte sich das Gesicht mit dem Hut. Sie trug das aprikosenfarbene Kleid, Medusas Lieblingskleid, wie sie wußte, denn sie hatte es ihr so oft gesagt. Es ist merkwürdig, jemanden in Kleidern zu betrachten, den man auch nackt kennt, und obwohl ihr die sanfte Aprikosenfarbe so gefiel, war sie nichts gegen Normas Haut. Sie berührte flüchtig mit den Fingerspitzen das bestickte Oberteil, und auf einmal war sie todmüde und hatte keine Lust mehr, noch weiterzuwandern oder aufzustehen oder sich überhaupt zu bewegen. Sie fühlte sich so wohl und gut aufgehoben auf diesem Stein, und hier in der Sonne zu sitzen bedeutete nicht, auf den Schatten verzichten zu müssen – und plötzlich hatte die Müdigkeit nichts Verzagtes, war absolute Befriedigung, Anfang und Ende des Begehrens. *In dir kommt meine Jugend zur Ruh*, fiel ihr plötzlich ein; Norma hatte so etwas Ähnliches geschrieben. Eine Wanderschaft, die so lange gedauert hatte, schien nun an einem kleinen runden Perlmuttknopf, dem das Licht eine zauberische Wirkung verlieh, zu ihrem Ende gefunden zu haben: alles konzentrierte sich in einem weißen Faden, der sich um diesen losen Knopf schlang und ihn abschnürte oder auch vielleicht noch hielt. Ja, dieser abgelegene Ort gefiel ihr, er war fast wie eine Theatergalerie über dem Schauspiel der Welt, und am meisten gefiel ihr dieses azurblaue Fenster, das von außen wie von innen dieselbe Landschaft umrahmte. »Das ist mein Haus, UNSER Haus«, sagte Norma, ihre Hand ergreifend. Verdutzt sah sie sich um. Ein Haus mit einer einzigen Wand, einem Fenster zum Nichts, auf dem Gipfel eines Berges, ein Haus aus Wind und Staub, mit schwebenden Kaminen und ohne Fußboden, ohne Tür, voller Unkraut und Eidechsen und Stille. Ein Haus, das keine Wohnstätte und doch ihr einziges, richtiges, mögliches Haus war. »Ja, es gefällt mir sehr.« Sie hatte von der Hitze einen trockenen Mund, aber auch von einer überwältigenden Empfindung: der Gewißheit, daß dies der Ort und sie der Mensch war, dem Norma ihn hatte zeigen wollen. Ja, der absoluten Gewißheit, das erste Menschenwesen zu sein, dem sie ihn gezeigt hatte. Mehr gibt es nicht, dachte Norma, das ist alles, alles, was da ist, und das ist der Punkt, an den alles zurückkehrt und wo alles sich offenbart, und die Zukunft entsteht aus der Befreiung der Vergangenheit; die Spirale, die

Spirale, das ist das Geheimnis, unendliches Kreisen um einen Punkt herum, und nun ist der Kreis aus seiner Gefangenschaft erlöst, er ist befreit worden. Barbarische Medusa, du bist mir so lieb wie – wie die Sonne auf dem weißen Fels? Barbarische Medusa, du bist mir so lieb wie die Nacht im dunklen Zimmer. Ich habe gesucht, was mir ähnlich ist, und finde dich in meinem Bett, wo du auf mich wartest. Barbarische Liebe, du bist aus meinem Heimatort. »Wieviel Stille für uns zwei, Medusa«, sagte sie. »Ja, für uns«, antwortete sie. Laß mich dich umschlingen, nimm mich hier auf der Erde im Staub, und laß uns untergehen im dunklen Land, aus dem der Durst kommt und die Mühsal, der Taumel, die Wonne und die Ruhe. In meinen Armen ruh dich aus, Medusa. Medusa, ruh dich aus. Sie war immer eher wortkarg gewesen, vielleicht weil sie sich kannte und fürchtete, zu übertreiben, vielleicht weil sie sie kannte und fürchtete, sie zu langweilen – »meine Liebe«, sagte sie zu ihr und wußte, daß sie auch jetzt nicht sagen würde: Medusa, mein Leben, meine Schwester, meine Braut. Die Eidechse huschte die Wand hinab, ein silbriger Pfeil, der in einer grasbewachsenen Vertiefung verschwand.

Mit der Zeit, als die Zukunft II Gegenwart geworden war, begannen die Erinnerungen an die gemeinsamen Ferien zu verblassen. Eine nach der anderen verloren sie sich in der Fliehkraft der Notwendigkeit. Zuerst verschwanden die Pensionsgäste, dann die Cafés, die Geschäfte, das Meer, schließlich sogar La Fleurie, die Bonbonniere, das schmale Einzelbett. Es blieb allein dieser schläfrige sonnige Nachmittag auf dem Berg von Bonnieux, unter dem azurblauen Fenster, als sie Medusa umschlungen hielt und sie stumm ansah – als die Welt plötzlich leicht und transparent wurde und sie ihr Ziel erkennen ließ: das war der Augenblick, auf den alles zustürzte, der Scheitelpunkt der Kurve, der Gipfel der Zeit und ihres Daseins. Es gibt einen Punkt – ein Atom des Lebens, winzig und unerheblich –, es gibt einen Punkt, in dem die Ziehkraft die Flucht der Dinge zunichte macht und die Materie in einer kurz vor der Explosion stehenden Dichte konzentriert: die Vollkommenheit des Kreises bricht auf und stellt sich wieder her, und das ist das geheime Herz der Welt, die Mitte der Mitte, und sie befanden sich nun in der Verengung der Sanduhr, an dem Punkt der höchsten Spannung, wo die Zeit sich verlangsamt und einen Augenblick stillsteht, bevor es zum Fall kommt – gestern Schatten, morgen Asche, vorher zufällige Anhäufung von Sandkörnern, langsamer Rhythmus von Tagen, Wochen, Jahren, danach rasendes Verrinnen, senkrechter Fall, Wiederholung dieses Augenblicks oder unendlicher Verlust. Doch in der Mitte der Mitte hebt die Zeit sich auf, kristallisiert sich in einer grenzenlosen Gegenwart von einer solchen Konzentration, daß sie alles einschließt. Sie erlebte einen Moment universaler Gleichzeitigkeit: alles, was in diesem einzigartigen Zeitpunkt geschah, gehörte ihr. Sie existierten in demselben Augenblick, in der höchsten Potenz, sie, Medusa im amarantroten Kleid, strahlend und von ihren Liebkosungen zerzaust, die Eidechse, die aus der Mauerfuge hervorlugte, das azurblaue Fenster, die zwischen den Steinen lauernde Schlange, die Brennesselblüten, die noch grün waren wie die Blätter, der Wespenschwarm, der an ihren Haaren nippte, die rostigen Blechdosen, die in einem Sonnenstrahl glänzten, die an Schwalbenflug erinnernden Spuren in der sandigen Erde, der wirbelnde Staub, der zu ihnen aufstieg und ihre Haut mit einem farblosen Belag überzog. Es existierten der Mietwagenfahrer im Dorf, die Feldarbeiter, alle übrigen Unbekannten, festgehalten in ihrer letzten Geste, und in der Mitte der Mitte die dunklen Augen Medusas, die sie unverwandt ansahen. Sie flüsterte ihr etwas Unerhörtes und daher Nichtwiederzugebendes ins Ohr, löste sich von ihr, strich sich das Haar zurück, verjagte eine Wespe von ihrer Stirn, entfernte sich ein paar Schritte – die Zeit versteinerte in diesem einzigen bedeutungsvollen Augenblick, dem, der alles enthält: alles hatte darauf hingezielt, aber nie war es sicher gewesen, daß der Ton erreicht werden würde. Der Augenblick war gekommen, das war der Augenblick, an diesem Ort, an diesem Tag, jetzt. »Beweg dich nicht«, sagte Medusa, »rühr dich jetzt nicht, Norma, du bist so schön.«

Das Wasser war niedrig und durchsichtig; ungehindert berührte der Blick den von der unterseeischen Strömung geriffelten Sand des Meerbodens. Medusa zog das Ruder ein, Normas Ruder stieß an einen aus dem Wasser ragenden Stein und sprang aus der Dolle, sie mußte es schnell herausfischen, denn schon wollte es forttreiben, von der Brandung mitgerissen. Eine Welle setzte das Boot auf den Ufersand, ein Stoß sagte ihr, daß die Reise zu Ende war und sie um sieben Uhr abends der Zug erwartete; am Strand lief der Bademeister in seinem roten Trikot rufend auf sie zu. Nah am Wasser kauerte ein Kind und steckte als krönenden Abschluß einen zerfransten Strohhalm auf eine mächtige Sandburg mit zahlreichen Schießscharten und einer hölzernen Ziehbrücke. Der Anblick von so viel Leidenschaft und Begeisterung, um etwas so großartig Vergängliches zu bauen, das die See, die schon in den Burggraben lief, im nächsten Augenblick zum Einsturz bringen würde, rührte sie fast zu Tränen. Medusa las die Sachen zusammen, die auf der Bank im Bug herumlagen, packte den Strohhut, drückte ihn sich fest auf den Kopf, zog den Bademantel über den Badeanzug, überlegte es sich dann anders und nahm ihn über den Arm; sie wollte noch die letzten Augenblicke der Freiheit nutzen – und Norma war ihr dankbar dafür. Dann blickte Medusa sie an, und da sie keine Anstalten machte, sich zu rühren, sondern neben dem Ruder sitzen blieb und sich von dem mit dumpfem Geräusch im Sand mahlenden Boot schaukeln ließ, trat sie zu ihr. »Wir sind da, Norma«, sagte sie in dem entschiedenen Ton, den sie anzuschlagen pflegte, wenn sie glaubte, Norma aus einer plötzlichen Geistesabwesenheit aufrütteln zu müssen. Medusa sprang ins fußhohe Wasser und zog das Boot an Land: eine spontane freundliche Geste, damit Norma aussteigen konnte, ohne daß die Schuhe naß wurden. Am Strand war niemand mehr, die Wolken hatten die Badenden in die Flucht gejagt, die Türen der Kabinen waren alle geschlossen; die Sandburg fiel unaufhaltsam auseinander, aber der Erbauer kümmerte sich nicht darum, wahrscheinlich eilte er mit seiner Mutter und seinem Vater zum Mittagessen. Nur der Umkleideraum stand weit offen, die Tür wurde von einem Stuhl blockiert, damit der Wind sie nicht zuschlug, der Anblick der dunklen Öffnung bestürzte Norma auf unerklärliche Weise. »Was machst du denn, steigst du nicht aus?« fragte Medusa, erstaunt über ihre Unentschlossenheit. »Doch, doch«, antwortete sie und stieg aus, der Sand war heiß, die Wärme war durch die Sohlen hindurch zu spüren. Sie bückte sich: auf dem losen Sand waren wie gezeichnete fliegende Schwalben die frischen Fußspuren einer Möwe. Medusa schien weder zu verstehen, woran sie dachte, noch warum sie plötzlich fast zu weinen anfing – doch in diesem Augenblick kam es Norma so vor, als hätte sie gar nichts mehr, als besäße sie nur noch dieses eine, das einzige, was ihr wirklich gehörte: die Erinnerungen – und diese, so frisch sie auch waren, so unbearbeitet noch vom Roman des Gedächtnisses, hatten bereits eine unantastbare Schönheit. Aber vielleicht war auch das eine Täuschung, eine trügerische Hoffnung auf Besitz: nichts ist unantastbar, und nur die Gegenwart gehört uns, die Vergangenheit ist hinfällig, die Erinnerungen sind zerbrechlich und immer in Gefahr, durch die Zerstreuungen des Lebens zerstört zu werden. Medusa, stolz auf ihren wunderbaren schwarzen Badeanzug – die kurzen Hosenbeine lagen eng an den Schenkeln an, und das vom Baden noch feuchte Oberteil zeichnete mit vollkommener Präzision ihre geraden Schultern, die biegsame Wirbelsäule, die feste Rundung des

Gesäßes ab –, schritt über den Sand, als täte es ihr leid, daß niemand sonst sie bewundern konnte, schon trat sie in die hölzerne Kabine, hängte den weißen Bademantel an den Nagel, nahm die Badetasche, schüttelte ihr Straßenkleid aus, warf sich die Strümpfe über die Schulter, rieb sich den Sand von den Fußsohlen, ging zur Tür und blickte hinaus, um zu sehen, ob sie warten sollte. Dann, da Norma keine Absicht zeigte, ebenfalls zu kommen, machte sie die Tür zu.

Dritter Teil

Was für eine Chimäre ist also der Mensch? Was für eine Neuheit, was für ein Ungeheuer, was für ein Chaos, was für ein Subjekt der Widersprüche, was für ein Paradox, was für ein Wunder! Richter aller Dinge, blöder Wurm, Hüter des Wahren, Kloake der Unsicherheit und des Irrtums, Ruhm und Auswurf des Universums.

Pascal

Erster Satz

Ein kurzer Wahnsinn

Eine Frau, was ist eine Frau? fragte er sich, unter kaltem, scharf riechendem Schweiß fiebernd. Sein Atem war sauer vor Impotenz, die zu Haß und dann zu Beklemmung und dann wieder zu Haß geworden war, und in der Scheibe beschlug sein Spiegelbild, seine gelbliche Haut – Gesichtsfarbe eines Gallenkranken – wie auch der militärische Mantel, in dem er nicht nur wie ein verhinderter Kommandant wirkte, sondern auch wie der unbekannte gefallene Soldat, der durch Zufall beweinte Held. Oh, beneidenswertes Glück eines Mannes, der für eine gerechte Sache stirbt und mit einer Bronzebüste auf einem Dorfplatz, einem Gedenkstein und Blumen geehrt wird! Pfui, er hatte ein Gesicht wie eine wandelnde Leiche, wie warziges Pergament, fahl geworden vor lauter Ungeliebtsein. Was ist eine Frau, was ist das? Was für eine genial ersonnene Falle, was für ein perverses Werkzeug der Natur! Und doch hätte nur ein Körnchen Weisheit genügt, um sich zu retten, um sein Dasein vor diesem plötzlichen, senkrechten, unaufhaltsamen Zusammenbruch zu bewahren. Oh, Perversion einer höfisch-abendländischen Kultur, die man in seinem Erbgut eingeschrieben trug, dumme Verehrung dieses teuflischen Wesens mit reptilartig gespaltener Zunge, erfunden, um zu zerstören. Er brauchte sie doch gar nicht. Wie kommt das nur, daß ein Mann, der festen Boden unter den Füßen hat und den Kopf aufrecht trägt, alles, was er braucht, verliert wegen etwas, worauf er ruhig verzichten könnte? Wie kann es sein, daß ein eiserner, durch alle möglichen Katastrophen abgehärteter Argentero von einem blonden Strohhalm besiegt wird? Ich war doch glücklich ohne sie. Ich war Felice. Ein ganzer Mann. Ein erfolgreicher Mann. Aber die Geschichte ist eine Einbahnstraße, man fährt nur in eine Richtung, ohne im zähen Fluß des Verkehrs sein Ziel zu erblicken, ohne aus der Kolonne ausscheren zu können. Umkehren war unmöglich, und so erwartete ihn die ahnungslose Norma am Ende der Reise, und das Automobil setzte seine Fahrt auf der regennassen Straße fort. In jeder Kurve rutschte der einsame Passagier auf dem viel zu breiten Ledersitz von einer Seite auf die andere, aber der Kompaß wies unerbittlich auf denselben Punkt: sie, sie, sie. Der Sitz des alt gewordenen Isotta Fraschini, der mit seiner in all den Jahren verbeulten Karosserie die Steigung hinaufkeuchte, hatte diese Einsamkeit verdient, sie war seit jeher unabwendbar, das vorhersehbare Ergebnis des Setzens auf ein lahmes Pferd. Die göttliche Hand, die aus Lehm den Mann formte, hatte die Frau vergessen und mußte dem Mann eine Rippe herausnehmen, um sie zu bilden. Doch die Nachbildung gelang nicht, o nein: dem einen nahm sie etwas weg, der anderen gab sie etwas, den Frauen ließ sie die Stigmata des Mangels, den Männern die der Fülle, und dieser unverzeihliche Fehler in der Formung des Lehms ist der Grund für das ewige Unglück des Menschengeschlechts, daher rührt dieses wechselseitige Unverständnis, der ewige Kampf der Geschlechter, der auf beiden Seiten blutige Leichen auf dem Schlachtfeld zurückläßt und die unvermeidliche Niederlage all derer besiegelt, die sich mit den besten Absichten jenseits des Scheins, der Körper, der Gedanken zu begegnen suchen. Mann und Frau ergänzen sich nicht, das ist nicht wahr: die Frauen lassen uns vor Kälte erstarren, reiben uns auf im unablässigen Tröpfeln der Enttäuschungen, nageln uns auf die Mittelmäßigkeit fest, werfen ihren schwarzen Schatten über uns – eine schwarze Sonne ist die

Frau. Und das hatten auch Jahrtausende nicht ausgleichen können, hier lag die Wurzel des Übels, das weitaus größer war als seine Niederlage jetzt. Er konnte sie nicht annehmen, ohne ihr kolossale metaphysische Proportionen zu verleihen. Vielleicht zum erstenmal entdeckte der ganz aufs Konkrete gestellte Graf Argentero, daß an der Formel vom Trost der Philosophie etwas dran war. Wie kommt es nur, wie ist es möglich, daß man etwas so viel Bedeutung zuschreibt, was überhaupt keine haben dürfte? Wie kann man ein Geschlecht als anziehend, magnetisch anziehend erklären, das bei näherem Hinsehen doch nichts Ästhetisches hat, dessen Gesetz der Mangel ist, dessen Regel die Unvollkommenheit, das den Launen der Natur unterworfen ist und dem Tier so sehr gleicht, daß es immer seinen Ursprüngen, seiner Bestialität, verhaftet bleibt? Zwischenstufe zwischen dem denkenden Wesen und den Primaten der Regenwälder? Wie konnte ein mit kräftigem Intellekt und nüchterner, entschiedener Rationalität ausgestatteter Mann wie er einen Frauenkörper mit der muskulösen Vollkommenheit eines nackten männlichen Körpers vergleichen und den Verstand verlieren wegen eines ganz gewöhnlichen Exemplars dieses kleinwüchsigen, schmalschultrigen, breithüftigen Geschlechts? Wegen einer leeren Amphore, einer Milchkuh, eines mit allen Lastern der Welt gefüllten Krugs? Nur der durch den Geschlechtstrieb verblendete männliche Intellekt kann dieses verstümmelte Wesen in eine Fata Morgana verwandeln. Eine Luftspiegelung, die im Licht wieder verschwindet. Warum hatte er sie heiraten müssen, aus welcher unsinnigen Laune heraus, er, der doch das beneidenswerte Glück hatte, mit neununddreißig Jahren schon Witwer zu sein? Arme Margherita, meine Frau, was sage ich da bloß? Ich bin gefühllos geworden, hättest du mich nicht allein gelassen, hätten wir unbeschwert zusammen gelebt. Du hast mich verstanden, du hättest mich respektiert, auch ich habe dich verstanden, ich hätte dich liebgehabt, wir wären geduldig zusammen alt geworden, hätten ein ruhiges, zufriedenes Glück erfahren. Es ist doch wahr, daß unsere Mütter uns zutiefst kennen. Sie wählen für uns das Beste aus, aber wenn wir allein entscheiden, scheitern wir elendiglich. Die arme Margherita, der er auf ewig hätte nachtrauern können und die er aus seinem Bett, aus seinem Salon, aus seinen Gedanken verdrängt hatte! Ein Mann, der eine zweite Frau nimmt, ist nicht würdig, die erste verloren zu haben! Denn was ist eine Ehefrau? Einer Ehefrau vertraut man alles an, ihr gibt man einen Blankoscheck für die Ewigkeit in die Hand, eine Schlinge, mit der sie einen am höchsten Balken der Ungerechtigkeit erhängen kann. Das erschien ihm als der Hauptfehler des weiblichen Charakters: die absolute Ungerechtigkeit, die von ihrem strukturellen Mangel an Rationalität und Überlegung herrührte. Es mochte ja sein, daß die Frauen als das schwache Geschlecht naturgemäß gezwungen sind, statt Kraft List einzusetzen, daß daher ihre instinktive Verschlagenheit und ihre unzerstörbare Neigung zum Lügen kommen; aber für die absolute Ungerechtigkeit, mit der Norma zehn Jahre seiner Hingabe mit Füßen trat, gab es einfach keinen Grund. Lügnerin, meineidige Hure! Wer weiß, mit wie vielen nie ans Licht gekommenen Lügen Chérie seinen Weg unterminiert hatte! Selbst seine durch den Groll entfesselte Einbildungskraft kapitulierte da. Woran sollte er sich in diesem Erdrutsch noch halten, an welche Gewißheit? Wer konnte ihm garantieren, daß in diesen zehn Jahren das Undenkliche nicht geschehen war? Denn das Undenkliche war geschehen – aber vielleicht nicht erst jetzt. Vielleicht hatte sie es, Zurückhaltung, Desinteresse, Scham vortäuschend, mit all diesen Huren getrieben, die sie in ihren Diensten gehabt hatte. Vielleicht mit seinem treuen Dienstpersonal. Vielleicht mit seinen besten Freunden. Vielleicht mit seinem Sohn. Vielleicht mit dem Priester, verflucht noch mal, mit jedem! Denn der Mann ist töricht, der Mann glaubt an die Heiligkeit der Erscheinung, der Mann vertraut, aber der englische Atheist hat begriffen, daß die natürliche Evolution die Arten mit Waffen ausstattet, damit sie überleben. Sie hat den Biber mit Zähnen bewaffnet, den Panther mit Klauen, den Tiger mit Reißzähnen, die Viper mit Gift, die Meduse mit Fangarmen, bei deren Berührung die Haut zu einer einzigen Wunde wird, und die Frau mit der Kunst der Verstellung, um sich zu schützen, zu wehren und dich anzugreifen. Der Mann hat die Kraft, die Potenz, die Macht und den Intellekt, aber die Frau besitzt eine Waffe von weit größerer Reichweite, die Verstellung. Wäre sie auch die albernste, hirnloseste Frau gewesen, Norma hätte ihn angelogen, denn es ist unmöglich, eine Frau zu finden, die aufrichtig wäre. Seine Mutter verstellte sich, seine jungfräulichen Schwestern verstellten sich, selbst Margherita hatte sich verstellt, seine Bettgenossinnen verstellten sich, und aus dieser manchmal unerheblichen Verstellung flossen Ströme von Unredlichkeit, Heuchelei, Undankbarkeit, vielleicht Betrug, wer weiß, Ehebruch. Und sie wußte sich so gut zu verstellen, ihm gegenüber, allen gegenüber, wer hätte je gedacht, daß ... Daß ausgerechnet sie ... Und doch war es so. Geboren, um ihn zu betrügen, ihn zu verhöhnen. Wer weiß, wie viele unentdeckte auf eine aufgeflogene Lüge kamen, wie viele Nägel, um ihn ans Kreuz des Martyriums zu schlagen! Das Kind, sie hatte es gewagt, ihn in seinen geheimsten Hoffnungen zu verwunden. Ich wollte es wirklich, ich WILL eine Tochter von dir, du Hure. Wie konntest du mir so etwas antun, woher hast du so viel Grausamkeit genommen? Und wer war schließlich diese als Braut verkleidete Hure, die nun seine Ehre mit Kot bespritzte? Niemand, aufgelesen in einem Salon, wo sie als Mauerblümchen vegetierte, bestimmt dazu, als altjüngferliche Gouvernante die lasterhaften Kinder eines heruntergekommenen Marquis zu erziehen und die Geliebte des Erstbesten zu werden, der mit einer dicken Brieftasche wedelte. Fünfzigtausend Lire Mitgift! Ihr diesen lächerlichen Preis, dieses besudelte Geld hinwerfen, ihr ihr Nichts zurückgeben: da, nimm, und fort mit dir! Oh, könnte er doch mit einem Federstrich dieses vor Gott unauflösliche Sakrament durchstreichen. Und auch vor den Menschen war es unauflöslich, war er doch selbst der Überzeugung, daß die Ehescheidung den ersten Schritt zum Untergang der Gesellschaft bildete. Aber stimmte das? Was für eine Absurdität war das eigentlich? Warum sollte er dazu verdammt sein, die Hure im Haus zu behalten, sie zu kleiden, zu ehren, zu ertragen? Gibt es tatsächlich nur eine Art, mich von dir zu befreien, Chérie? Heute abend gerieten seine politischen Überzeugungen ins Schwanken; hätte man ihm jetzt einen Antrag auf ein Scheidungsgesetz gereicht, er hätte sofort unterzeichnet. Wie konnte man von der Heiligkeit der Ehe sprechen? Die Moralisten, die das Lob der Ehe singen, sind wie diese Leute, die dem Schausteller einer Jahrmarktsbude auf den Leim gegangen sind und dann aus Rache die anderen dazu bringen wollen, ebenfalls hineinzugehen und sich betrügen zu lassen. Hure, ekelhafte Hure. Sie nach Florenz zurückschicken, oh, hätte er doch auf die Stimme des Blutes gehört! Trau der Sache nicht, trau der Sache nicht! Man hatte ihm ja gesagt, daß ihre Mutter eine lasterhafte Irre war, oder etwa nicht? Den Mendelschen Gesetzen entkommt man nicht. Und was hatte er der Unfehlbarkeit der Wissenschaft entgegengehalten? Nichts als Neid, hatte er in seiner Verblendung triumphierend behauptet. Er hätte für dieses Geschöpf seine Hand ins Feuer gehalten. Für sie habe ich meine Trauer abgelegt. Für sie habe ich die beste Frau der Welt verleugnet. Ich habe eine große Dame aus ihr gemacht, eine Gräfin. Was für eine Ungerechtigkeit des Gesetzes, daß eine Frau an Stand und Titel des Ehemanns teilhat. Eine Frau zu heiraten bedeutet nichts anderes, als seine Rechte zu halbieren und seine Pflichten zu verdoppeln. Alles hatte er ihr gegeben, Namen, Haus, Geld. Und was hatte sie ihm dafür gegeben? Was ist eine Ehe? Ein Friedhof abgeschmackter Worte: liebst du mich, Felice, my Lord? Liebst du mich wirklich? Ein Ballett der Heucheleien, ein Kreuzweg, dessen letzte Station man nicht kennt. Und was noch? Die Kinder? Trügerische Illusion von Ewigkeit. Und weiter? Ihre Küsse? Ein lächerlicher Lohn. Ihr verborgener Schatz? Viel zu hoch war der Preis für die männerfeindlichen Granaten, das Maschinengewehrfeuer, mit denen sie ihn gequält hatte, für die Hinrichtung (anders konnte man es nicht nennen), mit der sie ihn am Ende des Weges erwartete: Gesicht zur Wand, Laden, Feuer. Felice Argentero, unverzeihlich in sie verliebt, tot, hinterrücks erschossen wie ein Deserteur, mit einer Ladung Schrot im Leib wie eine Schnepfe, eine Drossel, eine Wachtel. Die Gesetze des Abendlands räumen der Frau die gleichen Rechte ein wie dem Mann. Fast die gleichen Rechte. Aber sie gehören nicht zu derselben Art. Die Frau ist das Gegenteil des Mannes. Er Porphyr, Quarz, Granit, sie mehliger, bröckeliger, schlechter Ton, ein blutsaugender Schmarotzer. Eine unheilvolle Fledermaus. Wie schrieb sein Vater im Bestiarium? *Die Fledermaus beobachtet in ihrer zügellosen Unzucht keinerlei Regeln, Männchen koitieren mit Weibchen, Männchen mit Männchen, Weibchen mit Weibchen, wie der Zufall sie zusammenführt.* Und doch stellen die monogame Institution und die Gesetze der Ehe diesen unzüchtigen Vampir mit dem Mann auf eine Stufe. Weise Männer lassen sich nicht auf ein so großes Opfer ein, verweigern sich einem so unbilligen Vertrag. Ich WAR ein weiser Mann. Heirate nie, Amedeo, mein Sohn, mein Fleisch und Blut! Ich war ein freier Mann, ich hatte alles, wirklich alles, auch einen Erben. Ich hätte ja mit ihr schlafen können, wann immer ich es wollte, und hätte ihr dann, um die Kränkung wiedergutzumachen, einen Umschlag überreichen können, der das Siegel meines ehrbaren Namens getragen hätte, ich wette, ihr habgieriger seniler Onkel hätte sie mir sogar verkauft, wenn ich ihm zum Tausch dafür diese verdammte Auszeichnung angeboten hätte. Und hat er sie mir nicht tatsächlich verkauft? Mir einen fehlerhaften Stoffrest als kostbaren Damast untergeschoben? Haben Sie von den schändlichen Gerüchten über ihre Mutter gehört? Aber was sagen Sie da, Herr Graf. Hélène? Sie war einfach zu schön, Sie wissen doch, wie das mit der üblen Nachrede ist ... Und sie, sie? Ein Engel. Sie haben mir vertraglich ihre Reinheit bescheinigt. Aber was zählt das schon, wenn die Natur so ist und sich nicht ändern läßt. Ja, vielleicht war sie damals noch nicht verdorben, aber dann, dann kommt das Dann, und daran denken die einfältigen Männer nicht. Aber sie, diese abgefeimten Kanaillen, wissen das wohl, ihr Interesse für anderes ist immer bloß ein Betrug, eine List: die Frauen haben keinen anderen Instinkt, kein anderes Genie als das des Jägers. Warum heißt es eigentlich, der Mann sei ein Jäger? Chérie sitzt am Klavier und hebt den Kopf, und um Argentero ist es geschehen. Es ist die Frau, die ihre Beute wählt, die zielt, den Pfeil abschießt, verwundet, gefangennimmt, verschlingt – und die danach die abgenagten Knochen des Mannes, der seinen Dienst getan hat, wegwirft. Wie die Gottesanbeterinnen, die Wüstenskorpione, die Schwarzen Witwen. Sie locken das Männchen an und beißen ihm den Kopf ab, während er sie noch fickt. Und wenn sie ihn so verstümmelt haben, steigert sich seine Leistung! Dazu ist sie gemacht, die Frau, die Natur versieht sie mit dem dazu Notwendigen, schenkt ihr ein paar Jahre lang Reiz und Blüte – oh, Chérie, Rosenknospe, zwanzigjährige Lilie im Salon dieses Dummkopfs, die unwiederholbare Poesie jenes schlichten schwarzen Kleides –, stattet sie aus, damit sie in diesen kurzen Jahren der Blüte sich der Phantasie eines Mannes derart bemächtigen kann, daß er sich verleiten läßt, sie für das ganze Leben zu sich zu holen. Die Vernunft rät ihm davon ab, warnt ihn, aber er hört nicht auf die Vernunft. Und er tut ihn, er tut den Schritt! Und du, mein wahnsinniger Felice, bist noch unentschuldbarer, denn du bist ein Wiederholungstäter! Warum nur sollte ein intelligenter Mann den Wunsch empfinden, sich in diese Hölle von Unglück einzukerkern, die eine Ehe ist? In diese Gruft des Alltags, die auch die zügelloseste Leidenschaft zunichte macht? Er kann doch anderswo finden, was er sucht, und mit sehr viel mehr Befriedigung für beide Seiten. Aber die Natur ist Feministin, sie legt die Falle aus, versieht die Frau mit den Werkzeugen, die sie braucht, um sich die Sicherheit ihrer Existenz zu verschaffen, und für immer! Willst du das hier anwesende Fräulein Norma Boncompagni zu deiner angetrauten Gattin nehmen? Ja, ich will, ich will, ich will. Und du, armer Getäuschter, dankst der blinden Fortuna noch dafür, daß sie dich unter so vielen auserwählt hat! Aber sie hat dich zum Tode verurteilt. Ladung, Feuer! *Nach der Begattung und dem Ablegen der Eier verliert das Ameisenweibchen die Flügel, die für die Aufzucht der Brut eine Gefahr bedeuten würden*, schrieb sein Vater. Auch die Frau verliert nach ein, zwei Schwangerschaften die Flügel der Schönheit, und vielleicht aus demselben Grund. Jedenfalls ist es im allgemeinen so, aber bei ihr war es nicht so: Chérie wurde mit den Jahren immer schöner, wie guter Wein an Geschmack, Farbe, kristallener Klarheit gewinnt. Es war zum Wahnsinnigwerden, ja! Und er hatte geglaubt, er sei es gewesen, der sie alles gelehrt hatte, sie, die völlig Ahnungslose. Eine Hure war sie wie diese andere, alle Frauen waren Huren. Ich verachte es, dieses mangelhafte Geschlecht, aber welche Ironie des Schicksals! Es gibt doch nur eine Verachtung, die die Frauen verstehen: nämlich daß du nicht mit ihnen schläfst – und ich habe doch ganz im Gegenteil mein Leben lang nichts anderes getan. Ich verachte Norma, ich verachte die Frau, alle Weiber. Es war schon ein übler Streich, der ihm da gespielt wurde, daß ein Argentero sich zum wütenden Weiberhasser erklären mußte, um wenigstens einen Teil dieses Schmerzes zu betäuben, er, der doch die Frauen so geliebt hatte, alle, die schönen, die häßlichen, die jungen, selbst die vom Alter aufgeriebenen, er, der in diesen sich entziehenden, flüchtigen oder schon verflogenen Reizen die Antwort auf alle seine Fragen oder vielleicht die wahre Frage hinter seinen Fragen gefunden hatte. Aber heute abend schüttelte ihn der Ekel beim Gedanken an sie, an alle Frauen. Auch um diese Lust hatte sie ihn gebracht. Es reizte ihn nicht einmal mehr, sich zum Verfechter der Polygamie aufzuwerfen, wie er das früher scherzend getan hatte. Die Monogamie ist die äffische Vorgeschichte der Rechtsordnung, pflegte er zu sagen: glücklich die Mormonen, glücklich die Araber, glücklich die Stammeshäuptlinge. Felice der Bey, Felice der Afrikaner, Felice, der von einem Harem aus Tausendundeiner Nacht träumte. Hat denn ein Mann, dessen Frau alt wird, an unheilbarer Frigidität leidet, dir alles Neue verweigert, dich beschuldigt, sie als Hure zu behandeln, sobald du dir einmal etwas anderes einfallen läßt, dir Vorwürfe macht, wenn du zu anderen gehst, aber dich selten ranläßt, sich beklagt, du tätest ihr weh, sie habe Kopfschmerzen, niedrigen Blutdruck, Anämie, die keine Lust empfindet, zuviel Lust empfindet, dir mit verschämtem Lächeln wortlos vorwirft, zu schnell zu sein, oder zu langsam, zu ungestüm, zu sanft, oder sogar zu schwer, hat denn ein Mann, der mit einer Frau geschlagen ist, die nicht mehr essen mag, die an Schlaflosigkeit leidet, die ihre Pflicht nicht erfüllt oder, wenn sie es tut, dich bittet, mit angehaltenem Atem zu schwimmen, bis du vor Anstrengung platzt, hat dieser Bett-, Liebes-, Ehemärtyrer vielleicht nicht das Recht, sich eine andere zur zweiten Ehefrau zu nehmen? Ein Mann braucht mehrere Weibchen, er hätte gern mindestens drei Frauen gehabt: die kluge Margherita, die aus ihm einen klugen Politiker, einen weisen Minister gemacht hätte; eine erzdumme Dirne zur Befriedigung seiner Lüste; die süße Chérie, um in ihr das vollkommene Glück zu empfinden, Felice Argentero zu sein, das nur sie ihm vermittelte. Aber heute schenkte sie ihm kein Glücksgefühl. Wahrhaftig nicht. Denn es stimmte zwar, daß er auf die anderen nicht hatte verzichten können, aber er wollte Norma, er wollte sie auch mit ihren Klagen, mit ihrer übertriebenen Schamhaftigkeit, mit ihren Kopfschmerzen, mit ihrer so zarten Haut, daß schon ein leidenschaftlicher Kuß genügte, um ein Mal, einen blauen Fleck darauf zu hinterlassen, Norma selbst als Schwangere, als Wöchnerin, als Milchfrau, selbst als Kranke, sogar als ausgezehrten halbverhungerten Schatten. Es lag ihm nichts mehr daran, sich mit viel zu hoch bezahlten Prostituierten zu umgeben und auch nicht mehr mit gefälligen, willigen Dienerinnen; gewiß, hie und da kam es zu einem in der Einsamkeit der ungeteilten Lust fast masturbatorisch zu nennenden Koitus, aber er begehrte sie nicht mehr, diese anderen, er machte das nur aus Notwendigkeit, um sich zu beweisen, daß er immer noch unfehlbar war. Seit einiger Zeit schlief er mit Norma einmal im Monat, wenn es hoch kam. Wie oft also dieses Jahr? Vielleicht sechsmal in zehn Monaten, zehnmal höchstens, zehn hastige, statische und meistens vor dem Höhepunkt abgebrochene Male, denn zu einer gewissen Stunde schlägt die Uhr eben langsamer. Doch in der verdammten römischen Hotelsuite mit der violetten Tapete, der Farbe der Tinte ihrer ersten Liebesbriefe, vermißte er sie so heftig, daß es ihn wie ein Messerstich traf, wenn er sich auf der Suche nach ihrer Wärme im Bett herumwarf. An sie dachte er in seinen schlaflosen Nächten. Er versuchte, in Rom Karriere zu machen, aber für wen, wenn nicht für sie? Für wen sonst, Heilige Jungfrau! Er opferte sein Vergnügen, sein Glück ihrer Gesundheit, ihrem Leiden, der armen Chérie. Ihrem Wohl. Liebst du mich, Felice? Zehn Jahre beweise ich dir das jetzt schon, jeden Tag, jede Stunde, ich habe alles für dich getan, alles, du Hure. Und sie? Sie vergeudete sein Leben, sie verschwendete sein Geld. Die Verschwendungssucht ist eine weibliche Eigenschaft, aber bei Chérie war das keine Eigenschaft unter anderen, es war ihr Wesen selbst. Chérie war die Vergeudung an sich. Sie hatte alles vergeudet, ihre Schönheit, ihr Glück, ihr Talent –

denn sie hatte welches, doch, das mußte selbst er zugeben, der Schreibpapier und Noten so haßte: ihre Briefe hatten ihn ergriffen, und niemand spielte so Klavier wie sie. Es geschah ihr ganz recht, wenn sie unfähig dazu war, sich Anerkennung zu verschaffen, nichts weiter zu sein als ein schwarzes Loch, ein Nichts. Aber sein Geld zu verschwenden, das nicht, dazu hatte sie kein Recht. Die Frauen dürften weder über Kapital noch über Besitztümer verfügen. Und wenn ich gestorben wäre, bevor ich das erfahren habe? Norma frei, als lustige Witwe. Niemals, du wirst lange vor mir sterben, Chérie, das schwöre ich dir bei Gott. Vielleicht hatte die Hure ja daran gedacht, hatte gedacht: er hat ein Magengeschwür, Gastritis, erhöhten Blutdruck, der ihm die Halsadern aufbläht, er stirbt, und ich bin frei. Oh, warum galt in dieser verkehrten Gesellschaft, in der es keine höhere Gerechtigkeit mehr gab, nicht das heilige hindustanische Gesetz der Witwenverbrennung? Frei wozu, wozu, Chérie? Diesem Hürchen nachzulaufen? Heute der da, morgen wer weiß wem! Morgen ganz Turin! Seltsam, daß die Vorstellung ihm fast Befriedigung bereitete. Die Szene war alptraumhaft, aber außerordentlich lustvoll: Chérie, die, gezwungen, sich ihren Lebensunterhalt zu verdienen, auf der Suche nach Freiern zwischen den Sofas eines Bordells herumstrich, mit offenem Morgenrock, bemalten Lippen, Ringen unter den Augen, ein Beruf, der ihr gar nicht lag und den sie trotzdem mit Erfolg ausüben würde – man kann alles lernen, und sie hatte alles gelernt. Ein plötzlicher Drang nach Selbstbestrafung packte ihn, er spähte nach seinem in der Dunkelheit unsichtbaren Fahrer und dachte, er würde die Szene genießen. Wären Sie so freundlich, Chauffeur? Würden Sie mir das Vergnügen machen, mit meiner Frau zu schlafen? Oh, zu welchen Absurditäten trieb ihn der Schmerz! Wie hatte er sich nur so täuschen können?

Der Oktoberregen trommelte auf das Blech, Wasser, Wasser,

seit drei Stunden nichts als Wasser. Sie hatten die in eine Sumpflandschaft verwandelte Hauptstadt verlassen, und das Automobil schlingerte wie ein Schiff auf stürmischer See. »Schneller«, flehte er den Fahrer an und klopfte mit dem Stock an die geschlossene Scheibe, »schneller!« Rings um ihn gespenstische Nacht, unwirkliche Reihen schlafender Häuser rechts und links von der Straße, erloschene Fenster, verrammelte Läden, keine Stimme, kein Laut, die anderen – alle anderen auf der Welt – lagen schon im Bett, erschöpft wie er, aber sie ruhten warm zugedeckt und schliefen den Schlaf der Gerechten, alle anderen auf der Welt träumten jetzt und würden morgen früh zu einem gewöhnlichen Alltag erwachen, und er, wer weiß. Sie kamen nun durch die Dörfer des Tals, denen er das Licht geschenkt hatte, und ein letzter Abglanz, der letzte begeisterte Widerklang jenes Festes, ein Hauch von ewiger Dankbarkeit – etwas habe ich geleistet, was du mir nicht zerstören kannst, etwas, was auf immer dauern wird – rüttelte ihn aus der Niedergeschlagenheit auf. Dieser Erfolg – sein Erfolg – reizte ihn, am liebsten hätte er mit einem Fausthieb die Trennscheibe zerschlagen. Wie lange denn noch, wie weit ist es noch? Er erschauerte vor Kälte, Unmut, Mißbehagen. Und plötzlich befand er sich nicht mehr auf dieser Fahrt, im Fond seines Wagens hinter dem Chauffeur mit den Wollhandschuhen und dem häßlichen Filzmantel: er war auf einer durch die Erinnerung umnebelten Reise, die Schatten, die am Straßenrand auftauchten, waren die Geister der Vergangenheit. Ein Oktobermorgen, dieselbe Straße, dieselbe Frau, die mich das ganze Leben lang erwartet, das haben wir vor Gott geschworen. Hure. Hure. Hure. Weißgekleidet hat sie mich auf der Schwelle des Schlafzimmers erwartet. In Unschuld gekleidet hat sie mich auf dem Bett sitzend erwartet. Hure. Aus der Tasche seines Überziehers sah ein weißes Dreieck hervor. Dutzende anonymer Briefe, daran war er ja gewöhnt. Drohbriefe voller Schmähungen und Verleumdungen, auch er hatte ja früher solche schreiben lassen. Jetzt wurden diese mit dem Vermerk »persönlich« versehenen Sendungen von seinen Sekretären abgefangen und wanderten in den Papierkorb. Briefe voller Fehler, wütende Briefe, gemeine Briefe. VEREHRTER ONOREVOLE WIR TEILEN IHNEN MIT DASS. Eine seltsame Art, ihm Zuneigung zu erweisen, eine bizarre Form der Dankbarkeit des souveränen Volkes. Er war zu gut mit der Kunst der Verleumdung vertraut, um blind der Sache Glauben zu schenken. Die Machtlosen, Wütenden, Unterlegenen haben kein anderes Mittel, um die, denen ihr Haß gilt, zu bekämpfen. SIE MÜSSEN WISSEN DASS. Nach Klebstoff riechende Briefe, mit unerbittlicher Geduld, die einer besseren Sache würdig gewesen wäre, auf einem karierten Blatt zusammengesetzte, aus der Zeitung ausgeschnittene Buchstaben. Und was für Briefe, was für Worte, was für fast undenkbare Begriffe, um völlig undenkbare Handlungen zu enthüllen! In seiner Tasche brannte der letzte, den er vor nicht einmal zwei Tagen erhalten hatte und der daran schuld war, wenn sein jahrzehntealtes Magengeschwür nun eine bösartige Entwicklung nahm. STRENG PERSÖNLICH ZU HÄNDEN VON. Er hatte ihn gelesen und wiedergelesen, als könnte sein Blick die Worte entzünden und zu Asche machen. Die Druckbuchstaben der *Stampa* tanzten im matten Gelb der Scheinwerfer vor seinen verzweifelten Augen, als wären sie auf die Scheibe geklebt worden. Ein weißes Blatt Papier in der Nacht. Wie ein an alle Baumstämme des Tals geheftetes Plakat. Ein unmißverständlicher Brief, eine informierte Person, jemand aus seinem Haus. Aber wer? Er zerknitterte den Brief mit den Fingern, knickte Eselsohren in den Umschlag. IHRE FRAU ERREGT ANSTOSS UND VERHÖHNT UNVERSCHÄMT SIE UND IHREN NAMEN. IHRE FRAU SPOTTET DEN GÖTTLICHEN UND MENSCHLICHEN GESETZEN. IHRE FRAU KNIET ZU FÜSSEN IHRES DIENSTMÄDCHENS UND TREIBT MIT IHR WIDERNATÜRLICHE UNZUCHT. GREIFEN SIE EIN, BEVOR ES ZU SPÄT IST. TRAUEN SIE

ZU IHREM EIGENEN BESTEN JEMANDEM DER WEISS. Der weiß, der weiß. Wer weiß das? Wissen es alle? Jedenfalls alle die, die ZU MEINEM EIGENEN BESTEN die paar Münzen für die Briefmarke geopfert haben. Und diejenigen, die geschwiegen haben, die, die sind die Allerschlimmsten, die warten auf meinen Fall, um mich zu verlachen. Ein Brief ohne orthographische Fehler, in gutem Italienisch geschrieben, das auf höhere Schulbildung schließen ließ. Der Fahrer, undurchdringlich in seiner Professionalität, hielt das Lenkrad mit seinen Wollhandschuhen, schaltete, spähte angestrengt in die Nacht hinein; im gelben Licht der Scheinwerfer wirkte er fast wie eine ausgestopfte Puppe. Wußte er? Die Beklemmung packte ihn wie eine Zange, er knöpfte sich den Hemdkragen auf, er trug noch den untadeligen, offiziellen dunkelblauen Anzug, in dem er aus dem Zug gestiegen war, bevor er in den Alptraum stürzte. Sodbrennen auf der Höhe des zweiten Jackenknopfes, ein Messer in den Eingeweiden. Am Straßenrand eine schwach leuchtende Lampe, Elektrizitätsgesellschaft Sturatal, staatliche Konzession. Etwas, was du nicht zerstören kannst. »Schneller, fahren Sie doch schneller, habe ich gesagt!« »Schneller kann ich nicht, Herr Graf, ich sehe nichts.« Das kommt öfter vor, als du glaubst, hatte Boncompagni, der gemeine Verräter, gesagt. Norma ist weder die erste noch die einzige, leider, hatte er geseufzt, als könnte die Verbreitung des Problems, die Universalität des Problems, das kosmische Ausmaß des Problems, die Schmach lindern, die ihm, Felice, hier, jetzt, auf immer, von ihr angetan wurde. Wenn auch alle anderen Frauen auf der Welt das täten, würde es ihm weniger ausmachen? Hure, Hure. Was tun? Was sollte er jetzt tun? Es war schon spät, zu spät. »Norma ist krank, sie hat eine Zwangsneurose, eine Manie, was weiß ich, sie muß in Behandlung.« Behandlung! Was für ein groteskes Wort im Mund dieses verfluchten Bruders, es gab keine Behandlung für die Zerstörung seines Lebens. Das fiel in Scherben, und nichts konnte die Splitter wieder zusammensetzen und kitten – sie behandeln lassen! Was kümmerte es ihn, ob sie krank war oder nicht, was für einen Unterschied machte das schon? Ich bin kein Arzt, hatte er fahl vor Wut gebrüllt, ich bin ein Ehemann. Die Gründe interessieren mich nicht, ich leide unter den Auswirkungen. Was schert es mich, warum sie es getan hat? Krankheit, Behandlung, Medizin, lächerliches Schicksal eines hochangesehenen Geschlechts von Ärzten: die Krankheit stellt sich zwischen sie, zerfrißt, vernichtet Jahrhunderte der Gesundheit. Der Normalität. Und er sorgte sich um das Schicksal des Vaterlands, während seine Hure sich mit dieser anderen Hure, einer Minderjährigen, verlustierte. Jung war sie, die Medusa, frisch: was für ein Verbrechen, was für eine Schändlichkeit. Gott, was für eine Ungerechtigkeit. Ruiniert war er, ein ruinierter Mann, in seinem Land, bei seinen Wählern. Die Ehre, es ist leicht, von Ehre zu sprechen, aber ein Hinterhalt steckt in diesem Wort, vor dem alle sich verbeugen, das alle verehren, eine tödliche Falle: denn ein Mann kann sich ein Leben lang bemühen, sich seiner gesellschaftlichen Stellung würdig zu erweisen, ein Mann kann in Frieden mit seinem Gewissen leben, die Norm achten, sich anpassen, auf seine Respektabilität bedacht sein, aber seine Ehre hat nichts mit dem zu tun, was er an sich und für sich ist, nein, sie gründet sich nicht auf das, was er tut, so edel, richtig, notwendig und wichtig es auch sein mag, ganz im Gegenteil – sie gründet sich auf das, was ihm zustößt, auf gemeine Umstände, auf das, was er durch andere erleidet. Durch seine Frau. Die Ehre ist nur erfunden worden, um in den Dreck getreten zu werden. »Don Rodrigo Hahnrei«, er sah schon die Schlagzeile des *Subalpino* bei der nächsten Wahlkampagne. Hahnrei? Nicht einmal das. Wäre es nicht noch schlimmer, wenn es ein Mann gewesen wäre? Das passiert vielen, höchstwahrscheinlich war es auch ihm schon passiert. Schlimmer! Was ist schlimmer als das Schlimmste? Und doch gab er in diesem Augenblick keinen Pfifferling auf seine Ehre, ganz anderes lastete auf seinen Schultern, schwer wie die Erdkugel auf den Schultern des Atlas: sein Leben, sein zerstörtes Leben. Die Trennung, für die seine Schwestern gesorgt hatten, war völlig unzureichend, es mußte ein Ende gemacht werden. *»Lieber Felice, die Lage ist außergewöhnlich ernst. Daß wir das Mädchen fortgeschickt haben, hat Norma nicht gutgetan, sie ist völlig verrückt geworden. Glaub mir, du mußt sofort einschreiten, denn wir armen Frauen wissen uns nicht mehr zu helfen.«* Arme liebe Sofia, du Ahnungslose in bezug auf menschliche Gemeinheit, ich habe dich gezwungen, mit einem entarteten Geschöpf zusammenzuleben, mit der Verworfenheit unter einem Dach zu wohnen. Aber warum nur hatten sie so lange gezögert, warum hatten sie ihn bis gestern im dunkeln gelassen? Komplizinnen, die Frauen, alles verfluchte Komplizinnen, Huren auch sie, wie Norma, schlimmer als sie. Sie wußten, schwiegen, deckten, und dann das Telegramm, vier Wörter: NORMA GEFÄHRLICH KOMM SOFORT. Diese Medusa, halbverhungert hat sie auf der Straße gelegen, als ich sie in mein Haus aufgenommen habe, mit nichts als Lumpen am Leib hat sie vor meiner Tür gebettelt und gefleht, da bemüht man sich, dem Volk zu helfen, läßt sich rühren, und dafür schneidet die einem den Kopf ab. Der Fahrer schneuzte sich die tropfende Nase, ein Geräusch körperlicher Schwäche. IHRE FRAU ZIEHT SIE UND IHREN NAMEN IN DEN SCHMUTZ. Hure. Er mühte sich, eine Lösung für die Dringlichkeit dieses »Was tun?« zu finden. Was konnte er konkret tun? Früher gab es die Klöster, in denen man schuldige Frauen verschwinden lassen, sie auf immer begraben konnte. Heute gab es nicht einmal mehr das, es gab keinen Glauben mehr, die Nonnen warfen ihre Gewänder ab, um den Verführungen der Welt zu folgen. Was tun? Nichts genügte, um das Vorgefallene auszulöschen, nicht einmal eine lebenslängliche Zuchthausstrafe. Was tun? Seine Wunde war unheilbar, eine unsichtbare, tödliche Krankheit. Ich habe einen unheilbaren

Tumor in der Seele. Plötzlich durchsetzte die Tragödie alle kleinen Dinge seines Lebens, die nun, da sie verloren waren, hochbedeutend wurden. Nie mehr in meinem Revier auf die Jagd gehen können. Nie mehr in meinem Fluß meine Forellen angeln können. Sie hat mir alles genommen, alles, die Hure. Ich werde mir einen anderen Wahlbezirk suchen müssen. Aber werden die in Rom mir überhaupt noch einen geben? Oder werden die mich an den Pranger stellen? Leb wohl, Onorevole. Gerade jetzt, wo er soweit war, die Früchte seiner Arbeit zu ernten. Ich verkaufe Buon Riposo, heute noch, gleich morgen, mit wenig Aufwand könnte man ein Hotel, ein Sanatorium, eine psychiatrische Klinik daraus machen. Ich werde nicht mehr in mein Tal zurückkehren können, in den Besitz meiner Ahnen, der Argentero mit dem hochgeehrten Namen. Ich muß sofort dieses Geschwür der verachteten Liebe wegschneiden. Ich will sie nie wieder sehen, warum fahre ich überhaupt hin, ich will sie nie wieder sehen. »Halt«, stöhnte er plötzlich und schlug mit dem Stock gegen die Karosserie. »Halt!« Der Fahrer fuhr an die Böschung, die Scheinwerfer blinkten trübe durch den Regen. Er vergrub das Gesicht in den Händen. »Ist Ihnen nicht gut?« Norma im Brautkleid auf dem Bett des Schlafzimmers im Jagdschlößchen: »Was machst du denn noch so, ziehst du dich nicht aus?« »Sieh mich nicht an, Felice, Felice.« Oh, dieser Ekel, dieser furchtbare Ekel! Vielleicht auf genau diesem Bett! »Fahren Sie weiter!« schrie er auf einmal, seine Stimme war nur noch ein Röcheln. Er riß den anonymen Brief in tausend Stücke. Feigheit eines Menschen, der nicht zu reden wagt, der den Dolchstoß in den Rücken wählt, sich im Schatten verbirgt, Buchstaben aus den Zeitungen schneidet, anklagt, ohne sich zu zeigen. Angelina? Der Pfarrer? Medusas Verwandte? Ich entlasse sie alle, alle. Ich will keinen mehr sehen. Ich trete zurück, als Abgeordneter, als Vater, als Ehemann. Nein, diesen Triumph soll sie nicht haben, das will sie ja gerade: mich vernichten, annullieren – niemals. Sie soll es treffen, sie ist der kranke Auswuchs meines Lebens, sie ist das Magengeschwür, das mich quält. Ich gehe zwei, drei Jahre ins Gefängnis, dann ziehe ich nach Rom, wo der Klatsch mich nicht berührt. Auf der beschlagenen Scheibe erschien plötzlich der lächelnde Enrico, der ihm die auf Nadeln steckenden Schmetterlinge in seinem kostbaren Album mit dem roten Pappdeckel zeigte. Bunte Falter, Larven, Raupen. Herr Vater, darf ich es Ihnen erklären? Das ist ein Alpenfalter, er hat runde, durchsichtige Flügel, wissen Sie warum? Weil Zacken ihn im Bergwind behindern würden, sehen Sie, er hat schneeweiße Flügel mit kleinen dunkelroten Flecken wie Blutstropfen. Enrico vor ihren Augen töten, heute nacht, ihm im Bett die Kehle durchschneiden. Ich wäre dazu fähig, heute nacht, ohne Bedauern. Herr Vater, das ist ein Alpenfalter. Dummes, unbekanntes Kind, Frucht eines gemeinen Verkehrs, du weißt nicht, warum ich dich in die Welt gesetzt habe. Fruchtbare Braut, fruchtbare, verfluchte Ehe. Die Kinder müssen fort, ich will sie nie wieder sehen. Alle Spuren von ihr müssen beseitigt werden, als hätte sie nie existiert. Die Hure, die Hure. Er umklammerte seinen afrikanischen Spazierstock mit dem Elfenbeinknauf, streichelte den Rüssel des Elefanten und fing wieder von vorn an: Gott, wäre ich ihr doch nie begegnet, warum nur, warum?

An der Straße tauchten die ersten Häuser von Bersezio auf, achtzig Stimmen von neunzig, Schauplatz seines Triumphs und seiner Schande. Die Uhr an der Kirche zeigte elf Uhr vierzig an. Sie bogen in den holprigen Weg, der zum Jagdschloß hinaufführte. Die untersten Äste der Lärchen streiften knallend die Motorhaube, er drückte sich in den zu breiten Sitz. Diese skelettartigen Arme bedrohten ihn durch das Wagenfenster, verhöhnten ihn – sieh nur, auch wir, auch wir wissen. Bei der ersten Biegung rutschte das Automobil im Schlamm seitwärts, die Räder versanken in einem Loch, der Motor heulte auf, blieb stehen. Sie steckten im Schlamm fest, im Schlamm, der heute nacht sein Leben begrub. »Ich gehe Hilfe holen, Herr Graf.« Der Fahrer verließ ihn und wurde vom Dunkel verschluckt. Er knöpfte sich die Jacke auf, die auf seinen armen Magen drückte, zündete sich die Pfeife an, machte sie wieder aus. Er stieg aus und schlug die Tür zu; er konnte nicht warten, er stapfte durch den Regen, der seinen unbestimmt militärischen Überzieher durchnäßte und ihm auf den Hut trommelte, seine kniehohen Stiefel ließen den Schlamm aufspritzen. Schlamm, Schlamm, alles war Schlamm hier oben. Die schwarzen Gespenster der Lärchen, Steine, Löcher, Stille. Im Erdgeschoß des Hauses war Licht, im Salon warteten seine guten, treuen Schwestern auf ihn, aber was sollte er mit ihrer Treue? Und im Schlafzimmer dort oben ein schwacher, zittriger Schein. Sie! Norma! Ich hatte einen Traum, Norma, ich habe von dir geträumt, ich hatte diesen verzweifelten Traum und war nicht imstande, der Versuchung zu widerstehen, ihn zu verwirklichen, Norma, Norma. Erschöpft klammerte er sich an das Gittertor, drückte das Gesicht an das Eisen, so stark, daß ihn die Nase schmerzte. Sie heute nacht mit eigenen Händen töten. Das Leben ist nicht jeden Preis wert. Sie töten. Sie gut sterben lassen. Um es ihr zu ersparen, schlecht zu leben. Sie umbringen. Ja, um meiner selbst willen, um meine Selbstachtung zu wahren. Und um ihretwillen. »Zieh dich doch aus, los, was machen wir denn?« So schamhaft, daß er fast den Verstand verloren hatte, die Hure! Ein Schatten näherte sich, um ihm das Tor zu öffnen. »Guten Abend, Herr Graf«, sagte Gustin trübselig. Er konnte nicht antworten, konnte keine freundlichen Wünsche aussprechen – ein Willkommen dem Mörder, dachte er. Eine höllische Nacht, seine Stiefel versanken bis zum Knöchel in den Pfützen. Nasse Strümpfe, feuchte, schwere Füße. Bellend rannte ihm Whisky aus der Finsternis entgegen, sprang freudig an ihm hoch, schob die Schnauze zwischen die Schöße seines Überziehers. Oh, was für eine Heimkehr, mein Hund hat mich erwartet, wie immer. Whisky schüttelte das nasse Fell, jaulte vor Glück, aber in seinem Winseln war etwas wie ein vorwurfsvoller Ton: Drei Monate bist du jetzt schon weg, schien es zu bedeuten, drei Monate, aber du hättest hier sein müssen, dann wäre das nicht passiert. Er streichelte ihm den pelzigen Nacken, auch du wirst alt, Whisky, auch du. Ich bringe dich nach Turin, sagte er zu ihm, ich bringe dich in die Stadt, aber dort, fürchte ich, sehen wir uns nicht mehr wieder, mein Kleiner. Wie viele Erinnerungen, wie oft waren sie zusammen im Wald auf der Jagd, sein unfehlbarer, sein treuer Whisky. Warum sind die Frauen keine Hunde? Die Hunde lieben dich ihr Leben lang, sterben für dich. Sterben für dich. Unter dem Fenster des ersten Stocks hielt Velo mit einem bunten Regenschirm rauchend Wache, er hatte das Gewehr umgehängt – für alle Fälle, sagte er. Velo, sein alter Freund, war der erste Brief mit dem Datum vom 31. Juli 1915 vielleicht von ihm? »Hochgeehrter Herr Graf, ein schlechtes Weibsstück hat Ihre Gattin hörig gemacht und ihre reine Gesinnung verdorben.« Nein, das war nicht der Stil des Jagdaufsehers, das war zu gewählt, zu pfäffisch, geschwollene Schulmeisterliteratur. Oder der andere, der vom 2. September. »Kommen Sie sofort nach Hause, unerhörte Dinge gehen vor. Absolute Priorität.« Nein, auch nicht, zu bürokratisch, militärisch, vielleicht kam der vom Wachtmeister. Oder dieser. »Die Hure Medusa treibt Schweinereien mit Ihrer Frau. Ich habe es mit eigenen Augen gesehen.« Ja, das war Velos Stil, lakonisch, konkret. Schweinereien. Seit wann ging das schon so? Seit langem, seit langem, seit der Lüge mit dem Kind. Wann war das gewesen? Im Juni, da hatte sie ihm das Messer ins Vaterherz gestoßen. Diese gemeine Lüge, und er hatte sich ständig nach ihrem Befinden erkundigt, hatte freudig gewartet, sich um sie gesorgt. Sie hatte in vollem Bewußtsein gelogen, ihn belogen. Sie wußte, wie sehr er sich dieses Kind gewünscht hatte. »Willkommen zu Hause, Herr Graf.« Plötzlich konnte er wieder klar denken. Ich brauche eine Strategie, sagte er sich kaltblütig, eine Strategie, gute Nerven, Ruhe, in den schwierigen Augenblicken zeigt sich der starke Mann. Er riß am Klingelzug. »Mein Gott, Felice, endlich!« Sofia fiel ihm in die Arme, weinte, geschickt machte er sich frei. »Du bist ja völlig durchnäßt, Felice«, bemerkte Emanuela in Ermangelung eines intelligenteren Satzes. »Wo ist sie?« fragte er kühl. Norma tot auf dem Bett ausgestreckt, erstickt wie Desdemona in *Othello*, den er sich mit ihr im Regio hatte anhören müssen, mit diesem lächerlichen dicken falschen Mohren und dieser trillernden Sterbenden. Und dazu dieser Blödsinn mit dem Taschentuch, ach, sein Schicksal war um vieles schlimmer, denn sie, sie war nicht unschuldig. »Komm einen Augenblick hier herein!« Gut, die letzte Etappe seines Leidenswegs. »Wir haben sie eingeschlossen, wir wußten nicht mehr, was wir machen sollten, wir haben dich nicht erreichen können, weißt du, sie war, war ...« »Drei Tage geht es jetzt schon so, Felice.« »Ihr habt richtig gehandelt«, tröstete er sie, tief Luft holend. Seine nassen Stiefel durchtränkten den Teppich, ein dunkler Fleck breitete sich auf dem persischen Muster aus. »Felice«, sagte Emanuela beherrscht und zog ihn in den Salon hinein, »bevor du hinaufgehst, höre erst.« »Ich höre«, sagte er, »mach es kurz.« Kurze Chronik des Wahnsinns. Er mußte den elenden Bericht über einen Betrug anhören, über eine private Einkerkerung in ihrem Schlafzimmer; er mußte sich anhören, wie seine Frau gedroht hatte, sich mit dem Rasiermesser die Pulsadern aufzuschneiden, wenn sie sie nicht gehen ließen. Warum habt ihr sie nicht machen lassen, warum habt ihr sie nicht sterben lassen, das wäre besser gewesen, ihr hättet mir den Prozeß und die Schande, gestehen zu müssen, erspart. Mir erspart, Normas Mörder, Normas Henker zu werden. »Bitte, wein jetzt nicht, Sofia, ich ertrage das nicht, und es nützt doch nichts. Sag lieber, hat sich die, die Person wieder blicken lassen?« Oh, diese unsägliche Vulgarität! »Nein, darauf kannst du dich verlassen, ich habe Velo befohlen, auf sie zu schießen, wenn er sie hier irgendwo sieht.« Emanuela rückte sich den rutschenden Kneifer gerade. »Sie hat mich angegriffen, weißt du, gestern hat sie mich attackiert, als ich ihr das Essen gebracht habe, schau«, sie streckte ihm das schlaffe Gesicht entgegen, zeigte ihm den Schnitt auf der Wange, eine noch frische, dunkle Kruste geronnenes Blut. »Wie eine Furie ist sie auf mich losgegangen ... sieh doch, mein Gott. Auf mich, eine sechzigjährige Frau, ich hatte Angst, daß sie mich umbringt, sie hat Sachen geschrien, Felice ... Ich bin sechzig, ich könnte ihre Mutter sein.« »Red doch keinen Unsinn.« »Gegen eine sechzigjährige Frau tätlich werden!« »Sie ist gefährlich, Felice«, jammerte Sofia händeringend, »sie ist eine Gefahr für uns alle und auch für sich selbst, du mußt etwas tun.« Er umklammerte den Elfenbeinknauf. Gewiß, ja. Heute abend noch, jetzt, mit diesen meinen Händen, mit denen ich sie liebkost habe. Wie? Geboren wird man nur auf eine Art, aber es gibt tausend Arten zu sterben. »Sie ist völlig verrückt geworden, die Arme«, stöhnte Sofia. Der Irrsinn. Wer hatte doch gesagt: »Irrsinn entehrt nicht?« Emanuela streichelte sich die verkrustete Wunde. »Sie hat mich angegriffen, verstehst du? Sieh, mit der Füllfeder, sie hat mich damit in die Backe gestochen.« Sie wollten sprechen, seine Schwestern, sie überschütteten ihn mit Strömen von Klagen, schilderten ihr monatelang unterdrücktes Entsetzen, die erlittenen Beleidigungen, keuchend, gleichzeitig redend, einander ins Wort fallend, als könnten diese Mitteilungen sie von der drückenden, unerträglichen Last befreien. Die Familie war zur Hölle geworden.

»Sie hat mich zur Gefängniswärterin gemacht, Felice, Felice, mich, eine arme Frau von sechzig.« Sein Überzieher roch nach Regen – oh, könnte er jetzt hinaus, mit dem Hund, in den Wald, morgen würde es eine Menge Pilze geben, es war die Zeit der Steinpilze. »Sie hat geweint, Felice, und die Kinder haben alles mitbekommen, die armen.« »Ihr hättet sie fortschicken müssen«, bemerkte er ernst. »Aber wohin denn, Felice?« »Irgendwohin eben«, sagte er, »in ein Internat, zu Boncompagni, was weiß ich.« Ja, sie hatten daran gedacht, aber sie hatte es nicht gewollt, was konnten sie tun, sie war die Mutter. »Schau, wir konnten uns doch nicht vorstellen, daß es so enden würde. Sie war so merkwürdig.« Plötzlich spürte er sein Herz, es war wie ein Stich in sein Geschwür. »Wie, merkwürdig?« fragte er, als verlangte es ihn danach, zu leiden, über alles zu leiden, um die rohe Kraft wiederzufinden, die zur Tat nötig war. »Nun, um die Wahrheit zu sagen, ich weiß es nicht, sie wirkte so ... wirkte sehr ...« »Sie wirkte sehr glücklich«, sagte Emanuela lakonisch, mitleidslos; nach langer Zeit rächte sie sich jetzt. Emanuela war immer schon gegen Norma gewesen – Vorahnung? Klugheit? Weibliche Intuition ausgerechnet bei ihr, die niemand für eine richtige Frau hielt? Er haßte es, ihr recht geben zu müssen: Hinkebein, was weißt du schon vom Leben? »Nein, es ist nicht richtig, zu sagen, sie wirkte, sie war einfach sehr glücklich, Gott weiß wie, aber so ist es.«

Sofia breitete nun all die Schändlichkeiten vor ihm aus, und jede Tat Normas, jedes Wort von ihr trieb ihn mehr in den Mord hinein, mit dem allein die Ehre wieder reingewaschen werden konnte. Norma, die sich mit »der da« ins Gras legte, Norma, die eng umschlungen mit »der da« im Salon tanzte, stundenlang, zu den Schallplatten des Grammophons. Norma, die in die Ferien ans Meer fuhr. »Ich habe ihr gesagt, sie könne mich nicht um Geld bitten, aber sie hatte Geld, sie war so traurig wegen des Kindes, was sollten wir machen, Felice? Wir haben sie reisen lassen. Und es war überhaupt nicht wahr, das mit dem Kind, mein Gott, der Arzt ist aus allen Wolken gefallen, er hat gesagt, sie hat doch gar kein Kind verloren, es hat keine Fehlgeburt gegeben, die gnädige Frau ist gar nicht schwanger gewesen. Aber das hat er uns erst vorgestern gesagt, nachdem wir die Person weggeschickt hatten. Wie konnten wir das wissen, wir Armen?

Sie hat ihm Geld gegeben, damit er schweigen sollte, er hat es mir gestanden, aber erst danach, danach. Wir konnten sie doch nicht daran hindern, es tat uns so leid wegen des Kindes – ich dachte, die arme Norma, erst Angelica, und nun hat sie auch das verloren, sie war doch so froh über die Schwangerschaft, sie hat gesagt, du wirst sehen, es wird ein Mädchen, sie hat so darüber gesprochen, daß wir nie auf den Gedanken gekommen wären, es sei nicht wahr, als sie abgereist ist, schien sie ganz verzweifelt zu sein.« Und dann erzählte sie ihm, wie Norma sich seit ihrer Rückkehr überhaupt nicht mehr darum kümmerte, daß Dutzende von Leuten sie sahen, daß sie sich überhaupt nicht mehr bemühte, die Sache zu verbergen. »Die Leute reden, Felice, wir haben den Klatsch natürlich auch gehört, ja, alle wußten es. Wir auch. Aber wir dachten ... Und dann ist es zu dem Tumult gekommen. Sie haben diesen Höllenlärm gemacht.«

»Sechs Tage lang haben sie hier vor dem Haus getobt. Die Mauer haben sie beschmiert, Felice, die Mauer war voller Kreuze. Und Beschimpfungen haben sie gebrüllt, wir hilflosen Frauen haben uns regelrecht belagert gefühlt.« Katzenmusik für die Gräfin Argentero und die Medusa. Sie hatten Kochtöpfe voller Steine bei sich und trommelten mit Löffeln darauf. Sie schlugen Topfdeckel aneinander und bimmelten mit Kuhglocken, alle waren sie da, Alte, Frauen, Kinder. Der Brauch stammte noch aus dem Mittelalter. »Das machen diese Leute, wenn eine Witwe wieder heiratet, wenn sie etwas an den Tag bringen wollen, wenn ein Mädchen etwas, du verstehst? Aber eine Katzenmusik aus solchen Gründen hat es in hundert Jahren nicht gegeben. Um sechs Uhr früh haben sie angefangen, und es hat bis Mitternacht gedauert, glaub mir, Felice, es war die Hölle. Ein Krach, ein Gebrüll, ein ohrenbetäubendes Geschrei, ach, was für Verse wir armen Frauen uns anhören mußten, was für Obszönitäten! Sie haben uns alle an den Pranger gestellt.« Richtig, richtig. Die Abweichungen von der Normalität müssen korrigiert werden. Die Armen haben nur diese Möglichkeit, um ihren Protest auszudrücken, aber ein Argentero muß die Schande durch ganz anderes bereinigen ... »Sie war schockiert: ›Was wollen die denn von uns? Was haben wir ihnen getan?‹ hat sie gefragt. Und die Person, die Medusa, hat gesagt: ›Sie wollen, daß wir weggehen.‹ Wer gewisse Regeln nicht achtet, wird vertrieben. Darauf hat sie gesagt: ›Gut, wir werden hier kein Ärgernis mehr erregen.‹ Verstehst du? Da haben wir die Person hinausgeworfen, anders wußten wir uns nicht zu helfen.«

»Ich habe verstanden«, sagte er. »Wir haben so getan, als verstünden wir nicht, wir haben diese Leute fortgejagt, es war ja keine Zeit mehr, wir hatten Angst, daß sie die Kinder mitnimmt, daß sie zusammen weggehen würden. Deshalb haben wir sie lieber heimlich fortgeschickt. Norma hatte Fieber, ich habe ihr gesagt, die Person ginge ihr ein Pulver kaufen, und dann haben wir Velo am Tor postiert, und Norma haben wir eingeschlossen, ich sage dir nicht, was sie dann getan hat, an dem Abend ... Und das ist leider noch nicht alles, gestern abend ist Medusas Verlobter gekommen, dieser Luìs, der Alpenjäger, der arme Kerl hatte Urlaub und ist hier erschienen, um diese elende Person zu heiraten, stell dir das vor, er war außer sich, um vier Uhr ist er unter Normas Fenster gekommen, hat die Scheibe eingeworfen, und sie, sie dachte, es wäre Medusa, und hat geschrien: ›Bring mich weg von hier, ich will mit dir fort.‹ Und dann hat sie sich zum Fenster hinausgestürzt, Velo hat versucht, sie festzuhalten, sie hat sich gewehrt, verstehst du, um vier Uhr nachts hat Norma mit dem Jagdaufseher gerungen, er konnte sie nicht halten und hat Gustin und den Koch zu Hilfe gerufen, und alle diese Männer haben sich auf Norma geworfen, Felice, was für eine Schande. Sie hat gebrüllt, sie mußten ihr die Arme festhalten, sie war wie besessen. Sie hat sich auf den Boden geworfen wie eine Epileptikerin. Ist sie vielleicht epileptisch, Felice?« Ach was, Epileptikerin, eine verlogene Simulantin ist sie, dachte er, aber jetzt war er da, in seinem Kopf bliesen die Trompeten des Jüngsten Gerichts. Die Gewehre riefen ihn. Eine Kugel zwischen die Augen. Nein, das war zu theatralisch, er haßte solche Inszenierungen, den dramatischen Schwulst, der Chérie so gefiel. Nein, keine Zeugen. »Der Alpenjäger hat die Büsche angezündet ... Wir hatten Angst, daß dieser Wahnsinn noch in einem Blutbad endet.«

Blut, Blut. Allein das Wort schon hatte ihn immer abgestoßen. Nein, kein Blut, nein, er wollte für Norma einen Tod ohne Blutvergießen, einen sauberen Tod. Blut hatte etwas mit den Frauen zu tun, die Körper sind, ohne Kopf. Die Männer schießen sich ins Gehirn, nach erwiesener Statistik heißt es, daß dies die gebräuchlichste Methode ist, die Frauen schneiden sich die Pulsadern auf, springen aus dem Fenster, stürzen sich in Abgründe, unter die Straßenbahn, auf die Zuggleise – wie seltsam, so verschieden sind Männer und Frauen, daß sie nicht einmal auf die gleiche Art sterben wollen. Wenn ich sterben müßte, würde ich es mit Patronen machen, mit dem *Schießpulver Curti's Harvey's Smokeless, das die Gewehrläufe nicht angreift und absolut schnell ist.* Wie fühlt sich ein Mörder, fragte er sich – gut, er fühlt sich gut, endlich. Der ganze Schmerz dieser letzten Woche, die Demütigung, die Erniedrigung, die Scham, die Kränkung lösten sich in einer angenehmen Benommenheit auf. Norma lag tot auf dem Bett, und sein riesiges kariertes spartanisches Baumwolltaschentuch – bloß keine Seide, meine Liebe, keine Spitzen! – war um ihren Hals geschlungen. Sie sterben sehen. Nur so konnte er den Schmerz auslöschen, diesen Schmerz, der sich in seinem Brustkasten eingenistet hatte, den Herzmuskel in einen geschwollenen Tumor verwandelte und seine aus Sehnen und Nerven bestehenden vierundneunzig Kilo in glibberige Gelatine. Er stieg, sich schwer auf das Geländer stützend, die Treppe hinauf, zählte die Stufen, fünfzehn bis zum ersten Stock, seine Schritte dröhnten laut und finster auf dem Holz. Die Pendeluhr schlug zwölf, die Stunde der Toten. »Bringst du sie fort?« Er antwortete nicht, die Treppe knarrte und ächzte unter dem Gewicht seiner Gelatine. »Versuch wenigstens, mit ihr zu reden«, sagte Emanuela, die unten am Geländer die mächtige Kinnlade zu ihm hochreckte, »sie ist völlig durcheinander, du kannst dir gar nicht vorstellen, wie sehr, versuch, vernünftig mit ihr zu reden.« Vernünftig mit Norma reden? Worüber denn, dachte er, wir haben uns nichts zu sagen. Er hatte den Zimmerschlüssel in der Hand, er war kalt und hing an einem lächerlichen himmelblauen Bändchen, das so fröhlich wie unpassend war. Alle Schlüssel zu allen Türen der Welt sind gleich, aus einer vulgären Messinglegierung – aber dieser hier ist der Schlüssel, der aus mir einen Mörder machen wird. Normas Henker. Auf dem gelben Fußabtreter kniete, in Tränen aufgelöst, Vittorio in seinem gestreiften Schlafanzug. »Weg da«, herrschte er ihn an. »Mama, Mamalein, Mamalein«, schluchzte Vittorio, unausstehlich wie immer. Wie sehr ihr dieser kleine Junge doch ähnelte, viel zu sehr – selbst sein Anblick war unausstehlich. Die Nachkommenschaft entartete in der Nachahmung des falschen Vorbilds. Auf dem weißen Schlafanzug wirkten die Streifen wie Blutrinnsale auf einem Leintuch. »Ich kann nicht einschlafen, ich will meinen Gutenachtkuß, meinen Gutenachtkuß.« »Oh, fort mit dir, geh mir aus dem Weg!« Angelina zerrte vergeblich an dem Gewicht des Norma-Jungen, der sich auf dem Fußabtreter an die Türklinke klammerte. »Komm jetzt ins Bett, Schluß mit dem Theater!« Angelina hatte vor Müdigkeit geschwollene Lider, dunkle Ringe unter den Augen, war nicht wiederzuerkennen. »Bringen Sie ihn doch um Himmels willen weg, Jesus Christus!« zischte er. Die anderen Kinder erschienen auf dem Flur – heute nacht waren wirklich alle wach. »Herr Vater«, sagte Oliviero schlaftrunken. »Stirbt Mama jetzt?« fragte er erschrocken oder vielleicht auch nur neugierig wie alle Kinder auf der Welt. Er sah ihm ins Gesichtchen und wußte nicht, was er sagen sollte. Konnte er ihm sagen: »Ja, ja, ja«, konnte er ihm je erklären, wie gerecht das war? Du mein Erbe, sie wird nicht mehr sein, und dich werde ich zu meinem Erben machen. Ja, dich, du weißt es nicht, aber du bist wie ich, du bist der Finger im brechenden Deich. Sag mir etwas, Oliviero. »Herr Vater, ich bin so froh, daß du gekommen bist, du machst die Mama wieder gesund, nicht wahr?« INS BETT MIT EUCH, SOFORT! Da stand er, auf dem dunklen Korridor, der sechzehnte Graf von Brezé, und starrte ihn an, sah stumm auf den Schlüssel. Er konnte Enricos Blick nicht ertragen. »Herr Vater, PAPA«, nein, nicht dieses Wort, ich verbiete es dir, schweig. »Papa«, wiederholte Oliviero hartnäckig, seine heiligsten Gefühle peinigend, »du machst das Mamalein wieder gesund, nicht wahr?« Ja, ich mache sie gesund, auf ewig.

Der Schlüssel kreischte im schlecht geölten Schloß, das sich seinem Eindringen widersetzte, schließlich gab es nach. Das Zimmer lag im Dunkeln, das war gut. Er schloß die Tür hinter sich. Eine vertraute Wärme sprang ihn an, intim und wohlbekannt. Er lehnte sich mit dem Rücken an die Tür, als suchte er einen Halt. Keuchend befingerte er den runzligen Rüssel des afrikanischen Elefanten, den dieser mit einer Gebärde der Glückseligkeit auf den mit Intarsien verzierten Rücken zurückgebogen hielt, er war jetzt sein einziger Talisman, in einem Augenblick, in dem das Glück ihn verlassen hatte und er nackt und allein war. Normas Duft peinigte seine Nase, wie gut er ihn kannte: die Veilchenessenz in ihrer Tinte, den Flakon Rosenwasser, die Mischung aus Sandelholz, Jasmin, Moschus, Vanille, die er ihr aus Antibes mitgebracht hatte, die Verbenentinktur für ihr Haar. Düfte, die mit Gefühlen und Neigungen verbunden waren. Oh, Trägheit des Bewußtseins, quälende Macht der Gewohnheit. Und er konnte auch den Holzgeruch der alten Möbel unterscheiden. In diesem Zimmer war sein ganzes Leben. Hier hatten seine Eltern geschlafen, als er noch ein Kind war, hier hatte er in seinem keuschen Witwertum allein geschlafen, hier hatten sie ihre Hochzeitsnacht verbracht, hier hatten sie in einer Nacht der Zärtlichkeit und des Leichtsinns Vittorio gezeugt. Norma, Norma, was hast du getan? Er schluckte, seine Kehle brannte von dem dreistündigen ununterbrochenen Rauchen. Kein Laut war zu hören, nicht einmal ihr Atem. War sie tot? Hatte sie sich mit dem Brieföffner die Kehle durchgeschnitten? Einen Augenblick lang betete er darum, sie als Tote beweinen zu müssen. Wenn er sie jetzt tot aufgefunden hätte, tot in diesem Bett, hätte er sie auf ewig geliebt – Chérie, seine von aller Schuld befreite süße Chérie. Auf dem Stuhl neben der Tür ein zerknitterter Fetzen, bei der Berührung erwies er sich als weiche Seide, ihr Morgenrock. Er führte ihn an den ausgetrockneten Mund, erstickte ein Schluchzen. Nein, Norma war nicht in diesem Morgenrock: ein fremder Geruch, eine andere Person, eine andere Frau. Er warf ihn auf den Fußboden, schritt tastend nach vorn, unsicher, er wußte immer noch nicht, *wie* er es tun sollte. Er hatte noch nie einen Menschen seiner eigenen Rasse getötet, nur die Neger, deren Leben ihm völlig unbedeutend vorkam. Es hatte keine europäischen Kriege gegeben, als es sie hätte geben sollen, und nun war er zu alt und überließ der Jugend die Ehre des Heldentods für eine edle Sache, für den Sieg, für das Vaterland – ihm blieb nur ein notwendiger Tod ohne Wert, ohne Größe. Eine wehrlose Frau töten. Sie würgen, mit aller Kraft würgen, damit es schnell vorbei ist. Im Dunkeln, wenn möglich. Ein schöner Tod ehrt ein ganzes Leben. Kein Tod wäre dazu je schön genug, weder für Norma noch für ihn jetzt. Die ehelichen Vergehen tragen den Stempel der ethischen Mittelmäßigkeit, sie bleiben persönliche Angelegenheiten, die im engen Kreis der häuslichen vier Wände gereift sind. Er war zwar eine öffentliche Person, ein Volksvertreter, aber sie war das nicht, sie war nichts – ihre Photographie, die man in den Zeitungsredaktionen verbreiten und mit einer anspielend höhnischen Unterschrift (»das Opfer, die junge Frau von«) veröffentlichen würde, dürfte bei den unterhaltungssüchtigen Massen sogar Sympathie erwecken. Diese Ironie, nicht einmal als Tote würde er sich von ihr befreien können! Er mußte es schnell tun. Er stolperte über ein Paar Schuhe, stieß an das Fußende des Bettes. Eine Bewegung war zu hören, ein Rascheln von Leintüchern, Decken, ihre Füße waren immer kalt, ihr Körper immer warm. Ihr Körper. »Was ist? Wer ist das, bist du es, Emanuela?« Normas Stimme, ihre gewohnte Stimme – in einem solchen Augenblick; einen Schritt vom Tod entfernt, hatte Norma ihre Stimme wie immer, leise, ängstlich. Plötzlich strahlte der Lampenschirm auf und blendete ihn.

Jäh tauchte er vor ihr auf: ein Gespenst, ein Scharfrichter, vielleicht ein Alptraum; aufrecht stand er vor ihrem Bett, mit vom Regen glänzendem Schnurrbart, schweißnasser Stirn, tropfendem Überzieher, verdreckten Stiefeln, in der Faust diesen häßlichen Stock mit dem Elfenbeinknauf, exotisches Kunsthandwerk, das sie immer geschmacklos gefunden hatte. Sie erschien vor ihm im schwachen Schein des Lampenschirms in den zerknitterten Laken eines seit Tagen ungemachten Bettes: besticktes Nachthemd, aufgelöstes Haar, blonder denn je – Weizenähren, Honig, Kamille, süßes Vergessen –, blutleer, abgemagert, offenbar verweigerte sie wieder einmal die Nahrung. Länger als eine Minute sahen sie sich wortlos an. Sie sahen sich an. Felice flößte ihr Angst, ja Entsetzen ein mit diesem starren, ausdruckslosen Blick; Norma rührte ihn fast zu Mitleid mit diesen geröteten Augen, dem durch absichtliches Hungern kasteiten Fleisch. Einen Augenblick lang hätte sie ihn beinahe um Vergebung bitten wollen, einen Augenblick lang hätte er ihr beinahe vergeben. Sie hätte ihm gern so vieles erklärt. Aber wie nur? Dieser dicke Mann in dem unbestimmt militärischen Überzieher, der Abgeordnete Graf Argentero, hatte sie doch vor zehn Jahren geheiratet, sie hatte ihm doch tausendmal gesagt »ich liebe dich«, hatte ihn doch tausendmal angefleht, dasselbe auch ihr zu sagen – »Felice, my Lord, liebst du mich WIRKLICH?«. Sie bemühte sich, ihn zu hassen, aber sie fand in diesem Augenblick nichts, was sie ihm hätte vorwerfen können, man kann jemanden nicht dafür tadeln, daß er ist, was er ist. Und sie machte sich jetzt auch selbst Vorwürfe: hinter dem Salonfenster hatte sie Medusa nachgeblickt, die fröhlich ins Dorf hinunterging, und sie hatte sie nicht begleitet und hatte nicht begriffen, daß sie den ganzen Tag vergebens auf sie warten und sie nicht mehr die Allee hinaufkommen sehen würde, in ihrem abenddunklen Kleid, mit ihrem Seemannsschritt, mit ihrem Lächeln. Und nie mehr ihre klingende Stimme hören würde, die sagte: »Norma, Norma! Ich bin wieder da.« Und nun stand dieser Mann vor ihr und wollte sie vielleicht töten, mußte es tun, und ihr war das gleich, denn sie hatte ja alles verloren, alles würde nur noch unersetzlicher Verlust sein. Sie konnte ihn bitten, ihr zu verzeihen. Felice verlangte ja nichts anderes. Sie hätte »ja« zu ihm sagen können. Ja. Ja, ja, ja, ihr ganzes Leben lang hatte sie ja gesagt: zu allem, zu ihrem Vater, zu ihrem Bruder, zu ihrem Mann, zu den Umständen – sie kannte nichts anderes. Aber jetzt bestätigte sie dieses Ja nicht noch einmal: sie verneinte alles, sie verneinte sich selbst. Eine leere Zeit glitt in die Vergeblichkeit, es geschah, was geschehen mußte, das Leben war draußen vor dem Gittertor geblieben, bei Medusa in ihrem amarantroten Kleid, die unten am Hang verschwand, aufrecht und stolz darauf, Medusa zu sein, auf dieser am frühen Abend schon dunkel gewordenen Straße. Tu du nur, was du tun mußt, und mach es schnell, aber ich sage »nein« zu dir. Nein, nein, nein, Felice.

Felice versenkte die Hände in den Taschen des nassen Überziehers, so tief, daß das Futter aufsprang – er ballte die Fäuste, drückte die Fingernägel in die Handflächen. Wie kann ich es tun, wie kann ich es tun, sie ist mein Kreuz, mein Ruin, die eiternde Wunde meiner Eingeweide, meine Norma. Er sah sie an, sah sie an, was soll das eigentlich, jetzt bin ich hier, wir sind hier, wie immer, es ist alles vorbei, ich bringe sie fort, sie wird sie nie mehr wiedersehen, nie mehr, es gibt jetzt nur noch uns, es regnet, es regnet, der Regen wird meine Schande und ihren Verrat wegwaschen, ich lasse sie ärztlich behandeln, mit der Zeit, mit der Zeit – auch damals, wegen Angelica, war sie so, und dann ist es vorbeigegangen, dann geht das Leben weiter, das ist es, verzeihen, was gibt es Größeres unter der Sonne, hat nicht der Mensch gewordene Gott selbst seinen Mördern verziehen? Er sah sie an, sein Traum saß auf dem Bett, ein zerknitterter, müder Traum, ein trauriges Lächeln, gerade so hatte sie in jener Nacht auf dem Bett gesessen, die Knie an die Brust gedrückt – als Schranke für seinen Blick, für sein Verlangen. Gerade so hat sie mich angesehen, sie wirkt immer so wehrlos und ist doch fähig, dich ohne ein einziges Wort zu töten, sie, dieses weiche, zerbrechliche Wesen, ist fähig, eine mächtige Eiche wie mich zu fällen, gerade so hat sie mich angesehen, damals in der Hochzeitsnacht, und wir waren ein Fleisch, ich will, ja, ich will, und nun ist der Eheschwur gebrochen, die Treue vergewaltigt worden, HURE! schrie er plötzlich und warf sich auf sie, Decken, Haut und bestickte Seide zerreißend, das Bett wogte, dann stieß es zur letzten Fahrt in See.

Herr, segne und behüte unsere Familie, laß Dein Antlitz leuchten über uns und gewähre uns Deine Gnade. Richte Deinen – NEIN NEIN NEIN FELICE NEIN – richte Deinen Blick auf uns und schenke uns – HALT STILL DU HURE – und schenke uns Deinen Frieden, amen. Sofia sah nicht von ihrer Stickerei auf – sie nähte Fahnen für die Soldaten und betete dabei einen unsichtbaren Rosenkranz zu den erstickten

Schreien, die im Salon des Jagdschlößchens der Argentero widerhallten, unerbittlich die Ruhe des Buon Riposo erschütterten. Gnade, o Herr. Erbarmen, Herr Jesus. Emanuela glitt die Nadel aus der Hand, und sie zitterte so, daß sie das Öhr nicht wiederfand, der Faden tanzte ihr vor den Augen. Sie sahen sich nicht an, die beiden Schwestern; sie taten, als merkten sie nichts von all dem, was nicht das warme Zimmer, der Ofen, der Kamin, das Weißrotgrün des Stoffes, die Nadel war – als hörten sie diese in der Stille ersterbenden Schreie nicht, die doch von Menschen kamen, die sie liebten. WAS MACHST DU DA, NEIN. Erbarmen, o Herr, Jesus Christus, erhöre uns. Sie sprach lauter, erflehte Gnade, um das, was sie in diesem Augenblick nichts angehen durfte, in das Obergeschoß zurückzudrängen. Vater im Himmel, Gott, hab Erbarmen mit uns. Emanuela bemühte sich, das unsichtbare Öhr zu erkennen – es ist leichter, daß ein Kamel durch ein Nadelöhr geht, denn daß ein Reicher ins Reich Gottes komme, lästige Lehren des Evangeliums, die aus der Vergangenheit oder vielleicht sogar aus der Gegenwart selbst aufstiegen – NEIN BITTE BITTE NEIN, der Kronleuchter schwankte, das böhmische Kristall klirrte, im oberen Stockwerk wurde ein Möbelstück umgeworfen, Dinge fielen zu Boden, zerbrachen, Felices Stock schlug auf. WARUM, WARUM ... Das leichte Trappeln nackter Füße auf dem Teppich. Im Schatten, an das gußeiserne Treppengeländer geklammert, stand der zukünftige Graf Enrico, ein schüchternes, gehorsames Kind, das nie Schwierigkeiten machte, ein Kind, das gar kein Kind zu sein schien und es in diesem Augenblick auch nicht war – und es nie mehr sein würde. »Geh auf dein Zimmer, Enrico!« HALT STILL, VERFLUCHT NOCH MAL. Dumpfes Krachen, Schreie – Jesus Christus, erbarme Dich. Er bringt sie um, dachte Emanuela, dazu ist er gekommen, nicht um sie fortzuholen, er bringt sie um. »Tante Lela«, sagte Enrico streng, »er tut ihr weh, warum machen Sie denn nichts?« NEIN FELICE NEIN NEIN. Gott, laß sie nicht zu sehr leiden. Gott, mach, daß es bald vorbei ist. »Aber nein, Schätzchen, sie spielen nur, Papa und Mama spielen.« Lamm Gottes, der du die Sünden der Welt trägst, vergib uns, o Herr.

Der Kissenbezug war aus chinesischer Seide, er selbst hatte ihn in einem Pariser Kaufhaus ausgesucht: das ist Bettwäsche für einen König, für einen Sultan, hatte der Verkäufer unter anzüglichem Augenzwinkern versichert. Das Kissen war mit Gänsedaunen gefüllt, weich, warm; er drückte den Schnurrbart in das Kissen, das er ihr aufs Gesicht preßte: ein liebevoller Kuß, nicht auf ihren Hurenmund, sondern auf den chinesischen Kissenbezug. Er drückte das weiche Kissen, als wäre es ein Stein – ich hänge dir einen Stein um den Hals und werfe dich in den See –, aber er war sich bewußt, daß dieser Versuch, sie zu ersticken, nicht glaubwürdig war, denn von Zeit zu Zeit hob er absichtlich das Kissen, zwar kaum einen Zentimeter, aber doch so, daß sie noch atmen konnte. Er richtete seine Wut auf ihr Gesicht, um sie nicht anzusehen, um sie nicht sehen zu müssen, während es geschah. Sie waren im Dunkeln, weil der Lampenschirm knallend zerborsten war, doch durch die offenen Fensterläden fiel aus dem Park Licht herein – das Licht seiner grünlackierten treuen Laternen. Seit geraumer Zeit hatte Chérie aufgehört, sich zu wehren, ihn zu kratzen, zu schreien, seine zu Zement gewordene Gelatine zurückzustoßen. Regungslos lag sie unter ihm, gab sich ihm hin, voller Resignation, ja, sanft und weich, und plötzlich war es nicht mehr dieser schreckliche Oktober der anonymen Briefe und der Schande, des Regens und des Tumults, des Schlamms und der zertretenen Liebe: es war der Oktober vor vielen Jahren, die Fremde unter ihm war seine jungfräuliche Braut, die sich ihm aus atavistischer Angst widersetzte, seinen Übergriff erduldete und sich weinend auf die Lippen biß, um nicht zu schreien, es waren die nach Kernseife und nach ihr duftenden Leintücher, es war ihr Haar, in dem er die Lust der ersten Nacht ertränkte, ihr Mund, den er suchte, es waren ihre Tränen, es waren die in diesem Zimmer, in diesem Haus rituell vergossenen Blutstropfen, vor tausend Jahren nunmehr, »du hast mir weh getan, Felice, warum? Ich habe dir doch nichts getan«, du warst so naiv, mein geliebtes kleines Mädchen, wie habe ich gelächelt, wie habe ich über deine Reinheit frohlockt, ich habe die Deckenbalken angesehen, den Mäusen auf dem Dachboden zugehört und deine Hand gehalten, und ich war so glücklich, o Gott, hätte unser Leben doch in jener Nacht geendet! In der Nacht damals konnte er sich nicht entschließen anzufangen: er entkleidete sich ganz langsam, band sich die Schuhe auf, stellte sie schön nebeneinander auf den Teppich, dann legte er die Hosenträger ab, die Weste, das Ziertaschentuch, die Hosen, das Hemd, das Unterhemd, die Sockenhalter, langsam, langsam, er dehnte die Erwartung des Endes unendlich aus – denn es war das Ende von allem, das –, dann streichelte er sie, rollte ihr das Nachthemd über die Schenkel hinauf, jubilierte innerlich über ihr Erröten, spielte gemächlich mit den Perlmuttknöpfchen, knöpfte sie eins nach dem andern sorgfältig auf, enthüllte ein Stückchen Haut, reiner Schimmer verbotenen Anblicks, legte das Gesicht auf dieses milchige Weiß und hielt den Atem an: sie ist mein, mein, dachte er, endlich mein, und erst dann entschloß er sich, riß die Leintücher weg, blies die Kerze aus, mein, mein, fand den Weg, öffnete den Weg, machte sich auf den Weg, stieg höher und höher und kam schließlich an, es war eine Mondnacht damals, und er konnte sie auf den Leintüchern liegen sehen, er hielt die Augen offen, um sie zu sehen, denn jene – einzigartige und unwiederholbare – Nacht würde nie mehr wiederkehren. Sein Verstand verirrte sich in der süßen Hoffnung, daß der Kreis der Zeit sich schließen würde, wenn er sie jetzt wieder ansah. Er schleuderte das Kissen auf den Fußboden, zwischen die Glasscherben und die zerknäulten Decken. Chérie, Chérie? Dich suche ich doch, dir will ich doch nicht weh tun. Aber Norma war nicht mehr die von damals. Stumm sah sie ihn an, mit Haß in den Augen, mit weitgeöffneten Augen in der Nacht von heute, in diesem Herbst des Todes und des Gifts und des Schlamms. Die Niederlage machte ihn blind, er verlor den Kopf, ohrfeigte sie, zischte ihr alle Beleidigungen ins Gesicht, die ihm einfielen. Er hätte gern noch kränkendere, grausamere gefunden, aber er war immer ein Gentleman gewesen und fand keine. Sein Repertoire beschränkte sich auf eine einzige, unablässig wiederholte Beschimpfung – sie tat ihm gut, auch wenn sie vielleicht nicht die passendste war: »Soll ich's dir besorgen?« keuchte er, »soll ich's dir besorgen? Sag es mir, sag, soll ich's dir besorgen?« Aber das war es nicht, nein, das war es nicht, er fing wieder an, sie zu schlagen, denn er wollte ihr ein Geständnis entreißen, eine Entschuldigung, eine Bitte um Vergebung, ein Wort, ein Zeichen der Kapitulation, doch auf ihrem Gesicht stand geschrieben – klar und deutlich wie ihre Gedanken, die er früher immer hatte lesen können: schrei du nur, Felice, schrei du nur, und wenn ich mir die Zunge abbeißen müßte, und wenn ich heute nacht sterben müßte, kann ich dir doch nur sagen: das sieht dir gleich, das ist alles, wozu du fähig bist. Und je wütender er sich abmühte, desto weiter entfernte sie sich auf dieser rutschigen, weichen Seide, entfernte sich von ihm, von ihrem Zimmer, von seinen dreckigen Stiefeln, die ihr Bett beschmutzten, von der Uhrkette, die ihr die Haut verletzte, von seinem nassen Überzieher, ja selbst von seinem Gewicht, das sie in die Seide hineindrückte. Sie entzog sich ihm, war unerreichbar. Und im Versuch, sie zurückzuhalten, ihr zu folgen, brüllte er irrsinniges Zeug und fiel, fiel in einen Abgrund, in einen finsteren Schlund, der immer schwärzer wurde, immer enger, beängstigender. Es nahm ihm den Atem, er ruderte in einem schlammigen Kanal, der alles verschlang, die Vergangenheit, die Gegenwart, die Zukunft, und in dem er rettungslos steckenblieb wie die Räder seines Automobils im Schlamm der Auffahrt, und er versank, tiefer und tiefer, und wußte plötzlich, daß er nichts finden würde, daß da in dieser üblen Kloake kein Schatz verborgen war, nichts. Und er konnte nicht erwachen aus diesem Alptraum, der ihm keine Lust bereitete, keine Befriedigung, keine Entladung schenkte, nur Übelkeit, Übelkeit und Schmerz – er schnappte nach Luft, kämpfte sich ab in der schlammigen Sackgasse, in der aller Verstand, jede Bedeutung unterging und nichts mehr einen Wert hatte. Das ist alles, was ich von ihr haben werde, Schlamm und bodenloser Abgrund, endloser Sumpf und Sinnlosigkeit der Welt, und ich muß mich retten, ich muß da hinaus, hinaus, den Gang erweitern, ihn durchstoßen, ihr weh tun, ihr weh tun wie in der Nacht damals, denn das wird nie ein Ende haben, es gibt keinen Ausgang, und ich ertrinke, ich muß sie töten in ihrem Weiberschlamm, bevor die Wellen über mir zusammenschlagen, es muß ein Ende sein, irgendwo: verzweifelt tastete er nach seinem Elfenbeinstock und fand ihn am Fußende des Bettes zwischen den zerknüllten Laken, kühl schmiegte sich der Knauf in seine heißen Finger, er drückte ihr eine Hand auf den Mund – der Diamant riß ihr die Lippe auf, der Ehering war aus feinstem Gold, äußerst wertvoll, dreiunddreißig Karat, weißt du noch, Chérie? –, sie hatte nicht begriffen, schien erleichtert, verächtlich sah sie ihn an, als wollte sie sagen: Bist du fertig? Jetzt bin ich frei. Was für ein Irrtum, meine Liebe, sieh, da ist der Elefant, der Elfenbeinelefant, da, für alles, was ich dir gegeben habe, und er stieß den Elefanten in den schlammigen Gang, der ihn verschlungen hatte, Eisbrecher im Packeis, und stieß und stieß, ihr Schreien störte ihn nicht im geringsten, war kaum ein ferner Widerhall in seinem Ohr, ein fremder Laut, obwohl es ohrenzerreißend, unmenschlich war, hinein, weiter hinein, höher hinauf, dahin, wo der Verstand birst, wo du meine Kinder und meinen Samen getragen hast, Gefäß aller

Übel der Welt, und noch höher hinauf, hinein in den Ursprung von allem, in die Mitte, in das unsichtbare Herz der Dinge, hinauf, da, wo der Horizont sich schließt, hinauf, und hier endlich pflanzt der Forscher die Fahne im Eis des Pols auf und ist da, endlich da. Und er konnte sie nicht mehr Hure nennen, denn sie war keine Hure mehr, seine zarte Norma, die ohnmächtig in einer Lache blaßroten Bluts lag, die nicht aus Eis war, sondern warm – er spürte etwas Warmes an den Hosen, am Überzieher, an den Händen –, sie war nie eine Hure gewesen. Er sah sie an, sie war seine jungfräuliche Braut, eine reine Märtyrerin. Der Anblick rührte ihn zu Tränen. Chérie, Chérie, meine Süße. Er liebkoste ihr Gesicht, die blutenden Lippen. Was für ein Kuß, seit so langem, Chérie. Er riß ihr dieses verfluchte Nachthemd vom Leib, beugte sich über sie und küßte ihr die Brust, von der er seit Jahren so besessen war, die sein Fluch war. Er sah sie an, er hatte sie schon immer gern angesehen: sie war so harmonisch, so heiter, so schön, seine Norma. Chérie, Chérie, meine Süße, du meine Geliebte. Der afrikanische Spazierstock war ein unpassendes, gräßlich hervorstechendes Detail. Plötzlich kam er zu sich, war – völlig erschöpft – wieder in der unpoetischen, obszönen Gegenwart. Er hatte blutverschmierte Hände, und der Diamant war rot und funkelte nicht mehr. Schlamm, Schlamm. Mein Gott, was habe ich getan, Norma! Norma! Er schüttelte sie, verzweifelt, denn jetzt wollte er nicht, daß sie tot war: nicht so, so nicht, das hatte seine Chérie doch nicht verdient – sie war krank, mußte behandelt werden, sofort, gewiß, sie brauchte einen guten Arzt für ihre Nerven, für ihren Wahn, aber doch so nicht, nicht so. Die Fahne des Forschers war im Eis des Pols aufgepflanzt, die Eisdecke hatte sich geschlossen, und niemand würde sie hier wieder herausreißen. Der Beweis. Der Beweis für das Entsetzliche. Mein mein Sto-sto-stock, stotterte er. SOFIA! SOFIA! fing er an zu schreien, wie ein Kind, das sich in Sicherheit bringen will, nach seiner Mutter ruft.

Er lief zur Tür, bearbeitete sie mit den Fäusten, es gelang ihm nicht, den Schlüssel im Schloß zu drehen, seine nassen – schmutzigen, schmutzigen – Hände glitten am Messing ab, wie ist das alles scheußlich, wie vulgär, mein Gott! Er keuchte, seine Hose stand offen, er fand die Hosenträger nicht, sie mußten im Kampf irgendwo heruntergefallen sein. »Was ist, Felice?« rief die Schwester auf der Treppe. Die Tür ging auf. Sofia hatte die Stickerei in der Hand, die Nadel steckte noch im grünen Stoff. Die Nadel. Das Banner. Der Pfeil. Das Siegeszeichen im Leichnam des geschlagenen Feindes. Der schwache Lichtschein vom Park draußen beleuchtete auf den Leintüchern große Lachen dunklen Schlamms, der allmählich verkrustete, Schlamm, Schlamm, und Normas weißen Fuß, sonst nichts. »Was ist passiert, Felice?« Emanuela, fahlblaß, Karabiniere oder Kinderfrau, hatte einen Plüschbären in der Hand und rückte sich den Kneifer zurecht. »Ins Kra-kra-krankenhaus«, stammelte er, »es geht ihr schlecht, sie braucht einen Arzt.« Sofia suchte nach dem Lichtschalter, ihre runzlige Hand tastete über die Wand, er hielt sie mit eisernem Griff fest. Nein, wie dumm er doch war, hier oben gab es ja gar keinen Lichtschalter. Nein, ruft keinen Arzt, niemand, niemand darf etwas erfahren. »Mach doch Platz, Felice!« Emanuela schob ihn zur Seite – jetzt sieht sie es, jetzt sieht sie es, mein Gott –, trat an das Bett, ihr lahmes Bein mit dem eisenverstärkten Schuh schlug laut auf dem Boden auf. »Norma … Norma … du hast sie … Felice, du hast sie …« Das Urteil ist vollstreckt, und sie haben es gewußt, sie haben gewartet, sie haben mich allein gelassen, als ich in mein Verderben gerannt bin, sollen sie genauso verflucht sein wie ich. »Nein, nein, nein«, schluchzte der Abgeordnete Argentero schamlos in Sofias Armen. Und wenn doch, vielleicht habe ich. »Ich habe es getan! Ich habe es getan! Ich wollte es nicht, ich wollte doch nicht«, schrie er, »meine Chérie, meine, meine Norma, mein Gott!« Das Banner. Das Banner. Emanuela hob das Leintuch, streifte einen Arm Normas, fand ein nacktes Bein, einen Fetzen des zerrissenen Nachthemds, die blutige, klebrige Hand. »Felice, um Gottes willen, was hast du ...«, flüsterte sie fassungslos. Mit derselben Stimme hatte ihr das die Angst zugeraunt, als sie die Lüge gesagt hatte: Papa und Mama spielen nur. Vom Bett drang ein ersticktes Stöhnen herüber. Erleichterung, er hat sie nicht, er hat sie nicht. TUT DOCH ENDLICH WAS, IHR DA, ES GEHT IHR SCHLECHT, drängte Felice wütend. Allmählich bekam er sich wieder in die Gewalt, hin und her gerissen zwischen dem Wunsch, sich von neuem dem Totenbett zu nähern, und dem Entsetzen, es zu tun. Da, ein Schritt genügte, er wollte ihn tun, aber er schaffte es nicht. Modestina lief in Pantoffeln die Treppe herauf. »Soll ich anspannen lassen, Herr Graf? Bringen wir sie nach Cuneo?« Nein, nein, um Gottes willen, nein! Chérie auf dem Bett. Chérie, Chérie, wir haben uns doch so geliebt, wir hätten uns doch vertragen können, dachte er benommen. Wir hätten gekonnt, aber wir haben nicht. Sofia zog ihn fort. Es ging ihm bereits etwas besser, er hatte den bitteren Geschmack seines vernachlässigten Magengeschwürs im Mund, Gänsefedern im zerwühlten Haar, wischte sich die Hände an seinem Überzieher ab, an der Tür des Kinderzimmers stand Enrico und starrte ihn stumm an. Ich muß etwas zu ihm sagen, dachte er. Wer bist du, woher kommst du? Er machte vor ihm halt, suchte nach einem Lächeln, fand keines. »Es ist alles in Ordnung«, sagte er, ihm über die zerzausten Locken streichend, und erstaunte darüber, daß es ihm gelang, spontan, liebevoll, väterlich zu sein – ein guter Vater, nach alledem. »Geh ins Bett, es ist spät, um diese Zeit schlafen alle Kleinen doch längst, nicht wahr?« Enrico zog sich in den Schatten der Tür zurück und machte sie zu, er war verbannt aus dem Kinderzimmer mit der rosa Tapete und den Farbstiftzeichnungen in einer Ecke und dem Spielzeugautomobil mit Reifen aus echtem Gummi.

Im Badezimmer sah er als erstes in den Spiegel: der Mörder, Normas Henker, hatte struppig abstehendes Haar, einen Spritzer Blut auf dem grauen Schnauzbart, eine zerkratzte rechte Wange – nein, das kreisrunde rötliche Mal war wohl eher eine Bißwunde –, den glasigen Blick eines gekochten Fischs und obszöne Flecken vorn auf der Hose; er hingegen hatte eine Träne im Augenwinkel, ein zerfetztes Hemd, an dem mindestens drei Knöpfe fehlten, Schweißtropfen auf der Stirn, zitternde Hände und einen stechenden Schmerz im Unterleib. Er nahm den Überzieher ab und warf ihn über den Schemel. Seine Eingeweide verknoteten sich in einem Krampf, der es ihm unmöglich machte, eine würdige aufrechte Haltung zu bewahren. Er krümmte sich zusammen, tapfer entschlossen, diese letzte Schlacht zu schlagen und dem gemeinen Angriff zu widerstehen. Er spritzte sich Wasser ins Gesicht, aber sein ganzer Schmerz schien sich nun in diesem kränkenden Aufruhr der Gedärme zu konzentrieren. Es kam ihm absurd vor, sich in diesem so ernsten Augenblick mit einer Kolik beschäftigen zu müssen: unter großer Selbstbeherrschung nahm er die Manschettenknöpfe aus den Hemdsärmeln, wusch sich sorgfältig die Hände, benetzte sich die Stirn und die verletzte Wange. Er schwitzte heftig, so hatte er in seinem ganzen Leben noch nicht geschwitzt. Mir ist nicht gut, mir ist nicht gut, helft mir doch. Er konnte nicht mehr an sich halten, sank auf der Kloschüssel in sich zusammen, ein leerer Sack voller Krämpfe und Pein. Seine Gedärme wanden sich, etwas bahnte sich einen Weg durch den zwölf Meter langen Gang, drang unaufhaltsam zum Dickdarm vor. Etwas preßte auf den Ausgang, ließ den Schließmuskel anschwellen, vergewaltigte die Hämorrhoiden, die ihn als treue Gefährtinnen seines reifen Alters seit fünfzehn Jahren begleiteten. Er zog den Muskel zusammen, entspannte ihn wieder, drückte: dieses Etwas, dieses Etwas war so gewaltig, daß es nicht hindurchpaßte, oder vielleicht war er es, der sich bemühte, es zurückzuhalten, um es nicht auf immer loszulassen – vielleicht war sie es, vielleicht die Erinnerung an sie, die so in seinen Eingeweiden rumorte, sich gerechterweise in dieser ekligen Stange verkörperte, ins klare Wasser fiel, versank und wieder an die Oberfläche stieg wie eine Leiche. Er schloß die Augen. Es geht mir so schlecht, so schlecht. Wieviel kann ein Mensch bloß aushalten, wieviel? Es geht mir so schlecht. Und dazu roch dieses Gefängnis, schon als er hereingekommen war und während seine Tortur andauerte, nach weiblichen Kosmetikartikeln: bunte Tuben lächelten vom Regal auf ihn herunter, ein nach ihr duftendes Handtuch hing über dem Ständer in der Ecke, überall lagen ihre Haarnadeln verstreut, standen ihre Badesalze herum, ihre Gesichtskrem, ihre Seifen, und da waren auch ihr Elfenbeinkamm und ihre Bürste mit den Metallborsten voller blonder Haare. Er schleuderte sie auf den Fußboden, trampelte wütend mit den Stiefelabsätzen darauf herum, und dann ergab er sich der endlosen Blutung, die ihm gleichzeitig Schmerz und Lust bereitete. Ergab sich, öffnete sich, denn in diesem Badezimmer konnte er nur noch loslassen, seine Kräfte, die Last des Lebens, seinen müden Leib, seine Vergangenheit, und vor allem sie. Schwitzend, stöhnend, zitternd erleichterte er sich, bis ihn der Schrecken packte, in diesem parfümierten Frauenverlies zu verbluten, an Entkräftung zu sterben. Niemand konnte herein, die Tür war abgeschlossen – nein, so wollte er nicht sterben, nein, nein. Wie lange dauerte diese Qual, dieser Kampf seiner vergewaltigten Eingeweide nun schon an? Waren es Sekunden, Minuten, vielleicht schon Stunden, die in diesem Duft von ihr mit seinem Leben entflohen, in diesem alles durchdringenden Duft, der jetzt an seinem schweißnassen Unterhemd haftete, an den auf die Knöchel gerutschten Hosen, an seinem erschlafften Geschlecht zwischen den klebrigen Schenkeln? Er spürte ihn sogar im süßlichen Geschmack seines Schnurrbarts, im Speichel, auf der Zunge, in der Kehle. Ein Glas Wasser, um seine Erinnerung hinunterzuspülen. Ein

Mentholbonbon, um die Geschmacksnerven zu betäuben. Ein Bad, ein heißes Bad, um diesen Geruch abzuwaschen, die Blutflecken, alle Spuren zu tilgen, wenn ich je lebend aus dieser Kloake herauskomme. Das war der letzte Angriff Normas auf seine Eingeweide, der letzte: sie verflüchtigte sich hinter einer gewaltigen Wolke von Kotgestank, ließ ihn allein mit seinem verkrampften Spiegelbild, das sich die Hände auf den Bauch preßte. Er spürte sie nicht mehr an sich haften, sie war nicht mehr in ihm. Um ihn herum waren noch wie zuvor ihre persönlichen Dinge, aber jetzt leblos ohne sie. Er schwitzte nicht mehr, seine Hände auf den Hüften zitterten nicht mehr, er war erschöpft, ausgepumpt, ruhig. Er stand auf, hielt das Gesicht unter den Strahl aus dem Wasserkrug. Das Brunnenwasser war noch kalt, das Handtuch rauh und hart (ach, Medusa, Medusa, du warst eine schlechte Kammerzofe, das habe ich immer gewußt) – und plötzlich, während er sich das Gesicht trockenrieb, geschah das unerwartete Wunder: er rieb und rieb, und nichts war passiert, er hatte sie nie gesehen, nie gekannt, nie geliebt, nie geheiratet, Norma existierte nicht mehr, sie war verflogen wie ein schlechter Traum. Ich habe dich nur geträumt, meine Süße. Es ist nicht meine Schuld, wir sind nicht für unsere Träume verantwortlich, dachte er, man kann sich seine Träume nicht aussuchen, sie sind es, die einen heimsuchen, sich uns ohne unser Zutun aufzwingen, sogar gegen unseren Willen. Unsere Widersacher betragen sich uns gegenüber mit unverschämter Rücksichtslosigkeit, und auch wir ihnen gegenüber. Auch wir ihnen gegenüber. Aber wenn wir aufwachen, ist nichts mehr da, nur die Wände dieses Kabinetts, das helle Eschenholz, die Wanne auf den Bronzefüßen, der Spiegel, mein Bart von gestern existieren: der Traum setzt sich nicht fort, er gehört der Vergangenheit an, der letzten Nacht. Der Traum bleibt eingesperrt im Reich des Unmöglichen, das nie geschehen ist. Es ist nicht geschehen, es ist nicht geschehen. ES IST NICHT GESCHEHEN. Der

Traum ist ein kurzer Wahnsinn, nicht wahr? Oder vielleicht ist der Wahnsinn ein langer Traum. Schlaf du nur, träume, träume lange, Prinzessin, süße Norma, Chérie, ich bin aufgewacht. »Ich gehe ins Hotel«, teilte er Sofia mit, die reglos unten an der Treppe auf ihn wartete und ihr Taschentuch in den zu Fäusten geballten kleinen Händen wrang, »ich kann hier nicht bleiben.« »Gewiß«, sagte sie – und nichts weiter, weder an diesem Abend noch je später. »Beruhige dich«, sprach er kaltblütig und entschieden weiter, »geh zu Bett, mach dir keine Sorgen, es ist alles vorbei.« »Gewiß, gewiß.« Sie fragte ihn nicht WIE, sie vertraute ihm. Sie tat gut daran, denn er hatte während seiner Kolik in jenem übelriechenden Verlies die Lösung gefunden. Als er die Treppe hinabging, sah er sich mit eben noch undenklicher Geistesklarheit um; mit Bedauern bemerkte er eine sich ausbreitende Anarchie in diesem Haushalt – ein blaugelbgestreifter Ball lag neben der Tür, ein Fahrrad lehnte an der Palisanderholztruhe mit dem eingebrannten A der Argentero, die Unordnung der Kinder. Die Kinder waren schon viel zu lange unter der lässigen Obhut von der da oben, von der da oben, die es nicht mehr gab. Die Kleinen brauchten dringend seine Anwesenheit, seine Autorität, Ordnung – gut, er würde dafür sorgen, sich um sie kümmern, später, morgen, morgen. Im halb offenstehenden Garderobenschrank sprang ihm sogar ein Damenhut in die Augen, der nicht seiner Frau gehören konnte. Aber wem denn sonst? Wem dann? Niemandem. Er betrachtete alles, verabschiedete sich ruhig, verließ ganz langsam dieses schöne Gebäude – Jagdschlößchen? Ferienvilla? Bordell? Irrenhaus? Opiumhöhle? Schlachthaus? –, in das er nie wieder zurückkehren würde, das wußte er. Er verließ das Buon Riposo, das zu seiner heiteren Erbauung bestimmt (zu seiner? zu ihrer? war das noch von Bedeutung?) und nun zum Schauplatz eines bösen, ja entsetzlichen Traums geworden war. Daran war nur seine schlechte Verdauung schuld, das Problem war gelöst. »Ach«, fiel ihm ein, als er die Haustür aufmachte und sah, daß es nicht mehr regnete und der Himmel klar und dunkelblau und voller Sterne war, »hör, Sofia, ich habe meinen Stock im Schlafzimmer liegenlassen.« »Soll ich ihn dir holen?« bot sie dienstfertig an. O Schwester, fromme Seele du, Stütze meines Alters. »Nein, mach folgendes«, antwortete er, sich den Schnurrbart glattstreichend, »schick ihn mir morgen ins Hotel.« Er schloß die Tür hinter sich, schritt die Allee entlang, und Kies knirschte unter seinen Stiefeln. Plötzlich mußte er lächeln, er hielt sich zurück, hielt sich zurück, dann lächelte er, dann lachte er, brach in ein Gelächter aus, das ihn so schüttelte, daß sich ihm die Härchen auf den Unterarmen sträubten und er erschauerte. Ich muß wirklich hellwach sein, wenn ich in einem solchen Augenblick zur Ironie fähig bin. Hellwach, wach. Er sog tief die frische, trockene, berauschende Luft ein, ging schneller, fing an zu laufen, rannte aus dem Gittertor, die abschüssige Auffahrt hinunter, die Schöße seines offenen Überziehers flatterten, das Wasser der Pfützen spritzte hoch, und als er auf die Landstraße kam, lief er immer noch. Wach, hellwach, wie glücklich ist doch ein Mensch, der mitten aus einem schrecklichen Alptraum zu sich kommt, wie froh kehrt er auf die Erde zurück und erkennt die Orte seines Lebens wieder, die vielbegangenen Straßen seiner Gegenwart – was für eine schöne Nacht, wie ausgeruht war jetzt sein Kopf, aber was war das denn, dachte er, erleichtert, denn der Ballast seiner Eingeweide, seines Fleisches, seiner Liebe, seines Lebens war von ihm genommen, verschluckt im Schlund, in der Senkgrube seines Bewußtseins (oder vielmehr seines Nichtbewußtseins), was war das denn, dachte er, was habe ich eigentlich geträumt?

Vom Fenster fiel zitterndes Licht auf das Methylenblau der Steppdecke, die zerknittert war wie die Oberfläche einer stürmischen See: gerade genug Licht, um ein paar Einzelheiten von ihr ausmachen zu können – das honigblonde Haar, eine nackte Schulter, die hellgelbe Seide, und dann dunkle Inseln, drohend aufragende Klippen. Emanuela zog auf der Suche nach einer Lampe das lahme Bein nach. Sie empfand keinerlei krankhafte Neugier, sie war nicht verheiratet und wollte von diesen Dingen nichts wissen – wie hieß es doch: misch dich nie in die Angelegenheiten von Eheleuten ein! Es bewegte sie nur die dringende Notwendigkeit, die hamletsche Frage zu lösen: den Arzt rufen und sie ins Krankenhaus bringen oder nicht? Wo war nur der gesunde Menschenverstand geblieben, heute nacht? Wo die Vernunft, die Wahrheit? Sie hatte sie natürlich gehört, die Schreie, das Schmerzensgebrüll, mein Gott, wie auf dem Schlachthof von Cuneo um elf Uhr vormittags, unglaublich! Es sind schlimme Worte gefallen, sei's drum. Und dann, ja, dann wird er sie geschlagen haben, so wird es gewesen sein. Im Grunde, wenn man nur genügend an der Oberfläche schabt, ist der Mann ein Wilder, der vom Affen abstammt, nicht wahr? Er trägt Krawatte und Zylinder und achtet die Gesetze, aber er bleibt ein Wilder. Und das Weib ist eine Hu…, eine Dirne, letzten Endes ist der Mann ein Wilder und das Weib das da, und das ist eben das Elend. Und da haben wir die Folgen. Sie rieb ein Streichholz an: einen Augenblick lang roch es in der Luft nach Schwefel, die Kerze verbreitete ein gelbliches, bewegtes Licht. Sie trat wieder zu dem breiten quadratischen Ehebett mit dem hölzernen Kopfgestell – sie hatte nie so ein Bett gehabt, immer nur hundertachtzig auf siebzig –, näherte sich mit ihrem schleppenden Schritt: sollte sie einen Arzt rufen oder nicht, sollte sie ihn nicht besser aus diesen ehelichen Vergeltungsmaßnahmen heraushalten? Man sollte keine Fremden in solche Angelegenheiten einweihen, bloß keinen Skandal, gewisse Geheimnisse sollten in der Familie bleiben, schließlich hat ein Ehemann das Recht, gegen seine Frau die Hand zu erheben, wenn diese, wenn diese, und plötzlich erstarrte sie zu Stein. Die Gestalt auf dem Bett rührte sich nicht, reglos, verrenkt lag sie da, unanständig, sie war bewußtlos, so Gott wollte. Emanuela ging rückwärts, die zitternde Flamme folgte ihr, das Bett versank in Finsternis, und sie, das Ding da, sie beide, verloren sich wieder in dem dunklen Bereich dort, wo Gott ein Irrtum unterlaufen ist, wo Er, der vollkommene Schöpfer des Guten, uns die Erbsünde vermacht hat, das ewige Zeichen der Unvollkommenheit. Sie klebte die Kerze auf das Holz des Schreibtischs; unordentlich stapelten sich dort Bücher, Hefte, darunter auch eine rosige Muschel, ein verschlossenes Kästchen aus Rosenholz und ein paar lose Blätter, von einem Stein beschwert, der grob mit einem Segelschiff bemalt war, auf dem ersten Blatt standen wenige Zeilen, ein Gedicht vielleicht, datiert 30. IX., die Verse lauteten: *Dies Bett hat mir den Sinn verwirrt / vielleicht wird von uns nur ein Seufzer bleiben / oder vielleicht sieht ein Gott uns an / bald werden wir sie beweinen / die gestohlene Ekstase / ich werde daran sterben, morgen schon.* Sie blieb beim Schreibtisch stehen, unfähig, sich zu bewegen, drückte den Daumen in das weiche Wachs, das von der Kerze heruntertropfte. Sie las nur die erste Zeile, einmal, zweimal, hundertmal, wie benommen, die Worte hatten keinerlei Bedeutung für sie. Es geschieht dir recht, es geschieht dir recht, bemühte sie sich zu denken, es geschieht dir recht, weil du ihm das Herz gebrochen hast. Warum hast du das getan, warum? Er hat dich doch so lieb gehabt, der arme Felice! DIES BETT HAT MIR DEN SINN VERWIRRT. Sie riß sich von Normas Schreibtisch, von diesen verfluchten Worten los, stieß an den Stuhl. Das Tablett mit dem unberührten Abendessen krachte herunter – *crème de champignons*, getrüffelter Fasan, den hatte Modestina extra für sie zubereitet, denn die Gnädige hat einen feinen Gaumen, sie weiß gutes Wild zu schätzen –, jetzt lag alles auf dem Fußboden, eine Schweinerei mehr auf diesem Schlachtfeld. Sie setzte sich auf das Bett. Man kann keinen Arzt rufen, nein, jetzt nicht, später vielleicht, morgen, nie. Unmöglich. Was konnte sie tun, sie, der Karabiniere, der Wächter des Hauses, der

Fels in der Brandung, jetzt, heute nacht, auf dieser blauen Steppdecke, ohne Licht? Weglaufen, sofort weglaufen. Aber sie tat es nicht: sie blieb sitzen, aufrecht, steif, paralysiert. Ich bin Rote-Kreuz-Schwester, wiederholte sie sich, nichts kann mich schrecken. Nichts entsetzt mich, ich scheue vor nichts zurück. Charitas urget nos. Aber das Entsetzen war da, verklebte ihr die Haare im Nacken, lähmte ihr die Zunge, blockierte ihren Kreislauf, veräußerte sich im Keuchen ihres Atems einer Sechzigjährigen mit Kreislaufbeschwerden, Bluthochdruck und Osteoporose. Siebenundfünfzig Jahre und sieben Monate war sie alt, um genau zu sein, siebenundfünfzig Jahre der Nächstenliebe im Dienst der Familie und anderer, tröstend, leitend, wiederaufrichtend. Er ist doch mein Bruder, mein Bruder, dachte sie, wir sind zusammen aufgewachsen, ich habe ihn als Kind um mich gehabt, als erwachsenen Mann, ich habe ihn altern sehen, Tag um Tag. Und du, wer zum Teufel bist du? Wer hat dich gebeten, mit uns zu leben, wer kennt dich schon, woher kommst du? Wie dumm du bist, flüsterte sie und rüttelte sie am Handgelenk, wer hat dich dazu gebracht, wozu nur, wie dumm du bist, Norma, verflucht noch mal. Gestern noch wolltest du mir fast ans Leben, du hast mich in die Wange gestochen, sieh nur, mich, eine hilflose Frau von sechzig Jahren, ich könnte deine Mutter sein, ja, das könnte ich. Ein Stöhnen. DIES BETT HAT MIR DEN SINN VERWIRRT. Ich muß dieses Entsetzliche wegschaffen, es aus diesem Zimmer schaffen, es aus ihr und aus mir selbst herausreißen. Gott, gib mir die Kraft dazu. Das Übel beseitigen. Ich muß diese gräßliche Inkarnation des menschlichen Elends herausziehen. Sie strengte ihre ganze Willenskraft an, denn es mußte sein, schloß die Augen und schleuderte das Ding zwei Meter weit weg; mit einem dumpfen Krachen schlug der Stock auf dem Boden auf, dann hörte sie ein Splittern, vielleicht war das Elfenbein an der Kante des Toilettentischs in Stücke zersprungen. Sie hatte jetzt die Augen offen: stumm sah sie sie an – ihr starrer Blick war völlig ausdruckslos, ohne Haß oder Leidenschaft oder Reue oder Dankbarkeit oder Schrecken, ja, ohne Schmerz. Das Nichts. Emanuela strich ihr das Haar aus dem Gesicht, berührte flüchtig ihre halb offenstehenden Lippen, von denen ein Faden Blut herunterrann. Überall war Blut, ein Geruch, den sie nie würde vergessen können. Wie unnötig das alles doch war, wie absurd, mein Gott. Warum? Warum? Sie konnte sie nicht länger ansehen, mußte den Kneifer von der Nase nehmen, das Kettchen, an dem er hing, baumelte von ihrer Bluse hin und her. Dies Bett hat mir den Sinn verwirrt. Was für eine Metzelei, was für eine sinnlose Metzelei. Ihre Schweinsäuglein wurden feucht. Seltsam! »Kind«, sagte sie stammelnd zu ihr, »mein Kleines, es ist doch nichts, es ist nichts passiert, nichts.« Auf Normas Gesicht tropften ihre Tränen hinunter, dick und schwer, passend zum Körper, den die stiefmütterliche Natur ihr gegeben hatte. »Kind, Kleines«, wiederholte sie die monotone Klage, das einzige, was ihr einfiel, um diesen unendlichen Schmerz zu beruhigen. »Kind, es ist doch nichts, nicht wahr?«

Es regnete auf ihr Gesicht, und sie konnte sich nicht abtrocknen, konnte sich weder bewegen noch schreien, konnte sich nicht widersetzen, nicht widersprechen: sie war da und doch anderswo, anderswo. Von ihrem Gesicht regnete es – und aus dem tiefsten Grund. Durchbohrt von den Wassersuchern in der Wüste, war sie Quelle geworden, Regen, Fluß, Wasserader, Brunnen, es sprudelte aus ihr heraus wie ein Born aus dem Fels, es floß und floß, und sie schwamm auf dem verborgenen Wasser, war es selbst, das verborgene Wasser, Strom, grenzenloses Meer, in dem alles versinkt und verschwindet, nur das Nichts ruft noch, irgendwoher, aus dem tiefsten Grund, aus der Tiefe, die alles und nichts ist, alles, nichts, ein Strom von Licht, der alles auslöscht.

Zweiter Satz

Gegenstimmen

UNZURECHNUNGSFÄHIGKEIT BEI DEGENERIERTER SITTENLOSER FRAU

Auf Wunsch des Onorevole Felice Filiberto Argentero Graf von Brezé erstelle ich hiermit ein Gutachten über Geisteszustand und Rechtsfähigkeit seiner Gattin, Frau Norma Boncompagni, behufs sämtlicher Maßnahmen, die dieser Fall erfordern mag. Er wünscht zu erfahren, »ob ein bleibender Zustand von Gemütskrankheit aus Gründen von Degeneration besteht, der die Betreffende außerstande setzt, sich selbst um ihre Interessen zu kümmern«. Er hat die gesetzliche Trennung beantragt, weigert sich, weiterhin für eine Frau aufzukommen, »die ich für pervers und geistesgestört halten muß«, und verlangt ein medizinisches Gutachten zum Zwecke, sie entmündigen zu lassen und bei der Sacra Rota die Annullierung der Ehe zu beantragen. Ich habe Frau B. im April 1916 untersucht (dabei ist es geblieben, da die Betreffende, als ich sie später erneut in der Königl. Irrenanstalt aufsuchte, jede weitere Unterredung verweigerte), habe mit ihren nächsten Verwandten gesprochen und von ihrem Bruder, Anwalt Alessandro Magno Boncompagni, hochinteressantes Material bezüglich der persönlichen und familiären Vorgeschichte erhalten. Ich bin daher gründlich über ihre vergangenen und gegenwärtigen Angelegenheiten informiert und kann ruhigen Gewissens das Folgende bewerten.

Über die Familie

Stammbaum der zu Begutachtenden

Olivier de Forbin Maynier ∞ Suzanne de Lyon Auquier

Hélène de Forbin Maynier ∞ Enrico Boncompagni

Alessandro Magno Giulio Cesare Norma ∞ Felice Argentero

Enrico Oliviero Vittorio Angelica

HÉLÈNE DE FORBIN MAYNIER, verehelichte BONCOMPAGNI (1850–1905)

Marquise de Oppède. Einzige Tochter des Marquis Olivier und seiner Ehefrau Suzanne de Lyon Auquier de Manosque.

Marquis Olivier wurde mir als exzentrisches Original beschrieben: Leutnant zur See, Pazifist, wegen Insubordination angeklagt und verurteilt. Amateurastronom, Stifter einer persönlichen Religion, verweigerte den körperlichen und sexuellen Kontakt mit seinen Mitmenschen. Erwartete die chiliastische Erlösung der Welt. Kult der Exkremente als Symbol für den Menschen, der, aus schmutziger Öffnung geboren, dazu bestimmt ist, wieder in den pantheistischen Zyklus der Natur einzugehen. Starb völlig vereinsamt in den Ruinen des Familienschlosses in der Provence. Allem Anschein nach schwer geistesgestört.

Madame Suzanne L. A., Mutter der Marquise Hélène de Forbin Maynier, starb im Alter von achtundzwanzig Jahren an Tuberkulose. Andere Familienmitglieder wurden mir als paranoid, ungezügelt leidenschaftlich und gewalttätig beschrieben (eine Schwester des Marquis Olivier lebt noch unter der Obhut zweier Krankenschwestern in ihrer Villa), es ist also festzustellen, daß dieser Zweig der Familie neuropathisch und psychopathisch schwer belastet ist.

Hélène de Forbin Maynier wurde mir von ihrem Sohn als schwer gestörte Frau geschrieben, als opium- und morphiumsüchtig, getrieben von dem unwiderstehlichen Drang, sich in ihrer Frauenwürde erniedrigen zu lassen. Anhand der Fakten und Schriftstücke, von denen ich Kenntnis nehmen konnte, bin ich imstande zu versichern, daß es sich bei ihr um einen Fall von chronischer Nymphomanie handelt, der durch völligen Mangel an ethischen Vorstellungen gekennzeichnet ist, die ihre sexuelle Hyperaktivität hätten hemmen können. Solche Frauen setzen ihre weibliche Verführungskunst ein, um Männer anzulocken, zögern auch nicht, sich Liebhaber zu kaufen, um ihre unersättliche Libido zu befriedigen, und gleiten, wenn sie nicht über Geldmittel verfügen, in die Prostitution ab. Sie verderben so ihre Umgebung und stellen eine schwere Gefahr für die Gesellschaft und die öffentliche Moral dar.

Geistreich und lustig, in der Gesellschaft berühmt für ihre Schlagfertigkeit, studiert Hélène in ihrer Jugend Gesang und bildet sich zur Sopranistin aus: Auftritte in Salons und Privattheatern. Vor der Ehe hat sie zahlreiche Liebhaber und führt ein ungezügeltes, verderbtes Leben. Auch nach der Eheschließung bessert sie sich anscheinend nicht, es werden ihr viele Affären nachgesagt. Nach der Geburt der Tochter verläßt sie das Land mit dem russischen Fürsten G. W., dessen Geliebte sie ist. Zur Familie zurückgekehrt, gibt sie die künstlerische Karriere auf. Darauf fällt sie wieder in ihre Laster zurück: sie verführt den dreizehnjährigen Neffen, ebenso einen Kollegen des Ehemanns, der ihretwegen einen Selbstmordversuch unternimmt. Ihr Geschlechtstrieb wird unbezähmbar: sie erregt öffentlichen Anstoß, lockt ungehemmt Männer an, zeigt sich nackt in Haus und Garten. Um Abhilfe zu schaffen, schickt man sie in Begleitung der kleinen Tochter aufs Land zu einer Tante nach Lacoste. Dort steht sie unter strenger Aufsicht und verbringt scheinbar einen ruhigen Sommer, während sie sich in Wirklichkeit durch onanistische Praktiken aufreibt. Wieder in Florenz, erleidet sie psychopathische Anfälle, wird gegen sich selbst und andere gewalttätig. Sie wird fast zur Mörderin, als sie auf einem Empfang auf den Fürsten G. W. schießt. Gebraucht öffentlich obszöne, vulgäre Ausdrücke und scheint Gefallen an der allgemeinen Mißbilligung zu empfinden, die sie erregt. Vereint sich mit zahllosen Männern, die zu verführen ihr nicht schwerfällt: Verwandte, Freunde des Ehemannes, Adlige, mit denen sie, trotz ihres Rufs, wegen ihres guten Namens immer noch Umgang hat. Zu bemerken ist, daß sie in ihrem Laster eine gewisse gesellschaftliche Distinktion wahrt und sich, solange sie in Florenz lebt, nicht mit Männern aus niedrigerem Stand einläßt. Professor B., der sie sehr liebt, verzeiht ihr aus Herzensgüte immer wieder und bricht ihretwegen den Verkehr mit seiner Familie und der guten Gesellschaft ab. 1890 verläßt Hélène B. ihren Ehemann endgültig wegen eines französischen Erfinders. 1905 erhängt sie sich an einem Deckenbalken im Dachzimmer einer Absteige in Marseille, wo sie in schwärzestem Elend ihr Leben fristete. Obwohl sie ihn böswillig verlassen hat, unterhält sie mit dem Ehemann einen kaum abreißenden Briefwechsel, in welchem sie ihn häufig um Geld bittet. Die mit »Venus« oder »Helena« unterzeichneten Briefe zeigen unmißverständlich eine fortschreitende psychotische Verwirrtheit auf, die in systematisiertem Wahn und Verfolgungsideen gipfelt. Ich stehe nicht an, Hélène de Forbin Maynier als schwer geisteskrank zu beurteilen.

Frau Norma B. wurde teilweise über die Lebensumstände ihrer verwerflichen Mutter im unklaren gehalten. Weder wurden ihr die an sie gerichteten Postkarten ausgehändigt, noch erhielt sie je Kenntnis von dem beklagenswerten Briefwechsel. Anwalt B. zeigte ihn mir in der Annahme, daß dies für das Verständnis der Degeneration der Schwester von Nutzen sein könne, doch außer mir konnte sonst niemand

Einblick nehmen. Auf meine Frage an die zu Begutachtende, was für Gefühle sie für ihre Mutter gehegt habe, verurteilte diese ihr Betragen nicht und sagte sogar, sie beklage ihren verfrühten Tod.

ENRICO BONCOMPAGNI (1836–1905)

Jüngster Sohn des Cavaliere B. Aus alter und wohlhabender Familie, von der nichts Nachteiliges bekannt ist. Keinerlei Exzentrizitäten oder Fälle von Wahnsinn. Enrico B.s Geschwister sind gesund, unbescholten und genießen hohes gesellschaftliches Ansehen.

Professor am Gymnasium und seit 1889 an der Universität von Florenz, wo er den Lehrstuhl für klassische Philologie innehatte. Geschätzt als hochherziger Mensch und als Lehrer, sentimentaler Philanthrop und enthusiastischer Volksfreund, opferte der Erfüllung seines Traums (Schulbildung der Massen und humanistische Erziehung der ungebildeten Volksschichten) seine Zeit und sein beträchtliches Vermögen. Verfasser mehrerer kritischer Ausgaben und bedeutender Schriften über die Dichtung der Antike. Der sanftmütige, aufrichtige, großzügige Mann wurde oft von anderen ausgenutzt. Seine Verstrickung in den Fangnetzen einer Messalina wie Frau Hélène de F. B. hatte vermutlich auf den Unglücklichen ernste Auswirkungen: schwere Neurasthenie und Impotenz. Nach Meinung des Sohnes verzieh er seiner unwürdigen Frau und liebte sie weiterhin über alle Maßen des Anstands. Er soll immer mit großer Rücksicht von ihr gesprochen haben.

Obwohl Atheist, war er moralisch absolut integer, im Geschlechtsleben äußerst zurückhaltend. Der wachsame, autoritäre Vater ließ seinen Kindern eine strenge Erziehung angedeihen. In den letzten Lebensjahren herzkrank, starb an den Folgen einer Gehirnembolie. »An gebrochenem Herzen«, behauptet der Sohn.

Ich beurteile ihn als leicht gestört wegen sentimentaler Überreiztheit, sein starker Intellekt ließ sich fortreißen von gleichermaßen edlen wie absurden Gefühlen für praktisch unerreichbare politisch-kulturelle Ziele.

ALESSANDRO MAGNO BONCOMPAGNI (*1876)

Erfolgreicher Rechtsanwalt. Der Unterzeichnete konnte seine persönliche Bekanntschaft machen und bewundert seine außergewöhnliche berufliche Kompetenz, seine strenge Moral und seine mannigfachen geistigen und menschlichen Gaben. Gesund.

GIULIO CESARE BONCOMPAGNI (1878–1887)

Nervenkrank, litt an Krampfanfällen epileptischer Natur. Von Vögeln besessen, träumte er davon, einen Flugapparat zu bauen. Stirbt im Alter von neun Jahren durch einen Sturz vom Dach des Hauses, als er versucht, wie ein Vogel zu fliegen.

Der Stammbaum ist also wie folgt zu ergänzen:

Olivier de F. M.	Original, Mystiker, größenwahnsinnig, exaltiert
Suzanne	tuberkulös
Hélène de F. M.	Nymphomanin, Selbstmörderin
Enrico B.	leicht paranoid, übertrieben sentimental
Alessandro Magno	kerngesund, bewundernswert
Giulio Cesare	melancholisch, zwanghaft, verschroben
Norma Maria Amina	zu Begutachtende
Enrico	gesund
Oliviero	gesund
Vittorio	von zarter Konstitution, leidet an Krämpfen
Angelica	hirnlos geboren

NORMA MARIA AMINA BONCOMPAGNI (*1884)

Die ersten drei Lebensjahre in der Obhut einer Amme auf dem Landgut der Familie, offenbar bestehen bereits seit den ersten Lebensmonaten Ernährungsschwierigkeiten. Mit fünf schluckt sie Kaliumtabletten, um die Aufmerksamkeit ihrer Mutter auf sich zu lenken und sie daran zu hindern, auf Tournee zu gehen. Ähnliche Vorfälle wiederholen sich häufig. Wird als verlogene Simulantin beschrieben. Nach dem Verlust der Mutter im Alter von sechs Jahren kommt sie auf ein von Nonnen geleitetes renommiertes Mädchenpensionat. Dort erkrankt sie schwer an Diphtherie, wird in der Folge ängstlich, enuretisch, asozial, ihre schulischen Leistungen sind ungenügend. Sie verweigert sich weiblichen Aktivitäten, behauptet, Professorin werden zu wollen, lebt in einer eingebildeten Phantasiewelt. Der Vater sieht sich gezwungen, sie mit zwölf Jahren vorzeitig nach Hause zu holen, da sie nicht mehr spricht. Als Heranwachsende wirkt sie kindlich und wesentlich jünger, als es ihrem Alter entspräche. Entwicklung erst nach dem vollendeten fünfzehnten Lebensjahr. Schwierigkeiten mit weiblichen Bezugspersonen. Empfindsam, diszipliniert, tief religiös. Besucht das Mädchenlyzeum, dann das Knabengymnasium, wo sie eine ordentliche Schülerin ist, gut in den geisteswissenschaftlichen Fächern, weniger befriedigend in den anderen. Ihre Lehrer halten sie für zu gefühlsbetont und labil. Es sind keine jugendlichen Schwärmereien bekannt, weder hetero- noch homosexueller Natur. Klavierunterricht mit Diplom abgeschlossen.

Lebt mit dem Vater in symbiotischer Beziehung, versucht, ihm »Ehefrau«, Sekretärin, Schülerin und Dienstmädchen zu ersetzen. Unter einer sanften, unterwürfigen Oberfläche legt sie tyrannische, autoritäre Züge an den Tag. Liest viel – vor allem antike und philosophische Texte –, lernt vier Sprachen, widmet sich fleißig ihren Studien. Vom Vater übernimmt sie die Leidenschaft für die Musik, das Theater und die Literatur. Norma B. scheint fremde Menschen zu scheuen, geht nie aus und hat unnatürliche Angst vor Männern, meidet den Verkehr mit Gleichaltrigen. Sie scheint sich lange geweigert zu haben, Französisch zu lernen, unterhält sich mit dem Vater häufig auf Latein. Der Vater führt sie nie offiziell in die Gesellschaft ein, unternimmt aber mit ihr einige Studienreisen nach Venedig, Pola, Wien, Neapel, München und Triest, wo er sie Universitätskollegen als seine Frau vorstellt. Alessandro B. erzählte mir, daß in der Stadt Gerüchte über ein unerlaubtes Verhältnis zwischen Vater und Tochter umgingen, die sowohl seiner wie der Zukunft der Schwester zu schaden drohten. Prof. B. kümmert sich nicht darum, erklärt, über solchem Klatsch zu stehen. Wegen seiner idealistischen Verschwendungssucht wird Enrico B.s wirtschaftliche Lage immer schwieriger. Der Professor hat Schulden und ist gezwungen, die Liegenschaften der Familie zu veräußern und das Haus mit einer Hypothek zu belasten. Er scheint sich keine Sorgen um die Zukunft seiner Tochter zu machen, die in seinen Augen eine geniale Künstlerin werden wird. Im Juli 1903 fällt Norma B. durch die Reifeprüfung und sucht im Haus ihres Onkels Zuflucht. Im Herbst besteht sie das Examen mit Auszeichnung und schreibt sich an der Universität von Florenz ein, wo sie einige Semester regelmäßig und mit Erfolg an der philologischen Fakultät studiert. Um zu ihrem Lebensunterhalt beizutragen, spielt sie, auf Betreiben ihres Bruders und hinter dem Rücken des leicht zu täuschenden Vaters, in Patrizierhäusern Klavier. Dort lernt sie junge Adlige und Offiziere kennen, wehrt aber jeden Annäherungsversuch ab. Sie erklärt dem Bruder, nicht an Ehe zu denken und immer mit dem Vater zusammenleben zu wollen. Nach dem plötzlichen Tod des Vaters ist sie gezwungen, die Wohnung zu verlassen und zu Onkel und Tante zu ziehen. Sie geht von der Universität ab und heiratet Graf A. nach einer Bekanntschaft von wenigen Monaten. Der Bruder versichert, daß niemand ihr zugeredet habe, den Heiratsantrag anzunehmen: sie war in den Grafen verliebt und heiratete ihn aus diesem Grund. Andere Fakten lassen mich jedoch eher das Gegenteil vermuten, nämlich daß es sich – auf ihrer Seite – um eine Heirat aus Eigennutz und ohne Liebe gehandelt hat.

Geht unberührt in die Ehe. Der eheliche Verkehr erregt keinen Abscheu bei ihr, ja, sie scheint vom Ehemann angezogen zu sein und wünscht ein gemeinsames Schlafzimmer, obwohl der Graf die Gewohnheit hat, getrennt zu schlafen. Auf der Hochzeitsreise erste Anzeichen schwerer Hysterie, als der Graf in Paris einmal spät ins Hotel zurückkommt und sie in völlig aufgelöstem Zustand und wahnsinnig vor Sorge und Eifersucht vorfindet.

Erste Schwangerschaft normal. Schwere Geburt mit 36-stündigen Wehen. Schwere Depression post-partum. Zeigt den übertriebenen Wunsch, das Neugeborene selbst zu stillen, und legt Feindseligkeit gegenüber der Amme an den Tag. Zweite Schwangerschaft schwierig, aber ohne Depression post-partum. Dritte Schwangerschaft normal.

Jahrelang verhält sie sich als tadellose Ehefrau und Mutter, führt, scheinbar verantwortungsvoll und ihrer gesellschaftlichen Stellung bewußt, ein zurückgezogenes, ruhiges Leben. Aber nur scheinbar, denn sie geht mit dem Stiefsohn ein unnatürliches Verhältnis ein, das sie dem Ehemann verheimlicht. Trotzdem ist die eheliche Beziehung gut, bis der Ehemann 1913 als Abgeordneter nach Rom geht, wohin ihm zu folgen Norma B. sich unter gesundheitlichen Vorwänden weigert. Von ihrer Affäre mit seinem Sohn aus erster Ehe weiß Graf A. nichts.

Nach der Geburt der Tochter Angelica erkrankt Norma B. schwer und fällt in tiefe Melancholie. Sie hat die Wahnvorstellung, die Tochter durch Musik aus ihrem fühllosen Zustand erwecken zu können. Spielt stundenlang Klavier, auch morgens und nachts, was ihre Hausgenossen schwer belästigt. Besteht darauf, den hirnlosen Säugling selbst zu nähren.

In Anbetracht der für die Gesundheit von Frau B. bedenklichen Situation beschließt die Familie, das Kind in das *Haus der Göttlichen Vorsehung* zu geben. Norma B. widersetzt sich, hat einen heftigen Streit mit dem Ehemann und erleidet einen hysterischen Anfall mit Krämpfen. Am folgenden Tag flieht sie mit dem in einer Reisetasche versteckten Kind und bleibt drei Tage verschwunden. Taucht auf dem eingeschneiten Landsitz der Familie in den Bergen wieder auf. Der Ehemann eilt zu ihr und erlaubt ihr, das Kind bei sich zu behalten. Norma B. stellt eine neue Bedienstete ein (eine gewisse Maddalena B., genannt Medusa, im folgenden hier M. B.), anscheinend zu dem Zweck, sich auf einer Pilgerfahrt zur Bergwallfahrtskirche von Sankt Anna begleiten zu lassen. Sie unternimmt, trotz der Besorgnis ihres Mannes wegen drohender Lawinengefahr, mit M. B. diese Pilgerfahrt und übernachtet mit ihr in der Pilgerberghütte. Kehrt in exaltiertem Gemütszustand zurück. Verkündet, nach Bersezio ziehen zu wollen, holt ihre Kinder zu sich und konsultiert den Bruder, um eine Trennung vom Ehemann in die Wege zu leiten. Dieser rät ihr ab, da sie ohne eigene Einkünfte nie für sich und die Kinder sorgen könnte, und sie spricht nie mehr davon.

Nach dem Tod des kleinen Mädchens (21. IV. 1914) verstummt sie völlig, erscheint zerstreut und abwesend, verweigert die Nahrung. Schwere Anorexie. Entzieht sich den ehelichen Pflichten.

Behandlung durch Klimawechsel, Kaltwasserkuren, Zwangsernährung mit Magensonde, Hypnose.

Im Frühjahr 1915 scheint es ihr besserzugehen, sie legt aber übertriebene Angst vor dem Dickerwerden an den Tag. Ißt allein in ihrem Zimmer, nur in Gesellschaft von M. B. Beginn von Exzessen aller Art. Sinnlose Verschwendungssucht, häufiges Ausgehen, Anzeichen von Unvernunft und Paranoia (Überzeugung, daß die Schwägerinnen sie hassen, daß der Ehemann über den Tod des Kindes frohlockt habe). Wird zur Kleptomanin, stiehlt Wertgegenstände, verkehrt mit Individuen unter ihrem Stand, insbesondere mit M. B.

Bindet sich immer mehr an M. B., die sie überallhin mitnimmt, ohne sich darum zu kümmern, daß dies Anstoß erregt. Wird bei homosexuellen Handlungen mit dieser ertappt. Vorübergehend eingeschlossen, versucht sie zu fliehen, wird gegen eine Schwägerin tätlich und verletzt sie. Da sie für sich selbst und für andere eine Gefahr darstellt, ergibt sich im Interesse der Familie und zu therapeutischen Zwecken die Notwendigkeit, sie aus ihrer gewohnten Umgebung zu entfernen und in eine geschlossene Anstalt einzuweisen.

Am 3. X. 1915 wird sie in katatonischem Zustand, der sich während vieler Monate kaum bessert, in die Königl. Irrenanstalt von Turin eingeliefert. »Sie wußte nicht zu sagen, warum sie hier war«, schreibt der Anstaltsleiter Dr. V. T., »war außerstande zu sprechen, hatte nicht die notwendige Energie, um auf irgendeine Frage zu antworten. Da sie unfähig war, in Wäschekammer, Küche oder Schneiderei zu arbeiten, wurde sie mit kalten Duschen und heißen Beruhigungsbädern behandelt. Doch sie reagierte darauf kaum und blieb weiterhin stumm. Hin und wieder weinte sie, schien unter unerklärlichen Ängsten zu leiden und war so unruhig, daß es notwendig war, sie nachts und späterhin auch tagsüber zu fixieren.« Später wird sie von Schreibwut erfaßt, schreibt exaltierte Briefe, in denen sie paranoide Wahnvorstellungen und Verfolgungsideen manifestiert. Sie richtet die Briefe an verschiedene Zeitungsredaktionen, an die Polizei, an Regierungsbeamte, an den Präsidenten des Parlaments. Sie verlangt dringend Nachrichten über M. B., versucht, die Wärterin zu bestechen, um M. B. Briefe, Botschaften, Gedichte und Hilferufe zu übermitteln. Dr. V. T. sieht sich gezwungen, ihr jede Möglichkeit zur Fortsetzung dieser Aktivitäten zu nehmen, »die sie geschlechtlich aufreizen und zur Verleumdung anregen«. Sie weigert sich, ihre Verwandten zu sehen, läßt sich schließlich überzeugen, dem Besuch der Schwägerin E. A. zuzustimmen. Norma B. fleht diese an, sich dafür zu verwenden, daß ihre Kinder kommen dürfen. Als das Fräulein ihr klarmacht, daß das ihr, der entarteten Mutter, nicht gestattet werden kann, wird sie ausfallend. Bei einer Gegenüberstellung mit dem Ehemann vor Gerichtspersonen beschuldigt sie ihn als »brutalen Unhold« und behauptet, er wolle sich nur »für ein Vergehen, das gar nicht existiert«, an ihr rächen. Sie schreit, sie hasse ihn, und verfällt in Krämpfe.

Im Januar 1916 mißbraucht sie das Vertrauen eines unerfahrenen Assistenzarztes und flieht. Sie wird am Bahnhof Porta Nuova entdeckt und festgehalten, wo sie in den Zug nach Cuneo gestiegen ist (vermutlich mit dem Ziel Sturatal, dem Wohnort der M. B.), und in die Irrenanstalt zurückgebracht. Darauf Selbstmordversuch.

Verbleibt in der Königl. Irrenanstalt, wo sie von Anfang an auf ausdrücklichen Wunsch des Ehemanns bevorzugte Behandlung genießt, z. B. ihre eigene Wäsche tragen kann und ihr langes Haar behalten darf. Diese Vorrechte bringen einige Mitpatientinnen gegen sie auf, die sie erst verhöhnen, dann in der Toilette tätlich gegen sie werden. Sie verhält sich auffällig, verlangt, mit »Frau Gräfin« angeredet zu werden, weigert sich, ihr Bett zu machen, möchte einen Tisch für sich allein, ein Grammophon, will die Anstaltsbibliothek benutzen und sich eigene Bücher kommen lassen, lehnt jeden Kontakt mit Mitpatientinnen ab, läßt sich aber von einigen Schwachsinnigen als höheres Wesen und Heilige verehren. Sie beantragt Änderungen der Anstaltsordnung und hetzt andere auf. Als es zu sexuellen Übergriffen seitens einer Mitpatientin kommt, verlangt sie ein Einzelzimmer, »um solchen unerträglichen Angriffen« zu entgehen, die nur

»der Verbreitung ihrer Krankenakte« zu verdanken seien. Da Graf A. es ablehnt, dafür die Extrakosten zu übernehmen, bleibt sie in der allgemeinen Abteilung, wo sie weiterhin jede Arbeit verweigert und auf ihrer feindseligen Einstellung gegen Personal und Ärzte beharrt. Sie ist sich ihres ernsten Zustands nicht bewußt, hält sich für »völlig gesund«. Sie erklärt die Absicht, gegen den Ehemann einen Prozeß wegen »Mißhandlung, Vergewaltigung und Körperverletzung« anzustrengen, was zur Genüge die Verschlimmerung ihres paranoiden Wahns beweist.

Beziehung zum Ehemann und zu seiner Familie

Zum Ehemann – der sie, gleich nach ihrer Volljährigkeit, aus Liebe heiratete – war die Beziehung bis 1913, dem Geburtsjahr der Tochter A., gut. Von da an zunehmend wunderliches Betragen, Weigerung, das Bett mit ihm zu teilen, Lügen (Vortäuschung einer Schwangerschaft), systematische Handlungen zum Schaden seines Namens und Vermögens, Verrücktheiten, die in dem völligen Zusammenbruch im Herbst 1915 gipfeln.

Im sexuellen Verhalten beschreibt Graf A. Frau Norma B. als übertrieben schamhaft, zurückhaltend und passiv, wenn auch neugierig und von morbider Sinnlichkeit.

Sofort nach ihrem Eintritt in die Familie wirkte Norma B., mit dem Ziel, ihn seinem Vater moralisch zu entfremden, auf den Sohn aus erster Ehe, Amedeo, ein. Vater und Sohn wurden sich unter ihrem Einfluß so fremd, daß letzterer 1915 zugunsten des Stiefbruders, ihres leiblichen Sohnes, auf den Titel verzichtete. Sie verdirbt den jungen Mann durch verbotene Lektüre, bringt ihn davon ab, die militärische Laufbahn einzuschlagen, wie es die Familie und er selbst gewollt hätten, überredet ihn, Medizin zu studieren, wozu er keinerlei Neigung noch Berufung empfindet. Sie bringt ihn dazu, es dem Vater gegenüber an Respekt fehlen zu lassen, unterwirft ihn völlig ihrem Willen. Der junge Mann wird schwermütig, verweigert jede Beziehung zu anderen Frauen und verehrt Frau B., die er »sein göttliches Mädchen« nennt, obwohl sie bereits Gattin und Mutter ist. 1915 kommt es endlich zum Bruch, der junge Mann entzieht sich dem verderblichen Einfluß der Dame. Von der Front, wo er seine patriotische Pflicht erfüllt, schreibt er (datiert 30. XI. 1915) an seinen Vater, er habe auf den Titel verzichtet, weil Norma B. es so gewollt habe. Er erkennt das jetzt als Fehler an und bittet darum, wieder in die Erbfolge aufgenommen zu werden. »Ich wurde Dir schändlich entfremdet, so daß ich unter Deiner gerechten Strenge Dein schönes Vaterherz nicht erkennen konnte. Wie segne ich den Tag, der mich endgültig von der Frau trennte, die mich immer noch an sich fesseln wollte.«

Ein inzestuöses Verhältnis zwischen Norma B. und ihrem Stiefsohn wird von der Frau auf diesbezügliches Befragen kategorisch bestritten. Aus Gründen höherer Gewalt war es mir nicht möglich, mit dem jungen Mann zu sprechen.

In den ersten Ehejahren überraschte Fräulein S. A. die Schwägerin mehrmals in Männerkleidung in Gesellschaft des Jünglings: die Dame focht mit dem Säbel und ließ sich von ihm mit einem männlichen Namen ansprechen. Fräulein S. A. berichtete das Vorgefallene dem Grafen nicht, da sie es für unerheblich hielt, und sah diese Tatsachen erst später im Zusammenhang mit der Perversion der zu Begutachtenden.

Verhältnis zu sich selbst

Es ist festzustellen, daß Frau Norma B. ihr ganzes Leben lang selbstzerstörerische Tendenzen an den Tag legt, schwere Krankheiten durchmacht oder simuliert, anorexisch wird, zweimal versucht, sich das Leben zu nehmen: ein erstes Mal im Januar 1916 in der Irrenanstalt durch Schlukken der Glasscherben einer von ihr zerschlagenen Fensterscheibe, ein zweites Mal im März 1916 durch Aufritzen der Pulsadern mit ihrem Kamm.

Beziehung zu M. B.

M. B. wird dem Verfasser als Minderjährige nicht genau feststellbaren Alters beschrieben, von weiblicher, wenn auch etwas androgyner Erscheinung, von schlechtem, amoralischem Charakter, widerspenstig, wild und ungebildet. Sie stammt aus verheerenden Familienverhältnissen (Mutter im Kindbett gestorben, Vater Alkoholiker, ein Bruder kriminell, eine Schwester schwachsinnig, ein jüngerer Bruder mit Kropf und Kretinismus behaftet). Die Zeugen stimmen in der Beschreibung ihres den hier zu untersuchenden Ereignissen vorhergehenden Sexualverhaltens überein: schamlos, sittenlos, häufig wechselnde Partner, der Abtreibung und Prostitution verdächtig. Es scheint, daß sie bereits im Kindesalter Geschlechtsverkehr hatte. Dessenungeachtet bringt einer der Brüder der M. B. dem Grafen seine Absicht zur Kenntnis, Frau Norma B. wegen Verführung Minderjähriger auf Schadensersatz zu verklagen. Die Anzeige ist gegenwärtig noch nicht erfolgt.

Zahlreiche Beweismaterialien (Briefe, Gedichtentwürfe, Fragmente aus dem verschwundenen Tagebuch) bezeugen das Entstehen eines zunächst platonischen, dann auch sexuellen Verhältnisses (letzteres bestätigt durch die Augenzeugen Fräulein S. A. und das Dienstpersonal des Hauses) zwischen Frau Norma B. und M. B., der gegenüber sich die Dame seit deren Einstellung extrem »familiär« betragen haben soll.

Von mir über M. B. befragt, bezeichnete die zu Begutachtende sie ohne die geringste Scham als »meine Braut«.

Frau B. unterhielt homosexuelle Beziehungen zu besagter M. B., die sich nicht auf perversen Geschlechtsverkehr beschränkten, sondern auch sentimentaler Natur waren. Es ist nicht klar, wie die Rollen verteilt waren, d. h. welche von beiden (nach den Kategorien von Krafft-Ebing) die Verführerin, welche die Verführte war, welche also die männliche Rolle, welche die weibliche innehatte. Die Meinungen der Zeugen stimmen darin nicht überein. Der Graf schreibt seiner Frau die aktive Rolle zu, Fräulein E. A. hingegen der M. B., die sie »als wahren Dämon« schildert, der Frau Norma monatelang schamlos provoziert habe. Der Graf bezeichnete M. B. dagegen als »arbeitswillig, nicht auf Geld aus, ein armes Mädchen von fester Moral«. In seinem Schriftstück erklärt er, seine Frau habe M. B. durch Geschenke, darunter Kleider, Schmuck und Wertgegenstände, verdorben und sie dazu angehalten, sich ihrer Stellung unangemessen zu kleiden, insbesondere scheine Frau Norma B. Vergnügen daran empfunden zu haben, sie ihre eigenen Kleider tragen zu lassen. Fräulein S. A. gibt an, M. B. habe tyrannischen Einfluß auf die labile Persönlichkeit ihrer Schwägerin ausgeübt und sie zu allem angestiftet. Fräulein E. A. ist überzeugt, daß die bei einem Empfang in Turin abhanden gekommene goldene Brillantenbrosche von M. B. gestohlen wurde und daß Frau Norma B., indem sie verhinderte, daß deren Zimmer durchsucht wurde, ihre Zofe deckte.

Der Jagdaufseher V. S. versichert, daß Frau Norma B. in ihrer Leidenschaft für M. B. alle sittliche Zurückhaltung aufgab, sich in schamloser Weise mit ihr in der Öffentlichkeit zeigte, z. B. im Heimatdorf der M. B., ihre Kinder vernachlässigte, ihre Pflichten vergaß. Er behauptet außerdem, er sei sich »völlig sicher«, daß sie in der letzten Zeit auch die Söhne (im Alter von acht und sechs) in die erotischen Handlungen mit M. B. einbezogen habe.

Frau Norma B.s Schriften und die an M. B. gerichteten Briefe aus der Zeit nach ihrem Aufenthalt in der Anstalt zeigen exaltierte Überspanntheit und tiefe Verwirrtheit, sie zeichnen ein idealisiertes Bild der M. B., das nichts mit der Wirklichkeit zu tun hat, so daß es unmöglich ist, diese wahnhaften Materialien mit tatsächlichen Gegebenheiten in Bezug zu setzen.

Es ist jedoch zu bemerken, daß Frau B. in der ersten Person von sich spricht, sich weibliches Geschlecht zuschreibt und mit dem eigenen Namen unterzeichnet, nicht, wie oft in lesbischen Briefwechseln der Fall, mit einem männlichen Phantasienamen.

In bezug auf das Verständnis der psychischen homosexuellen Entwicklung von Frau Norma B. ging es den Sachverständigen um die Feststellung, ob es sich um eine allgemeine und nur akzidentell sexuelle psychische Degeneration handelt oder um eine angeborene Neigung und ob die mit der mentalen Degeneration verbundene sexuelle Perversion deren Grund oder Wirkung darstellt.

Die Gutachten kommen zu widersprüchlichen Schlüssen, die hier kurz zusammengefaßt werden sollen.

Dr. Nicola L. führt die homosexuelle Beziehung auf eine vorübergehende Verliebtheit und Schwärmerei von Frau Norma B. zurück und schließt angeborene Perversion bei dieser »melancholischen und leidenschaftlichen Natur« aus. Es handelt sich seiner Ansicht nach bei Frau B. nicht um echte lesbische Liebe und Tribadie, vielmehr um die Folgen von Unbefriedigung und Schwierigkeiten gegenüber dem männlichen Geschlecht und Angst vor einer weiteren Schwangerschaft, die nach dem Tod der Tochter nicht mehr erwünscht gewesen sei. Er führt die körperlichen Symptome und die fixen Ideen auf Hysterie zurück, verneint, daß es sich um das Syndrom der Paranoia handelt. Frau Norma B. erscheint ihm als zur Gänze »weiblich«, mit natürlichem Mutterinstinkt, affektiv gestört, aber nicht wahnhaft. Er beurteilt sie als völlig zurechnungsfähig und harmlos und sieht daher keinen Grund für ihren Verbleib in der Irrenanstalt und für eine Entmündigung. Er hält die Trennung vom Ehegatten wegen Ehebruchs für gerechtfertigt, nicht aber weitere gerichtliche und strafrechtliche Maßnahmen.

Dr. Aristide M. spricht von »unbezwingbarem Triebfieber«, geschuldet angeborenen hereditären Neigungen, bei schwer degenerierter Persönlichkeit, deren Nymphomanie sich im zur Frage stehenden Fall auf ein weibliches Sexualobjekt richtete, sich aber unterschiedslos auch auf männliche Sexualobjekte, Kinder, Tiere und leblose Gegenstände richten könnte. Ein solches Syndrom ist fortschreitender Verschlimmerung unterworfen. Nach gründlicher Untersuchung erklärt er die zu Begutachtende als Opfer von Vergewaltigungsphantasien, Masochistin, Paranoikerin, als lasterhaft, unersättlich, krankhaft zu Onanie, weiblicher Sodomie und anderen widernatürlichen Praktiken getrieben; von aggressivem Charakter und daher für sich selbst und ihre Mitmenschen gefährlich; unvernünftig, nur scheinbar hysterisch, in Wirklichkeit psychopathisch; als unverbesserliche Lügnerin, hinterhältig, schlau, verleumderisch. Er schlägt einen chirurgischen Eingriff zur Unterbindung der sexuellen Perversion vor, den er in analogen Fällen bereits mehrmals mit ausgezeichneten Erfolgen ausgeführt hat: Ausschneidung und Kauterisation der Klitoris und Entfernung der Ovarien. Er hält Entmündigung und Unterbringung in einer Anstalt für notwendig.

Der Leiter der Königl. Irrenanstalt Dr. V. T. und der behandelnde Arzt Dr. A. P. beschränken sich auf die Feststellung, daß die Patientin zu Simulation und Lüge neigt, sich weigert, an ihrer Heilung mitzuarbeiten (Fluchtversuche, Selbstmordversuche, Weigerung, sich dem täglichen heißen Bad zu unterziehen, usw.). Die ihnen ausgehändigte Korrespondenz zeigt deutlich das Syndrom der Paranoia und Verfolgungswahn in bezug auf den Ehemann.

Klinische Untersuchung

Der Unterzeichnete in seiner Eigenschaft als Psychiater und Gerichtsarzt konnte Frau Norma B. ein einziges Mal, am 25. IV. 1916, in der Königl. Irrenanstalt untersuchen.

Ihre äußere Erscheinung war sehr vernachlässigt: das Kleid aus schlechtem Stoff in beklagenswertem Zustand, spärliche Unterwäsche, sie trug keine Schuhe. Trotzdem erschien sie im ganzen sauber und anständig, mit gepflegten, im Nacken zusammengebundenen Haaren. Ihr Aussehen wies nichts Anomales auf: sie ist eine eher kleinwüchsige Frau von zarter Konstitution und schwacher Muskulatur, weibliches Becken, gut entwickelte Brust. Ihr körperlicher Allgemeinzustand im Alter von zweiunddreißig Jahren war eher schlecht: übermäßig abgemagert (46 Kilogramm bei einem Normalgewicht von 60–61), äußerst blasse Gesichtsfarbe. Ausweichender Blick wechselte ab mit langen Augenblicken ruhiger Aufmerksamkeit, während ich zu ihr sprach. Die Physiognomie schwankte zwischen aufgesetzter Gleichgültigkeit und Mißtrauen.

Ich stellte deutlichen Tremor der Hände fest, außerdem nie korrigierte Linkshändigkeit und starke Myopie.

Frau B. klagte über Sehstörungen, erklärte, dauernd Blitze, Fasern, »Fliegen« im Gesichtsfeld zu sehen. Ich halte dies für halluzinatorische Phänomene, da keinerlei organische Läsionen festzustellen waren. Es sind offenbar psychopathische Täuschungen der Sinneswahrnehmung auf Grund von Übererregbarkeit.

Körperlich weist sie deutliche Symptome von Hysterie auf (Hyperästhesie der Haut mit schmerzenden Stellen auf der Brust, zwischen den Schulterblättern, im rechten Unterleibsbereich, Kammerflimmern und Tachykardien, Puls 120), dazu einige Erscheinungen, die auf Basedowsche Krankheit hindeuten, zwar keine Schluckbeschwerden und vergrößerte Schilddrüse, aber Muskeltremor, extreme psychische Reizbarkeit, Asthenie.

Die gynäkologische Untersuchung bestätigte, daß bei Frau Norma B. keine physischen Abweichungen oder Veränderungen bestehen. Funktionen und Menstruation sind normal, Uterus, Klitoris, Vagina normal.

Der Verfasser merkt an, daß Frau B. sich weigerte, sich von männlicher Hand berühren zu lassen, die Untersuchung konnte nur unter Zwang stattfinden, worauf ihr ein Beruhigungsmittel verabreicht und die Untersuchung für einige Stunden unterbrochen werden mußte.

Bei Wiederaufnahme der Untersuchung verlangte Frau B. zu erfahren, ob der Unterzeichnete als Gutachter für die Partei des Ehemannes oder im Auftrag des Gerichts fungiere, worauf sie erklärte, nicht mit mir sprechen zu wollen, nicht aus »Unhöflichkeit« mir gegenüber, sondern weil ihrer Meinung nach alle ihre Äußerungen gegen sie verwendet werden würden. Auf die Ermahnung hin, in ihrem eigenen Interesse mitzuarbeiten, erschien sie in dem ziemlich langen Gespräch abwechselnd durchaus bereitwillig, dann wieder widerstrebend, von sich zu sprechen. Sie bat mich mehrmals, Verständnis zu haben, sie nicht zu verurteilen und nicht mit Fragen zu quälen, auf die sie nicht antworten könne.

Sie ist eine entschieden sinnliche Natur, zeigt sich jedoch, offenbar vorsätzlich, wenig interessiert an geschlechtlichen Dingen. Sie spricht langsam, mit leiser Stimme, wobei der nüchterne Ausdruck in grellem Kontrast zum begrifflichen Inhalt steht. Sie bemüht sich, fügsam, ja umgänglich zu wirken, und kleidet ihre Behauptungen geschickt in plausible Beschreibungen von Nebenumständen ein, so daß es ihr gelingt, die Sympathie des Zuhörers zu gewinnen und ihre Erzählung und ihre feindselige Haltung gegenüber dem Ehemann gerechtfertigt erscheinen zu lassen, wozu auch die gewohnheitsmäßige rauhe Ehrlichkeit von Graf A., vor allem in seiner gegenwärtigen berechtigten Empörung, beitragen mag.

Aus dem Gespräch erfuhr ich einige Fakten, die mir zur Ergänzung der Anamnese nützlich erscheinen:

- Auf die Frage, ob sie je gewünscht habe, ein Mann zu sein, antwortete sie mit nein.
- Sie erklärt, niemals zuvor von Frauen angezogen gewesen zu sein. Auf diesbezügliche Fragen betreffs Schulkameradinnen, Nonnen des Pensionats, Dienstmädchen, der Schwestern des Ehemanns antwortet sie nur mit höhnischem Lachen.
- Nach Erläuterungen über die sexuellen Praktiken zwischen ihr und M. B. befragt, ferner danach, ob sie vor Männern mit ihr verkehrt habe, ob es zu sadistischen oder masochistischen Handlungen kam, ob die Zeugenaussage der Wahrheit entspreche, daß M. B. sie mit Brennesseln auf die Schamteile geschlagen habe, ob sie in deren Abwesenheit onaniert habe, ob sie mit ihr auch während der Periode der einen oder der anderen Verkehr gehabt habe, ob sie Masturbation, Cunnilingus oder Einführung phallischer Gegenstände in die Vagina praktiziert hätten, schweigt sie hartnäckig. Dann reagiert sie, indem sie den Unterzeichneten nach den Sexualpraktiken fragt, die er bevorzuge; auf die Verlegenheit des Befragers hin bemerkt sie: »Von der Liebe spricht man nicht, man tut es.«
- Betreffs der Einbeziehung ihrer Kinder in den Geschlechtsverkehr mit M. B. verliert sie die Beherrschung und schreit, das seien »gutbezahlte Verleumdungen«.
- Betreffs des Geschlechtsverkehrs mit dem Ehemann sagt sie, er sei »normal« gewesen, sie habe keinen Ekel oder Abscheu empfunden, manchmal, wenn auch nicht oft, sogar Lust.
- Befragt, ob sie andere Männer gekannt habe, verneint sie.

- Befragt, ob sie in bezug auf andere Männer an Ehebruch gedacht habe, verneint sie.
- Befragt, ob sie mit dem Ehemann und mit M. B. die gleiche Art Lust empfunden habe, wird sie zornig und verweigert die Aussage.
- Aufgefordert, sich zu ihren Wahnvorstellungen und zu dem Grund, aus dem sie den Ehemann anzeigen wollte, zu äußern, antwortet sie, es handle sich nicht um Wahn, sondern um tatsächlich vorgefallene Geschehnisse, über die sie aber nicht sprechen wolle. Ermahnt, sich deutlicher auszudrücken, liefert sie schließlich widerstrebend, unter Tränen und häufigem Erröten, eine detaillierte Erzählung schrecklicher Gewalttätigkeiten und Notzucht, die sie erlitten haben will und die hier wiederzugeben als unnötig angesehen werden darf.
- Auf die Frage, ob sie sich darüber Rechenschaft gebe, homosexuell, pervers, degeneriert und unmoralisch zu sein, antwortet sie mit Nein. Sie behauptet, nichts davon zu sein. Sie erklärt, sie bereue nichts von dem, was sie getan habe.
- Gebeten, ihre höchsten moralischen und affektiven Werte zu nennen, antwortet sie, ohne zu zögern: Fräulein M. B., ihre Kinder, sie selbst und ihr Gewissen. Sie scheint nicht in der Lage zu sein, zwischen Ethik und Gefühl zu unterscheiden, behauptet, das sei dasselbe.

Während des Gesprächs schien Frau B. nicht unter Wahnvorstellungen zu leiden, sie wirkte im Gegenteil recht klar.

Da sie eine gebildete, mit bemerkenswerter Intelligenz begabte Frau von unleugbarer weiblicher Anziehungskraft ist, wird es ratsam sein, sie von erfahrenen, erwiesenermaßen moralisch hochstehenden Ärzten behandeln zu lassen, die sich durch diese somatischen Elemente nicht täuschen lassen.

Im ganzen beurteile ich Frau Norma B. als neurasthenisch,

hysterisch, schwer sexuell gestört und unter psychischem Hermaphroditismus leidend. Ich habe keine Nymphomanie festgestellt.

Gedankenwelt

Das Denkvermögen der zu Begutachtenden ist reich, läßt jedoch fast alle Logik vermissen und ist qualitativ falsch. Sie erfindet frei und versetzt Fakten und reale Personen in eine Phantasiewelt, wobei sie zugunsten ihrer irrigen, impulsiven Intuitionen die Tatsachen nach Belieben verdreht und abwandelt.

In letzter Zeit bestimmen einige vorherrschende Gedanken, fast fixe Ideen, in charakteristischer Weise ihr Denken und damit ihre psychische Persönlichkeit. Sie ist davon überzeugt, sich unauflöslich mit M. B. verbunden zu haben und daher den Ehemann verleugnen zu müssen. Die Beständigkeit dieser letzteren Überzeugung wird durch die charakteristische Folge der durch sie hervorgerufenen Einstellungen bezeugt. Seit ihrer Begegnung mit M. B. beginnt sie absichtlich, dem Namen, Vermögen und der politischen Karriere des Ehemanns zu schaden (Diebstahl der Brosche in seinem Haus, Entschädigungszahlung an die Streikenden, Weigerung, mit ihm das Bett zu teilen, Lüge bezüglich einer nicht bestehenden Schwangerschaft, schweren Anstoß erregendes Verhalten in der Öffentlichkeit). Später der Entschluß, ihn wegen Mißhandlung anzuzeigen, Verfolgungswahn.

Gefühlswelt

a) Gefühle
Die zu Begutachtende erweist sich hierin als widersprüchlich. Starke Bindung an den Vater, keinerlei Empfindung für den Bruder, von dem sie bezeichnenderweise kaum spricht. Idealisiertes, abstraktes Bild der Mutter. Den eigenen Kindern gegenüber äußerst possessiv, erträgt keine fremde Ein-

mischung in die Beziehung zu ihnen und versucht, sie dem Vater zu entfremden. Krankhafte Liebe zu der behinderten Tochter Angelica. Dem Ehemann gegenüber zeigt sie sich abwechselnd fordernd und kalt; M. B. gegenüber ist sie treu, leidenschaftlich, beschützend und gleichzeitig voll kindlicher Sehnsucht nach Liebe und Schutz.

b) Ehrlichkeit
Ein vorherrschendes Element der sentimentalen und affektiven Physiognomie der zu Begutachtenden ist der ursprüngliche, d. h. organische Mangel an Ehrlichkeit. Von Kindheit an zeigt sie sich als geschickte Heuchlerin und Simulantin (vorgetäuschte Krankheiten, um die Aufmerksamkeit der Mutter auf sich zu lenken, etc.). Viele Beispiele neueren Datums belegen diese Haltung: die angebliche Schwangerschaft, um sich dem ehelichen Verkehr zu entziehen; der erfundene Abort, damit die Schwägerinnen sie für leidend halten und ihr erlauben, in Begleitung der M. B. eine Erholungsreise nach Frankreich zu unternehmen; um den Ehemann bei dem Unterzeichneten anzuschwärzen und sein Mitleid zu erregen, zögert sie nicht, eine unflätige, verleumderische Geschichte zu erfinden, und so weiter. Dieser Hang zur Lüge wird durch List gefördert, die ihr zunächst dienlich ist, sich dann aber, da ihr Lügen nicht strategisch, sondern impulsiv ist, gegen sie kehrt.

c) Moralität
Die zu Begutachtende zeigt in ihrem gegenwärtigen Verhalten eine völlige Verkehrung des Sinns für das Sittliche. Ihre verdrehte Intelligenz gibt ihr eine absolut exzentrische Auffassung von Moral und Sexualität ein. Sie lehnt jede persönliche Verantwortung ab und erscheint unfähig zu Selbstkritik und Schuldempfinden. Erklärt sich für religiös, erweist sich aber als atheistisch, gibt blasphemischen Überzeugungen Ausdruck. Weigert sich, durch Beichte beim Kaplan der Königl. Irrenanstalt ihr Gewissen zu erleichtern.

Wille

Die Charakteristiken der Willensfunktion bei Frau Norma B. sind Leidenschaftlichkeit und Instinktivität.

Leidenschaftlichkeit dominiert ihr Leben lang die Wahl des Liebesobjekts (Stiefsohn, Dienstmädchen). Instinktivität zeigt sich darin, daß sie ihre Wahl nicht rational zu begründen vermag und sich vom Gefühl mitreißen läßt.

Diagnose

Die klinische, somatische und psychische Untersuchung von Frau Norma B., verehelichte Argentero, hat insgesamt, quantitativ und qualitativ, kein symptomatologisches Bild ergeben, um eine KLINISCHE DIAGNOSE einer uns bekannten Geisteskrankheit aufzustellen.

Zwischen Gesunden und Kranken existiert jedoch das Gebiet der Geistesgestörten; es umfaßt Personen, die sich von der Normalität unterscheiden, ohne zu den Psychopathen gezählt werden zu müssen, und deren Gemüt und Geist durch konstitutionelle Deformationen der psychischen Entwicklung und insbesondere des Charakters abweichen. Solches ist der Fall bei Frau Norma B., deren moralische Persönlichkeit die eindeutigen Stigmata ethischer Degeneration aufweist, verstärkt durch pathologische Geisteshaltung.

Ich erstelle daher folgende Diagnose:

»Die geistige Abweichung und die Sittenlosigkeit von Frau Norma B. sind die Auswirkungen einer unspezifischen Gemütskrankheit; sie sind Ausdruck einer hartnäckigen, dauerhaften, nunmehr fest etablierten Wesensart ihrer degenerierten Natur.«

Prognose

Die angeborene Schwäche der mentalen und nervösen Struktur ist durch die Anfälligkeit des Organismus für physische Erkrankungen erwiesen sowie durch die geringe

Widerstandsfähigkeit bei Belastungen wie z. B. Menstruation, Schwangerschaft, Entbindung, bei denen die Anomalität sich zeitweilig bis hin zu echten psychopathischen Schüben steigerte. Dies ist bedeutsam für die Prognose, da alles auf die Wahrscheinlichkeit einer kontinuierlichen Verschlimmerung in der Zukunft hinweist, vor allem in der physiologischen Belastung durch den Altersprozeß, der auch bei Normalen sittliches und altruistisches Empfinden angreift. Diese Gefahr ist für Frau B. um so größer, als Senilität zuerst ebenjene Elemente der psychischen Entwicklung betrifft, die bei ihr bereits geschädigt sind. Prinzipiell ist zwar im Alter, das ja ruhigere Gefühle und ernstere Reflexion mit sich bringen kann, die Möglichkeit einer teilweisen Neutralisierung, einer teilweisen Besserung dieser psychisch-affektiven Störungen nicht auszuschließen, wie auch zu vermuten ist, daß eine geeignete Umgebung einen lindernden Einfluß auf sie haben könnte, aber da keine Reintegration in die einzige Umgebung, in der dies möglich wäre (die Familie), vorgesehen ist, sprechen weitaus mehr Faktoren für eine progressive Verschlimmerung ihres Zustands. Die unheilvollen Ereignisse ihres vergangenen Lebens bezeugen zur Genüge, daß die Krankheitsform, unter der Frau B. leidet, sich ungünstig fortentwickelt.

Rechtsmedizinische Beurteilung

Die psychischen Anomalien von Frau Norma Boncompagni sind, auch wenn sie mit keiner klinisch definierten Form von Geisteskrankheit identifizierbar sind, Degeneration zuzuschreiben und müssen daher »den Formen von dauernd bestehender Gemütskrankheit, die sie außerstande setzt, sich selbst um ihre Interessen zu kümmern«, zugerechnet werden. Ihre Handlungen erweisen sie als unfähig zu moralischem und rechtlichem Urteil, d.h. als gewissenlos und ohne eigenen Willen dem Antrieb ihrer Leidenschaften ausgesetzt.

Frau B. muß vor sich selbst geschützt werden, sowohl auf rechtlicher wie auf medizinischer Ebene. Diese Frau wird mit Sicherheit Verbrechen begehen, wenn sie nicht entsprechend medizinisch behandelt und betreut wird. Das Procedere in solchem Falle ist die Prävention.

Daher sind meiner Meinung nach ihre Unterbringung in einer Anstalt (vom medizinischen Standpunkt aus) und Entmündigung (vom juridischen Standpunkt aus) notwendig.

Die festgestellten psychischen Anomalien entsprechen genau dem gerichtsmedizinischen Begriff der »Unzurechnungsfähigkeit«, der sich von dem klinischen Begriff der Geisteskrankheit darin unterscheidet, daß er nicht nur episodische oder chronische Krankheitsprozesse umfaßt, sondern auch solche anomalen Geistesverfassungen, die psychiatrisch nicht klassifizierbar sind.

Die dauernde geistige Unzurechnungsfähigkeit ist ursprünglicher Natur, d. h. angeborenen Faktoren geschuldet und somit unheilbar, ja, mit großer Wahrscheinlichkeit zukünftiger Verschlimmerung ausgesetzt.

Diese gerichtsmedizinische Beurteilung ist durch absolute orthodoxe Wissenschaftlichkeit abgesichert, da sie auf biologischen Kriterien beruht (nachgewiesene familiäre Degeneration), auf physischen (Symptome der Hysterie und beginnender Basedowscher Krankheit) und sozialen (die Beschaffenheit der Umwelt, in die sie sich selbst versetzt hat).

Unter solchen Umständen fehlt Frau Norma B. jegliche Möglichkeit bewußter Willensentscheidung in ihren sozialen Beziehungen und in ihren administrativen Fähigkeiten.

Daher muß Frau Norma Boncompagni in einer Anstalt verwahrt und entmündigt werden.

Turin, den 17. Juni 1916
unterzeichnet: Prof. Dr. Ranieri Vittorelli,
Gerichtspsychopathologe

In der Anlage einige Auszüge aus dem umfangreichen Material, das Prof. V. T. ausgehändigt und der Krankenakte von Norma Boncompagni (Patientennummer 49) beigefügt wurde. Das Material ist von der zu Begutachtenden zwischen 1915 und 1916 handschriftlich verfaßt worden.

1.

Der Herbst verendet, und ich suche deinen Schatten,
in dieser Stille hör ich deinen Atem nicht.
Nachts halt ich dich in meinen Armen, und dann
verlier ich dich und bin verloren.
Freundin, du bist fern,
so groß ist dieses Bett für mich allein.
Jeden Tag entschwindet den Seefahrern
die Insel der Seligen etwas mehr:
was einmal mein war, war auch dein.
In dieser Stille hör ich deinen Atem nicht.
Ich sehe nicht mehr, wie dein Leben weitergeht.
Nur ein Augustnachmittag ist geblieben,
es war ein Tag wie unsre andern auch,
und nicht einmal der beste. Ich roch an
einer weißen Asphodelusblüte und wartete
auf dich. Du hattest dich verspätet. Vielleicht
warst du beschäftigt, vielleicht war es auch Absicht.
Ich sah auf die Allee hinaus, ob nicht das Gittertor
endlich mir aufging und dahinter dein Lächeln. Und du bist gekommen.
Und nun löst du dich auf im Staub der
Fensterscheibe und läßt mich allein.
In dieser Stille hör ich deinen Atem nicht.

2.

Du hast mir die Zunge herausgerissen
und nun bin ich stumm
auf den Lippen nur ein einziges Wort

dein Name – Medusa
und immer des Nachts
rufe ich leise nach dir.

Du bist noch immer in meinem Bett,
du bist wie der Schatten, in dem ich schlafe.
Ich schließe die Augen, das Echo jener Tage
tönt zu mir herüber.
Ich schließe die Augen, ich spüre dich kommen,
und nur wie ein leichtes Erschauern
bist du in der Luft, mit dem Anbruch der Nacht
kehrst du zurück.
Liebste, ich suche dich,
und wohin ich auch taste, ist Leere,
du bist fern wie dein Widerschein.

Du hast mir für immer den Mund verschlossen
und nun bin ich stumm
auf den Lippen nur ein einziges Wort
dein Name – Medusa
und immer des Nachts
rufe ich leise nach dir.

Der Sommer ist gegangen, die Tage werden blaß,
Dämmerung, Stille, eisiger Wind,
der Himmel verhangen, laublos die Bäume,
leer die Straßen, hoffnungslos die Stimme
der Erde. Mein Herz ist verödet,
mein Fleisch ans Kreuz geschlagen.
Die letzten Strahlen verschlingt das Dunkel.
In dieser Finsternis und Kälte
antwortet mir nur das Schluchzen
und dann das Stöhnen
einer Irren, die in der Ferne weint.

3.

Medusa, in deinen Augen ist die Nacht,
und darin steht kein einzig Wort geschrieben.
Für süße Lust des Fleisches hab ich mir
Sturm eingehandelt. Auch mich, auch mich
hast du mitgerissen ins Nirgendwo,
und immer noch bin ich unterwegs.
Das Blut hat das alte Vorrecht besiegt,
das Blut
hat mich dir geweiht, doch du bist fern.
Zu leise sprichst du, ich höre dich nicht.
Ich sehe den roten Schein von früher,
hastig liebte ich dich im blühenden Roggen,
zitternd lag das Morgenrot auf deinem Gesicht,
und in den Sümpfen erwachten die Reiher.
Und nie habe ich mich dir versagt – nackt
habe ich die Herde verlassen – du meine Braut –
ohne Scham, ohne Bedenken.
Alle Eitelkeit habe ich abgelegt,
das Blut hat mich dir bestimmt.
Es sterben die Worte, aber ich warte auf dich
wie eine verirrte Schwalbe im Hagel
auf einen Sonnenstrahl.

4.

Ach, ich weiß wohl, wo ich jetzt bin,
ich kenne die Stadt, die Straße, die feine
Herberge, die Nummer der Akte,
den Klang
des Namens, den sie mir gegeben haben.
Ich weiß noch alles, aber Gott weiß, was
in meiner Pfütze hier von früher übrigbleibt,
ich finde unseren Ort nicht mehr,
weiß nicht mehr, was mir träumte.

Und bis du nicht wiederkehrst,
bin ich nur ein Splitter im Kalk,
eine Gefangene,
ausgeschlossen aus den Fluchtwegen
von Zügen und Schlitten,
ausgeschlossen aus dem Flug der Träume,
ausgeschlossen aus Leben und Tod,
eine Fremde,
und mein Herz wird zu Stein,
und mein Fleisch verwest.

Komm, Medusa, meine Sommerbraut,
führ mich in dein Land,
das du in deinen Augen trägst.
Dort oben, wo wir einmal waren,
herrschen Zerknirschung, Kreuz
und dumpfes Beten nicht,
und auch nicht dieser Krieg.
Der Weg verliert sich im Abendrot,
bricht ab, kehrt in sich selbst zurück
wie einer Stimme Widerhall.
Führ mich zurück in dein Land,
das du in deinen Augen trägst.
Du bist der Weg, du bist das Leben.
Komm, ich warte noch immer auf dich.

Ach, Medusa, vergib,
daß ich nicht schweigen kann. Die Geigensaite
schwingt noch nach, und selbst ein Regentropfen
ist mir Begeisterung.

5. Postum

Ich soll also auf dieser Erde dich nicht wiederhaben.
Der Traum hat mich verlassen, erloschen ist die Zeit,
das Herz fühlloser Stein, und endlos ist die Nacht.
Ich soll dich also nicht mehr wiedersehen,

aufrecht im Licht des Tages,
auf der Schwelle des Windes.
Ich soll dir also nie ein Wort mehr sagen,
und nie wirst du wissen, wie sehr ich dich liebte,
barbarisch auch ich.
Ich klage nicht,
was ich weiß, kann jeder wissen,
aber mein Herz, das dein ist,
besitze immer noch nur ich allein.

Epilog

Unter dem Namen Argentero steht im Adelskalender heute nur ein einziges Wort: ERLOSCHEN. Im Juli 1917 erklärte die *Sacra Rota* die von Felice Argentero und Norma Boncompagni geschlossene und vollzogene Ehe infolge der gerichtlich festgestellten Unzurechnungsfähigkeit der letzteren für ungültig. Die aus dieser Verbindung hervorgegangenen Kinder wurden damit unehelich; sie wurden aus dem Adelskalender gestrichen und bekamen den Nachnamen der Mutter; Amedeo trat wieder in seine Rechte auf Titel und Vermögen ein.

Im Juni 1919, nach dem Sturz der Regierung Orlando, wäre Felice beinahe Staatssekretär im Handelsministerium der neuen Regierung Nitti geworden, aber dann wurde doch nichts daraus: nicht aus Gründen des Skandals, der seine Ehre befleckt hatte, wie er glauben wollte, sondern einfach weil sein Name im Lauf der gnadenlosen Verhandlungen ausgeschieden war. Er stellte sich im November 1919 erneut zur Wahl, aber in einem fremden Wahlkreis, da er fürchtete, in seinem eigenen mit »niedrigen persönlichen Argumenten« angegriffen zu werden; er wurde vernichtend vom Kandidaten der Sozialisten geschlagen. Daraufhin zog er sich aus der Politik zurück, überzeugt, es sei gegen ihn ein Komplott im Gange.

In seinen letzten Jahren kehrte er, von schlimmen Vorahnungen getrieben, in den Schoß der Kirche zurück: er betete regelmäßig, vor allem vor dem Zubettgehen, und beichtete täglich. Er fürchtete den Tod, aber mehr noch, ohne die Letzte Ölung zu sterben, wie es dann tatsächlich geschah. Er litt an chronischen Magengeschwüren, Gallensteinen und Leberblutungen, aber er starb nicht daran: 1927 wurde er von einem Schlaganfall dahingerafft – man fand ihn, völlig angekleidet im Sessel in seinem Schlafzimmer sitzend, mit weit aufgerissenen Augen, die auf das aufgeschlagene Bett gerichtet waren, in dem er diese Nacht nicht mehr geschlafen hatte.

In den letzten Monaten war er manisch, zwanghaft, paranoid und hypochondrisch geworden: er glaubte, man plane, ihn zu vergiften, schlief schlecht, wurde von Gespenstern und unheilvollen Erscheinungen verfolgt, über die er nicht sprechen wollte. Professor Ranieri Vittorelli hätte ihn als klinischen Fall beurteilt, aber natürlich war er das nicht. Nach der letzten stürmischen Gerichtsverhandlung sah er Norma nicht wieder. Das Urteil entsprach in allem seinen Forderungen: am Tag danach stellte er bei der *Sacra Rota* den Antrag auf Annullierung der Ehe. Es scheint jedoch, daß er sich nicht allzusehr dafür einsetzte, das ersehnte Dokument zu erhalten, er schmierte die Räder nicht, intrigierte nicht, nahm eine fatalistische Haltung ein und überließ die Schmutzarbeit Anwalt Boncompagni. Ein Brief, den er ihm sandte, deutet sogar auf etwas wie Versöhnungsbereitschaft hin: *... da man ja sogar vom Krebs geheilt werden kann, könntest Du alter Fuchs nicht irgendein Kodizill aushecken, um mit dieser Angelegenheit Schluß zu machen? Vollzogen ist nun einmal vollzogen, und es ist Nachkommenschaft da, nicht einmal Christus am Kreuz könnte das bestreiten. Man kann in seinem Eifer auch über das Ziel hinausschießen. Meine einzige Absicht ist: sie in Obhut einer Wärterin in der Piazza Carlina unterzubringen, so daß wir uns da in Zukunft ohne lästige Zeugen sehen können, und die ganze Sache einschlafen zu lassen, ohne daß es so wirkt, als hätte ich einen Rückzieher gemacht. Ist das wohl möglich?*

Boncompagnis Antwort auf diesen erstaunlichen Vorschlag ist nicht bekannt, jedenfalls lief das in Gang gesetzte Räderwerk reibungslos weiter. Im Juli 1917 erhielt Felice die Ungültigkeitserklärung, seine Unterschrift unter dem Dokument wirkt kaum weniger schwungvoll als sonst.

In seiner Schreibtischschublade wurde eine Zugfahrkarte nach Turin gefunden, Datum 2. März 1919. Er war an der Pforte der Königlichen Irrenanstalt erschienen, vermutlich mit dem Vorhaben einer herzzerreißenden Aussprache, aber seine Frau – oder vielmehr seine Nichtmehr-Frau – war laut Anstaltsregister im November 1917 »zeitweilig entlassen« und wegen ihres ernsten Gesundheitszustands zum Zweck einer komplizierten Augenoperation in ein Krankenhaus verlegt worden. Sie war danach nicht mehr in die Anstalt zurückgekehrt. Es wurden ihm ihre persönlichen Effekten ausgehändigt, ein paar wertlose Dinge: ein Elfenbeinkamm, der Füllfederhalter, ein Fläschchen eingetrocknete Tinte, ein Goldkettchen mit Kreuz, der Ehering. Es war viel Zeit vergangen, es gelang ihm weder, den Arzt ausfindig zu machen, der sie behandelt hatte, noch zu klären, warum die Operation mißlungen war. Er kehrte nach Rom zurück und sprach ein paar Monate lang zu niemandem von seiner Reise, dann schrieb er Emanuela einen Brief, der nicht erhalten ist. Emanuela antwortete ihm mit den knappen, giftigen Zeilen: *Du kannst darauf verzichten, alte Wunden, die Du selbst verschuldet hast, wieder aufzureißen. Du brauchst nichts mehr zu tun, die arme Norma hat aufgehört zu leiden.* Ein Satz, der bei näherem Hinsehen sowohl alles wie auch das Gegenteil von allem bedeuten kann, aber Felice beweinte in aufrichtiger Betrübnis Normas Tod. Aus Bergen von sorgfältig in seinem Arbeitszimmer abgelegten Schreiben geht hervor, daß er sich bemühte, Normas Leiche aus dem Massengrab des städtischen Friedhofs exhumieren und in die Familiengruft der Argentero überführen zu lassen. Die bürokratischen Widrigkeiten dauerten Jahre, es kam zu grotesken

Mißverständnissen, darunter die Exhumierung der falschen Leiche. Felice war schon lange tot, als Amedeo einen Brief von der Friedhofsverwaltung erhielt, in welchem dem Grafen endlich mitgeteilt wurde, daß nach »unseren Unterlagen keine Norma Boncompagni begraben worden ist«. Vermutlich habe man sie unter falschem Namen beerdigt, was bei einer Person, die öffentlichen Skandal erregt habe, nicht unwahrscheinlich sei. Man rate ihm jedoch, auch beim Friedhof der Irrenanstalt Nachforschungen anzustellen, wo die verstorbenen Insassen gewöhnlich ihre letzte Ruhestätte fänden. Es gibt keinen Hinweis darauf, daß Amedeo die Suche des Vaters fortsetzte, und so fiel die makabre Angelegenheit schließlich der Vergessenheit anheim.

Außer in seinen letzten Lebensmonaten war oder wirkte Felice jedenfalls immer guter Dinge. Wer ihn in Rom traf, beschrieb ihn als sympathischen Piemontesen alten Stils, vierschrötig und selbstsicher, sogar witzig. Er sah seine Söhne zweimal im Jahr, zu Ostern und zu Weihnachten, und erwies sich dabei als sehr großzügig (Oliviero bat ihn bis zuletzt unverschämt um große Geldsummen, auch zu Zwekken, die dem Vater »verwerflich« vorkommen mußten, und erhielt das Gewünschte immer). Er wollte von ihnen mit »Onkel Felice« angesprochen werden, doch die kleinen Buben und später die jungen Männer nannten ihn weiterhin »Herr Vater«, wie sie es immer getan hatten. Wenige Monate vor seinem Tod schrieb er an seinen Notar, daß er wenigstens einen der Boncompagni legitimieren wolle, damit er seinen Namen bekomme und für den Fall, daß Amedeo keine Kinder haben sollte, auch den Titel. Die Angelegenheit erwies sich aber als schwieriger als gedacht: wie konnte er die Vaterschaft beweisen? Konnte die ledige Mutter für ihn zeugen? Nein? Der Notar riet ihm zur Adoption. Dazu ist es nicht gekommen, vermutlich starb Felice, bevor er entschieden hatte, welcher seiner drei Söhne sein eigentlichster Sohn sei.

Sofia wohnte bis zu seinem Tod bei ihm und überlebte ihn um zwanzig Jahre. Emanuela hingegen brach 1916 mit ihrer Familie, als ihre Zeugenaussagen im Prozeß den anderen Argentero nicht genehm waren. In bezug auf den Angriff mit dem Füllfederhalter änderte sie mehrmals ihre Schilderung des Hergangs und erklärte schließlich: *meine Schwägerin hatte keinerlei Absicht, mich zu verletzen, sie beklagte sich nur über die Einschränkung ihrer Freiheit, die von mir grundlos vorgenommen wurde.* Es stellte sich heraus, daß Emanuela später, dank der Unterstützung einer gewissen Schwester Beatrice, eine nicht zensierte Korrespondenz mit Norma unterhielt und mehrmals den Leiter der Königlichen Irrenanstalt bat, Norma zu entlassen, »um sie in die Obhut der Unterzeichneten zu geben, die bereit ist, alle notwendigen Ausgaben zu übernehmen«. Emanuela stellte auch den (ebenfalls abgelehnten) Antrag, daß »der Gräfin« gewährt werden möge, ihre Kinder zu sehen, und sie übernahm es, zu beweisen, daß Norma an fortgeschrittener Netzhautablösung litt und dringend einer Spezialbehandlung außerhalb der Irrenanstalt bedurfte. Ein paar Jahre lang wohnte sie noch an der Piazza Carlina und hütete das leere Haus, dann zog sie zu den Nonnen, bei denen sie zur Schule gegangen war und die sie als eine der Ihren bei sich aufnahmen. Bereits seit dem Herbst des Jahres 1916 setzte sie sich für die Revision des Entmündigungsurteils ein, das laut ihrer Behauptung »auf ungenauen, parteiischen, durch falsche Zeugenaussagen beeinflußten Gutachten« beruhe. Der Rechtsstreit war erbittert und zog sich jahrelang hin: vielleicht war er inzwischen sinnlos geworden, aber sie machte mit einer Starrköpfigkeit weiter, die einer Argentero würdig war. Sie gab ihr ganzes kleines Vermögen für dieses Unternehmen aus, keiner stand ihr zur Seite, nur Oliviero zeigte später Interesse an der Sache, aber er war zu jung und mittellos, um ihr eine Hilfe zu sein. Es ist nicht bekannt, wie entschieden wurde, die Akten sind in den gerichtsmedizinischen Archiven verrottet. Aber es ist wenig wahrscheinlich, daß das Urteil revidiert wurde.

Amedeo war als Invalide (er hatte 1916 vier Finger der linken Hand verloren) und hochdekoriert aus dem Krieg zurückgekehrt. Er übte den Arztberuf nicht aus, lebte von seinem Einkommen und seiner Rente. Als Emanuela ihm im Dezember 1916 die Unterlagen für die Anfechtung der Gutachten zusandte und ihn um seine Unterstützung bei Normas Rehabilitierung bat, erwies er sich als einer der erbittertsten Gegner der Sache, weitaus erbitterter als sein Vater. Jeden Sonntag pünktlich um neun klopfte er an die Pforte des Jesuitenkollegs, um sein Patenkind Vittorio zu besuchen; als der kleine Junge zehn Jahre alt war, trennte er ihn von seinen Brüdern und nahm ihn zu sich nach Hause. Sie lebten zusammen in einer Wohnung an der Piazza di Spagna. Fünfzehn Jahre lang sorgte er mit einer Hingabe für ihn, die allen unverständlich und übertrieben vorkam. Er hatte ein schroffes, zu Wutausbrüchen neigendes Wesen, nur zu dem bartlosen Jüngling war er liebevoll und sanft. Vittorio befreite sich schließlich durch seine Erkrankung an Tuberkulose aus dieser Obhut – jedenfalls schrieb er Amedeo das mit der erbarmungslosen Klarsicht, die er vielleicht gerade von ihm hatte. Als sie 1935 miteinander brachen, war Amedeo allein auf der Welt: sein Vater war tot, Emanuela im Kloster, Enrico und Oliviero waren ihm feind, nur Tante Sofia, zu der er zog, war ihm geblieben, aber nur noch für kurze Zeit. Er starb als uralter Mann Ende der sechziger Jahre. Er hat nie geheiratet und hinterließ keine Erben: es hat nie einen siebzehnten Grafen von Brezé gegeben.

Enrico, Oliviero und Vittorio trugen auf ihren Geburtsurkunden den entehrenden Eintrag »Mutter Norma Boncompagni, Vater unbekannt«. Keiner von ihnen wurde, was der unbekannte Vater sich für sie erträumt hatte: Enrico wurde kein Diplomat und Minister des Auswärtigen, Oliviero wurde kein Industrieller und Vittorio kein Ingenieur. Enrico studierte Philologie und fristete eine graue Existenz als Lehrer für Latein und Griechisch an einem Gymnasium in Rom, wo er fast vierzig Jahre unterrichtete. Oliviero wanderte nach Frankreich aus, wo er es glück- und erfolglos mit verschiedenen Laufbahnen versuchte: er wurde Schauspieler, Tänzer, sogar avantgardistischer Maler, Epigone der École de Paris. Er war ein getriebener, leidenschaftlicher Mensch mit einer Schwäche für junge Rekruten, aber es gelang ihm nicht, bei der Armee Karriere zu machen, wie er das als Junge geträumt hatte (und was dem unbekannten Vater bestimmt gefallen hätte), im Gegenteil, er wurde aus leicht zu erratenden Gründen aus der Militärakademie hinausgeworfen. Es gingen Gerüchte über seinen skandalösen Lebenswandel um, er verkehrte mit älteren Künstlern von zweifelhaftem Ruf. Photographien aus der Zeit, die Emanuela aufgehoben hat, sprechen für diese Annahme. Er war ein reizvoller Jüngling, schmal, blond, effeminiert, mit schmachtenden grünen Augen. Eine Aufnahme im Badeanzug mit der Widmung *Es tut mir leid, Ihnen so wenig zu ähneln. Ich bin der Sohn meiner Mutter: für einen Mann wie Sie ginge ich auch gerne ins Irrenhaus* fand sich bei Felice in einem Geheimfach verwahrt. Vittorio erkrankte mit sechzehn Jahren an Tuberkulose und verbrachte seine Jugend in Sanatorien und Internaten in den Dolomiten. Alle rechneten mit seinem baldigen Tod, erwarteten ihn von Tag zu Tag. Die Tuberkulose verfolgte ihn zehn Jahre lang, aber schließlich trugen sein Wille und seine Lebenslust den Sieg davon. Er heiratete seine Krankenpflegerin, eine fünfzehn Jahre ältere Frau, eine völlig mittellose Witwe von, will man Amedeo Glauben schenken, nicht einmal anziehendem Äußeren, mit der er eine Tochter hatte, die er Norma taufte. Sie lebten in den Dolomiten, wo sie eine kleine Pension führten. Amedeo sprach nie wieder ein Wort mit ihm, in den Briefen, die er ihm schrieb, beschuldigte er ihn der

Undankbarkeit. Aber Vittorio verzieh ihm: er war glücklich.

Alessandro Magno Boncompagni setzte seinen unaufhaltsamen Aufstieg fort: er hatte immer Glück gehabt, und er besaß etwas, was viele vergeblich erstreben – Talent. Er wurde einer der bestbezahlten Rechtsanwälte der Hauptstadt und heiratete die Tochter eines Ministers. Mit siebenundvierzig Jahren war er es leid, immer nur die Karriere anderer aufzubauen: von nun an würde er sich nur noch der eigenen widmen. Im April 1924 ließ er sich mit seinem untrüglichen Gespür für das Kommende als Kandidat der Faschistischen Partei aufstellen; er hatte sich nicht getäuscht; in den nächsten zwanzig Jahren kampierte er glücklich im Parlament. Er hatte vom Leben, und später dann auch vom Tod, alles bekommen, was er sich wünschte. Seinen Neffen versuchte er – solange sie unter seiner Vormundschaft standen – ein guter Vater zu sein; im Sommer brachte er sie in den Ferien ans Meer. Die Jungen mochten ihn aber nicht, und als sie größer wurden, gaben sie ihm die Schuld am Unglück der Mutter und am Ruin der Familie. Sie hegten Groll gegen ihn, aber keiner der drei lehnte seine Unterstützung und Protektion ab. Der Tod war gnädig mit ihm. Er erlebte das Ende der Partei und die Niederlage nicht mehr, auch nicht den Tod seines Sohnes als Partisan. Er starb noch rechtzeitig in der Überzeugung, er habe die Zeit, die ein Gott, an den er nicht glaubte, ihm geschenkt hatte, gut genutzt.

Die Belmondo verließen Ferriere nach dem Ende des ersten Weltkriegs. Minot, Medusas Vater, hatte sich in Kanada niedergelassen und wollte nicht mehr zurück nach Piemont. Er hatte ein Restaurant eröffnet und ein neues Leben angefangen. Ihr Nachname findet sich noch in den Telephonbüchern von Toronto.

Medusa reiste nicht mit ihren Angehörigen, heiratete aber auch nicht ihren Verlobten, Luìs Lambert. Als er im Oktober 1915 nach Ferriere heraufkam, gab ihm Medusa den Abschied. Luìs wollte sie trotz des Vorgefallenen, das ihm äußerst unangenehm war, immer noch zur Frau, er versicherte ihr, er würde nicht mehr daran denken, und flehte sie an, es sich doch noch zu überlegen. »Ich habe es mir überlegt«, antwortete sie. Während ihrer kurzen Unterredung schüttete Medusa Heu in der Futterkrippe auf und wandte ihm hartnäckig den Rücken zu. Sie sah ihn nicht mehr wieder. Erst als Luìs aus dem Stall hinausging, drehte sie sich um: die schwarze Feder, die wie schlapp vor Enttäuschung von seinem Hut baumelte, war das letzte, was sie von ihm sah. Luìs, Alpenjäger der siebten Kompanie im Bataillon Argentero, kam im Krieg um. Er desertierte und wurde vor ein Kriegsgericht gestellt. Was wirklich mit dem loyalen Alpenjäger passiert war, wollten seine Richter nicht wissen. Er wurde zum Tod durch Erschießen verurteilt, und das Urteil wurde am 17. Dezember 1917 vollstreckt. Aber wir würden uns gern vorstellen, daß Luìs seinen Karabiner in den Schützengraben warf, weil er ihn nicht mehr benutzen wollte. Er hatte entdeckt, daß er große Achtung vor dem Leben anderer hatte, weil er sein eigenes wieder achtete. Das einzige auf der Welt, was man nicht kaufen, nicht tauschen, nicht stehlen kann, das nicht wiederkehrt, ist doch das Leben – das, was viel zählt, und das, was wenig zählt, das Leben eines, der recht hat, und das Leben eines, der unrecht hat, denn wer kann das im Grunde beurteilen? Gewiß, er wollte nicht er selbst sein: er war nur Luìs, aber er mußte doch hinnehmen, was er nicht verstand, und er nahm es jetzt hin. Dieses Lebens, dessen er sich schämte und auf das er stolz war, dieses hinfälligen, einzigen, unersetzlichen Lebens wollte er sich würdig erweisen, es nicht beleidigen, es sich vielleicht verdienen. Das wollte er Medusa sagen, er wollte nur nach Hause.

Und Medusa? Sie verließ Ferriere im Herbst 1915 und ging nach Frankreich hinüber. Aus Nizza sandte sie ihren

Angehörigen ein Telegramm, in dem sie mitteilte, sie wolle nach Paris und sie sollten sich keine Sorgen um sie machen. Im November 1917 erschien sie – offenbar stolz darauf, zu zeigen, daß sie Geld und schöne Kleider hatte – plötzlich wieder zu Hause, um noch ein paar Sachen abzuholen, wie sie sagte, dann verschwand sie im Morgengrauen und ließ ihr Pariser Hütchen am Nagel hängen, gerade wie im vergangenen Jahrhundert ihr Großvater Mundin seinen Bauernhut. Sie kehrte nicht mehr zurück.

Das Haus an der Piazza Carlina wurde bereits im April 1916 aufgegeben, als Felice endgültig nach Rom zog. Eine Zeitlang lebte Emanuela noch darin, dann blieb es viele Jahre unbewohnt. Felices Sammlung schlechter Gemälde (aber wer weiß, ob es wirklich solche Schinken waren) verschwand auf ungeklärte Weise; vermutlich verhökerte Oliviero sie an einen Kunsthändler ins Ausland. Er machte ein gutes Geschäft mit Giacomo Grossos Porträt *Gräfin am Klavier*: das Bild tauchte später in ein paar Ausstellungen und in Katalogen auf, wo es überzeugtere Bewunderer gefunden haben wird, als Felice und Norma es gewesen waren. Es sei ein wunderbares Zeugnis seiner Epoche, hat jemand geschrieben. Wer weiß, ob das für den Zweck eines Kunstwerks genügt, aber immerhin. Dann verkaufte Amedeo das Haus für weitaus weniger, als es wert war. Lange Zeit beherbergte es eine Filiale einer bekannten Turiner Bank.

Das Jagdschlößchen von Bersezio wurde 1916 zum Verkauf angeboten; keiner der Argentero hat je wieder einen Fuß hineingesetzt. Der Krieg, die Rationierung und die Wirtschaftskrise hatten aber im Land ein höchst ungünstiges Klima für Investitionen geschaffen, es fanden sich keine Interessenten. Erst 1923 wurde das inzwischen ziemlich heruntergekommene Anwesen von einem Unternehmer aus Cuneo erworben, der ein Hotel daraus machen wollte, um den Tourismus in der Gegend in Schwung zu bringen. Der

Plan war kühn und aussichtslos, Norma hätte er gefallen. Das Hotel machte schon nach zwei Jahren bankrott. Von da an stand das Haus leer. Das hölzerne Schlößchen war in Verruf geraten und verfiel allmählich. Im Zweiten Weltkrieg verschanzten sich Partisanen darin, an seiner Rückwand erschossen dann die Nationalsozialisten die Rebellen, schließlich wurde es in einer grausamen Schlacht dem Erdboden gleichgemacht. Es ist keine Spur davon geblieben, heute wird auf dem Gelände, drei Monate im Jahr, ein Skilift betrieben.

Nachdem die Belmondo aus Ferriere weggezogen waren, verfiel ihre am oberen Ende des Dorfes gelegene Hütte: das Dach stürzte ein, in den Fensteröffnungen wucherten die Brennesseln. Nacheinander wanderten alle aus dem Ort ab, nach Nordamerika, nach Frankreich, nach Argentinien. Am Ende der sechziger Jahre, als der letzte Einwohner fortzog, verschwand Ferriere von der Landkarte.

Heute gelangen wir, wenn wir dort hinaufsteigen, in ein Anderswo, das weder im Kalender noch in den gängigen Fremdenführern verzeichnet ist, gleichsam in eine phantastische Dimension. Zeitlos ist sie, ortlos. Wir brechen im Morgengrauen auf, in einer Stille, die wohl jener gleicht, die damals herrschte, als ein Eisstrom unnachgiebig das Tal aushöhlte, als im Mesozoikum die Meeresbrandung die Grate umspülte und Ferriere bloß eine Hochebene über dem Abgrund war und die ersten Sonnenstrahlen nur das dunkle Unterwasserdasein der Weichtiere beschienen, als die Ankunft des Menschen nichts als Science-fiction war – wie heute die Existenz der Außerirdischen. Wir steigen hinauf, um das Schauspiel der Sonne zu genießen, die, wie damals, wie immer, um sieben Uhr vom Sturatal her aufgeht, denn der Rhythmus der anderen, der Takt der gemeinsamen Uhrzeit, kommt aus der Tiefe, und in die Ort- und Zeitlosigkeit kehren aus den toten Häusern der toten Bewohner die Stimmen zurück. Der Widerhall jener Stimmen – oder vielleicht unserer eigenen.

Nachtrag

In Felices Brieftasche wurde nach seinem Tod eine rätselhafte Postkarte gefunden. Sie war ihm bereits 1918 zugestellt worden und trug den Poststempel von Paris. Auf der Rückseite waren zwei fröhliche, leichtbekleidete Tänzerinnen vor einem Blumenhintergrund abgebildet – in einem Kabarett (aber es konnte auch ein Theater, eine Filmkulisse, ein Bordell sein). Die Karte enthielt keine Nachricht und war nicht unterschrieben. Vielleicht weil die Post, bevor sie an den Adressaten gelangte – wenn überhaupt: es war Krieg –, Dutzende von Kontrollen passieren mußte. Aber wer eine Postkarte schickt, weiß ja, daß alle sie lesen können, und wählt sie oft gerade aus diesem Grund. Vielleicht hatte eine der zahlreichen Fleurettes, mit denen Felice sich gern umgab, sie abgesandt. Vielleicht war es Medusa, die sich ja zu diesem Zeitpunkt in Paris aufhielt. Vielleicht, da die beiden Tänzerinnen lachten, wollte der Absender damit einfach mitteilen, daß er glücklich war. Es waren ZWEI Tänzerinnen.

Vielleicht nutzte Norma tatsächlich die Gelegenheit der Augenoperation, um zu verschwinden und wieder mit Medusa zusammenzukommen. Vielleicht fand sie sie wieder, vielleicht hatte Medusa sie nicht vergessen, vielleicht lebten sie zusammen. Jedenfalls, auch wenn es zuträfe, wäre das kein Schluß, nur ein vorläufiger Halt: denn wir wissen nicht, ob ihre Liebe gedauert hätte und wie lange und wie, oder ob sie nur ein Funke war, den die Zeit ausgeblasen hätte. Wir wissen nicht, ob diese Liebe die Begeisterung des Wiederfindens überlebt hätte oder ob sie in den Schwierigkeiten des Alltagslebens verwelkt und im Laufe eines Jahres erloschen wäre wie alle leidenschaftliche Liebe. Ob die Zeit offenbart hätte, daß der Gegenstand des Begehrens geschwunden und vom befriedigten Begehren nur noch Asche zurückgeblieben wäre. Daher wollen wir nicht weiter nachforschen. Wir wollen lieber an der Schwelle zu einem neuen Leben stehenbleiben, das vielleicht nie begonnen, sich vielleicht schnell erschöpft, vielleicht tatsächlich gedauert hat. Der weiße Schnee ist eine Seite, die noch darauf wartet, beschrieben zu werden. Er ist eine unendliche Möglichkeit.

Es ist eine Traumphantasie. Es ist eine kleine Zeitungsmeldung im Lokalteil über zwei Frauen, die nach dem Novembersturm 1917 auf dem Puriac vermißt wurden. Es ist eine Hoffnung, ein Wahn, eine Hypothese. Die Halluzination einer Frau, die an einer schweren Augenkrankheit litt und deren Netzhaut von kleinen Löchern durchsetzt war. Die letzte Vision, bevor sie das Augenlicht verlor. Bevor sie wegen einer mißlungenen Operation das Leben verlor. Das Licht, das Leben.

Jemand träumte also vom Puriacpaß und vom Schnee, träumte davon, immer weiterzugehen, bis nur noch das Weiß zu sehen war und es weder Frankreich noch Italien und auch nicht einmal mehr den Pfad gab – nur eine weiße, feste, unbefleckte Fläche, diese hier.

Schritte im Schnee

Die Fliegen verfolgen sie. Sie haben eine ganz eigene Art zu fliegen, in Sprüngen, in konzentrischen Kreisen: sie kommen von rechts, steigen auf, stoßen zusammen, explodieren und verschwinden wie von einer zentrifugalen Kraft abgeschossen. Sie kehren zurück, auch jetzt kämpft sie gegen einen dichten Schwarm. Auf dem Sitz gegenüber wiegt eine Frau einen Säugling in den Schlaf, er ist in eine violette Decke gehüllt, die Frau gleicht ungeheuer jemandem, den sie kennt, aber wem? Ihrer Mutter vielleicht, ja, sie ist sich ganz sicher, daß diese Frau Hélène ist, und doch ist es nicht möglich, die Frau gegenüber ist keine Dame, es ist eine Bäuerin mit schwarzem Kopftuch und schlaffem Mund, zwischen den Knien hält sie sogar einen Korb mit Hühnern, aber wer sie auch sei, auf ihr Gesicht und selbst auf das kahle Köpfchen des Kindes setzen sich diese bösartigen Fliegen, die niemand in dem Omnibus, der die steile Landstraße hinauffährt (dreißig Kilometer bis zur Grenze, steht auf dem Schild, an dem sie gerade vorbeikommen), zu beachten scheint. Aber sie sieht sie, die Fliegen, nur allzu deutlich; sie sind eine wahre Plage, sie sind nicht zu vertreiben. Sie scheucht sie mit der Hand weg, sie muß es tun, wenn sie es nicht täte, würden sie ihre Schwäche ausnutzen, würden sich auf ihre Arme setzen, mit dem Rüssel das weiße Fleisch abtasten, sie verschlingen, sie stechen, ihr die Schlafkrankheit übertragen. Die Frau, die ihre Mutter zu sein scheint, blickt sie nachdenklich an, aus einer Ferne von Jahrtausenden, sie ist jetzt eine andere, sie gleicht einem Dienstmädchen, das vor vielen Jahren für sie gearbeitet hat, sie erinnert sich nicht mehr an den Namen, jetzt fragt die Frau ärgerlich, warum sie so mit der Hand wedle, ob das Kind sie etwa störe, dabei weine es doch nicht einmal! Sie entschuldigt sich stotternd, zwingt sich, das Summen und Schwärmen zu ertragen, hält die Hand fest auf die Handtasche gedrückt. Die Handtasche gehört ihr nicht, es ist nichts darin außer einer leeren Geldbörse, einem Kamm, einer Füllfeder. Vor ihnen fährt ein Militärlastwagen, aus dem ein trauriger Gesang in einer unbekannten Sprache herübertönt. Die anderen Insassen unterhalten sich, sie kennen sich alle, nur sie kennen sie nicht. Oder erkennen sie nicht wieder. Als säße sie gar nicht mit ihnen in dem Omnibus. Und wirklich sieht sie selbst sich nicht da sitzen, wie in einem blinden Spiegel sieht sie die anderen, sich selbst nicht. Die in dem Lastwagen vor ihnen sind Kriegsgefangene. Krieg? Es muß irgendwo Krieg sein. Aber vielleicht ist er für die da vorn zu Ende. Auch der junge Soldat unter der Plane, der sie unverwandt ansieht, hat eine Fliege auf dem Gesicht. Auch er gleicht jemandem, aber sie glaubt nicht, ihn je gesehen zu haben. Er lächelt ihr zu. Sie sieht ihn nicht deutlich, wer weiß, wer das ist. Sie trägt eine dunkle Brille, deswegen wird sie von niemandem erkannt. Sie halten sie für eine Fremde, erwarten, daß sie in Vinadio aussteigt. Aber sie steigt nicht aus, sie schließt die Augen, weil am Straßenrand Schneewälle aufgeschaufelt sind, die sie blenden. Ihre Augenlider brennen, und sie möchte weinen. Sie ist froh, unendlich froh, und weiß nicht einmal, warum. Und dann ist es fast Abend, ein hoher Erdhaufen türmt sich vor ihnen auf, Steine, schmutziger Schnee, ein umgestürzter Baum mit in die Luft ragenden Wurzeln, der Omnibus hält an, ein Offizier steigt zu, wegen des gestrigen Unwetters ist die Straße gesperrt, sie kommen heute nicht mehr nach Argentera. Und die Pässe? Haben Sie Ihre

Pässe dabei? Sie hat keinen Paß in ihrer Handtasche. Einen Augenblick lang hat sie ein Gefühl, als hätte sie ihre Schuhe vergessen und immer noch diese schrecklichen Frotteepantoffeln an den Füßen. Entsetzt sieht sie auf ihre Füße. Sie hat Schuhe an. Sie sind nicht zugeschnürt, sie ist nicht imstande, die Schnürsenkel zu binden. Sie steigt mit ihren Reisegefährten aus. Die Frau, die ihre Mutter zu sein scheint, geht mit ihrem Hühnerkorb und dem kahlköpfigen Säugling davon. Ein Hund bellt. Jemand nennt sie »gnädige Frau« und fragt, wohin sie reise. Sie antwortet, sie wisse es nicht, und sie weiß es wirklich nicht. Er schlägt ihr vor, sie auf einem Maultier weiterzubefördern. Er will fünf Lire dafür. Sie hat die fünf Lire nicht und bietet ihm ihre Brillantohrringe an, die sehr viel mehr wert sind. Aber dem Maultierführer gefällt die Brosche besser – sie hatte es gar nicht bemerkt, aber am Revers des Regenmantels trägt sie die mit Brillanten besetzte Brosche der Gräfin Lovadina, die sie ihm jetzt gibt. Das Maultier schwankt an der Böschung entlang, unten ist ein Abgrund, bei dessen Anblick ihr schwindelt, die Fliegen schwärmen wie verrückt, kommen jetzt von links und rechts, sie muß die Augen schließen. Das unsinnige Glücksgefühl ist vergangen, ist Panik geworden, Schrecken, Entsetzen, Wunsch, umzukehren – aber das Maultier schreitet eigensinnig voran. Dann ist es Nacht, die Straße ist nicht mehr zu sehen, der Mann hat angehalten. Auf der Straße ein Kommen und Gehen von Soldaten. Dann wird es still. Sie ist allein, es ist dunkel um sie herum, sie muß die Brille abnehmen. Sie nimmt sie ab, weiß nicht, wohin damit, sie hat ihre Handtasche nicht mehr, aber sie erinnert sich nicht, sie im Omnibus der Autolinie Argentero liegengelassen zu haben. Sie keucht beim Steigen, sie hat immer Angst vor der Dunkelheit gehabt, sie ist sicher, daß hinter den Büschen einer lauert, um sie umzubringen. An jeder Biegung glaubt sie ihn zu sehen, im Schatten – groß, mächtig, mit afrikanischem Spazierstock und Stiefeln. Aber dann ist es nur ein Baumstamm. Ein Zweig streift ihr Gesicht. Sie hört das Ticken des Telegraphen, der das Telegramm verbreitet. DIE FLÜCHTIGE IST FESTZUHALTEN. Bei jedem Schritt sagt sie sich, daß sie jetzt umkehren wird, aber sie geht weiter. Atemlos, todmüde geht sie weiter. Jetzt ist völlig klar, wohin sie geht. Es ist unmöglich, denkt sie, ich will umkehren, ich will doch nicht alles verderben, es ist doch sinnlos geworden, es soll alles so bleiben, in der Schwebe bleiben, aber sie wandert fort, Schrittchen für Schrittchen den Grat hinauf, sie will sie nicht sehen, sie will nicht gesehen werden, und doch geht sie weiter, sie kann nicht anders, ihr Wille – oder das, was sie für ihren Willen hält – kann nichts daran ändern. Sie wandert den Pfad hinauf, hält sich mit der Rechten an der Wand fest, aus Angst, in den Abgrund zu stürzen, in den Wildbach, der vierhundert Meter tiefer tost. Dieses Dorf liegt auf dem Dach der Welt. Ihr Herz schlägt laut, denn jetzt, da sie die Dächer des Dorfes erblickt, verläßt sie der Mut, aber sie weiß, daß sie jetzt weiter muß, denn es gibt für sie keinen anderen Ort mehr, an den sie gehen kann. Sie wandert weiter. Schon ist sie vor dem Pfarrhaus, in den Gäßchen keine Menschenseele, sie erinnert sich nicht mehr, in welche Richtung sie muß, hinunter oder hinauf, da ist sie am Ende des Dorfes angelangt, ein kleiner Junge sieht sie, seltsam, er hat einen Matrosenanzug an und gleicht Vittorio, plötzlich erinnert sie sich an die Kinder, wo sind sie nur, wo hat sie sie gelassen, der Junge sagt etwas zu ihr, sie kann ihn nicht hören, es ist jedenfalls nicht Vittorio, Vittorio ist doch in Rom, das weiß sie genau, jemand hat es ihr gesagt, aber Vittorio-der-nicht-Vittorio-ist zieht jetzt einen hölzernen Kreisel aus der Tasche und läßt ihn auf der Handfläche tanzen, dann verschwindet er. Sie geht wieder durch die Gassen, und alle Türen sind verschlossen, auch die Fenster sind zu, man hört Stimmen, das Klappern von Löffeln, aber niemand läßt sich blicken. Sie friert und würde gern in eines der Häuser hineingehen, auch wenn es nicht dasjenige ist, das sie sucht;

sie klopft an eine Tür, ruft jenen Namen, klopft an eine andere Tür, alles bleibt verschlossen, niemand läßt sie eintreten. Wieder hat sie das Gefühl, nirgendwohin zu gehören, schon gar nicht hierher. Im Dunkeln sehen die Häuser alle gleich aus, als würden sie schlafen. Und dann wird ihr klar, daß das Dorf verlassen ist, in Wirklichkeit ist niemand in den Häusern, alle sind fortgegangen, die Türen sind nur angelehnt, sie könnte hinein, aber die Dächer sind eingestürzt, Unkraut wuchert an den Wänden, Bäume wachsen aus den Fensterhöhlen, es ist zu spät, sie sind alle tot. Doch dann findet sie die richtige Straße, und es ist doch nicht wahr, da ist jemand, sie hört eine Stimme. Sie rutscht aus und fällt in den tiefen Schnee, ihr Kleid wird feucht bis zu den Knien. Das ist gar nicht ihr Kleid, sie würde nie so eins anziehen, es ist grau, das Kleid einer Lehrerin, einer Krankenschwester, vielleicht einer Kranken. Es ist ihr zu weit, vielleicht ist es eine Uniform, ja, ES IST DIE UNIFORM. Wieder spürt sie den stechenden Schmerz im Leib, dort, wo er grausam zerrissen wurde, sie drückt die Hände darauf, er wird unerträglich, er ist so stark, daß sie gleich ohnmächtig werden wird. Die Fliegen tanzen vor dem Weiß, im Dunkeln. Sie wundert sich, protestiert halblaut, in dieser Höhe und zu dieser Jahreszeit dürften sie nicht da sein, dürften nicht überlebt haben. Aber diese Fliegen scheren sich nicht um die Logik ihrer Art, es sind IHRE Fliegen. Und dann, sie weiß nicht wie, ist sie vor dieser verschlossenen Tür. Sie klopft, aber vielleicht zu zaghaft, niemand hat sie gehört. Der Gedanke, daß sie anklopfen muß, beschämt sie furchtbar, sie hält sich zurück, ruft jenen Namen, halblaut nur. Ein eisiger Wind weht durch die Gasse, sie friert so sehr. Wieder klopft sie und wieder, immer entschiedener, immer stärker, sie verletzt sich die Fingerknöchel an den Splittern der Holztür. Sie klopft und klopft, ruft. Oben ist jetzt ein alter Mann mit weißem Bart aufgetaucht, er sieht sie streng an, vermutlich sagt er etwas, verschwindet wieder. Sie hat ihn erkannt. Babbo! Babbo! fängt sie an zu schreien, mach mir auf, mach mir auf, ich friere! Der Professor öffnet nicht, kümmert sich nicht um sie, läßt sie draußen im Schnee stehen. Sie friert so sehr, und die Fliegen sind jetzt sogar an dieser Tür, das Summen wird unerträglich. Babbo! Sie klopft und weint. Und dann sieht sie jemanden vom Dorf her kommen, bodenlanger Mantel, zerzauste Haare. Je näher die Person kommt, desto sicherer wird sie, daß SIE es ist. Ja, SIE. Am Brunnen bleibt SIE stehen und blickt sie an. SIE lächelt nicht, scheint sich nicht zu freuen, sie wiederzusehen. Sie tröstet sich mit dem Gedanken, daß SIE sie vielleicht nicht wiedererkennt. Vielleicht hat sie sich so verändert. Oder vielleicht auch nicht. Es packt sie die entsetzliche Furcht, unsichtbar zu sein. Vielleicht kann SIE sie gar nicht sehen. Ich bin es, Norma, ruft sie, aber vielleicht denkt sie es nur. Was willst du, fragt SIE, ihre Stimme ist weit, weit weg, aber sie kennt sie, diese Stimme, die sie so lange nicht mehr gehört hat, sie ist unverändert, wie sehr wünscht sie, daß sie noch mehr sagt, aber das geschieht nicht. Sie denkt, wie verschieden sie doch sind, so verschieden, daß sie einander nicht finden können, und sie haben sich ja auch nicht gefunden, sie haben einander verloren. SIE drückt nun die Tür auf und tritt ein. SIE schlägt sie ihr nicht vor der Nase zu, geht etwas zur Seite. SIE ist sehr erstaunt. SIE blickt sie unverwandt an, nimmt ihr die Schachtel aus der Hand. In der Tat hat sie die ganze Zeit, ohne es zu merken, einen verschnürten Pappkarton mitgeschleppt. Was ist das? Sie erinnert sich nicht, ihn mitgenommen zu haben. Sie sehen sich an. Dann sind sie oben, SIE fängt an zu lachen, sie würde gerne mitlachen, um die Situation zu entspannen, aber es gelingt ihr nicht. Es ist sonst niemand im Haus. Im obersten Stock öffnet SIE eine Tür. Es ist ihr Schlafzimmer, sie war schon einmal da, in der Ecke rechts müßte der aufgeklappte Schrankkoffer stehen, auf der anderen Seite der Stuhl. Beide sind da, es ist tatsächlich ihr Schlafzimmer. Auf dem Stuhl liegt ihr Schal, und unten am Bett steht ein reisefertiger Koffer. Sie friert immer noch, sie zittert vor Kälte. SIE nimmt ein trockenes Kleid aus dem Schrankkoffer und reicht es ihr. Sie hat nicht die Kraft, aus den Schuhen zu schlüpfen und sich das Kleid aufzunesteln. SIE drückt sie aufs Bett hinunter, zieht ihr die Schuhe aus, du hast kalte Füße, sagt SIE, oder vielleicht sagt SIE es auch nicht, das haben ihr ja immer alle gesagt. Und nun hat SIE einen Fuß genommen, ihn sich in den Schoß gelegt und massiert ihn, und er wird wieder warm. SIE knöpft ihr das Kleid auf, sieht sie dabei nicht an, hat ihr eine Decke gereicht und sich abgewandt. Was willst du von mir, fragt SIE, das sagt SIE ganz bestimmt. Sie will nur eins von ihr, will SIE nur etwas fragen, schon so lange hat sie vergebens diese Frage an die Abwesende gerichtet: wie geht es dir, Liebe? Wie geht es dir, Liebe? Vielleicht gelingt es ihr zu sprechen. Sehr gut, antwortet SIE rauh. Sehr gut. Das ist bestimmt die Wahrheit, denkt sie. Es geht ihr gut, auch ohne mich, SIE braucht mich nicht, SIE ist anders, SIE ist verändert, gewachsen, SIE ist jetzt eine richtige Frau und noch schöner geworden. Sie kann SIE nicht anschauen, weil ihre Schönheit ihr weh tut. Jetzt wünschte sie fast, daß die Fliegen ihr Gesicht verhüllten, aber in dieses Zimmer sind die Fliegen nicht gekommen. SIE geht um sie herum, betrachtet sie prüfend, mustert sie, sicher denkt SIE, daß sie viel zu stark abgemagert ist und nichts mehr taugt. SIE wird sich jetzt bestimmt fragen, wie SIE es früher nur über sich gebracht hat, mit ihr zu … Sie fühlt, wie sie rot wird, auf dem Bett liegt noch die Uniform. Die Bänder zum Festbinden der Arme sind deutlich zu sehen. Aber SIE fragt, und dir? Wie geht es dir, was hast du die ganze Zeit über gemacht? SIE möchte es also wissen, denkt sie, aber sie weiß nichts zu antworten, sie weiß nicht, wie es ihr geht, sie fühlt sich so konfus. Sie kann ihr nicht sagen, woher sie kommt. Sie sagt nichts, sie schämt sich, ihr nicht gefallen zu können, würde sich gerne dafür entschuldigen, daß sie keinen Puder aufgelegt hat und so schlecht gekleidet ist. SIE löst ihr den Haarknoten auf, wirft die Haarnadeln auf die Bettdecke, wühlt in ihrem Haar, umarmt sie. Umarmt sie fest. Das Gefühl ist überwältigend, und klarsichtig fürchtet sie, daß die Intensität der Empfindung sie aus allem herausreißen könnte, sie will doch nicht ausgerechnet jetzt aufwachen, sie will nicht, nein. Auch sie küßt SIE. Aber warum bist du nicht gekommen? Warum? fragt SIE vorwurfsvoll. Aber ich bin doch gekommen, immer, jede Nacht. Und dann zieht SIE sich aus und läßt sich betrachten und sagt, ich wußte, daß du wiederkommst, ich habe dich erwartet, und dann legt SIE sich aufs Bett und streichelt ihr die Wangen, und sie sind beieinander, und die Fliegen sind verschwunden. Aber aus Furcht vor zuviel Seligkeit überspringt sie diesen Augenblick, als hätte sie es eilig weiterzukommen. Doch wohin? Und dann ist es Morgen, und sie trinken heiße Milch. SIE läßt sie ihre Bergkleidung anziehen, damit sie sich nicht erkältet, denn sie hat Fieber. Die Fliegen sind nicht zurückgekommen. Und dann sprechen sie vielleicht von der Zukunft, denn so macht man es doch in einem solchen Fall, und alles erscheint ganz leicht. Sie denkt, daß im Grunde noch nichts passiert ist, alles liegt noch vor ihnen, das ganze gemeinsame Leben. Wer weiß, ob es gutgeht, ob es gutgehen wird. Wieder hört sie das Ticken des Telegraphen, und sie fängt wegen des Telegramms an zu weinen. Es gibt kein Telegramm, sagt SIE, sei ganz ruhig. Aber natürlich können sie hier nicht bleiben, sie müssen fort. Wohin sollen sie gehen? Sie sagt, daß sie nur mit ihr zusammensein will. Aber wir müssen von etwas leben, sagt SIE. SIE hatte schon immer einen Sinn fürs Praktische, das gefällt ihr ja so an ihr. Gewiß, sie werden von etwas leben müssen. Vom Stundengeben, sagt SIE, du kannst Stunden geben, du weißt so viel! Ich? Was sagst du denn da? Ich weiß nichts. Klavierstunden, erklärt SIE, du kannst Klavierstunden geben. Ach ja, das ist wahr. Irgendwann haben sie schon einmal davon gesprochen, aber wann war das nur? Sie ist auf einmal nicht mehr so glücklich, sie friert und hat

Angst, sie denkt, daß sie jetzt fort will, zurück nach Hause, sie dürfen nicht zusammen irgendwohin ziehen, das kann nicht gutgehen. Außerdem ist es unmöglich, sie hat ja keinen Paß. Sie hat nichts außer diesem Pappkarton. SIE zuckt die Achseln, SIE hatte nie einen Paß, der ist doch ganz unnötig. SIE sagt, es gibt nur einen einzigen Ort auf der Welt, wo sie hingehen können. Aber so etwas würde SIE nie sagen, sie glaubt, daß sie selbst das gedacht hat. SIE stiehlt ihr die Gedanken. Wie immer. Und dann sind sie auf dem Weg, der oben am Tal entlangführt. Es schneit heftig, und der Paß ist unerreichbar. Und sie hat wieder Angst, denn jemand folgt ihnen. Dauernd dreht sie sich um und glaubt, hinter ihnen einen schwarzen Punkt zu entdecken. Aber SIE lächelt und sagt, da ist niemand. Es ist kalt, und sie sinken tief im Schnee ein. Aber SIE weiß den Weg, das ist der Weg, sagt SIE. Sie vertraut ihr. Sie tragen den Koffer, und SIE hat die Schachtel unter dem Arm, und in dem Pappkarton sind aus unerfindlichen Gründen ausgerechnet ihr Grammophon mit der Walzerschallplatte und ihr Schmuckkästchen. SIE trägt den Koffer, trägt das Grammophon, trägt das Schmuckkästchen, trägt sie, plötzlich fühlt sie sich ganz leicht, SIE könnte sie fortblasen, wenn SIE wollte. SIE sagt, daß SIE sie heiraten will, denn sie sind jetzt schon zu lange verlobt. Sie warnt, gibt zu bedenken, daß gewöhnlich, wenn Verlobte heiraten, alles zu Ende ist, daß es keine Geschichte mehr gibt und daß die Liebe eben nicht dauert oder langweilig wird. Aber mit dir ist es etwas anderes, sagt SIE, ich weiß, wir sind anders. Uns passiert das nicht, wir werden dauern. Willst du mich heiraten, Norma? Ja, ich will, sagt sie. Auch ich will es, sagt SIE und lacht, weil dieser Bergpfad so ein seltsamer Ort für einen Heiratsantrag ist. Jedenfalls ist der Antrag angenommen. Und dann schneit und schneit es, und der Weg ist nicht mehr zu sehen. Aber SIE sagt, sie kennt ihn, und sie vertraut ihr, wie immer. Sie steigen, und jetzt sind auch wieder die Fliegen da, und sie scheucht sie weg. SIE beobachtet sie verwundert und will wissen, was sie da tut. Sie erklärt ihr, daß die Fliegen sie überallhin verfolgen, schon seit langem. Aber SIE sagt sofort, daß sie sich deswegen keine Sorgen machen soll, so hoch hinauf können sie ihr nicht folgen, da oben auf dem Puriacpaß ist es zu kalt für Fliegen, und die jetzt hier sind, die bringt SIE alle um, und SIE zeigt ihr, wie, und schlägt schnell die Handflächen zusammen. Aber auch ohne Fliegen kann sie den Pfad nicht ausmachen, sie versucht, in IHRE Spuren zu treten, aber sie sinkt ein und rutscht ständig aus, stolpert, fällt auf die Knie, und ihre nackten Hände brennen im Schnee. SIE nimmt sie bei der Hand und zieht sie hoch. SIE kann nicht alles miteinander tragen, SIE muß wählen, daher läßt SIE den Koffer fallen. Er geht auf, und ihre Kleider fliegen heraus, nein, das sind nicht nur ihre Kleider, es sind auch Normas Kleider. Sie gehen weiter, der Berg wird immer steiler, die Anstrengung übermenschlich, SIE muß auch das Grammophon mit der Walzerplatte zurücklassen. Aber zuvor zieht SIE es auf. Es schneit auf das Grammophon, das die Walzerplatte abspielt, die Schneeflocken lösen sich in den Rillen auf, und die Nadel kratzt, der Klang ist unregelmäßig und ein wenig schrill. Ihr ist so schrecklich kalt. SIE schreitet kräftig aus, hält sie so fest am Handgelenk, daß es schmerzt. Es schneit so stark, daß sie die Augen nicht offenhalten kann. Und das Weiß blendet so, die Fliegen, die Eindringlinge, explodieren auf ihrer Netzhaut. Sie sucht nach ihrer dunklen Brille, aber sie hat ja ihre Handtasche nicht mehr. Wieder meint sie, keine Schuhe anzuhaben, ihre Füße sind eiskalt. Und dann sind sie oben auf dem Grat und schauen hinunter, das einzig Farbige in der weißen Eintönigkeit sind die verstreuten Kleider und der Trichter des Grammophons, der aus dem Schnee ragt. Goldfarbenes Messing auf weißem Grund. Es stürmt heftig, und der Wind reißt ihr das Tuch vom Kopf. Es gibt keinen Weg mehr, vor ihnen nur eine senkrechte hohe Mauer. SIE wirkt auf einmal besorgt, das ist doch Wahnsinn, sagt SIE, was machen wir bloß hier? Das ist wirklich verrückt, wir müssen den Frühling abwarten, im November kommt man da nicht hinüber, Norma. Norma, sie bittet, ihn noch einmal zu sagen, ihren Namen. Gute Nacht, Norma. SIE lacht, lacht. Küßt sie. Und da sind sie, in Wind und Schnee, und denken nur daran, sich fest in den Armen zu halten. SIE sagt, daß sie noch umkehren können. Du kannst immer noch zurück, wenn du möchtest. Aber sie will nicht zurück. Nicht zurück, nie. Dort ist ja nichts mehr, nur Weiß und wieder Weiß. Und vor ihnen ebenfalls Weiß, das Weiß der frischen Leinwand, das Weiß der Bettücher, das Weiß der leeren Seite. Weiß, weiß. Darauf muß man malen, es beflecken, die Worte schreiben, die fehlen. Und dann läßt SIE auch das Kästchen fallen, das im Schnee aufspringt. Da sind Hélènes Armreif und die Kette von ... Und der Ring. Und noch anderer Plunder, wie seltsam. Da sind auch die rosafarbene Muschel und der Stein mit dem gemalten Segelschiff. Laß uns weitergehen, sagt SIE, schnell wie ein Eichhörnchen klettert SIE an der steilen Wand hoch. Sie kann ihr nicht folgen, sie geht viel zu langsam, rutscht zurück, es ist, als zöge jemand sie am Rock hinunter. Sie friert so furchtbar und würde sich so gerne in den Schnee legen, nur einen Augenblick, um sich auszuruhen. Ich raste ein wenig. Nein, das darfst du nicht, ruft SIE. SIE klettert weiter, sie spürt den Druck der Hand nicht mehr. Laß mich nicht zurück, verlaß mich nicht, schreit sie verzweifelt bei der Vorstellung, SIE zu verlieren. SIE sagt, ich lasse dich doch nicht zurück, komm. Komm, Norma! Sie sieht zu ihr hinauf, SIE ist viel weiter oben, gerade über ihr, aufrecht steht SIE da mit vom Wind zerzausten Haaren. SIE lächelt. Eine ungeheure Seligkeit kommt auf sie zu. Medusa, ruft sie, Medusa, Medusa! Gute Nacht, Norma, ruft SIE und lacht. Dann sagt SIE, was machst du denn, kommst du nicht? Doch, antwortet sie, einen Augenblick noch! Ihr ist so kalt, daß sie sich nicht bewegen kann. Sie wendet sich um, die Gegenstände sind nicht mehr zu unterscheiden, auch die

Farben nicht mehr. Wenn sie sich fallen läßt, wird sie mühelos da hinunterrutschen, aber sie will sich nicht fallen lassen, sie drückt die Hände in den Schnee und hält sich mit aller Kraft fest, denn sie denkt, jetzt stehe ich auf, noch zehn Meter, und ich bin bei IHR. SIE ruft, daß es doch nicht mehr weit ist, nur noch ein paar Schritte, da, wo SIE steht, ist die Grenze, und dann sind sie drüben. Wenn sie jetzt aufgäbe, was hätte das für einen Sinn? SIE ruft sie, was machst du denn, kommst du nicht? Doch, warte auf mich, ich komme, antwortet sie. Und dann öffnet sie die Augen, das Weiß wird zu Tinte, das Schwarz breitet sich aus, und alles ist zu Ende.

SERIE PIPER

Pina Mandolfo

Das Begehren

Roman. Aus dem Italienischen von Viktoria von Schirach. 119 Seiten. SP 2626

Die eine Geschichte beginnt, als die andere Geschichte bereits zu Ende ist: Als von der Liebe nur noch das Gefühl des Verlustes geblieben ist, beginnt der Brief an die frühere Geliebte: »Ich will es wagen und die Wüsten der Erinnerung in Deinem Kopf durchqueren. Du hast Dich mit Gewalt losgerissen, mich ohne Erklärung zurückgelassen. Du hast mich stumm gemacht vor Wut und Schmerz.« Absenderin dieser Zeilen ist eine junge Literaturprofessorin aus Sizilien, Adressatin eine charismatische Künstlerin aus dem Piemont. Zwei Welten prallen aufeinander: die des Südens mit ihrem Duft nach Sonne und Staub und die des kühlen, grünen Nordens. Pina Mandolfo ist mit ihrem von der italienischen Presse gefeierten Erstlingsromans die meisterhafte Beschreibung dessen gelungen, wovon kein Liebender je verschont bleibt: der Schmerz des Verlustes und die widersprüchlichen Gefühle, die er auslöst.

Karen-Susan Fessel

Bilder von ihr

Roman. 354 Seiten. SP 2701

Thea ist Anfang Zwanzig, als sie Suzannah, die Fotografin, kennenlernt, und sie ist weit davon entfernt, sich auf eine Beziehung, also auf Nähe und Vertrauen, einlassen zu wollen. Früh hatte sie den Vater, als Jugendliche die Mutter verloren, sie war aus der Provinz nach Berlin gekommen, jobbte sich durch die Szenenkneipen, fühlte sich frei und ungebunden, genoß die Anonymität der Großstadt. Die Begegnung mit Suzannah trifft sie wie ein Blitz. Sie weiß, wie man es nur einmal im Leben wissen kann, daß sie die Frau ihres Lebens gefunden hat. Aber noch kann sie Nähe nicht wagen, sperrt sich, flüchtet. Es dauert Jahre, bis Thea sich auf Suzannah einlassen, bis sie vertrauen kann. Und dann der Schock: Suzannah kommt bei einem Verkehrsunfall ums Leben. Thea geht nach Paris, an Suzannahs Ort, sie trauert, indem sie sich erinnert, indem sie die Geschichte dieser Liebe aufschreibt, indem sie sich der »Bilder von ihr« inne wird.

Cristina Comencini

Die fehlenden Tagebuchseiten

Roman. Aus dem Italienischen von Sabina Kienlechner. 219 Seiten. SP 2280

Federica, neunzehn Jahre, jüngste Tochter einer wohlhabenden römischen Familie, ist eine sensible und intelligente Philosophiestudentin – und Sorgenkind der Familie. Zurückgezogen und verschlossen, kompliziert und überempfindlich, verweigert sie sich immer mehr. Einzig ihr Vater, der erfolgreiche Geschäftsmann Guido Forte, hat Zugang zu ihr, hat Federicas Vertrauen. Sie schreiben sich Briefe und kleine Zettelchen. Federicas Zustand verschlimmert sich, sie verbringt die Tage in tiefer Depression im Bett, bis es ihrem Vater gelingt, das Eis zu brechen. Er darf ihr Tagebuch lesen, aus dem zwei Seiten herausgerissen sind. Da erfährt er von Marco und von Federicas Erlebnissen in den Armen dieses zwielichtigen Liebhabers…

Grazia Livi

Geheime Bindungen

Aus dem Italienischen von Maja Pflug. 234 Seiten. SP 2534

In diesen wunderbaren, ganz realistischen Geschichten begegnen wir lauter Männern: einem jungen Gott, einem Verführer, einem Mann in der Ferne, einem Vater aus Papier, einem belauerten Sohn – und Frauen, in deren Blick sie sich spiegeln. Es ist der Blick der Liebe, der Neugier, des Staunens auf das andere Geschlecht, das geheimnisvoll anziehend und fremd zugleich ist. Grazia Livi erzählt alltägliche Geschichten, in denen Männer wie Frauen in typischen, geradezu klassischen Verhaltensweisen gezeigt werden, sie beschreibt Entfernungen und Verluste. Diese poetischen Erkundungen lesen sich wie der unveröffentlichte Katalog eines Don Juan – aber von der anderen Seite gesehen: der Mann in den Augen der Frau.

Isabella Bossi Fedrigotti

Zwei Schwestern aus gutem Hause

Roman. Aus dem Italienischen von Sigrid Vagt. 240 Seiten. SP 2182

Liebe, Haß und Eifersucht sind die Gefühle, die die beiden Schwestern Clara und Virginia ein Leben lang verbinden. Gemeinsam in einem großbürgerlichen Südtiroler Landhaus aufgewachsen, könnten sie verschiedener nicht sein: Clara, die jüngere, dunkelhaarig, melancholisch, verschlossen; Virginia dagegen eine blonde Schönheit, lebenshungrig und rebellisch gegen die längst überholte Lebensweise ihres Elternhauses. Doch ist Clara wirklich die Edle, Tugendhafte, die von ihrer leichtlebigen Schwester um das Lebensglück gebracht wurde? Ein raffinierter Frauenroman, ausgezeichnet mit dem Premio Campiello.

»Auffällig ist die von Isabella Bossi Fedrigotti gewählte Form, und man könnte spekulieren, ob hierdurch autobiographische Momente in die Erzählung einfließen. Denn ungewöhnlicherweise ist der erste Lebensrückblick der jüngeren Schwester Clara in der zweiten Person geschrieben, die nachfolgende Lebensgeschichte der Virginia dagegen in der ersten Person, wodurch der Eindruck einer größeren Zuneigung zu ihr vermittelt wird.
Aus dieser erzählerischen Konfrontation resultieren im wesentlichen die Spannung und der Reiz dieses Romans; für den Leser erhellen sich zudem viele Geschehen... Ein versöhnliches Ende, so ahnt man, wird es für die beiden Damen nicht geben.«
Die Welt

Palazzo der verlorenen Träume

Roman. Aus dem Italienischen von Viktoria von Schirach und Barbara Krohn. 240 Seiten. SP 2718

Liebling, erschieß Garibaldi!

Roman. Aus dem Italienischen von Ursula Lenzin. 204 Seiten. SP 2331

Mit der romantischen Geschichte ihrer Urgroßeltern schildert Isabella Bossi Fedrigotti die Welt einer Adelsfamilie in politisch brisanter Zeit.

Rosetta Loy

Winterträume

Roman. Aus dem Italienischen von Maja Pflug. 274 Seiten. SP 2392

»Musterbeispiel eines Frauenromans – nicht, weil er von einer Frau geschrieben wurde, sondern weil er das Leben und die Welt aus einem unverwechselbar weiblichen Blickwinkel betrachtet... Rosetta Loy hat ein Buch geschrieben, das in die Literaturgeschichte eingehen wird.«

Frankfurter Allgemeine

Straßen aus Staub

Roman. Aus dem Italienischen von Maja Pflug. 304 Seiten. SP 2564

Ein altes Haus im Piemont Ende des achtzehnten Jahrhunderts, zweistöckig, mit Nußbaum, Brunnen und Allee, mit Heuschober und Ställen. Hier spielt die Geschichte, die vom Leben, Lieben und Sterben einer Familie erzählt. Das Haus wird neu gestrichen, ist hell und voller Erwartung, als Giuseppe Maria ins Haus holt. Beklemmende Stille breitet sich aus, als Fantina, Marias Schwester, drei Jahre lang an Giuseppes Bett sitzt und ihn pflegt, bis er stirbt. Das große Familienepos nimmt seinen Lauf über drei Generationen – sinnenfroh und tragisch, skurril und mitreißend.

Schokolade bei Hanselmann

Roman. Aus dem Italienischen von Maja Pflug. 288 Seiten. SP 2630

Hauptschauplatz von Rosetta Loys meisterhaftem Roman ist eine elegante Villa in den Engadiner Bergen, in der sich während des Zweiten Weltkriegs ein leidenschaftliches Familiendrama abspielt. Die schönen Halbschwestern Isabella und Margot lieben beide denselben Mann, den charismatischen jüdischen Wissenschaftler Arturo.

»In den Romanen und Erzählungen von Rosetta Loy dürfen die Ereignisse sich entfalten in dem weiten Raum, den die Autorin für sie erschafft. Ein Raum, der gleichermaßen Platz hat für Verfolgung und Tod wie für einen Blick, der zwei Menschen entzündet.«

Süddeutsche Zeitung

Im Ungewissen der Nacht

Erzählungen. Aus dem Italienischen von Maja Pflug. 236 Seiten. SP 2370

SERIE PIPER

Dacia Maraini

Bagheria

Eine Kindheit auf Sizilien. Aus dem Italienischen von Sabina Kienlechner. 171 Seiten. SP 2160

»›Bagheria‹ ist ein schönes und kluges Buch, ganz fern von allen Klischeevorstellungen vom Tourismus-Sizilien, und dazu ein Buch über eine Vielzahl eigenwilliger und begabter Frauen …«

Die Presse

Liebe Flavia

Roman. Aus dem Italienischen von Viktoria von Schirach. 210 Seiten. SP 2982

»Es ist der Kinderblick der Erzählerin, der dem Buch den Ton, die Spannung und auch die Weisheit gibt.«

Henning Klüver

Stimmen

Roman. Aus dem Italienischen von Eva-Maria Wagner und Viktoria von Schirach. 406 Seiten. SP 2462

»Man möchte Dacia Maraini mit ihrer leicht unterkühlten, stets ein wenig ironischen Schreibweise in eine Reihe stellen mit den großartigen englischsprachigen Kriminalschriftstellerinnen.«

Literatur heute

Nachforschungen über Emma B.

Aus dem Italienischen von Sigrid Vagt. 233 Seiten. SP 2649

Wer war Emma Bovary wirklich? Dieser Frage geht Dacia Maraini nach und wirft ein völlig neues Licht auf den Roman. Denn Emma war nicht nur eine der ersten emanzipierten Frauen in der Literaturgeschichte, sondern vor allem ein Opfer, eine Projektionsfläche für Flauberts eigene Ängste, seinen Selbsthaß und sein Verhältnis zu seiner unglücklichen Geliebten Louise Colet.

Erinnerungen einer Diebin

Roman. Aus dem Italienischen von Maja Pflug. Mit einem Nachwort von Heinz Willi Wittschier. 383 Seiten. SP 1790

Fasziniert von der unkonventionellen Art Teresas, die jenseits von bürgerlichen Normen nach ihren eigenen Regeln lebt, beschloß Dacia Maraini 1972 über die »Diebin«, die sie bei einem Gefängnisbesuch in Rom kennenlernte, ein Buch zu schreiben.

SERIE PIPER

Alessandro Baricco

Seide

Roman. Aus dem Italienischen von Karin Krieger. 132 Seiten. SP 2822

Der Seidenhändler Hervé Joncour führt mit seiner schönen Frau Hélène ein beschaulich stilles Leben. Dies ändert sich, als er im Herbst 1861 zu einer langen und beschwerlichen Reise nach Japan aufbricht, um Seidenraupen für die Spinnereien seiner südfranzösischen Heimat zu kaufen. Dort gewinnt er die Freundschaft eines japanischen Edelmanns und begegnet einer rätselhaften Schönheit, die ihn für alle Zeit in den Bann zieht: ein wunderschönes Mädchen, gehüllt in einen Seidenschal von der Farbe des Sonnenuntergangs. Auf jeder Japan-Reise, die er fortan unternimmt, wächst seine Leidenschaft, wird seine Sehnsucht unstillbarer, nie wird er aber auch nur die Stimme dieses Mädchens hören. – In einer schwebenden, eleganten Prosa erzählt Baricco eine Parabel vom Glück und seiner Unerreichbarkeit. Der Leser wird eingehüllt von der zartbitteren Wehmut, die dieses zauberhaft luftige Bravourstück durchzieht.

»Der Roman Alessandro Bariccos ist gewebt, wie der Stoff, um den es geht: elegant und nahezu gewichtslos. Die Geschichte ist komponiert wie ein Musikstück, jedes Wort scheint mit Bedacht gewählt, jede Ausschmückung, jedes überflüssige Wort ist fortgelassen. Das schmale Buch bekommt durch diese Reduktion seine außergewöhnliche Dichte, seine kühle, in manchen Passagen spöttische, zugleich seltsam melancholische Stimmung.«
Sabine Schmidt, BücherPick

Land aus Glas

Roman. Aus dem Italienischen von Karin Krieger. 270 Seiten. SP 2930

Ein Buch über die Welt der Sehnsucht und die Welt der Liebe, voller Poesie, Witz und Weisheit. Ein Buch über Zeit und Geschwindigkeit, über Musik und Gefühle, über Genies, Spinner und Erfinder.

SERIE PIPER

Giuseppe Tomasi di Lampedusa

Der Leopard

Roman. Aus dem Italienischen von Charlotte Birnbaum. 198 Seiten. SP 320

»Der Leopard«, der vielen Kritikern als das bedeutendste epische Werk der italienischen Literatur seit Alessandro Manzonis »Verlobten« gilt, schildert den Niedergang eines sizilianischen Adelsgeschlechts zur Zeit Garibaldis. Held und Fixstern des Buches ist Don Fabrizio, Fürst Salina, dessen Dynastie den Leoparden im Wappen führt, ein Olympier von Statur und Geist, leidenschaftlich und von wissender Melancholie überschattet, skeptisch und zuversichtlich zugleich.
Mit der Landung Garibaldis und seiner Rothemden in Marsala bricht selbst für Sizilien, Land archaischer Mythen, ein neues Zeitalter an. Kräfte und Ideen aus dem Norden bringen das uralte Feudalsystem ins Wanken und bereiten die Einigung Italiens vor. Don Fabrizios Neffe, der junge Feuerkopf Tancredi, vom Fürsten geliebt wie sein eigener Sohn, heiratet die schöne Tochter eines skrupellosen Emporkömmlings, der infolge der politischen Umwälzungen zum Millionär, schließlich zum Senator avanciert. Die Leoparden und Löwen sind zum Untergang verurteilt, ihren »Platz werden die kleinen Schakale einnehmen, die Hyänen«. Der Tod Don Fabrizios steht stellvertretend für den Tod einer ganzen Welt, in der das alte Europa noch ein letztes Mal aufglänzt.

»Die Qualität dieses Buches ist so bedeutend, daß es auf keine zeitliche Bedingung angewiesen ist, um auf uns zu wirken. Freilich, die eigentliche Quelle des Entzückens, mit der es uns erfüllt, ist die unbegrenzte Freiheit und Anmut, mit der alles, jeder Gedanke und jede Stimmung, seinen sprachlichen Ausdruck findet.«
Friedrich Sieburg

Die Sirene

Erzählungen. Aus dem Italienischen von Charlotte Birnbaum. Mit einem Nachwort von Giorgio Bassani. 190 Seiten. SP 422

»Tomasi di Lampedusas zwischen bitterster Ironie und einem voll entfalteten Sprachklang spielende Prosa ist wohl nie so schön, reich, bestrickend gewesen wie in der ›Sirene‹.«
Giorgio Bassani